KB119271

레프 톨스토이 1

나남
nanam

한국학술진흥재단 학술명저번역총서
서양편 258

레프 톨스토이 1

2009년 1월 5일 발행
2009년 1월 5일   1쇄

지은이_ 빅토르 쉬클롭스키
옮긴이_ 이강은
발행자_ 趙相浩
발행처_ (주) 나남
주소_ 413-756 경기도 파주시 교하읍
      출판도시 518-4
전화_ (031) 955-4600 (代)
FAX_ (031) 955-4555
등록_ 제 1-71호(79.5.12)
홈페이지_ http://www.nanam.net
전자우편_ post@nanam.net
인쇄인_ 유성근 (삼화인쇄주식회사)

ISBN 978-89-300-8368-3
ISBN 978-89-300-8215-0 (세트)
책값은 뒤표지에 있습니다.

'한국학술진흥재단 학술명저번역총서'는 우리 시대 기초학문의 부흥을 위해
한국학술진흥재단과 (주)나남이 공동으로 펼치는 서양명저 번역간행사업입니다.

레프 톨스토이 1

빅토르 쉬클롭스키 지음 | 이강은 옮김

나남
nanam

레프 니콜라예비치 톨스토이

톨스토이가 태어난 집

톨스토이가
태어난 소파형 침대

아버지 니콜라이 일리치 톨스토이의
1820년대 모습

여동생 마리야 니콜라예브나 톨스타야.
1840년대 무렵

왼쪽부터
둘째 형 세르게이,
큰 형 니콜라이,
셋째 형 드미트리와
레프 톨스토이. 1854년

톨스토이.
1856년 페테르부르그에서

1830년대의 카잔대학 풍경

톨스토이와 약혼할 때의
소피야 안드레예브나 베르스. 1862년

1860년대 톨스토이

아내 소피야와 그녀의 여동생 타티야나 베르스. 1862년

아내 소피야와 딸 타냐와 아들 세료자. 1866년

세바스토폴 공략.
V. 팀 그림. 1856년

여행용 펜과 잉크

〈동시대인〉지의 주요 작가들. 뒷줄 왼쪽부터 레프 톨스토이, D. 그리고로비치.
앞줄 왼쪽부터 I. 곤차로프, I. 투르게네프, A. 드루지닌, A. 오스트롭스키

〈동시대인〉지의 편집장.
N. 네크라소프

야스나야 폴랴나 저택.
현재 박물관으로
사용되고 있다.

야스나야 폴랴나 저택의
톨스토이 침실

알렉산드라 안드레예브나 톨스타야.
궁정에서 황후를 모신 먼 친척으로
톨스토이와 오랜 우정을 나눔.
1860년대

야스나야 폴랴나의 톨스토이. 1885년

톨스토이와 아내 소피야, 아이들. 1884년

함께 연주하는 S. 타네예프와 A. 골덴베이저. 1906년

V. 체르트코프와 함께. 1906년

1897년 야스나야 폴랴나 농촌 풍경

딸 타티야나와 병석에 누운
톨스토이. 1902년

집필 중인 톨스토이
1908년

둘째 형 세르게이와
톨스토이. 1902년

톨스토이, 1892년

야스나야 폴랴나의 톨스토이, 1910년

옵티나 푸스틴 수도원 전경, 1896년

톨스토이. Ju. 셀리베르스토프 그림

랴쟌 현에서 대기근에
처한 농민구제에 나선
톨스토이와 지원자들
1892년

야스나야 폴랴나 숲 속에
있는 벤치. 톨스토이가
산책길에 앉아 쉬기를
좋아했던 곳 중의 하나

보리스 미하일로비치 에이헨바움을 추억하며

"정말 대단한 바위덩이 아니오, 응? 정말 엄청난 거인이야!
진정한 예술가지 … 그리고 말이오, 더 놀라운 게 뭔지 아시오?
톨스토이 이전에는 문학에 진정한 농민의 모습이란 없었다는 거요"
그리고 레닌은 두 눈을 가늘게 뜨고 나를 바라보며 이렇게 물었다.
"유럽에서 그와 견줄 만한 사람이 있다고 보시오?"
그리고 그 스스로 대답했다.
"그 누구도 없소."
— 막심 고리키의 문학 회상기 《레닌》 중에서

옮긴이
· · ·
머리말

　누군가 가까웠던 한 사람의 생애를 돌아볼 때 우리는 어쩔 수 없이 많은 상념에 사로잡히기 마련이다. 지금 여기 함께 있지 못하는 그 누군가에 대해 추억하며 우리는 그 사람뿐만 아니라 나 자신의 삶에 대해서도 깊게 성찰의 시간을 갖는다.

　그런데 이 상념의 과정을 곰곰이 되돌아보면 그런 상념 속에서 떠오르는 사람이 새롭게 느껴지고 새롭게 이해된다는 점에 놀라지 않을 수 없다. 함께 나눈 일상과 사건이 그 당시와는 전혀 다른 의미로 다가오는 것이다. 추억하는 '나'는 지금 여기 있고 떠나간 '그'는 없지만, 없는 '그 사람'이 여기 살아있는 '나' 속에 새로운 모습으로 떠오르고 게다가 살아있을 때보다 더욱 완전하게 이해되고 느껴지지 않는가.

　어쩌면 사람은 그 삶을 마감함으로써 다른 사람의 기억 속에 추억되고, 다른 사람이 살아가야 할 삶의 의미 속에서 재평가됨으로써 마침내 자신이 살아간 삶의 의미를 비로소 완성하는 것인지도 모른다. 그런 점에서 사람은 육체의 소멸을 통해 세계로부터 단절되는 것이 아니라 오히려 정신적으로 더욱 생생하게, 더욱 온전하게, 그리고 거듭 새로운 의미로 되살아난다는 것은 결코 틀린 말이 아닐 것이다.

우리 삶 속에 거듭 새로운 의미로 생생하게 되살아나는 것은 우리와 직접적인 경험을 함께했던 사람만이 아니다. 인류 문화의 형성과 발전 과정에서 중요한 역할을 수행한 많은 인물들을 통해 우리는 훨씬 깊고 넓은 인간적·문화적 성찰을 얻게 된다. 전기문학은 바로 이렇게 어떤 인물의 생애를 집단의 기억으로 선별하여 인류문화의 기억 속에 되살려내는 것이다.

위대한 인물을 집단의 기억으로 되살려내는 형식은 사회역사적 조건에 따라 다양하다. 이를테면 중세의 성자전이 집단의 규범을 가장 충실하게 수행한 자들을 다루고 있다면 근대 전기문학은 관습과 규범을 벗어나 그와 갈등을 일으키는 일탈적 주인공을 다루고 있다. 물론 청소년 교육용의 전기들이 '매우 비범하게 집단의 규범(전혀 비범하지 않은)을 수행하는 위대한 인물'들을 다루는 것은 비예술적인 예외라고 말할 수 있다.

근대의 전기문학은 대상인물의 위대함을 과장하거나 절대화하지 않는다. 오히려 그 인물이 그 시대 속에서 어떻게 모순과 갈등을 일으키고 있는가, 그 속에서도 어떻게 삶을 포기하지 않고 끝까지 삶의 의미를 실현하고자 분투하고 있는가를 생생하게 보여줄 뿐이다. 그 과정에서 전기를 집필하는 저자의 현재적 성찰과 그것을 읽은 독자의 성찰이 전기의 의미를 완성하는 것이다.

이 책, 빅토르 보리소비치 쉬클롭스키(1893~1984)의 《레프 톨스토이》는 문학적 감수성과 문학 비평적 안목을 결합하여 한 위대한 문학가의 내면과 문학세계를 진실하게 복원한 전기문학의 탁월한 한 예이다.[1] 잘 알려져 있다시피 저자 쉬클롭스키는 문학창작과 평론, 학술연구

를 비롯하여 영화비평, 영화 시나리오 창작, 오페라 대본 창작 등 매우
다양한 영역에 걸쳐 활동한 다재다능한 현대 러시아 지식인이다. 그의
예민한 문학 예술적 감수성과 에두르지 않고 문제의 핵심에 육박해 가
는 문체의 날카로움은 현대 러시아 비평문학사에서 매우 독보적인 자리
를 차지한다.

　무엇보다도 러시아 형식주의 핵심적 개념을 확립한 문학이론가로
우리에게도 이미 잘 알려져 있는 인물이다. 문학을 문학답게 만드는 것
은 문학성이며 그 문학성은 '기법들의 총합'이라고 주장한 《기법으로서
의 예술》은 형식주의의 강령과도 같은 역할을 한 논문이다. 이 논문에
서 쉬클롭스키는 문학의 핵심적인 기법 중의 하나로 '낯설게하기'를 제
시하는데 이것은 대상에 대한 자동화된 인식을 넘어 그 대상을 새롭게
제시하는 것을 말한다. 러시아 형식주의 하면 곧바로 떠오르는 가장 대
표적인 이 개념은 러시아뿐만 아니라 이후 현대 세계 문학이론 발전에
커다란 영향을 미친다. 그런데 쉬클롭스키가 이런 개념들을 얻어낸 것
은 바로 《부활》, 《전쟁과 평화》, 단편 《홀스토메르》 등과 같은 톨스
토이의 작품 분석을 통해서였다.

　이 책에서 쉬클롭스키는 톨스토이를 과장되게 우상화하거나 자신의
문학·사상적 입장에 따라 편리하게 재단하지 않는다. 그는 세계 문학
의 정상에서 인간의 근대적 삶의 모습(갈등과 고뇌를 포함하여)을 온몸
으로 보여주었던 톨스토이의 있는 그대로의 모습을 보여주고자 노력

---

1) 《레프 톨스토이》가 처음 출판된 것은 1963년이었고 1967년에 개정 출판
　되었다. 이 개정본이 쉬클롭스키선집(모스크바, 예술문학출판사, 1974)
　3권 중 제1권으로 리디야 오풀스카야의 해제 및 본문 해설이 첨가되어
　다시 출판된다. 이 책의 번역 원본은 바로 이 선집의 제1권이다.

한다. 쉬클롭스키는 톨스토이의 생애에 대한 구체적이고 정확한 재현, 그리고 창작과정의 역동적 변화, 문학세계에 대한 깊은 성찰, 톨스토이의 세계관과 예술관, 당대 사회구조 속에서의 그의 위치와 의미 등 다면적이고 복합적인 관점에서 톨스토이의 생애를 구성해 낸다. 이 책은 톨스토이에 관한 최초의 본격 전기로서 "냉담할 정도로 객관적 사실을 전달하는가 하면 시적인 운율이 넘쳐나고" 열정적인 논쟁이자 문예학적 연구이며 일종의 "매력적인 사상 소설"이라는 극찬을 받기도 했다.

이 책은 100년 전 러시아의 한 문학가를 '알게 해준다'는 단순한 차원을 넘어서고 있다. 도대체 오늘날, 이 속도 빠르게 발전해 가는 컴퓨터와 디지털 사회에서, 물질문명 만능의 사회에서 인간은 무엇을 어떻게 생각하고 표현하고 문명과 문화를 유지하고 발전시켜 나갈 것인가. 누가 인간 자신의 삶과 사회에 대해 본질적 성찰을 하기 위해 고뇌할 것인가. 최소한 이런 문제의식을 가지고 있다면, 이 책의 독자들은 세계 문학의 정상에 서 있는 톨스토이라는 작가의 내면에서 전개되었던 그 깊고도 아픈 역사를, 그의 작품들에 담긴 인간의 역사를 단순한 지식으로 읽는 것에 머물지 않고, 우리 자신의 삶과 문화에 대한 깊은 성찰로 한 걸음 나아가게 될 것이라고 믿는다. 이 책은 바로 이러한 가치에 충분히 기여하고 있기 때문이다.

오늘날 우리나라에서 톨스토이 작품의 대중적 영향력은 여전하다. 최근 출판된 톨스토이 관련 도서만 해도 300종 이상이나 된다는 사실은 우리나라에서 톨스토이의 대중적 인기를 여실히 보여주고 있다. 그러나 이 대중적인 책들에 붙은 톨스토이에 대한 소개와 해설이 천편일률적이거나 빈약하고 부정확하다는 점은 문제가 아닐 수 없다. 대중의 취향에 맞게 각색되고 편집된 서적들은 톨스토이에 대한 일정한 편견과 과장, 오류, 신격화에 빠져있고 전문적인 연구들은 너무나 개별 작품의 시학에만 전념하고 있다. 반면 톨스토이의 생애와 문학을 종합적이고 전문적이며 또 동시에 대중적으로 다루고 있는 믿을 만한 책은 찾아보기 힘들다.

톨스토이의 문학적 의미와 영향력, 명성에 비해 톨스토이의 본격적 전기가 의외로 많지 않다는 것은 다소 놀라운 일이다. 개별적인 작품연구와 부분적인 전기적 사실, 혹은 개인적 회상과 평가 등은 너무나 많고 간략한 학생용 전기 해설 등은 수도 없이 열거할 수 있겠지만 톨스토이의 생애와 작품세계 전체를 하나로 묶어 내는 본격적인 전기가 의외로 드문 것이다. 어쩌면 그것은 넘쳐나는 풍부한 전기적 자료들과 엄청난 양의 작품들, 다양한 장르와 다양한 사회활동, 그 모순적이고 역동적인 삶과 문학을 종합하기가 너무나 어려운 일이기 때문인지 모른다.

이러한 상황에서 이 책의 번역 출간은 우리에게 커다란 문화적 자산이 될 것이라고 생각한다. 톨스토이와 그의 문학과 사상에 관심을 가진 독자들은 이 책을 통해 그동안 접한 톨스토이에 대한 지식을 새롭게 종합할 수 있을 것이고, 새롭게 톨스토이를 접하는 독자들은 톨스토이에 대해 흥미롭고 정확하게 다가갈 수 있을 것이다.

특히 톨스토이의 개인적 생애의 아주 세밀한 부분에서부터 문학세계를 관통하는 사상과 미학에 이르기까지 종합적으로 체험할 수 있는 것은 이 책에서가 아니라면 그리 쉽게 맛볼 수 있는 기회가 아닐 것이다. 게다가 쉬클롭스키의 날카로우면서도 과즙이 풍부한 문체는 우리의 지적 상상력을 더욱 신선하게 자극할 것이라고 믿는다.

이 책을 옮기면서 나는 톨스토이의 예술적 성취와 더불어 한 인간으로서 그 내면세계의 생생한 모습을 가슴 깊이 체험할 수 있었다. 쉬클롭스키의 압축적이고 상상적이며 비약적인 문체는 번역자를 수없이 곤란함과 망설임 속에 빠트렸지만 톨스토이의 내밀하고도 역동적인 삶의 여정은 쉬클롭스키의 상상과 비약, 번역자의 주저와 망설임 사이에서 보다 또렷하고 세밀하게 살아나는 것이었다.

　어린 시절과 청년 시절의 욕망과 현실과 이상 사이에서의 도덕적·윤리적 동요, 명성의 절정에서도 그 미혹에 빠지지 않고 시대와 역사, 민중과 새로운 삶에 대한 강렬한 열망을 놓치지 않는 완고함, 쇠진해 가는 육체를 끌어안고 몰락하는 러시아를 꿰뚫어 보는 형형한 두 눈, 예술마저 부정하고 다시 또 그 예술 속으로 나아가지 않을 수 없는 지난한 고뇌, 그리고 모든 것을 버리고 또 다른 삶을 향해 떠나가는 마지막 탈주의 모습 등은 나의 내면의 거울 속에 인간적인 톨스토이를 비쳐 주었을 뿐만 아니라 내 자신의 삶을 수없이 응시하도록 만들었다. 나는 이 감동을 우리 독자들과 함께하리라는 기대와 자긍심으로 제법 길고 고통스러웠던 2년여 동안 수없이 밤을 지새울 수 있었다.

　그러나 이런 감동과 책임감을 내세우며 번역자의 책임을 면할 수는 없을 것이다. 나 자신은 원문을 읽고 우리말로 옮기는 과정에서 저자의 민감한 표현을 거듭 새겨 읽으며 면밀하게 톨스토이를 이해할 수 있었다 치더라도 독자들이 그 감동을 이어받을 수 있도록 제대로 된 번역문을 만드는 것은 별개의 문제였다. 저자가 구사하는 풍부한 러시아 문학과 문화, 역사에 대한 지식에 대해 적지 않은 번역 주해가 필요했고, 다양한 연상과 상상, 은유적 표현들은 이해가 되면서도 그 맛이 살아나는 번역이 필요했다. 이런 문제들을 해결하기 위해 제법 많은 역주를 달고 가독성을 살리려는 의역을 시도하기도 했지만 쉬클롭스키의 까다롭고

비약적이며 상상적인 문체가 번역의 한계를 절감하게 만드는 경우가 많
았다. 그러나 어떻게든 원문의 의미를 조금이라도 더 담아내는 번역이
될 수 있도록 노력했다. 이런 점에서 독자들이 서둘러 읽으면서 크고 분
명한 것만을 보기보다 조금 천천히 앞뒤로 문맥을 점검하면서 음미하듯
이 책을 읽어주기를 당부한다. 그렇다면 번역의 미흡함을 넘어 저자의
문맥과 톨스토이의 삶의 의미에 좀 더 가까이 다가갈 수 있을 것이라고
생각한다.

　이 책은 학술진흥재단의 지원이 없었다면 우리 독자들에게 결코 번역
소개될 수 없었을 것이다. 재단의 지원에 감사를 표하며 더불어 번역 원
고를 심사하고 유익한 지적과 평가를 내려주신 심사위원들께도 깊은 존
경을 표한다.

　사회적 지원 속에서 출간되는 이 책이 모쪼록 많은 독자들의 사랑을
받아 우리 문화의 귀중한 자산이 되기만을 바랄 뿐이다.

2008년 겨울

이 강 은

$\cdot$ $\cdot$ $\cdot$ $\cdot$
머리말
$\cdot$ $\cdot$ $\cdot$ $\cdot$

톨스토이 전기에 관련된 자료는 너무나도 많다. 이전에는 연구자들이 접할 수 없었던 수많은 자료들이 집적되고 검증되었다. 톨스토이의 일기와 주해서, 서한집, 그리고 일련의 회상록들도 공개되었다. 그리고 90권짜리 기념전집에 실린 기획논문들은 톨스토이 연구뿐만 아니라 세계 문예학에 새로운 지평을 열어주고 있다. 톨스토이 생애와 창작에 관한 연대기적 색인도 만들어졌다. N. 구세프가 편집한 톨스토이 전기 자료집은 너무나도 중요하고 폭넓으며 믿을 만한 자료집이다.

그러나 동시에 톨스토이의 전체 생애를 총체적으로 다룬 전기는 아직 나오지 않았다. P. 비류코프가 편집한 네 권짜리 전기의 마지막 제 4권이 나온 것이 1923년이었다. 직접 톨스토이를 알고 있던 사람들이 남긴 옛날 전기들도 있지만 그것들은 오늘날 우리가 볼 수 있는 이 많은 자료를 접하지 못한 상태에서 집필된 것이다. 뿐만 아니라 대체로 그런 전기를 쓴 사람들은 자신들을 톨스토이의 제자라고 자처하며 그의 삶을 신을 깨달아가는 위대한 작가의 점진적인 상승의 과정으로 고찰하는 사람들이거나, 아니면 화려한 언술로 분석을 대신하며 톨스토이의 삶의 많은 부분을 차지하고 있는 모순들을 얼버무리려는 자유주의자들인 경우가 많다.

　내 평생의 작업의 지침이 되었던 것은 톨스토이에 관한 레닌의 논문들이었다. 그의 첫 번째 논문 《러시아 혁명의 거울로서의 톨스토이》는 톨스토이 탄생 80주년 기념식에 즈음하여 1908년에 발표한 것이다. 여기서 처음으로 톨스토이의 활동은 제 1차 러시아 혁명의 준비기와의 직접적인 연관 속에서 조명되고 있다. 톨스토이 창작의 '절규하는 모순들'을 이 시기의 제반 모순을 반영하는 것으로 해명하고 있는 것이다.

　이 책은 톨스토이의 생애에 담긴 그와 같은 모순적인 측면들을 보여주고자 한다. 그것은 때로는 가족들 사이에서의 사소한 충돌과 이상할 정도의 몰이해 속에서, 때로는 톨스토이가 겪는 절망 속에서, 때로는 가족들과 담을 쌓고 두 층으로 나누어진 삶을 살면서 그 어떤 욕망도 스스로 제한하려는 톨스토이의 노력들에서 드러난다. 그러나 야스나야 폴랴나의 삶도 역사를 비켜갈 수 없었다. 톨스토이는 어린 학생들을 가르치며 민중이 창조한 재능을 구원하고 싶었다. 하지만 그 아이들은, 그 자신이 아주 잘 묘사하듯이, 가난을 벗어나지 못해 농촌을 떠나거나 아내 소피야에게 넘겨준 영지에 몰래 들어와 나무를 베어가거나 무언가를 훔쳐가는 파괴자들이 될 수밖에 없었다.

　나는 가혹한 판단은 조금이라도 자제하고 싶지만 가장 위대한 인물의 가장 위대한 비극에 대해 말하지 않을 수는 없다. 그는 거의 반세기 넘게 전 인류의 사상을 지배하였으면서도 내일을 볼 수 없었다. 혁명의 불가피성을 인식하면서도 무저항을 설파하며 내일에 대해서는 눈을 감고자 했던 것이다.

　나는 예술작품에서든 논문에서든 톨스토이는 언제나 하나라는 점을 말하고 싶다. 그러나 위대한 두 세기의 교체기에 있는 모든 사람들은

모순적이지 않을 수 없었듯이 바로 이 한 사람의 내부도 모순으로 가득
했다.

천재적인 예술가의 위대한 시련, 위대한 영감, 인간의 감정에 대한
분석, 그리고 개인의 감정과 역사적 필연성 사이의 모순에 대한 분석 등
을 통해 톨스토이는 일상적인 것을 단호하게 부정하고 온갖 허구적 가
면을 벗겨냈다. 그는 최정상의 리얼리즘을 성취했고, 레닌의 말처럼,
"농노소유자들에 의해 짓밟힌 나라 중 하나인 러시아에서 혁명이 준비
되고 있던 시기를 천재적으로 조명해냈다. 그의 업적을 통해 그 시기는
전 인류의 예술적 발전을 한 걸음 진전시켰던 것이다."

톨스토이는 사회혁명에 의해 수용되었다. 사회혁명은 수백, 수천만
의 사람들을 학대와 강제노역과 빈곤과 무지에 처하게 만든 그런 체제
와 맞서 싸우면서 톨스토이의 위대한 작품을 모든 사람의 자산으로 만
들어 냈던 것이다.

톨스토이의 일기와 동시대인들의 회고록을 다루면서 나는 불가피하
게 자유로운 서술방식을 취하지 않을 수 없었다. 하지만 어느 한 곳도
실제 사실에서 벗어나지 않았고 가능한 내 자신의 주관적 판단을 최소
화하려고 노력했다.

나는 구세프의 노작에 담긴 풍부한 자료들과 보리스 에이헨바움의 저
작에 담긴 전반적인 사상에 큰 도움을 받았다. 특히 에이헨바움의 《레
프 톨스토이》와 《톨스토이의 역사의 의미에 대한 레닌의 견해》에서 많
은 도움을 받았다. 또한 기념전집 편집진의 논문들도 폭넓게 활용했고
특히 굿지의 논문들에서 많은 도움을 받았다.

이 책을 쓰는 동안 내게 많은 충고와 좋은 지적을 해준 동료들, I. 안
드로니코프, P. 보가티레프, Ju. 옥스만, L. 오풀스카야에게 깊은 감

사를 표한다. 그리고 S. 쉬클롭스카야는 이 책의 집필과 출판 준비에 항
상 도움을 주었다.

빅토르 쉬클롭스키

1. 러시아어 표기는 우리말 어문규정 외래어 표기법에 따름. 단 관례화된
   표기는 존중함.
2. 탄생 백주년 기념 90권 톨스토이 전집(Полное собрание сочинений,
   т. 1-90. М., ГИХЛ, 1928~1958)은 본문에 기념전집으로 약칭하며
   그 인용은 (권수, 쪽수)로 표기.
3. 작품 및 주요 저서, 참고문헌 등의 원어는 책 뒤 역자부록으로 첨부함.
   기타 인명이나 지명 등은 원칙적으로 원어를 병기하지 않음. 단 문맥상
   불가피한 경우 원어를 병기함.
4. 각주 표기 원칙은 다음과 같음.
   아무런 표시 없는 각주: 리디야 오풀스카야(편집자)의 주
   저자: 쉬클롭스키의 주
   역주: 역자가 이해에 도움을 주기 위해 첨가한 주
5. 원문의 문단은 존중하되 문맥에 따라 조정.
6. 작품에서의 인용, 중요한 인용문은 원문과는 달리 별도 문단 구분. 단,
   본문의 맥락과 유기적으로 읽어야 하는 경우는 본문 속에 처리.
7. 서정적 표현이나 암시적 표현은 가급적 원문을 살리지만 가독성을 높이
   기 위해 풀어 씀.

레프 톨스토이 1

차 례

제
1
부

녹색의 긴 소파, 나중에는 검은 유포가 씌워진

레프 니콜라예비치 톨스토이[1]는 '문답쓰기' 놀이를 즐겼고 가족 잡지를 만들기도 했다. 집에서도 말하기보다 쓰기를 더 좋아했던 것이다.

딸 타티야나의 문답수첩에는 늘 수리중이었던 톨스토이 집에 함께 살던 대가족의 인적사항들이 기록되어 있다. 이 문답의 첫 번째 질문은 "당신은 어디에서 태어났습니까?"이고, 이에 대한 톨스토이의 대답은, "야스나야 폴랴나, 가죽 소파 위에서"이다.

이 소파는 톨스토이가 마지막까지 사용했던 서재 한구석에 지금도 그대로 놓여있다.

1828년 8월 이 소파 위에서 아버지 니콜라이 톨스토이와 볼콘스키 백작 가문의 어머니 마리야 볼콘스카야 사이에서 넷째 아들로 태어난다. 그러나 원래 소파가 있던 곳은 지금은 흔적도 남지 않은 다른 건물이다.

당시 소파에는 부드러운 녹색 염소가죽이 씌워져 있었는데 금색 머리의 못으로 반듯하게 고정되어 있었다. 소파는 다리가 여덟 개에 세 개의 서랍이 달려있고 등받이 대신 세 개의 쿠션이 놓여 있고 팔걸이는 부드러운 곡선이다. 팔걸이 바깥쪽 옆에는 책을 놓을 수 있도록 접었다 폈다 할 수 있는 나무판이 달려 있다.

---

1) 〔역주〕 레프 니콜라예비치 톨스토이. 러시아의 인명에서 맨 앞의 레프는 이름이며 니콜라예비치는 니콜라이의 아들이라는 뜻으로 부칭이고 톨스토이는 성이다. 마리야 니콜라예브나 톨스타야는 이름이 마리야인 여성이고 니콜라이의 딸이라는 뜻이다. 즉, 러시아인의 이름에는 자신의 이름과 아버지의 이름, 가문의 성이 표기되고 또 남성과 여성의 구분이 있다. 보통 부를 때에는 이름을 부르며 이름과 부칭을 함께 부르면 아주 정중한 호칭이다. 그리고 어떤 가문의 대표적인 훌륭한 사람을 그냥 성만을 따서 부를 수 있다. 톨스토이라고 하면 그래서 레프 톨스토이를 가리키는 것이다. 이 책에서는 이런 차이를 무시하고 가급적 톨스토이라고 표기하겠지만 대화, 혹은 특별한 경우에는 애칭과 존칭의 의미를 살리기로 한다.

참나무로 만든 이 편리한 소파는 분명 집안의 장인 목수들 솜씨다. 소파는 처음에는 가죽이 씌워져 있었지만 나중에는 검은 유포로 교체되었다.

톨스토이의 가정살림은 아내 소피야 안드레예브나가 이끌었다. 그녀는 질서정연한 것을 좋아했지만 그렇다고 모든 물건들이, 특히 사람들의 사랑을 받는 물건들이 원래의 그 모습 그대로 있어야 한다고 고집하지는 않았다.

집안의 많은 물건들 중 톨스토이가 가장 좋아했던 것은 분명 이 가죽 소파였던 것 같다. 소파는 톨스토이가 태어나서 죽을 때까지 평생 동안 타고가고 싶어 했던 일종의 뗏목과도 같은 것이었다. 그는 가까운 사람들이 무신경하게 이리저리 원고를 들춰보지 못하도록 이 소파의 서랍 속에 원고를 감춰두기도 했다. 바로 이 소파 위에서 톨스토이의 형제들, 그리고 톨스토이의 자식들 대부분이 태어났다.

이미 오래전 톨스토이가 떠난 이 방에 대해 무엇을 또 언급할 수 있을까?

작은 책상. 나는 이 책상의 서랍을 열어볼 기회가 있었다. 그 속에는 연장들이 들어있었다. 손으로 뭔가 만드는 걸 좋아하던 톨스토이의 목공 도구들이다.

벽에는 사진들과 시스틴 성당[2]의 성모상이 그려진 커다란 판화가 걸려 있고 판화에 너무 붙어서 그 일부를 가리고 있는 소박한 책장이 있는데, 거기에는 브로크하우스-에프론 백과사전[3]이 꽂혀 있다. 사전은 새 것처럼 깨끗하다. 톨스토이는 메모를 해도 연필로 아주 가늘게 해서 책을 전혀 손상시키지 않았다.

---

2) 〔역주〕 바티칸 로마 교황청 성당.
3) 〔역주〕 브로크하우스-에프론 출판사는 독-러 합작회사로서 1890~1929년까지 전 86권 백과사전을 비롯하여 위인열전과 세계문학 전집 등을 발간.

그리고 조그만 탁자들. 평범한 석유 등잔과 반쯤 탄력이 사라진 밝은 색과 짙은 색 참나무 안락의자. 안락의자는 서재에 세 개 있다. 그 중 하나의 아래쪽에는 조그맣게 파낸 홈집이 있는데 십자가 표시다. 분명히 이건 톨스토이의 솜씨이리라.

나중에 이 의자의 밑바닥 속에서 톨스토이가 소피야에게 보낸 편지봉투가 발견되었다. 겉에는 이렇게 씌어 있었다. "이 편지에 대해 나의 특별한 허락이 없다면 내가 죽은 뒤 이것을 소피야에게 전해 줄 것." 여기에는 또 아내에게 숨기려던 《악마》 초고도 들어 있었다.

소피야가 1907년 소파를 검은 색 유포로 바꿔 입히려고 하자 톨스토이는 이 회색 편지봉투를 꺼내 딸 마리야의 남편 오볼렌스키에게 보관하도록 보냈다. 톨스토이가 서거한 후 이 편지봉투는 소피야에게 전달되었다. 그 속에는 두 통의 편지가 들어있었는데, 그 중 하나는 소피야가 찢어 버렸고 다른 하나는 보존되어 있다. 야스나야 폴랴나를 떠나겠다는 생각을 담은 편지였다.

낡은 마룻바닥의 이 허름한 서재는 그렇게 안락하지는 못했지만 톨스토이에게 하나의 은신처와도 같은 곳이었다. 이곳은 톨스토이가 평생을 살았고 또 마지막으로 떠나갔던 방이다. 젊은 한때 이곳을 떠난 적이 있기는 하지만 이 방은 그의 모든 삶과 연관되어 있다고 할 수 있다. 그러나 사랑받았던 방은 아니다. 아주 오래 전 이곳에 들렀던 한 작가는 이 방의 모든 물건들이 주인에게 더 이상 필요한 존재가 되지 못해 죽고만 싶은, 충성스럽지만 더 이상 사랑받을 길이 없는 충견처럼 보인다고 말한 바 있다.

소피야가 50여 년 동안 끊임없이 개축했던 곁채

　나는 여행 안내서를 쓰려는 게 아니라 그저 톨스토이가 살았던 방들을 잠시 회상하고 싶을 뿐이다. 그 우울한 방들, 서재, 쪽마루가 깔려 있고 이탈리아식 커다란 창문을 가진 큰 방, 이리저리 짜 맞춘 가구, 낡은 거울, 두 대의 피아노, 날짜가 정확하게 보이지 않는 평범한 솜씨의 색 바랜 초상화들, 농노 장인들이 그린 그림, 그리고 그와 나란히 걸려 있는 크람스코이의 톨스토이 초상화.

　소피야의 방에는 다리에 작은 쇠구슬 장식이 달린 침대가 있고 작은 사진과 그림들, 조그만 상자가 많이 있다. 그 당시 사람들이 살아가던 모습과 크게 다르지 않다. 그녀는 여기서 살고 일하면서 큰 집안을 이끌었다. 요리하고 바느질하고 만찬을 준비하면서, 슬픔과 질투로 괴로워하며, 아들들이 먼 훗날 글을 쓰게 되기를, 그리고 자기 자신도 글을 쓰게 되기를, 또한 톨스토이의 젊음과 사랑이 되돌아오기를 꿈꾸었다. 소피야에게 죄가 있다면 단 하나, 톨스토이와 결혼했다는 것뿐이다. 그녀는 1844년 궁정의사 출신인 안드레이 베르스와 이슬라빈 가문의 류보피 사이에서 태어나 1862년 톨스토이와 결혼해 많은 아이들을 낳았고, 오직 아이들이 행복하기를, 톨스토이가 남다르지 않게 행복하기를 기원하며 살았다. 하지만 그녀는 톨스토이와 행복하게 살아갈 수 없었다.

　그녀는 현실이라는 국가로부터 이 집안에 파견된 대사와도 같았다. 그녀는 아이들이 '다른 모든 사람들처럼' 살아가야 한다는 것을, 그러기 위해서는 돈이 필요하다는 것을, 딸들을 결혼시키고 아들들은 중등학교와 대학에 보내야 한다는 것을 끊임없이 상기시켰다. 대사는 자신을 파견한 국가와 맞서 싸울 수는 없다. 그러면 해임될 것이기 때문이다. 남편은 저명한 작가로서 계속해서 작품을, 이를테면 《안나 카레니나》와 같은 예술작품을 쓰도록 해야 했다. 그리고 자신은 도스토옙스키의 아내가 그랬듯이 스스로 그 책을 출판해야 했다. 그 외에도 가족들이

'무지몽매한' 다른 세계의 사람들이 아니라 '사교계' 사람들과 살아가도록 해야 했다. 그녀는 당시의 이른바 '건전한 사고'의 대변자로서 시대의 편견들을 담아내고 있었다. 그녀는 열여섯 살이나 연상이었던 톨스토이가 창조해낸 바로 그런 모습을 지니고 있었다. 그녀는 그를 사랑했다, 때로는 가슴 아프게, 때로는 질투에 빠져, 또 때로는 긍지를 느끼며. 톨스토이는 자신의 많은 결점들을 그녀에게 불어넣었다. 마치 집안으로 들어가는 열쇠를 건네듯이 그 결점들을 그녀에게 건네주었던 것이다.

그녀는 항상 많은 것을 원했다. 스스로 글을 쓰고 싶어 했고 재미있는 손님들을 맞이하고 싶었으며 피아노를 치고 싶었다. 하지만 남편은 피아노조차 그녀보다 잘 쳤다.

그녀는 매우 바빴다. 야스나야 폴랴나로 불리는 영지는 그녀의 작품이었고 이를 아주 자랑스러워했다. 대단한 삶이 아닐 수 없었다. 인류 역사에서 가장 위대한 인물 중 하나인 남편 톨스토이는 수없이 마음이 뒤바뀌었다. 그는 수도 없이 그녀에게 냉담해졌다가 다시 돌아오곤 했던 것이다.

톨스토이는 아내 소피야가 낡은 가죽 소파(그가 태어났던 바로 그)에 앉아있는 모습을 감탄의 눈길로 묘사하기도 했다. 결혼 초기에 입었던 짙은 자주색 원피스를 입고 있는 모습이었다. 그럴 때 톨스토이는 자신이 정말로 행복하다고 믿었다.

그러나 어떤 때는 자신의 삶을 근본까지 개조할 수 없고 아내도 개조할 수 없다는 생각에 고통스러워했다. 하지만 떠나는 것은 쉽지 않았다.

소피야는 집을 자랑스러워했다. 19세기 말 톨스토이의 최초의 전기 작가 중 한 사람은 이렇게 말한다.

인공연못과 공원은, 한때 장대한 모습이었으나 이제는 소박한 이 영지를 완성해 주는 것이다. 1840년대에 발생한 화재로 오래된 대저택은 소실되었고 온전하게 남은 것은 2층짜리 곁채 두 동뿐이다. 그 중 한 채에는 지금의 소유자인 톨스토이 백작의 수많은 손님들이 머무르고 있고, 다른 한 채는 톨스토이와 그 가족의 소박한 거주지로 사용되고 있다. 이 2층짜리 곁채는 지난 십여 년 동안 수없이 증축되고 개축되었다. 증축된 부분들도 주 건물과 마찬가지로 우아한 멋은 없었다. 지금도 전체적으로 균형이 잘 맞지 않는 것을 보면 물려받은 주 건물과 최근 함부로 이어붙인 증축 부분의 경계가 확연히 드러난다. [4]

이 점에 대해 소피야는 반론을 제기한다. "이 영지는 결코 이보다 장대한 적이 없었다. 톨스토이는 토지를 사들여 영지를 넓혔고 곁채를 증축했다."[5] 영지에 관한 한 소피야의 말이 옳다.

소피야는 자신의 둥지를 영예롭게 지키려 했다. 그녀는 열심히 둥지를 짓고 그 속에서 평생을 살아갔다. 도시와 달리 가로등도 없는 이 시골 자체는 마음에 들지 않았다. 하지만 자신이 만든 이 집의 여름을 그녀는 좋아했다. 물론 겨울에도. 하지만 겨울이면 그녀는 멀리 모스크바에 나가 살았다.

소피야는 이 집에 대해 이렇게 말한다.

야스나야 폴랴나에 화재가 난 적은 없었다. 외조부 볼콘스키 공작 시절 석조로 된 곁채 두 동이 지어졌고 본채의 기초공사가 시작되었다. 조부가 서거한 후 톨스토이 부친 니콜라이 백작이 공작 딸인 마리야 볼콘스카야와 결혼하여 이곳에 와서 즉각 대가족이 거주할 수 있는 커다란 목조건물을 지었다. 노모를 비롯하여 누이 둘, 아내와 다섯 아이들, 그리고 이러저러한 식객들과 친지들, 하인들,

4) R. 레벤펠트, 《톨스토이 백작 — 그의 생애와 작품, 세계관, 모스크바》, 1897, 14~15쪽.

5) 위와 같음.

그가 거느려야 할 가족은 정말 대가족이었다. 톨스토이가 성인이 되었을 때, 스물두세 살 무렵(아니 실제로는 스물여섯이었을 때 — 저자) 그는 카드놀이에 빠져 있었고 많지 않은 영지를 팔고서도 여전히 빚을 다 갚지 못해 여동생의 남편 발레리얀에게 야스나야 폴랴나의 집을 목재로 팔겠다는 편지를 쓰기까지 했다. 결국 집은 고로호프라는 지주에게 넘겨졌다. 6)

그러나 그 이전에 이 집은 거의 방치된 채 붕괴되어 가던 상태였다.

톨스토이는 남의 손에 넘어간 영지에 대해 거의 눈물을 흘리면서까지 안타깝게 회상하곤 했다. 하지만 그는 물건에 대한 욕심은 없었기 때문에 그것을 되사지는 않았다. 톨스토이가 자신의 호사스러운 생활에 대해 퍼부은 스스로의 비난은 그 당시의 생활수준과 톨스토이의 습관을 감안해서 이해해야 한다. 그에게 필요한 것은 많지 않았다. 심지어 그의 집에 있던 침구도 소피야가 1862년 결혼할 때 가져왔던 많지 않은 혼수품 중 하나였다. 그전까지는 그저 아무런 침구도 없이 무명 담요를 덮고 잤다. 그리고 톨스토이 형제들이 영지에서 함께 살 때에는 짚단 속에서 잠을 잤었다.

하지만 톨스토이는 공원과 초지, 나무들을 아내와 함께 직접 심었고 그것을 몹시 사랑했다.

한 사과밭은 62헥타르7) 나 되는 크기로 유럽에서 가장 큰 밭 중의 하나였다. 100헥타르에 이르는 대공원은 젊은 시절 톨스토이가 미처 탕진하지 않은 작은 숲과 밭으로 구성되어 있다. 이 숲들은 톨스토이 생전에도 자식들에 의해 마구잡이로 남벌되었지만 지금도 여전히 위대한 모습을 간직하고 있다.

---

6) 위와 같음.

7) [역주] 원문은 데샤티나라는 미터법 이전의 러시아 지적 단위로 되어 있다. 1데샤티나는 약 1헥타르(만 평방미터)에 해당된다. 이후 러시아 척도는 미터법으로 대략 환산하여 번역한다.

위대한, 그러나 이미 늙어 버린 모습으로.

공원, 벌목의 잔재

톨스토이가 살던 집 주변에 커다란 느릅나무가 있었다(이 나무는 세월
의 풍상에 시들어 베어지고 지금은 새 나무가 심어져 있다). 이 나무에는
식사시간을 알리는 종이 하나 걸려 있었다. 청동으로 만든 이 종은 당시
에는 옛 모습 그대로였는데 이제는 비스듬하게 나무에 붙어 있었다.

나무는 자라는 법이다. 느릅나무는 점점 자라면서 청동 종을 껍질로
감싸 안으며 삼키기 시작했다. 느릅나무는 종을 마치 제 몸의 상처로 생
각하는 것 같았다. 나무는 껍질로 상처를 덮어 가지만 때로 제 몸에 구
멍을 남기기도 하지 않는가. 종은 마치 이런 나무구멍에 청동을 입혀놓
은 것 같이 보였다.

야스나야 폴랴나는 그 모든 숲과 더불어 수백 년의 변화를 겪어왔다.
이 공원이 야스나야라고 불리게 된 것은 야센나무(물푸레나무)가 많았
기 때문이라고 한다. 실제로 이곳에서 멀지 않은 곳에는 야센키라는 마
을도 있었다.

야스나야 폴랴나를 둘러싼 숲들은 한때는 일종의 요새 역할을 하기도
했다. 벌목으로 쌓은 요새, 이른바 녹채(鹿砦)라고 불리는 것이었다.

숲 너머 초원의 흑토지대가 좁은 줄기를 이루며 툴라 현으로 흘러든
다. 이곳은 빼곡하게 숲이 들어차 있고 숲 사이사이에는 뗏장을 떼어낸
듯 군데군데 마을이 자리 잡고 있었다. 하지만 숲의 맨 끝은 타타르[8]의

---

8) 〔역주〕13세기에서부터 15세기에 이르는 동안 러시아는 몽골의 대침략
   을 받았다. 이 몽골 인들을 타타르라고 부르며, 그 이후는 볼가 강 연
   안과 시베리아 중부에 거주하는 몽골계, 터키계 민족을 통칭하여 타타
   르라고 불렸다.

공격에 대비해 온전히 보존되어 있었다.

이곳은 훌륭한 관목 숲을 거느린 활엽수림이다. 이곳 사람들은 사람 키를 넘을 정도의 높이에서 나무를 베었는데, 완전히 베어내지 않고 밀어 넘어뜨려서 큰 가지들이 휘어진 채 땅위에 누워있도록 해놓는다. 한 나무는 남쪽을 향해, 또 다른 나무는 북쪽을, 또 다른 나무는 동쪽을, 또 하나는 서쪽을 향해 그렇게 넘어뜨려 놓는 것이다. 반쯤 잘려 기울어진 나무들은 그런대로 반쯤 생명을 유지하며 자란다. 부러진 나무 가지들 사이로 개암나무와 흑 딸기, 말리나[9] 따위가 자라나고 새 나무들이 자라나면서 그 가지들이 마구 엉켜 빈 곳을 빼곡히 채운다. 바로 이것이 성벽 역할을 하는 녹채의 모습이다.

녹채는 폭이 10 내지 15킬로미터에 이른다. 그 폭은 들판을 에두르며 좁아지기도 하고 어떤 곳에서는 두 배나 더 길어지기도 한다. 숲이 적은 곳에는 깊게 땅을 파서 호를 만들고 초소를 세워두었다.

야스나야 폴랴나는 아마도 코즐로프 녹채를 가로막고 있는 것 같았다. 녹채 이쪽에는 농민들과 소지주들, 녹채의 경비병들이 살고 있었다. 녹채를 이룬 숲 속에 길을 낸다든지 땔감으로 나무를 베거나 가지를 긁어모으는 것은 엄격히 금지되었다. 녹채는 녹색의 띠를 형성하고 있고 그 너머에는 강줄기들이 흘러가고 있었다.

우파 강 언덕에는 툴라 현의 석조 크레믈린[10]이 세워져 있었다. 우파 강은 오카 강으로 흘러들어갔는데 푸른 띠와 같은 오카 강 너머에는 세르푸호프 시가 자리하고 있다.

오차코프가 함락되고 크림 지역이 러시아에 편입되자 크림 지역 타타르의 침략을 더 이상 걱정할 필요가 없게 되었다. [11] 이렇게 되면서 녹

---

9) 〔역주〕 산딸기과의 일종. 러시아인들이 매우 좋아해서 잼을 만들어 먹기도 한다.

10) 〔역주〕 러시아의 고대도시들은 도시를 지키기 위해 도심을 중심으로 성곽을 쌓았는데 이를 크레믈린이라고 부른다.

채는 사라지기 시작했고 매각되어 개인 영지들로 변모해 갔다. 그 과정에서도 그런대로 잘 보존된 작은 숲과 나무들로 둘러싸인, 볼품없는 집 한 채가 서 있었다. 낡은 마룻바닥과 물푸레나무로 만든 값싼 서가가 들어찬 집, 아주 잘 가꾸어진 큰 과수원과 숲으로 둘러싸여 있고 옆으로는 큰 길이 나 있는 바로 이곳이 야스나야 폴랴나다.

집 옆 큰길은 남쪽으로 이어졌다. 이 길을 따라 병사들이 행진하고 황제와 수행원 행렬이 지나가는가 하면 순례자들이 터벅터벅 걸어가기도 했고 마차들이 먼 길을 내달리기도 했다.

야스나야 폴랴나는 고독한 주인이 살았던 거처였다. 그는 어디로든 떠나고 싶었으나 그럴 수 없었다. 집 앞에 서 있는 느릅나무가 어디론가 떠나려면 그 뿌리를 뽑아내야 할 텐데, 그러나 그 뿌리는 서로 엉켜서 질긴 실타래를 이루고 있었다. 떠날 수는 있었지만 그렇게 되면 대지는 온통 피로 물들어야 할 것이다.

레프 톨스토이는 역사의 위대한 전환점에 태어났다. 그는 내일을 알지 못했고 오늘이 어제와 같지 않다는 것을 알고 있었다. 그는 미래가 없는 과거였고 미래에 대한 위대한 우수어린 그리움[12] 속에서 살았다.

위대한 인간은 시대의 모순 속에서 태어나는 법이다. 그들은 구세계를 떠나간다. 때로 카프카스의 높은 산에서 격렬하게 쏟아져 내리는 테레크 강물처럼, 때로는 볼가 강물처럼 고요하게.

---

11) 터키의 요새였던 오차코프는 1788년 러시아의 공격으로 함락되었다. 크림 지역은 1771년에 장악되었지만 러시아에 편입된 것은 1783년에 이르러서였다. 터키는 이러한 사실을 1792년 야스크 조약에서 인정하였다.

12) 〔역주〕우수어린 그리움. 러시아어 '토스카'를 옮긴 말이다. 토스카는 우수, 애수, 그리움 등과 같은 뜻을 가진 단어로 러시아인의 내밀한 정서를 담은 표현으로 즐겨 사용된다.

최초의 기억들

톨스토이는 부모를 모두 사랑했지만 아버지와 어머니에 대한 기억은 서로 달랐다. 그는 거의 알지도 못하고 보지도 못한 어머니에 대해 사랑을 가득 담아 시적인 후광 속에 회상한다.

하지만 어머니뿐만 아니라 어린 시절 주변의 모든 사람들이, 아버지에서 마부에 이르기까지, 내게는 너무나 좋은 사람들로만 보였다. 아마도 어린이다운 순수한 사랑의 감정이 환한 빛이 되어 사람들의 훌륭한 점들을(사람들은 항상 그렇다) 내 마음에 보여준 것이리라. 내가 모든 사람들을 너무나 좋은 사람들로 여겼던 것은 후에 내가 그들의 결점을 보았을 때보다 엄청나게 더 올바른 일이 아닐 수 없다. 13)

톨스토이는 1903년에 쓴 회상록에서 이렇게 말하고 있다. 그는 몇 번이나 시도하였으나 이 회상록을 결국 완성하지는 못했다.

사람들은 제각각 모순적인 모습으로 떠올랐고 기억들은 서로 논박을 벌였다. 그 당시에는 아직 너무나 생생한 것들이기 때문이었다. 회상은 양심의 가책을 불러일으키는 일이었다. 하지만 그는 푸시킨14)의 시 《회상》을 좋아했다.

---

13) 1903년~1906년에 쓴 톨스토이의 《회상록》에서 (34, 345~393).

14) 〔역주〕 A. 푸시킨(1799~1836). 러시아 국민문학의 탄생에 직접적인 기여를 했다. 시와 소설, 드라마 등 모든 분야에서 선구적 창작활동을 보여주었다. 대표작으로는 수많은 서정시와 서사시, 시소설인 《예브게니 오네긴》, 단편집 《벨킨 이야기》, 소설 《대위의 딸》 등이 있다. 이 책에서도 이후 푸시킨의 다양한 작품이 인용되거나 비유적으로 활용된다. 필요한 경우 그때그때 필요한 해설을 제공한다.

내 지나온 인생을 읽으며
난 혐오감에 몸을 떨며 저주한다.
난 아프게 후회하며 아프게 눈물을 흘린다.
그러나 이 슬픈 시들을 지우지는 않으리.

이 시에 대해 톨스토이는 이렇게 언급했다. "이 시의 마지막 구절을 나라면 이렇게 바꾸었을 것이다. '슬픈 시들' 대신에 '부끄러운 시들'이라고."

그는 오만했던 방탕한 시절을 참회하고 싶었고 진정 참회했다. 젊은 시절의 그는 자신의 어린 시절을 예찬하곤 했다. 그리고 결혼에서 정신적 재탄생에 이르기까지 18년 동안은 세속의 관점에서 보면 도덕적 시기라고 말할 수 있을 것이라고 했다. 그러나 가정생활에 대해 정직하게 고백하면서 그는 자신이 이 시기에 가족에 대한 이기주의적 생각과 재산증식에 빠져 있었다고 참회했다.

무엇을 슬퍼해야 할 것인지를 안다는 건 얼마나 어려운 일인가. 어떤 점을 자책해야 할 것인지를 안다는 건 또 얼마나 어려운 일인가!

하지만 톨스토이는 정말 가차없이 모든 것을 기억해내는 능력을 가지고 있었다. 그는 그 누구도 기억해낼 수 없는 것을 기억해냈다.

그는 자신의 회상을 이렇게 시작한다.

지금 기억하는 최초의 기억들은 어떤 것이 먼저고 어떤 것이 나중인지 순서를 잘 모르는 그런 것들이다. 심지어 어떤 일들은 꿈속의 것이었는지 진짜로 있었던 것인지도 잘 알 수가 없다. 이를테면 이런 것이다. 나는 묶여 있고 팔을 빼내려고 하지만 그럴 수가 없다. 나는 소리치고 울음을 터뜨린다. 나의 비명소리는 내게도 불쾌한 것이지만 나는 그걸 멈출 수가 없다. 누군가 알 수 없는 사람이 허리를 숙이고 위에서 날 내려다보고 있다. 주위는 어둑하지만 나는 그들이 두 사람이고 내 비명이 그들에게 어떤 영향을 주고 있었다

고 기억한다. 그들은 내 비명소리에 놀라고 있지만 날 풀어 주지는
않는다. 나는 풀어 달라고 더 크게 울부짖는다. 그들은 그것이 옳
은 일(즉 내가 묶여 있어야 한다)이라고 생각하는 것 같지만 나는
그것이 옳지 못하다고 생각하고 그걸 증명하려고 나 자신도 듣기
싫지만 그칠 수 없는 울부짖음을 계속 쏟아낸다. 나는 이 부당함과
잔혹함이 사람들 탓이 아니라(사람들은 나를 안쓰럽게 보고 있다)
내 운명 때문이라고 느끼며 내 자신에 대한 연민을 느낀다. 나는
이런 일이 정말로 있었던 일인지 모르겠고 결코 확인해 본 적도 없
다. 내가 젖먹이였을 때 포대기에 싸여 있었던 것인지, 아니면 한
살 이상이었을 때쯤 부스럼이 나서 긁지 못하도록 배내옷과 끈으로
돌돌 말아 놓았던 것인지 알 수 없다. 혹은 꿈속에서 종종 그렇듯
이 여러 인상들을 이 한 기억 속에 다 모아 놓은 것이지도 모른다.
하지만 분명한 것은 이것이 내 인생 최초의 가장 강렬한 인상이었
다는 점이다. 그리고 내 기억에 보다 깊게 새겨진 것은 나의 비명
소리나 고통이 아니라 그때 겪은 인상의 복잡함과 모순성이다. 나
는 자유롭고 싶었고 나의 자유가 그 누구에게도 문제되지 않는 것
이었다. 하지만 그들은 날 괴롭게 하고 있다. 그들은 나를 안 됐다
고 하면서도 나를 묶어 놓고 있다. 무엇이든 해야 하는 나는 약하
고 그들은 강하다. 15)

　태고로부터, 그 오래된 인류의 새벽녘 꿈에서부터 사람들은 재산과
담장과 등기서류와 유산과 배내옷 끈들로 서로서로 묶여 있다. 톨스토
이는 자유롭게 해방되기를 평생 동안 바라마지 않았다. 하지만 그를 사
랑하는 사람들, 아내와 아들들, 가까운 친인척과 지인들은 그를 둘러싸
고 풀어 주지 않았다.
　그는 자신을 묶고 있는 그런 끈들에서 벗어나고자 했다. 사람들은 그
를 동정하고 존경하였지만 자유롭게 풀어 주지는 않았다. 그들은 지나

---

15) 1878년부터 쓰기 시작한 《나의 인생》(23, 469~474) 중에서. 이 부분
　　의 제목은 《최초의 기억들》이다.

간 과거처럼 강력했고 그는 미래로 나아가고자 했던 것이다.

예전에는 젖먹이를 배내옷으로 돌돌 말아 묶어서 마치 수지붕대를 감은 고대의 미라처럼 보이게 했다는 걸 요즘 사람들은 잘 모른다. 요즘의 젖먹이들은 다리를 내놓고 위로 걸어차면서 자라는데 이것은 아이들에게 이전과는 전혀 다른 운명을 가져다준다.

이유 없이 자유를 박탈당한 기억, 바로 이것이 톨스토이의 최초의 기억이다.

아주 즐거운 기억도 존재한다. 향락에 대한 최초의 느낌인 목욕에 대한 기억이다.

> 나는 어떤 통 같은 데 앉아 있었는데 무언가 이상한, 그렇게 불쾌하지는 않은 신 냄새가 가득했다. 사람들이 그 냄새 나는 물건으로 벌거숭이 내 몸을 문지르고 있었다. 분명히 그건 밀기울이었을 것이다. 그리고 통에 물을 받아서 그 밀기울로 매일 목욕을 시켰던 것이리라. 하지만 밀기울에 대한 새로운 인상으로 자극 받은 나는 나의 몸에 대한, 가슴패기의 갈비뼈가 내 눈에 보이는, 그 작은 몸에 대한 사랑을 처음으로 느끼게 되었다. 어두운 빛의 매끄러운 목욕통과 소매를 걷어 올린 보모의 손길, 김이 오르는 따뜻한 물과 그 소리, 특히 내 손이 닿을 때 목욕통의 젖은 가장자리에서 느껴지는 매끄러운 느낌, 나는 이 모든 것을 처음으로 새롭게 느꼈다.

이런 두 기억은 세계의 인간적 분화에 대한 최초의 느낌이다.

톨스토이는 생애 초년기에 '아주 행복하게 살았다'고 회상한다. 그러나 그를 둘러싼 세계가 아직 분화되지 않아서 기억도 남아 있지 않았다. 톨스토이는 계속해서 이렇게 말한다. "언제 어디서 어떻게는 사고형식의 핵심이지만 삶의 본질은 이런 형식들 너머에 존재한다. 우리의 모든 삶은 갈수록 점점 더 이런 형식들에 종속되어 가지만 나중에는 다시 거기에서 벗어나고자 한다."

형식을 넘어서는 기억이 없다. 닿을 수 있는 것, 그것이 형식화되는 것이다. "내가 기억하는 모든 것들은 침대와 헛간에서 일어났던 것들이다. 풀도 하늘도 태양도 내게는 존재하는 것이 아니었다."

그런 것들은 기억되지 않는다. 자연은 마치 존재하지 않는 것만 같다. "분명히 자연을 보기 위해서는 자연으로부터 벗어나야 하지만 당시 나는 내 자신이 바로 자연이었다."

중요한 것은 자신을 둘러싸고 있는 것뿐만 아니라 자신을 둘러싼 것에서 인간이 무엇을 어떻게 보느냐는 것이다. 인간이 주목하지 못하는 바로 그것이 실제로는 그의 의식을 규정하는 경우가 아주 많다.

우리가 한 작가의 작품에 관심을 가지고 중요하게 눈여겨봐야 하는 것은 작가가 전체로부터 부분을 끌어내는 방법, 그렇게 해서 우리가 나중에 그 전체를 새롭게 받아들일 수 있도록 하는 그런 방법이다. 톨스토이는 평생 일반적인 전체적 흐름으로부터 무언가를 선별해서 자신의 세계관 체계로 끌어오려고 했다. 이때 선택의 방법을 바꾸면 선택하는 것도 바뀌었다.

그가 세계를 분리 선별해내는 법을 한번 보자.

사람들이 어린아이를 가정교사 표도르와 형제들이 있는 곳으로 데려간다. 아이는 톨스토이가 '영원한 것으로부터 온 친숙한 것'이라고 부르는 그 세계를 버리고 떠나간다. 인생이 이제 방금 시작되었으니 그에게 영원한 것이란 달리 없으며 지금 경험한 바로 그것이 영원한 것이다.

아기는 난생 처음 감촉한 영원함으로부터 떠나간다. "사람들과, 누이와, 보모와, 숙모와 이별하는 것이라기보다 익숙한 침대와 침대 커튼과 베개 등과 이별하는 것이다."

숙모가 언명되고 있지만 그녀는 아직 분화되지 않은 세계의 사람이다. 사람들이 그녀에게서 아기를 데리고 가 등 쪽에 끈으로 묶는 헐렁한 웃옷을 입힌다. 이것은 마치 그를 "위층에서 영원히" 격리시키는 것만 같다.

나는 내가 위층에 함께 살았던 모든 사람들을 인식하지 못했었는데 바로 여기서 중요한 한 사람을, 내가 함께 살았고 이전에는 기억하지 못했던 그 한 사람을 주목하게 되었다. 그 사람은 바로 나의 숙모 타티야나 알렉산드로브나였다.

여기서 숙모의 이름과 부칭이 등장하고 크지 않은 키와 다부진 몸매에 검은 머리라고 묘사되는 것은 나중의 일이다.

이제 장난이 아니라 진짜 삶이, 고난의 새로운 삶이 시작되는 것이다. 《최초의 기억들》 집필은 1878년 5월 5일에 시작되었다가 중지되었다. 그리고 1903년 프랑스어판 톨스토이 전기를 쓰던 전기작가 비류코프를 도와주기 위해 톨스토이는 다시 어린 시절 기억들을 되살리기 시작했다. 그들은 절망에 대한 이야기에서부터 부모님들과 형제들에 대한 이야기를 나누기 시작했다.

톨스토이는 어린 시절로 돌아와서 이제는 의식을 가지게 되었던 것뿐만 아니라 회상의 어려움까지 분석하고 있다.

> 내가 회상 속으로 깊이 들어가면 갈수록 어떻게 그것을 써내려갈 수 있을지 점점 더 주저하게 된다. 나는 주변에 일어난 사건과 내 정신의 상태를 연관시켜서 묘사할 수가 없다. 내 영혼의 상태가 어떤 일관성을 가지고 있는지, 주변과 어떻게 연관되어 있는지 기억하지 못하기 때문이다. (34, 372)

오래된 뿌리

육군 대장이었던 외조부 볼콘스키 공작은 그리 성공적이지 못했던 현실을 떠나 고독하게 살아가던 사람이었다. 새로운 황제가 등극한 나라에서 소외된 그는 울분과 상처난 자존심, 질투심에 젖어 있었다.

그는 두 개의 둥근 탑 기둥을 가진 대문을 굳게 닫아 걸었고 누구에게든 그 대문이 열리는 경우는 매우 드물었다.

그는 이 큰 정원 한가운데 석조 곁채가 딸린 자신의 궁전을 지으려고 했다. 본채는 당시 건축양식대로 1층은 석조로 만들고 2층은 목조로 만들어 회칠할 계획이었다. 석조 곁채들이 먼저 지어졌다. 공작은 상당한 부자였지만 생전에 본채 1층까지만 지을 수 있었다. 이 집은 딸 마리야에게 상속되었다.

톨스토이는 생전에 여러 번 외조부에 대해 회상하곤 했는데 그때마다 생각이 달랐다. 르이스이 고르의 오랜 소유자였던 볼콘스키 공작을 묘사하면서 톨스토이는 초고에서 볼콘스키 공작이 여자 농노와의 사이에서 낳은 사생아를 관리인을 시켜 고아원으로 보냈다고 이야기를 꺼냈다. 하지만 이 부분은 삭제된다.

톨스토이는 볼콘스키 공작을 그의 시대로부터 분리해내고자 했다. 그는 외조부를 명석한 지혜와 오만한 모습으로 그리면서 동시에 그의 꿈을 통해 포촘킨[16]에 대한 불타는 질투를 보여주고 있다. 공작은 오만하면서 지혜로웠다. 톨스토이의 말에 따르면 농민들도 볼콘스키를 존경했다.

볼콘스키 공작의 운명은 험난한 것이었다. 파벨 1세 때 그는 관복을 입을 권리와 연금 등이 배제된 채 면직되었다가 후에 다시 아르한겔스크 주지사로 임명되고 보병대장의 계급을 부여받았다. 하지만 그리 오래 봉직하지 못하고 다시 면직되는데 이번에는 제반 권리를 모두 보장

---

16) 〔역주〕 러시아 근대화를 이끌었고 절대왕정을 강화했던 계몽군주 에카테리나 2세(1862~1896)의 정부로 알려졌으며 당대의 권력을 휘둘렀던 공작. 볼콘스키 공작은 포촘킨의 정부(情婦)와 결혼하라는 압력을 거절하는 등 그와 갈등을 일으켰고 이로 인해 권력으로부터 소외되었다. 이후 파벨 1세와도 곧잘 의견을 달리했던 톨스토이 외조부 볼콘스키 공작은 1799년 야스나야 영지로 은둔해 들어가 1821년 죽을 때까지 이곳에 머물렀다.

받을 수 있었다. 이때 공작의 나이 46세였고 이후로는 더 이상 관직에
나가지 않았다.

아르한겔스크에 근무하면서 볼콘스키는 쉬피츠베르겐 섬에 대한 통
치권도 행사했다. 러시아 선원들은 이 섬을 그루만트라고 불렀다. 자신
의 영지로 돌아온 보병대장 볼콘스키는 자신의 영지 중 외딴 곳에 있는
한 마을 이름을 그루만트라고 지었다. 하지만 인근의 농민들은 이것을
우그류므이17)라고 고쳐 부르곤 했다. 톨스토이는 그루만트를 아주 멋
진 곳이라고 묘사하고 있지만 또한 민중들이 그 이름을 바꾼 것에도 나
름대로 의미가 있다는 것을 알고 있었다. 러시아 고어에는 '우그륨스트
보'(무뚝뚝함, 완고함, 침울함)이라는 단어가 있었는데 푸시킨이 이미
이 단어를 사용한 바 있었다. 사람들은 볼콘스키 노공작의 성격이 아마
도 이 단어의 뜻과 딱 맞아 떨어진다고 생각했던 것 같다.

오랜 세월이 걸려 본채가 완성되고, 붕괴되는 데에도 오랜 세월이 걸
렸지만 직접 이곳에 사람이 거주한 것은 얼마 되지 않았다. 그 건물은
주인들에게 너무 컸고 결국 팔려나가고 만다.

러시아의 오래된 저택들은 아름답지만 오래 유지되지 못했고 건축이
다 완성되는 경우도 드물었다. 《죽은 혼》에서 마닐로프의 집이 어떻게
묘사되는지를 기억해 보면 알 수 있을 것이다. 18) 가구는 끝까지 바짝
맞추어지지 않고, 안락의자들에는 거적 같은 것이 덮여 있으며, 탁자에
는 멋진 장식용 촛대와 그 옆에 기름에 절어 푸르죽죽하게 때가 낀 괴기
한 것이 놓여있다. 마닐로프는 집안의 모든 것을 다 마무리했다고 생각

---

17) 〔역주〕 그루만트라는 말은 '슬픈, 우울한'이라는 함의가 있고 '우그류므
이'는 '무뚝뚝한, 침울한, 음울한'이라는 함의가 있다.

18) 〔역주〕 니콜라이 고골(1809~1852). 러시아 근대 산문의 발전에 지대
한 공헌을 한 소설가, 극작가. 《외투》, 《뻬쩨르부르그 이야기》, 《검찰
관》, 《죽은 혼》 등의 작품이 있음. 여기서는 《죽은 혼》에 나오는 지주
마닐로프의 집에 대한 묘사를 말한다.

하지만 분명히 집은 완성되지 못할 것임에 틀림없었다.

예카테리나 시대 이전의 건축물들은 아주 단순했다.

톨스토이는 미완의 한 소설에서 옛날 모습의 야스나야 폴랴나와 지주 미하일의 집을 이렇게 묘사한다.

> 그는 높은 언덕의 끝자락에 소나무 두 그루 아래 널찍한 마당을 가지고 있었다. 집은 오두막 두 채로 만들어졌고 두 오두막은 보리수나무 지붕 날개 두 개로 연결되어 있었다. 그는 이 집에서 살지 않았고 군대에 복무하고 있었다 (…) 19)

러시아에 성대한 저택이 지어지기 시작한 것은 18세기 후반 귀족들이 군복무를 마치고 영지로 돌아와 정착하면서 부터였다.

볼콘스키는 대문을 만들고 입구의 가로수 길을 닦고 연못을 파고 온실을 만들고 과수밭을 가꾸어나갔지만 자신의 궁전을 다 짓지는 못했다. 톨스토이는 외조부가 지은 석조 1층짜리 건물이 집안 농노들을 위해 지어진 것이라고 생각했다. 하지만 이 건물은 지주를 위한 것이었다고 보는 것이 더 맞다.

볼콘스키 공작은 딸 마리야와 아침 산책을 할 때 과수밭 한가운데에서 농노로 구성된 오케스트라가 연주하도록 했다. 하지만 노공작이 서거한 후 이 음악대는 해산되었다. 일부는 다시 과수밭 일꾼이 되었고 또 일부는 집안의 급사로 돌아갔다. 그리고 더 이상 그곳에 음악은 연주되지 않았다.

그리고 톨스토이에게 상속된 뒤 그 집은 팔려 버렸다.

집이 팔린 것은 미리 계획되었던 것이 아니라 카드 도박 빚 때문이었다. 1855년 1월 28일자 일기에서 톨스토이는 이렇게 말한다. "이틀 낮과 밤을 카드 도박으로 보냈다. 결과는 뻔하다. 야스나야 폴랴나 집 전

---

19) 표트르 대제 시절에 대한 미완의 소설에서(17, 215).

체가 넘어가고 말았다. "[20]

우연히 팔리기는 했지만 그래도 이 집은 오랫동안 팔려나갈 위험을 면할 수 있었다. 볼콘스키의 손자들에게 이 집을 유지하는 일은 너무 벅찼지만 톨스토이는 이 집을 팔고 싶지 않았던 것이다. 빚을 지게 되면 그는 집을 파는 대신 유산으로 받은 시골의 작은 영지나 곡식, 말, 목재 등을 팔아버리곤 했다. 그때마다 그는 구매자에게 선금을 당겨써서 늘 손해를 보았다.

그러나 빚에 몰려 궁지에 처해 있을 때인 1852년 3월 28일에 스타로글라드콥스카야에서 톨스토이는 형 세르게이에게 편지를 쓴다.

> 야스나야 폴랴나 집은 팔고 싶지 않아요. 집의 가치가 높다거나 해서가 아니라 내게 소중한 추억이 어린 곳이기 때문이지요. 난 무얼 준다고 해도 이 집을 팔지 않겠어요. 그것은 내가 지켜야 할 마지막 하나예요.

저택의 만찬

톨스토이의 아버지 니콜라이는 퇴역 육군 대령으로 파산 위기에 처한 사람이었다. 그는 아내가 지참금으로 가져온 저택을 가구는 별달리 갖추지 못했지만 그런대로 사람이 살만하게 만들었다. 이때가 1832년이

---

20) 톨스토이 일기는 전집 제46~58권에서 인용된다. 이후 본문에 정확한 일자가 기입되어 있는 경우에는 별도로 권수를 밝히지 않고 정확한 일자가 본문에 나타나지 않는 경우에만 권수와 쪽수를 표기한다. 전집 제59~89권에 실려 있는 편지에서의 인용도 이에 준한다. 제83권, 84권은 아내 소피야에게 보낸 편지이고 제85~89권은 체르트코프에게 보낸 편지다. 특별히 소피야와 체르트코프에게 보낸 편지임을 밝혀야 할 경우에는 그 출처를 표시할 것이다.

었다.

톨스토이는 아버지에 대해서는 많은 것을 알 수 있었다. 하지만 어머니에 대해서는 기억이 별로 없었고 단지 자신이 살면서 느꼈던 가장 훌륭한 덕목을 어머니에 대한 추억으로 만들어 가졌다. 그런 상상 속의 어머니는 아주 상냥하고 몽상적이며 사랑스러운 분이었다.

어머니 마리야는 감수성이 풍부하고 몽상적인 성격이었지만 단호한 면도 있었다. 자매처럼 지낸 두 영국인 여자 친구와 친밀한 우정을 약조하며 지냈는데 말뿐만 아니라 실제로 그들에게 유례없을 정도의 큰 지참금을 주어 좋은 곳에 시집보냈다. 한 친구에게는 5만 루블, 또 한 친구에게는 7만 5천 루블을 쥐어 보냈던 것이다.

저택은 여전히 미완성이었다.

이 저택은 너무나 커서 방이 몇 개인지 셀 수도 없었다.

이 저택에서의 평범한 하루, 커다란 응접실에서의 가족 만찬에 대해, 그리고 더불어 이곳 사람들의 운명에 대해 말해보자.

가족들은 응접실에 모여 만찬을 기다리곤 했다. 여기엔 긴 소파와 둥그런 탁자, 팔걸이 안락의자들이 있었는데 참나무로 만든 것도 있고 모조 마호가니로 만든 것도 있었다. 두 벽의 창문 사이에는 각각 전신거울이 걸려 있었다. 그리 화려하지 않은 방은 두 거울에 비쳐 황금으로 조각된 사진들에 끼워있는 것처럼 보였다.

아버지 니콜라이는 녹색 염소가죽이 씌워진 서재의 긴 소파에서 휴식을 취하고 있다. 그는 굽이 없는 부드러운 부츠를 신고 응접실로 걸어나와 빠른 걸음으로 노모에게 다가가 선량하고 우수에 젖은 멋진 눈으로 어머니를 바라보고는 우아하면서도 남성적인 몸짓으로 파이프를 시종에게 건네준다. 주지사 부인이었던 노모 펠라게야는 아들을 보고 미소 짓는다. 아들은 어머니의 손에 입을 맞추고 어머니는 아들의 이마에 입을 맞춘다. 사랑하는 아들, 믿음직한 가장, 선량하지만 한량이었던 남편을 대신하고 있는 아들이었다.

톨스토이의 가문에 대한 자부심은 고르차코프 가문의 할머니에 집중되어 있는 듯하다. 할머니는 고르차코프 공작 집안 장남의 딸이었다. 톨스토이의 부계는 그렇게 널리 알려진 가문은 아니었고 톨스토이 자신도 그 역사에 대해 정확한 지식을 가지고 있지 못했다. 알려진 바로는, 톨스토이 백작 가문의 시조는 표트르라는 사람이 백작 작위를 받으면서 부터였는데 그는 똑똑하고 재주가 많았으며 용감하기도 했지만 친구들에 대한 신의는 없는 인물이었다고 한다. 그는 죄수들을 채찍질하고 굶기는 것으로 악명 높은 솔로베츠키 수도원 감옥에서 죽음을 맞이했다.

조부인 일리야에 대해서 톨스토이는 항목별로 요점만 적어놓고 있다. "재산. 상당한 자산을 탕진. 부주의하고 무모한 계획들. 일관되지 못함. 터무니없는 사치. 사회활동. 허영. 사람 좋음. 높은 분들에 대한 존경심." 이하 모든 내용을 다 열거할 필요는 없을 것이다. 다만 이어지는 한 마디만 더 보자면, "지적 능력. 어리석다, 교육이라곤 전혀 받지 못한."[21] 으로 되어 있다.

실제로 조부는 전혀 교육받지 못한 사람이었다. 그는 해군 유소년 학교를 마치고 해군에 복무하다가 나중에는 프레오브라젠스키 육군 연대에 근무했고 여단장까지 올라갔다. 여단장은 중급 능력을 가진 귀족이 올라갈 수 있는 한계였다.

조부는 아내에게 충실한 남편이었지만 사치스런 생활을 좋아했고 손님들을 초대하여 인심 좋게 성대한 잔치를 벌이곤 했다. 손님맞이를 특히 좋아하는 모스크바에서 그는 희귀한 용철갑상어까지 구해 식탁에 올리는 능력으로 명성이 높았다. 그는 그것을 거의 예술품 대하듯이 했다. 그는 서서히 몰락하고 있었는데 그의 몰락은 모스크바 대화재로 인해 가속된다.[22] 조부는 소실된 재산을 부풀려서 신고했지만 그 전부를

---

21) 《전쟁과 평화》의 초고 중에서(13, 17).

22) 〔역주〕1812년 나폴레옹 침공(러시아에서는 이를 조국전쟁이라고 부른다)시 모스크바가 프랑스군에 점령당했을 때 러시아 황제는 '모스크바

보상받지는 못했다. 그는 모스크바 퇴각 시에 어떤 애국적 공헌을 한 것도 없었고 또 어떤 부적절한 행동을 한 것도 없었던 것이다.

그는 정부에 일자리를 청할 수밖에 없었고 1815년 카잔 주지사로 임명된다. 하지만 카드 도박과 향응을 좋아하고 지역 귀족단장과 논쟁을 벌이는 등 안하무인의 행동으로 곧 어려운 처지에 놓이고 만다. 전매 독점권을 둘러싸고 뇌물을 수수했다는 소문이 돌았던 것이다. 아내 펠라게야가 뒤로 은밀하게 뇌물을 받았지만 치밀하지는 못했다.

그러나 일리야의 직권남용이 그리 심각한 것은 아니었다. 그는 단지 "부하직원 관리와 직무처리에 있어 부주의 의혹"과 "직무능력의 현저한 부족과 지식 부족"23) 으로 기소되었고, 1820년 심리가 진행되는 중 갑작스럽게 죽음을 맞이한다. 구세프24) 는 전기 자료집에서 많은 증거를 제시하며 자살 가능성은 없다고 말한다.

주지사의 아들, 즉 톨스토이의 아버지 니콜라이는 갚아야할 빚에도 미치지 못하는 유산과 돌봐야 할 철 없는 어머니를 떠안은 채 갑자기 불행의 나락으로 떨어졌다. 그는 채무를 이행하지 못해 감옥에 가지 않기 위해서라도 일을 해야만 했다.

"식사는 어떻게 된 건가?"

아무도 별 신경을 쓰지 않는 것에 짜증인 난 주지사의 아들 니콜라이

를 잃는다고 해서 러시아를 다 잃는 것은 아니다'라며 모스크바를 소개시키고 퇴각한다. 나폴레옹은 쉽게 모스크바를 접수하지만 원인을 알 수 없는 대화재가 발생하여 모스크바가 대규모로 소실되고 점령군 프랑스 군대도 모스크바에 오래 주둔하기 어렵게 된다.

23) 1820년 1월 18일자 국무위원회에 보낸 A 아락체예프 보고서 중에서 (N. 구세프, 《톨스토이 전기 자료집(1828~1855)》, 모스크바, 1954, 23쪽).

24) 〔역주〕 N. 구세프(1882~1967). 문학사 연구자. 1907년에서 1909년 톨스토이 개인비서로 활동.《톨스토이와의 2년》(1912), 1828년에서 1881년까지 톨스토이 전기 자료집 4권을 비롯하여,《톨스토이의 삶과 창작 연보(1891~1910)》(1958~1960) 등의 저서를 남김.

는 비난하듯 소리쳤다. 시종이 나와 이제 곧 대령하겠노라고 보고한다. 광택이 없는 진한 붉은 색 문이 열린다. 이 문은 회칠을 하고 그 위에 그저 색을 입혔을 뿐 니스로 광택을 내지는 않았다. 높은 문을 통해 시종인 포카가 어깨 위에 주름을 높게 잡은 푸른 프록코트를 입고 나타난다. 포카는 오랫동안 이 집에서 일하는 시종이며 볼콘스키 공작의 오케스트라에서 바이올린을 켰던 인물이다.

포카는 눈썹을 높고 당당하게 치켜 올리며 마치 지금 눈앞에서 대오케스트라가 심포니 연주를 시작하기라도 한다는 듯 짧고 위엄 있게, 낮고 장중하게 말한다.

"식사가 준비되었습니다!"

모두들 일어나서 커다란 응접실로 걸어간다. 여전히 아름답고 턱이 긴 노모가 맨 앞에 나선다. 노모의 머리는 주름이 달린 레이스로 말아 올렸고 보라색 리본이 달려 있다. 남편인 카잔 주지사의 느닷없는 죽음으로 무너져 버리긴 했지만 이런 성대하고 격식을 차린 생활방식은 몸에 익은 것이었다.

그녀와 나란히 우수 어린 눈의 쾌활한 아들 니콜라이가 걸어간다. 그는 잘생긴 몸매로 가볍게 움직이고 있다. 그의 인생은 성공적인 군대생활과 우수한 사람들과의 우정으로 시작되었다. 그러나 그 후 모든 것이 반전되고 말았다. 영광은 지나갔고 친구들은 사라졌으며 고난도 수없이 겪었다. 그런 후에 결혼하게 된다. 그리고 지혜로운 아내와 착한 아이들.

다섯 살짜리 울보 료바[25] 는 아버지의 하얀 손에 뺨을 부비고 있다.

---

25) 〔역주〕 울보 료바: 료바는 톨스토이의 애칭. 러시아어로 료바는 울보란 뜻이고 톨스토이의 이름 레프를 따서 그 애칭은 료바이다. 어린 톨스토이를 '료바 료바'라고 부름으로써 두 단어의 발음이 유사하여 뜻과 소리로 재미있는 말장난이 되고 있다. 여기서는 의미대로 울보 료바라고 번역한다.

아이의 머릿결은 밝은 색이고 푸른빛이 감도는 회색 두 눈은 맑게 빛난다. 고집스런 입과 광대뼈, 장밋빛 뺨.

아버지는 조심스럽게 걸어가며 다정하게, 하지만 다소 무심하게 아이의 뺨을 손가락으로 꼭 잡아본다. 료바는 작은 걸음으로 뒤처지거나 앞서지 않고 보조를 맞추려고 애를 쓴다. 아빠의 애무를 놓치고 싶지도 않다.

료바는 아직 어리다. 아직도 여자 아이들이 그를 데리고 인형놀이를 했고 어떤 때는 그를 인형으로 삼기도 했다. 여자 아이들은 인형놀이에서 그를 '예쁜 꼬마 인형'이라고 부르며 요람에 눕혀 흔들고 옷을 껴입히기도 하고 약을 먹이는 시늉도 하고 인형처럼 가지고 놀았다. 바로 얼마 전까지도 그는 그런 놀이를 하다가 잠이 들기까지 했던 것이다. 하지만 이제 그는 말 타기를 배우려고 하고 있다. 이제 그를 가르치는 것은 보모가 아니라 독일인 가정교사였고 손가락에는 잉크가 묻어 있었다.

노모와 어른들 뒤에, 아버지 뒤에 알렉산드라 오스텐-사켄 백작부인이 따르고 있다. 푸르른 눈에 밝은 머릿결, 우아한 자태의 서른다섯 살의 부인이었다. 그녀는 값비싼 원피스지만 아무렇게나 편안하게 차려입고 있었다. 그녀는 선량하고 종교적이며 큰 부자였지만 집이 없었다. 그녀는 아이들과 하녀들에게도 친절했고 수도원에 가기를 꿈꾸고 있었다.

그녀의 남편 오스텐-사켄 백작은 발틱 출신의 부유한 귀족이었는데 피해망상증에 시달리고 있었다. 그는 여행 중에 아내에게 총을 쏘려고 했고 후에 목사를 통해 아내에게 화해를 청했다. 하지만 아내와 만난 자리에서도 거짓말로 속여서 아내에게 혀를 내밀게 하여 면도칼로 자르려고 했다. 그는 임신한 아내를 괴롭히고 협박하기도 했다. 결국 그들의 아이는 사산되고 말았다. 지금 알렉산드라는 다른 사람들처럼 평온하게 걸어가며 오른쪽의 타티야나에게 미소를 지어 보인다.

타티야나 예르골스카야[26]는 작고 까무잡잡한 억센 손으로 알렉산드라의 하얀 손을 잡고 걸어가며 그녀의 정겨운 속삭임에만 귀를 기울이고 다른 소리에는 전혀 귀 기울이지 않는다. 평생 동안 그녀는 사랑하는 니콜라이 곁에서 살았다. 그러나 그녀는 그 아름다운 검은 눈으로 니콜라이의 다정하고 슬픈 듯한 푸른 빛의 눈동자를 감히 단 한 번도 정면으로 바라볼 수 없었다. 지금도 그녀는 그녀 앞에 걸어가고 있는 그를 바라보지는 못하고 그의 어머니 쪽을 바라보고 있다.

타티야나는 8년 동안 톨스토이 어머니 마리야와 함께 살았지만 한 번도 다툰 적이 없다. 마리야가 죽은 뒤 6년이 흐르고 니콜라이는 타티야나에게 자신과 결혼해서 아이들의 엄마 역할을 해주기를, 그리고 결코 자신을 버리지 말아 달라고 간곡히 청했다. 그들 둘 다 이미 마흔 넷이었다. 그녀는 여러 번 부탁을 받고 생각했지만 결론은 오래 걸리지 않았다. 타티야나는 일기에 이렇게 쓰고 있다. "첫 번째 제안은 거절했다. 두 번째 제안은 내가 살아 있는 한 꼭 그렇게 하겠다고 약속했다."[27] 이 일기는 그녀의 책상 위 유리구슬 가방 속에 보관되어 있었다.

타티야나와 알렉산드라 부인 뒤에는 톨스토이의 세 형이 뒤따른다. 아이들은 집에서 만든 무거운 부츠를 신고 있었다. 아이들은 아버지와 보조를 맞추지 못하고 새로 깐 마룻바닥에 어수선하게 발소리를 내며 뒤따른다. 색슨계 독일인 가정교사 표도르 료셀이 이들을 이끌고 있다. 그는 대머리에 강인하고 선량했는데 조국에서 추방되어 갈 곳이 없는 사람이었다. 그는 부츠 만드는 일에도 반쯤 기술자였다. 그는 아마 이곳 야스나야 폴랴나에 묻히게 될 것이다. 자신의 고향 같기도 하고 낯선 타향 같기도 한 이곳의 묘지의 담장 밖에, 조국으로부터 수천 킬로미터

---

26) 〔역주〕 타티야나는 고르차코프 공작의 손녀였지만 오갈 데 없는 신세여서 톨스토이 집에 얹혀산다. 할머니의 친척이어서 톨스토이 집에 머물게 되었고 아버지 니콜라이와 혼담이 오고가기도 했다. 아버지가 마리야와 결혼한 후에도 마리야와 가깝게 지냈고 평생 톨스토이 형제들을 돌보며 산다. 톨스토이는 그녀를 숙모라 부르며 거의 어머니처럼 대한다. 그녀에 대한 자세한 이야기는 이후 계속해서 등장한다.

27) 톨스토이의 《회상록》 중에서(34, 23).

떨어진 곳, 그가 평생 함께 산 사람들과도 담을 사이에 두고서 말이다.

아이들은 이야기를 나누며 걸어간다. 항상 기지가 넘치는 큰아들 니콜라이, 착한 세르게이, 어디로 튈지 모르는 엉뚱한 드미트리. 그 옆에는 막내 딸 마리야가 함께 간다. 어머니 마리야가 죽으면서 낳은 아이였다. 그녀는 예쁘고 활발한 소녀였다. 젊은 나이에 먼 친척이었던 발레리얀 톨스토이에게 시집가서 아이를 네 명 낳지만 행복한 결혼생활을 하지 못하고 이혼하게 된다. 그러다가 다시 작가 투르게네프와 사랑에 빠지지만 환멸만을 겪을 뿐이다. 그 후 그녀는 다시 외국인인 헥터-빅터 드 클렌 자작과 사랑에 빠져 외국으로 가 딸을 하나 낳지만 결국 수도원에 들어가고 만다.

행복한 사람은 누구일까? 이 밝은 집에서 햇볕이 좋은 이 여름 날 마음이 무겁지 않은 사람은 누구일까?

어쩌면 노파가 된 펠라게야 부인은 사랑스럽고 사려 깊은 아들과 저녁마다 카드점이나 치면서 행복했을지도 모른다.

아이들도 행복하겠지.

톨스토이의 회상 속에서 어린 시절은 행복이 가득한 모습이지만 그 행복은 그가 눈을 뜨고 주위를 둘러보았을 때 한순간에 모두 지나가버린 것만 같았다.

> 질병과 죽음을 모르고 온 가족 구성원이 평온하게 살아가던 시기도 있었다 (…) 내 생각에, 그것은 어머니가 아버지 가족들과 함께 살았던 시기였던 것 같다 (…) 죽어 가는 사람도 없었고 아픈 사람도 없었으며 악화되었던 아버지의 일도 제자리를 잡아 가고 있었다. 모두 건강하고 명랑하고 화목했다. 아버지는 재미난 이야기와 농담으로 모두를 즐겁게 만들었다. 나는 이 시기를 잘 알지 못한다. 내가 기억을 가질만한 나이였을 때는 이미 어머니의 죽음이 우리 가족의 삶에 강한 흔적을 남겨 놓았을 때였다. (34, 365)

오후의 만찬은 성대했고 하루 일과의 정점이었다.

크고 아름다운 창문은 활짝 열리고 그 너머로 과수원과 화원이 보인다. 들장미가 군집을 이루며 붉게 타오르고 가운데는 붉고 끝부분은 하얀 외국산 장미들도 자태를 자랑한다. 창밖 저 멀리로는 목초지가 보인다. 풀을 벤 부분은 밝은 은빛이고 베지 않은 곳은 암갈색이다.

길 양옆에 가지치기를 한 보리수나무들이 올해는 조금 늦게 노란 꽃을 피우기 시작하고 있다.

목초지 너머에는 호밀이 빛바랜 듯 노랗게 익어 가고 그 너머 숲들은 푸르고 하늘은 그보다 더 짙고 푸르다.

농가와 곡식 건조창고 사이로 비옥한 삼밭이 쐐기풀처럼 짙은 녹색의 강이 되어 범람하는 것 같았다. 그 한가운데 시골 아낙네들이 흘러가듯 걸어간다. 새빨간 머릿수건과 사라판[28]의 어깨부분만이 보인다. 아마도 삼밭 가운데로 길이 있는 것이리라. 삼밭 너머로는 우유처럼 흰 메밀꽃이 가득하다. 둥그런 떼를 지어 꽃 사이를 날아다니는 꿀벌의 무리는 검은 색과 샛노란 솜털이 뒤섞인 것만 같다. 큰 기둥들이 있는 대저택 뒤편에는 푸른 하늘을 배경으로 벌채 금지구역의 참나무들이 푸르다. 영지의 일부로 편입된 녹채의 끝부분이다.

거기서 더 나아가면 줄기가 하얀 자작나무 숲과 그 푸른 그늘을 만날 수 있다. 모든 곳이 친숙하다. 모두들 창밖을 바라보고 있지만 눈에 보이는 것만 보고 있는 것은 아니다. 그곳은 모두가 유유히 말을 타거나 산책하던 장소들이 아니던가.

모든 것이 순조롭기만 하다. 늙은 주지사 부인의 식탁 위에는 황금빛 담뱃갑이 놓여 있다. 거기에는 그리운 남편의 초상이 새겨져 있다. 카잔에서 조사 중에 죽음으로써 그나마 명예를 더럽히거나 유죄 판정을

---

28) 〔역주〕러시아 농촌 아낙네들이 즐겨 입는 전통의상. 소매가 없고 띠가 달린 긴 웃옷.

받지 않을 수 있었던 남편이었다.

뭔가 잘못된 것이 있었다면 그건 의례적인, 인간적으로 있을 수 있는 것이었고 그리고 이미 잊혀진 것들이다. 마리야의 죽음. 더 이상 그녀의 무거운 발소리를 들을 수 없었다. 또 방으로 들어와 맑은 눈빛으로 모두를 바라보며 어깨를 젖히고 무거운 걸음으로 남편에게 다가가던 모습도 더 이상 볼 수 없다. 그녀는 죽었고, 슬픈 애도 속에 입관되었다. 그녀의 자리는 대체되었고 기억 속으로 떠나갔다. 사랑스런 막내아들 료바는 그녀를 거의 보지 못했지만 누구보다 더 오랫동안 잊지 못하고 추억했다.

식탁 위에 덮인 식탁보는 집에서 만든 거친 것이지만 감촉이 좋고 널찍했다. 햇빛은 크바스[29]를 담은 섬세한 유리잔에 부딪혀 반사되고 반사된 햇빛이 석회 칠을 한 높은 천장에 비쳤다. 아이들의 작은 손이 포크와 나이프의 나무 손잡이를 만지작거린다. 먹고 싶은 게다.

햇빛이 밝게 들어오고 있다.

할머니 등 뒤에는 티혼이 서 있다. 외할아버지의 오케스트라에서 플루트를 불었던 인물이다. 그는 아이들과 눈짓을 나누며 접시를 가지고 장난을 친다.

할머니가 돌아보았다. 티혼은 푸른 프록코트에 노란빛 접시를 바짝 가져다 붙이고 집에서 만든 대리석 조각처럼 움직임을 멈춘다.

톨스토이는 아직 아주 어린애다. 그는 통통한 작은 다리를 식탁 밑에서 힘차게 흔들어댄다. 발에는 하녀 프라코비야가 뜨개질한 하얀 양말과 귀머거리 구두장이 알렉세이가 만든 실크 리본이 달린 단화를 신고 있다.

모두들 서로에 대해 너무나 잘 알고 있다.

---

29) 〔역주〕 빵이나 곡물을 누룩, 엿기름과 함께 발효시켜서 만든 러시아 전통 청량음료.

음식은 아주 평범하고 있을 만한 것들이다. 양배추 수프와 메밀 죽, 구운 감자, 순무, 오이 소스의 닭고기, 스메타나를 얹은 트보로그,[30] 두툼한 팬케이크, 비스킷 같은 마른 과자들.

주인들 의자 뒤편에는 시종들이 서 있다. 외할아버지 볼콘스키 공작의 연주를 멈춘 오케스트라 단원들, 플루트, 오보에, 비올론첼로, 바이올린, 호른, 드럼 등을 불었던 연주자들이다.

만찬이 끝나면 하녀 프라스코비야는 그녀의 작은 방으로 료바를 데리고 갈 것이다.

오차코프 향 연기

톨스토이 아버지가 마무리한 고저택은 오래 전에 철거되었고 기초마저 흙에 덮여 버렸다. 나무들은 저택이 그대로 있었더라면 지붕 위로 가지를 뻗었을 만큼 크게 자랐다.

톨스토이는 이 저택에 대한 추억을 소중히 간직하고 있었다. 그는 이 집을 회상할 때면 뭔가 비난어린 어조로 말했다. 그는 하인들의 맺힌 설움에 대해 이야기하면서, 동시에 이 집에서 펼쳐졌던 오래 전의 짧았던 영광에 대한 목가적 회상을 끼워 넣곤 했다.

프라스코비야는 고저택의 관리인이었다. 그녀는 항상 아이들을 위한 사탕과 이야기꺼리를 가지고 있었다. 그녀는 아이들이 방으로 찾아오면 지나간 시절의 이야기와 용감했던 장군, 즉 그들의 외할아버지가 오차코프에서 터키 군에 맞서 싸운 이야기를 다정하게 들려주곤 했다.

프라스코비야는 한때 시종인 포카를 사랑했었다. 외할아버지의 대오

---

30) 〔역주〕 스메타나는 우유를 발효시킨 농축 크림. 전통음식 중 하나. 샐러드나 수프 류 등에 첨가하여 먹는다. 트보로그는 우유를 응고시켜 만든 일종의 치즈와 유사한 식품이다.

케스트라가 살아 있던 시절 포카는 제 2 바이올린 연주자였다. 이 바이올린 연주자는 긴 양말에 버클이 달린 단화를 신고 머리에는 귀족처럼 분을 바른 하얀 가발을 쓰고 다녔다. 프라스코비야는 시골 마을에서 데려온 뚱뚱하고 활달한 여자였다. 나중에 그녀도 단화를 지급받고 공작의 딸 마리야의 보모로 임명되었다. 그리하여 그녀는 포카와 자주 만날 수 있게 되면서 사랑에 빠졌던 것이다. 그녀는 호랑이 눈썹의 무서운 장군을 찾아가 포카에게 시집가도록 허락해 달라고 죽어 가는 목소리로 간청했다.

장군은 가발을 쓰지 않은 검회색 머리를 크게 한번 흔들더니 배은망덕하다고 호통을 치고는 그녀를 초원지대 마을의 가축지기로 보내버렸다. 6개월 후 그녀는 돌아올 수 있었지만 다시 맨발에 거칠고 허름한 옷을 입어야 했다. 그녀는 장군의 발밑에 엎드려 자신의 어리석음을 용서해 달라고 빌었고 다시 은혜와 사랑을 받게 되었다. 그후 그녀는 20여 년을 더 공작 따님을 모셨다. 이제 그녀는 프라스코비야 부인이라고 높여 불리게 되었고 부인용 모자를 쓸 수 있었다. 공작 딸 마리야는 결혼하면서 프라스코비야를 면천시키고 매년 3백 루블의 연금도 주겠다고 약속했다. 그러나 그녀는 연금도 면천도 받아들이지 않고 그대로 남겠다고 했다. 백발이 된, 더 이상 가발을 쓰고 있지 않은 포카도 여전히 집에 남아 일하고 있었다. 집 관리인으로 남은 그녀는 자신의 옛 사랑에 대해서는 바보 같은 짓이었다고 말하곤 했다. 그녀는 그 사랑에 자물쇠를 채우고 그 열쇠를 내던져 버렸던 것이다.

그녀는 많은 것을 보았다. 자신이 모셨던 아가씨가 마님이 되어 가는 모습을 보았으며 마님이 영국인 친구에게 농노 등속이 딸린 시골 영지를 선물하는 것을 놀란 눈으로 지켜보기도 했다. 훌륭하고 견고한 성채의 선량한 마님은 친척들이 영국인 친구에게 시골 영지를 선물하는 것을 반대하자 대신 7만 5천 루블을 건네주었다.

물론 귀족 마님들이라고 살아가는 일이 쉬운 것만은 아니었다. 타티야나를 보라. 출신은 어엿한 귀족 부인이 아니던가? 고르차코프 공작의 손녀딸이기는 하지만 가난하다. 그래서 시집 갈 수가 없었다. 마음씨 좋은 마리야가 그녀를 집에 붙잡아 두어서 다행이었지만 타티야나 자신의 개인적 행복은 없었던 것이다.

"프라스코비야 부인, 할아버지가 어떻게 싸웠어? 말 타고?" 료바는 이렇게 묻곤 했다. "그분은 온갖 방법으로 싸우셨지요. 말을 타기도 하고 걸어 다니기도 했답니다. 그래서 육군 대장이 되셨지요."

소년은 프라스코비야의 방을 가득 채우고 있는 물건들을 바라보며 터무니없는 소리를 하곤 했다.

"난 장군이 되어서 엄청나게 예쁜 여자와 결혼하고, 멋진 갈색 말을 사고, 유리로 된 집을 짓고, 작센에 사는 표도르 선생님 친척들을 불러올 거야."

그러면 프라스코비야는 모자를 끄덕이며 대답했다.

"그럼요, 도련님, 그럼요⋯."

그러고 나서 푸른 상자를 연다. 소년은 내려놓은 상자 뚜껑 안쪽에 향수병에서 떼어낸 그림과 형 세르게이의 그림, 그리고 어떤 경기병 그림 등이 붙어 있는 것을 본다. 프라스코비야는 소년에게 말린 무화과 열매와 캐러멜 등을 꺼내 준다. 그런 다음에는 향을 한 줌 꺼내 종이에 말아 성상 앞 촛불에서 불을 붙여 허공에 천천히 흔들며 향을 피운다.

"도련님, 이건 말이지요, 고인이 되신 할아버님께서 터키인들과 싸우러 다니셨을 때, 그때 가져오신 오차코프 향이랍니다. 오, 평안히 승천하시기를⋯. 이제 마지막 한 줌이 남았군요⋯."

노인이 된 프라스코비야는 한숨지었다.

판파론 언덕

"여자애들은 그 언덕에 나중에 데려가자. 너무 멀거든."

소년들은 속삭였다.

여기서는 그 언덕이 보이지 않는다.

그 언덕에 사는 사람들은 서로 잘 보이려고 애쓰지도 않고, 고집 부리지도 않으며, 굽실거리지도 않고, 결코 숨죽여 말하는 법이 없고, 대문을 걸어 잠그지도 않는다.

모든 농가에는 굴뚝이 있고 개들이 항상 늑대로부터 지켜준다.

언제나 료바의 경탄의 대상이었던 열두 살의 큰형 니콜라이가 어느 날 저녁 자신에게 비밀이 하나 있는데 그것이 밝혀지면 모든 사람들이 행복해지고 모든 불쾌한 일이 사라질 것이다, 아무도 다른 사람에게 화를 내지 않고 모두 서로 사랑하고 모든 사람들이 개미 형제처럼 될 것이라고 말했다. 니콜라이는 재산을 공유하며 정의롭게 살아가는 모라비아[31] 형제들에 대한 이야기를 아버지 서재에서 읽었거나 아니면 어디선가 들었을 것이다. 아직 어렸던 니콜라이는 이 이야기를 옮기면서 모라비아 형제들을 무라베이(개미) 형제들로 오인했던 것이리라. 아이들은 개미라는 단어를 좋아했으니까. 풀 속에 늘어선 긴 개미행렬을 익히 보아왔고 잘 알고 있지 않았겠는가.

톨스토이는 평생 개미 구경하기를 좋아했다. 생의 마지막 해에는 벤치에 앉아 개미 가족의 끝없는 행렬과 다툼 없는 생활을 관찰하며 위로받곤 했다.

아이들은 개미 형제 놀이까지 만들어냈다. 이것은 "모두 의자 밑에 들어가 앉아 상자를 끌어다 둘러막고 천으로 뒤집어 싸고는 그 속에서 서로 몸을 꼭 붙이고 어두워질 때까지 앉아 있는"[32] 놀이였다.

---

31) 〔역주〕 구 체코슬로바키아 연방의 중부 지방.

톨스토이 집안의 어른들은 그들 중에 프리메이슨[33]이 있었다고 생각했다. 그러나 후에 밝혀진 바로는 프리메이슨 비밀명단에 외할아버지인 육군대장 볼콘스키 공작의 이름도, 톨스토이 부친의 이름도 들어 있지는 않았다. 프리메이슨 조직은 황제들이 메이슨 지부를 해산하고 엄금했음에도 불구하고 은밀히 존재했다. 하지만 거의 동화처럼 구전되는 전설로서 프리메이슨 전설은 스스로 소멸되어 갔다. 그것은 마치 유속 빠른 강물이 초원 사이를 굽이치며 흐르다가, 쓰레기들을 강변으로 몰아내고 스스로는 점점 얕아지면서 소멸되는 것과도 같았다.

프리메이슨의 입회 규약은 복잡하고 기이하며 비밀스런 의식들로 가득 차 있었다.

아이들은 생생한 상상력으로 사람들에 대한 사랑과 선에 대한 지향으로 가득 찬 다른 삶, 부끄러운 비밀과 위협이 없는 삶, 모든 것이 분명하게 이해되는 그런 삶을 갈망하고 있었다.

니콜라이는 개미 형제들이 존재하고 있으며 거기에 가입하려면 특별한 조건이 필요하다고 선언했다. 첫 번째 가입조건은 방 한쪽 구석에 서서 흰색 곰에 대해서는 생각하지 말아야 한다는 것이었다. 료바는 이미 여러 방의 구석에 서서 그렇게 하려고 애를 써 보았지만 흰색 곰에 대한 생각을 머리에서 지울 수가 없었다.

두 번째 조건은 마룻바닥 사이의 갈라진 틈을 하나도 건너뛰지 말고 밟고 지나가는 것이었다. 세 번째 조건은 산 토끼든, 죽은 토끼든, 식탁

---

32) 《회상록》 중에서 (34, 386).
33) 〔역주〕 중세의 숙련 석공(石工) 조합원의 결사에서 유래된, 회원 간의 우애와 상호부조, 박애주의를 목적으로 결성된 비밀 결사단. 18세기 유럽 지식인들의 비밀스러운 동맹으로 발전하여 세계 시민정신과 자유주의적 개인주의와 합리주의 입장을 전파하는 역할을 했다. 종교조직은 아니지만 그 비밀성과 의례성이 일종의 이단으로 여겨져 로마 가톨릭으로부터 비난과 탄압을 받았다. 러시아에서도 18세기 말부터 서구의 계몽주의와 합리주의가 소개되면서 다양한 경로로 유입되었다.

위에 놓인 토끼요리든 1년 동안 토끼를 보지 않는 것이었다. 그리고 그 무엇보다도 개미 형제단의 비밀을 누구에게도 발설하지 않겠다고 서약해야만 했다.

아이들이 흰색 곰에 대해, 그리고 모든 나쁜 것에 대해 잊어버리고 착하게 되어 모두 개미 형제가 되었다고 생각되자 니콜라이는 비밀이 씌어져 있다는 녹색의 지팡이를 하나 가져왔다. 아이들은 모두 함께 이 지팡이를 들고 옛날에 벌채금지구역이었던 골짜기 끝으로 갔다. 거기서 언덕이 꺾이는 지점 길옆에 땅을 파고 지팡이를 파묻었다. 이제 그들은 판파론의 산에 올라 훌륭한 삶을 살게 될 것이었다. 어른도 아이도 없고 모두 솔직하게 말하고 결코 속삭이지도 울먹이지도 않는 그런 삶을 ….

그렇게 되면 모두들 자신의 소망을 이룰 수 있게 되는데 이 소망은 미리 말해두어야 했다. 둘째 세르게이는 밀랍으로 말과 닭을 조각할 수 있게 해달라고 소망했다. 드미트리는 조각이 아니라 모든 것을 아주 커다랗게 그릴 수 있게 해달라고 빌었다. 가장 어린 료바는 아무 것도 생각해 낼 것이 없어서 그저 작게 그림을 그릴 수 있게 해 주기를 바랐다.

그러나 무엇보다 중요한 것은 바로 판파론 언덕으로 가는 것이었다. 거기에 가면 가장 좋은 것을 생각해 낼 수가 있을 것이다.

하지만 아이들은 그 언덕이 있는 곳을 알지 못했다. 아마도 저 아득한, 노란색으로 환하게 빛나는 호밀밭 너머일지, 아니면 더 멀리 푸른 숲 너머에 있는지도 모른다. 그 언덕은 아주 먼 곳에 있고 또 무척 높은 곳이긴 하지만, 그래도 숲 때문에 보이지 않는 것일 게다. 모두들 함께 오랫동안 걸어간다면 그곳에 닿을 수 있을 것이다.

료바는 개미처럼 아주 작았고 그저 사랑과 귀여움 받는 것만 알았다. 그는 평생 개미 형제단의 일원이었고 어린 시절로 돌아가는 길을 찾고자 꿈꾸었다. 그는 가족을 사랑하듯 모든 사람들을 사랑하고 싶었고 그 누구에게도 화를 내지 않고 쓸데없이 허영이라는 흰색 곰에 대해 생각하지 않으려고 노력했다.

아이들은 서로 많은 이야기를 나누었다. 조금 나이 든 아이들은 예전에 오케스트라 단원이었던 늙은 하인 니콜라이 아저씨가 독일인 가정교사 표도르와 나누는 대화를 엿들었다.

이른 밤 시간이었다. 하인 니콜라이는 아이들 옷가지와 단화들을 챙겨 세탁실로 가져가려고 했다. 표도르는 술이 달린 둥근 실내모를 쓰고 창밖을 바라보고 있었다. 창밖에는 아직 어스름이 남아있다. 표도르는 부싯돌로 불꽃을 내어 유황성냥에 불을 붙이고 촛불을 켰다. 그런 다음 자리를 펴고 담요를 턱까지 끌어다 덮고 잠을 청했다.

아이들은 자고 있거나 자려고 한다. 료바는 장난감을 베개 위에 올려놓고 한참을 바라본다. 장난감이 편안해 하는지, 잘 자는지 어떤지를 바라보다가 함께 잠이 드는 것이다.

니콜라이와 표도르는 오랜 친구이며 밤에 이야기를 나누기를 좋아했다.

니콜라이는 수많은 지시사항을 수행하기 위해 하루 종일 걸어 다녔다. 마음이 착하다보니 모두들 온갖 집안일을 그에게 부탁했던 것이다. 하지만 이제 저녁이면 말문을 열어 토론하고 자랑을 늘어놓기 시작한다. 그는 표도르가 브리스톨 마분지34)를 잘라서 여러 가지 상자를 만들고 거기에 금빛 색종이를 붙여 장식하는 모습을 구경하기 좋아했다. 그는 톨스토이 외조부 볼콘스키 대장이 이곳에서 어떻게 살았는지, 벌채 금지구역에 남아있던 저택 앞의 늙은 느릅나무 주변 정원을 어떻게 가꾸었는지 등을 이야기하기 좋아했다. 그 느릅나무는 세 아름이나 되게 굵었으며, 공작이 나무 주변에 벤치들을 가져다 놓고 악보대를 세웠으며, 거기서부터 방사형으로 길을 내고 보리수나무를 심었다는 것도 그의 입에서 나온 이야기였다.

---

34) 〔역주〕 영국의 항구도시. 여기서 생산된 마분지는 최고의 품질로 유명했다.

아침이면 볼콘스키 공작은 항상 깨끗이 면도하고 말쑥한 차림으로 딸과 함께 산책을 나왔다. 겉옷 바깥으로 나온 최고급 면 셔츠의 소매와 가슴부분의 눈부신 청결함은 오늘날에도 보기 힘든 것이었다. 입술은 굳게 다물고 있었고 검은 눈동자에 너른 눈썹, 골격 좋은 콧등이었다.

"오케스트라는 여덟 명이었지요. 모두 실크 조끼를 입고 긴 양말에 단화를 신고 머리에 예식용 가발을 쓰고 있었지요. 모두들 악보를 가지고 있었고 나도 악보를 보고 있었지요. 난 플루트를 연주했거든요."

"주위는 온통 라일락과 들장미가 만발했지요. 길은 깨끗이 쓸고 모래를 뿌려 놓았어요. 아직 그 누구도 밟지 않은 길인 겁니다. 우린 악보를 펴고 목을 가다듬었지요."

"드디어 공작이 나오시면 우린 하이든을 연주하기 시작했습니다. 이렇게 아침 연주가 끝나면 우린 각자 흩어져서 누구는 양말을 짜기도 하고 누구는 들에 나가 일했지요. 모두들 각자 맡은 바 일이 있었거든요. 나로 말하자면 돼지를 키웠어요. 내 할 일은 따로 있었던 겁니다. 그런데 요즘은 도대체 질서가 없어, 주인 나리들이 다 뒤섞어 놓아 버렸지요. 우리 장군님은 사냥은 좋아하지 않고 꽃을 좋아하고 온실에서 식물을 키우는 걸 좋아하셨지요. 그래요, 사실 말하자면 요즘 돼지가 어디 돼지예요? 그리고 농민들도 말입니다, 점점 가난해지고 있어요, 분명해요 …."

창밖이 깜깜해지면서 촛불이 희미하게 불그레한 영상으로 창문에 비치고 있다. 표도르는 뒤이어 이슬레니예프 가문의 형편이 좋지 않다는 등 이웃집 일들에 대해서도 이야기했다. 알렉산드르가 도박에서 완전히 망했는데 도대체 어떻게 될지 모르겠다는 것이다.

그들은 이슬레니예프 가문의 아이들이 사실은 이슬라빈이라는 성으로 불린다고 목소리를 낮춰 속삭였다. 코즐로프스키 백작이 자바도프스키 가문에서 시집 온 아내 소피야와의 이혼을 허락하지 않았는데 그건 그녀와 이슬레니예프 사이에 낳은 아이들을 합법적으로 자신의 성으로 등록하기 위해서라는 것이다. 그는 아이들 한 명에 10만 루블씩을 요구하는데 그건 영지를 다 팔아도 감당할 수 없는 정도의 금액이었다. 그런데도 알렉산드르는 도박에서 30만 루블을 벌었지만 금세 다시 다 잃었다고 했다.

형편이 좋지 않은 것은 테먀셰프 집안도 마찬가지다. 부자이고 신분도 높고 고르차코프 집안 친척인데 그 집 딸들은 사생아였다. 테먀셰프가 죽기만 하면 상속자들이 그 딸들을 거리로 내몰 거라고 했다.

촛불이 타오르고 두 늙은이는 이렇게 남의 일들에 대해 수군거렸다. 마치 자기들이라면 일을 그런 식으로 처리하지는 않았을 거라는 듯이.

톨스토이 가문은 사정이 그렇게 나쁘지는 않았다. 카잔 사건으로 인한 할아버지의 빚은 아버지 니콜라이가 부유한 아내를 맞아들이면서 거의 해결되었다. 게다가 더 잘 되어 가리라는 희망도 있었다. 물론 걱정거리도 없지 않았다.

표도르가 잠이 들었다. 니콜라이는 촛불을 끄고 조용히 방을 나간다. 큰 아이들도 잠이 들었다.

아침에 모두들 산책할 때 큰 아이들은 지난 밤 자신들이 들은 이야기를 동생들에게 말해 줄 것이다. 큰 아이들은 공연히 뽐내듯이 요령부득으로 말을 하곤 했다. 주위 모든 것이 다 비정상이고 제대로 되어 가는 것이 없다는 투였다. 누구나 마찬가지로 아버지도 재판받아야 하는 경우가 있었다. 하지만 아버지는 너무나 자존심이 강해서 관공서 사람들을 집으로 부르지 않고 포카를 시켜 봉투에 돈을 넣어 보내곤 했다. 때로 관리들이 집으로 찾아오는 경우에도 아버지는 결코 그들 앞에 나서지 않았다.

집에서는 모든 것이 매우 좋았다.

그러나 어딘가 더 좋은 곳이 있으리라.

그곳이 어디일까?

사냥과 시, 그리고 거래

톨스토이는 아버지를 사랑했고 아버지와의 추억을 잘 간직하고 있었다. 《회상록》에서 비록 어머니보다는 못하지만 아버지에 대해 따뜻한 마음으로 회상한다.

종종 톨스토이의 아버지는 《전쟁과 평화》의 등장인물인 니콜라이 로스토프 백작과 같다고 이야기된다. 문학작품을 실제 현실의 사실들과 직접 등치시켜 동일시하는 것은 물론 옳은 일은 아니다.

이런 비교의 한계를 충분히 감안하면서 우리가 《회상록》을 통해 알 수 있는 톨스토이의 아버지 니콜라이는 니콜라이 로스토프보다 더 훌륭하고 복잡다단한 인물임에 틀림없다고 말할 수 있다.

니콜라이 로스토프는 진심으로, 그리고 나름대로 헌신적으로 권력에 충성을 다한다. 《전쟁과 평화》 끝부분에서 니콜라이 볼콘스키(안드레이 볼콘스키와 그의 첫 번째 부인 리자 사이에 태어난 아들)의 꿈속에서 니콜라이 로스토프는 아락체예프의 명령에 따라 데카브리스트[35]를 사살하는 인물로 나타난다.

톨스토이 아버지 니콜라이는 나쁘지 않은 주인이었지만 소송도 하고

---

35) 〔역주〕 1825년 12월, 일군의 청년장교들과 지식인 그룹이 정부에 대항하여 러시아의 근대적 정치개혁과 농노제 폐지를 요구하는 봉기를 일으킨다. 이 봉기는 계몽주의 사상과 프랑스 혁명의 전통을 잇는 자유주의 운동의 결과였고 러시아에 입헌주의와 근대적 공화정을 도입할 것을 요구했다. 그러나 봉기 즉시 황제 친위대에 의해 60여 명이 사살되고 5명이 사형을 당했으며 300여 명이 시베리아 유형에 처해진다. 러시아 최초의 근대적 혁명운동이라고 평가된다. 이들이 12월에 봉기를 일으켰기 때문에 이 봉기에 가담한 자들이 '데카브리스트'(12월 당원)라고 부른다.

　　A. 아락체예프(1768~1836)는 알렉산드르 1세 치하에서 전권을 휘두른 철의 정치인. 극단적인 반동적 정책으로 국사 전반을 좌우하여 아락체예프주의라는 용어를 탄생시킨 인물이다.

거기서 이길 줄도 아는 사람이었다. 하지만 그가 가장 좋아하는 것은 아무것도 하지 않고 지내는 생활이었다. 그는 그렇게 아무것도 하지 않는 것으로써 자신의 독립을 견지하였던 것이다. 톨스토이는 훗날 아버지의 이런 긍지를 이해하게 되었고 이렇게 회상한다.

> 아버지는 니콜라이 1세 황제 시절 그 어떤 공직에도 임하지 않았을 뿐만 아니라 심지어 친구들도 모두 자유를 사랑하던 사람들로서 공직에 임하지 않고 다소간 정부에 불만을 가진 그런 분들이었다. 어린 시절, 그리고 심지어 소년시절까지도 우리 집안과 가까운 사람 중에 관리는 단 한 사람도 없었다. 물론 어린 나는 그것이 무엇을 의미하는지 알지 못했지만 아버지가 그 누구 앞에서도 결코 굽실거리는 법이 없었다는 점, 그리고 예의 그 대담하고 활기차며 때로 조롱기마저 느껴지는 어조를 바꾸는 경우가 결코 없었다는 점은 알고 있었다. 아버지의 이런 자긍심을 보면서 나는 아버지에 대한 찬탄과 사랑을 더욱 크게 느꼈다.[36]

아버지는 관리들을 대해야 할 일이 있을 때는 그 일이 복잡하고 때로 심하게 따져야할 일일지라도 마치 손을 더럽히지 않겠다는 듯이 대리인을 통해 처리했다.

귀족들의 집은 대체로 자유로웠다. 더 정확히 말하자면 평온함이 깨지는 경우가 많지 않았다.

아이들은 아침에 인사하러 아버지에게 간다. 아버지는 파이프를 들고 녹색 소파에 앉아 아이들을 쓰다듬어 주었다. 때로는 바로 문 옆에 서 있는 시종에게 뭔가 이야기하는 동안 아이들이 가죽 소파에 기어올라 등 뒤에 매달려도 뭐라 하지 않고 그냥 두었다.

한번은 야지코프가 손님으로 왔을 때 아버지는 표바로 하여금 푸시킨

---

36) 《회상록》 중에서 (34, 357).

의 《바다에게》와 《나폴레옹》이라는 시를 암송해보라고 시켰다.

톨스토이는 어린 시절에도 예사롭지 않은 기억력으로 사람들을 놀라게 했다. 《나폴레옹》은 120행이나 되고 《바다에게》는 60행이나 되는 것이었다. 그는 합해서 180행이나 되는 시를 감정까지 넣어 아주 자유롭게 암송해냈다.

톨스토이의 아버지는 아들이 시를 암송하면서 감정을 살려 내는 것에 큰 감동을 받았다. 시낭송을 다 듣고 나서 아버지는 오랜 친구인 야지코프와 눈짓을 주고받았다. 그 시들은 그들의 과거에 자리한 위대한 세계로부터 보내온 소식과도 같은 것이었다.

모든 것이 다 좋기만 하다. 이제 친구들과 사냥도 갈 것이고 날도 평온하기 짝이 없다. 영지의 대문은 굳게 닫혀 있어 그 누구도 그들의 추억 어린 회상의 안온한 분위기를 방해하지 못한다. 오직 추억에 잠길 수 있을 뿐이다.

톨스토이가 암송했던 시들은 나폴레옹과 관련된 시였고 《바다에게》는 바이런과도 관련된 것이었다. 아버지에게 나폴레옹의 시대, 그 전쟁에 관한 이야기는 그의 삶의 일부였다.

열일곱 살에 아버지는 군대에 갔다. 그 시절에 그의 어머니의 가까운 친척이었던 니콜라이 고르차코프는 국방대신이었고 그의 동생 안드레이는 현역 장군이었다. 아버지는 안드레이 장군의 부관으로 임명되어 1813년에서 1814년까지 원정에 참여했다가 프랑스군의 포로가 되어 파리로 끌려 갔었다. 그리고 1815년 러시아군의 파리 진격 시에 풀려날 수 있었다.

나폴레옹에 관한 테마는 당시 사람들에게 젊음에 관한 테마였다. 그리고 푸시킨 시의 근본에 놓여있는 바이런 테마는 위대한 희망과 환멸, 위대한 우수에 대한 이야기였다.

아버지는 데카브리스트와 관련이 있었다.

그의 막역한 친구들인 이슬레니예프와 콜로신이 데카브리스트였던 것이다. 그러나 아버지 자신은 기껏해야 좋은 아들에 건전한 지주 이상은 아니었다.

그러나 톨스토이가 암송한 시들은 그와는 좀 다른 걸 노래하고 있다.

> 그때, 전 민중의 폭풍 같은 격동 속에서
> 제 운명의 영예만을 바라보고,
> 폭풍의 그 고귀한 희망 속의
> 인류를, 그대는 모욕하고 말았도다.

나폴레옹은 러시아군의 적, 패퇴한 적이었다. 나폴레옹은 젊은이들의 추억거리였지만 혁명의 적이었다. 그는 톨스토이의 대저택 서가에 꽂혀있는 루소를 비롯한 여러 혁명가들의 고귀한 꿈을 가로막고 나선 인물이다.

아버지는 선량한 사람이었지만 문학에는 조예가 깊지 못했다. 집에서 귀족문화를 이끌었던 것은 아내 마리야였고 집안의 자랑은 고르차코프 가문 출신의 할머니였다.

집 안에서 책을 읽는 경우는 드물었고 이런 점에서 이들은 시골 귀족이었다. 그러나 그 당시 모스크바는 정권에 타협적인 분위기로 가라앉아 있었고 아버지의 친구들은 유형에서 쉽게 돌아오지 못하는 상태였다.

그런데 어린 아들 료바가 푸시킨의 시 《바다에게》를 암송하고 있는 것이다.

> 세계는 텅 비었다 … 이젠 대체 어디로
> 너는 나를 데려 가려느냐, 대양이여?
> 사람의 운명이란 그 어디서나 같은 것,
> 행복이 있는 곳에는 이미 지키고 있다
> 문명이나 폭군이 …

　퇴역 육군 중령인 아버지는 작고 통통한 울보 아들 료바가 감시병들로 둘러싸인 공허한 세계에서 살아갈 앞날을 알 리가 없었다. 아이는 암송을 아주 잘했고 분명히 감수성 풍부한 영혼을 가지고 있다.

　바깥의 날씨는 아주 좋았다. 창문 밖으로 거미줄이 반짝이며 날리고 있다. 친구들을 불러 사냥을 가서 토끼나 여우를 몰며 사냥개가 짖어대는 소리를 듣는 것은 참으로 즐거운 일이다. 아무 생각 없이 그저 들판을 뛰어다니는 것이다. 사냥할 때 귀족들은 영지의 경계를 넘나들 수 있다.

　아버지 니콜라이의 잘못은 무엇인가?

　그는 니콜라이 황제의 군대에 입대하지 않았고, 데카브리스트를 시베리아로 보내 괴롭히고 있는 사람들을 경멸했다. 그렇다고 해서 그런 경멸감이 그의 삶에 방해가 되지는 않았다. 그에게 죄가 있다면 선량하고 정직하며 의무감을 가지고 있으면서도 자신이 배내옷 끈으로 꽁꽁 묶여 있다는 것을 느끼지 못했다는 점이다.

　톨스토이는 이런 아버지를 시화(詩化) 시키고 있다.

　　나는 또 아버지의 시내 나들이를 기억한다. 프록코트에 꽉 조이는 바지를 입은 그 모습은 얼마나 아름다웠던가. 하지만 그 무엇보다도 난 사냥개를 끌고 사냥 나가는 아버지의 모습을 기억하고 있다. 그 후로도 항상 난 푸시킨이 《눌린 백작》에서 사냥 장면을 나의 아버지의 모습에서 그려내고 있다고 생각했다.[37]

　드디어 사냥터로 출발한다. 아버지가 아끼는 사냥꾼 페트루샤와 마튜샤가 멋진 말을 타고 출발한다. 아주 힘이 세고 능란한 사냥꾼들이다. 이들 두 사람은 독신이었고 집안 하인들이 모두 꺼려하는 인물들이다. 둘은 농노가 아니라 자유로운 평민의 자격을 부여받았고 대저택의 1층에서 각자 방을 받아 살고 있었다. 그 방 창턱에는 자기로 만든 개와

---

37) 《회상록》 중에서(34, 357).

말, 원숭이 등의 조각품들이 세워져 있었는데 아이들은 항상 선망의 눈으로 이 장난감을 바라보았다.

페트루샤와 마튜샤는 주인나리의 뒤편에서 긴 시골길에 뽀얀 먼지를 일으키며 달려갔고 보르조이 사냥개들이 마치 그림에서 보듯이 등을 움츠리고 뒤를 쫓았다. 사냥꾼들은 소리를 지르고 채찍을 휘둘러 맹렬하게 내달리는 알록달록한 사냥개 무리를 다잡는다. 드디어 들판에서 사냥이 시작된다. 맞바람이 불어온다. 황금빛 귀리 밭이 어깨를 흔들며 춤추는 집시처럼 바람에 미친 듯이 너울댄다.

숲 근처에 이르러 사냥개를 풀어놓자 사냥개들은 부르르 몸을 털고는 꼬리를 흔들고 킁킁거리며 냄새를 맡으면서 민첩하게 잰걸음으로 달려나간다.

사냥개들이 짖어대는 소리가 들려온다. 그 소리는 점점 힘차게 끊임없이 들려왔고 점점 멀어져가면서 희미하게 으르렁거리는 소리로 섞여든다. 그 소리들은 하나의 합창이 되어 멀리 퍼져간다.

들판에서는 낫으로 귀리를 베는 버석거리는 소리가 들린다. 빽빽한 귀리 밭에는 등을 구부리고 수확하는 농부들의 등허리와 이 손에서 저 손으로 건네지는 귀리 단만이 보인다.

톨스토이는 어렸을 때부터 죽기 전까지 사냥을 좋아했다. 아주 나이가 들어서야 그는 숲을 산책하다가 토끼를 만나면 가슴속에 사냥꾼의 들뜬 흥분 대신 그 작은 토끼에 대한 애정을 느끼며 즐겁게 소리를 질렀다. 그러면 토끼는 전력으로 질주해 도망갔다. 마치 아직도 큰 기둥의 저택이 그대로 있고 야스나야 폴랴나에 사납게 짖어대는 사냥개 무리가 살고 있어 이제 곧 사냥꾼들의 호각소리가 숲에 울리기라도 한다는 듯이.

톨스토이 집안을 찾는 손님들은 많지 않았다. 아주 존경받을 만한 몇몇 이웃들뿐이었다. 그 중 한 사람이 알렉산드르 이슬레니예프였다. 그는 오를로프 장군의 부관 출신이었고 데카브리스트와 연관이 있었으며 부자였지만 불안정한 사람이었다. 그는 바로 소피야 베르스(나중에 톨스토이의 아내가 된)와 타티야나 쿠즈민스카야(소피야의 여동생)의 할아버지였다.

그 외에도 키레예프스키, 그리고 톨스토이의 대부였던 야지코프[38] 등이 집을 자주 찾아오곤 했다. 야지코프는 항상 담배 향을 피우고 다녔는데 아주 못생긴 얼굴이었다. 얼굴은 마치 축 늘어진 가죽 같았는데 괴기스러운 주름살이 가득했다.

오가료프[39]도 종종 방문했는데 아이들은 오가료프의 아내가 아버지 니콜라이의 정부였다는 사실을 알지 못했다. 그리고 돈 많은 홀아비이며 니콜라이의 열렬한 숭배자인 테먀셰프도 자주 집에 찾아왔다.

톨스토이는 이렇게 회상한다.

겨울 저녁이면 우리는 차를 마시고 나서 일찍 잠자리에 들어야 했다. 내 눈은 이미 반쯤 감겨 있을 무렵이었다. 모두들 응접실에 앉아 있었고 촛불 두 개만이 켜져 있어 어둑했다. 그때 갑자기 식당에서 응접실로 통하는 커다란 문을 통해 부드러운 구두 소리가 빠르게 들리면서 한 사람이 나타났다. 그는 응접실 한가운데로 나아가서 소리 나게 무릎을 꿇었다. 그가 손에 들고 있던 긴 담배 파이프가 마룻바닥에 부딪치면서 불꽃을 일으켰고 무릎 꿇은 그 사람 얼굴을 비쳐주었다. 이 사람이 바로 테먀셰프였다. (34, 370~371)

테먀셰프와 아버지는 녹색 소파가 있는 방으로 들어가서 이야기를 나

---

38) 〔역주〕 N. 키레예프스키. 오를로프 현의 카라체프 시의 부유한 지주. 《엽견과 소총과 함께 한 40년》(모스크바, 1856)의 저자. 톨스토이는 1851년에 그의 영지 샤블리키노에 머문 적이 있었다. S. 야지코프. 툴라의 지주. 톨스토이 부친의 사냥 친구.
39) 〔역주〕 N. 오가료프(1813~1877). 시인이자 언론인, 혁명활동가. 게르첸의 친구이자 동료.

누었다. 얼마 전 톨스토이 집안에 새로운 인물이 들어왔는데 주근깨 가득한 넓은 얼굴의 두네츠카라는 소녀였다. 두네츠카에게는 유모가 딸려왔는데 키가 크고 주름투성이 노파였다. 유모와 두네츠카는 테먀셰프와 톨스토이 가문의 커다란 거래의 일부였다.

문제의 발단은 테먀셰프가 정식으로 결혼하지 않은 채 하녀와의 사이에 낳은 딸들에게 있었다. 테먀셰프는 이 아이들에게 정상적인 방법으로는 유산을 물려줄 수가 없었다. 그의 정식 상속인은 그의 누이들이었는데 그는 누이들에게 유언으로 모든 영지를 물려주기로 약속했다. 그러나 그 자신이 살고 있던 영지 피로고보는 허위로 니콜라이 일리이치에게 팔아넘겼다.

아주 복잡한 거래였다. 영지를 담보로 후견인회에서 얻어 쓴 11만 6천 루블의 채무를 니콜라이가 떠안기로 했다. 게다가 니콜라이는 이미 테먀셰프에게 18만 4천 루블을 현금으로 지불한 것으로 되어 있었다. 니콜라이와 테먀셰프는 여러 가지 문서로 서로 뒤엉켜 있었던 것이다. 톨스토이도 이 문서들로 인해 테먀셰프의 딸들의 어머니에게 돈을 지불해야만 했었다.

당시 법률은 이미 낡아빠진 것이어서 어떻게 해서든 다 피해갈 수 있었다. 그래서 피로고보 영지의 유산문제가 정확하게 법적으로 처리되지 않아도 별 문제가 없었던 것이다.

이슬레니예프는 피로고보 영지 매수금 지불을 보장하는 채무어음 소지자 중 한 사람이었다. 계약에 참여한 세 번째 인물인 글레보프도 마찬가지였다. 톨스토이는 이 거래에 참여했던 네 번째 인물이었던 야지코프는 돈을 착복했다고 회상한다.

그럼에도 불구하고 이 모든 결과는 유리한 것이었다. 피로고보는 그 대가로 지불된 총액보다 훨씬 더 가치가 높았으며 사람들 말대로라면 한마디로 금맥이었던 셈이다.

모스크바에서

야스나야 폴랴나에서의 삶은 평온하게 지나가고 있었고 아이들은 나이가 들어갔다. 료바는 더 이상 소녀들의 아기 인형이 아니라 어엿한 소년이 되었다. 그러나 그는 그 예민한 감수성으로 인해 여전히 울보 료바라고 귀엽게 불리고 있었다.

당시 아버지의 사업은 상승세였다. 그는 페롭스키 영지 유산문제와 피로고보 영지 구매에서 성공을 거둔 후 자식들을 데리고 모스크바로 간다. 1837년 1월 10일, 톨스토이 가족은 야스나야 폴랴나에서 모스크바로 출발했다.

톨스토이는 기억에 의존하여 이때를 회상하고 있지만 사실 이때가 가을이었는지 겨울이었는지는 정확하게 기억하고 있지 못하다. 그는 아버지의 시종이었던 페트루샤가 여행 중에 여우를 보고 회색 보르조이 사냥개 지란을 풀어 뒤를 쫓게 했지만 잡지 못했다고 회상한다. 그러나 숙모 타티야나의 기록에 의하면 이때는 겨울이었다. 톨스토이 가족 일행은 농민들의 말까지 빌려 모두 일곱 대의 썰매형 마차를 타고 갔다는 것이다. 할머니의 썰매마차는 1인용이었는데, 썰매마차가 뒤집어지지 않을까 할머니가 걱정을 많이 해서 썰매에 넓은 제설판을 부착했다. 그리고 그 제설판 양쪽으로 아버지의 두 시종이 서 있게 했다고 그녀는 기록하고 있다.

톨스토이 가족은 세르푸호프에서 1박을 했다. 그런데 여관의 아치형 대문으로 할머니의 장중한 썰매가 통과할 수가 없었다. 그래서 할머니는 문밖에서 내려서 걸어 들어가야 했다.

다음 날 그들은 모스크바에 도착했다. 황금빛 돔 지붕의 모스크바, 수도는 흰 눈에 싸여 평온해 보였지만 수많은 사람들로 활기에 차 있었다. 사람들은 각양각색의 옷을 입고 다녔다. 원주기둥이 있는 집들만도 수백 채는 되었고 대문 앞에 사자상이 서 있고 교회 첨탑 꼭대기에는 갈

까마귀들이 앉아 있었다. 그래도 막힘없이 멀리로 크레믈린의 건물들이 보였다. 이 모든 풍경은 아이들에게 커다란 인상을 주고도 남았다.

아주 맑은 날씨였다. 톨스토이는 모스크바의 교회와 건물을 보고 탄성을 질렀던 것을 기억한다. 모스크바를 보여 주는 아버지의 자랑스러운 어조는 아이들이 도시에 대해 더욱 감탄하도록 만들었으리라.

모스크바에서 집을 빌렸는데 이 또한 얘깃거리였다. 스몰렌스크의 성모 마리아 교회 맞은편, 플류시하 거리에 있는 세르바쵸프의 건물에 있는 집이었다. 이 건물은 넓은 구역에 독자적으로 위치해 있었는데 거리 쪽으로는 예각으로 비껴나 있어, 마치 거리는 거리대로 집은 집대로 별개인 것처럼 조용했다.

이 집에서 톨스토이 가족들은 1년 반을 살았다. 아이들은 가정교사 표도르와 함께 모스크바 거리를 산책했고 또래의 친구들을 만날 수 있었다.

톨스토이는 아버지의 이름과 자신들을 알아보지 못하는 사람들을 여기서 처음으로 보았다. 시골에서는 대지주 집안에서 일어나는 모든 대소사를 모르는 사람이 없었고 멀리 떨어진 마을의 어느 집안에 숟가락이 몇 개라는 것까지 다 알려져 있었다. 하지만 여기서는 그 누구도 거리에서 인사를 올리지 않았다. 심지어 나란히 옆집에 사는 사람도 누군지 서로 알지 못했다. 톨스토이는 옆집 사람들이 언제 태어난 사람들이고 아이들은 몇 명이나 되는지, 또 이 사람들이 과연 아이들에게 잘 해 주고 있는지 모르고 지냈다.

모스크바의 집들은 석조건물도 있었지만 목조건물이 더 많았다. 귀족들 집은 대체로 넓은 정원을 가진 독립가옥이었다. 당시 모스크바에서는 이런 광고를 자주 볼 수 있었다. '집 세놓음. 영지 있음. 초지와 강, 부속시설 있음. 사냥은 할 수 없음.'

모스크바는 나무로 덮여 있어 여름에는 푸르렀고 겨울에는 새하얗게 빛났다. 눈이 오면 사륜마차와 썰매마차, 농민용 썰매가 거리를 내달렸다. 수많은 행상인들은 노점을 펼치고 물건을 팔았다.

할머니는 백작 가문에 걸맞게 집안을 꾸미도록 요구했다. 할머니는 표도르 선생을 해고하고 다른 집처럼 프랑스인을 고용하자고 제안했다. 《어린시절》에는 가정교사 칼 이바노비치가 해고를 통보받자 봉급을 정산해 달라고 하면서 아이들에게 마분지와 색종이로 만들어 주었던 상자 값까지도 계산에 넣어 달라는 장면이 나온다. 그에게는 모든 것이 계산되어야 했다. 게다가 언젠가 선물로 주기로 했으면서도 아직 주지 않았던 금시계 값까지도 계산해 주기를 바랐다. 계산은 오래 걸렸다. 독일인 가정교사의 친구인 늙은 하인 니콜라이는 열심히 계산하다가 벽으로 얼굴을 돌리고 눈물을 쏟는다. 계산서를 들고 주인나리인 니콜라이의 서재에 들어선 독일인 가정교사는 처음에는 아무렇지도 않게 자신의 요구를 설명하기 시작했지만 곧 울먹이며 자신이 아이들을 너무나 사랑하기 때문에 무보수로라도 계속 일하고 싶다고 말한다. 그리하여 그의 해고는 없던 일이 된다.

표도르 선생에 대한 이야기는 톨스토이의 《어린시절》에서 이렇게 칼 이바노비치라는 이름의 가정교사를 통해 그대로 묘사된다. 물론 다소 가감되어. 작가는 글을 쓰면서 인생을 반영하지만 그러나 늘 정확하게 그대로 하는 것은 아니다. 작가는 인생에 의해 깨끗이 닦인 거울이다. 그는 인생 자체가 아니라 자신이 이해하고 있는 것을 말한다. 그래서 작가를 이해한다는 것은 다른 사람들의 경험을 이해하는 법을 배우는 것이다.

도시에서의 생활은 시골에서보다 훨씬 힘들고 끔찍한 것이었다. 도시에서는 '예의범절'을 엄수해야 했다. 아이들은 새로운 예절과 인사법을 익혀야 했다. 귀족들이 여러 장소에서 서로 다르게 말하는 법도 보고 배워야 했다. 아이들에게 평민들처럼 추이카40)를 입히되 세련되게 입

---

40)〔역주〕추이카는 러시아 농민의 전통적 외투로서 허리 부분을 조여 입

히는 것이 그 당시 유행이었다. 허리를 조이는 외투 같은 옷이었다. 톨스토이는 그런 옷을 입고 거리에서 간혹 잘 차려입은 평민들을 만날 수 있었는데 그는 평민들이 자신들을 '애송이 나리'라고 비웃는다는 걸 알게 됐다.

모스크바에서의 하루는 항상 바빴다. 소년들은 승마장에서 말 타는 법도 배웠다. 시골에서 타는 방식이 아니라 도시풍의 세련된 승마를 배워야 했던 것이다. 어린 톨스토이는 승마를 배우다가 한 번 떨어졌지만 어른들은 아이들 몸은 유연해서 괜찮다며 계속 배우라고 했다. 후에 그는 《기초입문서》에서 그렇게 한 것이 잘한 일이었다고 즐거운 마음으로 들려주고 있다.

아이들이 도시에 적응해 갈 무렵 예기치 않게 테먀세프가 마비 증세를 일으켜 쓰러졌고, 그의 누이인 나탈리야가 피로고보에 대한 니콜라이의 권리에 대해 재판을 걸었다는 소식이 날아들었다.

법정 상속인인 누이들은 피로고보 영지의 거래가 등기 증권과 지불 영수증 등 각종 서류에도 불구하고 돈이 오고가지 않은 위장거래라고 확신했다. 테먀세프의 누이인 나탈리야는 1837년 4월 관계기관에 청원서를 제출했는데, 이 거래가 테먀세프가 이미 중풍에 걸려 마비된 상태에서 이루어진 것이라고 주장했다. 그녀는 계속해서 여기저기에 청원서를 제출했다. 그녀는 톨스토이 백작 집에 대한 수사를 통해 약취된 고가품과 문서들을 찾아내야 한다고 요구했다. 그건 마치 테먀세프의 귀중품을 훔쳐 내기라도 했다는 투였다. 그런 고소는 심각한 일이었을 뿐만 아니라 모욕적인 것이었다.

모스크바에서 아버지 니콜라이의 건강은 그리 좋은 편이 아니었다. 목에서 피가 나왔다. 여행하기는 힘들었지만 새 영지 피로고보에서 거듭 나쁜 소식이 들려왔다. 영지를 관리하던 보브로프(테먀세프 아이들

으며 깃은 좁고 꼿꼿이 세워져 있다.

의 외삼촌)가 보낸 편지에 따르면 테먀셰프는 이제 말도 못하고 손가락 하나도 움직이지 못하며 더 이상 회생을 기대할 수 없는데 나탈리야는 계속해서 자신을 위협하고 있다는 것이다. 그녀는 테먀셰프의 어떤 재산도 함부로 손대지 말 것이며, 영지가 팔렸다는 소문은 거짓이고, 따라서 뭐 하나라도 잘못하면 그에 상응한 책임을 져야 하며, 모든 것은 자신이 보낸 대리인의 말에 따라야 한다고 명령했다.

나탈리야는 관청과 피로고보에 자기 사람들을 파견했다. 종마장과 탈곡장, 저택 등을 지키도록 4명의 하인도 파견되었다. 이 모든 것이 거의 자신의 소유라는 듯이 굴었던 것이다.

나탈리야는 지역 군부 사령관이었던 골리친 공작에게도 청원서를 올려 니콜라이 백작이 오빠의 질병을 악용해서 영지 매도문서에 적시된 돈을 사실상 지불하지 않았으며 피로고보 매도거래는 돈이 오가지 않은 허위 거래로써 불법임이 틀림없다고 주장했다.

5월에 테먀셰프와 아버지의 친구인 글레보프로부터 편지가 도착했다. 그는 중상모략이 난무하고 있으니 단단히 잘 지키라고 충고했다.

> 당신과 나는 테먀셰프의 가장 절친한 친구들입니다. 그는 자신의 성스러운 의무를 완수하기 위해 당신에게 희망을 걸었던 겁니다. 천애고아들인 그의 자식들이 어떻게 살아 나가느냐 하는 것은 오직 우리에게 달려 있습니다. 따라서 우리는 어떤 경우에도 모든 수단을 활용하여 이 목적을 달성해야 하고 우리를 위협하고 있는 폭풍에 용감히 맞서야 할 것입니다. 당신의 덕망과 한 점의 오점도 없는 명망이 그 어떤 중상모략에도 당신을 완벽하게 지켜낼 것입니다.[41]

니콜라이는 집에 있는 돈을 다 모아서 테먀셰프 건을 해결하기 위해

---

41) N. 구세프, 《톨스토이 전기 자료집(1828～1855)》, 104～105쪽.

툴라로 갔다. 아마도 그는 워낙 큰돈을 움직이다보니 뭔가 지불해야 할 것을 연체했다는 걸 기억해 냈던 것 같다.

1837년 6월 19일 저녁, 니콜라이는 모스크바에서 출발했다. 젊은 사냥꾼 시종 마튜샤와 늙은 하인 니콜라이가 수행했다. 행보를 서둘러 1박을 하지 않고 내처 달렸다. 네 마리 말이 끄는 마차는 185킬로미터의 거리를 하루도 걸리지 않아 주파했다.

6월 21일 아침에 니콜라이는 벌써 툴라의 여러 관공서를 돌아다니며 일을 보았고 저녁에는 잘 알고 지내는 관리들을 불러 모았다. 툴라 위생국 감독관 밀러와 의사 보이토프, 그리고 관리였던 바실리예프와 보즈네센스키 등이었다. 테먀셰프의 서류들이 아주 정상적인 상태에서 분명한 판단하에 작성되었다는 것을 증명해야 했기 때문에 이들을 부른 것임에 틀림없다. 어쩌면 증인들 앞에서 환자로부터 거래의 합법성을 확인받으려고 했던 것인지도 모른다. 분명히 의사들과 관리들이 보는 앞에서 테먀셰프와의 만남이 필요하다는 판단을 했던 것 같다.

관리 바실리예프가 테먀셰프의 집에 먼저 도착했다. 돌아보니 니콜라이도 그 집을 향해 걸어오고 있었다. 테먀셰프의 하인들도 집 쪽으로 걸어오는 그를 보고 있었다. 그런데 니콜라이는 몇 십 걸음 남겨두고 거리에서 쓰러졌다. 그는 곧 부축을 받아 근처의 관청서기 오를로프의 집으로 옮겨졌다. 방금 전에 테먀셰프 건을 상의했던 의사들이 모여들었다.

니콜라이는 바로 그날 숨졌다. 그의 서류들은 다 있었지만 가지고 갔던 돈은 전혀 발견되지 않았다. 시체의 해부는 필요치 않다고 판정되었다. 톨스토이의 아버지는 그렇게 서거했다. 이제 40대의 나이에 친구와 자신의 재산에 얽힌 난마에 휘말린 채 죽어간 것이다.

그 시대 귀족들의 문제는 정상적이지 못했고 비양심적인 사람들이 오히려 사건을 좌우했으며 증거서류라는 것이 진실인 경우는 드물었다. 이 사건도 분명하게 해명되지 못했다. 톨스토이는 페트루샤와 마튜샤를 질책하듯이 이에 대해 회상한다.

> 아버지의 돌연한 죽음에 대해 이 사람들에게 독살의혹이 있었다. 이런 의혹의 단서는 아버지가 지니고 있던 일체의 현금이 절취당했다는 점, 단지 증권과 기타 서류들만 후에 어떤 한 여자거지가 모스크바의 집에 던져 버렸다는 점이다. 나는 이것이 사실이라고 생각하지 않지만 그럴 수도 있는 일이라고 생각한다. (34, 374)

니콜라이의 오랜 친구였던 타티야나 숙모도 시종들의 살인을 의심했다. 톨스토이의 누이인 마리야도 그녀의 말을 확신했다. 이에 대해서는 니콜라이의 손자이자 톨스토이의 아들인 세르게이가 증언하고 있다.

구세프는 《톨스토이 전기자료집(1828∼1855)》에서 이 점에 대해 툴라 재판소에 남아있던 서류들을 근거로 꼼꼼히 검증했다. 구세프가 확인한 서류들은 니콜라이 백작이 사람들이 보는 앞에서 죽었으며 그의 죽음은 '혈압' 때문인 것으로 규정했다. "모스크바에서 툴라까지 하루도 안 되게 급히 마차를 타고 달렸고 아침부터 하루 종일 도시 곳곳을 걸어서 이동했으며 마침내 저녁에는 높은 언덕에까지 올라 결국 혈압이 급상승"했기 때문이라는 것이다.

니콜라이가 죽은 날 페트루샤와 마튜사는 없었다. 하인들 중에는 마트베이뿐이었다. 니콜라이를 검시한 의사들은 독살의혹에 대해서는 언급하지 않았다.

우리의 관심을 끄는 것은 톨스토이 자신이 1903년에 이에 대해 회상하면서 그 가능성을 언급하고 있다는 점이다. 이 사건에 대한 문서들의 신뢰성 여부를 떠나서 그 당시에는 의심스러운 사건뿐만 아니라 아주 평범한 주민업무에 관한 기록까지도 부정확했다는 점을 밝혀 두어야만 할 것이다. 이를테면 톨스토이의 누이인 마리야가 태어난 일자는 코차카 마을 교회 호적부에 뒤늦게 올라있으며 톨스토이 어머니의 죽음 역시 뒤늦은 일자로 기록되어 있다.

톨스토이는 아버지의 타살 가능성을 염두에 두고 시종들의 범죄를 이렇게 설명한다.

> 농노들이, 특히 주인의 총애를 받는 농노들이 노예 신분으로 갑자기 커다란 권력을 쥐게 되면 눈앞에 아무것도 보이지 않게 되어 제 은인들을 죽이는 그런 경우들이 종종 있었다 (…) 어떻게, 왜 그랬는지 모르지만 그런 일이 종종 있어 왔고 페트루샤와 마튜샤 역시 그렇게 제정신이 아닌 사람들이었다는 것을 나는 알고 있다. (34, 374)

고아가 되다

모스크바 플류시하에 있던 톨스토이 집안은 불안과 슬픔에 휩싸였다. 경악한 하인들은 그들이 기거하던 아래층 반지하실 방에서 목소리를 낮추며 수군거렸다. 천정이 높은 1층의 큰 방들에는 주인들이 살고 있었는데 역시 슬픔에 가득 차 있었다. 무엇보다 아들을 사랑하고 그에 대한 걱정으로 살아가던 노백작부인은 아들의 죽음을 받아들이지 않았다.

노백작부인은 옆방으로 이어지는 문을 항상 열어 두게 했다고 한다. 아들을 보고 이야기를 나누기 위해서였다. 톨스토이 아내 소피야가 나중에 듣고 기록한 말이다.

어머니로서 노백작부인은 자신의 불행을 도저히 받아들일 수가 없었다. 그녀는 몸부림치며 절규했고 신을 저주하고 누군가를 무섭게 질타하며 이리저리 뛰어다니며 방안을 맴돌다 쓰러지곤 했다.

백작 가족의 문제들은 엉망이 되어 버렸다. 후견인단이 임명되었는데 아버지의 여동생인 오스텐-사켄 백작부인과 친구 야지코프였다. 야지코프는 밝고 상냥한 사람이었지만 비양심적인 인물이었다. 톨스토이는 후에 그를 위선자라고 불렀다.

오스텐-사켄 백작부인은 나이가 사십이나 됐지만 세상일에 대해서는 경험이 없었고 수많은 소송과 엄청난 빚이 그저 놀라울 뿐이었다. 게다가 나탈리야 부인은 억지 주장을 계속해 댔고, 고인이 된 니콜라이의 금고에서 테먀셰프의 유가증권들이 발견된 것으로 보아 그의 돈과 귀중품들이 절취되었음에 틀림없다는 식의 유언비어를 퍼뜨렸다. 그녀의 이런 행동은 자신의 상속분을 놓쳤다는 억울함에 기인한 것이었다. 그녀는 고인의 서류 중에 공식문서들이 발견되었고 야지코프와 글레보프가 보증했음에도 불구하고 그 거래는 거짓이라는 주장을 굽히지 않았다. 무고가 계속되고 온갖 정부기관에 청원이 날아 들었다. 나탈리야는 압수 수색을 요구했고 황제에게까지 피로고보 영지의 압류를 청원했다.

플류시하의 집이 평안할 리 없었다. 후견인단은 아이들 교육을 계속해야 한다고 결정하고 프랑스인 가정교사 생-토마스를 초빙했다. 학력이 높고 자부심이 강하며 다소 거만한 사람이었다. 그는 규칙과 일정표를 작성하는 걸 좋아하고 아이들에게 입에 발린 예쁜 편지를 써주는가 하면 회초리로 겁을 주기도 했다.

표도르는 아이들을 구석에 세워놓는 것으로 벌을 주고 잣대로 손가락을 때리곤 했다. 그러나 이건 심한 벌이라고 할 수 없었다. 물론 구석에 세워져 있을 때는 지루하기 짝이 없었고 잣대로 때릴 때는 아팠다. 하지만 그는 잘 때리기는 했으나 모욕을 주지는 않았다. 그는 가족 같은 사람이었던 것이다.

반면 생-토마스는 전혀 낯선 타인과 같았다. 벌을 줄 때는 잘못한 아이에게 무릎을 꿇고 용서를 빌라며 가슴을 쫙 편 채 버티고 서 있었다. 톨스토이는 생-토마스를 증오했다. 그의 프록코트며 향수 냄새며, 입에 발린 말들이며, 마지막 음절을 특히 강하게 발음하는 어투며 다 싫어했다.

어느 날 톨스토이는 잘못을 빌지 않는다는 이유로 방에 감금되었다. 그는 정신을 잃을 정도로 분노해서 고문을 가하는 생-토마스에게 복수를 맹세했고 하느님을 저주했다. 감금된 방 앞에서는 마치 아무 일도 일어나지 않았다는 듯이 일상적인, 심지어 더욱 즐거운 생활이 진행되고 있었다. 단지 아이들을 돌보던 늙은 하인이 들어와서 경험 많은 노인들이 늘 그렇듯이, '밀알도 갈아야 밀가루가 되는 법이랍니다'라고 위로할 뿐이었다.

그러나 어린 소년이 자신을 울퉁불퉁한 맷돌에 갈아서 밀가루가 되어야 하는 밀알이라고 생각해야 한다는 것은 괴로운 일이었다. 톨스토이는 밀을 돌 맷돌로 가는 걸 알고 있었다. 그는 잠시 졸다가 다시 정신을 차리곤 했다. 결국 그는 병이 나서 침대에 눕혀졌고 하루를 꼬박 앓고 나서 회복되었다.

60년이 지난 1896년 7월 31일 톨스토이는 일기에 이렇게 쓴다.

> 모두 잘 지낸다. 하지만 난 우수에 빠져있다. 어쩔 수가 없다. 생-토마스가 나를 감금했을 때의 그런 느낌. 그때 난 나의 감옥에 갇혀 바깥에서 모두들 즐겁게 웃는 소리를 들었다.

톨스토이는 이전까지 자신이 아버지를, 아버지의 그 구김 없는 선량함을 얼마나 사랑하는지 몰랐다. 대저택의 안정된 평온함의 의미가 그때까지 완전히 이해되지 않았던 것이다. 불운하게 파괴된 지주 집안의 어린 아들, 어린 백작은 자신의 의지로는 어쩔 수 없다는 절망감과 세상이 공정하지 못하다는 느낌으로 괴로웠다.

배내옷 끈들이 젖먹이 아기를 꽁꽁 묶어 놓은 것이다. 아버지가 없게 되자 거만하고 낯선 외국인 가정교사는 터무니없이 근엄하고 냉혹한 태도로 동의할 수 없는 것에 대해 경의를 표하라고 강요했다. 모욕은 아주 이상한 방법으로 이루어졌지만 어쨌든 모욕은 모욕이었다.

모스크바는 담 너머가 흥미로운 곳이었다. 담장 너머 널따란 정원에는 동상이나 연못 가운데 핀 꽃들 따위가 보였다. 볼샤야 브론나야 거리와 트베르스키 대로 사이에 한 커다란 정원이 있었다. 한번은 톨스토이 집안의 소년들이 백발의 표도르와 이슬레니예프 집안 가정교사의 착한 딸 유젠카 코페르바인과 모스크바 거리를 산책하고 있었다. 그런데 그들은 볼샤야 브론나야에서 잠겨 있지 않은 작은 쪽문을 발견하고는 주저하다가 커다란 정원으로 들어갔다. 유젠카는 아주 아름다운 소녀였다. 아이들은 연못의 작은 배들이며 다리, 정자, 오솔길과 큰 가로수길, 꽃밭 등 몹시 잘 가꾸어진 부유한 정원을 구경했다.

이 정원의 주인인 듯한 어떤 분이 그들을 보고는 배를 태워 주었다. 아이들은 너무나 좋아했다.

며칠 뒤 그들은 다시 그 쪽문을 두드렸다. 그날은 유젠카는 없었다. 하인이 나와 무슨 일이냐고 물었다. 소년들은 톨스토이 백작 가문의 아이들이 정원에 들어가도 되느냐고 주인에게 여쭈라고 말했다. 하인이 집으로 들어갔다가 잠시 뒤에 돌아와서 정원은 개인 사유지이며 외부인은 통행이 금지되어 있다고 대답했다.

톨스토이는 1905년에 이 사건을 두고 '제 2의 인생 체험'이라고 언급했다. 1852년 4월 19일자 일기에는 이렇게 적혀있다. "나는 에스타셉스키 정원에서 있었던 일을 기억하고 있고 그걸 소설에(즉《소년시절》) 쓰지 않은 것을 아쉬워했다." 이처럼 이 사건은 비록 예술작품에 그려지지는 않았지만 50년 이상 지워지지 않고 톨스토이에게 강력한 사회적 정신적 충격으로 남아 있었다. 톨스토이는 코페르바인이라는 성을 한편으로는 아름다움과, 다른 한편으로는 어떤 불쾌한 느낌과 연관지어 기억하고 있었다.

《하지 무라트》에서 니콜라이 1세 황제가 가면무도회에서 스웨덴 가정교사의 아름다운 딸을 만나, 여자를 만날 때 사용하던 별장으로 데려가는 장면이 나온다. 소녀는 평생을 다하여 황제를 사랑했노라고 말한다. 그러나 그녀를 유혹하고 나서 니콜라이 황제에게는 "어떤 불쾌한 메스꺼움 같은 것이 남았다." 뭔가 불만스런 느낌 같기도 하고 양심의 가책 같기도 한 그런 것이었다. 소녀는 자신의 성을 코페르바인이라고 말했다. 그녀는 자기 어머니를 위해 뭐든지 좀 해달라고 부탁한다. 다음 날 아침 전능한 권력을 가진 황제는 페테르부르그 강둑을 거닐며 자책하듯 그 이름을 되뇐다. "코페르바인, 코페르바인이라 …"

이 성은 65년간 톨스토이의 기억에 남아 있었다.

크리스마스에 시포프 백작 집안으로 아이들이 초대되었다. 손님들 중에는 국방대신의 조카인 고르차코프 공작의 아이들도 있었다. 이들은 톨스토이의 할머니 쪽 친척이었다.

돌아갈 때 아이들 모두에게 선물을 나누어 주었다. 고르차코프 집안 아이들에게는 비싸고 좋은 것이, 톨스토이네 아이들에게는 싸구려 장난감이 주어졌다. 모스크바는 톨스토이 백작 가문의 어린 아이들에게 사회적 위계 속에서 그들의 위치를 가르쳐 주었던 것이다. 그들은 손에 싸구려 물건들을 쥐고 그 집 앞의 넓은 계단에 섰다. 그 물건들이 그들을 다른 아이들과 구별시켜주고 있는 것만 같았다. 아이들은 계단을 세어 가며 내려왔다.

노백작부인 고르차코바의 죽음

펠라게야 톨스타야 백작부인, 니콜라이 고르차코프 백작의 딸, 그녀는 사리분별이 없었고 교양이 높지도 못했으며 러시아어보다 프랑스어를 더 잘했던 여자였다. 그녀는 처음엔 아버지의, 그리고 결혼 후엔 남편의 응석받이에 불과했다.

눈이 멀게 되었을 때 그려진 그녀의 아버지 초상은 지금도 톨스토이의 야스나야 폴랴나 저택의 홀에 걸려 있다. 초상화 속의 니콜라이 공작은 어떤 상자 앞에 넓은 실내복을 입고 앉아 있다. 전해오는 이야기에 따르면 이 부유한 백작은 금화를 헤아리기 좋아했는데 종복들이 금화를 동화(銅貨)로 조금씩 바꿔치기 해갔다고 한다(금이 구리보다 두 배나 더 무거웠고 맹인일지라도 손으로 그 무게를 감별할 수 있었음에도 불구하고).

이런 이야기는 금에 대한 숭배와 부에 대한, 금은보화에 대한 당시 사람들의 생각을 말해준다. 실제로 1푼트(약 0.41kg)의 금이면 그 당시 가치로 계산하여 3백 루블이나 되었다. 톨스토이의 어머니가 자신의 친구들에게 지참금으로 나누어준 돈이 12만 5천 루블이었고 이걸 금으로 환산하면 417푼트 정도이다. 만일 고르차코프 공작이 파산했다면 그건 물론 그의 부적절한 운영능력 때문이다. 사람을 그의 자산뿐만 아니라 빚으로 판단해 본다면 톨스토이 아버지의 빚은 40만 루블에 근접했고 이걸 금으로 환산한다면 아주 좋은 말 두 필이 끄는 마차에 가득 실을 정도의 것이다.

톨스토이는 회상록에서 자신의 가계 구성을 설명하는데 고르차코프 집안과의 관계를 가장 비중 있게 다룬다. 그는 국방대신이었던 니콜라이, 안드레이, 그리고 자유사상가였던 드리트리의 아들인 표트르, 세르게이, 미하일(그는 세바스토폴의 미하일이라고 불렸다) 등 고르차코프 가문의 거의 모든 사람들이 할머니를 찾아왔다고 강조한다.

할머니는 집에서 항상 큰 존경의 대상이었다. 할머니가 큰소리를 치지 않도록 모두 조심했다. 그러나 그녀는 누구에게든 화를 내야만 했다. 카드점이 잘못 나왔거나 날씨가 좋지 않아서, 즉 아무런 이유 없이 할머니는 하녀 가샤를 괴롭혔다. 결코 고분고분한 여자는 아니었던 가샤가 당연히 투덜대며 말대답을 하면 다음에는 자신이 직접 데리고 왔던 시녀에게 소리를 쳤다. 때로는 늙고 점잖은 고양이 귀를 잡아 뜯고는 꼬리를 붙잡아 문밖으로 내던지기도 했다.

그렇게 오만하기는 해도 할머니는 선량한 부인이었다. 톨스토이와 그 형제들이 집안에서 결코 회초리를 맞는 일이 없었던 것은 바로 그녀의 엄명 덕분이었다는 점을 우리는 다행으로 여겨야 할 것이다. 할머니가 계신 집은 극히 고상한 품격을 유지했다. 그런 고상한 품격의 직접적인 희생자는 바로 고양이였고 아이들은 간접적으로만 영향을 받았다. 아이들은 항상 '진짜' 귀족들, 즉 궁정을 장악하고 온갖 특권을 누리고 있는 귀족들을 본받도록 교육받았다.

집안의 모든 것은 백작 집안다웠다. 저명한 사람들이 줄곧 그녀를 방문했다. 시베리아 군사령관이며 주지사인 표트르 고르차코프가 아주 잘 생긴 기병대 바지를 차려입은 부관과 함께 찾아왔고, 기타 저명한 인사들이 그녀를 방문했다. 할머니가 고르차코프 백작 따님이었고 모스크바 상류사회에서 인정받는 아주 훌륭한 가문 출신이었기 때문이다.

할머니는 몹시 늙었다. 그녀는 사람을 시켜 랏클리프[42]의 소설을 읽게 하고 그걸 듣기 좋아했다. 수도원에 대한 이야기와 무시무시한 지하세계, 살인, 그리고 유령 이야기로 가득한 소설들이었다. 그러나 결말은 언제나 행복했다. 고딕풍의 무서운 소설과 피가 난무하는 끔찍한 장면들이 마치 노백작부인의 슬픔을 덜어 주는 것만 같았다.

할머니는 푹신한 팔걸이 안락의자에 앉아 금제 담뱃갑에 든 가루담배 냄새를 맡았고 발밑에는 툴라에서 온 행상인 여자가 앉아 있었다. 그녀는 알아듣지 못하는 프랑스 말에 귀를 기울여 주었고 항상 똑같은 말을, 아드님인 니콜라이가 얼마나 멋진 분이었는지 모른다고 할머니에게 말해 주었다.

아들의 죽음은 노백작부인에게 너무나 힘든 일이었다. 얼마나 품위 있고 고상한 아들이었던가. 제 어머니의 고급스런 삶을 지켜주기 위해 희생을 감수한 아들, 그 누구에게 주어도 아까운, 세상에 둘도 없는 보석 같은 자식 아니던가. 그런데 그렇게 함부로 장례를 치르다니, 겁에 질린 손자 하나와 타티야나 한 사람만이 참여한 장례식이라니. 어찌 그렇게 장례를 치를 수 있었단 말인가? 남편이 있었다면 제 아들을 그렇게

---

42) 〔역주〕 안나 랏클리프(1764~1823). 영국 여성 작가. 《시칠리아의 로맨스》, 《숲의 로맨스》, 《우돌포의 신비》 등의 작품을 통해 기이하고 비밀스럽고 무시무시한 이야기를 많이 다루었다.

장례를 치렀겠는가 말이다 ….

백작부인은 쓸데없는 생각에 사로잡혔다가 다시 늘 머리에서 떠나지 않던 가장 중요한 생각으로 되돌아와 수심에 잠겼다. 그녀가 수심에 잠기는 것은 야스나야 폴랴나에 대한 추억이었다. 그곳엔 행복이 있었고 그녀를 위한 노란 1인승 마차가 있었지. 힘이 센 표도르가 그 마차를 몰고 벌채 금지구역의 큰 숲으로 데려가곤 했는데 … 표도르는 마차의 채를 잡고 가볍고 커다란 마차를 개암나무 숲으로 몰아가곤 했었지.

표도르, 이미 머리가 백발이지만 여전히 힘이 센 독일인, 그가 높은 개암나무 가지를 잡아 당겨 구부렸다. 펠라게야는 하얀 손으로 거칠거칠한 나뭇잎들이 달린 가지에서 열매를 따 모은다. 옆에 앉은 손자들도 작은 손으로 열매를 딴다. 열매를 다 따고 나면 표도르는 나뭇가지를 놓아주었고 나뭇가지는 소란스럽게 하늘로 날아올랐다. 푸른 하늘을 이고 선 초록의 나뭇가지에는 아직도 열매가 많이 달려 있는 것 같았다. 인생도 어쩌면 저와 같은 것이었을까. 누군가 잡다가 당신 손에 쥐어 주었는데, 다시 떠나가 버린 것만 같은.

손자들은 또 어쩌면 저렇게 별날까. 료바는 사람들을 놀래 넘어뜨리려고 작정한 듯이 2층 창문에서 뛰어내리기를 하지 않나. 1층이 반 지하실로 그나마 좀 낮아서 다행이지.

모든 손자들이 유별났다. 그런데 타티야나는 미덥지 못했고, 알렉산드라는 자신의 딸이기는 했지만 솔직히 말해 더더욱 미덥지가 못했다. 그저 성호나 그을 줄 아는 여자였다.

할머니에게 손자들을 데려가면 손자들은 놀란 얼굴로 할머니의 부은 모습을 바라보았다. 할머니의 얼굴 피부는 빛이 났고 팽팽했다. 그들은 무슨 말인지도 모르고 할머니의 조용한 말소리에 귀를 기울였다.

침대맡에는 할머니의 금제 담뱃갑이 놓여있었지만 할머니의 손이 미치지 않아 항상 곁을 지키고 있는 가샤가 집어 주어야 했다.

할머니는 가샤에게 늘 함부로 대하고 신경질을 부렸지만 지금은 오직

이 하녀하고만 말을 했다. 할머니의 말은 알아들을 수 없었지만 가샤는 그걸 다시 물어보는 법이 없었기 때문이다. 할머니는 하녀를 '이보세요, 귀하신 분'이라고 놀리듯이 불렀다. 그리고 이런저런 명령을 내렸지만 하녀는 결코 그걸 행하지 않았다. 그렇게 할머니는 숨이 다해가는 생의 고단한 말년을 잔소리와 질책으로 보내고 있었다.

가샤가 바로 곁에 있었지만 할머니는 그녀를 부를 때 종을 울렸고 그녀가 다가가면 이렇게 불평했다.

"이보세요, 귀하신 분, 어떻게 된 거야? 왜 이리 늦는 게야!"

할머니는 점점 힘을 잃어갔다. 닫힌 문 안쪽에서 하녀를 부르는 종소리가 비록 점점 나지막해졌지만 횟수는 점점 더 잦아지고 있었다. 가샤의 중얼거리는 목소리도 더 자주 들려왔다.

그러던 어느 날 종소리가 더 이상 울리지 않았다.

1838년 5월 25일 고르차코프 가문 출신의 할머니 펠라게야는 76세를 일기로 조용히 숨을 거두었다.

할머니는 집안에서 가장 존경받는 사람이었다. 비록 자주 그런 것은 아니지만 누구나 존경을 표하며 그녀를 회고했다. 그녀는 자신의 안락한 방에서 이미 유행이 지난 낡은 카드 점을 치면서 서서히 빛을 잃어갔던 것이다. 아이들은 정해진 시간에만 할머니를 볼 수 있었지만 할머니가 영원히 거기 계실 것이라고 생각했다. 하지만 예기치 않은 죽음이 찾아왔다.

갈색머리의 키 작은 가정교사 생-토마스가 빠른 걸음으로 들어와서 아이들이 무얼 하고 있는지에 대해서는 조금도 관심을 두지 않고 곧바로 말했다.

"여러분들, 할머니가 돌아가셨습니다."

집안이 숙연해졌다. 장의사들이 불려왔다. 그들은 익숙하게 벽에 붙어 조심스럽게 마룻바닥을 디디며 비단에 싸인 관을 들여왔다. 관속에 누운 할머니는 뻣뻣하고 두꺼운 베개로 머리를 높여 근엄해 보였다. 매부리코에 엄격한 얼굴 모습이었고, 백발의 머리에는 하얀 모자를 씌우고 턱에는 빳빳하게 풀을 먹인 수건을 받쳤다.

사람들이 조문을 하며 소리를 낮추어 아이들에 대해 수군거렸다.

"완전히 천애 고아들이 됐어 … 얼마 전에 아버지가 죽더니만 이젠 할머니까지 …."

집안은 숙연했고 아이들도 숨을 죽였다. 울음소리도 크게 들리지 않았다. 가샤만이 소리 내 울음을 터뜨렸다. 그녀는 다락으로 뛰어올라가 문을 잠그고 머리를 쥐어뜯으며 스스로를 자책하며 할머니가 돌아가신 마당에 자신은 이제 더 살아갈 의미가 없다고 말했다.

새로운 후견인

할머니의 죽음 이후 생활 경비를 줄이기 위해 집값이 싼 곳으로 이사했지만 그러나 살아가던 방식은 그대로였다. 선생들 봉급은 8천 루블이 넘었다. 여비나 선물비 등으로 1천 2백 루블이 나갔고 기타 여행 목적별로 4백 루블씩이 지출되었는데 이유가 모호한 것이었다. 여행에는 개인 소유의 말과 마차가 이용되었기 때문에 분명 여행목적 항목과 선물비 등은 여비에 해당하기 보다는 뇌물 같은 것을 숨겨놓은 것이었으리라.

1841년 2월에 크라피브나 지역 재판소는 나탈리야 부인이 제기했던 고(故) 니콜라이 백작에 대한 소송에서 피고의 무죄를 선고했다.

중요한 소송사건이 해결되자 알렉산드라 오스텐-사켄 부인은 할머니가 돌아가신 뒤 그녀에게 속하게 된 하녀 가샤와 함께 수도원인 옵티나 푸스틴으로 들어가 버렸다. 나이 어린 드미트리와 레프 톨스토이, 마리야는 타티야나 숙모와 함께 야스나야 폴랴나로 옮겨갔고 니콜라이와 세르게이는 모스크바에 남게 되었다.

1841년은 대흉년이었다. 영지를 보호하고 부역과 세금을 내는 농민의 노동력을 보존하기 위해서 네루치 마을을 팔아 그 돈으로 어떻게든 농민들이 견뎌낼 수 있도록 도와야 했다. 생필품 이외에는 모든 것을 절약해야 했고 말에게 먹이는 귀리도 줄여야 했다.

톨스토이는 자신과 형제들이 말이 참 안됐다고 생각하여 농민들 밭을 돌아다니며 귀리 이삭을 뜯어다가 말먹이로 주었던 일을 생각하며 참 미안한 일이었다고 회상한다. 흉년이 들었을 때 귀리는 말이 아니라 사람들 식량이었던 것이다. 하지만 아이들에게 눈앞에 보이는 굶주린 말이 불쌍해 보일 수밖에 없는 것은 자연스러운 일이었다. 그래서 매사에 정의로웠던 드미트리도, 선량했던 어린 톨스토이도 그렇게 행동했고 톨스토이는 오랜 세월이 지난 뒤에 자신의 잘못을 되돌아보았던 것이다.

그들은 여름을 야스나야 폴랴나에서 그렇게 보냈고 겨울에는 모스크바로 옮겨갔다. 야스나야 폴랴나는 적막하고 지루했지만 모든 것이 분명했다. 하지만 모스크바에서의 생활은 모든 것이 무너져가는 그런 것이었다.

1841년 가을 옵티나 푸스틴 수도원에서 푸른 눈의 고모 알렉산드라가 죽었다. 그녀는 옵티나 수도원 무덤에 묻혔고 무덤 앞에는 기념비가 세워졌는데 거기에는 톨스토이가 쓴 시문이 새겨져 있다. 어쩌면 이것이 최초로 출판된 톨스토이의 작품이리라.

> 여기 이승에서 잠이 든 당신은
> 미지의 길을 건너 가셨으니,
> 하늘나라에서 당신의 삶은
> 오직 평안하고 행복하시리.
> 행복하게 다시 뵈올 희망으로,
> 저 세상에서 함께 할 믿음으로,
> 고인에 대한 존경과 그리움으로
> 이 비를 세웁니다, 당신의 조카들이.

천재적인 작가들의 첫 작품이라면 의당 빼어난 재능을 보여줄 것이라고 생각할 필요는 없다. 게다가 아이들의 시는 아이들다운 장난기도 있는 법이고 대체로 비슷비슷한 것들이다. 그런 걸 보고 놀라워한다면 그건 성인이 된 작가에게서 받은 인상을 거기에 덧씌우는 것일 뿐이다.

고모가 숨을 거두자 당시 큰형 니콜라이가 유일한 성인이었지만 그는 대학을 다니고 있어서 후견인이 될 수가 없었다. 게다가 보통 후견인은 좀 나이가 있는 사람이 되는 것이 관례였다. 형 외에 가까운 친척이라면 할아버지가 카잔 주지사로 있었을 때 거기서 유시코프에게 시집갔던 고모 펠라게야만이 남아 있었다.

유시코프는 친절하기는 했지만 믿을 만한 사람은 못되었고 악의적인 농담을 좋아하고 관심을 끌기 위해서라면 무슨 일이라도 하는 괴짜였다. 고모인 펠라게야는 선하고 종교적이며 감성적이지만 거만하고 게을렀다. 남편 유시코프가 언젠가 타티야나 숙모를 칭찬하는 것을 본 다음부터는 펠라게야는 그녀에게 적대적이었다.

타티야나 예르골스카야, 그녀는 어떤 사람인가?

톨스토이는 항상 그녀의 끝없는 선량함에 대해 회상한다. 그녀는 결코 그 누구에게도 화를 내는 법이 없었고 주변의 모든 사람들로부터 사랑을 받았다. 그러나 그녀에게도 그녀 나름의 특성이 있었고 톨스토이도 이에 대해 기록을 남긴 바 있다.

톨스토이의 아버지 세대는 나폴레옹을 물리쳤으며 또한 황제에 맞서 봉기를 일으켰던 세대였다. 이 세대는 세계의 운명이 자신들 손에 있다고 생각했고 그렇게 믿었다. 이 세대는 프랑스 백과전서파의 책들을 읽고 성장했다. 할아버지 세대가 우습게 여기던 것들이 그들에게는 행위의 준범이 되었다. 이들은 스턴[43]과 플루타르크 영웅전을 읽었으며 고

---

43) 〔역주〕 로렌스 스턴(1713~1768). 아일랜드 태생의 영국 작가. 자유로운 연상과 개인성을 중시한 근대 소설 형성에 큰 영향을 미쳤다. 《트리스트럼 섄디》(1759~67), 《프랑스와 이탈리아를 지나가는 감상 여행》

대 로마의 역사는 본받아야 할 모범으로 간주했다.

톨스토이의 어머니는 사랑하는 큰아들 니콜라이를 아주 엄격한 규범으로 훈육했다. 그녀는 사내에게 과도한 감수성은 어울리지 않는다며 사소한 일에 눈물을 흘리지 못하게 가르쳤다.

1825년 12월에 원로원 광장으로 군대를 이끌고 갔던 데카브리스트들은 자신들을 로마 시민의 병사라고 생각했고 로마 공화국의 엄격한 덕목을 이어받으려고 했다. 그러나 그들은 또한 스턴과 루소로부터 인간의 영혼을 이해하는 능력도 배웠다. 인간의 나약함에 대해서는 이미 알고 있고 그럴 수 있다고 인정하고 있었던 것이다. 하지만 선함이 승리하기 위해서는 나약함을 극복해야만 한다고 생각했다. 이미 우리는 데카브리스트의 아내들이 귀족부인이면서도 자신의 모든 것을 내던지고 유형을 떠나는 남편들을 따라 썰매에 몸을 싣고 시베리아로 가서, 그곳 감옥 곁에서 자신들의 젊음을 보냈다는 사실을 잘 알고 있다.

검은 머리에 검은 눈동자의 타티야나는 바로 그런 여인 중 한 사람이었을 것이다. 만일 니콜라이가 미리 퇴역한 몸이 아니고 그 느긋한 성격으로 인해 데카브리스트 봉기라는 운명의 순간을 피할 수 없었다면 말이다.

여자들 역시 고대 로마의 역사를 읽으며 롤렝의 로마사[44]를 번역한 트레쟈콥스키[45]가 '전 민중성'이라고 불렀던 그 점에 매혹을 느끼고 빠

(1768) 등으로 유명하다. 스턴은 톨스토이 문학에도 큰 영향을 주었고 이후 본문에 상세하게 서술된다. 저자인 쉬클롭스키는 문학가로서 형식주의 이론을 전개할 때 스턴의 작품분석을 통해 자신의 이론을 증명하기도 했다.

44) 프랑스 역사가이자 교육가인 롤렌(1661~1741)의 9권짜리 《로마의 역사》를 말함.

45) V. 트레쟈콥스키(1803~1869). 수사학 교수이자 시인. 러시아 시 운율에 대한 저서 등을 통해 로모노소프에게 영향을 주었다. 그 자신이 시인으로서는 크게 성공하지 못했다.

져들었다. 그 당시 사람들은 로마 역사의 근저에 영웅주의와 민중적 지향이라는 사상이 놓여 있다고 해석했다. 로마의 역사는 프랑스 혁명의 전범이었던 것이다.

물론 타티야나는 프랑스어로 로마사를 읽었다. 톨스토이는 이렇게 말한다.

> 거의 손바닥만 한, 팔꿈치와 손목 사이에 난 커다란 화상 흔적을 보여 주며 그녀가 말해 주었던 자에 얽힌 어린 시절의 사연은 그녀의 성격을 잘 말해준다. 아이들은 가이우스 무시우스 스카에볼라의 이야기를 읽고서 누구도 그처럼 해낼 수 없을 거라고 말싸움을 벌였다고 한다. 그녀는 '난 할 수 있어'라고 말했다. 그러자 나의 대부였던 야지코프가 '넌 못해'라고 말했다. 그리고 그의 성격대로 정말로 자를 촛불 위에 얹어 연기를 피우며 달아오를 때까지 태웠다. 그리고 '자 이걸 팔에 대봐'하고 말했다. 그녀는 하얀 팔을 쭉 내밀었다. 그 당시에 여자애들은 소매가 짧은 옷을 입고 다녔다. 그런데 야지코프는 정말로 불에 달아오른 자를 그녀의 팔에다 내려놓았던 것이다. 그녀는 인상을 찌푸렸지만 팔을 움츠리지는 않았다. 그녀는 피부에 붙은 자를 떼어낼 때에서야 아픈 신음소리를 내질렀을 뿐이다. 어른들이 그녀의 상처를 보고 어떻게 된 일이냐고 묻자 그녀는 자신이 직접 그랬다고, 무시우스 스카에볼라가 느낀 걸 느껴보고 싶어서 그랬다고 대답했다고 한다. (34, 365)

그녀에 대한 아이들의 사랑과 아이들 양육에 쏟은 그녀의 정성으로 보아 타티야나는 명실 공히 아이들의 보호자라고 할 수 있었지만 그녀는 단지 먼 친척이었을 뿐이고 게다가 큰아들 니콜라이는 분명히 그녀를 좋아하지 않았다. 1841년 9월 12일 큰아들 니콜라이는 자신과 형제들, 누이의 이름으로 유시코프에게 이렇게 편지를 쓴다.

우리는, 저와 제 동생들, 그리고 내 누이동생은 고모님께 슬픔에 빠진 우리를 버리지 말고 우리의 후견을 맡아주시기를 당부 드립니다. 고모부님, 저희의 끔찍한 처지를 잘 아시겠지요. 하느님과 고인이 되신 알렉산드라 고모님을 생각해서라도 제발 부탁컨대 저희를 거절하지 말아 주세요. 46)

아마도 동생들은 야스나야 폴랴나에 남고 니콜라이 자신은 모스크바 대학 2학년으로 공부할 수 있게 해달라는 부탁이었던 것 같다. 고모 펠라게야는 후견인이 되는 것에 동의했지만 아이들을 자신이 데리고 있어야 하며 그래야 교육받기가 더 편리할 것이라고 했다.

구세프는 톨스토이 국립박물관의 원고 보존실에서 타티야나의 일기 일부를 찾아냈는데, 거기서 그녀는 펠라게야와의 갈등에 대해 1850년 3월 24일 이렇게 쓰고 있다.

날이 갈수록 나는 이런 증오가 그녀의 결혼 때부터 시작된 것임을 더욱 확신하게 된다. 그녀는 내가 자기 남편을 유혹했다고 생각하고 결코 그 점을 용서할 수 없었던 것이다. 47)

톨스토이의 아내 소피야도 나중에 그런 사실을 알게 된다. 그녀는 유시코프가 젊었을 때 타티야나에게 청혼을 했고 그녀가 거절했다는 사실을 회고록에 남긴다.

펠라게야는 아이들을 데리러 직접 찾아왔다. 우파 강에 바지선을 대고 그곳에 식료품과 물건을 실었다. 목수와 재단사, 철물공, 도배장이, 요리사 등 농노들도 톨스토이 집안의 재산들과 함께 바지선을 타고 우파 강을 따라 오카 강으로, 그리고 오카 강에서 볼가 강으로, 그리고 니

46) N. 구세프, 《톨스토이 전기 자료집(1828~1855)》, 154쪽.
47) 위와 같음.

즈니 노브고로드를 거쳐 계속 볼가 강을 따라 더 내려와서 카잔까지 이동했다.

타티야나는 유시코프에게 이렇게 편지를 썼다.

> 아이들을 저와 떼어놓으려는 것은 정말 잔인한 일입니다. 저는 지난 12년여 동안 진정으로 성심을 다해 아이들을 돌보았습니다. 그건 아이들의 아버지가 부인이 돌아가신 이후 제게 맡긴 일이기도 했습니다. [48]

타티야나 숙모의 가슴은 벌건 석탄처럼 타들어갔다. 아이들이 시골에서 시골로, 빈한한 러시아 시골에서 밤이슬을 가릴만한 곳도 하나 없는 더더욱 빈한한 추바시 마을로 이동하는 모습을 어찌 바라만 보고 있어야 한단 말인가.

타티야나는 오랫동안 혼자 남아 있었다.

카잔, 그리고 카잔 대학

카잔 시는 카마 강이 볼가 강으로 흘러드는 유역에 자리하고 있다. 볼가 강은 이곳에서 거의 90도로 방향을 틀어 불어난 강물을 남쪽 카스피해로 흘려보냈다. 그곳에는 오랜 옛날부터 남동대로들이 이어지고 있었다.

게르첸[49]은 《지방에서 보낸 편지》(1836)에서 이렇게 쓰고 있다.

---

48) 위와 같음.
49) 〔역주〕 A. 게르첸(1812~1870) : 언론인, 정치사상가. 1834년 반정부 활동 혐의로 시베리아로 유배되었다가 1847년 망명하여 서구에서 언론 및 출판활동을 전개한 인물. 19세기 후반 인민주의 운동에 깊은 영향을

만일 러시아가 표트르 대제가 예견했듯이, 서구와 아시아를 잇고, 유럽과 동방의 가교가 될 사명을 띠고 있다면, 의심할 나위 없이 카잔이야말로 아시아로 가고자 하는 유럽인들과 유럽으로 가고자 하는 아시아인들의 길목에 위치한 요충지이다. 카잔 대학은 이것을 잘 고려해야 한다. 만일 카잔 대학이 유럽의 '과학'을 보급하는 것에 머문다면 그것은 2류 대학으로 남게 된다는 것을 의미한다. 그렇다면 이 대학은 독일 대학들뿐만 아니라 우리 모스크바 대학이나 데르프트 대학[50]을 뒤쫓아 가기에도 오랜 세월이 필요할 것이다. 하지만 지금 이 대학은 그 유리한 지리적 입지에서 특수한 성격을 확보함으로써 유수한 대학들과 어깨를 겨루고 있다. 이 대학에서는 아주 폭넓은 동양 어문학이 교육되고 있고 아시아인 교수들도 교육을 담당하고 있다. 대학 박물관에는 의복과 고서들, 유물들, 고화폐들이 많이 있는데 그것은 유럽보다는 중국, 만주, 티베트 등에서 발견된 것들이다.[51]

카잔은 오래 전부터 러시아가 지배했던 영토였다. 러시아인들은 이곳을 기반으로 중앙아시아로 더 멀리 나아가기 위한 준비를 했고 지역 주민 중에서 통역사를 육성해냈다.

니즈니 노브고로드와 카잔은 러시아와 동양을 잇는 가교 지점이었다. 오카 강과 카마 강, 볼가 강이 카스피 해로 연결되고, 육로로 산을 넘어 돈 강에 이르고 다시 흑해를 거쳐 동양으로 이어지는 푸르른 해상 연결로를 이루었던 것이다.

이런 점들은 전임 카잔 주지사의 후손들과도 관계가 있었다. 톨스토이 백작 가문의 문장은 복잡하고 혼란스러운데 정교한 문장학적 의미를

주었고 톨스토이와 많은 교류가 있었다. 게르첸과의 교류는 이후 자세히 등장하며 그에 대한 톨스토이의 평가와 비판도 상세히 설명된다.
50) 〔역주〕현재의 백러시아 타르투 대학의 전신. 일찍이 서구 학문을 받아들여 명성을 떨친 대학.
51) 게르첸, 30권 선집, 제1권, 과학아카데미 출판사, 1954, 132쪽.

지녔으며 콘스탄티노플에 솟아있는 일곱 개 탑의 감옥을 표상하고 있다. 나중에 예카테리나 여제에 의해 백작 작위를 받았던 러시아의 전사 표트르 톨스토이가 이 아름다운 탑에 두 번이나 구금되었다. 그는 영악한 머리와 불굴의 용기로써 자신의 임무를 수행해냈다.

넓은 볼수염으로 이어지는 검은 콧수염을 기르던 괴짜 고모부 퇴역 육군 중령 유시코프의 집에서 공부를 하기 위해 카잔에 가게 된 것은 집안 어른들의 죽음 때문이었다. 그러나 톨스토이가 카잔에서 공부하게 된 것은 결코 우연만은 아니었다. 그리고 후에 카프카스로 가게된 것 역시 우연이라고만 말할 수 없었던 것이다.

푸시킨은 아르즈룸으로 가는 여행 중에 테헤란에서 살해된 그리보예도프[52]의 시신이 실린 마차와 만난 적 있다. 자유를 사랑했던 러시아 작가들의 운명과 카프카스 산맥의 형상은 푸시킨의 《아르즈룸으로의 여행》을 가득 채우고 있다. 시인은 10년 전에 카프카스의 하늘에서 보았던 구름을 알아본다. "저 구름들은 그때 그곳에 있었던 바로 그것들이다. 그것은 바로 카프카스 산맥의 눈 덮인 정상이었다."

이제 곧 톨스토이도 그 산맥을 보게 될 것이며 처음에는 구름이라고 생각하다가 그 높고도 먼 정상을 알아보고 놀랄 것이며 그런 다음 그 산맥들로부터 영혼의 위안을 얻을 것이다.

그쪽으로 가는 길, 남쪽으로, 동방으로 가는 길은 러시아 귀족들에게 익숙한 노정이었다. 그 길은 때로는 전쟁을 위한 길이었고 때로는 추방의 길이었다. 베스투제프-마를린스키[53], 오도예프스키[54], 레르몬토

---

52) 〔역주〕 A. 그리보예도프(1795~1829). 극작가, 외교관. 희곡《지혜의 슬픔》. 카프카스 지역 외교관으로 오래 근무. 데카브리스트 사건에 연루되었지만 무죄 방면됨. 테헤란에서 러시아 공사관이 흥분한 군중의 습격을 받았을 때 살해됨.

53) 〔역주〕 A. 베스투제프(1797~1837). 필명 마를린스키. 데카브리스트 봉기에 참여한 작가. 데카브리스트의 지도자 르일레예프로부터 강한 이념적 영향을 받았다. 사형선고를 받았으나 20년으로 감형되어 시베리아

112

프55) 등에게 카프카스 산맥은 거의 감옥과 마찬가지였다. 콘스탄티노플은 야스나야 폴랴나를 지나 곧바로 뻗은 길을 따라 그대로 남으로, 남으로 달려가기만 하면 되는 도시였다. 카잔 대학이 특히 수학부와 동양어학부가 유명한 것도 이와 관련이 있다.

카잔에는 아는 사람들이 많았다. 카잔 주지사였던 할아버지의 인맥이 그대로 있어 톨스토이 백작 가문의 명성이 그래도 여전했다.

당시 열세 살이었던 톨스토이는 펠라게야 고모가 선물로 준 개인 하인 바뉴시카와 함께 때로는 마차에서, 때로는 농민들 오두막에서 잠을 청하며 여행했다. 바뉴시카와는 프랑스어로 거의 친구처럼 얘기를 나누었다. 그는 반은 친구고 반은 하인이었다. 그는 후에 카프카스, 세바스토폴, 야스나야 폴랴나에 이르는 톨스토이의 긴 인생길의 동반자였다. 평생 동안 그는 톨스토이에게 물과 수건을 가져다 바쳤고 때로는 큼직하게 어린이 필체로 원고를 베껴 쓰기까지 했다.

보리스 에이헨바움56) 은 톨스토이의 《소년시절》에서 주인공의 형 친

유형에 처해진다. 후에 황제에 청원하여 카프카스 전쟁에 참여한다. 역사소설 《해후》, 카프카스의 웅대한 자연을 배경으로 한 영웅담 《아말라트 베크》 등을 저술했고 카프카스 전투에서 사망한다. 르일레예프와 함께 〈북극성〉이라는 문학지를 창간하여 큰 성공을 거두었고 낭만주의 문학과 비평에 큰 영향을 남긴다. 30년대에는 보수적 정치색을 띠었으나 카프카스 전쟁과 풍속을 다룬 산문들을 남긴다.

54) 〔역주〕 V. 오도예프스키 (1803~1869), 작가, 음악평론가. 예술가 주제를 많이 다룸. 데카브리스트 봉기에 참여하여 유형당했다가 카프카스 전투에 사병으로 참가하여 그곳에서 사망한다. 푸시킨이 유형당한 데카브리스트에게 보내는 시를 썼고 그에 대해 데카브리스트를 대표하여 유형지에서 쓴 《푸시킨에의 답시》, 《시인의 꿈》, 《추도》 등의 시가 있다.

55) 〔역주〕 M. 레르몬토프(1814~1841). 시인, 소설가. 푸시킨의 죽음을 애도한 《시인의 죽음》과 리얼리즘 산문의 길을 개척한 《우리 시대의 영웅》으로 유명함.

56) 〔역주〕 B. 에이헨바움(1886~1959). 문학사가, 비평가. 형식주의 문학운동으로 유명함. 톨스토이 연구에서도 독창적인 업적을 보여 주었

구들이 주인공을 농담으로 '외교관'이라고 불렀다는 점에 관심을 기울였다. 《청년시절》에도 주인공에게 그런 별명이 남아있다. 이 별명은 손자가 외교관이 되어 연미복을 입고 멋지게 최신 유행의 머리를 하고 다니기를 바랐던 할머니의 기대어린 농담에서 생겨난 것이었다.

큰형 니콜라이가 모스크바 대학에서 성적이 좋지 않아 카잔 대학으로 전학온 것은 우연이라고 할 수 있다. 하지만 카잔에서 열네 살의 톨스토이 백작이 터키어와 타타르어, 아랍어 등을 배우게 된 것은 결코 우연이라고 할 수만은 없다.

에이헨바움은 〈러시아 문학〉지에 실은 《톨스토이의 학생시절 중에서》라는 흥미로운 논문에서 "40년대 초부터 이른바 '동방문제'가 특별한 관심의 대상이었고 당면한 문제로 새로이 인식되었다"[57]고 말한다. 레르몬토프가 《아이들을 위한 동화》(1840)에 다음과 같은 시구를 넣었던 것도 우연이 아니다.

하지만 사실 세상의 다른 나라들 행복에 대해
우리가 걱정하고 염려하는 것은 적절하지 않지만,
술탄[58]은 이집트와 새롭게 잘 지낼까?
동방의 황제는 뭐라고 말했고 무슨 말을 들었을까?
정치의 안개가 모든 사람을 휘감고 있네 …

1840년대 중반에 이르면 '동방문제'에 대한 예민한 국제적 관심이 훨씬 더 강해진다. 황제 니콜라이 1세는 '죽어 가는' 터키를 영국과 함께 분할하려는 계획을 세웠다. 이 문제는 상당히 심각한 것이어서 1844년

___

다. 톨스토이 연구에도 일가견을 보여 주었고, 이 책의 저자는 에이헨바움으로부터 많은 점을 시사 받았다고 서문에 밝히고 있다.

57) 보리스 에이헨바움, 《톨스토이의 학생시절 중에서》, 〈러시아 문학〉, 1958, No. 2, 69~70쪽.

58) 〔역주〕 회교국가의 군주나 족장.

봄 니콜라이 1세가 빅토리아 여왕과 영국 외무대신 백작 에버딘 경과 협상하기 위해 직접 런던을 방문한다. 그리하여 상당히 복잡한 외교적 매듭이 지어지지만 이는 후에 러시아를 크림전쟁으로 몰아넣는 계기가 된다. 톨스토이가 바로 이 전쟁에 직접 참여하게 되는 것이다. 물론 외교관으로서는 아니었다.

카프카스는 하급 관리들이 경력을 쌓아 8등관 직급을 획득하기 위해 지망하던 곳이다. 그러나 그들은 거기서 티플리스 공동묘지에 화려할 것 없는 묘비를 보탰을 뿐이다. 또한 유형을 언도받은 폴란드인들, 지나치게 영향력이 높은 귀족들, 불온한 시를 쓰는 시인들이 카프카스로 보내졌다.

톨스토이는 즉각 카잔 대학의 입학허가를 받지 못했지만 재시험을 통해 입학이 허용되었다. 분명히 가족의 입김이 작용했을 것이다. 면직된 주지사의 손자들이었지만 그들은 카잔 사회의 저명인사였고 매우 부자였던 것이다. 할아버지의 빚은 손자들에게 전가되지 않았고 할아버지에 대한 재판도 그의 죽음으로 더 이상 문제될 것 없었다.

그러나 톨스토이는 카잔 사회에 잘 섞여들지 못했고 소극적이며 좀 낯설게 행동했다. 동양학부에서의 성적도 좋지 않았다. 그는 언어에 대한 놀랄만한 재능을 가지고 있었지만 아랍어와 터키어에 매력을 느끼지 못했다. 동양어 교육은 당시 부하라의 고급 회교학교에서 아랍어를 배우듯이 언어의 정신은 전혀 고려하지 않은 채 무턱대고 입으로 따라 해서 배우도록 하는 것이었다. 그것은 마치 숲 속에서 무얼 찾는 것과 같았다고나 할까, 아니 더 정확히 말하자면 늪에서 힘들게 한 걸음씩 나아가는 것만 같다고 할 수 있는 것이었다.

그런데 옆 강의실에서는 젊은 법학교수[59]가 강의하고 있었는데 젊은

---

59) 〔역주〕 D. 메이에르. 1845년부터 카잔대학에서 민법을 가르침. 사후에 그의 강의는 학생들의 청강기록에 근거하여 책으로 출판된다. 《러시아 민법》(카잔, 1858~1859).

톨스토이 백작은 오히려 거기에 더 관심을 가졌다.

방학이 되자 톨스토이는 여름을 보내기 위해 야스나야 폴랴나로 간
다. 카잔에서 야스나야 폴랴나까지의 비포장도로는 비록 말과 마차를
타고 가는 길이라 해도 결코 쉽지 않은 먼 거리였다. 이 길이 얼마나 먼
길이었는가 하는 것은 카잔으로 다시 돌아오는 여행 중에 톨스토이가
알렉산드르 뒤마[60]의 8권짜리 《몽테 크리스트 백작》을 다 읽었다는 사
실이 잘 말해준다. 그가 참으로 건강한 체질이었으며 시력도 참 좋았다
는 것을 알 수 있지만 사실 흔들리는 마차 안에서, 그리고 시골 오두막
에서 책을 읽는 것은 그리 쉬운 일은 아니었다. 게다가 이 여행은 늦봄
에 가서 초가을에 돌아오는 길이었는데 이때는 도로가 한창 진창이었던
때였다.

그러나 어쨌든 그는 커다란 고저택으로, 타티야나 숙모에게로 돌아
왔다. 그는 그녀와 긴 이야기를 나누었고 다시 야스나야 폴랴나 숲을 산
책할 수 있었으며 옛날 하인들을 만나볼 수 있었다.

주변의 세계는 바뀌어 가고 있었다.

마치 겨울에 눈을 감았다가 봄에 다시 눈을 뜨고 바라보는 것만 같았
다. 야스나야 폴랴나는 순간적으로 무슨 충격을 받아 변화된 것만 같았
다. 그것은 그 자신이 야스나야 폴랴나를 떠나 있는 동안 성숙해졌다는
것을 뜻하기도 했다. 야스나야 폴랴나의 모든 것은 차분하게 가라앉아
있었고 순박해 보였다. 잘 아는 농부들은 신탁을 맡은 후견인들이 예전
의 주인보다 더 가혹하게 굴어 살기가 더욱 힘들어졌으며, 국유림에는
들어가지도 못하게 해서 이젠 장작이나 나뭇가지 따위를 긁어 오지도
못한다고 넌지시 비난했다. 영주의 숲에 대해서는 말할 필요도 없었다.

---

60) 〔역주〕알렉산드르 뒤마(1802~1870). 프랑스 작가. 《몽테 크리스트
    백작》, 《삼총사》 등의 대표작이 있고 극작가이자 역사소설가로 유명하
    다. 아들인 뒤마 역시 극작가이자 소설가였다. 아들과 구별하여 大뒤마
    라고도 불린다.

이젠 엄격한 규율과 속박에 세금도 더 무거워졌다는 것이다.

집은 친숙하지만 텅 비어 있었다. 타티야나는 전에 할머니가 살았던 중이층 방에 기거하고 있었다. 이 방은 이제 텅 빈 상태였다. 왼쪽 구석에는 옷장이 하나 있었는데 그 속에는 타티야나에게만 소중한 수많은 물건들이 들어있었다. 오른쪽 구석에는 성상 그림 상자와 은박을 입힌 커다란 낡은 성상이 서 있었다. 방의 중앙에는 숙모가 잠을 자는 소파형 침대가 있었고 그 앞에는 탁자가 하나 놓여 있었다. 창문과 창문 사이에는 거울이 걸려 있고 책상이 놓여 있었다. 창가에는 두 개의 안락의자가 있었다. 그리고 수놓은 천으로 덮인 또 하나의 안락의자가 있었는데 머리를 기대고 쉴 수 있게 머리 부분을 받치는 돌출부가 있었다.

아늑하고 텅 빈 것 같았다.

숙모는 더 나이가 들어보였다. 그녀는 내키지 않는 듯 카잔의 친지들 소식을 물었다. 톨스토이가 겪은 많은 불쾌한 일들에 대해서는 아무 것도 모르는 것 같았다.

숙모의 탁자에는 영어가 아니라 프랑스어로 된 랏클리프의 소설이 놓여 있었다. 작은 책 여러 권으로 출간된 이 소설책은 읽기 편했고 판화 삽화가 들어 있었다. 숙모도 무서운 이야기를 좋아하고 있었고 톨스토이에게서도 그런 이야기를 듣고 싶어 했다.

그녀는 서로 배신하고 가정이 깨졌다는 등의 상류 사교계 사람들의 뒷이야기를 좋아했다. 하지만 별다른 비난 없이 그런 말을 했으며 똑같은 심정으로 톨스토이에게 좋은 집안 출신의 결혼한 여성과 로맨스를 가지라고 충고까지 했다. 남자다운 성격을 만들고 진짜 남자다운 풍모를 가지기 위해서 필요하다는 것이다.

예전에 가샤라고 불리던 할머니의 하녀가 이제 숙모의 시중을 들고 있었다. 하인들도 이젠 이 늙은 처녀에게 아가피야 부인이라고 예를 갖추어 불렀고 길거리에서 만나면 모자를 벗고 인사했다.

아이들이 표도르와 할머니와 함께 자주 가서 신선한 크림과 트보로그

등을 먹었던 강 건너에 있던 집, 거친 마직(麻織) 냄새가 배어있던 그
집은 이제 황폐화되었다.

　마을의 먼지 덮인 거리에서 톨스토이는 집안 농민 중 한 사람인 미티
카를 만났지만 금방 알아보지 못했다. 미티카는 아직 젊었지만 벌써 구
레나룻이 짙었다. 그는 짚신을 신고 있었고 쟁기를 어깨에 둘러메고 있
었다. 밭갈이를 가는 모양이었다.

　후견인회에서는 경비를 줄이기 위해 노력하고 있었다. 결국 미티카
는 툴라에 가서 돈을 벌어야 했다. 미티카는 솜씨 있는 좌마(左馬) 기
수[61]였는데 요즘에는 상인들도 큰 마차를 사용하며 좌마 기수를 필요
로 했던 것이다. 상인들은 자신들의 좌마 기수에게 비단 셔츠와 빌로드
바지를 입혀서 끌고 다녔다. 쓸데없는 돈 장난질이었다!

　미티카의 형이 차례가 되어 군에 징집되자 늙은 아버지는 2인 경작지
를 혼자 감당할 수가 없었다. 잘못하면 아들 1인 몫의 경작지를 회수당
할 염려가 있어 미티카를 시내에서 다시 불러들여야 했다. 그래서 그는
시골로 돌아와 다시 쟁기를 들게 된 것이다.

　톨스토이는 농민들이 살기가 참 힘들겠다고 생각하며 미티카를 바라
보았다. 하지만 그는 숙모에게 이에 대해서는 아무런 말도 하지 않고 다
시 카잔으로 떠났다.

　1845년 8월 25일, 톨스토이는 카잔에서 다소 주저하면서 타티야나에
게 편지를 보내 자신이 야스나야 폴랴나에 있을 때 직접 말하기 어려웠
던 결정이 있다고 말한다. 먼저 그는 자신에게 맡겨진 일을 충분히 수행
하지 못하고 2년을 허송했다고 자인했다. 열일곱 살의 톨스토이는 이렇
게 쓰고 있다.

　좀 늦기는 했지만 그래도 숙모님께 써야겠다고 생각했어요. 그럴

---

61) 〔역주〕 4두, 6두 마차에서 마차의 방향을 잡고 이끄는 기수로서 제1열
　　왼쪽 말에 탄다.

수밖에 없었다고 이것저것 거짓말을 많이 할 수도 있겠지만 전 그러고 싶지 않아요. 전 숙모님의 사랑에 보답하지 못하는 아무 쓸모없는 인간입니다. 하지만 그 자는 그걸 잘 알면서도 여전히 진심으로 당신을 사랑합니다. 다만 너무나 게으름뱅이라서 자신의 사랑을 내보일 줄 모르는 사람입니다. 이 점에 대해서는 그 자를 용서해 주시기를. 카잔에 온지 벌써 사흘이나 되었어요. 당신이 이걸 승인해 주실지 모르겠지만 전 학부를 옮겼습니다, 법학부로요. 이 학문이 우리 개인생활에 더 적합하고 다른 것보다 실용적이라고 생각해서지요. 저는 지금 이렇게 바꾼 것에 만족하고 있습니다. 이제 제 계획이 무엇이고 어떻게 인생을 계획하고 있는지 말씀드릴 수 있어요. 저는 사교계에는 절대 나다니지 않을 겁니다. 음악과 그림, 어학 공부와 학교 강의 등에 고르게 시간을 분배할 거구요. 제가 이런 계획을 잘 지키고 실천에 옮길 수 있도록 굳은 의지를 주시기를 하느님께 기도드린답니다.

톨스토이는 법학부로 옮겨가서 메이에르 교수 강의를 들을 수 있었다. 교수는 새로운 학생을 눈여겨보고 그 학생에게 별도의 과제를 부과했다.

톨스토이는 처음으로 자신이 이해할 수 있는 사람, 게다가 대단히 훌륭한 사람을 만나 그 영향을 받을 수 있게 되었다. 메이에르는 벨린스키 서클과 관련되었고 젊은 체르니셉스키와 아는 사이였다. 후에 체르니셉스키는 메이에르에 대해 쓰기를, 그는 "세상에서 매우 보기 드문 현상인데, 그것은 불굴의 정직성과 위대한 재능 때문만이 아니라 매우 어려운 상황 속에서도 자신의 의무를 수행해 내는 변함없는 열정에 있어서도 그러하다. 그 사람은 민족의 목적이라는 고귀한 사명을 위해 창조된 그런 사람이다."

계속해서 그는 이렇게 말한다. "영웅들 이야기라고 하겠지만 그런 사람들은 바로 우리들 중에도 있다. 그렇다, 우리나라 사람 중에도 우리가 자랑스러워 할 그런 사람들이 있다. 하지만 … 왜 그런 사람들은 모두 그렇게 일찍 세상을 떠나야 하는 것인가? 게다가 훨씬 필요한 시점에 그들이 세상을 떠나야만 한다는 것은 참으로 슬픈 운명이 아닌가?"[62]

그는 카잔에서 법률상담소를 개설하고 학생들을 데리고 실제 사건을 연구하고 주민들에게 법률상담을 해 주었다. 이를 통해 학생들은 법학을 단순히 학문이 아니라 과거와 현재를 아는, 그리고 현재의 문제를 다투는 생생하게 살아있는 새로운 학문으로 여기게 됐다.

1904년에 톨스토이는 비류코프가 구성한 자신의 전기를 읽어보면서 몇 부분을 수정하고 새로운 내용을 첨가한다. 카잔 시절을 다룬 부분에서 그는 메이에르에게서 받았던 과제에 대해 몇 마디를 첨가했다("이 과제는 나의 관심을 매우 사로잡았다."). 그리고 골덴베이저(1904년 6월 26일) 와의 대화에서 이렇게 말했다.

내가 카잔에서 대학을 다닐 때 나는 첫해에는 실제로 아무것도 하지 않고 지냈네. 2학년 때에야 비로소 나는 공부를 시작했지. 당시 그 대학에 메이에르 교수가 있었는데 나는 그분의 강의에 큰 흥미를 느꼈고 그분은 내게 예카테리나 여제의 《훈령》[63]과 몽테스키외의 《법의 정신》 비교라는 과제를 주었지. 나는 이 과제에 몹시 관

---

62) N. 체르니셉스키, 《러시아 어음법 개관》, 전집, 제 4권, 국립문학출판사, 1948, 670쪽, 672쪽.

63) 〔역주〕 계몽군주를 자처했던 예카테리나 여제(1729년 독일 태생. 1762년 남편 표트르 3세를 밀어내고 러시아 황위에 올라 1796년까지 통치) 는 1767년 소집된 '법령 준비위' 대의원들에게 자유주의 정신에 입각한 《훈령》을 내려 보낸다. 22장 655항으로 구성된 이 《훈령》은 국가조직과 민형법, 사법제도, 경제제도, 농노제도 등 국가제도 전반에 관한 기본 정신을 담고 있다. 몽테스키외와 베카리 등 계몽주의자들의 강한 영향하에 황제가 직접 집필한 것으로 심지어 프랑스에서조차 검열대상이 되기까지 했다. 이 《훈령》은 수차례 개정되며 러시아 법령의 기초가 된다.

심이 깊었다고 기억하네. 나는 야스나야 폴랴나로 가서 몽테스키외를 읽기 시작했지. 이 독서는 내게 무궁한 지적 지평을 열어 주었다네. 나는 루소를 읽기 시작했고 그러면서 대학을 그만두었지. 바로 진짜 공부를 하기 위해서였네.[64]

많은 것을 요구했고, 또 대단히 이해심이 깊었던 메이에르 교수를 떠나 톨스토이는 다시 야스나야 폴랴나로 돌아간다. 야스나야 폴랴나의 모든 것은 여전히 적막했고 다만 농가 오두막집들은 더 노후하고 농민들은 더 가난해졌다.

법학부에서 톨스토이는 별다른 성적을 올리지 못했지만 안목이 높았던 메이에르 교수는 이 학생에 대해 주목했다. 메이에르 교수에 대한 학생들의 회상이 실려 있는 《브라트치나》라는 글 모음집이 있는데 그 중 페카르스키의 회상에서 메이에르 교수가 톨스토이에 대해 주목했던 몇 마디 말이 기록되어 있다. 당시 톨스토이의 이름은 전혀 유명해지지 않았던 때인지라 그의 언급은 더욱 놀라운 것이었다. 다만 그는 톨스토이의 이름을 정확하게 기억하지 못하고 단지 'T'라는 약자로 표기하고 있다.

교수는 톨스토이에 대해 이렇게 말한다.

오늘 나는 그에게 시험을 치르게 했다. 그는 전혀 공부를 하고 싶은 의사가 없는 것 같았다. 유감이다. 이 학생은 정말 풍부한 표현력을 가지고 있고 눈에 지혜가 가득하다. 그 선한 의지와 자율성으로 보건대 이 학생이 빼어난 인물이 될 것이라고 나는 확신한다.[65]

---

64) A. 골덴베이저, 《옆에서 본 톨스토이》, 국립문학출판사, 1959, 148쪽.
65) B. 에이헨바움, 《톨스토이의 학생시절 중에서》, 〈러시아 문학〉, 1958, No. 2, 77쪽.

크지는 않지만 회색과 푸른빛이 감도는 두 눈과 성숙해 보이는 짙은 눈썹의 톨스토이는 그 당시 사람들에게 매우 깊은 인상을 남겨주었다. 톨스토이는 어떤 소설에서 짙고 무성한 눈썹을 가진 주인공의 모습을 보고 화약으로 자신의 눈썹을 문질러 다 태워버렸다. 그리고 그가 좋아했던 그 주인공에 대해 다 잊어버렸을 때쯤 그 눈썹은 무성하고 짙게 자라났다.

이런 이야기는 톨스토이 자신의 회상이 아니라 《소년시절》의 주인공 니콜라이에 대한 이야기에서 따온 것이기는 하다. 하지만 여동생의 기억에 따르면 톨스토이는 어린 시절에 스스로 눈썹을 깎은 적이 있었다. 내가 보기에 톨스토이의 이런 특징은 그가 어렸을 때부터 스스로를 만들어나가고자 했다는 점을 잘 보여준다.

분석과 규칙의 시대

메이에르 교수가 말했던 그 자율성은 톨스토이에게 예기치 않게 찾아왔다. 그는 교수에게서 예카테리나 2세의 《훈령》에 대한 보고서를 쓰도록 과제를 받았다. 이 보고서는 자율성을 많이 발휘할 만한 과제는 아니었지만 그는 어쨌든 예카테리나 대제의 《훈령》과 그 원천이 되었던 프랑스의 법을 비교하여 보고서를 구성한다. 나중에 톨스토이가 카프카스에서 수많은 책을 읽고 그것을 요약하는 모습에서 우리는 톨스토이가 그 교수에게서 많은 것을 배웠음을 알 수 있다.

톨스토이의 대학생활은 아주 성실했던 것은 아니다. 톨스토이는 우연히 여러 가지 이유로 시험을 놓치기 일쑤였다. 그런 가운데 이후 평생 지속했던 일기쓰기를 시작하는데 그것은 병원에 입원했던 시기와 우연히 일치한다.

병원에 입원하여 톨스토이는 생전 처음으로 혼자 있게 된다. 시종도 하인도 아무도 없이 혼자라는 사실을 그는 즉시 깨달았다. 이제까지는 항상 옷을 벗으면 누군가 세탁하러 가져가고 아침이면 깨끗이 세탁해서 다림질한 상태로 대령하였다. 그리고 식사할 때면 시종이 뒤에 대기해 있곤 했다. 하지만 이제 모든 일을 스스로 해야만 했다.

똑같은 일도 사람에 따라서 서로 다른 결과를 불러온다. 톨스토이의 인생에서도 다양한 힘들이 마치 서로 다른 자장의 알력처럼 서로 충돌하고 있지만 중요한 것은 항상 그 자신이 자신의 방향을 결정하고자 했다는 점이다. 그에게 일어났던 많은 일들이 그의 형제들에게도 일어났지만 결과는 전혀 달랐다. 그는 마치 과거와 논쟁하고 과거를 거부하는 사람처럼 남들과는 전혀 다른 성격을 보여 주었다.

사실 과거는 모순을 일으키며 그를 따라다녔다. 톨스토이의 일기가 어디에서 시작되는가를 보자. 구풍을 완전히 떨치지 못한 언어이긴 했지만 이때의 일기에서부터 이미 톨스토이다운 분석이 등장한다.

> 3월 17일. 병원에 들어온 지 벌써 6일. 그래도 거의 만족스런 6일이다. 이곳에서 나는 완전히 혼자다. 방해하는 사람은 아무도 없다. 이곳에는 내 시종도 없고 도와줄 사람도 아무도 없기 때문에 내 이성과 기억에 영향을 줄 것은 아무 것도 없다. 나의 정신활동이 활발해져야만 한다. 무엇보다 중요한 점은 무질서한 생활이, 사교계 사람들 대부분이 젊음의 결과로 받아들이고 있는 그런 생활이 사실은 영혼의 조숙한 타락의 결과 외에는 아무 것도 아니라는 사실을 내가 명료하게 알고 있다는 점이다. (46, 3~4)

톨스토이의 일기는 이렇게 시작되었다. 여기서 그는 예카테리나《훈령》에 대한 분석도 하고 있다. 즉 학습과제를 수행하는 것이다. 하지만 일주일 지나서 일기의 성격은 바뀐다. 3월 24일자 일기. "난 많이 바뀌었다, 꼭 해내고 싶은 과제를 다 하지는 못했지만."

톨스토이는 이 과제를 수행하는 동안 스스로에게 여섯 가지 규칙을 세운다.

⑴ 부여받은 일은 무슨 일이 있어도 반드시 해낼 것.

⑵ 할 때는 아주 잘할 것.

⑶ 무엇을 잊었다 하더라도 결코 책을 뒤적이지 말고 스스로 생각해내도록 노력할 것.

⑷ 가능한 전력을 기울여 너의 정신이 살아있도록 노력할 것.

⑸ 항상 소리 내어 읽고 생각할 것.

⑹ 너를 방해하는 사람들에게 방해가 된다고 말하기를 주저하지 말 것. 처음에는 스스로 깨닫게 하고 만일 알아듣지 못한다면 용서를 구하고 분명히 말해 줄 것.

비범한 재능을 가지고 있었지만 여자들에 둘러싸여 자랐고 자신에 대한 아무런 통제력도 갖지 못했으며 카드놀이나 할 줄 알고 허영심과 육체의 달콤함에 빠져있던 젊은이가 학교 선생님 같은 엄격함으로 자신을 곧추세우고 있는 것이다. 오직 자신의 비범한 의지에 기대어 그는 찰흙을 빚듯이 자신을 단련시키고 그 어떤 어려움이 있더라도 자신을 전혀 다른 사람으로 창조해 가고자 하는 것이다.

톨스토이의 분석과 규칙의 시대는 이렇게 시작된다.

젊은이들이 인생의 여러 문제를 풀어 나갈 나름의 계획을 세우고 실천하고자 하는 것은 많이 볼 수 있는 일이다. 그러나 톨스토이의 의도가 남다른 것은 그가 매우 강인한 의지의 소유자라는 사실 때문이다. 그는 마치 선생이 학생을 대하듯 스스로에게 과제를 부여하고 항상 그걸 검사하고 점수를 부여하고자 한다. 이런 행동은 이후 몇 년 동안 계속되었다.

톨스토이는 카드는 어떻게 칠 것이며 여성들에게는 어떻게 대할 것인가, 사교계 응접실에 들어설 때는 어떻게 하고 또 책은 어떻게 읽을 것인가 등 모든 것에 자신의 규칙을 세웠다. 심지어 잘못된 일들에서조차 그는 잘못을 하는 규칙들을 세우고자 했다.

124

톨스토이는 자신의 삶을 남달리 가혹하게 몰아붙인 사람이었다. 다른 사람들에게 자신의 잘못에 대한 인정이 문학적 담론이거나 공론, 수다에 지나지 않았다면 톨스토이에게 그것은 준엄한 자기 향상의 노력이었다. 청년 톨스토이는 어떤 것이든 새로운 잘못에 임하게 되면 스스로에게 고행의 과제를 부과했다. 그에겐 잘못 자체를 질책하는 것이 아니라 그것을 어떻게 이해하고 어떻게 교정하느냐가 중요했다.

이 시기에 톨스토이는 진지한 독서를 시작한다. 스무 권으로 된 루소[66]의 책을 음악사전에 이르기까지 완전히 독파했다. 루소는 프랑스 부르주아 혁명의 스승이었다. 프랑스 혁명가들은 루소에게서 자기분석의 능력과 개별적인 인간의 삶에 대한 주목, 구사회제도의 불안정성에 대한 감지능력 등을 배웠다. 그들은 인간에 대한 높은 도덕적 요구에 근거하여 구세계의 도덕률이 불안정하다는 것을 인식했던 것이다.

톨스토이는 이미 오래전부터 루소를 읽고 있었다. 그러나 이제는 루소 형상이 새겨진 메달을 목에 걸고 있을 정도로 루소에 몰입했다. 그는 자기 갱신을 통해 세계의 갱신을 이룩하고 싶었다.

루소는 위대한 사상가였지만 무엇보다 세계를 오직 자기 자신에게만 의거하는 독립적인 수많은 개인의 운명들이 혼융된 것으로 보았던 사상가였다. 이는 세계를 개조하고자 하는 의식이며 또한 그럴 수 없음을 슬퍼하는 의식이다. 이것은 자신을 부끄럽게 생각하지 않는 의식이며 자신 속의 내밀한 것을 드러내 보이는 의식이고 수세기 동안 침묵했던 것

66) 〔역주〕장 자크 루소(1712~1778). 프랑스 철학자. 교육학자. 음악가. 낭만주의 사상을 개화시킨 인물로 근대 초기 학문과 예술발전에 지대한 기여를 한 인물. 자유로운 감정표현을 중시하고 자연의 아름다움을 예찬했다. 《인간 불평등 기원론》, 《사회계약론》, 《에밀》, 《신 엘로이즈》, 《고백록》 등 매우 많은 저작을 남겼다. 톨스토이는 루소의 저작으로부터 큰 영향을 받는다. 심지어 루소가 살았던 제네바 지역을 직접 순례하며 루소의 사고과정을 따라가 보고자 했다. 이에 대해서는 뒤에 자세히 설명된다.

에 대해 발언하는 의식이다. 루소는 부끄러운 행위에 대해 드러내 말함으로써 그것을 극복할 수 있다고 생각했다.

이러한 긴장된 자기 분석과정에서 미래의 대작가로서의 재능이 성숙되어 갔다. 천재적인 작가가 어떻게 만들어지는가를 이해하는 것은 사실 매우 어려운 일이다. 나무의 새싹이 돋아나는 일도 수없이 반복되는 일이지만 그걸 이해하는 것은 쉬운 일이 아니다. 하물며 인간의 의식이 대체 어떻게 생겨나는가를 이해하기란 매우 어려운 일이 아닐 수 없다.

《최초의 기억들》에서 톨스토이는 이렇게 말한다.

> 다섯 살에서 지금의 나까지의 거리가 단 한 걸음에 지나지 않는다면, 태어난 직후부터 다섯 살까지는 그보다 훨씬 먼 거리다. 게다가 잉태되어 태어날 때까지가 심연이라면 비존재에서 잉태에 이르기까지는 단지 심연이 아니라 측정 자체가 불가능한 불가지의 세계다. (23, 471)

숙모에게 바치는 비석에 평이한 시문을 남겼던 소년으로부터 《어린 시절》, 《어제의 이야기》를 창작하는 톨스토이에 이르기까지도 사실은 측정 불가능의 거리다. 톨스토이 형제들이 어떻게 재능을 나누어 가졌는가, 왜 레프 톨스토이만이 세기의 천재로 불릴 수 있게 되었는가를 이해하는 것도 도저히 판단 불가능한 일이다.

나는 이 책에서 이런 문제를 모두 해결할 수는 없을 것이다. 다만 이 불가지함의 일부가 매일 매일의 믿기 어려울 정도의 노력에 의해서, 비록 일기에 언급되어 있지만 많이 알려지지 않은 그런 일상의 노력에 의해서 이루어지고 있다는 것을 보여줄 수 있을 뿐이다.

우리는 톨스토이를 가로지르고 그를 변화시키는 일군의 힘들을 보게 될 것이다. 이 힘들이 전개된 형태를 보기 위해서 톨스토이가 자신의 형에 대해 말하고 있는 부분을 살펴보자.

눈이 크고 힘이 셌으며 남의 말에 신경을 쓰지 않았던 다소 괴짜 기질의 드미트리는 레프보다 한 살 위였다. 카잔에 갔을 때 그의 나이 열네 살이었다. 공부도 고르게 잘했다. 키도 아주 커서 구부정하고 팔도 길어서 겉으로도 괴짜처럼 보였다. 동년배들이 우습게 장난으로 지나칠 법한 일을 그는 심각하고 진지하게 받아들이곤 했다.

카잔에서 톨스토이 형제들이 살았던 집 맞은편에 감옥이 있었다. 감옥의 교회에서 수난주일(부활절 직전 일요일)에는 성직자가 성경 전체를 읽어 내려갔고 예배는 대단히 길게 진행되곤 했다. 드미트리는 이 교회를 다니면서 죄수들에게서 양초나 양초 살 돈을 받아다가 성상 앞에 대신 초를 바치는 일을 기꺼이 도와주었다.

스무 살에 드미트리는 대학을 마쳤다. 형제들이 영지를 분할할 때 톨스토이에겐 관례대로 살던 영지인 야스나야 폴랴나가 할당되었다. 세르게이는 사냥과 말을 좋아해서 종축장이 있는 피로고보 영지를 배당받았다. 드미트리에게는 페롭스카야로부터 얻은 쿠르스크 영지, 니콜라이에게는 니콜스코-뱌젬스코예 영지가 할당되었다.

형제들 사이의 영지 분할은 우호적으로 진행되었다. 톨스토이 형제들은 우애가 깊어 아무도 욕심을 부리지 않았다. 누이동생은 법에 따르면 17분의 1을 받아야 했지만 형제들은 그녀에게도 균등하게 나누어 주었다. 그래서 누이동생 마리야는 피로고보에 있는 94헥타르의 땅을 받아 그곳에 집을 지었다. 야스나야 폴랴나는 다소 적다고 판단해서 형제들은 톨스토이에게 추가로 더 주기로 했다. 그래서 세르게이 형이 1천 5백 루블, 니콜라이 형이 2천 5백 루블을 향후 은 가격 기준으로 톨스토이에게 지불하기로 했다.

당시 톨스토이 형제들에게 농노를 소유하는 것이 비도덕적이라는 개념은 미처 존재하지 않았다. 톨스토이는 이에 대해 이렇게 쓰고 있다.

그래서는 안 된다는 생각, 그들을 풀어줘야 한다는 생각은 1840년

대의 우리들에게 존재하지 않았다. 유산으로 농노를 소유하는 것은
삶의 필수조건이라고 생각했고 어리석은 지주가 되지 않기 위해 농
노들의 물질적 조건뿐만 아니라 도덕적 상태에 대해서도 관심을 기
울여야 한다는 생각 정도를 가지고 있었을 뿐이다. (34, 383쪽)

스무 살의 드미트리는 자신이 수백 명의 농노 가족들의 도덕성을 책
임지는 의무를 감당할 수 없다고 심각하게 생각했다. 그런데 감옥의 성
직자가 고골의 《친구들과의 왕복 서한집》[67]을 읽고 있었다. 톨스토이
는 드미트리 형도 이 편지들을 읽고 있었다고 회고한다. 톨스토이도 나
중에 이 편지들을 읽고 그것을 높이 평가했었다. 그 외에도 드미트리는
순진하게도 최고위급 관리를 직접 찾아가 자신이 사람들에게 유익한 일
을 할 수 있도록 공직을 달라고 청하기도 했다. 그리하여 주소록 담당
공직을 맡게 되었지만 그는 그 일에 만족하지는 못했다.

드미트리와 톨스토이는 비슷한 점이 많았다. 톨스토이 역시 무언가
를 열심히 추구하는 성격이었고 인생에서 자신에 맞는 올바른 자리를
찾으려고 노력하면서 끊임없이 자신을 변화시켜 나갔던 것이다. 한때
는 그 역시 다른 귀족들처럼 똑같이 프랑스어 발음에 더 신경을 쓰고 손
톱을 잘 다듬고 길거리에 나설 때는 장갑을 착용해야 한다고 생각했었
다. 이것이 '고상한' 사람의 이상이었던 것이다. 그러나 얼마가 지난 뒤
톨스토이는 루소에 빠져들었고 아마도 그건 루소라는 한 사람에 빠진
것만은 아니었을 것이다. 그는 자신이 모든 것을 새롭게 바꾸어 가야 하
는 그런 사람이라고 생각했다. 귀족이 다른 계층을 지도해야 한다는 선
민사상이 싹튼 것도 이때였다. 귀족은 상거래도 해야 하고 모든 것에 참

---

67) 〔역주〕 N. 고골, 《친구들과의 왕복 서한집》. 고골이 후기에 친구들과
   의 서간형태로 발간한 책으로 그의 광적인 종교, 보수적인 정치적 견해
   등이 잘 드러난다. 다양한 평가를 받고 있지만 당시 러시아의 지적 분
   위기의 일단을 잘 보여 주는 것으로 러시아 정교와 슬라브주의, 러시아
   전제주의 등에 대한 독특한 신앙을 담고 있다.

여해야 하지만 그러나 그것은 고귀한 참여여야만 한다고 생각했다.

철학에 심취했던 톨스토이는 마로 만든 길고 풍성한 겉옷을 만들어 입었다. 이 겉옷은 밤이면 실내복이 되었고 낮에는 앞섶에 특별히 만든 단추를 채워 입고 맨발에 슬리퍼를 신었다. 그는 이런 의상이 경제를 개혁해야만 하는 사람의 바람직한 모습이라고 생각했다.

그런 분위기 속에서 톨스토이는 숙모에게 편지를 쓴다. 이 편지는 후에 《지주의 아침》이라는 중편 속에 변형된 형태로 들어간다. 이 편지는 톨스토이가 만들어 낸 네흘류도프라는 주인공의 편지일 뿐만 아니라 주인공과 나이가 같은, 3학년에 대학을 때려치운 열아홉 살 톨스토이 자신의 편지다. 물론 네흘류도프에게는 7백 명의 농노가 있었고 톨스토이에게는 330명의 농노가 있었다는 점이 차이라면 차이였다. 게다가 톨스토이는 자신의 농노를 빚 담보로 잡힌 상태였다. 그러나 그럼에도 불구하고 네흘류도프와 마찬가지로 톨스토이는 자기가 소유한 사람들이 행복하도록 해야 할 의무가 있고 자격이 있으며 충분히 그럴 힘이 있다고 생각하고 있었다.

> 저 혼자 즐기고 저 혼자 출세하려고 막돼먹은 촌장이나 마름의 손에 그들을 내던져두는 것은 죄악이 아니겠어요? 내 앞에 고귀하고도 빛나는, 내 자신의 의무가 있는데 왜 다른 곳에서 유익함과 선행을 찾으려고 한단 말입니까? 나는 내가 훌륭한 지주가 될 수 있다고 생각합니다. 나는 훌륭한 지주가 된다는 의미를 잘 알고 있고, 그런 사람이 되기 위해서라면 숙모가 내게 기대하고 있는 바와 같은 그런 학위가 필요한 것도 아니고 관직이 필요한 것도 아니라고 생각합니다. (34, 123~124)

톨스토이는 자신이 카잔 대학을 그만두게 된 이유를 다음과 같이 말하고 있다.

나는 카잔 대학의 강의에서 별 흥미를 느끼지 못했다. 처음에 나는 동양어를 배우기 시작했지만 별 성과를 거두지 못했다. 나는 모든 것에 열심이었고 많은 책도 읽었지만 모든 것이 다 그저 그런 것이었다. 나는 무엇이든 어떤 문제에 관심을 가지게 되면 앞뒤 좌우 돌아보지 않고 오직 그 한 문제만을 해결하기 위해 책이란 책은 모두 파고들었다. 카잔에서의 내 생활은 그랬다. 대학을 나오게 된 이유라면 두 가지를 들 수 있다. 첫째, 형이 과정을 마치고 떠나게 되었다는 점이다. 둘째, 이건 좀 이상하게 들릴지 모르겠지만《훈령》과《법의 정신》의 비교연구(이건 지금 내가 가지고 있다)가 내 스스로 해야 할 지적 연구의 영역을 열어 주었는데, 대학은 온갖 다른 일들로 그런 연구를 수행하는 데 도움이 되지 못했고 오히려 방해가 되었다는 점이다. (59, 16)

톨스토이는 원대한 계획을 가지고 야스나야 폴랴나로 돌아왔다. 그는 집 전체를 차지하지 않고 서재에 동제(銅製) 못이 박힌 녹색의 낡은 가죽소파와 두세 개의 안락의자를 가져다 놓고 마당에는 운동을 위한 철봉을 설치했으며 책상 앞에 생활규범을 붙여놓았다. 그가 세운 과제들은 거대한 것이었고 계속해서 새로운 것들이 추가되었다. 그는 영어와 라틴어를 공부했고 수학을 공부했다. 그리고 그 외에도 2년에 걸친 공부계획을 세웠다.

① 대학 졸업시험에 필요한 법학 전 과정 학습, ② 실용 의학학습과 부분적 이론학습, ③ 어학공부. 프랑스어, 러시아어, 독일어, 영어, 이탈리아어, 라틴어. ④ 농업 이론과 실제, ⑤ 역사, 지리, 그리고 **통계학**, ⑥ 중등과정 수학, ⑦ 학위논문 집필, ⑧ 음악과 미술, 중간 수준 달성, ⑨ 규범표 작성, ⑩ 자연과학에 대한 일정한 지식습득, ⑪ 공부하는 모든 과목의 요약집 작성. 68)

---

68) 1847년 4월 17일자 기록(46, 31).

이런 계획 중에 많은 것을 실천했다. 영어공부와 음악, 농업연구는 상당히 깊게 이루어졌다. 하지만 기본적으로 그의 계획은 실현하기 매우 힘든 것이었다.

톨스토이는 평생 동안 세계를 분석하고자 했는데 항상 자신을 통해서였다. 그가 《어린시절》, 《소년시절》, 《청년시절》 등 자전적 삼부작을 쓴 것도 '인간발전의 4단계'에 대해 분석하려는 목적에서였다. 원래는 《청년시절》에서 그 시기 삶의 분석을 담은 카프카스에서의 경험을 활용하고자 했지만 이 부분은 《카자크 사람들》로 독립되었다. 이 작품은 청년시절의 마무리였던 셈이다. 물론 《지주의 아침》도 청년시절의 일부이다.

톨스토이는 연애사건에 기초하지 않는 소설을 써야 한다고 생각했다. 《러시아 지주에 대한 소설》 서문에는 이렇게 씌어있다.

> 이 서문은 독자를 위한 것이라기보다 저자를 위한 서문이다. 이 소설 전체에서 나를 움직이게 될 가장 중요한 기본적 감정은 시골 지주의 삶에 대한 애정이다. 수도나 지방이나 카프카스에서의 장면들이 나온다 해도 그것은 모두 이런 감정, 즉 시골 지주의 삶에 대한 우수어린 그리움에 바탕을 둔 것이다. (4, 363)

소설은 도덕적 문제의식을 가지고 있는 것이어야 했다. 행복이란 덕행인 것이며 젊음은 잘못을 저지르게 만들지만 그것을 바로잡는 것이 바로 행복이다. 부차적인 주제로서 감정과 사상들은 좋은 것과 나쁜 것으로 분류되었다. 좋은 것은 덕행, 우정, 예술에 대한 사랑 등이고 나쁜 것은 허영, 이기심, 욕망 등이었다. 욕망은 여성에 대한 것과 도박, 술에 대한 것으로 분류되었다.

《러시아 지주에 대한 소설》에서 주인공은 그의 농민을 함부로 대하는 부농과 충돌을 일으킨다. 하지만 이 부분은 대략적인 구상만으로 남고 만다.

《지주의 아침》에서 지주는 농민들과 갈등을 일으킨다. 이 갈등은 선과 악의 싸움이 아니라 젊고 선량한 사람이 도대체 선이 무엇인지 알 수가 없어서 선을 행할 수가 없다는 점에 기인한다. 여기서 톨스토이가 미처 생각하지 못했던 주제가 나타나게 된 것이다. 즉 주제가 그를 발견했다고나 할까. 젊은 귀족 지주가 천애고아가 되어 자신이 살아온 사회에서 고립된 채 시골에서 살아가게 된다. 그는 시골에서 귀족으로 살아가는 것이 아니라 직접 시골생활 속으로 뛰어 들어간다. 그런데 선량한 지주가 농촌경제를 재정비하고 개선하려고 하면서 지주와 농민의 갈등이 벌어지게 된다. 지주는 그 일이 자신의 의무이며 해야만 하고 할 수 있다고 생각할 뿐만 아니라 그 아니면 그 누구도 그 일을 해낼 수 없을 거라고 믿고 있다. 하지만 결과적으로 그는 아무 것도 해내지 못한다. 심지어 그와 가장 가까운, 아버지로부터 물려받은 하인들과 그의 유모조차 그에 반대하고 나섰다.

집안의 하인은 지주와 농민들 사이를 매개하며 지주의 살림을 관리하는 마름 역할을 한다. 그런데 이 하인은 일정한 농민집단, 더구나 부유한 자들의 이해를 대변하는 법이다. 이에 대해서는 18세기 귀족 경제학자들도 이미 주목하고 있다.

이러한 상황은 세월이 흐른 뒤에도 변함이 없었다. 《안나 카레니나》돌리가 다 망가진 자신의 시골 영지에 왔을 때, 농민들과의 관계를 정리해준 것은 바로 그녀의 오랜 유모와 영지 관리인 가족들이었다. 이 '원로원' 모임이 라일락 나무 아래에서 차를 마시며 그들의 이해관계를 조정하는 것이다. 물론 유모는 돌리를 안쓰럽게 생각하고 다소 비판적이긴 하지만 심정적으로는 주인인 돌리의 편이다.

지주가 자신과 농노들 사이에 재산관계나 사회관계를 바꾸려고 하는 경우 문제가 악화되기 마련이다.

톨스토이는 잠시 자기 자신으로부터 벗어나 자신의 이해관계와 의혹들을 《지주의 아침》의 주인공 네흘류도프가 대신 드러내도록 만들었다. 네흘류도프는 시골에 살면서 아침이면 수첩과 돈을 가지고 밖으로 나온다. 이제 그가 이야기를 나누게 될 사람들은 그의 소유이며 그가 명령을 내릴 수 있는 사람들이다. 하지만 그가 원하는 것은 많지 않다. 그가 원하는 것은 가난한 농민들의 생활수준을 높이고 중간 수준의 농민을 도와주면서 부유한 농민과는 협력하여 자신의 돈과 부자들의 돈을 모아 토지를 더 사들이자는 것이다. 농민들이 더 이상 마차를 끌고 시내로 나가 돈을 벌지 않아도 되도록, 그들이 집에서 농사만으로도 살아갈 수 있도록 하자는 것이다.

농민들의 농가는 허름했고 특히 가난한 자들의 집은 거의 다 무너져 가고 있었다. 네흘류도프는 그들에게 목재를 제공할 수 있었다. 게다가 그는 '게라르도프식 석조 농가'라는 새로운 농가 건축법을 고안해냈다. 두 줄로 벽을 만들고 그 사이에 흙을 채워넣어 보온효과를 높이는 것이었다. 물론 이런 방법이 그만의 독창적인 것은 아니다.

한편 추리스라는 농민이 (실제로 야스나야 폴랴나에서 살았던 인물이기도 하다) 지주에게 기울어 가는 지붕을 받칠 수 있는 목재를 조금 부탁했다. 이야기는 추리스의 농가 오두막에서 진행된다. 농가는 구석구석 썩어 가고 있었고 문지방은 이미 썩어 문드러졌다. 언젠가 농가 지붕을 마당으로 연결했었는데 지금은 그 틀만 남아 있고 낡고 썩은 볏짚을 짜서 얼기설기 막아 놓은 상태였다. 우물에 세운 지붕도 무너져 가고 있었는데 기둥과 도르래 바퀴 외에 남은 것이 별로 없었다. 우물 위에는 두 그루의 늙은 버드나무가 겨우 푸른빛을 띤 가지 몇 개를 드리우고 있었다. 나무들도 숨을 다해가고 있는 중이다.

추리스는 늙은 편은 아니고 잘생긴 얼굴에 표정도 풍부했다. 짙은 푸른 색 두 눈은 지혜로워 보이고 마음씨 좋은데다 무사태평한 인물이었다. 하지만 목과 얼굴, 팔 등의 피부는 아주 거칠었고 잘생긴 얼굴이지만 몸은 구부정했다. 그는 파란 색 천을 덧댄 대마로 만든 거친 바지에 등과 소매가 다 닳아빠진 셔츠를 걸치고 있었다. 추리스는 그의 농가를 건사할 만한 좋은 목재를 찾기 어렵다는 것을 알고 있으면서도 다섯 개의 받침목을 요구했다.

낡은 농가는 무너져가고 있었다. 추리스 자신이 말하기를 천장에서 나무판이 떨어져 "마누라 등짝을 불이 번쩍 나게 후려쳐서 하루 종일 죽은 듯이 쓰러져 있었다"는 것이다.

지주는 농민에게 새로운 곳에다 사이에 흙을 채워넣어 보온효과를 높인 이중 벽돌집을 지으라고 제안한다. 지주는 자신이 큰 선심을 썼다고 생각하며 의기양양하게, 그러나 겸손하게 천진한 미소를 지어보였다. 그러나 아낙네들이 대경실색하고 나섰다. 추리스 자신도 이제 일이 끝장났다고 생각했다. 추리스는 이주를 원치 않았다.

"옛날부터 여기 우리 삼밭은 기름진 곳인데요, 근데 거길 가면 어떻게 하죠? 대체 어떻게 한단 말입니까요? 거긴 완전 황무지죠. 담장도 없고 건조장도 없고 헛간도 없고, 아무것도 없지 않습니까요."

추리스는 비록 "옛날에 만들어진 것"이지만 자신의 주거지를 지키겠다고 한다. 그곳엔 탈곡장도 있고 채소밭도 있고 버드나무도 두 그루 있었던 것이다. 추리스는 더 이상 그를 건드리지 않기를 바란다.

추리스는 열심히 일하는 농민이었지만 생활은 점점 더 악화되고 있다. 유흐반카는 또 다른 방식으로 몰락해 가고 있었다. 다비드카라는 온순하고 말이 없으며 일할 능력이 없는 농민도 마찬가지였다. 반면 부유한 농민의 집에서는 모든 일이 다 잘 되어 가고 있었다. 그는 삼두마차가 3대나 있어 물건 수송으로 돈을 벌었고 벌도 쳤으며 깨끗한 농가에 살고 있었다.

네흘류도프는 부유한 두틀로프에게 제안한다.

"자네, 나와 공동으로 국유림을 좀 사도록 하세, 땅도 사고 말일세 …"

그러자 노인의 얼굴에서 온순한 미소가 돌연 사라졌다. 그는 자신에겐 뭘 살만한 돈이 하나도 없으며 악의적인 사람들이 자기가 부자라고

들 말하지만 실상 자신에겐 돈이라고는 15루블 외에는 하나도 없다고 강변했다.

네흘류도프는 아무런 소득도 얻을 수 없었다.

노인은 나름대로 합당한 이유가 있었다. 지주에게 돈을 줄 수는 있지만 그걸 돌려받을 수는 없다는 걸 잘 알고 있었다. 돈을 갚든 안 갚든 그건 지주 마음이기 때문이다. 만일 지주가 땅을 팔아 버리더라도 약속을 지킬지는 의문인 것이다.

물론 네흘류도프는 톨스토이가 아니다. 그러나 톨스토이는 어딘가 옆에 나란히 존재하고 있고 네흘류도프가 톨스토이와 같은 사람이 될 수도 있다.

이 당시 톨스토이는 계속해서 돈이 필요한 상태였다. 1849년 3월 그는 세르게이 형에게 자기 몫의 말을 팔아 달라고, 그리고 또 곤추로프카의 황무지 건을 서둘러 달라고 부탁한다. 그리고 분명히 직접 뭔가를 팔려고도 했다. 그는 집사에게 숲의 판매에 대해 편지를 쓰고 4월에는 또다시 세르게이 형에게 판매에 대한 편지를 쓴다. 그리고 또 2주일 뒤에 "어떻게든 이 거래들을 끝내 달라"고 편지를 쓴다.

5월에는 농노 스물두 명이 있는 작은 영지 말라야 보로틴카를 팔아 달라고 형에게 부탁하고 역시 같은 달에 어서 빨리 토지와 곡물을 팔아 버릴 것을 거듭 고집한다. 다음 해 12월에 그는 저당기간을 연장해 달라고 부탁하고 또 같은 12월 타티야나 숙모에게 다시 돈 문제에 관한 편지를 낸다.

그는 뭔가에 달아올라서 재산을 서둘러 팔아 버리는 등 엉망이었다. 대체 그런 지주들과 어떻게 동업자가 되고 일을 함께 한단 말인가? 두틀로프의 돈은 당연히 날아가 버릴 것임에 틀림없다. [69]

---

69) 〔역주〕 독자들은 저자의 서술방식에서 다소 혼란을 느낄 수도 있을 것이다. 저자 쉬클롭스키는 톨스토이의 모든 작품들을 한 손에 쥐고 톨스토이의 삶과 대조를 해가며 톨스토이 내면의 정신세계를 밝혀나간다.

지주는 망연자실해한다. 밤, 밤손님에게 두려울 만큼 달은 밝고 사위는 평화롭고 조용하다. 하지만 지주는 잠을 이루지 못하고 커다란 손으로 타티야나 숙모의 피아노 앞에 앉아 노랗게 색이 바라고 조금 틀어진 건반을 누르고 있다. 때로는 개를 끌어안고 개의 노란 앞발로 건반을 내리치게 한다.

아침에 일어나면 철봉에 매달린다. 그는 거꾸로 매달려 그 상태로 집사에게 지시를 내린다. 선량한 지주인 것은 사실이지만 그에게 돈을 함부로 내보여서는 안 될 일이다. 지주 나리들은 물론 최선의 것을 알고 있다. 하지만 두틀로프의 생각에는 자기 아들인 일리야와 카르프를 멀리 오뎃사로 짐을 싣고가게 하는 것이 더 잘하는 짓이다.

오뎃사로 짐을 싣고가는 것은 톨스토이가 아니라 그의 주인공 네흘류도프가 꿈꾸던 것이다. 그는 일리야의 마부가 되었으면 하고 바란다. 그는 이런 꿈들을 꾼다.

그는 오뎃사를 바라본다. 하얀 돛배가 떠가는 그 푸른 바다, 황금빛 집들과 하얀 가슴에 검은 눈썹의 터키 여인들이 있는 도시 차리그라드, 그는 보이지 않은 날개를 달고 그곳으로 날아가고 싶다. 그는 자유롭고도 가뿐하게 날아올라 멀리 더 멀리 날아간다. 저 아래로 광채가 흘러넘치는 황금빛 도시들이 보이고, 총총하게 별이 빛나는 푸른 하늘과 흰 돛배들이 떠다니는 푸른 바다가 보인다. 달콤하고도 즐거운 기분이 되어 그는 점점 더 멀리로 날아간다.

때로는 다소간 비약하기도 하고, 때로는 작중인물과 실제 작가를 뒤섞어 가기도 한다. 문맥을 천천히 음미하면 충분히 그 묘미가 살아나지만 빨리 줄거리만 읽어 나가려면 다소의 혼란을 느낄 수도 있다. 여기서도 톨스토이 자신과 작중 인물 네흘류도프의 사건을 엇갈리며 중첩시키고 있다. 이런 기법에서 독자들이 혼란보다는 묘미를, 피상적인 골격보다 저자가 드러내고자 하는 톨스토이의 정신세계의 깊은 풍경을 맛보게 되기를 바란다.

그는 젊고 강건하고 귀족이다. 그는 곧 작위국(爵位局)으로부터 백작 작위를 받게 될 것이다. 지금 비록 반쯤 파산했지만 아직 집과 토지를 가지고 있다. 그는 피아노를 연주할 줄 알며 여러 외국어를 구사할 수도 있다. 하지만 이곳에서 도망치고만 싶다. 그곳이 세상의 끝일 지라도 더욱 더 멀리로 날아가고만 싶다. 고골의 불행한 주인공처럼 아무것도, 아무것도 더 이상 보이지 않게 될 때까지 ….

"이리 앉게나, 나의 마부여, 어서 울리게, 내 작은 종을 … "[70]

톨스토이, 책을 읽다

야스나야 폴랴나에 돌아온 톨스토이는 농업에 전력을 기울인다. 그는 농민들이 가난하고 영지 수입이 부족한 것은 농사짓는 방법이 잘못되었기 때문이라고 생각했다. 농민들이 땅을 파고 씨 뿌리고 탈곡하는 방법이, 가축을 기르는 방식이 다 잘못되었다는 것이다.

톨스토이는 직접 《지주의 아침》에 나오는 바와 같은 탈곡기를 고안해서 만들었다. 그리고 사람들 앞에서 직접 시연해보였다. 그러나 기계는 요란한 소리를 내며 씩씩거릴 뿐 탈곡을 해내지는 못했다. 농민들의 비웃음을 받은 것은 당연했다.

이웃 영지 세르기옙스코에의 가가린이 오스트리아의 티롤 산(産) 송아지를 판다는 소리를 듣고 톨스토이는 새로운 종의 송아지를 구경하기 위해 그곳을 방문했다.

멋지게 잘생긴 송아지였다. 갈색에 윤이 돌았고 큼직한 들창코에 눈자위가 둥그렇고 주둥이는 발그스름했으며 아주 좋은 냄새가 진하게 났다. 톨스토이는 관리인 집에서 1박하기로 하고 자기 전에 읽을 것이 있

---

70) 고골의 《광인일기》 중에서.

으면 아무거나 좀 가져다 달라고 부탁했다. 그는 가져다준 시집을 끝까지 다 읽고 다시 처음부터 반복해서 읽었으며 결국 날이 샐 때까지 한숨도 자지 못했다. 이 시집은 《예브게니 오네긴》이었다.

이때 톨스토이의 나이 열여덟이었다. 톨스토이는 이미 자기 나름의 생각이 있었고 책도 많이 읽은 상태였다. 그런 그에게 이 책은 아주 적절한 것이었다. 그는 자신이 주위에서 본 것을 묘사할 수 있을 뿐만 아니라 분석을 통해, 묘사를 통해 이해할 수 있다는 사실을 깨달았다. 톨스토이는 분명 그 당시 이미 스턴을 알고 있었음에 틀림없다. 그는 스턴의 문구들을 자주 인용하곤 했던 것이다. 그는 스턴으로부터 난마처럼 얽힌 선과 악의 실타래를 풀어내는 법을 배웠다.

루소와 스턴은 톨스토이에게 인간의 감정을 소중히 여기는 법을 가르쳐주었다. 그러나 스턴은 인간의 감정을 가지고 놀았고 묘사를 가지고 놀았으며 독자를 기만하고 독자에 대한 우월감을 뽐내며 모든 것을 감정의 묘사에 집중시키고 행동을 인위적으로 지체시킨다. 그는 감정을 이해하도록 가르쳐주지만 동시에 행동을 경시하도록 가르치고 있는 셈이다.

그러나 푸시킨에게는 예브게니 오네긴과 타티야나, 렌스키의 감정들 너머에 인간의 감정뿐만 아니라 진지한 인간관계들도 들어있다. 인간의 영혼이 마치 그 나라의 지도 위에 펼쳐지고 그 역사를 함축하고 있는 것만 같다. 푸시킨은 수없이 자기 주인공을 탐구하고 있고 그의 행동과 성장을 관찰하며 그를 판단하고자 한다.

그날 밤, 톨스토이가 푸시킨의 《예브게니 오네긴》을 읽으며 지샌 그날 밤은 문학에 대한 그의 새로운 태도, 즉 독자로서가 아니라 작가로서의 태도가 탄생한 밤이다.

아주 일찍부터 톨스토이는 문학의 과제는 교육에 있다고 생각했다. 그는 인간의 영혼을 탐구하는 것은 그것을 새롭게 바꾸기 위해서라고 인식하고 있었던 것이다. 문학적 과제에 대한 톨스토이의 그런 최초의 생각은 아주 순진한 것이었다.

톨스토이는 《사람은 무엇 때문에 글을 쓰는가》[71] 라는 짤막한 글을 써놓은 적이 있다. 사람들은 읽기 위해서 쓰지만 그걸 읽는 것은 행복해지기 위해서다, 하지만 행복해지기 위해서는 덕성을 가져야 하고 이성적 행동을 지향해야만 하고 불합리한 행동의 욕망을 억제해야 한다, 덕성이란 욕망을 이성에 복속시키는 것이다 등의 내용이었다.

젊은이다운 문구들이다. 그러나 18세기에나 들을 법한 이야기다.

위대한 인간은 성장하면서 문화의 지층을 뒤집어엎는 법이고, 그가 갈아엎는 들판은 언제나 신선하게 새로 개척하는 땅이다.

톨스토이는 청년시절 초기에 베기체프[72]의 아주 평범한 책을 읽은 적이 있다. 이 책은 지혜로운 언론인이었던 니콜라이 폴레보이가 거의 재편집한 것으로 1832년에 출판되어 큰 성공을 거두었다. 이 책은 그 당시 귀족들의 삶을 묘사하고 있는데 아주 다면적인 내용을 지니고 있었다. 책 제목은 《홀름스키 가족 — 러시아 귀족가족, 혹은 귀족 개인의 관습과 생활방식 등의 몇 가지 특징들》이다. 이 책 속의 사람들은 톨스토이 주변의 사람들과 매우 유사하다. 그들은 지적이며 음악과 카드에 빠져있고 결투를 벌이기도 하고 집시의 노래를 사랑하기도 한다. 하지만 그 무엇보다 그들은 불만에 찬 사람들이다.

《홀름스키 가족》은 저자의 솜씨가 크게 뛰어난 것은 아니었지만 톨스토이에게 러시아 리얼리즘 소설의 가능성을 보여 주기에 충분했다. 베기체프의 귀족소설은 데카브리스트 이후의 소설과 새로운 소설, 즉 톨스토이 소설 사이에 위치한다.

---

71) 1851년 무렵의 글(1, 246).

72) 〔역주〕 D. 베기체프(1786~1855). 《홀름스키 가족》(1832~1841), 《지방의 풍경》(1840), 《러시아 귀족의 생활》(1855) 등의 소설이 있음. 평범한 지방과 귀족들 세태묘사를 통해 러시아 리얼리즘 문학발전에 기여한 작가.

예술은 인류의 공동의 노력에 의해 탄생한다. 예술이 자신의 모습을 드러내면 곧 그것은 당신 자신의 것이면서, 또한 당신이 다른 사람으로부터 배운 어떤 것이다. 그것은 오래전에 창조되어 있던, 사람들 사이의 관계형성 방법을 이용하며, 그리고 동시에 당신 영혼의 새로움에 대해 사람들에게 말해준다.

톨스토이는 오늘날 보기에는 다소 유치한 그리고로비치[73]의 《안톤 고레미카》라는 중편소설을 좋아했다. 아니 더 정확히 말하면 이 소설에 충격을 받았다. 이 작품은 영락한 농민에 대한 이야기인데 1893년 그리고로비치 창작 50주년 기념식을 맞이하여 톨스토이는 거의 잊혀진 노작가에게 이렇게 편지를 쓰고 있다.

> 당신은 내게 소중한 분입니다 … 특히 당신의 첫 작품들은 투르게네프의 《사냥꾼의 수기》와 더불어 제게 잊을 수 없는 인상을 남겼습니다. 내가 아직 분명한 판단력이 없었던 열여섯 살 소년이었을 때 《안톤 고레미카》를 읽고 받았던 감동과 감탄을 아직도 기억하고 있습니다. 러시아 농민을, 우리의 양육자이자, 우리의 스승이기도 한 러시아 농민을 그렇게 그릴 수 있고 그려야 한다는, 정말 저에겐 신선한 발견이었지요. 비웃거나 혹은 일종의 풍경으로 그리는 것이 아니라 있는 그대로의 모습으로, 사랑뿐만 아니라 존경과 외경심마저 지닌 채로 그릴 수 있고 또 그려야 한다는 것 말입니다.[74]

이 당시 톨스토이는 레르몬토프의 《우리 시대의 영웅》을 읽고 거기서도 나름의 교훈을 얻는다. 그가 레르몬토프에게서 배운 것은 낭만주의적인 자연묘사나 낭만주의적 주인공과 평범한 주인공의 대립이 아니

---

73) 〔역주〕 D. 고리고로비치 (1822~1899). 작가, 중편 《마을》, 《안톤 고레미카》 등이 있음.
74) 1893년 10월 27일 그리고로비치에게 보내는 편지 (66, 409).

라 과감하고도 정확한 지리적 묘사였다.

러시아 문학은 톨스토이에게 많은 것을 선사하고 가르쳤다. 그는 위대한 작가들과 중급의 작가들이 함께 보여 주는 거대한 합창 속에서 글쓰기를 배우기 시작한 것이다.

하지만 그는 아직 인생체험이 부족하다. 이력이 짧은 것이다.

톨스토이가 사고 싶었던 티롤 산 수송아지들에 대해 말하자면 그는 그때 곧바로 그걸 사지는 않았던 것 같다. 하지만 사고 싶은 생각을 바꾼 것은 아니었다.

대저택에서

데카브리스트 운동은 러시아라는 철판 위를 자석처럼 지나가며 쇳가루를 끌어당기듯 귀족들의 모든 훌륭한 점을 끌어 모았다. 하지만 그 자석이 농민계층을 끌어 모으지는 못했다는 톨스토이의 지적은 정당하다.

믿음이 깊었던 형 드미트리는 고골의 작품을 읽고 선을 행하기 위해 농촌으로 관심을 돌렸지만 허망한 일이었다. 75) 정작 고골 자신은 역사가 "타고 갈 말이 없습니다"라고 말하는 역참지기처럼 자신을 바라본다고 썼던 것이다.

역사는 끝나고 멈췄다. 훌륭한 사람들은 죽임을 당했다.

하지만 꿈은 여전히 계속된다.

베스투제프는 카프카스에서 죽었다. 76) 푸시킨의 알레코77)는 집시들과 어울려 더 멀리로, 아무것도 아무것도 보이지 않는 곳까지, 해결 불

---

75) 〔역주〕 드미트리가 고골의 《친구들과의 왕복서한 선집》을 읽고 감명을 받았다는 점을 가리킨다.
76) A. 베스투제프는 1837년 7월 7일 산악 민족과의 전투에서 사망했다.
77) 〔역주〕 푸시킨의 《집시》의 주인공.

가능한 문제로부터 더욱 멀리로 떠나가 버렸다. 젊고 건강하고 선량한 자들이 양심의 문제를, 러시아의 문제를, 농노의 문제를 어찌 보고만 있을 수 있단 말인가.

무엇이 그를 고향의 따뜻한 품에서 방랑자로 내몰았단 말인가? 누가 강제라도 했단 말인가?

수없이 스스로를 배반했던 도스토옙스키는 푸시킨 기념제 연설에서 알레코와 예브게니 오네긴을 회상하며 러시아 방랑자는 전 세계의 행복을 필요로 했다고 말한다. 78)

톨스토이는 그 얼마 전에 친척 형이 새로운 삶을 찾아 시베리아로 떠나가려고 할 때 그의 마차에 함께 올라타 앉은 적이 있었다. 79) 하지만 정작 그는 1849년 2월 페테르부르그로 향했다.

눈 덮인 수도 페테르부르그 거리를 야스나야 폴랴나에서 온 썰매와 말들이 조용히 미끄러져 간다. 큰 건물의 얼어붙은 눈(雪)들이 하얗다. 지붕도 하얗다. 네바 강도 하얗다.

---

78) 〔역주〕 1880년 모스크바에 개최된 푸시킨 기념제 개막식 연설을 말함. 푸시킨의 《집시》의 알레코는 카프카스를 방랑하며 집시여인 젬피라와 사랑에 빠지지만 그녀가 다른 남자를 사랑하자 그들 둘을 살해하고 만다. 문명과 야만의 극적인 대비를 보여 주며 낭만주의적 세계관의 파국으로부터 새로운 현실적 사고로 나아가는 과정의 작품이다. 예브게니 오네긴은 《예브게니 오네긴》의 주인공으로 역시 낭만주의적 환멸을 안고 사랑하는 여인 타티야나와의 진정한 사랑도 하지 못하고 전 러시아를 떠돌아야만 하는 운명의 주인공이다.

79) 비류코프가 쓴 전기를 보면서 톨스토이는 이 일화를 써넣어 주었다. "그의 삶은 너무나 엉망으로 난잡하여 그는 자신의 삶을 전면적으로 바꾸고자 했다. 그래서 V. P. 톨스토이는 약혼을 하면서 결혼 전에 자신의 문제를 모두 정리하기 위해 시베리아로 떠난다. 그가 떠나려고 할 때 레프 톨스토이는 털모자도 쓰지 않고 셔츠 차림으로 그의 마차에 뛰어올랐다. 어쩌면 레프가 함께 시베리아로 떠나지 않은 것은 단지 머리에 모자를 쓰지 않았기 때문일지도 모른다."(34, 399) V. P. 톨스토이는 톨스토이의 여동생 마리야 니콜라예브나와 1847년에 결혼한다.

142

톨스토이는 말라야 모르스카야 거리와 보즈네센스키 대로가 이어지는 모퉁이에서 살았다. 옛날 알던 사람들을 찾았고 새로운 사람들을 만나기도 했다. 아주 오래 전부터 알고 있던 밀류틴을 찾을 수 있었다. 그는 중학교 시절 톨스토이 형제들에게 '신은 없다'는 것을 마치 최신의 소식인 양 말해 주던 인물이다. 그로부터 10년이 지난 지금 작가가 된 그는 이렇게 쓰고 있다.

> 개인에게나 전 인류에게나 완성이라는 것은 그의 능력과 잠재력이 자연과 고도의 교육에 의해 부여되는 모든 당위적 요구들을 충족시키는 전면적인 조화를 달성하는 데 있다. 달리 말하자면 인류의 진정한 소명은 행복을 향한, 그리고 은총을 향한, 그리고 육체적, 물질적, 지적, 도덕적인 문제들에서 자신의 복지의 발전을 향한 부단한 노력에 있는 것이다.[80]

이런 신념이 신에 대한 믿음을 대체한 것이다.

이런 겸허한 말들 이면에는 사회적 개조를 꿈꾸는 끓어오르는 사상이 숨어 있었다. 당시 러시아에는 새로운 자석이 지나가고 있었다. 세계를 완벽하게 개조하여 예속과 나태의 도시를 자유와 조화의 도시로 전환시키자는 사상이 바로 그것이다. 세계의 개조, 새로운 사랑, 새로운 생산관계 등을 담은 사상. 그 의미하는 바는 정확히 모른다 할지라도 '사회주의'라는 단어가 이미 러시아에 등장하기 시작했다.

톨스토이의 일기에도 흥분된, 놀라워하는 기록들이 있다. 이를테면 민중예술에 대한 생각이 이렇게 기록되어 있다. "상류계층이 앞으로 전진하게 하라. 민중도 뒤쳐지지 않을 것이다. 민중은 상류계층과 섞이지 않으면서도 역시 전진할 것이다."(46, 71)

또한 이런 말도 있다. "아직도 말해야 할 거대한 진실이 남아있는데

---

80) V. 밀류틴, 선집, M., 1946, 70쪽.

왜 그렇게 세련된 말투가 필요한가."그리고 덧붙인다. "사람들은 철학의 흔들리지 않는 초석을 모색했고 많은 화학결합을 발견했다. 사회주의의 견지에서, 즉 무오류의 관점에서 덕을 찾는 사람들은 많은 유용한 도덕적 진실을 찾을 것이다."(46, 72)

이것은 아직 제대로 된 사회주의 사상이 만들어지기 전 단계로서의 유토피아적 사회주의에 대한 것이다.

도스토옙스키는 페트라솁스키81) 사건에 연루되어 재판을 받으며 유토피아 사상이 사회에 아무런 해가 되지 않으며 미래로 나아가게 해 주는 힘이라는 것을 재판관들에게 납득시키고자 철학적 초석과 화학에 대해 진술서를 작성하였다.

그러나 마르크스는 이런 말을 하고 있다.

> 최초의 사회주의자들(푸리에, 오웬, 생-시몽 등)은 … 어쩔 수 없이 미래의 사회모델을 꿈꾸는 데에만 한정된 채, 노동자들이 자신들의 운명을 조금이나마 개선시키기 위하여 시작한 파업, 단결, 정치운동과 같은 모든 시도들을 비난하는 수밖에 없었다. 그러나 오늘날의 화학자들이 자신들의 원조인 연금술사들을 부정하는 것이 용납되지 않듯이 우리가 이 사회주의 시조들을 부정하는 것이 용납되지 않는다고 해도, 우리는 그들의 오류에 다시 빠져드는 것을 피해야 하며, 우리가 그런 오류를 저지른다면 용서받을 수 없을 것이다.82)

---

81) 〔역주〕 M. 페트라솁스키(1821~1866). 과격한 공상적 사회주의자. 비밀조직의 건설하고 폭력으로 전제정권을 타도해야 한다고 외쳤지만 전혀 현실적 실천능력을 보여 주지는 못했다. 젊은 도스토옙스키도 그가 이끄는 비밀모임에 참석하여 토론하다가 체포되어 사형을 언도받은 일이 있다. 이른바 페트라솁스키 사건이다.

82) 〔역주〕 칼 마르크스의 《정치 문제에 대한 무관심》에서 (칼 마르크스, 프리드리히 엥겔스 저작 선집, 김세균 감수, 박종철 출판사, 제 4권, 270~272쪽).

144

톨스토이는 연금술사로 남았다. 그의 관심사는 철학적 초석을 놓는 것, 즉 사회의 근본은 건드리지 않은 채 모든 것을 행복이라는 황금으로 바꾸어 버릴 수 있는 덕목에 있었기 때문이다.

그는 밀류틴과 가까이 지냈고 1849년에 페테르부르그에서 형에게 "이 도시에 영원히 남고자 한다"고 편지를 쓴다. 83) 그는 새로이 알게 된 사람들을 열거하며 그들이 모스크바 사람들보다 더 훌륭하다고 말한다. 또한 그는 자신이 공직을 생각하고 있다고 말하고, 물론 사빈 숲을 팔고 어디서든 돈을 좀 융통해 주고 곡물을 팔아달라는 부탁도 잊지 않는다.

톨스토이는 페테르부르그를 돌아다니며 이슬레니예프의 혼외 아들 콘스탄틴과 어울린다. 콘스탄틴은 아주 빼어난 재능을 가진 음악가였지만 아마추어였다. 톨스토이는 젊음을 즐기는 호기로운 짓들을 콘스탄틴에게서 많이 배운다. 그는 1851년 11월 29일에 티플리스에서 쓴 편지에서 이렇게 말한다. "콘스탄틴을 너무 좋아해서 난 페테르부르그에서의 8개월을 완전히 망치고 말았어요. 무의식적이긴 했지만 난 그의 환심을 얻으려는 생각 외에는 아무 것도 못했지요."

하지만 콘스탄틴 자신은 집도 없고 사회적 지위를 얻을 수도 없었던 인물이었다. 그는 그저 부러운 듯이 톨스토이의 형 세르게이를 "313명이나 되는 피로고보 농노들을 거느린 무시무시한 지주"라고 불렀다. 그는 톨스토이에게 메피스토펠레스와 같은 존재였다. 톨스토이와 세르게이에게는 농노가 있었다. 하지만 콘스탄틴에겐 아버지가 아주 어렵게 간접적인 방법으로 남겨준 약간의 돈 말고는 아무 것도 없었다.

이 사람은 톨스토이 가계와 관련이 있지만 이미 전혀 뿌리가 없는 인물이 되었다. 그는 후에 톨스토이의 아내가 된 소피야의 아저씨뻘이었던 것이다. 나중에 야스나야 폴랴나에서는 그를 '코스챠 아저씨'라고들 불렀다.

---

83) 1849년 2월 13일 편지(59, 28).

톨스토이는 페테르부르그에서 방에 가구를 가득 들여놓고 아무 고민 없이 놀고 돈을 빌려 엄청난 빚을 지기도 하는 등 혼란스럽게 살아간다. 하지만 그런 가운데서도 그는 성장했고 글을 쓰기도 했다.

톨스토이는 페테르부르그에서 칸디다트 학위시험도 치렀고 그래서 일부 합격하기도 한다. 그의 능력이 아무리 대단하고 기억력이 아무리 뛰어나다고 해도 시험을 치르기 위해서는 열심히 공부해야만 했다. 하지만 그는 형법 관련 두 과목 시험을 합격하고 갑자기 독일인 루돌프와 함께 야스나야 폴랴나로 떠나버린다.

5월에 그는 저당문서들을 돌려받고자 돈을 구하러 다닌다. 그리고 헝가리 전선에 학도병으로 출정하려고 한다. 그러다가 그저 야스나야 폴랴나에 칩거한다. 톨스토이는 새로운 자세로 새로운 생활을 시작하여 올레닌(《카자크 사람들》의 주인공)이 "조화롭지 않은 과거"라고 불렀던 바로 그것을 극복하고자 했다. 그러나 그가 돌아온 야스나야 폴랴나에는 집시노래가 울리고 루돌프의 음악이 울리기 시작했다. 동시에 언제나 그랬듯이 새로운 음악에 대한 연구도 시작되었다.

그런 가운데서도 그는 자신에 대해 불만스러워하며 순수한 사람답게 자신을 관찰하고 스스로를 자책하며 자신에 대한 벌금을 수첩에 기록해 나간다. 톨스토이가 자신에 대해 뭔가를 기록할 때는 자신이 불만스러울 때라는 점을 염두에 두어야 한다. 그래서 그의 일기는 실패와 실수, 난처한 처지 등에 대한 기록이다. 일에 대한 것도 자주 쓰지만 아주 짧다. 그의 일기에서 일의 성공에 대한 기록을 본다는 것은 놀랄 만한 일이다.

이웃 지주들뿐만 아니라 형제들도 톨스토이를 세상 제일가는 꽁생원이라고 간주했다.

독일인 루돌프는 외할아버지 볼콘스키 공작이 지은 온실에서 지냈다. 그곳엔 복숭아나무들이 있었는데 복숭가가 익으면 툴라와 모스크바로 판매되었고 집시들이 따먹기도 했다.

146

젊은 백작 톨스토이는 나이든 하인들을 불러서 방마다 돌아다니며 바이올린과 플루트 등을 찾아오라고 시켰다. 그리고 말없이 집시만도 못한 끔찍한 음악을 연주해댔다.

톨스토이의 집은 소란스러웠다. 세르게이 형이 집시들과 함께 찾아와서 노래하고 술 마시고 놀았다. 세르게이는 집시 마샤 시시키나의 합창대를 위해 큰돈을 냈고 오랫동안 그녀와 같이 살다가 결국 나중에는 결혼한다. 그는 동생을 또 다른 집시가수와 결혼시킬 뻔 했지만 성공하지는 못했고 단지 그에게 집시어를 가르쳐주었을 뿐이다.

그 당시 많은 사람들이 집시노래에 빠져 있었다. 아폴론 그리고리예프[84]가 손에 기타를 들고 집시 로망스를 불렀고 반쯤 아는 집시어로 직접 로망스를 작곡하기도 했다. 나중에 위대한 생리학자가 된 세체노프(반사이론을 만들어 낸 파블로프의 스승이기도 하다)는 당시 공병 장교로서 그와 함께 그 노래를 듣고 따라 부르기도 했다.

야스나야 폴랴나에서도 모두들 집시를 좋아했다. 천장이 높은 큰 홀에 반짝이는 까만 눈과 짙은 갈색 얼굴의 집시들이 가득 찾아오곤 했다. 늙은 여자집시들은 팔을 크게 내저으며 폐부를 찌르는 듯한 목소리로 소리를 질러댔다. 남자들은 주름이 많은 헐렁한 옷을 입고 허리는 맵시 있게 꽉 죄었으며 폭이 넓은 바지를 무릎까지 올라오는 부츠로 다잡은 채 돌아다녔다. 여자들은 여우가죽으로 단을 댄 공단 외투를 걸치고 머리에는 화려한 비단 스카프를 쓰고 있었다. 여자들이 공단 외투를 벗어 조심스럽게 의자에 걸쳐놓으면 화려하고도 값비싼 아름다운 전통원피스가 드러났다.

그들은 왁자하게 떠들며 이야기를 나눈다. 세르게이가 주빈으로 환영사를 하고나면 긴 머리의 남자 집시가 자리를 잡고 발로 박자를 맞추

---

84) 〔역주〕 A. 그리고리예프(1822~1864). 시인, 문학평론가. 종교적, 이상주의적 경향에서 후반에는 게르첸, 투르게네프 문학 등에 긍정적이었음.

며 기타를 치며 노래하기 시작한다.

　　그래요, 그대- 들리-시나요, 나의 노래가 …

　합창이 유려하고도 다정하게 뒤를 따른다. 처음에는 유려하게 부르
다가 점점 더 활기를 띠며 엄청난 힘과 따라할 수 없을 정도의 솜씨로 집
시들은 노래를 부른다. 갑자기 멈췄다가 또 다시 처음으로 돌아가 같은
노래를 이번엔 여자집시가 부드럽고도 달콤하며 깊은 목소리로 부른다.
정말 멋지고 보기 드문 음색과 억양을 가진 그 목소리는 점점 더 힘차고
정열적으로 나아가고 어느 새 합창이 그 노래를 넘겨받는다.

　톨스토이는 집시노래를 좋아해서 그것을 작품에 그려넣곤 했다. 그
는 집시들의 바람과도 같은 목소리에서 영감을 얻었던 것이다. 그에게
그것은 드넓은 초원이기도 했고, 다른 한편으로는 모든 익숙한 것, 존
재하는 모든 것에 대한 거부였다. 모든 것을 버림으로써 넓고도 자유로
운 곳으로 가는 통로였던 것이다. 그는 한 노래를 열 번도 넘게 적어 놓
고는 혼자, 혹은 루돌프와 함께 부르며 집시들 창법의 다양함과 빼어난
솜씨에 거듭 탄복하곤 했다.

　그는 집시들이 옛날 러시아 노래를 부르면 더 좋아했다. 이 점은 그의
형제들이나 손님들이나 다 마찬가지였지만 그는 이런 음악이 음악가의
의식과 청중의 의식에 어떤 작용을 하는지 분석을 하며 음악의 본질을
이해하려고 노력했다.

　그는 음악을 세 측면에서, 즉 "악보에 적힌 음악, 악기로 연주되는 음
악, 우리의 영혼에 작용하는 음악"[85] 으로 분석했다. 언제나 탐구정신
에 가득 찼던 톨스토이는 '힘의 측면에서 소리들의 관계'를 연구하면서
즉각 음악연구 계획을 수립한다. 그 계획서는 도식으로 그려져 있다.

---

85) 음악에 관한 톨스토이의 판단들은 전집 제 1권 241～245쪽에 실려 있다.

그건 마치 여러 부속공장들을 거느린 대규모 산업체를 도식으로 그려놓은 것과 같았다. 야스나야 폴랴나 대저택에 가구도 별로 없었던 큰 홀에서 집시들이 노래를 부르며 한바탕 놀이판이 벌어지는데 다른 한편에선 이론가의 냉랭한 도식이 그려지고 있었던 것이다.

집시들의 노래는 아무것도 가리지 않은 창문으로 환하게 햇빛이 비치는 아침까지 이어지곤 했다. 한 집시처녀는 그에게 거짓말로 사랑을 고백하기도 했다. 톨스토이가 카자크 마을인 스타로글라드콥스카야 스타니차에 머물 때 그는 영감에 가득 찼던 그 시절을 그리워하며 그 처녀의 고백을 떠올리곤 했다.

톨스토이의 최초의 문학적 시도는 《집시들의 생활에서》였다. 50년이 지난 뒤에 그는 《산송장》에서 집시들의 노래를 감동적인 언어로 묘사하고 있다.

삶이 고달플 때면 이루지 못한 것에 대한 애절한 그리움이 싹트기 마련이다. 톨스토이 형제와 친구들은 집시노래와 카드놀이로 그 그리움을 달랬다. 그들의 즐거움은 그래서 즐거움이 아니었다. 톨스토이는 자신이 좋아하는 똑똑한 형 니콜라이의 즐거움을 보면서 오히려 마음 아파했다.

카드는 왔다가 떠나가고 다시 새로운 조합으로 돌아온다. 마치 운명을 바꿔 새로운 운명을 만들어 주는 것만 같다. 승리에 대한 기대와 함께. 카드는 인간과 잔혹한 시간 사이에 위치하여 시간을 차단해 주고 있었다. 야스나야 폴랴나에서, 그리고 카프카스와 세바스토폴에서, 페테르부르그에서, 그리고 외국에서 톨스토이는 수없이 카드를 쳤다.

그의 숙모 타티야나는 어떠한가. 그녀는 혼자서 카드점을 친다. 이것 역시 이루지 못한, 성공적이지 못한 운명을 가진 사람이 위안을 찾는 것이다.

그러나 모든 것을 망각하며 산다는 것은 톨스토이에게 힘든 일이었다. 그는 모든 것을 속속들이 알고 있는 시골에 살면서도 행복하지 못했기 때문이다.

집시들의 노래가 멈췄다. 상감을 입힌 낡은 카드용 탁자에는 카드와 피시카[86] 통이 던져져 있다. 촛불이 꺼졌다.

숲 너머에서, 서로서로 부딪치는 듯한, 다른 한편으론 마치 멈춰선 듯한 먹구름 사이로 태양이 모습을 드러내고 있다.

나무 사이로 비치는 여명 속에 농민들의 쟁기와 말 등 위로 회색 먼지가 피어오른다. 봄이라서 말들은 저렇게 깡말라 있는 거다. 땅을 파는 농부들은 추리스, 유흐반카, 다비드카 등이로군.

붉은 수염의 음울하게 생긴 두틀로프는 곧바른 고랑을 따라 반듯한 말들을 혼자 몰고 가고 있다.

글을 쓰기 시작하다

건강하고 재능 있는 젊은이의 나날이 야스나야 폴랴나, 툴라, 모스크바, 페테르부르그로 옮겨 다니며 소란스럽고 별 의미 없는 일들로 점철되며 흘러갔다.

젊은 톨스토이는 끓어오르는 욕망과 극단적인 덕행 사이에서 동요하고 있었다. 자기 자신을 직시하며 그는 매우 엄격하게 스스로를 채찍질했다. 수많은 실패를 딛고 그는 자기 자신에 대한 명료한 지식을 획득해 가고 있었다.

위대한 사람들은 시간이 그들에게 만들어 주는 자료를, 지식에 대한 아주 미세한 암시조차도 매우 밀도 있게 활용하는 법이다.

베기체프의 소설 《홀름스키 가족》 제 4부에서 지혜로운 계모는 능력이 있지만 경박한 의붓자식 프론스키를 양육하면서 젊은이란 늘 정해진

---

86) 〔역주〕 돈 계산에 이용된 뼛조각이나 금속조각.

궤도에서 벗어나려고 한다는 것을 알고 있다.

"프론스키는 몇 차례 술에 만취했고 도박에서 2만 루블을 잃고 어음을 써주었으며 결투를 벌이고 가벼운 상처를 입기도 했다. 그는 그것으로 자신의 군 입대를 기념했던 것이다."

프론스카야 부인은 의붓자식에게 아주 긴 훈계를 하며 벤자민 프랭클린[87]의 자기관리법에 대해 말해준다. 프랭클린은 자신의 결점과 잘못을 잘 관찰한 뒤 일요일에서 다음 일요일까지 매주 그 표를 만들었다고 한다. 그런 다음 그 표에 기록된 자신의 잘못된 점을 보면서 매일 자리에 눕기 전에 그날 자신이 한 일을 돌아보며 스스로에게 점수를 매겼다. 베기체프는 아주 장황하게 쓰고 있지만 간단히 말하면 저녁마다 십자가 앞에서 잘못을 뉘우치고 반성하라는 것이다.

이건 학생들 품행보고서 같은 걸 연상시킨다. 하지만 프론스카야 부인은 프랭클린의 10가지 규칙을 제시한다. 마치 시나이 산에서 커다란 천둥과 번개를 통해 전수된 모세의 십계명 같은 것이다.

프랭클린의 규칙은 절제, 검약, 단정, 평정 등이다. 프론스키는 즉시 이 규칙들을 실천하기 시작한다. "그는 아주 건강해졌고 활동적으로 변했으며 직무도 성실히 수행했다." 그리하여 "그는 아주 행복하게 군복무를 했고 25세에 이미 육군 대령의 지위에 오르게 됐다."

이런 순진한 행위는 프랭클린의 기도에 압축적으로 나타난다. 이 퀘이커 교도의 기도문은 종교적이라기보다는 정말 대단한 합리주의를 잘 보여 주기 때문에 인용해 볼 만하다.

---

87) 〔역주〕 벤자민 프랭클린(1706~1790). 미국 정치가. 외교관. 과학자. 언론인. 자연과학분야에서 전기 유기체설을 제창했을 뿐만 아니라 정치·외교 분야에서도 활발한 활동을 전개한 인물. 공리주의적인 전형적 미국인으로 일컬어진다. 그는 퀘이커 교도로서 아주 실용적이고 자본주의적인 종교관을 전파했다.

오, 전능하신 분이시여, 아버지 하나님, 자비로우신 인도자시여! 저
에게 진정한 이익이 무엇인지 알 수 있는 지혜를 크게 하여 주소서.
그리하여 그 지혜가 명하는 대로 할 수 있는 결단력을 주십시오.

기도하는 사람이 자신의 이익에 대해 그렇게 솔직하게 드러내 말하는
것은 참으로 놀랍다.

톨스토이는 이런 규칙이 자신의 생활과 너무나 맞지 않았기 때문에
오히려 이 규칙을 받아들인다. 그는 공을 들여 규칙표를 작성하고 철저
하게 자신의 행동을 관찰했다. 그러나 그의 행동과 자신에 대한 지식은
프랭클린의 행동규칙을 끝없이 넘어서고 있다. 하지만 이런 규칙표는
톨스토이에게 큰 의미를 가지고 있었다. 그것은 톨스토이가 억제하기
힘든 성격을 자제하고 매일 자신의 행위의 결과를 집약하도록 만들었기
때문이다.

톨스토이의 자의식과 이미 1백 년 전의, 철저한 퀘이커 교도로서의
프랭클린의 엄격한 미국식 지혜는 아주 날카롭게 대립하는 것이었다.
톨스토이는 어떤 규칙에 따라 살고 다른 규칙에 따라 결론을 내리곤
했다. 그것은 마치 나무로 깎아 만든 투박한 자를 가지고 원자의 움직임
을 재려는 것과도 같은 것이었다.

전적으로 일기를 통해 톨스토이를 판단하는 것은 금물이다. 비록 사
실을 기록하고 있다 하더라도 그가 자신의 절망적인 기분을 적어 놓은
것을 그대로 신뢰하기는 힘들다.

톨스토이의 기록들을 맹목적으로 신뢰해서는 곤란하다. 특히 젊은
시절 그는 아주 우회적으로 자신의 행적을 드러내는 것에 주목해야 한
다. 타자기를 빨리 치다가 마침표를 너무 힘차게 찍어서 종이에 구멍이
나는 경우가 있다. 톨스토이가 성공한 일들은 마치 그런 마침표의 구멍
들을 통해 빛이 비치듯 간접적으로 드러나 있을 뿐이다.

모스크바에서부터 시작되어 군에 가서 카자크 마을에서 근무할 때에

도, 세바스토폴 요새에서 총알이 쏟아지는 가운데서도, 그리고 이후 알프스 도보여행 중에도 계속되었던 그 비범한 매일 매일의 글쓰기 작업은 참으로 대단한 의지의 소산이다. 하지만 일기에서는 언제나 절망적인 형태로, 한 게 별로 없다는 투로 기록되어 있다.

톨스토이가 쓸데없이 공연한 걱정거리들을 늘어놓는 것은 참으로 놀랍다. 그는 냉정해지고 싶을 때면 항상 자신의 실패를 운위하곤 했다.

1850년 톨스토이는 툴라 현청의 문관 1급으로 임명되어 현 의회에 배치된다. 일시적으로나마 공직생활이 시작된 것이다. 이건 그에게 성공적인 일이었다고 말할 수 있다. 대학을 중퇴한 것은 중등학교 졸업과 마찬가지로 취급되었기 때문에 문관 2급을 받아야 했는데 아는 사람을 통해 1급을 받았기 때문이다.

그 직책에서 무엇을 해야 하는지도 모르는 상태였다. 툴라에서의 공직은 젊은 백작에게 일이라기보다 그저 명예로 주어지는 한직이었던 것이다. 게다가 백작 작위문서도 제대로 구비되어 있지 못했다. 분명히 할아버지 때 모스크바 화재 시에 소실되었고 그래서 이미 아버지에게도 그 문서들이 존재하지 않았기 때문이다.

톨스토이는 이 문제를 새롭게 바로잡아야 했다. 1850년 12월 18일, 이 문제에 관해 툴라 귀족회의 앞으로 보내는 청원서가 작성되었다. 청원서와 함께 툴라의 많은 귀족들의 확인서와 '톨스토이 백작 가문의 간략 가계도'가 첨부되었다. 이 가계도는 잘못된 부분이 있었지만 잘못이라기보다 누락되었다는 말이 옳을 것이다.

이 청원절차는 오랜 기간에 걸쳐 진행되었고 여러 증명서류들을 보충해야 했다. 그 과정에서 톨스토이가 할 일이라고는 한 가지, 루돌프와 음악이론 공부를 하고 외할아버지의 오케스트라 단원들을 모으고, 세상을 살아갈 방도는 없고 예술은 사랑하는 사람들을 후원해 주는 일뿐이었다. 간간이 모스크바로 나가 잘 아는 사람들과 할머니 친척 집에 머물면서 소콜리니키 공원 집시들 천막에서 저녁마다 파티를 즐기기도 했다.

이 시기에 톨스토이는 많이 읽고 쓰고 했으며 최초의 문학작품을 완성한다. 《어제의 이야기》가 바로 그것으로, 성공적인 작품이었지만 그 발표는 74년이나 지난 뒤 톨스토이 기념판본 제 1권을 통해서였다. 작품해제에서 이 작품은 1851년 3월 24일에 일어난 사건에 대한 상세한 기록이라고만 언급된다.

그러나 이 작품에 앞서 톨스토이는 어린 시절에 대해 쓰려는 계획을 가지고 있었다.

1851년 1월을 톨스토이는 집안 가계를 바로 잡고 농노 경제를 정상화하는 일에 매달렸다. 한 달 동안 겨우 8쪽의 짧은 일기만을 남겼고 그것도 해독이 어려운 내용들이다.

야스나야 폴랴나 근처에 자신이 말과 말 유지비를 대고 우편연락소를 임대로 설치하려는 계획을 세웠다. 집과 가까운 곳이었다. 하지만 돈이 없었다. 그는 세르바토프 공작과 동업하려고 했지만 이 사람 역시 파산한 귀족이었다.

몹시 혼란스러운 정신상태였던 그는 앞뒤가 맞지 않는 뒤죽박죽의 계획서를 만들었다. 그 당시 톨스토이는 생각이 깊지 않고 자제력이 없었으며 사소한 일에 집착했다. 이를테면 1851년 1월 17일자 일기의 한 부분을 보자.

14일부터의 내 행동은 불만족스러웠다. 스톨리핀의 무도회에 가지 않았다. 돈을 빌려 주고 나는 무일푼이다. 이 모든 게 내 성격이 약해졌기 때문이다. 규칙. 카드에 25코페이카 이하로 걸지 말 것. 난 전혀 돈이 없고 기간도 벌써 다 찬 어음도 많다. 모스크바 생활은 어떤 점에서 내게 아무 이익이 되지 못했는데도 난 능력 이상으로 너무 많이 낭비했다는 걸 알기 시작했다. 규칙. 사물을 올바른 명칭으로 부를 것. 돈 문제에 관해 피상적으로 말하는 사람들에게 내 경제상태를 숨길 것, 그리고 반대로 그들을 제지하고 이 주제로 돌려놓을 것. 내 문제를 바로잡으려면 내게 주어진 세 가지 수단이 아직은 남아 있다. ① 돈이 있을 때 도박판에 가서 도박을 벌인다. ② 상류사회로 진입한다. 아주 좋은 조건으로 결혼한다. ③ 돈이 되는 공직을 찾는다. 그리고 아직 네 번째 수단, 즉 키레옙스키에게 돈을 빌리는 방법이 남아있다. 이 네 가지 중 어느 하나도 모순된 것은 없다. **실천에 옮기는 것이 필요하다.** 시골에 편지를 써서 150루블을 신속히 송부하라고 할 것, 오제로프에게 가서 그에게 말을 제공할 것, 신문에 더 실으라고 명할 것. 백작부인을 방문하여 대기했다가 자크렙스키 집에서의 무도회 초대 건에 대해 알아보고 새 연미복 주문. 무도회 전에 생각을 많이 하고 많이 쓸 것. 세르게이 공작에게 가서 자리에 대해 상담할 것, 안드레이 이바노비치 공작에게 가서 자리 부탁할 것. **시계 전당잡힐 것.** 키레옙스키가 어디 사는지 예브레이노프에게 물어볼 것. 그에게 가볼 것. 1시 30분에 예브레이노프에게 가서 거기서 답이 어떠하든 니콜라이에게 가볼 것.

이런 계획들은 시계를 전당잡히는 일만 **빼고는** 아무 소득이 없었다. 톨스토이가 돈을 빌리려는 사람의 주소를 알아보기라도 했는지는 알 수 없다.

1월 18일 톨스토이는 할 일을 이렇게 적는다. " (…) 마네쉬 광장의 체르토바, 고르차코바네 집, 니콜라이 공작 집. 저녁에 은행. 어제의 이야기 집필."

하지만 계획대로 쓰지는 못했다.

그는 사랑에 빠졌다. 그래서 자신에게 필요도 없는 말을 사들인다. 그러나 규칙은 이렇게 써넣는다. "불필요한 물건에 대해 전혀 돈을 쓰지 말 것."

그러다가 영감에 싸여 《어제의 이야기》에 대한 집필에 빠져든다. 겨우 시작되었을 뿐인 이 작품에 주목할 필요가 있는 것은 74년이나 지나서 출판된다는 그 운명 때문만이 아니다. 이 작품의 비상한 불꽃에는 이후 문학의 많은 것을 예감할 수 있는 것이 담겨 있고 1백 년 뒤에 생겨날 문학방법에 대해 벌써 부정하고 있는 모습을 볼 수가 있기 때문이다.

톨스토이는 그 당시 동시대 문학에 대해 부정적인 입장이었다. "모두들 인간의 약한 점과 우스꽝스런 측면을 묘사하고 있다. 사람들을 가공의 인격으로 만들어 가는 것은 작가의 재능에 따라 때로 성공적인 경우도 있지만 대부분 자연스럽지 못하다."(46, 76) 그는 사람들이 진정으로 즐거움을 얻기 위해서는 끔찍한 압박감, 즉 자신이 우습게 보일 것이라는 두려움으로부터, 그에 대한 어리석은 공포심으로부터 벗어나야 한다고 믿었다.

《어제의 이야기》는 톨스토이가 볼콘스키와 그의 아내를 직접 방문했던 그 장면을 그리고 있는 것 같다. 이 작품은 분명 톨스토이의 일기와 직접으로 관련되어 있다. 자신의 소심함과 게으름, 논쟁하는 습관, 자신감과 활력의 부족 등에 대해 자책하면서 톨스토이는 이렇게 일기를 쓴 바 있었다.

> 볼콘스키 집에서는 자연스럽지 못했고 정신없이 1시까지 너무 오래 앉아 있었다(정신없음, 드러내 보이고 싶은 마음, 성격의 유약함). 25일 일과. 10시~11시 어제 일기 읽기. 11시~12시, 체조. 12시~1시, 영어. 1시~2시, 베클레미세프와 베예르. 2시~4시, 승마. 4시~6시, 식사. 6시~8시, 독서. 8시~10시, 글쓰기. 기억력 증진과 문체 발전을 위해 뭐든지 외국어에서 러시아어로 번역하기. 오늘 일과 중 있었던 모든 인상과 생각들 기록하기.[88]

25일 일과는 지켜지지 못했다. 톨스토이는 그래서 새로운 과제를 세운다. "5시에 일어나서 10시까지 오늘 일을 기록할 것."

26일. "정해놓은 시간보다 한 시간 늦게 일어났다. 글쓰기는 잘 됐고

---

88) 1851년 3월 24일자 기록(46권, 55)

펜싱연습도 했다. 자신을 속이며 서둘러 영어 공부를 했다."

다음날은 11시까지 서둘러가며 글을 쓴다.

이 기록의 끝에는 다음날 학습계획이 들어있다.

> 8시~9시, 쓰기. 9시~11시, 일처리. 11시~1시, 독서, 1시~3시,
> 승마와 걷기. 3시~5시, 식사. 5시~8시, 독서와 목욕. 8시~10
> 시, 영어. 아침에 무도회 묘사를 끝내고 내일 정서.

이렇게 서두르면서 마치 무슨 잘못이라도 한 듯이, 거듭 잘못했다고 하며 일기를 쓰고 있는 이면에 숨어있는 것은 무엇일까?

톨스토이는 작품의 첫 부분을 새로운 장르의 탄생이라고 자평하며 글을 쓰고 있다.

> 나는 어제의 이야기를 쓰고 있다. 어제 뭔가 특기할 만한 일이 있
> 어서가 아니라 나는 오래 전부터 하루 동안의 생활에서 마음에 생겨
> 나는 것들에 대해 말하고 싶었기 때문이다. 얼마나 다양하고 흥미
> 로운 인상들이, 그리고 이 인상들을 불러일으키는 생각들이, 비록
> 불명료하고 불확실하지만 그러나 그보다는 우리 영혼에 충분히 이
> 해되는 그런 것들이 하루 동안 생겨나는지 그건 아무도 모를 것이
> 다. 만일 내가 나를 쉽게 읽을 수 있고 다른 사람들도 나처럼 나를
> 읽을 수 있도록 그렇게 그런 것들을 잘 말해줄 수 있다면, 그건 아
> 주 교훈적이고 흥미로운 책이 될 것이다. 그 책을 쓰고 인쇄하기
> 위해 세상의 모든 잉크와 인쇄업자가 부족하게 될 그런 책이 될 것
> 이다.[89]

소설의 서술은 문법적으로 분석되지 않을 정도로 하나의 흐름으로 진행되고 있다. 흥미를 끌기 위해 일반적으로 작품에 사용되는 그런 요소

---

[89] 《어제의 이야기》는 전집 제1권, 279~295쪽에 실려 있다.

들은 의도적으로 배제되고 있다. 그것은 마치 문학이라는 외투를 뒤집어 놓은 것만 같다.

지금은 프루스트나 조이스 등의 이름과 연관되는 문학방법, 1961년 봄에 '반(反) 소설'로 불리게 되는 그런 문학방법을 1851년 이른 봄에 톨스토이가 사용하고 있었던 것이다.

그러나 톨스토이는 현미경처럼 작품을 창조하여 사소한 사건들을 확대시킬 뿐만 아니라 그것이 세계와 맺는 관계를 보여 주기도 한다. 그것은 사건들 이면에 놓인 '마음속의 풍경'을 열어 보이기 위해서였다.

작품을 분석해 보자. 그러나 의식의 흐름을 중단시켜 분석하는 것은 매우 어려운 일이다. 마음속의 생각들은 그 속의 감정들이 아직은 논리적으로 상호 연관되지 않은 생각들이기 때문이다.

한 젊은이가 여자와 이야기를 나누고 있다. 이 대화 외에도 여자와 남자 사이의 내적 대화가 진행된다. 하지만 젊은이의 몸은 주인공들 사이에 진행되는 대화를 밀어내는 듯한 행동을 보인다.

시간은 늘려지고 확대된다. 대화할 때 젊은이는 마치 다른 언어로 말하는 것 같은 이런 사고형식에 주목하고 그 너머에서, 그와 대화 하는 여성의 마음에서 일어나고 있는 것을 알아채려고 노력한다.

여자는 카드놀이용 탁자 위에 분필로 낙서를 하며 산만하게 이야기한다.

> 그녀는 수학적인 도표도 아니고 사람 얼굴도 아닌 뭔가를 그리다가 남자를 바라보았다가 그와 나 사이를 바라보기도 했다. "3판 2승으로 한 번 더 하지요!" 나는 이런 동작을 열심히 바라보았지만 실상 내가 보고 있던 것은 '매혹'이라 불리는 모든 것이었다. 그건 말로 표현할 수 없는 그런 것이다. 나의 상상력은 아주 멀리 날아갔지만 나는 내 단어들에 멋진 형식을 입혀보려고 서두르지 않았다. 그저 이렇게 말했을 뿐이다. "아니요, 안됩니다." 나는 이 말을 미처 다 하기도 전에 벌써 후회하고 있었다. 그런 나는 나의 전부가 아니라

나의 어떤 한 부분이었던 것이다. ─ 우리가 무엇을 하든 영혼의 어느 한 구석에서는 늘 그것을 비난하는 법이다. 그러나 다른 한 구석에서는 잘한 일이라고 인정해 주기도 한다. 네가 밤 12시 넘어 잠자리에 든다고 무슨 잘못이 있겠는가. 너한테 어디 다른 멋진 파티가 기다리기라도 한단 말이냐? ─내가 좀 놀라서 변명거리를 찾으려고 했기 때문에 어느 한 구석에서 또 하나의 나는 아주 그럴듯한 말로 확신시키듯이 이렇게 말하고 있었다(비록 난 그걸 전달할 능력이 없지만). ─첫째, 네가 말한 것은 이 게임이 더 이상 재미가 없다고 말한 것이나 다름없다. 그녀가 별로 네 마음에 들지 않고 이 자리가 불편하기 때문이다. 그 다음에 너는 벌써 할 수 없다고 말했다, 넌 그녀의 좋은 평가를 받기는 틀렸다….

"이 젊은이, 정말 사랑스럽군요!"

내 말에 곧바로 뒤이어 나온 이 말은 나의 상념을 깨뜨렸다. 나는 할 수 없는 이유를 변명하게 되었다. 하지만 그건 생각이 필요한 일이 아니었기 때문에 나는 속으로 혼자 생각을 계속했다. 그녀가 나를 3인칭으로 부르는 것은 나는 참 좋아하고 있다. 독일식으로 하면 그건 함부로 대하는 것이지만 독일어로 그랬더라도 난 좋아했을 것이다. 어째서 그녀는 나에게 공손한 호칭을 사용하지 않을까? 날 이름과 성과 작위로 부르는 것은 분명 그녀에게 어색할 것이다. 그것은 어쩌면 내가 … "저녁을 먹고 가도록 해요." 남편이 말했다. 나는 3인칭 공식에 대한 판단에 골몰해 있었기 때문에 미처, 더 있을 수 없다고 정중하게 용서를 구하던 나의 몸이 나도 모르게 모자를 다시 내려놓고 안락의자에 깊숙이 앉아 버리는 것을 알아채지 못했다.

이렇게 의식은 자의식에 자리를 잡지 못하고 마치 따로 존재하는 것만 같다. 여기서 톨스토이는 이런 무의식의 법칙들을 분석한다. 그리고 분석과정에서 꿈을 재서술해 나간다. 그에게 필요한 꿈은 깨어나서 말로 풀어내는 그런 꿈이 아니다.

톨스토이는 꿈을 꾸지 않은 사람의 언어로 꿈을 번역하지 않고 꿈을 그 자체로 제시한다. 그리고 꿈의 비논리성을 분석하고 그럼으로써 실제세계로 돌아오면서 그는 통상적인 꿈의 해석을 논박하는 것이다.

톨스토이의 실제현실은 다면적이다.

톨스토이에게는 적이 있었다. 앞서 언급했던 잘생긴 프랑스인 가정교사 생-토마스였다. 그는 부유한 러시아 귀족과 결혼을 꿈꾸는 인물이다. 생-토마스는 소년의 고집을 꺾으려고 벌을 준 적이 있었다. 1838년의 일인데 《어제의 이야기》를 쓰기 13년 전이다. 그러나 톨스토이는 1895년에 쓴 《부끄럽다》라는 논문 초고에서 이에 대해 회상하고 있으며 1896년 7월 21일자 일기에도 기록해 놓았다.

꿈을 묘사하면서 그는 소년의 영혼에 상처를 준 이 사건을 처음으로 회상하면서 동시에 꿈에 대한 새로운 이론을 창안해 낸다.

'모르페우스[90], 나를 그대의 품에 안아주오.' 그는 내가 기꺼이 그 사도가 되어줄 수 있는 신이다. 하지만 지주 마님에게 '내가 당신에게 왔을 때 당신은 아직도 모르페우스의 품 속에 있었소'라고 말했을 때 그 부인은 정말로 심하게 화를 냈던 거 기억나지.

　그녀는 모르페우스가 안드레이, 혹은 말라페우스라고 생각했다. 참으로 우스운 이름 아닌가! '품 속에 있다'는 말은 영광스런 표현이다. 나는 '품 속'의 상태를 아주 분명하고 우아하게 떠올린다. 특히 '품'은 팔과 어깨 사이의 옴폭 패인 부분과 작은 주름살, 풀어헤친 흰색의 고급스런 셔츠를 떠올리게 한다. 두 팔은, 가운데 보조개처럼 패인 부분만 하더라도 얼마나 멋진 것인가!

　나는 기지개를 켰다. 생-토마스는 항상 기지개를 켜지 못하게 했었지. 그는 디드리흐스를 닮았다. 나는 그와 함께 말을 타고 다녔다. 짐승몰이는 굉장했다. 스타노보이 근처에서 헬케가 크게 짖었고 날료트는 닥치는 대로 모든 걸, 나무 그루터기까지 물어뜯었다.

_____

90) 〔역주〕 그리스 신화에 나오는 꿈과 잠의 신.

세르게이는 광분했다. — 그는 누이동생 옆에 있었다. — 누이 마리
야는 정말 매혹적이다, 내 아내도 저래야 할 것이다!

사냥할 때의 모르페우스는 정말 훌륭했었지, 벌거벗은 채 말을
타고 다녔고 그래야 아내를 찾을 수 있는 거야. — 후후, 생-토마스
는 빠르게도 쫓아갔지. — 지주 마님은 벌써 사냥감들을 쫓아가는
모든 사람들 뒤를 따라갔어. 그는 할 일 없이 그저 몸이나 곧추세
우고, 헌데 그래도 이건 좋아.

여기서 분명히 난 완전히 잠이 들었음에 틀림없다. — 나는 내가
지주 마님을 쫓아가고 싶다는 걸 알았다. 그런데 갑자기 산이 나타
나고 나는 산을 손으로 밀어내고, 또 밀어냈다, 그러자 산이 뒤집
어 넘어졌다(내가 베개를 내던졌다), 그리고 난 식사하러 집에 왔
다. 식사 준비가 안됐어요, 왜? 바실리가 난동을 피워서요(이건 칸
막이 너머에서 여주인이 무슨 소란이냐고 묻고 하녀가 그에 대답하
는 소리를 내가 들은 것이다, 그래서 이것도 꿈속의 일이다). 바실
리가 왔는데, 모두들 그에게 왜 준비되지 않았어? 라고 물으려고
하다가 조끼를 입고 어깨 위에 리본을 단 바실리의 모습을 보게 된
다. 나는 겁을 먹고 무릎을 꿇고는 울면서 그의 손에 입을 맞추었
다. 내가 그녀의 손에 입을 맞출 수 있었더라면 기분이 더 좋았을
것을, 훨씬 더.

톨스토이에게 항상 그렇듯이 분석은 폭이 넓고 그의 삶의 이야기에
비추어 검증된다. 손에 입을 맞추는 것은 뭔가 에로틱한 것과 관련된 것
이 아니라 야스나야 폴랴나에서의 그의 처지와 — 농민들과 그리고 꿈
에서 언급된 시종 바실리(그는 장군처럼(리본) 등장하고 있다) 등과 —
관련된 것이다.

1856년에 중편 《눈보라》에서 톨스토이는 다시 한번 꿈을 그려낸다.
눈보라가 사납게 몰아치고 한 지주가 추위에 몸을 떨며 자고 있는데 길
을 잃은 수송꾼들의 썰매 종소리가 울린다. 눈보라 속에 톱니처럼 생긴
성벽과 건물 벽이 나타났다. 이건 야스나야 폴랴나다. 여기서 야스나야

폴랴나 연못과 이기적 사랑을 지닌 숙모가 언급되기 때문이다. 그러나 동시에 이건 벨로고르스크 요새다, 왜냐하면 사람들이 마치 푸가쵸프 점령지에서, 그리뇨프의 마차가 길을 잃은 바로 그곳에서 길을 잃은 것 같기 때문이다.

농민들은 서로 옛날 얘기를 주고받으며 파이프 담배를 피운다. 지주는 어떤 농민을 두려워하고 있다. "나는 늙은이 손을 잡아서 형언할 수 없는 만족감으로 입을 맞추기 시작한다. 늙은이 손은 부드럽고 달콤하다."

이 손이 어디에서 나온 것인지 상기해보자.

바로 그 자리에서, 눈보라 속에서 그리뇨프를 구해온 푸가쵸프가 벨로고르스크 요새에서 황제에 즉위한 뒤 그리뇨프에게 요구한다, 자신의 손에 입을 맞추라고.

> 나는 다시 황제를 참칭하는 자에게 끌려갔고 그 앞에 무릎을 꿇었다. 푸가쵸프는 근육질의 손을 내밀었다. "손에 입을 맞춰라, 손에 입을 맞춰!" 주변에서 소리쳤다. 그러나 난 그런 저속한 비하보다 차라리 가장 잔혹한 극형을 받는 편이 나을 거라고 생각했다.
> 푸가쵸프가 비웃음을 띠며 말했다.
> "대위님께서 너무 좋아서 멍청해지신 모양이네."[91]

세월이 지나고 세대도 바뀌었고 새로운 모색들도 있었지만 다시 또 꿈속에서 톨스토이는 농민의 손에 입을 맞추고 있다.

다시 톨스토이의 꿈에 대한 근본적인 분석으로 돌아가자.

> 만일 누구에겐가, 말하자면 꿈을 해석하는 데 익숙한 사람들 중 누군가에게 내 꿈이 보여 진다면, 그러면 내 꿈은 이렇게 말해질 것이다. ―"난 생-토마스가 뛰어가는 것을, 아주 오랫동안 뛰어가는

---

91) 푸시킨의 《대위의 딸》 제7장에서.

것을 보았다. 나는 그에게 묻는다, '왜 그렇게 뛰어가세요?' 그러자 그가 내게 말한다. '약혼자를 찾고 있다.'" — 그래, 그럼 그가 결혼을 하든지, 아니면 그로부터 편지를 받게 될 것인지 두고 봐라.

기억 속에서는 시간상 점층법이 없다는 것을 알아야 한다. 꿈을 돌이켜 기억할 때 그것은 그 시간보다 더 이전에 보았던 것이다… 이미 아침이 되어 나는 잠을 깼고 꿈에서 보았던 것을 기억하고 있는 것이다. — 나는 형과 함께 사냥가서 섬에서 덕행의 모범인 아내를 뒤쫓던 모습을 봤지. 아니 그게 아니다, 사냥 나가기 훨씬 전에 나는 생-토마스가 내게 와서 용서해 달라고 비는 모습을 보았지.

이제 일반화가 이루어진다.

밤 시간에 몇 번씩 (거의 언제나) 잠을 깨지만 그때는 두 개의 낮은 의식, 몸과 감정만이 깨어난다. 그 다음 다시 감정과 몸은 잠이 드는데, 깼을 때의 인상들이란 아무런 질서도 일관성도 없이 꿈의 일반적 인상에 합치되는 것이다. 만일 제3의 의식, 제일 높은 개념의 의식이 깨어났다가 다시 잠 들면 꿈은 이미 두 부분으로 분리된다.

나중에 톨스토이는 《전쟁과 평화》에서 일반화는 꿈만이 아니라 의식의 다른 현상들도 포괄하고 있다는 것을 보여줄 것이다. 인간은 자신이 자신에 대해 생각하는 그런 모습이 아니다. 인간은 너무나 자주 거짓말을 하고 스스로를 정당화하려고 애쓰기 때문에, 마치 자신으로부터, 즉 자신의 이성으로부터 벗어나려는 것만 같다. 그리고 스스로에 대해 놀라는 것이다.

인간의 진정한 의식, 자신의 실제 존재에 의거하는 의식은 자신에 대해 말하는 것만이 아니다. 인간의 의식이란 인간사회 속에 놓여 있다는 것, 그것이 더 올바른 진실이라는 것, 바로 그것이 톨스토이가 증명하고 싶은 것이다. 인류 전체는 개별 인간이 자신에 대해 아는 것보다 더 많은 것을 더 올바르게 알고 있다는 것이다.

오늘날, 특히 90권짜리 톨스토이 기념 전집이 출간된 후 우리는 세월이 가도 다하지 않고 오히려 더욱 깊고 넓어지는 그의 문학의 힘을 확인할 수 있다.

실제 현실을 되비쳐보는 것으로 기능하는 꿈과 꿈속 이야기는 톨스토이에 의해 지속적으로 활용된다. 계속해서 그는 피에르의 꿈과 안드레이 볼콘스키의 꿈, 음악과 관련된 페차 로스토프의 꿈, 데카브리스트 봉기에 대한 재평가와 미래의 어떤 갈등에 대한 예감이 담겨 있는 어린 니콜라이 볼콘스키의 꿈 등을 보여준다. 《안나 카레니나》에서도 안나는 꿈을 통해 철도와 관련된 자신의 비극적 운명을 예감한다. 안나는 현실에서도 자신의 삶의 레일을 벗어나지 못한다.

톨스토이의 꿈들은 심리분석의 과정이며 그것은 현실로 들어온다. 그래서 우리는 그걸 다 읽은 뒤에 불현듯 깨달으며 소리치게 된다.

'아, 그랬어, 바로 그래서 그런 것이었어!'

예술에는 세 가지 길이 있다.

우선, 예술은 자신 속으로 물러나 자신 속에서 창조되어질 수 있다.

그러나 인간은 세계에 계속 남아있다. 인간의 눈과 피부는 인간과 세계 사이의 장애물이 아니라 연결의 수단이다. 세계는 항상 우리에게 자신의 신호를 보내고 우리를 둘러싸며 우리의 일부가 되고 우리를 자신의 지속적 일부로 만든다. 오늘날 우리는 전파망원경을 만들어냈다. 이것으로 우주의 저 먼 곳에서 수백만 년 전에 송신된 신호를 수신할 수 있다. 우리는 전파망원경의 안테나를 몇 킬로미터씩 벌려 놓을 수 있는데 그렇게 하여 변별각을 확대하고 우리의 뇌 용량을 넓혀놓는 것 같은 효과를 거둘 수 있는 것이다.

대상 물체가 흐려져서는 안 된다.

예술이 자기 자신의 내부로 물러나는 것은 한계가 있다. 그것은 세계의 전파신호를 수신하는 것이 아니라 전파망원경 내부의 소음들, 간섭

파들을 수신하는 것과도 같다.

우리가 만나는 사람들, 도시를 지나 대양으로 흘러가는 강물들, 대양 위로 날아가는 로켓의 비상 등은 우리의 삶을 확대시켜준다. 예술은 그 내부에 갇힌 채 세계를 검증할 수 없다. 세계에 대한 하나의 수용방식, 세계로부터 수신된 하나의 신호체계를 다른 것에 겹쳐 봄으로써만 세계는 검증될 수 있다.

예술의 두 번째 길은 협소한 것이다.

현저히 눈에 띄는 사건들, 모험과 갈등을 다루는 문학작품이 있다. 이러한 모험은 한 작품에서 다른 작품으로 반복된다. 그렇게 함으로써 그것들은 우리가 세계를 새롭게 수용하지 못하게 만들고 세계에 대한 연구를 작가의 문체나 글솜씨를 연구하는 것으로 축소시켜버린다. 중세의 동양에서도 '모든 서예가는 바보'라는 말이 있었다.

예술에게 허용된 세 번째 길은 자기 확대, 즉 전파망원경을 창조하는 방법과 같은 것이다.

톨스토이는 스턴을 새롭게 활용하며 주변의 모든 것을 포획하기 위해 짜는 거미줄, 사랑의 거미줄에 대해 말한다. 스턴과 마찬가지로 그는 사람들 사이의 진실한 관계는 서로에 대한 공감이라고 생각한다. 스턴에게 삶은 선(善), 즉 감수성과 감각으로 구성된 것이며 그는 그에 맞서 싸우려고 하지 않는다.

1852년 4월 14일 키즐랴르에 있을 때 톨스토이는 스턴에게서 한 구절을 인용하여 옮겨 적고 있다.

"만일 자연이 선이라는 거미줄을 짰는데 사랑의 실과 음욕의 실이 하나로 뒤섞여 있다면, 어떻게 해야 하나? 이 실을 뽑아내기 위해 이 실이 섞인 전체를 무너뜨려야 하는 걸까?"

톨스토이는 우선 이렇게 반응하고 있다. "스턴을 읽고 있다. 정말 탄복할 만하다."

이 구절은 1856년 5월 12일자 일기에서 다시 이렇게 언급된다.

그래, 인생에서 진실한 행복에 이르는 가장 좋은 수단은 이런 거다, 그 어떤 법칙도 배제하고 거미처럼 자신으로부터 모든 방향으로 사랑의 조밀한 거미줄이 흘러나오도록 하는 것, 그리하여 그 속에 들어온 모든 것을 포획하는 것이다, 할머니든, 어린애든, 여인이든, 경찰이든.

거미집의 이미지는 나중에 《카자크 사람들》의 주인공 올레닌의 사상의 일부가 된다. 그러나 올레닌은 자신의 거미집으로 사랑하는 사람을 포획할 수 없었다. 세상에는 사랑에 기초하는 관계뿐만 아니라 공동의 노력, 공동의 도덕, 공동의 증오심에 기초한 관계 등 다양한 관계들이 있기 때문이었다.

톨스토이는 평생 세계를 수용하는 법칙과 세계를 개조할 가능성을 파악하려고 노력했다. 그는 세계를 개조하기 위해서는 먼저 세계가 인식되어야 한다고 생각했다. 그리하여 그는 세계 속으로, 삶 속으로 파고들어갔다.

언젠가 어린 톨스토이가 숙모의 품을 떠나 가정교사에게로 가야 했듯이 톨스토이는 야스나야 폴랴나를 떠나 사람들에게로 가야했다. 그 길에서 아무런 주저 없이 그를 데리고 간 사람은 사랑하는 큰형 니콜라이였다.

니콜라이는 당시 카자크 군단 제 20포병여단에 근무하고 있었는데 키즐랴르 근처 테레크 강변에 배치되었다. 니콜라이는 톨스토이에게 함께 가자고 제안했고 톨스토이에게 잃을 것은 아무것도 없었다. 1851년 1월 1일 여동생 마리야의 포크롭스코예 영지에서 결정된 일이다.

카프카스로의 길

툴라 현청에 사직서를 제출하거나 여권을 만들지도 않고, 또 작위국 문제도 마무리하지 않고 타티야나 숙모와 상의 한마디도 없이 톨스토이는 카프카스로 출발했다. 그냥 여행하는 것은 아니다, 티플리스에서 문관 근무를 할 것도 아니다, 어서 빨리 현역 군인으로 입대할 것이다 정도만 마음으로 결정하고 있었다.

카프카스에서는 대공습이 준비되고 있었다. 러시아군은 다게스탄과 체첸을 지배하던 회교도 지도자였던 샤밀 세력을 일소하기 위해 수세에서 공세로 전략을 전환하고 있었던 것이다.

형제는 타란타스[92]를 타고 야스나야 폴랴나를 출발했다.

당시 도로는 매우 엉망이어서 강철 스프링이 달린 마차로서도 충격을 견뎌내지 못할 정도였다. 그래서 먼 길을 가는 지주들은 타란타스 마차를 주로 이용했다. 타란타스의 앞 뒷바퀴 간격은 아주 넓었고 바퀴의 횡목 위에 길고 탄력 있는 나무 봉들을 올려놓았으며 그 위에 차체가 설치되었다. 버드나무로 짠 차체는 탄력 있는 횡목 위에서 부드럽게 충격을 흡수할 수 있었다. 타란타스는 어디가 좀 부서진다 하더라도 걱정할 것이 없었다. 도끼 한 자루만 있으면 어느 숲에서나 목재를 구해 수선할 수 있었기 때문이다.

니콜라이는 알료샤라는 시종을, 톨스토이는 바뉴시카라는 시종을 데리고 떠났다. 나중에 이 둘은 모두 톨스토이의 시중을 들게 된다. 장교인 니콜라이에겐 따로 사병이 따라붙었기 때문이다.

타란타스의 차체 뒷자리에는 가방이나 바구니, 자루 등을 실었고 거기 다 들어가지 않는 것들은 차체 앞쪽에 묶었다. 차체 안에는 사냥총과 설탕과 차, 럼주, 기타 식품들이 든 여행용 상자들이 실려 있었다. 두

---

92) 〔역주〕 러시아의 대형 유개마차. 주로 장거리용으로 사용된다.

형제 모두 유달리 좋아하는 버찌 과실주도 가지고 갔고 알곡 자루도 들어 있었다.

  그들은 보론카 강을 뒤로 하고 툴라를 지나 오카 강을 건너 모스크바로 들어갔다. 그리고 모스크바에서 이틀을 묵었다. 여기서 톨스토이 형제는 다게로티프 사진을 찍었다. 이것은 얼마 전 다게르라는 성을 가진 사람에 의해 발명된 것으로, 사진 이미지를 금속판에 받아서 부식시켜 에칭해내는 사진술이었다. 다게로티프는 오늘날의 스테레오타입(연판사진)과 비슷한데 보존을 위해 은도금을 해서 은판사진이라고 불렸다. 사진을 보기가 좀 불편했는데 잘 보려면 조금 옆쪽에서 보는 편이 나았다.

  은판 사진은 타티야나 숙모에게 보내졌고 지금까지 잘 보존되어 있다. 은판 사진 속의 톨스토이는 단정한 웃옷을 입고 두 손을 지팡이에 짚고 앉아 있다. 꾹 다문 입술 위에 약간의 콧수염, 깊은 눈매와 짙은 눈썹, 깨끗이 면도한 넓은 턱, 삐죽삐죽 솟은 짧게 깎은 숱이 많은 머리가 아직은 젊은 톨스토이의 모습이다. 옆에는 제복을 바짝 조여 입고 약간 미소를 지은 듯한 장교가 앉아 있다. 톨스토이와 닮은 모습이지만 다소 냉소적이고 조금이나마 인생의 풍파를 겪은 듯한 모습의 니콜라이 형이다. 그는 톨스토이의 조금 뒤쪽에 앉아 있었다. 그는 지금 동생을 인생 속으로 데려가는 중이다.

  모스크바에서의 생활에 대해 톨스토이는 카잔에 가서 타티야나 숙모에게 보내는 편지에서 이렇게 들려준다.

  소콜리니키 공원으로 놀러나갔는데 아주 험악한 날씨여서 결국 만나보고 싶었던 사교계 부인들은 한 명도 만나지 못했어요. 숙모님 말씀대로 자신을 단련시키는 남자가 되기 위해 평민들을 찾아 집시 촌으로 갔었답니다. [93]

93) 1851년 5월 8일자 편지(59, 94).

모스크바에서 그는 쿠즈네츠키 모스트에 있는 서점을 찾아갔었다. 블라디미르 고티에라는 사람이 주인이었는데 책을 팔기도 하고 빌려 주기도 했다. 이미 오래 전부터 알고 지내던 톨스토이는 많은 책을 빌려 목피껍질 바구니에 담아 타란타스에 실었다.

드디어 출발. 일상의 짐과 책들 외에 트렁크에는 톨스토이가 프랑스인 재봉사에게 미처 값을 지불하지 못했던 정장 옷들이 들어 있었다. 그래서 중편 《카자크 사람들》에서(초고와 출판본에서) 톨스토이는 항상 샤펠르 씨에게 678루블을 지불할 것이 남아있다는 사실을 언급하는데 이것은 그가 실제로 재봉사에게 지불해야할 정확한 금액이었다. 톨스토이는 티플리스에서 오랜 시간이 지난 뒤에 양복을 입게 되었고 대금은 4년이 지난 뒤에야 지불했다.

카프카스로 가는 일반적인 경로는 보로네시와 돈 카자크 지역을 경유하는 것이었지만 형제들은 카잔으로 돌아가는 길을 택했다.

타란타스는 한 달 이상이 걸리는 수천 킬로미터의 여행길을 달리기 시작했다.

최초의 우편 역참에 도착했다. 마구를 교체하고 피곤해진 말도 바꾸어야 했다. 이렇게 역참에서 말을 바꾸어 가며 가는 것을 역참 여행이라고 했다. 역참에서 제공되는 말들은 상태가 좋지 않은 것들도 있어 이 과정에서 논쟁이 벌어지기도 하고 뇌물이 제공되기도 한다.

카잔까지 2주일이 걸렸다. 그들은 여기서 또 한참을 지체한다.

톨스토이는 여기서 어느 날 저녁 사랑스런 지나이다와 공원에 함께 앉아 있다가 청혼을 할 뻔 했다. 사랑한다는 말이 서로의 입 끝에까지 올라왔지만 둘 다 입을 열지는 못했다.

카잔에서는 기분이 좋았다. 어렸을 때로 돌아간 느낌이었고 이전의 실수는 다 잊혀진 듯했다. 어떤 희망도, 행복에 대한 커다란 예감도 아직은 모두 무너지지 않은 것 같았다.

당시 증기선은 편수가 많지 않았는데 5월 10일 출항 예정인 증기선이 있었다. 그들은 증기선이 올 때까지 카잔에서 기다렸다. 증기선이 외륜 (外輪)을 물 위에 철벅거리며 도착했다가 강을 따라 굽이쳐 돌아 나갔다. 그러나 톨스토이 형제들은 더 이상 기다릴 일이 아무것도 없으면서도 5일을 더 카잔에 머물렀다.

그들은 집으로 편지를 썼다. 톨스토이는 지나이다에 대해 누이동생에게 편지로 이야기해 주었다.

다음 증기선이 오려면 오래 기다려야 했다.

톨스토이는 스물세 살이었고 형은 스물일곱이었다. 이제는 둘 다 녹색의 지팡이에 대해서 잊은 지 오래였고 판파론 언덕에 가야 한다는 생각도 하지 않았다. 그들을 기다리는 것은 카프카스였을 뿐이다.

당시 병사들에게 카프카스는 '죽음의 장소'로 불렸다. 카프카스에서는 러시아의 새로운 대공세가 시작되고 있었다. 나무숲을 베어내 도로를 뚫고 체첸으로 들어가 보루를 무너뜨리고 있었던 것이다.

오랫동안 질질 끌던 전쟁이 끝나가고 있었다. 그들은 여행일정을 지켜가야 했다. 니콜라이는 장교였고 귀대 일자를 생각하지 않을 수 없었다.

그들은 타란타스에 짐을 싣고 육로로 출발했다. 도로는 진창이었다가 말라버려서 아주 엉망이었다. 때는 5월 중순이었다.

5일 걸려서 타란타스는 사라토프에 도착했다. 흙먼지에 싸인 형제들은 완전히 파죽음 상태였다. 그들은 산책 겸 볼가 강으로 나갔다. 이때의 상태를 톨스토이는 일기에 길게 적어 놓는다.

사라토프에서 아스트라한까지는 볼가 강을 타고 가야겠다고 생각했다. 첫째, 내 생각에 시간이 더 걸린다 하더라도 750킬로를 덜컹거리며 가는 것보다 낫다. 게다가 볼가 강변의 그림 같은 풍경들, 몽상, 위험, 이 모든 것이 유쾌하고 이로울 것이었다. 나는 마치 시인이라도 된 듯한 기분으로 좋아했던 사람들과 영웅들을 떠올리며 내 자신이 그들이 된 것처럼 상상의 나래를 폈다. 한 마디로 나는 뭔가 새로운 일을 도모할 때 늘 그렇듯이 그렇게 생각하고 있었다.

그래, 자 이제 진정한 삶이 시작될 것이다. 지금까지의 인생은 그저 다 쓸데없는 서두에 지나지 않았다. (1, 294)

마음의 결정을 내렸다.

톨스토이는 모스크바 도선장[94]으로 나가서 나룻배와 바지선들을 돌아보며 걸어 다녔다. 옷차림새로 보아 바지선을 끄는 인부들 같은 사람들이 서 있었다.

"빈 거 있나요?"

톨스토이가 '배'라는 말도 하지 않고 물었다. 이곳에는 배가 모스크바의 번화가에 서 있는 마부들보다도 더 많았기 때문이다.

"예, 나리, 그런데 뭘 하시려고요?"

거친 겉옷에 양털 모자를 쓴 긴 구레나룻의 한 노인네가 응답했다.

"아스트라한까지 배로 가려는데."

"거야, 가능합죠!"

모스크바 도선장까지 역마로 마차를 옮겨서 말은 풀고 타란타스와 여행 가방들을 바지선에 손으로 밀어 실었고 톨스토이 형제들은 세 명의 하인과 함께 승선했다. 노를 저을 인부도 두 명 고용했다. 볼가 강 유량이 높을 때여서 배는 강물의 흐름을 따라 쉽게 내려갈 수 있었고 산바람도 돛을 가득 채워 주었다. 바람이 잦아들면 인부들이 노를 저었다.

처음에는 오른쪽 높은 강안에 토사 언덕과 가축 떼, 마을 등이 보였다. 산 위의 작은 마을의 자작나무 가로수 아래에는 테가 없는 둥근 모자나 둥글고 높은 모자를 쓰고 카프탄[95]이나 프록코트를 입은 농민들, 넓은 소매의 원피스를 입은 여자들이 걸어 다니는 모습이 보였다.

---

94) 〔역주〕 모스크바 도선장. 러시아에서 역이나 항구의 명칭은 그곳에서 갈 수 있는 대표적인 목적지를 지칭한다. 이를테면 페테르부르크에 있는 모스크바역은 모스크바로 가는 열차가 출발하는 곳이라는 뜻이다.
95) 〔역주〕 옷자락이 긴 농민 외투의 일종.

큰길가에서 사람들은 배는 바라보지 않고 배 사이의 볼가 강을 바라보고 있는 것 같았다. 많은 배들이 가지각색의 돛을 달고 무질서하게 흘러내려가고 있었다. 그것은 마치 농촌에서 저녁녘에 먼지를 일으키며 가축 떼가 들판에서 돌아오는 듯한 모습이었다. 그 사람들은 증기선을 기다리고 있었다.

배가 강 한가운데로 노를 저어 나아가자 강변 풍경은 가물가물해졌다. 볼가 강은 점점 더 폭이 넓어졌다. 겨울 내내 전 러시아를 덮고 있던 눈이 볼가 강으로 녹아내렸고 볼가 강은 눈 덩어리와 함께 주변의 초원으로 범람하고 강변을 쓸어 가면서 카스피 해로 흘러갔다.

바뉴시카는 뱃머리에 앉아 서글픈 눈으로 볼가 강을 바라보았다.

볼가 강의 봄은 어느 때보다 좋은 계절, 푸르른, 넉넉한 유량의 계절이다. 바지선들은 마치 아내를 데리고 교회에 가는 상인 같은 근엄한 모습이었다. 바지선들이 볼가 강을 따라 거슬러 올라갈 때는 예인인부들이 예인선으로 끌고 가야 했다. 그러면 바지선의 넓고 평평한 앞가슴은 내려오는 강물을 맞받아 큰 파도를 일으키곤 했다.

볼가 강의 한가운데 쪽으로 밧줄더미를 실은 나룻배들이 많은 노를 가동하며 빠르게 나아간다. 예인용 나룻배들은 바지선에 다가가 멈추고 닻을 내린다. 그리고 밧줄을 풀어 물속에 던진다. 한참의 시간이 지나 바지선의 앞가슴이 떠오르고 갑판이 눈에 들어온다. 갑판 위에는 밧줄이 묶여진 권양기 주변을 말들이 맴을 돌며 걸어간다. 바지선이 닻을 놓은 곳까지 끌려오면 예인선은 닻을 올리고 다시 더 올라가서 닻을 내린다.

이렇게 보리수 가마니에 담은 수백 톤의 상품을 싣고 바지선은 강바닥을 짚어 가며 수천 킬로를 거슬러 올라가 페테르부르그까지 가는 것이다.

가끔씩 멀리에서 증기선이 나타나기도 했다. 증기선의 외륜이 물을 헤치는 모습은 마치 오늘날 트랙터가 그 넓은 바퀴 이빨로 진흙 도로를 파헤치며 나아가는 것과 흡사하다.

낯익은 바지선도 지나갔다. 오래전 툴라에서 카잔으로 톨스토이 형제의 가재도구를 실어 날랐던 것 같은 작은 바지선, 혹은 좀 더 크거나 아주 더 큰 바지선이었다. 타르를 입힌 바지선도 지나갔다. 높은 갑판 위에 작은 선실을 올린 희고 노란 목재 운반선이 신선한 목재 냄새를 피우며 지나가기도 했다.

저녁이 되면 나룻배들은 강변으로 좀 더 가까이 붙어서 운항했다. 사공들이 밤을 보낼 곳을 찾기 위해서다. 강변 관목 숲에서는 아직도 나이팅게일이 노래하고 있었다. 안개에 싸인 관목 숲은 마치 교회에서처럼 그렇게 노래하는 것 같았다.

배는 나이팅게일의 노래의 닻에 가느다란 줄을 맨 것처럼 이쪽 새들의 노래에서 다음 새들의 노래로 이어지며 조용히 떠내려갔다.

나뭇가지나 우연히 멀리서 떠내려 온 장작들을 모아 모닥불을 지피고 그들은 아련한 불꽃 옆에서 밤을 보냈고 바닥에 담요를 깔고 잠을 청하기도 했다.

아침에는 한기가 돌았다. 태양은 안개에 싸인 볼가 강 너머로 솟아올랐다. 카프카스로의 이 긴 여정에서 톨스토이는 류머티즘을 얻었고 나중에 카프카스의 바위틈에서 가늘게 뿜어 나오는 뜨거운 온천물에 오랫동안 치료해야 했다.

이른 아침에 그들은 다시 나룻배에 짐을 실어 올렸다. 태양은 강물을 따스하게 데우고 멀리 퍼져가는 잔물결 위로 안개를 걷어갔다.

바뉴시카는 뱃머리에 앉아 여행용 사모바르를 준비했다. 아주 오래된, 분명 아버지 때의 것이었다.

나중에 카자크 노인 예피판의 조카 마르카 호로모이[96] 가 톨스토이에게 이 사모바르를 얻어내려고 간청한다. 이 카자크는 연필로 꾸불꾸불

---

96) 〔역주〕 '호로모이'는 절름발이라는 뜻. '절름발이 마르카'로 불린다는 뜻.

입에 발린 편지를 쓴다.

> 각하, 감히 간청하옵건대 그 여행용 사모바르를 제게 하사하여 주
> 십시오. 저는 앞으로 각하께 충성을 드릴 것이오니, 만일 너무 낡
> 고 더 이상 쓸모가 없어지면 말입니다요.

분명히 톨스토이는 이 물건을 선물했음에 틀림없다. 넓은 마음으로,
불안함과 변덕스런 마음으로 말이다. 1851년 11월 29일자 일기에서 그
는 자기 성격에 대해 이렇게 강조하고 있다.

> 오늘 난 나의 상상력의 한 모습을 보았다. 나는 돈이 많은데 그걸
> 도박에서 잃거나 아낌없이 탕진해 버린다는 상상. 그런데 그게 그
> 에게 커다란 만족을 주었다.

톨스토이는 자신의 상상에 대해 마치 다른 사람에 대해 말하듯이 '그
에게 만족을 주었다'고 쓰고 있다.

톨스토이는 마음이 잡히지 않으면 종종 바뉴시카에게 담뱃대에 담배
를 채우라고 지시했다. 그러나 그건 담배를 피우고 싶어서가 아니라,
"… 그가 몸을 조금 움직거리는 것이 내 마음에 들었기"[97) 때문이다.

배 위는 조용했다. 모두 쉬고 있다. 톨스토이는 파이프 담배를 피워
물었다. 엄청난 문제들, 위대한 일들, 그 모든 것은 아직 모두 미래의
일이다. 사모바르는 익숙하고도 낯익은 냄새를 피우며 볼가 강 위로 푸
르른 수증기를 피워 올렸다.

또 한 대의 증기선이 지나갔다. 증기선은 검은 연기를 뿜어 올렸고 그
연기는 볼가 강 위로 빠르게 녹아들어갔다.

---

97) 〔역주〕 여기서의 '그' 역시 톨스토이 자신을 가리키며, 톨스토이가 자신
의 객관화시켜 3인칭으로 표현하고 있다는 것을 보여준다.

톨스토이는 증기선에 대해 전혀 아무런 기록도 남기지 않는다. 아마 볼가 강 여행기를 다 완성했다 하더라도 결코 증기선에 대해서는 쓰지 않았을 것이다.

톨스토이는 기술 공학에 대해서는 별 관심이 없었다. 그는 모스크바를 지주의 입장에서 놀라워하며 묘사했고, 농촌에서 힘든 노동을 체험한 사람이라는 당당한 태도를 지니고 모스크바를 바라보았다. 그리고 모스크바의 마부들을 안쓰러운 마음으로 묘사했다. 그는 80여 년을 툴라 근교에 살았고 툴라에서 공직을 맡기도 했다. 그저 놀러 나가거나 물건을 사러 툴라에 들른 적도 족히 천 번이 넘을 것이다. 그러나 그는 툴라를 눈여겨보지 않았다. 툴라가 유명한 공장지대이고 거기서 전 러시아 군대에 보내는 총과 칼을 만들고 있다는 사실, 사모바르와 각종 잡화를 만들어내고 있다는 사실에는 전혀 주목하지 못했던 것이다.

배를 타고 가는 여행은 20일 동안 계속되었다. 스무 번을 강변에서 노숙하면서 그들은 폭우를 만나기도 했고 각종 다양한 사람들을 접하기도 했다.

하류로 내려갈수록 마을도 교회도 점점 그 수가 적어지고 강변은 점점 더 낮아졌다. 볼가 강변을 따라 배로 여러 시간을 지나가야 될 만큼 길게 늘어선 도시 차리친에서 하룻밤을 묵기도 했다.

배는 운항을 계속했다. 형 니콜라이는 아주 온화하고 다정한 사람으로 모두의 사랑을 받고 있었다. 그는 동생이 플루트와 영어사전을 가지고 간다는 걸 알고 있었다. 공부하고 싶다는 뜻이겠지. 료바는 아직 전혀 앞뒤를 모르는 어린애다. 플루트를 불 일도 영어를 말할 일도 없을 것이다. 하지만 동생은 명석하다. 동생과 함께 키즐랴르에서 사냥한다면 즐거울 것이다. 다만 총만 가지고 사냥하는 법을 동생이 잘 모른다는 것이 문제일 뿐이다.

면도를 깨끗이 한 톨스토이는 더 어려 보였다. 바뉴시카가 여행 중에 주기적으로 면도를 해 주었다. 그는 잡지를 뒤적이기도 하고 투르게네프를 거듭 읽기도 했다. 〈동시대인〉지에 실린 네크라소프[98]의 시를 형에게 낭송해 주기도 하고 좀 모호하긴 했지만 그런대로 이해할 만한 프랑스 관련 논문을 해석하기도 했다.

바뉴시카는 새로운 지역이 나타나면 열심히 관찰했고 앞으로 무엇이 더 나타나게 될지 고대하고 있었다. 하지만 어디에 도착하고 있는지 따위의 질문을 던지지는 않았다.

그들 모두는 이제 곧 카프카스의 개구리들이 툴라에서와는 달리 금속성으로 울어대는 소리를 듣게 될 것이다. 그들 모두는 또한 술을 마시게 될 것이다. 톨스토이는 절망감으로, 니콜라이는 아무런 생각 없이, 바뉴시카는 말 없이 … 그러나 모두 똑같은 술, 치히르라고 불리는 값싼 포도주를 마시게 되리라.

바뉴시카는 거의 톨스토이의 친구였다. 그러나 1852년 10월 8일 톨스토이는 일기에 이렇게 적어 넣고 있다. "너무 무뢰하게 굴어서 어제 바뉴시카를 병영에 보내버렸다."

'보내버렸다', '파견했다'는 채찍질 당하게 만들었다는 것을 의미했다.

볼가 강은 시간이 흐르듯 흐르고 강안 풍경은 계속 바뀌었다. 톨스토이도 여행하며 변화했다. 지금까지 모든 것은 인생의 서곡일 뿐이다. 이제 그의 삶은 넓은 강물이 굽이치듯 크게 선회할 것이다.

톨스토이라는 배를 따라 같은 방향으로 러시아라는, 허술하게 얇은 버드나무나 보리수나무 판자로 짠, 번지르르하게 타르를 입히기만 한, 둔하게 밑바닥이 평평한 배가 그 뒤를 쫓을 것이다. 하지만 배 안에 있

---

98) 〔역주〕 N. 네크라소프 (1821~1877). 시인이자 탁월한 편집출판인. 민주주의와 자유를 위해 진보적인 문학활동 전개. 벨린스키, 파나예프 등과 더불어 간행한 〈동시대인〉지는 투르게네프와 도스토옙스키, 톨스토이 등 수많은 러시아 문인을 양성해 냈다. 《할아버지》, 《러시아 여인들》과 같은 대표적 서사시가 있고 장편 《누구에게 러시아는 살기 좋은가》 등의 작품이 있다.

는 그 누구도 이제까지와는 전혀 다른 러시아가 다가오고 있음을 아직 알지 못하리라.

넓은 강변이 나타나고 물길은 하염없이 끝을 모르게 이어지고 있다. 강물의 파문은 원고의 글줄처럼 아롱지며 산란한다. 어쩌면 수십여 년이 지난 뒤 그렇게 회상될 지도 모른다. 한 야영지에서 또 다른 야영지로, 한 원고더미에서 또 다른 원고더미로 떠나가는 그의 인생이 ….

톨스토이 형제들은 아스트라한에서 밤을 보내면서 개구리 우는 소리를 들으며 포크롭스코예 마을에 사는 여동생 마리야에게 편지를 쓴다. 아스트라한에는 다민족이 살고 있었다. 러시아인과 타타르 족, 칼미크 족에 인도 사람들까지 있었다. 대규모 시장도 러시아에서 보던 것과는 전혀 달랐다.

그들은 볼가 강을 건너 갈대가 관목 숲처럼 자라 하늘을 덮은 반대편 강변에 도착해 타란타스에 역마를 매고 키즐랴르로 향하는 대로를 따라 달렸다. 오래되어 상태가 엉망인 도로는 나무 한 그루 보이지 않는 초원으로 이어졌다. 처음에 회색빛 초원이 나타났다가 점차 잿빛으로 변하더니 이내 붉은 색 초원이 나타났다. 그러다가 풀숲들 중간 중간에 붉은 모래와 함께 덩어리진 모양의 초원들이 보였다.

역참은 지붕이 없었다. 볼가 강에서 그리 멀지 않은 곳에서 이 도로는 옛날부터 '노상강도의 길'이라고 불리는 또 다른 도로와 교차하고 있었다.

거대한 대지는 붉은 빛을 띠고 있어 지나는 양떼들이 붉은 먼지를 뒤집어쓰고 있었다. 밤이면 별들이 풀숲에 닿을 것처럼 내려왔다. 마치 하늘이 대지에 붙박이거나 하늘이 한 줌으로 초원을 감싸 쥔 것만 같았다.

톨스토이는 아침에 바뉴시카와 직접 가방과 짐을 꾸리고 아주 정확하게 마차에 오르곤 했다. 그런 모습을 보면서 니콜라이 형은 미소를 지었다.

톨스토이는 언제나 자신의 물건이 어디에 있는지, 돈은 어디에 있고 얼마나 있는지 잘 알고 있었다. 그는 자신이 아주 실용적인 사람이라고 믿고 싶었다. 모든 물건들이 항상 그대로 존재할 수 있도록 하려면 그래 야만 한다고 생각하는 것 같았다. 그는 그의 빚이 얼마나 되는지 계산하 고는 양복쟁이 앞에서 양해를 구하던 모습, 양복쟁이가 애써 순종적인 표정을 짓던 모습을 떠올리며 이마를 찌푸렸다.

그는 얼마를 절약해야 빚을 갚을 수 있을지, 한 달 생활비는 얼마로 잡아야 될지 계산해 보고 10루블이라도 어디서 보낼 수 있게 되면 아주 잘됐다고 몹시 기뻐하곤 했다.

그들은 노가이 족[99) 마부를 새로 고용했다. 새로 장착한 말은 러시아 말과는 달리 좀 더 작고 토실토실했으며 털이 많고 색깔도 한결 같았다.

한가롭게 감상에 젖은 톨스토이의 몽상은 계속 이어진다. 말들이 다 리를 옮기듯이 이런 저런 몽상을 떠올리며 여행은 계속되었다. 그의 몽 상들은 소설책에서 비롯한 것들로, 그 속에서 그는 용감무쌍한 사람이 되어 영어와 플루트를 배우고 체르케스 처녀의 사랑을 받는다. 그리고 바뉴시카도 아는 프랑스어를 그 처녀에게 가르친다.

말 엉덩이들이 단조롭게 내려갔다 올라갔다하며, 모든 것이 꿈인 듯 생시인 듯 몽롱하다. 온통 모래를 뒤집어 쓴 역참의 평평한 지붕들이 잇 따라 지나갔다. 타란타스는 아이를 씻기는 목욕통처럼, 혹은 그 통속의 물처럼 흔들린다. 형과 이야기할 것은 아무 것도 없다. 이미 모든 걸 다 알고 있다. 바뉴시카와 할 말도 간단한 것들뿐이다.

---

99) 〔역주〕카프카스 지역의 타타르 족 중의 하나.

산 맥

톨스토이는 1851년 40여 일에 걸쳐 카프카스에 도착했다. 그리고 거기서 2년 7개월을 머무른다.

소설 《카자크 사람들》은 1852년에서 1862년까지 10여 년에 걸쳐 씌어졌다. 말하자면 이 소설은 손쉽게 쓰인 것이 아니다. 많은 것을 이해하고 많은 점에서 변모를 겪은 다음에야 완성될 수 있었다. 이 작품에서 톨스토이가 궁극적으로 그리고 싶었던 것은 자기 자신에 대해서가 아니라 자신과 닮은 사람, 올레닌에 대해서였다.

문학은 현실이다. 하지만 우연성을 벗어나 재구성된 현실이다. 톨스토이는 글을 쓰기 위해 카프카스로 떠났다. 말하자면 《카자크 사람들》에서 다음과 같은 말을 인용해 볼 수 있을 것이다.

> 올레닌이 러시아의 중심으로부터 멀어질수록 모든 추억들도 더욱 멀어져가는 것만 같았다. 그리고 카프카스에 가까워질수록 마음은 더욱 환해졌다.

톨스토이는 자기가 속한 사회로부터 떠남으로써 과거로부터 벗어나고 싶었다. 하지만 과거는 타란타스에 실린 짐들에 얹혀져 그의 뒤를 따라왔다.

과거의 추억이자 유산인 타란타스에 새로운 말이 매어졌다.

모래사막이 시작되고 초원은 이제 노란색, 붉은 색으로 바뀌어 갔다. 낙타 등이 나타났고 무장한 사람들이 눈에 띄었고 그들도 총에 장전을 했다.

> 한 번은 저녁이 다가올 무렵 노가이 족 마부가 채찍으로 먹구름 너머의 산을 가리켰다. 올레닌은 뚫어지게 바라보았지만 흐린 날씨에

먹구름은 산 정상을 보여 주지 않았다. 올레닌에게 뭔가 희뿌옇고 구불구불한 것이 보이는 것 같았지만 아무리 열심히 바라보아도 그 렇게 많이 들어왔고 책에서도 보았던 그럴듯한 산의 전경은 전혀 찾아볼 수 없었다.

올레닌에게는 산인지 구름인지 다 비슷비슷하게 보였고 이 단어들 모 두, 이를테면 여성에 대한 낭만적 사랑처럼 하나의 꾸며낸 것만 같았다.

하지만 다음날 아침 일찍 마차 안에서 한기를 느끼며 잠이 깬 그는 무심하게 오른편을 바라보았다. 아주 청명한 아침이었다. 그런데 갑자기 그로부터 채 스무 걸음도 안 되는 곳에 ― 처음엔 정말 그렇 게 보였다 ― 너무나도 깨끗한 무슨 거대한 덩어리 같은 것이 눈앞 을 가로막았다. 부드러운 윤곽의 거대한 산이었다. 산 정상의 기기 묘묘한 윤곽이 높은 하늘을 배경으로 또렷하게 드러났던 것이다.

그 누가 또 여행 중에 저와 같이 한없이 멀고도 가까운 장엄한 산을 볼 수 있었단 말인가? 누가 저와 같은 풍경을 또 볼 수 있을 것인가? 그 산 을 본 사람은 그 혼자만이 아니었다. 바뉴시카가 먼저 일어나 그 산을 보고 있었다.

"나는 그 산들을 오랫동안 바라보았다. 얼마나 장관인가! 아무리 말 해도 고향에서는 믿어 주는 사람이 없을 것이다."

산들은 점점 더 가까워졌다. 아침녘에 이미 산들은 첩첩이 그 경계를 드러냈다. 초원은 여전히 마찬가지였다. 아니 조금 더 붉은 빛이었고 모래도 더 많이 섞여 있었다.

그리고 바로 테레크 강이 내달리고 있었다. 이 강은 산골짜기에서는 격렬하게 쏟아졌고 초원에서는 넓은 폭을 이루고 있었다. 키즐랴르로 가는 도로에는 키 큰 포플러나무가 있고 양옆의 도랑에는 테레크 강에 서 이끌어온 물줄기가 요란한 소리와 함께 흐르고 있었다. 나지막한 정사각형의 성벽, 갈대가 무성한 참호들을 가진 토성도 나타났다.

키즐랴르에서는 지체하지 않았다. 지나가면서 포도밭과 집 없이 떠도는 개떼들을 놀란 눈으로 바라보았을 뿐이다. 이 도시에는 다양한 종족의 사람이 살고 있었는데 각 종족은 토성으로 둘러싸인 각각의 구역에서 살아갔다. 러시아 족, 그루지야 족, 쿠미크 족, 노가이 족, 체르케스 족, 카잔 타타르 족, 페르시아 족들이 그렇게 각각의 구역을 이루며 살고 있었다.

과수원에는 꽃이 활짝 피었지만 아직은 여리고 투명한 봄꽃이었다. 포도나무는 한창 꽃을 피우고 있었고 포도주 냄새와 누룩 냄새, 마른 쇠똥 냄새가 진동했다. 염소들은 녹색의 평평한 지붕 위에서 타란타스를 내려다보았다.

키즐랴르에서 말을 교체했다.

뿌연 빛의 넓은 강물이 흘러간다. 왼편에는 가는 모래밭에 회색과 노란색이 어우러진 나리새가 자라고 오른편에는 과수원과 대규모 러시아인 거주마을이 펼쳐진다. 마을 주변은 참호를 파고 토성이 둘러서 있고 나무로 짠 울타리 위에는 가시나무들을 올려놓았다. 이곳은 그레벤 스타니차[100]였다. 이 스타니차들은 숲 가장자리를 따라 이어졌고 일정한 간격으로 숲을 잠식해 들어가 있었다.

스타니차는 벌채금지 녹채와 정문, 흰색과 검은색 줄이 비스듬하게 칠해진 초소들로 시작되었다. 오렌지색 바탕에 검은색과 흰색 줄은 러시아 군대를 나타내는 것이다. 그러나 이건 단지 초소일 뿐이다. 정문 위에는 덥수룩한 카자크 인들의 망루가 세워져 있었다. 초병들은 테레크 강 너머 대(大) 체첸지역의 아울[101]을 감시하고 있었다. 강변에 바로 잇닿아 있는 아울들은 지붕이 평평하고 굴뚝이 널찍했다.

---

100) 〔역주〕병영체제로 운영되는 카자크 전통마을.
101) 〔역주〕아울은 카프카스 지역의 두메마을, 혹은 유목민족의 행정단위.

이곳은 귀순한 체첸지역이었지만 믿을만한 곳은 아니었다.

그 너머 더 멀리에는 코츠칼릭 산맥의 능선이 솟아 있고 쵸르니 산과 이름 모를 산맥들이 이어진다. 그리고 그 뒤로 눈에 덮인 희고 푸르른 산 정상이 보였다. 정상의 얼어붙은 얼음 덩어리는 태양에 반사되어 장밋빛이 감도는 노란빛으로 빛났다. 그곳엔 그 누구도 가보지 못했을 것이다. 바로 그곳으로부터 모든 것을 결정하는 미래와도 같은 강물이 흘러내리고 있다.

이쪽 강변 모래밭에는 사슴과 늑대, 토끼, 꿩의 발자국이 보였다. 곳곳에 테레크 강에 쓸려나간 스타니차와 소읍들이 보였고 무성한 야생의 포도넝쿨과 들장미로 마구 뒤엉킨 채 방치된 과수원들이 보였다.

강변 가까운 곳에는 높은 초소가 세워져 있었는데 그건 투항하지 않은 체첸을 감시한다기보다 과수원을 지키고 있는 것처럼 보였다.

타란타스에 앉아 도대체 그들이 어디로 가고 있는 것인지 열심히 주위를 바라보는 사람은 톨스토이와 바뉴시카 두 사람뿐이었다. 니콜라이는 이미 다 보았기 때문에 새로울 것이 없었다.

올레닌도 이 길을 따라 여행하게 될 것이다. 톨스토이는 한 걸음 물러나 자기 자신에 대한 오랜 관찰을 거쳐 올레닌이라는 주인공을 창조해낼 것이다.

우리들 중 젊은 시절을 겪지 않은 사람이 누가 있겠는가, 친구들을, 그리고 자기 자신을 사랑하지 않은 자가 누가 있겠으며, 실현될 수 없는 원대한 이상을 품어보지 않았던 자가 또 누가 있겠는가? 젊은 시절에 실패한 인생을 홀연히 내던지고, 지나간 모든 잘못을 절망과 사랑의 눈물로 씻어 버리고, 신선하고도 건강한 몸, 비둘기처럼 순수한 마음으로 새로운 인생으로, 영혼 속에 들끓고 있는 모든 욕망을 충족시키고자 떨치고 나서지 않았던 사람이 그 누가 있단 말인가.

　자유와 이상, 용기, 나폴레옹 전쟁에서의 승리에 대한 자긍심, 자신들의 힘에 대한 자부심 등과 같은 데카브리스트 사상들은 톨스토이 세대에 이르러 새로운 꿈으로 바뀌었다. 그 새로운 꿈은 강을 낳고 대지를 적시는 저 산 너머, 저 골짜기 너머에 있었다. 그 모든 것들은 실제 존재하는 것이지만 아직 그 모습을 다 드러낸 것은 아니다.

　나는 테레크 강에서 카프카스의 아름다운 산맥을 본 적이 있다. 그 모습을 잘 드러내지는 않았지만 그 산들이야말로 이 하늘과, 이 강과 이 사람들을 낳은 가장 중요한 존재였다.

　미래는 마치 이미 탄생한 것 같았다. 한 초고에서 톨스토이는 이렇게 쓰고 있다.

　　최근의 황제 치하에서 러시아 젊은이들은 이상한 삶의 형태를 모방하고 있다. 외적인 일상활동 속에서 억제된 힘이 내적 활동이라는 다른 영역으로 분출되었고 그 속에서 더 자유롭고 힘차게 발전되었다. 40년대 훌륭한 기질을 지닌 러시아 젊은이들에게는 한결같이 이러한 불균형의 낙인이 찍혀 있었다. 즉 그들은 활동할 수 있는 능력을 지닌 한편 한가한 철학에 빠지기도 했고, 그 무엇으로도 억제될 수 없는 사상의 자유와 코스모폴리터니즘을 지향했으며, 목적도 대상도 없이 한가해 보이지만, 그러나 뜨거운 사랑을 품고 있었던 것이다. (6, 246)

　과거의 이 사람들을 우리는 우리 자신처럼, 친구처럼 안쓰럽게 느끼지 않을 수 없다. 동시에 이들이 얼마나 멀리 바라보고 또 얼마나 근시안적인 실수들을 저질렀는지 살펴봐야 할 것이다.

　타란타스는 뿌얀 흙먼지를 일으키며 달려간다. 탄력 있는 횡목들이 휘어지며 삐거덕거린다. 사람들의 머리칼은 가죽처럼 굳었다. 얼굴은 온통 먼지투성이여서 눈만 동그랗게 보였고 면도를 하지 않은 뺨에 먼지가 달라붙어 무성한 구레나룻을 만들어 주었다.

아주 맑은 봄날이었다. 먼지 너머, 테레크 강 너머, 강변의 무성한 풀숲 너머, 부드럽게 부풀어 오르는 활엽수림 너머 눈 덮인 산들이 솟아 있다. 그 산들은 아직 씌어지지 않았다. 다만 위대한 작가의 꿈에 나타난 것일 뿐이다.

젊은이는 어디로 가는지도 모르는 채 달려가고 있다. 말들도 달려간다. 전차가 아니라 낡은 타란타스에 이보다 더 귀한 짐을 싣고 달려간 말은 세상에 없을 것이다. 톨스토이, 그는 마차를 타고 가며 책을 읽고 글을 쓰고 있었다.

스타로글라드콥스카야 스타니차 - 환멸과 유토피아, 사냥

《카자크 사람들》에서 톨스토이는 여러 스타니차의 특징들을 결합하여 노보믈린스카야 스타니차라는 마을을 창작해 냈다.

형 니콜라이가 근무했던 제 20보병여단 제 4포병중대는 스타로글라드콥스카야 스타니차에 주둔하고 있었다. 그들은 5월 30일 이 마을에 도착했다. 오래된 스타니차의 가지런한 집들은 높고 두꺼운 기둥 위에 지어져 있었다. 담장에는 호박넝쿨이 기어 올라가고 깨끗이 닦은 유리창은 반짝거렸다. 포플러와 아카시아 나무는 거리에 그늘을 드리우고 있었다. 화려한 장식의 현관과 작은 기둥들, 햇빛막이 처마, 모든 것이 색칠이 잘 되어 있고 단정했다. 높다란 지붕에는 갈대를 단단하게 잘 엮어 얹었다.

모든 것은 친숙하지만 적대적인 느낌을 주었다. 톨스토이는 마을을 돌아보고 다소 놀란 것 같다. 일기에는 이렇게 적혀 있다.

6월 1일 밤 10시. 스타로글라드콥스카야 스타니차. 내가 어떻게 여기에 있는가? 모르겠다. 무엇 때문에? 역시 알 수 없다.

스타로글라드콥스카야는 집에 대한 그리움을 불러일으켰다. 5월 27일, 아스트라한에서 그는 이미 타티야나 숙모에게 편지를 쓰고 있다.

숙모님에 대한 생각, 고향 모든 사람들에 대한 생각을 잊은 적이 없습니다. 심지어 어떤 때는 숙모님의 사랑을 받으며 살았던 그렇게 소중했던 삶을 내가 왜 팽개치고 왔는지 자책하기도 합니다. 하지만 저는 그렇게라도 제 삶을 한번 바꾸어야 했습니다. 숙모님께 돌아가 다시 뵙는 더 큰 기쁨을 느끼기 위해서라도 말이지요.

톨스토이는 이별이 그리 길지 않기를 바랐다.

스타로글라드콥스카야에서 그는 카잔의 친구 오골린에게 시를 써 보낸다. 그는 지나이다의 언니 약혼자였다. 그는 오골린을 통해 지나이다에 대한 소식을 듣고 싶었던 것이다. 농담 섞인 시 속에 그의 불안감이 담겨 있다.

오골린 선생님! 어떻게 지내시는지
모든 소식을 카프카스로 보내주세요,
지나이다 양은 잘 지내시는지요?
레프 톨스토이를 어여삐 여겨주시길.

일기를 통해 우리는 당시 톨스토이가 지나이다를 사랑하고 있음을 알수 있다. 그녀를 간절히 그리워하고 있지만 그러나 그녀의 부칭을 몰라서 편지조차 쓸 수가 없었다.[102] 어쩌면 그는 일부러 그런 운명으로 자신을 몰아 갔는지도 모른다. 사실 부칭이라면 오골린을 통해서라도 쉽게 알아낼 수 있었다.

---

102) 〔역주〕 러시아의 호칭예법에 따르면 존경을 표시하거나 정중하게 상대를 호칭할 때 이름과 부칭 (아버지의 이름)을 함께 불러야 한다.

스타니차는 아주 부자 마을이었고 주민들은 좀 옛날 어투였지만 러시아어를 아주 잘했다. 그러나 그들은 나름의 사고방식과 음식 문화를 가지고 있었다. 휴일에는 돼지고기와 용철갑상어 요리를 준비했고 포도와 돼지고기를 넣어 고기만두를 빚었다. 포도주는 양동이로 퍼다 마셨다. 평일에는 끓인 요구르트와 수수빵을 먹었다. 휴일에는 레이스가 달린 비단옷을 입고 생선껍질로 만든 작은 손북을 두드리며 둥글게 모여 춤을 췄다. 그러나 평일에는 평범한 옷에 중무장을 하고 다녔다. 모두들 잘 먹고 태평스럽고 당당했다.

여자들은 면으로 만든 두건을 머리에 쓰고 다녔는데 머리 위 중앙에는 비단 스카프로 매듭을 지어 동여맸다. 겨울에는 다람쥐나 고양이 가죽을 공단 안에 대고 수달피를 가장자리에 붙인 카자크 고유의 외투를 입고 다녔다. 발에는 붉은 무늬가 있는 파란색 모직 양말을 신었다.

울타리에는 겨울철 옷가지들이 내걸려 봄볕을 쬐고 있었다.

테레크 강에는 안개가 가득했다. 산은 보이지 않았고 고요했지만 평화롭다고 말할 수는 없었다.

스타로글라드콥스카야에서 테레크 강만 건너면 곧바로 산이었다. 카자크 속담에 '테레크가 요동치면 카자크는 잠을 자고 테레크가 조용하면 카자크가 요동친다'는 말이 있다. 톨스토이는 여기서 쉽게 잠을 이루지 못했다. 그는 카잔이 천국이었다고 생각하며 그곳 생활을 그리워했고 지나이다와의 행복할 수 있었던 사랑을 아쉬워했고 집시소녀 카탸에 대한 추억에 빠져들곤 했다.

사람들은 그에게 묵을 곳을 내주기를 꺼려했다. 톨스토이는 어렵사리 부유한 카자크인 세힌의 집에 방을 얻었다. 이 카자크는 꽤나 도시물을 먹은 듯한 말투였지만 소송꾼이어서 친척 형제와 소송을 벌여 과수원을 뺏어낸 인사였다.

얼마 뒤 톨스토이는 세힌의 형 집으로 이사한다. 세례명이 예피판이라는 노인이었는데 마을 길거리에서 사람들은 야피시카라고 소리쳐 부

186

르곤 했다. 《카자크 사람들》에서 톨스토이는 이 인물을 예로시카라는
이름으로 그려낸다.

스타니차에 사는 사람들은 모두들 바빴다.

여름에 산의 얼음이 녹으면 테레크 강은 수위가 높아졌다. 그러다 다
시 수위가 낮아지면 아브렉[103] 들이 카자크 강안 지역으로 넘어와 자신
들의 영토를 주장하곤 했다.

따라서 왼쪽 강변은 위험이 상존하는 지역이었다. 카자크 사람들은
경작지에 나가면 열 명씩 조를 짜고 주변에 짐마차들을 세워놓은 다음
그 위에 어린애들을 앉혀 파수를 보게 했다. 여자들이 과수원에서 일을
할 때는 무장한 카자크들이 그들을 지켜주었고 과수원의 높은 나무들에
는 초소가 설치되어 있었다.

마을 회관에는 비상종이 걸려 있었다. 그리고 스타니차와 스타니차
사이에는 감시탑이 세워져 있었고 그곳에는 타르가 담긴 통이 비치되어
낮에는 연기를, 밤에는 불을 피워 이웃에게 위험을 알릴 수 있도록 했다.

스타니차의 관문은 밤이면 굳게 잠기고 초병이 배치되었다. 반대쪽
강변의 아울에서도 아무도 나다니지 않았고 짐승들만이 이슬을 밟으며
고요한 숲 속을 어슬렁거렸다.

토지는 아주 비옥해서 모두 부유하게 살아갔다. 참외, 수박, 포도,
옥수수와 기장 등이 많이 생산되었고 가축도 많았다. 하지만 밀이나 보
리 등 빵을 만들 수 있는 곡류는 외부에서 자주 사들여야 했다. 카자크
사람들은 숲에 둘러싸인 좁은 지역이지만 비옥한 토지를 장악하고 살아
갔던 것이다. 톨스토이는 《카자크 사람들》에서 이러한 생활을 잘 묘사
하고 있다.

---

103) 〔역주〕 카프카스 지역 제 종족으로부터 추방당하고 떠돌이나 산적이
된 사람들. 혹은 영토를 확장하려는 러시아 황제에 저항하여 자신들의
영토를 주장하며 투쟁하던 사람들을 일컬음.

가지가지 식물이 풍부한 이 비옥한 삼림지대에 언제인지 모를 오래
전부터 호전적이고 아름다운 용모를 가진 부유한, 그레벤 카자크라
고 불리는 구교도[104] 러시아 이주민이 살고 있었다. 멀고도 먼 옛
날, 구교도인 그들의 선조가 러시아에서 도망쳐 나와 테레크 강 건
너, 대 체첸 산의 첫 번째 능선의 삼림지대인 그레벤의 체첸인 사이
에 정착했다. 카자크인은 체첸인과 함께 살아가면서 그들과 혼인하
고 산악민들의 풍속과 습관, 생활양식을 받아들였다. 그러나 그런
중에도 그들은 아주 순수하게 러시아어와 구교 신앙을 지켜왔다.
지금까지도 카자크인 사이에 생생하게 전해지는 전설에 의하면 이
반 뇌제가 테레크에 납시어 그레벤의 원로 카자크를 친히 불러 그
들에게 강 건너 땅을 하사하시고 평화롭게 살라고 타이르고 복종과
개종을 강요하지 않겠노라고 약속했다 한다. 오늘날까지도 카자크
족은 체첸인과 마치 동족으로 여겨지고 있으며 자유를 사랑하고 호
방하게 놀기 좋아하며, 약탈과 전쟁을 일삼는 점에서 체첸인과 그
성격이 유사하다. 러시아의 영향이라고는 별로 유익하지 않은 측면
에서, 다시 말해 강압적인 선거방식이나 걸어놓은 종을 떼어가 버
린다든지, 그곳을 지나거나 주둔하는 병사들이 보여 주는 행태에서
만 나타나는 것이다.
　　카자크인은 기질적으로 자신들의 형제를 죽인 산악민 지기트[105]

---

104) 〔역주〕 10세기경 동방정교를 수용한 러시아는 콘스탄티노플이 이교도
　　인 터키에게 몰락하자 모스크바를 제 3의 로마로 칭하고 러시아 정교
　　로서의 전통을 지켜간다. 17세기 중반 우크라이나 정교회를 통합하고
　　정교국가들을 러시아 중심으로 통합하기 위한 황제와 총대주교 니콘은
　　러시아 정교회의 전례와 의례를 그리스식으로 개혁하고자 했다. 이에
　　대주교 아바쿰을 위시한 수많은 러시아 정교도 사수파들은 러시아 전
　　통의 의례를 고집하면서 개혁파의 가혹한 탄압을 받는다. 아바쿰 등
　　전통 정교를 지키고자 하는 사람들은 구교도로 몰리고 이후 분리파 교
　　도라는 공식명칭을 얻게 된다. 구교도들은 수만 명이 화형을 당하는
　　등 잔혹한 탄압에도 불구하고 카프카스 지역이나 시베리아 등지로 도
　　망하여 자신들의 종교적 신념을 지켜갔다.
105) 〔역주〕 카프카스 산악지대의 용사. 노련한 기수라는 뜻.

188

보다도 오히려 그들의 스타니차를 지키기 위해 마을에 주둔하여 집 안에 담배연기나 뿜어대는 러시아 병사를 더 미워했다. 그들은 적 이지만 산악민을 존경했고 러시아의 병사는 오히려 이방의 압제자 라고 경멸하고 있었던 것이다. (…) 그들은 좋은 무기를 산악민에게 서 입수했고 그들에게서 제일 좋은 말을 사기도 하고 또 자신들의 말을 그들에게 도둑맞기도 했다.

용맹한 카자크 젊은이들은 타타르어를 안다는 걸 자랑으로 삼았 으며 한껏 흥이 났을 때에는 형제들끼리도 타타르어로 말하곤 했 다. 그럼에도 불구하고 반(半)야만적인 마호메트 교도와 그들의 군 대에 둘러싸여 이 세상의 한쪽 구석에 내던져진 이 얼마 되지 않는 그리스도 교도들은 자기네야말로 가장 발전된 민족이라 여겼고 오 직 카자크인만을 사람다운 사람이라고 생각했다. 자신들 외의 나머 지 모든 종족에 대해서는 경멸의 눈길을 보냈던 것이다. 카자크인 은 대부분의 시간을 경비근무나 행군, 사냥이나 고기잡이에 보낸 다. 그들은 거의 집에서 일을 하는 법이 없다.

카자크인은 여자를 자기의 행복을 위한 도구로 본다. 처녀 시절 만은 놀게 내버려 두지만 일단 결혼하기만 하면 늙어 죽을 때까지 자신을 위해 일을 시킨다. 여자들에게 순종과 노동이라는 동양적 윤리를 강요하는 것이다. 그 결과 여자는 비록 겉으로는 순종하고 있지만 육체적으로나 정신적으로 매우 발달해 있어, 일반적으로 동 양에서 그렇듯이, 서양에서는 그 예를 찾기 힘들 정도로 가정사에 실질적인 영향력과 비중을 차지하고 있다. 사회생활을 하지 않고 남성적인 중노동에 길든 여자들은 가정사에서 훨씬 큰 비중과 힘을 지니기 마련이다. (…) 이리하여 카자크 여자들은 대체로 사내들보 다도 힘이 세고 총명하며 지식도 많고 그리고 또 아름답다.

그레벤 카자크가 어디서 왔는지 우리는 모른다. 돈 카자크의 후예일 수도 있고 아니면 랴잔 지역에서 온 이주민일지도 모른다.
이반 뇌제[106]를 방문한 카바르다[107] 민족 대표단에는 카자크 대표단이 참여하기도 했었다. 그레벤 카자크는 1559년 러시아 군대와 함께 샴므할 타르콥스키에 맞서 싸웠다. 그리고 1567년에는 순자 지역에 테레크 요새가 건설되었다.

러시아 역사에서 카자크는 마치 이미 형성되어 있던 세력처럼 갑자기 출현하고 있다. 그러나 아마도 카자크는 이름 없이, 아니면 다른 명칭으로 그 이전부터 형성되고 있었는지도 모른다.

러시아 연대기 속에는 어느 공국에도 속하지 않고 야만의 상태로 떠돌아다니는 탈주한 부랑자들에 대한 언급이 나온다. 그레벤 카자크는 예피판이 말해준 전설에 따르면 이반 뇌제 이전부터 카프카스에서 오랫동안 살아왔음에 틀림없다. 그들은 전설 속에서 강력한 전제군주인 이반 뇌제와 관계하고 있지만 자신들을 그의 신민으로 생각하고 있지는 않았다.

그 당시 그레벤 카자크는 테레크 강 좌안, '그레벤'이라는 산맥의 첫 번째 분지에 살고 있었다. 그러다가 러시아 정부와의 협정에 따라 테레크 강을 건너와 러시아 영토의 경계를 이루는, 비옥하지만 위험이 상존하는 지역에 정착했다.

전설 속에서 러시아 황제는 카자크와 협정을 맺고 나서, "자신들의 시베리아로 돌아간다." 여기서 러시아라는 개념이 아직 아주 모호하지만 시베리아라고 언급되는 것은 시베리아의 정복 역시 카자크와 직접 연관되어 있기 때문일 것이다. 어쩌면 그레벤 카자크가 카프카스에 정착한

---

106) 〔역주〕 이반 4세. 러시아 황제(재위기간: 1533~1584). 몽골의 지배를 완전히 물리치고 러시아의 국가적 형태를 공고히 했다. 영토를 확장하고 동방정책도 강화했다. 자신을 차리로 칭하고 귀족의 권력을 제한하고 왕권을 강화하는 가운데 극단적인 공포정치를 시행하여 이반 뇌제라고도 불린다. 말년에 자신의 아들까지 살해하는 극단적 성격을 보이기도 했다. 보통 러시아인의 성격의 한 유형을 말할 때 자주 언급되기도 한다.

107) 〔역주〕 카프카스 소수민족. 이후 소련에서 자치공화국을 만들기도 했다.

것과 스트로가노프 가문에 의해 고용된 카자크들이 시베리아 원정에 나선 것은 거의 동시적인 일일 것이다. 108)

톨스토이는 나중에 러시아 역사를 공부하면서 서구사람들이 러시아인을 카자크라고 부르는 것도 결코 우연이 아니라고 확신했다. 러시아 사람들은 카자크가 되고 싶어 했다. 소피야 황녀109)는 크림 지역을 정복하지 못했지만 카자크는 수차례 크림 지역을 지배했다. 표트르 대제110)가 그토록 어렵게 손에 넣었던 아조프 지역도 카자크들은 그 이전에 이미 2년 동안이나 장악하고 지배했던 것이다.

표트르 대제 시절 아조프 요새를 공격하고 터키 함대에 승리를 거둔

---

108) 〔역주〕 1581년 이반 뇌제 시절 카자크 지도자 예르마크 티모페예비치 (1530~1585)의 영도 하에 시베리아 지역 몽골세력을 축출하기 위해 이루어진 원정. 이 원정으로 인해 시베리아가 러시아의 영토로 흡수된다. 카자크 부대는 서부 시베리아를 장악하던 스트로가노프에 의해 소집되었다. 스트로가노프 가문은 대대로 시베리아 지역을 관장한 상인 가문이다. 이 가문 출신들은 러시아 국가형성에 커다란 기여를 하고 국가적 정치인들도 많이 배출했다. 특히 스트로가노프 가문은 이반 뇌제에게 청원하여 스스로 군대를 조직하여 몽골세력을 몰아내고 이 지역을 러시아 영토로 편입하도록 만들었다.

109) 〔역주〕 황녀 소피야(1657~1704). 알렉세이 황제의 딸. 1682에서 1689년까지 어린 동생들을 대신하여 V. 골리친 대공의 보좌를 받으며 섭정했다. 크림 정복전쟁의 실패와 궁정의 동요로 인하여 표트르 1세 세력에 의해 축출되고 노보데비치 수도원에 감금된다. 그 뒤를 이어 등극한 왕이 표트르 대제(혹은 표트르 1세)이다.

110) 〔역주〕 표트르 대제(1672~1725). 알렉세이 황제의 이복아들. 어린 나이에 황제가 되어(1682년) 소피야 황녀의 섭정을 받았으나 섭정을 물리치고 황위에 올라 대대적인 개혁을 실시한다. 페테르부르그로 수도를 옮기고 대대적인 서구화 정책을 실시한다. 황권을 강화하고 중앙집권적인 국가를 건설했으며 영토확장을 위한 수차례의 정복전쟁을 성공적으로 이끌었고 산업과 문화 등 많은 분야에서 근대국가의 기초를 닦았다. 이반 뇌제와 더불어 러시아인의 성격 유형을 말해 주는 대표적인 인물로 종종 언급되기도 한다.

것도 바로 카자크의 공로였다. 톨스토이는 카자크의 삶에서 귀족을 배제하고 농민들끼리 살아가는 삶의 모델을 보았다. 그와 같은 생각을 가지게 된 것은 《카자크 사람들》을 완성했을 때쯤, 그리고 야스나야 폴랴나에 학교를 세웠을 무렵이다. 야스나야 폴랴나의 학교는 자유롭게 입학하고 나갈 수 있었으며, 특정한 교과과정 없이 재능 있는 아이들을 찾고 양육하는 것을 목적으로 했다. 바로 이것은 카자크식 교육방법을 본뜬 것이다. 감독 교사가 없는 아이들 집단은 카자크식 삶에 대한 이상의 실현이었던 것이다.

테레크 강이 불어나면 그 탁하고 빠른 강물이 카자크인들의 집을 덮치곤 했지만 그들은 산도 강도 두려워하지 않고 그대로 강변에서 살아갔다. 강물이 넘쳐 휩쓸면 그들은 포도밭이나 야채밭을 다 내버리고 강에서 좀 더 떨어진 곳으로 물러났다.

정부가 카자크를 건드리는 경우는 드물었다. 그들은 산악민들의 생활 풍습과 옛 러시아적 습관(여기서 새로운 성격을 띠게 된)이 뒤섞인 오랜 카자크 전통에 따라 살아갔다. 러시아 영토의 끝에, 볼가 강 너머, 모래땅 너머에 지주도 없고 사제도 없는 농민 공동체가 형성된 것이다. 이곳에는 가난한 자도, 고통받는 여성도, 두려움에 떠는 하인들도 없었다. 여기서는 그 누구에게도 채찍질을 명할 수 없었고 심지어 누구에게 친절을 베푸는 일조차 어려웠다.

푸가쵸프가 반란에 실패하고는 러시아 영토의 끝으로 가서 테레크 카자크에게 가서 숨으려고 했다는 말도 있다.

그러나 이곳에서도 모든 것이 변화하고 있었다.

군대와 관리가 파견되어 왔고 화폐와 날품팔이 농부가 나타났다. 옛 모습 그대로의 카자크는 매우 보기 드물었다. 예피판은 나이 80이 다된 노인이었다. 그 자신이 말하듯이 여제 치하[111]에서 이미 어린애가 아니

---

111)〔역주〕예카테리나 2세(재위기간: 1762~1796). 독일계 황후로서 남

었다. 다시 말하면 18세기 말에 이미 스무 살이 넘었던 것이다. 톨스토이는 그에 대해 이렇게 묘사하고 있다.

얼마 후, 오두막집의 문간에 예피판의 모습이 나타났다. 그때 비로소 올레닌은 이 사내의 체격이 자못 장대하고 강건하다는 것을 목격했다. 검붉은 얼굴에 완전히 흰 수염이 가득 덮이고 노동과 세월에 깊게 패인 주름살투성이 늙은이였지만 손발이며 어깨의 근육은 젊은 사람 못지않게 울퉁불퉁 불거져 있었다. 짧게 깎은 머리털 밑에는 깊게 새겨진 흉터들이 보였다. 힘줄이 울룩불룩한 굵은 목덜미에는 황소의 목덜미처럼 바둑판 모양의 잔주름이 덮였다. 마디가 굵은 두 손에는 타박상의 흔적과 긁힌 자국이 가득했다. 그는 가볍고 날렵하게 문지방을 넘어와 어깨의 총을 벗어 한쪽 구석에다 세우고 재빠르게 힐끗 둘러보며 오두막집 안에 가재도구들이 어떤 것이 있는지 살폈다. 그러고는 가죽신을 신은 구부정한 다리를 소리도 없이 이끌며 방 한가운데로 들어섰다. 포도주와 보드카와 화약과 말라붙은 피가 뒤섞인 강렬한, 그러나 그렇게 불쾌하지만은 않은 냄새가 그와 함께 방 안으로 밀려왔다.

이 강인한 사람은 언젠가 카자크 군대 전체에서 명성을 휘날렸던 인물이다. 그런 그가 지금 루카시카에게 이렇게 말한다.

옛날 그 시절이 아냐, 그때 사람들이 아니야. 자네들은 개똥같은 카자크가 돼가고 있어. 저기 저 러시아 놈들이나 쫓아 다니고 있다고! 크게 한번들 혼날 거야.

편 대신 왕위에 오름. 러시아 개혁과 외교에 커다란 역할. 초기에는 계몽군주로서 문화와 학문의 발전에 주력하였으나 푸가쵸프 반란 이후 보수화됨.

모든 것은 지나간 일이다. 한때 믿기 어려울 정도의 공로를 세웠던 늙은 카자크도 이젠 괴짜취급이나 당하는 스타니차의 웃음거리에 지나지 않는다. 그의 말에 귀 기울여줄 사람은 없다. 푸시킨의 시 《집시》에 나오는 늙은 집시가 아닌 것이다. 톨스토이만이 예피판의 말을 들어 주고 있다. 이 늙은 사냥꾼은 오직 숲 속에서만 자유로움을 느끼며 남의 조롱이나 눈에 거슬리는 모든 것에서 벗어날 수 있었다. 거기서 그는 짐승들과 숲과 친구였고 톨스토이에게 세상을 이해하고 사랑하는 법을 가르쳐 준다.

카자크 공동체에 농노는 없었다. 톨스토이가 하인들을 데리고 온 것은 그래서 그들에게 낯설고 달갑지 않은 현상이었다. 그래서 톨스토이에 대해 처음엔 좋은 소리가 나오지 않았다.

키즐랴르 가까이에 사는 농민사회에 지주란 없었으며 모두들 자유롭게 살아갔다. 그들은 반쯤 야생의 개들을 데리고 멧돼지 사냥을 다니곤 했는데 엽총이 많지 않았기 때문에 막대기 끝에 칼을 단 창으로 멧돼지를 잡았다.

톨스토이는 스타로글라드콥스카야 스타니차에 10여 차례나 갔었다. 처음에는 형과 함께 있었다. 형 니콜라이는 모두의 사랑을 받았다. 아이들도 좋아했고 친구나 부하들도 니콜라이를 좋아했다. 그는 무엇을 하든 잘했다. 글을 쓰기 시작했을 때도 그는 금세 아주 괜찮은 작품을 써냈다. 하지만 뭔가 해보려는 열의가 부족했고 무엇보다도 뭔가 되어보겠다는 마음이 없었다. 그의 마음을 끄는 것은 오직 포도주와 사냥뿐이었다.

사냥과 포도주는 니콜라이를 예피판과 가까워지게 했다. 숲에 대해 잘 알고 짐승의 흔적을 잘 찾아내고 짐승 얘기를 즐겨 해 주는 이 카자크 노인을 니콜라이는 높이 평가했다.

예피판은 니콜라이가 문학에 관심을 갖도록 만든 동기를 제공한 인물이다. 니콜라이는 《카프카스에서의 사냥》이라는 멋진 수필에서 그를 그려냈던 것이다.

투르게네프는 니콜라이에 대해 위대한 작가가 되기에는 너무나 결점이 없는 사람이라고 말하곤 했다. 니콜라이는 예피판을 처음으로, 그것도 아주 폭이 넓고 재능 있게 묘사해냈다. 《카프카스에서의 사냥》은 1857년 〈동시대인〉지에 발표된다. 네크라소프는 형과 동생이 나란히 작가가 된 것을 환영했다.

사냥장면은 아주 멋지게 그려졌다. 예피판은 시적으로 형상화되었고 사냥은 용사들의 전투와도 같이 그려졌다. 부대가 쫓으면 짐승의 무리는 줄을 지어 튀어나오고 전열을 갖춘 기병대가 짐승들을 베어 버린다. 이 작품의 주인공은 예피판이다. 나중에 페트[112]는 니콜라이가 처음으로 이와 같은 인물 성격을 "감각적으로 찾아냈다"고 말한 바 있다.

테레크에서의 사냥은 엽총사냥이었다. 예피판은 구식의 장총을 메고 다녔는데 이건 체첸인들이 사용하는 것과 같은 것으로 특별한 받침대를 대고 쏘는 것이었다. 예피판은 날아가는 새를 쏘아 맞히지는 못했다. 그의 무거운 구식 총으로는 불가능한 일이었다.

여기 사람들은 톨스토이가 좋아했던 사냥개를 이용한 사냥법은 알지 못했다. 여기서도 개들을 좋아하긴 했지만 보르조이 종과 같은 훌륭한 사냥개들은 없었다. 하긴 술타노프라는 정찰 장교는 혼자서 체첸 진영으로 잠입하곤 했는데 그때는 항상 한 무리의 개를 데리고 다녔다. 그 역시 개를 유별나게 좋아했던 것이다.

카자크 스타니차의 다른 개들은 반쯤 야생으로 살아갔다. 개들은 자기들끼리 숲에 몰려가 사냥을 하고 알록달록한 떼를 지어 사냥꾼들을 쫓아다니기도 했다. 이곳의 개들은 지치는 법이 없었고 용감하고 거칠었다.

---

112) 〔역주〕A. 페트(1820~1892). 시인. 자연과 사랑을 유려한 표현과 음악성으로 노래. 투르게네프와 톨스토이와 오랜 친교를 맺음.

톨스토이는 터키담배에 익숙해지고 나서부터 평범한 주코프 담배를 피울 수가 없었고 사냥개 사냥법을 배우고 난 후에는 엽총 사냥에 재미를 느낄 수 없었다고 말하곤 했다. 그러나 그는 곧 엽총 사냥에 매력을 느끼게 된다. 이 사냥은 혼자서도 할 수 있었고 그건 누구와 말을 나눌 필요 없이 생각을 할 수 있으며 억지로 냉소적인 표정을 짓지 않아도 된다는 걸 의미했던 것이다.

필연성은 때로 우연의 옷을 입고 나타나는 법이다. 이건 당시 지성계를 사로잡고 있던 독일 철학자 헤겔의 말이다.

톨스토이는 우연히 카프카스를 여행하게 되었고, 거기서 우연히 머물렀으며, 우연히 오랫동안 계급장 없이 군부대와 함께 했고, 또 우연히 은퇴한 카자크 노인 예피판과 친하게 지낼 수 있었다. 그러나 이 모든 것은 그의 삶의 필연성이라고 말할 수 있다. 그는 이런 우연성들을 그냥 지나치지 않았던 것이다.

카프카스에 오기 전에 톨스토이는 어떻게 자신의 삶을 재건하고 어떻게 노인들과 관계를 맺어야할 것인가라는 생각에 빠져 있었다. 그런데 때로 운명이라 불리는 우연에 의해 그레벤 카자크를 방문한 다음에는 이곳에 흥미를 느껴 이후에는 틈만 나면 스타로그라드콥스카야 스타니차로 돌아갈 생각만 했다.

《카자크 사람들》의 창작사는 아주 길다. 10여 년에 걸쳐 씌어졌다는 사실이 중요한 것은 이 작품이 거듭해서 다시 씌어졌기 때문이 아니다. 그보다는 이 기간 동안 삶에 대한 톨스토이의 이해방식이 변화를 겪게 되는데 자유로운 카자크 사회의 생활상을 전 인류의 삶을 개혁할 새로운 가능성으로 받아들였던 것이다. 톨스토이는 그레벤 카자크의 삶을 잘 그려내기 위한 열쇠를 찾기 위해 성경도 읽어보고 《일리아드》도 읽어보았다. 하지만 가장 중요한 것, 즉 일하는 사람의 삶은 단순하지 않고 복잡하다는 것, 그런 삶이야말로 가장 의미 있는 것이라는 깨침은 책에서 얻어지는 것이 아니었다. 톨스토이는 바로 그런 삶을 그려내고 싶었던 것이다.

톨스토이가 스타니차에서 지루해 했던 것은 오네긴[113]이 시골 영지에서 지루해 하던 것과는 다르다. 그 차이는 스타니차는 톨스토이의 소유가 아니었고 시골영지는 오네긴의 소유였다는 점에 있다.

톨스토이는 처음에는 과거에 대한 추억과 미래에 대한 꿈을 가지고 새로운 지역을 찾아가는 여행자와 같은 마음으로 스타니차에 머물렀다. 그는 강과 황무지 너머 멀리에 있는 지나이다에게 편지를 쓰곤 했다. 물론 그걸 보내려는 마음은 없었다. 그는 여자에게 구애의 편지를 보내는 사람이 아니었다. 그는 일기에다 자기 자신을 위해, 누구도 읽어 주지 않을 편지를 써넣곤 했던 것이다.

톨스토이는 카잔에서 참 행복했다고 회상한다. "그건 내가 사랑에 빠졌기 때문이라고 말하지는 않을 것이다. 난 내가 사랑에 빠졌다는 사실조차 몰랐다. 내가 보기에 이와 같은 무지가 바로 사랑의 중요한 특징이며 사랑의 매력이다." 그는 덧붙인다. "나는 그녀에게 사랑한다는 말을 한 마디도 하지 않았지만 그녀가 내 감정을 알고 있다고 확신했다. 그리고 만일 그녀가 나를 사랑한다고 하면 그것은 다만 그녀가 날 이해하고 있다는 것을 의미하는 것이라고 생각했다."

운명의 열쇠는 문 앞에서 자물쇠 구멍을 찾지 못하고 헛돌고 있다. "지나이다와 나의 관계는 우리 둘 다에게 영혼의 순수한 열망의 수준에 머물러 있었다."

우연하게도 톨스토이는 지나이다의 부칭을 알지 못했고 우연히 그는 그녀에게 편지를 보내지 않았다. 그리고 피할 수 없는 운명은 그녀를 지나쳐 카자크 여인에 대한 사랑으로 톨스토이를 이끌어갔다.

그는 지나이다와 함께 집시여인에 대한 추억도 떠올렸다. "카탸의 노래, 그 눈과 미소, 가슴과 부드러운 말들은 아직도 생생하게 마음에 남

---

113) 〔역주〕 푸시킨의 《예브게니 오네긴》의 주인공.

아있다. 하지만 난 다른 이야기를 하고 싶은데 왜 그런 걸 써나가고 있단 말인가. 나는 쓸데없는 일탈이라는 나쁜 습관을 가지고 있다 … 아주 악성 습관이다. 내가 제일 좋아하는 스턴도 이야기를 술술 풀어 가는 그 빼어난 재능에도 불구하고 이런 일탈의 습관을 가지고 있다.” 그러나 일탈은 계속된다. “집시들과 함께 해본 사람은 집시 노래를 따라 부르는 습관을 가지지 않을 수 없다. 잘하든 못하든 그렇게 따라 부르면 집시들이 노래 부르던 모습이 생생하게 떠올라 아주 기분이 좋다 …. ”

일탈은 계속된다. 톨스토이는 카자크 오두막 창가에 서서 카챠의 노래를 떠올린다. “ … 그날 저녁, 그녀가 내 무릎에 앉아 날 사랑한다며 불러주던 그 노래 … 다른 사람들은 합창 속에서만 들을 수 있었던 노래, 나 외에는 그 누구에게도 허락하지 않았던, 평범한 옷자락 뒤에 숨어 있어야 했던 그 분방한 자유로움 … 그날 저녁 나는 그녀의 집시다운 매끄러운 그 모든 속삭임을 진심으로 믿었다. 난 너무나 기분이 좋았고 그 어떤 손님도 내 기분을 흐트러트리지 못했지. 그래서 난 그날 저녁도, 이 노래도 사랑하고 있어.”

톨스토이는 그렇게 몽상을 즐기며 스타로글라드콥스카야 스타니차에서 집시 노래를 불러본다. 지나가던 카자크가 이 노래를 칼미크 족의 노래로 생각하며 톨스토이를 보고 웃었다. 톨스토이는 이 행인에게도 이 노래가 마음에 드나보다 생각했다. 그리고 그는 이렇게 써놓는다. “이제 모든 건 끝났다, 난 더 이상 꿈꾸지도, 노랠 부를 수도 없다.”(46, 79~83)

톨스토이의 일기에는 여러 가지 생각이 교차하고 있다. 카잔의 추억인가하면 집시여인에 대한 추억이 담겨있고, 일탈적 글쓰기에 대한 일반적 생각과 집시노래에 대해 쓰다가 실재 현실로서 카자크 스타니차가 등장한다.

앞으로도 오랫동안 톨스토이는 그의 이야기를 들어 줄 사람들을 잘 이해시킬 수 있는 방법을 찾아 나갈 것이다. 그리고 또 사랑하는지도 모르면서 수없이 누군가 사랑하게 될 것이고, 자신이 찾고 있는 방문인지도 모르면서 수도 없이 방문을 열어볼 것이다. 그러고 나서 사랑하는 카자크 여인이 자신을 사랑하는, 툴라에서 온 자원병 올레닌에게 하는 대답을 쓰게 될 것이다.

"꺼져요, 당신, 짜증나요."

스타리 유르트, 미세르비예프, 바랴틴스키 공작

톨스토이는 형이 군병원 경비를 위해 파견된 테레크 지역의 스타리 유르트 요새에 도착했다. 보병 2개 중대와 몇 정의 대포가 이곳에 배치되었다.

톨스토이는 여기서 깊은 우수를 느끼고 있었지만 그 이유를 알지 못한다. 자신이 앞으로 무엇을 쓰게 될 것인지 모르면서, 그리고 어떻게 살아가야할 것인지 모르면서, 그러나 거대한 작업이 그를 기다리고 있다는 예감 속에서 우수를 느끼고 있었던 것인지 모른다.

> 나는 이전에는 할 일이 없어서, 게을러서 그런 것이라고 생각했다. 하지만 아니다, 그건 게으른 탓이 아니다. 오히려 이런 상태로 인해 난 아무 일도 할 수가 없는 것이다. 중요한 건, 이런 슬픈 기분은 전에 어디서도 느껴보지 못한 그런 것이라는 점이다. 글로 써본적도 없고 심지어 상상하지도 못한 기분이다. 사람이 뭔가를 잃어버리거나 이별하게 되었을 때, 희망을 잃었을 때 슬퍼할 수 있다. 그리고 모든 게 싫증나고, 기대하던 바가 번번이 수포로 돌아가 더이상 기다릴 게 없을 때 환멸을 느낄 수도 있으리라… 나는 그런 기분 정도는 다 이해할 수 있고 심지어 그런 종류의 슬픔에는 어떤 좋은 면도 없지 않다고 생각한다.
> 그러나 지금 느끼고 있는 이런 슬픔을 난 도대체 이해할 수 없

다. 뭔가 아쉬워 후회할 일도 없고 바랄 것도 특별히 없으며 내 운명에 분노할 이유도 별로 없다. 상상 속에서 화려하게 살아갈 수도 있겠지만 그렇게 할 수는 없다. 상상은 내게 아무런 것도 그려 주지 않는다, 내겐 꿈이 없으니까. 사람들을 경멸하는 것 역시 어떤 음침한 쾌락 같은 것을 주기도 하겠지만 이것도 난 할 수 없다. 난 아예 사람들에 대해 생각조차 하지 않는다. 어떤 때는 이 사람에게 선하고도 담백한 영혼이 있다고 여겨지기도 하고, 그래서 왜 또 잘 못된 실수를 저질렀는가 고민할 필요가 없다고 여겨지기도 한다. 환멸 또한 없다, 모든 것이 날 즐겁게 해 주고 있으니까. 그러나 내 슬픔은 내가 아직 채 성숙하지 못한 상태에서 너무나 일찍부터 인생의 심각한 문제들에 사로잡혀 왔다는 데 있다. 그러니 우정이라든가, 사랑, 미 따위에 대한 굳은 믿음 같은 것이 내게 있을 리 없다. 난 인생의 중요하다는 것들에 대해 환멸에 빠져 버렸다, 난 아직도 사소한 일에 얽매인 어린애에 불과한데 …. (46, 77)

스타리 유르트는 '테레크 지역 그로즈니 분구 체첸 마을'이었다. 톨스토이가 묵고 있던 곳의 주소가 그랬다. 그곳은 체첸 국경에 접해 있었다.

오늘날에는 스타리 유르트 수원은 고갈되었다. 그곳에는 잿빛의 마른 바위 절벽들뿐이고 절벽 아래에 톨스토이 이름을 딴 학교가 세워져 있으며 그 주변에 플라타너스 나무들이 자라고 있다.

유별나게 일을 좋아하는 톨스토이의 근면함은 여기서도 우리를 놀라게 한다. 그는 자신이 살고 있던 곳의 민족어를 익혀서 아주 정확하게 구비문학적 기록을 만들어 냈다. 최초의 기록은 다르기[114] 로 씌어졌는데 이건 산악풍경에 낭만적으로 매료된 젊은 장교가 그저 연습삼아 써본 수준을 넘어 향후 카프카스 소설들에 대한 예비작업과도 같은 것이었다. 수차례에 걸쳐 조사하고 검증한 구비문학적 요소들은 수십 년 뒤 《하지 무라트》를 창작하는 데 큰 도움이 된다.

---

114) 〔역주〕 카프카스 지역의 소수민족 중 하나.

이곳에 사도라는 체첸의 한 젊은이가 자주 나타났다. 그의 아버지는 부유한 사람이었지만 돈을 땅 속에 파묻어 버려서 아들은 스스로의 힘으로 돈을 벌어야만 했다.

톨스토이 말에 따르면, 그는 "10루블도 안 되는 물건을 훔치려고 스무 번도 더 목숨을 걸곤 했다. 물론 그건 돈을 벌기 위해서가 아니라 용감함을 과시하려는 것이었다."(59, 150)

한번은 톨스토이가 사도의 초대를 받아 그의 집을 방문한 적이 있었는데 그는 값비싼 검을 선물했다. 톨스토이는 답례로 형의 은시계를 선물했다. 그리고 이 체첸인에게 도박에서 딴 것과 잃은 것을 계산하는 법을 가르쳐주었다. 다들 항상 그를 속여먹었기 때문이다.

사람들은 톨스토이도 속여 먹으려고 했다. 톨스토이는 한 달 생활비를 10루블 이상 쓰지 않으려고 했는데 스타로글라드콥스카야 스타니차에서 충분히 가능한 일이었다. 하지만 수백 루블을 잃고 다시는 도박하지 않겠다고 맹세하지만 또 다시 도박에 빠지곤 했다. 톨스토이가 남들처럼 평범하게 도박을 했지만 비범하게 폭넓은 관심사를 가지고 있다는 점에는 놀라지 않을 수 없다. 그는 카프카스의 자연과 카자크인들, 사냥을 같이 하던 동료들을 유심히 관찰했다. 그리고 카자크 공동체의 가부장적 생활을 통해 전반적인 농민의 삶을 새롭게 이해했던 것이다.

장교들 중에 크노링이라는 사람이 있었다. 톨스토이는 창작공부를 위한 묘사대상으로서 그에게 흥미를 가졌다. 자기를 거의 파멸시킬 뻔했던 사람을 경멸적인 인물 묘사의 대상으로 삼았던 것이다. 사람들을 마치 소설의 부차적인 인물처럼 대하는 톨스토이의 습관은 때로 인생에서 그를 무척 힘들게 만들기도 했다.

툭 튀어나온 광대뼈에 넓적한 얼굴, '살집 좋은 대가리'라고 말에 대해 말할 때와 같은 그런 부드러움을 지닌 얼굴이다. 눈은 갈색이고 컸는데 딱 두 가지 표정, 웃을 때와 보통 아무렇지도 않을 때의 표정뿐이다. 웃을 때 두 눈동자는 고정된 채로 아무 의미 없는 멍청한 표정을 짓는다. 다른 때는 신분증에 찍힌 사진처럼 아무런 표정이 없다. (46, 67)

톨스토이는 스타리 유르트에서 침울한 기분에 젖어 있었다.

이곳에 머문 지 벌써 5일이다. 나는 이미 오래 전에 잊고 있던 나태에 다시 싸여있다. 일기쓰기는 전혀 하지 않았다. 카프카스에 올 때 무엇보다 기대했던 자연풍경은 지금까지 아무런 매력도 주지 못하고 있다. 이곳에서라면 솟아날 것이라고 생각했던 용기 같은 것도 역시 나타나지 않는다. (46, 60~61)

그는 이곳에서 죽임을 당할지도 모른다고 생각했지만 마음이 두렵지는 않았다. 1851년 6월 2일의 일기.

나는 이곳에서 잘못되면 죽기 밖에 더하겠느냐는 굳건한 신념을 지니고 모든 것에 맞서고 있다는 강한 자신감을 느낀다. 심지어 이제 새로 안장을 주문하여 체르케스[115] 복장을 하고 그 위에 앉아 말을 타고 돌아다니면 짜릿하겠다는 생각까지 한다. 그리고 카자크 처녀들 꽁무니를 쫓아다닐 생각이나 하다가 내 왼쪽 콧수염이 오른쪽보다 좀 맵시가 없다고 실망하여 두 시간 동안 거울 앞에서 그걸 매만지고 있다. 글을 쓴다는 건 생각도 못하고 있다. 이런 걸로 봐서 난 어리석게 살고 있다.

그 뒤에는 글 쓰는 기술에 대한 생각이 프랑스어로 씌어 있다. 그리고 바로 그 전에 뜨겁고 생생하며 마구 요동하는 생각들을 '난필'로 옮겨내는 일이 참으로 어렵다고 러시아어로 씌어져 있다. 이런 글들 뒤에 그는

---

115) 〔역주〕 카프카스 지역의 자치민족 중 하나.

이렇게 외친다. "본업에서 어찌 벗어나랴?"

죽음에 대한 그의 생각들은 진정한 것이었다. 그러나 동시에 그의 절망감은 예술적 체험의 일부가 되어 가고 있었다. 카프카스에 온지 2주일 만에 그는 뭔가 다른 것을 찾고 있었던 것이다. 그는 한 가지에 빠져서 6월 13일에 다소간의 자기만족과 확신에 젖어 이렇게 기술한다. "내 앞에서 장교들이 몇 번이나 카드에 대해 말했을 때 나는 나도 카드를 좋아한다고 말하고 싶었다. 그러나 참았다. 만일 나를 초대한다고 해도 내가 그걸 거절할 수 있기를 바란다."

그는 다시 일기 쓰기를 시작했다. 이제 일기는 더 통찰력 있고 더 감각적으로 변모해간다.

청명한 밤이다. 신선한 산들바람이 막사로 들어와 한참 타오른 촛불을 흔들어 댄다. 멀리 아울에서 개 짖는 소리, 초소의 점호소리가 들려온다. 마른 참나무와 플라타너스 가지들을 엮어서 만든 원두막 같은 집에서 나무냄새가 풍겨난다. 나는 이 원두막 같은 집 안에서 북 위에 걸터앉아 있다. 이 원두막은 두 막사에 접해 있다. 문이 닫혀 있는 한 막사에는 크노링(달갑잖은 장교)이 자고 있고 열려 있는 다른 한 막사 안은 형의 침대 끝에 비치고 있는 한 줄기 빛 외에는 아주 깜깜하다. 내 앞쪽에 빛이 환히 비쳐진 원두막 벽에는 권총과 검과 단검, 속바지 등이 걸려 있다. 사위는 고요하다. 바람이 몰려가는 소리, 불나방들이 모닥불 주위를 맴돌며 날아가는 소리뿐. 근처에서 병사들이 잠결에 끙끙 앓는 소리뿐. (46, 61)

톨스토이는 풍경을 미처 다 묘사하지 못한다. 잉크가 부족했던 것이다. 하지만 그는 이미 모든 것을 다 보았다. 바로 이 원두막 같은 집에서 크노링이 톨스토이의 돈을 따갔다.

아주 오랫동안 톨스토이는 카드놀이를 참고 견뎠다. 나중에 톨스토이는 《하지 무라트》에서 바랴틴스키 장군 부대에서 부틀레르가 돈을 잃는 장면을 이렇게 그려낸다. "부틀레르는 지갑을 손에 쥐거나 바지 주머니에 찔러 넣고 두 번이나 막사를 나왔다. 그러나 결국 마침내는 더 이상 참지 못하고 다시는 하지 않겠다고 자신과 형제들에게 했던 맹세를 어기고 도박에 손을 대고 말았다."

톨스토이는 여기서 자신의 아픈 경험을 되새기고 있는 것이다. 그 역시 젊은 시절 형들에게 도박을 하지 않겠다고 맹세한 바 있었다.

> 한 시간도 채 되지 못해서 얼굴이 온통 붉게 상기되고 땀범벅이 되어 분필가루를 뒤집어 쓴 부틀레르는 탁자에 두 팔을 괴고 앉아 카드의 한쪽 귀퉁이를 접어 판돈을 1/4 올리거나 다음 패로 넘기면서 건 돈의 액수를 적고 있었다.

불운한 이 도박꾼은 "형에게 편지를 쓴다. 그는 자신의 죄를 고백하며 아직 공동소유로 남아 있는 방앗간에 대한 자기 몫으로 500루블을 보내 달라고, 이번이 마지막이라며 간청하였다."

이런 식으로 우리는 톨스토이가 카드 도박에서 돈을 잃은 상황을 정확하게 그대로 엿볼 수 있다. 이런 엉망으로 흐트러진 생활 속에서도 톨스토이는 평온한 지적 작업을 계속해 나간다. 그는 카자크 사회의 생활을 관찰하고 그들의 역사를 공부했다. 카자크 사회의 역사를 알기 위해서는 전반적인 러시아 역사 또한 공부해야 했다. 그는 매일 읽은 것을 기록하였고 나중에는 일주일, 한 달 단위로 흥미롭고 새로운 지식을 요약해 두었다.

톨스토이는 후에 카프카스에서 지냈던 시절이 그가 가장 많이 성장했던 시기였다고 회상한다. 우리는 이 시기를 톨스토이가 가장 열심히 글을 썼던 시기라고 볼 수 있다.

자신의 가치를 잘 알고 있던 자부심이 강한 청년 톨스토이는 혼자 남겨진 채 고독 속에서, 사는 문제에는 관심을 두지 않고 오직 무시무시한

204

고집으로 자기완성을 위한 노력을 계속했다. 그리고 그는 카자크 민속 노래들을 기록하는 일뿐만 아니라 매우 정확한 객관적 관찰을 통해 이 노래들의 반복법칙을 통찰해내기도 하였다.

그는 크노링에게 진 도박 빚 500루블을 1852년 1월 1일까지 갚겠다고 약속어음을 써주었다. 도박 빚은 명예를 걸고 갚아야 했다. 톨스토이는 재봉사에게도 700루블 정도의 빚이 있었지만 그건 갚지 않을 수도 있었다. 하지만 부대 내에서의 빚을 갚지 않는다면 그건 그 사회에서의 추방을 의미했다.

톨스토이는 자신 속에 침잠해 들어가 이전보다 더 열심히 읽고 공부했다. 그리고 도박 빚을 갚기 위해 야스나야 폴랴나를 팔기로 결심했다.

아직은 카프카스에서 모든 것을 다시 시작할 수 있다는 희망이 남아 있었다. 이를 위해서라도 공직에, 특히 무엇보다 군복무에 나설 필요가 있다. 군복무를 하기 위해서는 뒤를 보아줄 연고가 필요하다. 다른 사람들이 복무하듯이 그렇게 똑같이 복무하는 것이 가장 좋다. 그 집단 사람들과 똑같아져야 하는 것이다. 그러자면 바랴틴스키 공작의 후원이 필요하다.

바랴틴스키 공작이 톨스토이를 어떻게 대했는지 우리는 알지 못한다. 8월 17일 톨스토이는 스타로글라드콥스카야에서 타티야나 숙모에게 이렇게 편지를 쓴다. "2주일 전에 형과 헤어졌습니다. 형은 온천 지역 부대로 파견되어 내가 형의 방을 사용하게 되었지요. 형은 9월에 돌아올 예정입니다. 많은 사람들이, 특히 바랴틴스키 공작이 내게 군대에 들어오라고 합니다. 군에서 그분의 힘은 무소불위지요."

이런 낙관적인 언급은 톨스토이가 공격 작전에 참여한 뒤 형 니콜라이가 보내온 편지에 근거한 것이었다. "바랴틴스키 공작이 너를 아주 좋게 보시더라. 아마 네가 마음에 드신 모양이다. 그분이 널 불러들이고 싶어 하시는 것 같다."[116]

톨스토이는 도박에서 돈을 날린 뒤라 심란한 상태였다. 그래선지 숙모에게 보내는 그의 편지는 앞뒤가 맞지 않고 왔다갔다했다. 그는 빚에 대해서는 말하지 않았지만 툴라로 돌아갈 돈도, 카프카스에 남아있을 돈도 없다는 사실은 말하지 않을 수가 없었다.

톨스토이는 자신의 부탁에 대한 답장을 아직 받지 않은 채 스타리 유르트에서 숙모에게 다시 편지를 보낸다.

> 다행히 네다섯 달 뒤쯤 우린 다시 야스나야에 모여 평화로운 대화를 나눌 수 있게 될 겁니다. 숙모님은 우리 모두의 행복을 위해 꼭 필요하십니다. 신께서 숙모님을 지켜주시기를 바랍니다. 저는 카프카스에서 공무를 맡기로 굳게 결심했습니다. 그것이 군대가 될지 보론초프 공작 휘하의 관청이 될지는 아직 모릅니다. 그건 티플리스로 가봐야 결정될 겁니다. 117)

그리고 같은 날 톨스토이는 여동생 마리야와 남편 발레리얀에게 자신의 피아노를 선물하겠다고 편지를 썼다. 그것은 정말로 다시 돌아가지 않겠다는 뜻이었다.

카프카스에서 뭔가 구원의 손길이 필요했다. 계급도 없이, 훈장도 없이 툴라로 돌아간다는 것은 결정적으로 존경을 잃는 것이며 이제 아무 것도 아닌 사람이 된다는 것을 뜻했다. 카프카스에서는 명성을 얻고 돌아가야 하는 법이다. 게다가 누가 억지로 거기로 보낸 것도 아니라는 점이 톨스토이로서는 당혹스러운 사실이었다. 제 발로 이곳에 와서 진창에 빠져 도움이나 기다리고 있다니.

그러나 바랴틴스키 공작은 톨스토이를 기억조차 못했다.

톨스토이가 도박에서 큰돈을 잃은 것은 우연한 일이었고 종종 있는 일이었다. 하지만 바랴틴스키 공작의 후원을 얻으려는 노력은 쓰라린

---

116) 1851년 8월 초순경, 형 니콜라이가 톨스토이에게 보낸 편지(59, 116).
117) 1851년 6월 24일 편지(59, 113).

실패였고 결코 우연이 아니었다.

　톨스토이는 아주 어렸을 때 카잔에 갔었고 지방 귀족사회의 일원이 되었었다. 그의 형들은 나름대로 시골의 관습에 적응할 능력이 있었다. 하지만 톨스토이는 고상한 취향을 원했고 장갑을 끼지 않고 거리에 나서는 것은 저급한 짓이라고 확신하고 있었다. 니콜라이 형은 그를 비웃었지만 톨스토이는 유시코바의 집에서 배운 대로 고집했었다.

　아무것도 두려워하지 않는 용맹한 사람으로 카프카스에서 살아가는 것은 당시 낭만주의적으로 받아들여졌지만 그러나 그것은 오래 끌 일은 아니었다.

　톨스토이는 자신이 프랑스어로 말하고 백작이고 거리에 나설 때면 장갑을 끼고 있었으며 바랴틴스키 공작과는 상호 안면이 있었기 때문에 그가 자신을 후원해 주리라고 확신했다. 그러나 동시에 그는 이미 루소와 스턴을 읽고 직접 글을 쓰기도 했기 때문에 사람들의 생리를 파악할 능력을 가지고 있었다. 더구나 시골에서의 체험도 약간 있었다. 그는 바랴틴스키를 경멸했다.

　나중에 바랴틴스키는 《습격》에서 다소간의 냉소와 선망이 뒤섞인 시선으로 그려진다. "몇 분 뒤 현관 앞에 견장을 달지 않은 프록코트를 걸치고 제복의 단춧구멍에는 흰 십자훈장을 늘어뜨린 그리 크지 않은, 그러나 아주 준수한 외모를 가진 사람이 나왔다… 장군의 걸음걸이나 목소리, 그리고 모든 행동거지에서 스스로 자신의 높은 가치를 잘 알고 있는 사람의 풍모가 느껴졌다."

　톨스토이의 친구였던 부관이 지원병 톨스토이를 장군이 지나가며 볼 수 있도록 자리를 잡아줬다. 그건 다소 비굴한 짓이지만 어쩔 수 없는 일이었다. "열려 있는 부관 방을 지나가다가 장군은 제복을 입지 않은 내 모습을 보고 자애로운 관심을 보여 주었다. 내 청을 듣고 그는 전적으로 동의를 표하고는 다시 자신의 사무실로 걸어 들어갔다."

　냉소적 시선은 여기서 청탁자에게도, 장군에게도 해당된다.

바랴틴스키는 정확히 말하자면 바로 그 자신이기도 했다. 사회적 지위를 얻으려는 욕망은 오랫동안 톨스토이를 괴롭혔는데 바로 그 욕망이 바랴틴스키에 투영되어 있는 것이다. 그는 《세바스토폴 이야기》에서, 그리고 《전쟁과 평화》에서 그런 욕망을 극복해내고 있다.

톨스토이는 바랴틴스키 공작이나 보론초프, 고르차코프 공작의 휘하에서 자신에게 적합한 자리를 찾지 못했다.

그의 주변에는 투신이라든가 흘로포프, 코젤초프 등과 같이 실무적인 일을 하는 장교들도 있었다. 그러나 톨스토이는 이 사람들과 어울려 다녀서는 안 된다고 생각했다. 하지만 이들이야말로 군대 내에서 실질적인 힘을 발휘하는 사람들이라는 것을 느끼고 있었다. 나중에 톨스토이는 《세바스토폴 이야기》에서 이런 점을 파악해서 그리고 있다. 코르닐로프나 나히모프 같은 장교들이야말로 고르차코프에 대립각을 세우며 진정으로 도시를 지켜낼 수 있는 인물들이었다. 그러나 아직은 그의 편지에 여전히 고르차코프 공작에 대한 언급이 더 많이 등장하고 있다.

바랴틴스키 공작과의 우연한 만남은 톨스토이가 카프카스에 더 오래 머무는 계기가 된다. 여행목적으로 갔다가 오랜 군생활을 하게 되었던 것이다. 그는 오랫동안 현역이 아닌 상태로 아주 힘든 상황 속에서 근무했다. 그는 자원병의 자격으로 근무했다. 바랴틴스키에 대한 생각은 그를 고무시키기도 했고 그를 속박하기도 했다.

1851년 6월 3일 일기에서 톨스토이는 바랴틴스키 공작이 그에게 얼마나 큰 의미를 지니고 있는지 고백하고 있다.

습격에 참여했다. 이번에도 별로 잘한 것이 없었다. 난 무의식적으로 바랴틴스키를 두려워하고 있었다. 하긴 난 허약하고 결점도 많고 제대로 할 줄 아는 일도 별로 없다. 그래서 난 바랴틴스키의 그 어떤 영향에도 결국 굴복하지 않을 수 없다.

    톨스토이는 당시 그로서는 닿을 수 없는 존재였던 바랴틴스키 공작으
로 인해 자괴감에 시달렸다.

    8월 28일 톨스토이가 스물세 살이 되었을 때 그는 자신이 인생의 실
패자이며 도박꾼이고 겁쟁이에 불과하다고 생각했다. "여자를 취했다.
사람들과의 일상적 관계에서나, 위험한 순간이나, 도박할 때나 난 너무
나약하고 쓸데없는 잘못된 부끄러움에 사로잡혀 있다. 쓸데없이 많이
지껄이기만 했다. 왜, 뭣 때문에 그로즈니에 왔던가, 바랴틴스키 부대
에 들어가지도 못할 것을."

    톨스토이는 바랴틴스키를 경멸했다. 나중에 티플리스에 갔을 때에도
그는 공작에 대해 생각하며 그에 대한 적대감을 떨치지 못했다. 그러나
그는 이미 그들 사이의 거리가 너무 멀어져 있음을 잘 알면서도 여전히
그의 호의를 기대해 마지않았다.

습격과 정의

    1851년 중반에 톨스토이는 정식으로 군에 입대하지 않은 채 바랴틴스
키 공작의 지휘 아래 수행된 체첸 습격작전에 참여했다. 톨스토이는 후
에 《습격》이라는 단편에서 이때 체험한 인상을 종군기자의 수기처럼
기록한다. 그것은 어떤 군사적 목적이나 과제도 없이 전쟁터로 따라나
선 사람에 대한 이야기였다.

    소설의 등장인물인 나이가 제법 있는 흘로포프 현역 대위는 분명히 톨
스토이의 동료였던 우랄 카자크 출신 장교 힐콥스키를 원형으로 삼은 인
물이다. 힐콥스키는 톨스토이가 전투작전에 참여하도록 해 주었는데 소
설의 흘로포프 대위도 주인공인 자원병의 그런 희망을 받아들여 준다.

    자원병이 "그런데 제가 당신들과 함께 갈 수 있을까요?"라고 묻자 흘로
포프 대위가 이렇게 대답한다. "가능하지, 가능해요. 하지만 충고 한 마

디 하자면 가지 않는 게 좋을 거요. 뭣 때문에 위험을 자청한단 말이요?"

홀로포프는 전투에 말려들지 말라고 젊은이를 설득한다.

"전투가 벌어지는 실황을 보고싶은 건가? 그렇다면 미하일롭스키-다닐렙스키[118]의 《전쟁기》를 읽어 보시게. 정말 훌륭한 책이지. 뭐든 자세하게 그려져 있지. 어디에 어떤 군단이 배치되고 전투가 어떻게 벌어지는지 등등 말일세."

"하지만 실은 그런 것에는 관심 없습니다."

"그래, 그럼 뭐야? 아, 그렇다면 사람들이 죽어 가는 모습을 직접 보고 싶다 이거요? … 32년 토벌작전 때도 당신 같은 민간인이 한 사람 있었는데, 스페인 출신인가 그랬지. 파란 망토우의 같은 걸 걸치고 두 번이나 우리 작전에 따라나섰는데 … 그 젊은이, 아깝게 죽고 말았어. 이보시게, 여기선 아무도 당신을 주목하지 않을 게요."

파란 망토우의를 입은 문관은 구시대 전쟁 로망스에 나오는 주인공을 냉소적으로 표현하는 말이다. 미하일롭스키-다닐렙스키는 공식 전쟁 사기록가였는데 톨스토이는 나중에 《전쟁과 평화》에서 전쟁에 대한 그의 견해에 대해 많은 지면을 할애하며 공개적으로 논박한다. 톨스토이 자신의 전쟁에 대한 견해는 분석적인 것이었다. 그는 대체 용기란 무엇이며 사람들은 무엇 때문에 싸우고 왜 죽음으로 나아가는지를 알고 싶었다.

《습격》은 처음에는 《카프카스로부터의 편지》라는 제목으로 창작되었다. 톨스토이는 1852년 5월 31일자 일기에서 말한다.

---

118) 〔역주〕미하일롭스키-다닐렙스키 (1790~1848). 러시아 군역사학자. 19세기 초 러시아군의 전사와 전쟁 기록을 담당. 1805년, 1806~1807년, 1812년, 그리고 1814년의 전쟁에 관한 4권의 《전쟁기》를 집필.

210

잠을 자지 않고 용기에 대한 글을 썼다. 생각은 좋은데 게으름과 어리석은 습관 때문에 문체가 제대로 나오지 않는다.

톨스토이의 이 작품은 '용기'라는 단어의 개념에 대한 분석에서부터 시작된다. 그는 "두려워해야 할 것과 두려워할 필요가 없는 것을 아는 것"이라는 용기에 대한 플라톤의 말을 끌어들인다. 이런 정의는 "용기 있는 사람이란 해야 할 일을 행하는 사람"이라는 흘로포프 대위의 정의와 대비되는 것이다. 톨스토이는 대위의 정의에 지식의 규범이 아니라 행위의 규범이 들어있기 때문에 더 옳다고 생각한다.

동일한 것도 때에 따라 무섭기가 다르다. 즉 때에 따라 위험의 수준이 다른 것이다. 톨스토이의 초기 작품들은 보통 분석으로부터 시작된다. 이를테면 《삼림벌채》의 여러 판본 중 하나는 카프카스에서의 전투작전 수행방법에 대한 분석으로 시작된다. "카프카스에서의 전투는 세 종류가 있다. 첫째는 습격, 그리고 둘째는 요새 포위공격, 더 정확하게 말하자면, 방벽이 세워진 아울을 포위 공격하는 것, 셋째는 적 진영 내에 요새를 구축하는 것 등이다."

앞의 두 가지 방법을 분석하고 톨스토이는 세 번째, 요새구축을 따로 분리하여 묘사한다. 요새구축은 정찰과 삼림벌채로 이루어지는데 벌채는 아주 힘든 과정이다. 그러나 "이곳 병사들이 수행하는 아주 길고 힘든 과정이지만 제일 유익한 작업이다."

톨스토이는 사건을 사진처럼 재현하는 것이 아니라 분석한다. 그의 글은 그 시대의 생리학적 묘사법, 이를테면 달리[119], 베스투제프-마를

119) 〔역주〕 V. 달리(1801~1872). 산문가. 사전편찬자. 민속학자. 러시아어 문어와 방언을 함께 담은 최초의 러시아어 사전편찬자로 유명하다. 카자크 사람들을 다룬 《비케이와 마울리나》(1836), 바시키르 사람들을 다룬 《바시키르 루살카》(1843) 등의 중편이 있고 세부적인 민속학적 사실들을 잘 묘사하고 있다.

린스키, 네크라소프의 묘사, 투르게네프의 소설 등에 사용되던 묘사기법에 근접하고 있지만 그보다 한 걸음 더 나아가고 있다. 즉 리얼리즘 소설의 폭넓은 분석을 예비하고 있는 것이다.

에피소드처럼 주어지는 습격전투는 용기의 여러 유형을 보여준다. 홀로포프의 용기, 불필요한 공격을 감행하여 몇 명의 부하들과 함께 죽고 마는 소위보 알라닌의 용기, 로젠크란츠의 오만한 용기, 포탄이 떨어질 때 반대편을 바라보며 별일 아니라는 듯 평온한 미소를 지으며 프랑스어로 뭐라고 말하는 바랴틴스키 장군의 당당하지만 자기 현시적인 용기. 이런 것들은 모두 전쟁에서 인간의 행동에 대한 여러 가지 분석의 예이다.

이야기를 이끌어 가는 자로서 톨스토이는 《전쟁과 평화》의 피에르 베주호프처럼 중립적 입장을 취하고 있다. 이를테면 피에르는 민간인으로 군복을 입지 않고 거대한 전투가 벌어지는 현장 한가운데에서 모든 것을 바라볼 수 있었다. 그는 장교들의 광기로부터, 즉 전쟁에 대한 비민중적인 시각으로부터 자유롭다. 그리고 이른바 '건전한 사고'라고 불리는, 그러나 실상 그 시대 편견들의 집합에 불과한, 타성에 젖어 아직 구태를 벗지 못한 낡은 태도의 찌꺼기들로부터도 자유롭다.

장군의 작전명령은 확신에 차 있고 용의주도하며 병사들의 움직임을 조종한다. 톨스토이는 말한다. "참으로 장엄한 광경이었다. 다만 실전에 참여한 경험이 없고 이런 일에 익숙하지 못한 내게는 이렇게 군사를 움직이고 사기를 드높이고 소리를 질러대는 것들이 장엄한 광경이기보다 사실 전혀 쓸모없는 것이라는 생각이 들었다. 그래서 나는 어쩔 수 없이 이 모든 행위가 도끼로 허공을 가르는 것과 마찬가지라고 생각하지 않을 수 없었다."

체첸인들이 습격을 받으면서도 대체로 저항하지 않다가 나중에 퇴각하는 러시아 병사들을 잔혹하게 추적하는 것을 보고 이런 인상을 받았을 것이라고 설명할 수 있을 것이다. 그러나 이후 톨스토이는 항상 이런 기술방법, 즉 풍자적인 성격이 배제된 도덕적 폭로적 성격의 서술방법을 취하고 있다.

톨스토이는 일상적인 것에서 정당하지 못한 것을 통찰하도록 가르쳐 준다. 그가 분석하는 것은 전쟁의 잔혹함뿐만 아니라 전쟁에 의해 노동의 성과가 잔혹하게 파괴되는 무의미함이다.

그는 아주 짤막하게 아울의 모습을 그린다. "평평한 흙 지붕과 멋진 굴뚝이 있는 길고 깨끗한 오두막집이 울퉁불퉁한 바위 언덕 사이 이곳 저곳에 산재해 있고 집들 사이로는 작은 개울물이 흐르고 있었다."

아울은 비어 있었지만 깨끗하고 아름다웠다. 그것은 살기 좋고 품격 있는 모습이었다. 톨스토이는 주변에 사람이 사는 흔적이 있음을 묘사한다. "밝은 햇빛에 빛나는 녹색의 과수원에는 커다란 배나무와 살구나무가 보였고, 다른 한쪽에는 어떤 기이한 그림자들이 펼쳐져 있었고 수직으로 세워진 높은 묘석들과 끝에 공과 갖가지 색깔의 깃발을 매단 긴 나무기둥이 세워져 있었다[이것은 지기트(용사)들의 묘지였다]."

아울은 평온하고 멋졌으며 망가진 데가 없었다. 그러나 아무렇지도 않은 듯이 미소를 짓고 있는 장군의 명령에 따라 파괴가 시작된다.

전쟁은 그렇게 무의미한 모습으로 묘사된다. 소위보 로젠크란츠와 소년 알라닌의 용기는 서로 다른 이유를 가지고 있지만 똑같이 그릇된 사고방식에 기초해 있다.

톨스토이는 그 자신이 '풍자'라고 불렀던 모든 요소를 철저히 배제하고자 노력했다. 그것은 무엇보다 검열을 통과할 수 없는 요소였을 것이다. 게다가 그는 최고 사령관인 바랴틴스키 공작을 화나게 만들고 싶지는 않았다. 하지만 장군의 주변에 대한 묘사는 아무래도 부정적 이미지를 피하지 못했다.

장군의 참모부는 대규모가 아니라 서른 명 정도로 구성되어 있다는 것도 지나가며 언급된다. "이들 모두는 나름의 직책을 가지고 있었는데 군인이 아닌 나로서는 아주 쉽게 혼동할 수밖에 없었다. 하지만 이들이 맡은 직책의 이름으로 보건대 모두 아주 필요한 사람들이었다. 아무도 그 점을 의심하지 않았지만 독설가인 대위만은 이들 모두 거치적거리기만 하고 하는 일은 아무것도 없는 한량들이라고 확언했다.”

이처럼 대위는 누구보다도 자세하게 그려지고 그를 통해 이 작품의 토대인 용기에 대한 분석이 이루어진다. 즉 그의 평가가 최종적 평가인 것이다.

톨스토이는 아울에서 러시아군의 약탈장면, 노인을 포로로 잡고 여자를 죽이는 장면을 작품에서 삭제했다. 장군이 소설 화자의 ‘군복을 입지 않은 모습’을 보고 자애로운 관심을 보여 주는 만남의 장면도 삭제했다.

왜 여기로 오게 되었는지, “도대체 왜 카프카스 산악민들과 싸움을 하러 왔는지” 모르는 삭소니아 출신에 대한 부분도 삭제되었다. 톨스토이에게 아주 중요했을 다음과 같은 장면도 삭제되었다.

어느 편에 정당방위의 본능이, 그리하여 결과적으로 정의가 있는 것인가? 군부대가 다가오는 소리를 듣고는 거의 벌거벗은 채 오두막에서 튀어나와 건초다발을 매단 막대기에 불을 붙여 마구 흔들면서, 다가오는 불행의 위협을 모두에게 알리려고 절망적으로 외쳐대는 저 부랑아 제미의 편에 정의가 있는가. 저 자는 자기가 봄에 심고 애써 물 주었던 옥수수 밭이 망가질까 봐, 지난해 거둬들였던 건초더미가, 아버지와 아버지의 아버지가 살았던 오두막집이 불에 타버릴까 봐 겁을 집어먹고 있다. (…) 그는 저주가 담긴 욕을 하며 벽에서 낡은 소총을 벗겨냈다. 총에는 꼭 필요할 때 쓰기 위해 서너 발의 총알이 장전되어 있었다. 그는 총을 들고 갸우르[120]에 맞서 달려갔다. (…) 이미 힘이 빠져 버린 증오와 절망적인 외침과 함께 그는 누더기 같은 겉옷을 벗어던지고 소총을 땅에 내던졌다. 그리고 높은 털모자를 눈 위까지 눌러쓴 다음 죽음의 노래를 부르며 손에 단검 하나를 쥐고 무턱대고 러시아군의 총검을 향해 몸을 던

120) 〔역주〕이교도. 회교도들이 그리스도교도들에 대해 주로 사용함.

214

졌다. (3, 234 ~235)

　용기에 대한 분석이 전쟁의 목적에 대한 분석으로, 전쟁의 정의에 대한 분석으로 넘어간다.
　이 전쟁은 정의롭지 못하다. 자신의 집을 지키려는 제미의 본능을 포착하는 묘사가 그걸 말해 주고 있다. 그러나 1852년 당시의 '건전한 사고'로서는 톨스토이는 아직 그걸 꿰뚫어볼 수 없었다. 위와 같은 측면을 완전하게 그려내기 위해서는 아직 갈 길이 멀고 과거와의 단절이 필요하다.
　톨스토이는 젊은 시절에 체험한 이런 현실을 러시아 제 1차 혁명121)의 문턱에서야 (그가 이해할 수 없었고 받아들일 수도 없었지만 그러나 이미 깊게 예감하고 있던) 새롭고도 보다 정확하게 이해하게 된다. 하지 무라트는 총검 앞에 몸을 던지는 제미의 운명을 반복해서 변주한다. 무저항주의를 설교하던 톨스토이가 의식을 잃은 순간에도 맞서 싸우고자 하는 하지 무라트에 대해 감동적인 소설을 쓰게 되는 것이다.
　《하지 무라트》는 《습격》 이후 거의 반세기 뒤에 완성되었다. 《습격》의 초고에는 다음과 같은 장면이 있었다.

　장군이 말을 타고 아울로 들어섰다. 경비대가 즉각 강화되고 전진 배치되었으며 발포사격도 중지되었다.
　"이봐, 대령." 장군이 말했다. "가서들 불 지르고 약탈하라고 하게. 내가 보기에 다들 좀이 쑤셔서 못 견디는 것 같은데." 그는 미소를 지으며 말했다.
　그의 목소리와 표정은 마치 자기 집 무도회에서 이제 식탁을 차리라고 명령할 때와 똑같았다. 단어만 다를 뿐이었다. 아무 일도 아니라는 듯한 이런 태도와 단순함이 전투상황과 얼마나 효과적으

121) 〔역주〕 1905년의 혁명을 말함. 이에 대해서는 후반부에 자세히 설명됨.

로 대조를 이루는지 여러분은 정말 믿을 수 없을 것이다.

기병대와 카자크 병사들, 보병들이 아울에 흩어져 들어갔다. 지붕이 무너져 내리고 문짝이 뜯겨지고 담장과 집과 건초더미에 불이 붙기 시작했다. 연기가 신선한 아침 공기를 뚫고 퍼져 올랐다. 한 카자크 병사가 밀가루 포대를 지고 나오고 또 한 병사는 양탄자와 암탉 두 마리를 끌고 나왔다. 또 어떤 병사는 우유를 담은 항아리와 대야를 내왔고 나귀에 온갖 가재도구를 실어내는 자도 있었다. 그런 와중에 미처 대피하지 못한 몹시 늙은 한 체첸인이 거의 발가벗긴 채로 끌려나왔다. (3, 221)

《습격》에는 진실이 아직 서정적 감성의 어조에 싸여 있다. 이 당시 벌어진 일들에 대해 정확하게 서술되기 위해서는 아직도 50년을 기다려야 한다. 50년 뒤 《하지 무라트》에서 아울의 파괴는 다음과 같이 그려진다. 파괴장면은 언젠가 톨스토이를 도와주었던 사도라는 인물을 통해 제시된다.

아울로 돌아온 사도는 파괴된 자신의 오두막을 발견했다. 지붕은 무너져 내렸고 문과 회랑을 받치고 있던 기둥들은 불에 타버렸다. 집안은 엉망이었다. 하지 무라트를 경이롭게 바라보던 아들, 그 빛나는 눈동자를 지니고 있던 그의 아들은 망토를 덮은 말 위에 실려 죽은 채로 예배당 앞에 실려 왔다. 아들의 등에는 총검이 꽂혀 있었다. 하지 무라트가 방문했을 때 그의 시중을 들었던 단아한 여인은 가슴께가 다 찢어진 셔츠 사이로 늘어진 젖가슴을 드러낸 채, 온통 산발한 머리로 아들을 내려다보고 있었다. 그녀는 손톱으로 제 얼굴을 쥐어뜯어서 피가 멈추지 않고 계속해서 흘러내리고 있었다. 사도는 곡괭이와 삽을 들고 친지들과 함께 아들의 무덤을 파러 갔다. 늙은 할아버지는 폐허가 된 오두막 담벼락에 기대서 막대기를 깎으며 뚫어지게 앞만 바라보고 있었다. 그는 양봉장에서 이제 막 돌아온 터였다. 그곳에 있던 건초가리 두 채도 다 타버렸고 노인이 심고 애지중지 가꾸던 살구나무와 벚나무들도 모두 부러지고 불타버렸다. 그러나 무엇보다도 문제는 모든 벌통이 불타버린 것이었다. 광장에는 두 구의 시체가 더 실려 왔고 집과 거리 할 것 없이 모든 곳에서 여인들의 울부짖음이 들려왔다. 어린 아이들도 제 어머니들과 함께 울었다. 먹을 것을 아무것도 먹지 못한 굶주린 가축들도 울었다. 좀 큰 아이들은 움직거리지도 못하고 공포에 젖은 눈으로 어른들을 보고만 있었다.

　　노인들은 기도문을 올린 다음 한 목소리로 샤밀에게 특사를 보내 도움을 청하기로 결정했고 즉각 파괴된 마을을 복구하기 위한 작업에 착수했다.

무의미한 잔혹행위는 아울의 주민들이 샤밀에게 도움을 청하도록 만들었다. 즉 황제 니콜라이 1세는 자꾸만 적을 양산해내고 있었던 것이다.

티플리스로 가는 길, 최초의 인상들

1851년 9월 한 달 동안 톨스토이는 스타로글라드콥스카야 스타니차에서 지냈다. 사냥을 다니고 카자크 처녀들을 쫓아 다니며 술을 마셨고, 글을 쓰고, 번역하고, 또 때로는 그로즈니와 스타리 유르트를 다녀오곤 했다.

하지만 공식 직위를 얻어야만 했다. 형 니콜라이가 티플리스로 가고 스타니차에 혼자 남아 지내는 것은 쓸쓸하기 짝이 없는 일이었다. 형제는 함께 가기로 결정했다. 먼 길을 돌아가야 했다. 산악지대는 샤밀이 지배하고 있었기 때문이다. 처음에는 북서쪽으로 예카테리노그라드스카야 스타니차까지 가서 다시 남쪽으로 블라디카프카스와 다리알 협곡을 지나고 크레스트 령(嶺)을 넘어야 했다. 꼬박 일주일이 걸리는 여정이었다. 처음 백여 킬로에는 아무 것도 볼 게 없었다. 평원이 이어지고 늘 똑같은 테레크 강물과 낯익은 스타니차뿐이었다.

형제들은 블라디카프카스에 이르러 참나무와 너도밤나무의 검푸른 숲을 보았다. 숲은 산비탈을 따라 도시 외곽까지 이어져 내렸다. 카프카스 산맥에서 연원하는 테레크 강은 회색의 평평한 자갈밭 위를 산만하게 흘러내렸다. 거리에도 똑같은 자갈이 덮여 있어 마치 테레크 강의 얕은 지류라도 되는 것처럼 보였다.

평원은 점차 좁아졌다. 테레크 강은 더욱 힘차게 소리를 내며 흐르고 산이 맞붙으며 좁아지면서 강물은 더욱 빠르게 흐르고 있었다. 이제 강물은 소리를 내며 흐른다기보다 울부짖고 있다는 표현이 더 옳을 것이다. 도로는 산허리를 파고들었고 때로는 자갈밭을 따라, 때로는 잘려나간 바위 더미들 사이로 이어졌다.

저 아래에는 빠르게 흘러가며 으르렁거리고 굽이치며 서로 뒤엉키는 강물이, 그리고 저 위에는 하늘이.

톨스토이에 앞서 푸시킨과 레르몬토프도 바로 이 길을 따라 지나가지 않았던가.

다리알 협곡 속에는 또 다른 협곡들이 겹겹이 이어졌다. 길은 그 속에 갇힌 듯 좁고 어두웠다.

산에는 관목 숲이 다닥다닥 매달려 있었고 더 위쪽에는 하얗게 얼어붙은 얼음조각들이 빛났다. 테레크 강을 건너기 위해 출렁이는 다리를 건너야 했다. 그리고 다시 새로운 산들이 펼쳐졌다.

카즈벡 마을은 해발 1705미터 높이에 위치해 있었다. 주변이 모두 산이고 산들 사이로 멀리에 얼음에 뒤덮인 거대한 카즈벡 산이 보였다. 카즈벡 산 능선의 검은 봉우리에 뾰족한 지붕의 작은 사원이 보였고 협곡에 갇힌 먹구름들이 카즈벡 산과 사원 사이를 지나가며 바위틈에 머뭇거리다가 골을 타고 하얀 나뭇가지처럼 펼쳐졌다.

톨스토이는 사원에 올랐다. 조그마한 사원은 방치된 상태였고 주변은 바위투성이였다. 사원의 벽과 지붕 사이의 삼각형의 박공에는 회교국의 국새가 새겨져 있었다.

여행은 계속되었다. 길은 다시 협소해졌고 드디어는 눈까지 덮인 지역까지 올라갔다. 길은 힘겹게 구비 돌면서 십자(十字)처럼 보이는 크레스트 령의 북편 경사면을 따라 올라갔다.

십자 모양의 거대한 바위가 점점 더 크게 보이기 시작했다.

날씨는 점점 추워졌고 주위는 더욱 적막해졌다. 테레크 강은 뒤로 멀어져 물소리도 들리지 않았고 얼어붙은 빙하만이 침묵을 지키고 있었다. 공기는 투명하게 맑았다.

정상에서는 시야가 탁 트였다. 눈으로 보는 광경만큼 무슨 소리라도 들릴 법 했지만 주위는 적막하기만 했다.

이제 내려가는 길이다. 어디선가 물이 솟아나와 눈을 실어 가고 있었다. 족히 2킬로미터는 되는 저 아래 쪽에 강물이 실오라기처럼 보였다. 이미 시든 풀들이 산을 덮고 있었다. 좁다란 회색 오솔길이 만나는 지평선에는 회색과 노란색의 풀밭을 따라 노랗고 하얀 양떼가 줄을 지어 가는 모습이 보였다.

더 아래로 내려가자 과수원과 작은 숲들이 나타났다.

다시 물소리가 소란하게, 벌써 큰 소리가 되어 들려왔다.

곧 이어 새들이 요란하게 지저귀는 소리도 들렸다.

아름다운 그루지야가 그들을 맞이했다. 두셰트를 지나 그들은 아주 오래된 고대의 석조 도시 므츠헤트와 11세기의 사원을 볼 수 있었다.

알 수 없는 문자로 쓰인 분절된 역사가 톨스토이의 발아래 펼쳐진 것이다.

두 개의 강이, 흐릿한 쿠라 강과 청백색 아라그바 강이 로마 시대에 건축된 다리 아래에서 만났다. 저 위쪽에는 레르몬토프의 시 《므치리》에서 묘사되었던 고대의 사원이 높이 솟아 있었다. 사원은 산의 제일 높은 곳을 사원 안에 품고 있었다. 그곳은 가장 성스러운 곳이었기 때문이다. 산 정상은 성스러운 장소였고 희생제의가 이루어지는 곳이었다.

티플리스에는 쿠라 강의 암벽 강변을 따라 석조 건물이 줄지어 내려가고 있었다.

조용하고 더웠다. 저 뒤편의 절벽에는 벽돌로 지은 요새와 뾰족하게 솟은 건물이 마치 매가 날아와 앉은 것 같았다. 유속이 빠른 쿠라 강에는 다섯 개의 다리가 있었고 한 곳에는 방앗간의 나무 물레방아가 돌아가고 있었다.

도시에는 마차와 말, 낙타, 잡다한 인파로 북적였다. 건물의 널따란 발코니가 거리를 향해 나왔고 여러 거리는 삼각형의 광장에서 만났다.

바위를 파고 지은 아치형 목욕탕 아래쪽에는 녹색의, 비누거품이 이는 듯한 뿌연 빛깔의 물이 평평하게 돌바닥 위로 흘러나왔다. 여기서 여자들이 카펫을 발로 밟아 빨았다. 이 물에 빤 카펫은 값이 더 나간다고들 했다.

좁고 가파른 거리를 따라 등짐을 진 당나귀들이 천천히 올라간다. 다른 한 쪽에는 노리끼리하고 푸르스름한 뿔을 가진 물소들이 무거운 머리를 젖히고 바퀴가 큰 마차를 끌고 간다. 높이 쳐든 그 커다란 눈에는 푸른 하늘과 언뜻언뜻 지나는 구름이 고요하게 비친다.

교외에는 키즐랴르에서처럼 평평한 지붕을 한 나지막한 집들이 있었다. 도시 북쪽 편에는 창이 큰 유럽식 건축물들이 있었다. 이 지역을 다스리는 황제의 대리인인 총독의 궁전은 극장 맞은편에 있었다.

시장에는 노점이 펼쳐져 거래가 활발했다. 수공업자들은 문을 활짝 열어놓고 맨땅에 앉아 작업을 했다.

다리 근처에는 은을 두드려 세공하거나 커다란 솥을 주물해내고 신발이나 안장 등을 만드는 집들이 있었다. 쿠라 강의 포말이 튀는 강변 집들에서는 염소 가죽 따위를 말리거나 염색하는 작업이 이루어졌다. 좁다란 골목에는 소매를 잔뜩 걸어 올린 염색공들이 일하는 모습이 즐비했다. 직공들의 손은 노란색, 붉은색, 푸른색 등으로 짙게 물들어 있었다.

220

모든 것이 알록달록하고 없는 게 없고 흥미로웠다.

니콜라이는 심드렁하게 바라보았다. 모두 이미 본 것들이었다. 하지만 톨스토이와 바뉴시카는 햇빛과 아직 떨어지지 않은 노란 나뭇잎들과 형형색색의 옷들에 눈이 부셨다.

티플리스가 놀라웠던 것은 평온한 스타니차에 있다가 왔기 때문만은 아니었다.

톨스토이는 야스나야 폴랴나의 숙모에게 이렇게 편지를 쓴다. "들르는 역참마다 말을 기다리느라고 너무 지루했지만 지나는 곳마다 아름다운 풍경들로 너무나 즐거웠던 여행이었습니다. 우리는 7일 간의 여행 끝에 1일 티플리스에 도착했습니다."[122]

11월이 되었다. 이때는 과일과 신선한 포도주의 계절, 창고에 곡식을 채워 넣는 계절이었다.

공직을 얻기 위한 청원

당연한 권리를 가진 백작 청년이고 중등 수준의 정규 학업도 마쳤으며, 비밀 결사 같은 곳에 가입한 적이 없고, 게다가 전선에 근무하고 있는 현직 장교의 동생이라면 공직을 얻는다는 것이 아주 간단한 일이었을 것이다.

티플리스에 도착한 다음날 톨스토이는 카프카스 독립 지대 기병대 사령관인 브림머를 찾아가 자신을 소개했다.

톨스토이는 페테르부르그 최고 재봉사 샤르머가 만든 최상의 양복을 차려 입었다. 그리고 티플리스에서 10루블을 주고 품위 있는 모자도 샀다. 이 정도면 비록 다소 내성적이기는 하지만 아주 매력적인 젊은이로

---

122) 1851년 11월 12일 타티야나 숙모에게 보낸 편지(59, 118).

보이기에 부족함이 없을 터였다.

그는 자신에 관한 서류들을 제출했다. 브림머 장군은 독일계답게 진지하게 서류를 살펴보고는 군 입대를 거절했다. 문관에서 퇴직했다는 사실이 불분명하고 작위국의 귀족 작위 증명이 불충분하다는 것이다. 장군은 친절하고 공손하게 페테르부르그에서 보충 서류가 올 때까지 기다려야 한다고 말했다. 톨스토이는 처음에 형 니콜라이가 스타로글라드콥스카야에 두고 온 서류면 될 것이라고 생각했다. 형의 휴가기간이 끝나갔기 때문에 형은 톨스토이를 혼자 남겨두고 돌아갔다. 수중에 돈은 얼마 남지 않았다.

날씨는 아주 좋았다. 도시 근교에는 과수원과 포도밭이 가득했고 벌써 11월 중순이 돼가는 데도 따뜻하기만 했다.

톨스토이는 2주일을 기다렸다. 문제는 그리 복잡할 것 없어 보였고 게다가 운 좋게도 페테르부르그의 먼 친지였던 바그라티온-무흐란스키 공작을 만나게 된다.

그는 이미 티플리스에서 일하고 있었는데 관등은 6등관으로 그리 높지 않았다. 그루지야에서 6등관은 학력이 특별이 없어도 받을 수 있었다. 바그라티온 공작은 분명 학력이 높았을 텐데도 티플리스에서 6등관을 받았다면 별 의미가 없는 것이었다.

바그라티온은 톨스토이를 차브차바제 공작에게 소개했다. 톨스토이는 그의 집에서 보론초프 가문의 친구였던 유명한 그루지야의 미인 마마나 오르벨리아니를 알게 된다. 나중에 《하지 무라트》에 그녀에 대한 묘사가 나온다. 이들과의 만남은 귀족적인 것이었다.

그러나 톨스토이는 돈이 없었고 아주 어려운 처지였다. 그는 쿠라 강 오른쪽 강변의 독일인 거류지에서 꽤 깨끗한 방 두 개를 월 5루블에 임대했다. 톨스토이는 독일인 주인하고 독일어로 이야기를 나눌 수 있었다. 톨스토이는 예레반 광장을 산책하거나 조그만 티플리스 극장을 다니며 서류가 오기를 기다렸다. 지불해야 할 빚이 있었기 때문에 스타로글라드콥스카야로 돌아갈 수 없었고, 벌써 카프카스에 머문 지 거의 일 년이 다 되어 가는데도 관직도 얻지 못하고 십자 훈장도 받지 못한 마당에 툴라로 되돌아갈 수도 없었다. 이렇게 되돌아간다면 자기 삼림을 값싸게 사들인 상인들에게나 이웃 지주들에게 얼굴을 들 수 없을 것이다. 그 외에 별 관계가 없는 사람들에게도 부끄러울 것이었다.

그는 다른 사람들처럼 그렇게 되고 싶었다. 다들 카프가스에 가면 돌아올 때는 그럭저럭 별 것 아니라도 군인으로서의 명성을 얻어온다든지, 그것도 아니면 뭔가 그럴듯한 업적이라도 내보이곤 했던 것이다.

톨스토이는 자신이 남들과 똑 같은 그런 사람이 아니라는 것은 아직 알지 못했다.

톨스토이 자신은 문학 작업에는 그렇게 큰 의미를 부여하지 않았다. 그는 숙모에게 이렇게 편지를 쓴다. "기억하시지요, 숙모님, 언젠가 제게 소설을 써보라고 하셨던 거요. 그래요, 전 그 충고를 귀담아 두었지요. 제가 하는 일 중에서 말씀드릴 만한 것은 문학적인 일입니다. 내가 쓰고 있는 것이 언제 빛을 볼 수 있을지 모르지만 저로서는 이 일이 재미있습니다. 게다가 저는 아주 오래 전부터 열심히 하고 있고 그만둘 생각은 없습니다."(59, 119)

톨스토이는 《어린시절》에 대한 두 번째 수정 작업을 하고 있었다.

타티야나 숙모는 하는 일이 별로 잘 되지 못하는 조카를 다정하게 위로하며 그것도 또한 일이라고 말해준다.

톨스토이는 병이 나고 말았다. 그는 스타로글라드콥스카야의 형에게 약국에 갈 돈도, 의사를 찾아갈 돈도 없고 떠날 수도 없다고 편지를 쓴다. 그리고 140루블을 보내달라고 부탁한다.

이 시기에 톨스토이는 당구에 푹 빠져서 교활한 당구점 계산원에게 가지고 있던 모든 것을 날려버렸다. 그는 어떤 일이든 일단 벌이고 나면 모든 존재를 다 던져서 열정적으로 빠져 버리곤 했던 것이다.

우스운 처지에 대한 수치심, 죽음에 대한 생각, 그러면서도 왼쪽 콧수염이 오른쪽보다 못생겼다는 걱정, 새 체르케스 복장을 하고 말을 타면 멋지게 보일 것이라는 상상, 이 모든 것들이 젊은 톨스토이를 몹시 괴롭게 만들었다. 그의 나이 스물네 살을 지나고 있을 때였다.

가까운 친구들도 없었다. 그는 유형 온 폴란드인 약장수 정도하고만 사귀고 있었다. 그러면서도 그는 전선을 지휘하고 있는 바랴틴스키 장군이 자신을 도와주지 않을까하는 기대를 버리지 못했다.

형들은 편지에 대해 답이 없거나 성의 없이 몇 자 적어 보낼 뿐이었다. 숙모만이 정성스럽게 답장을 보내왔다. 그녀의 장문의 편지에는 기대와 걱정이 가득 담겨 있었다.

니콜라이는 톨스토이 가문다운 기질을 가진 인물이었다. 네 명의 형제와 여동생은 모두 열정적이고 재능을 타고 났지만 일관되지 못했고 어려운 세상일을 풀어나가는 데에는 전혀 적절치 못했다. 그나마 실용적인 성품을 가진 것은 세르게이였다. 그는 사냥이나 즐기고 집시들과 잔치를 벌이고 집시 여자와 사랑에 빠져들곤 했지만 지주다운 경쾌함과 명료한 사고력을 가지고 있었다. 심지어 상인들도 그의 부탁이라면 기한이 된 약속어음도 연기를 해 주곤 했다. 그를 보고 톨스토이 가문이 돈이 없지 않으며 일시적으로 어려움에 처했을 뿐이라고 믿어 주었던 것이다.

세르게이는 동생이 숙모에게 보내는 감상적인 장황한 편지를 보고 비웃었다. 그는 그게 톨스토이의 내적 독백이라는 것을 이해할 수 없었던 것이다. 톨스토이는 내용이 거의 동일한 편지를 여러 주소로 보내곤 했다. 그러나 세르게이는 그게 동생의 문학창작 작업의 연장이며, 그의 생각들을 말해 주고 있다는 것을 이해하지 못했다.

톨스토이는 자신에 대해서, 자신이 지주이며, 게다가 대지주이고 고르차코프의 후손이며 하고 싶은 것은 뭐든지 할 수 있는 사람이라고 생각하고 있었다. 그런데 티플리스에서 그의 모습은 청탁이나 하고 다녀야 하고 부끄럽게도 먹고 살 돈도 부족한 사람에 지나지 않았다.

12월 15일 그는 숙모에게 이렇게 편지를 쓴다. "방금 편지를 받았습니다, 사랑하는 숙모님 … 너무 행복해서 어린애처럼 울고 말았습니다 …."

그 뒤에는 돈이 없다는 사정과 세르게이 형이 사는 방식에 대한 충고, 그리고 어서 빨리 서류가 도착해서 군대에 복무할 수 있게 되기를 바란다는 희망 등등이 적혀 있다.

1851년 12월 23일 티플리스에서 그는 세르게이 형에게 긴 편지를 보낸다. 그는 자신이 알렉세예프 대령의 눈에 먼지를 뿌렸다는 것은 허영심에 농담으로 한 말이었다고 고백하고 이어서 바랴틴스키 공작에 대해 언급하고 있다.

"그분이 지휘했던 습격 작전에서 처음 그분께 나를 소개했는데, 그러고 나서 하루 종일 그분과 한 보루에서 지냈지. 여기서 만난 일리야 톨스토이하고 말이야."

그 뒤에는 실망 어린 말들이 이어진다. "그렇게 알게 됐다고 해서 내게 뭐 대단한 일이겠어. 형도 잘 알다시피 유년 생도가 장군과 뭐 대단히 알고 지낼 일이 있겠어."

장교도 아닌 평범한 민간인으로 군대에 체류하는 톨스토이의 처지는 유형이나 강등 처분된 자의 처지와 비슷했다. 실제로 퍄티고르스크에서 사람들은 그를 그렇게 보았다.

톨스토이는 바랴틴스키 장군과 이야기를 나눌 가능성을 고대하고, 마치 우연인 것처럼 만나 암묵적으로 서로 같은 급의 사람임을 상기시킴으로써 그들과 같은 세계에 편입되고자 했다. 그러나 톨스토이는 그들과 같은 부류가 아니었다. 그러나 그걸 깨닫는 것은 나중이었다.

1853년 그는 퍄티고르스크에서 사랑하는 여동생 마리야와 그녀의 남편이자 친척인 발레리얀 톨스토이를 만나게 된다. 그러고 나서 그는 일기에 그곳 사람들이 그를 얼마나 냉담하게 맞이했는가, 그래서 얼마나 힘들었던가를 기록하고 놀란 마음으로 자문한다. "아니 난 이런 집단의 사람이 아니란 말인가?"

그러나 한편 그는 여전히 필요한 서류들이 도착하기만을 목마르게 기다리고 있었다. 그는 세르게이 형에게 다시 편지를 쓴다.

"의회에 좀 알아봐 줘, 내 퇴직 증명서가 발송되었는지. 만일 보내지 않았으면 즉각 좀 보내도록 해줘. 정말 필요한 서류야."

편지의 끝에는 집시들 언어로 인사를 하고 이런 소식을 덧붙였다. "…샤밀 다음가는 제 2인자인 하지 무라트라는 사람이 있는데, 얼마 전 러시아 전우를 배신했지. 체첸 제일의 용사고 멋진 놈인데 저열한 짓을 저질렀지."

나중에 그는 하지 무라트에 대한 이런 견해를 정정하게 된다.

톨스토이는 모든 일에서 운이 별로 없으며 분명히 끊임없이 자신을 괴롭히고 앞길을 가로막는 어떤 악마가 존재한다고 말하곤 했다.

니콜라이가 서류를 보내왔지만 이 서류에도 그의 퇴직 명령이 명기되어 있지 않았다. 이건 니콜라이의 잘못이랄 수 없었다. 사실 그건 톨스토이가 툴라에서 서두르다가 제대로 퇴직 명령을 받지 않았기 때문이다.

어쨌든 톨스토이는 브림머 장군을 찾아갔지만 아프다는 이유로 접견이 허락되지 않았다. 바그라티온 공작은 톨스토이를 위해 장군의 참모장인 볼프 장군에게 부탁을 해 주었다. 볼프 장군은 할 수 있는 일을 해 주겠다고 약속했지만 휴일이 겹쳐 그의 사무실은 문이 잠겨 있었다. 톨스토이가 기대했던 바랴틴스키 공작은 티플리스를 떠났다.

모두들 톨스토이 문제를 해결해 주기 위해 노력을 기울였다.

돈이 완전히 바닥이 난 1월 3일, 톨스토이는 모호하게 작성된 서류를 받았다. 톨스토이는 더 이상 14등 문관이 아니며 제 4급 하사관으로 지정된 포병대에 입대 신고하라는 것이었다.

톨스토이가 1851년 12월 31일자로 서명한 군대 입영 지원서는 비공식 서류철에 보존되어 있다. 거기에는 포병대장의 톨스토이에 대한 보고서도 같이 들어 있었는데, 이 보고서에는 톨스토이가 자신의 지원에 따라, 그리고 요구된 시험에 합격함으로써, "그의 귀족 출신에 관한 국방성 감사국의 검토 완료에 앞서 자원병 제 4급 하사관으로 임명, 제 4 포병 중대에 배속되었음"이라고 적혀 있다.

톨스토이는 쾌재를 불렀다. 그는 즉시 세르게이 형에게 긴 편지를 써서 할 일 없이 지내는 드미트리 형에게 카프카스에서 군복무를 하라고 충고해 주라고까지 말했다. 자신의 일에 대해서는 이렇게 설명했다.

"… 영웅적으로 행동했다고 말할 수 있어. 거의 싸우다시피 해서 입대 명령을 받아냈거든. 지금은 하루 종일 집에 앉아서 읽고 쓰고 하면서 돈이 오기만을 기다리고 있어."

그러나 톨스토이는 귀족들과 관리들이 얼마나 부주의하고 애매모호하게 일을 처리하는지, 그의 악마가 그의 운명에 또 어떤 장난을 치고 있는 것인지 아직 알지 못했다.

브림머 장군은 사실상 톨스토이를 군대에 받아들이지 않았다. 그저 귀찮은 청원자로부터 벗어나기 위해, 그러나 자신의 책임을 면하기 위한 독일인다운 계산을 가지고 서류를 멀리 국방성으로 보내버렸을 뿐이다.

이후 톨스토이는 이런 자격으로 치열한 전투에 참여했다. 형과 함께 안개에 쌓인 체첸의 아울에서 전투를 치르기도 했고 그가 속한 소대가 적의 대포에 궤멸되는 순간에도 쏟아지는 포탄 속에서 아군의 대포를 지켰다. 그러나 그는 훈장을 받지도 진급을 하지도 못했다. 그는 정식으로 군대에 들어간 것이 아니었기 때문이다. 그는 "검토완료에 앞서" '임시로 편입'되었을 뿐이다. 그러는 동안 그의 서류들은 이 부서 저 부서로 떠돌아다녔고 톨스토이는 연줄을 잡으려고 온갖 노력을 기울였다.

몇 달 뒤 숙모는 의아해하며 이미 군대에 들어갔다면서 왜 다시 군 입대를 청원하느냐고 편지를 보내왔다.

톨스토이의 대답은 다소 불명확했다.

그런 가운데 그의 불운의 악마가 예기치 않게 그에게 관용을 베풀어 준 일도 있었다. 형 니콜라이가 편지를 보내왔는데(1월 6일) 거기에는 크노링에게 발행했던 어음이 파기되어 들어있었다. 절친한 친구인

사도가 스타리 유르트에서 크게 돈을 따서 톨스토이의 어음을 벌어들이고서 니콜라이에게 보여 주며 물었다는 것이다.

"어때, 이만하면 동생이 정말 좋아하겠지?"

톨스토이는 숙모에게 그녀의 편지를 읽으며 기쁜 눈물을 흘렸노라고 서두를 꺼내고는 자기가 파기된 어음을 받은 저녁에 정말 열렬하게 기도를 올렸다고 편지[123]를 썼다. 그에겐 정말 기적과도 같은 일이었던 것이다.

이 시절 종교에 대한 톨스토이의 태도는 어떤 때는 경건했고, 어떤 때는 조심스럽게 회의적이었지만 그 시절, 그와 같은 신분의 사람들이 가지고 있던 일반적인 태도를 벗어나지 않았다.

그는 사냥에 나가 총을 쏘기 전에도 늘 기도를 했다. 그러나 이번 경우는 의례적인 것이 아니라 정말 진지한 기도였다. 신이 사도와 나란히 앉아서 1월 1일이 만기인 어음을 따도록 해준 것이 아니겠는가.

편지는 다음과 같은 부탁으로 끝맺었다.

"툴라에 가서 6연발 권총하고 오르골을 사오라고 해서, 너무 비싸지 않다면요, 제게 보내주시길 부탁드려요. 그런 선물이면 아주 좋아할 거예요."

사도도 톨스토이에게 그를 위해 제일 좋은 말을 훔쳐다주겠다고 약속했다. 세르게이 형에게도 즉시 편지를 보냈다. "내가 러시아로 돌아갈 때는 형에게 줄 놀랄 만한 선물이 있어. 정말 멋진 카바르다산(産) 말인데 형은 모르는 사람에게서 받은 거야. 그 이유는 숙모님이 설명해 주실 거야."(59, 156)

티플리스에서 보낸 편지들에는 이렇게 각종 청원과 걱정들, 실패한 이야기와 희망 등이 가득하다.

한편 《어린시절》은 한 쪽 한 쪽, 한 장 한 장 씌어지고, 그리고 다시

---

123) 1852년 1월 6일 편지.

고쳐지고 있었다. 톨스토이가 친지들에게 자신에 대해 알리고 있는 것은 사실은 그의 진짜 삶이 아닌 그 주변의 거품과도 같은 것들이었다.

이 작업은 끊이지 않고 매일 진행되었다. 그의 글쓰기는 모래 속에서 금을 걸러내듯 수없이 고쳐 씌어지면서 점점 더 분명하고 담백해졌으며 이 작품과는 전혀 다른 이후 작품들을 예비하는 것이었다.

1852년 초 톨스토이는 행복의 환성을 질렀다. 그는 입영 명령서라고 생각한 서류를 들고 짐을 꾸려 티플리스를 떠나게 되었다. 그는 이제 집처럼 생각하는 스타로글라드콥스카야로 갈 수 있게 된 것이다.

스타로글라드콥스카야의 숲은 눈과 서리에 덮여 있었고 테레크 강안에는 눈이 내려 아름다운 모래밭을 덮고 있었다.

스타로글라드콥스카야에서 톨스토이를 기다리고 있는 것은 장총을 짊어진 예피판과 카자크 처녀들이었다. 아름다운 처녀들은 아무도 겁내지 않고 마음 놓고 거리를 돌아다녔고 조금도 귀찮게 구는 법이 없었다.

톨스토이가 부탁했던 사도에게 줄 선물을 사러 툴라에 사람이 보내졌고 야스나야 폴랴나 사람들은 그가 또 도박을 시작했다고들 놀라워했다. 부탁했던 권총은 툴라에서 찾을 수가 없었고 오르골도 구하기 어려워서 여동생 마리야의 남편 발레리얀이 직접 자신의 것을 주었다고 했다. 톨스토이는 1852년 3월 말에 그걸 받을 수 있었고 일기에 이렇게 남긴다. "오르골이 도착했다. 사도에게 주기 아까웠다. 말도 안 되는 소리! 부엠스키와 함께 건네줄 것이다."

이 오르골은 오랫동안 사도 집안에 보존되다가 1917년 백군 카자크 부대가 체첸인들을 공격하고 아울을 파괴했을 때 부서지고 말았다.

톨스토이가 오르골을 아까워했다고 비난할 수는 없겠다. 그는 다른 사람들보다 좋으면 좋았지 나쁜 사람은 아니었고 단지 자신의 마음에 이는 것을 놓치지 않고 분석하고 글로 남기는 능력을 가지고 있었을 뿐이기 때문이다.

체이 근처의 남부 오세티아 산악지대에서 나는 폭포를 본 적이 있다.

낮에는 물이 떨어져 내리고 있었지만 밤이면 폭포는 달빛에 빛나는 거대한 고드름처럼, 울퉁불퉁하면서도 몹시 매끄러운 모습으로 매달려 있었다.

톨스토이는 자신의 감정을 눈에 보이도록 얼릴 수 있는, 그래서 그걸 보고 스스로를 되돌아볼 수 있는 사람이었다.

그는 모든 사람에 대해 알고 있다. 즉 톨스토이는 우리가 자신에 대해 알기를 회피한다는 사실을 잘 알고 있으며 그 자신 속에도 그런 사실이 존재한다는 것까지 알고 있었다.

스타로글라드콥스카야에서의 비애와 기쁨

1852년 1월 14일 톨스토이는 스타로글라드콥스카야에 돌아왔다.

돌아오는 길에 숙모와 세르게이 형에게 긴 편지를 썼다. 편지에서 그는 야스나야 폴랴나를 그리워하며 옛날 그 집에서 옛날처럼 그대로, 세월이 흐르지 않는 것처럼 살 수 있다면 좋겠다고 말한다. 할머니가 없지만 숙모가 있고, 프라스코비야 대신 아가피야가 있다. 숙모는 손으로 먹는다고 톨스토이에게 주의를 줄 것이고 손을 씻지 않았다고 형 니콜라이를 혼낼 것이다.

니콜라이는 스타로글라드콥스카야에 보이지 않았다. 원정을 나간 것이다. 야스나야 폴랴나에서 와 있던 드미트리와 알렉세이라는 두 하인이 그렇게 보고했다. 그들은 숙모님이 건강하시며 형님들은 자주 사냥을 다니신다고 소식을 전했다. 그들은 말 두 필이 끄는 마차에 많지는 않지만 필요한 물품들을 가져왔다. 개도 네 마리 데려왔다. 카타이와 포조르는 사냥개였고 시커먼 낯짝의 불카는 분명히 그 혈통이 불독이었고 폼치시카는 혈통을 알 수 없는 개였다. 마차를 끌고 온 말은 보로나야와 페가야였다. 니콜라이는 벌써 페가야를 5루블에 팔아치운 상태였다. 즉 썩 좋은 말들은 아니었던 것이다.

하인들은 톨스토이의 지시를 받아 움직였다. 이들의 운명은 흥미로운 점이 없지 않은바 잠시 살펴보기로 하자.

톨스토이는 모순적인 성격이었는데 그것은 그 시대의 산물이었다고 말할 수 있다. 귀족 집안에서는 보통 농노를 때리거나 괴롭히지는 않았지만 하인에 대해서는 분명 다르게 대했다. 톨스토이 역시 이를테면 군대에 보낼 때는 농노가 아니라 하인들을 보내야 한다고 생각했다. 그는 어렸을 때 포카와 프라스코비야를 부당하게 대우한다고 생각했었지만 세바스토폴로 떠날 때는 매우 존경받던 노인 니콜라이 빈니코프를 데려가고자 했다. 그는 하인이었고 가정교사 표도르의 친구였다. 톨스토이가 염려했던 것은 다만 이 노인이 가족과 떨어져 지낼 수 있을까 하는 것뿐이었다.

그는 몇 번이나 망설이다가 결국은 드미트리를 데리고 간다. 드미트리는 비록 자신과 니콜라이 형과 똑같이 어떤 결점을 가지고 있기는 했지만 경험이 많고 유용한 것은 분명했다. 스타로글라드콥스카야에서는 포도주 값이 싸기도 했고 다들 많이 마셔댔다. 톨스토이는 알렉세이에 대해 별다른 기록을 많이 남기지는 않았지만 1852년 4월 18일자 일기에 이런 언급을 하고 있다. "게으르고 둔하고 정말 끔찍하다 … 매질을 해야 함."

드미트리는 단편 《삼림벌채》에서 묘사되는 파견부대에 톨스토이와 함께 있었다. 그리고 나중에는 세바스토폴에서도 같이 있었다. 3월 31일 톨스토이의 일기. "드미트리가 술을 마신다. 내일 또 마신다면 매질을 할 것이다."

톨스토이는 《안톤 고레미카》를 읽고 감동을 받아 숙모에게 보내는 편지에서 눈물을 흘렸다고 고백하지만 그의 형 드미트리치와 마찬가지로 농노들의 윗사람으로서 가능한 모든 수단을 동원하여 그들을 지도해야 한다고 믿고 있었다.

자유농인 카자크 스타니차에서 반쯤 군인인 톨스토이에게 세 명의 하인이 딸려 있었다. 당연히 카자크인들에게 달갑게 보일 리 없었다. 톨스토이는 마을 사람들이 자신을 두고 개를 질식시켜 죽였다는 이유로 하인들을 군대 병졸로 내보냈다고 쑥덕거린다고 일기에 써놓고 있다.

톨스토이는 이런 중상모략이 견딜 수 없이 쓰라렸다. 물론 그런 일은 없었다.

스타로글라드콥스카야의 이 벽지에서 톨스토이는 알레코[124]였고 예피판은 집시 노인이었던 셈이다. 다만 톨스토이는 인간관계를 새롭게 바라보는 법을 배웠다는 점이 달랐다. 스타로글라드콥스카야와 세바스토폴에서 군 경험을 하면서 그는 병사와 농민을 때려서는 안 된다는 것을 보고 새로운 깨달음을 얻었다. 매질에 기초한 제국은 그 기초가 튼튼할 수 없고 수치와 패배를 겪을 수밖에 없다는 것이었다.

니콜라이는 똑똑하고 자유분방하고 재능이 뛰어난 사람이었다. 그러나 그 역시 티플리스에 있는 동생에게 야스나야 폴랴나에서 하인들이 도착했다고 알리면서 이들의 이름만 적어놓았다. 그러나 개에 대해서는 아주 건강히 잘 왔다고 말했다. 퇴역하고 야스나야 폴랴나로 돌아갈 때 니콜라이는 사냥개들을 데리고 갔다. 이 때문에 예피판은 정말로 그를 돼지라고 욕했다. 그는 이제 갈대밭이나 숲, 풀숲 등지에서 사냥개를 데리고 하는 사냥이 얼마나 편리한지를 겨우 맛본 터였기 때문이다.

이들은 아직 농노해방이라는 개혁 전의 몽매한 구 러시아 사람들이었다. 비록 제국이 뒤집어지지는 않더라도 겉으로라도 농노제도가 붕괴되는 그런 혁명적 상황은 아직 오지 않은 시기였다.

테레크 강은 달려가고 갈대밭은 서릿발을 딛고 서있다. 불에 태워버린 풀 위에 첫눈이 내리고 서리를 맞은 야생 포도나 가시나무 열매들은 맛이 달콤했다.

---

124) 〔역주〕 푸시킨의 《집시》의 주인공.

　톨스토이와 예피판은 카타이와 포조르, 폼치시카와 흰 이빨에 시커먼 낯짝, 흰 발톱을 가진 불카를 데리고 숲 속을 돌아다녔다. 거의 야생 상태로 자라는 힘이 세고 훌쭉한 이 지역의 개들도 불카를 보고는 절대적인 존경을 표했다.

　눈에 덮인 듯이 흐릿한 날들이 지나갔다.

　이 시기 편지에는 거의 절망적인 기분이 드러나 있다. 숙모에게 보내는 편지에는 우울한 감상이, 세르게이 형에게 보내는 편지에는 짜증과 분노가 가득 차 있다. 세르게이는 갈팡질팡하는 동생에게 형으로서 나름의 훈계를 해 주고 있다.

　군복무는 그럭저럭 지나가고 있었다. 그는 케르젤 아울에 산악 대포병으로 파견되었다. 산악 포병이었던 것이다. 당시 카프카스에는 산길이 제대로 없었기 때문에 무거운 대포를 끌고 다닐 수가 없었다. 산악에서 사용되는 대포는 그래서 손에 들고 다닐 수 있는 소형이었다. 이 산악 대포는 현대의 기관총보다도 화력이 세지 못했다.

　하지만 산악민에게는 영국제 대포가 있었다. 게다가 산악민들의 소총은 러시아군의 약실형 화승총보다 멀리 나갔다. 러시아군의 총은 표트르 대제 시절에서 나아진 것이 없었다.

　화승총은 동시에 발사하도록 되어 있었다. 병사들이 정렬하여 일제히 사격하는 구식 전략이 유지될 수밖에 없었다. 산악전투에서 이런 화승총들은 유용하지 못했다. 체첸인들은 멀리서 받침대를 대고 조준 사격을 해왔기 때문이다. 다만 러시아군의 규율과 강인함, 포병대가 전투를 이끌고 있을 뿐이다.

　전투는 서서히 확대되고 있었다. 런던이나 파리 등지에서는 러시아의 동방 진출에 대해 논란이 분분했다. 여러 해협과 발칸 반도, 근동 지역 등지에서 전쟁이 벌어지고 있었다. 샤밀은 대규모 러시아군을 묶어 두고 있었다. 카프카스에서 계속 벌어지는 전쟁은 영국과 프랑스가 러시아를 공격하는 동방 전쟁을 예비하고 있었다.

스타로글라드콥스카야 벽지에서는 이 전쟁을 국지적인 원정으로 인식하고 있었다. 그러나 군대는 점점 규모가 커져갔고 군사작전도 더욱 힘차게 진행되어 나갔다.

2월에 톨스토이는 비교적 큰 작전에 참여한다. 대규모 러시아 부대가 양동작전을 펼치면서 나무를 베어 길을 내며 저항하는 체첸인들을 소탕했다. 전투다운 전투로서 얼어붙은 강을 따라 중화기도 동원되었다. 손실도 적지 않았다.

톨스토이는 적절하게 전투에 임했지만 그러나 불만이었다. 그는 뭔가 기적 같은 일을 고대하고 있었지만 그저 용감한 군인이라고 할 정도였던 것이다. 그는 자신이 충분히 용기를 보여 주지 못했다고 생각했다.

안개 속에서 상호 포격전이 벌어지고 체첸인들의 장거리포에 러시아 포병대원들이 쓰러져 나갔다. 니콜라이 중대의 대포 한 정이 파괴되었고 말 한 마리가 즉사했다. 니콜라이는 마구를 그대로 두고 싶었지만 병사들이 포화 속에서도 마구를 벗겨냈다. 니콜라이는 침착했지만 총성에 익숙하지 못했던 톨스토이는 흥분을 감추지 못했다. 그는 이때의 자신에 대해 이렇게 기록하고 있다.

> 나는 자랑스러웠지만 이 자랑스러움은 실제 무슨 일을 해내서가 아니라 내가 모든 것을 해낼 수 있다는 강한 희망에서 나온 걸으로만 그런 것이었다. 그래서 나의 자랑스러움은 확신과 견고함과 항상성을 지니고 있지 못했다. 그리하여 나는 한순간 극히 오만한 마음을 가졌다가 다른 한순간 지나칠 정도로 겸손한 마음이 되곤 했다. 위험한 상태에 있을 때 나 자신을 향한 눈이 열렸다. 나는 위험한 순간 전혀 동요하지 않는 냉혈한이 될 것이라고 상상했다. 그러나 17일과 18일 전투에서 나는 그런 사람이지 못했다. [125]

---

125) 1852년 2월 28일(46권, 91).

톨스토이는 미래에 대한 확신은 허위이고 오직 이미 자신이 보여준 모습, 그것만을 믿을 수 있을 뿐이라는 결론에 도달했다.

그것은 대단한 환멸이었다.

장교임명 문제는 연기되고 실종되었다. 톨스토이는 군대에서 나갈 수도 없었고 머무를 수도 없었다. 게오르기 십자훈장을 받을 기회도 있었지만 그는 처음에 한 병사에게 양보했고 그 다음에는 장기를 두다가 수여식 열병행렬을 놓쳐서 훈장 대신 며칠간 구금당하고 말았다.

모든 것이 숲 속의 동물 흔적처럼 뒤죽박죽이었다.

톨스토이는 자신이 불행하다고 생각했지만 진정한 행복은 자기희생에, 타인에게 선을 행하는 것에 있다고 생각했다.

그는 다른 사람들처럼 그렇게 살지 않았다. 그는 다른 사람들이 보지 못하는 것을 보았고 사랑을 해도 남다르게 사랑했다. 하지만 이에 대해서는 일기에도 편지에도 전혀 언급되지 않는다. 카프카스에서 정신적 열광을 체험했고 천재적인 사람이 된 느낌이었다는 말은 나중의 일기에서 볼 수 있고 아내에게 고백하기도 한다.

그에겐 자기 나름의 즐거움이, 아주 커다란 즐거움이 있었다. 한번은 사냥개들과 불카를 데리고 사냥에 나섰다. 1852년 10월 20일이었다. 멧돼지는 개들에게 쫓기면 숲이 우거진 곳으로 달린다. 후방을 지키며 격렬하게 저항하기 위해서다. 이놈은 소총 사냥에서 가장 위험한 짐승 중의 하나다.

톨스토이는 풀숲에 나온 멧돼지를 만났다. 늙은 수컷이었는데 오히려 개들을 몰아치더니 급기야 그 용감한 불카의 배를 찢어 버리기까지 했다. 톨스토이는 아주 근접한 거리에서 멧돼지에게 총격을 가했고 멧돼지의 뻣뻣한 털이 다 타버렸다. 그는 아주 용감했고 흡족했다. 이 일에 대해 숙모에게 보낸 편지에서 이렇게 말한다.

카프카스에서 보낸 18개월 동안 저는 훨씬 좋아졌고 남은 2년도 유

익하게 보내려고 노력할 겁니다 … 건강은 좋습니다. 군대 일은 달
라진 게 별로 없고 요즘은 전처럼 사냥에 재미를 붙였지요. 지난주
에는 멧돼지 한 마리를 잡았는데 전에 결코 느껴보지 못한 커다란
기쁨을 맛보았답니다. 126)

충성스런 불카는 중상을 입었다. 후에 톨스토이는 이에 대한 단편을
하나 쓰게 된다.

성공 전야

1852년 3월 29일 오전, 톨스토이는 야스나야 폴랴나에서 보내온 검
과 마스크를 쓰고 펜싱연습을 하고 식사를 한 다음 글을 썼다. 회한이
밀려왔다. 스스로 경멸해 마지않는 사소한 삶의 일상이 그를 괴롭혔다.
그는 조화롭지 못한 자신의 기질에 대해 자책하면서, 동시에 자신이 다
른 사람들보다 더 뛰어난 사람이기를 간절히 바랬다.

난 나이가 들었다, 발전의 시기는 지나갔거나 지나가고 있다. 하지
만 여전히 난 채우지 못한 갈망에 괴로워하고 있다 (…) 명성을 얻
고 싶은 건 아니다, 명성이라면 난 경멸한다. 사람들을 행복하게
하고 사람들에게 쓸모 있는 도움이 되기를 바란다. 내가 이 난망한
희망의 불꽃을 잠재울 수 있을까? 그건 내 스스로에게도 말하지 않
은 생각들이다. 너무나 소중하여 그것이 없이는 나는 아무 것도 아
닌 그런 생각들.

그는 항상 삶을 향해 직접 뛰어들어 삶을 바꾸려고 노력했지만 어떻
게 바꾸어야 하는지를 알지 못했다. 그의 생각들은 스스로에게도 미처

---

126) 1852년 10월 29일 편지(59, 209).

236

완전히 이해되지 못한 채 은밀하게 덮어 버렸다. 일기에서조차 톨스토이는 감추어져 있다. 그는 "투르게네프적인 저 혼자의 아이러니"라고 부르는 상태에 빠지는 걸 두려워했다. 그는 스타로글라드콥스카야에서 체험한 것의 의미를 끝까지 파고들지 않았다. 사소한 실패들에 대한 고통이 그를 괴롭게 했고 스물네 살의 나이에 스스로 나이가 들었다고 느끼고 있었다.

자신이 보기에 글도 충분히 잘 쓰고 있는 것 같지 않았다.

> 사냥에 대한 이야기를 쓰고 있다. 하지만 지금 난 내 이런 작업과 나 자신을, 그리고 그걸 읽어줄 사람들을 경멸하고 있다. 내가 이 작업을 내던지지 않는 것은 다만 권태로움을 이기기 위해, 글 쓰는 습관을 들이기 위해, 숙모를 즐겁게 해 주기 위해, 그뿐이다.

그의 작업이 자신에게 얼마나 소중하고 또 얼마나 위대한 꿈을 가지고 있는지를 그는 자기 자신에게도 숨기려는 듯하다. 그는 자신이 있어야 할 자리를 찾지 못하고 있었다. 그는 실제로는 사회적 지위도, 직급도 가지지 못했다. 비록 지주 가문에서 태어나 남들처럼 사는 듯이 보였지만, 사실 많은 사람들보다 못한 불만스러운 처지였다. 그는 미래의 사람이었던 것이다.

분명 그의 처지는 주변 사람들에게도 압박이 되었다. 젊은 백작은 성격이 급하고 툭하면 화를 내기 좋아했기 때문이다.

톨스토이는 산악민들이 샤이탄이라고 부르는 술타노프라는 장교와 함께 사냥을 다녔다. 그는 여러 가지 기이한 짓을 하다가 세 번이나 사병으로 강등되었었다. 이 사람은 한 때 레르몬토프의 친구이기도 했지만 과거에 대한 기억을 상실했고 그래서 낙담할 거리도 없는 자였다. 이제는 그저 개나 데리고 숲 속을 어슬렁거리며 돌아다녔다. 자기 개마저도 사랑하지 않는 사람이라면 정말로 나쁜 사람이라고 말할 수 있다. 사냥은 술타노프의 허영심을 유지하는 도구였다.

예피판은 더욱 단순했다. 톨스토이는 저녁에 《어린시절》을 쓰면서 그의 말에 귀를 기울였다. 이미 그의 머릿속에는 카자크에 관한 짧은 소설 한 편을 쓰고 싶은 생각이 가득 차 있었지만 참고 있었다. 이 작업을 하다가 저 작업으로 건너뛸 수는 없었기 때문이다. 당시 그는 유명한 자연주의자인 뷰퐁[127] 이라는 작가에 심취해 있었다. 그는 독자들이 흥미를 가져줄 것을 확신하며 전혀 서두르지 않고, 대단히 명료하고 완벽한 필치로 집안의 가축들을 묘사해 내는 작가였다.

일상의 나날은 숲에 얼어붙은 서리가 녹아 한 방울씩 떨어지듯 그렇게 떨어져 나갔고 원고는 한 줄씩 한 줄씩 덧붙여지고 수정되면서 쌓여갔다.

톨스토이는 어린애처럼 건포도를 너무 많이 먹어서 치통을 앓게 되자 키즐랴르에 가서 치과의사를 찾아보기로 결심했다. 키즐랴르는 완전히 꽃 속에 파묻혀 있었다. 아몬드 나무가 꽃을 피웠고 사과나무도 막 꽃을 피우기 시작했다. 도시는 단조로운 정방형의 제방으로 구획되어져 있었고 거리엔 온통 꽃잎이 덮여 있었다.

톨스토이는 글을 쓰면서 한편으로는 지루하고 멍청한 책들을 읽고 있었다. 그런 책들은 정신 집중에 도움이 되었고 책과는 무관하게 그의 내적인 생각들이 자유롭게 전개되는 것을 방해하지 않았던 것이다. 톨스토이는 보르조이 사냥개들을 데리고 사냥을 다니기도 했지만 토끼 한 마리도 잡지 않았고 사냥개를 독려하지도 않았다. 어느 밤에는 바닷가에 나가보기도 했다. 어두운 밤, 칠흑 같은 어둠 속으로 이어지는 검은 바다가 그의 눈앞에 펼쳐져 있었다. 다음 날 아침 그는 다시 그곳으로 가보았지만 그곳은 늪이었다. 그는 더 멀리 걸어 나가 바닷가에 이르러

---

127) 〔역주〕 뷰퐁(1707~1788). 프랑스 자연주의자. 문체의 아름다움과 회화적 묘사로 유명.

238

바닷물로 갈증을 푼 다음[128] 손에 총을 든 채 타타르식 나룻배를 타고 다니며 농민들과 이야기를 나누었다. 농민들은 러시아로 너무나 돌아가고 싶다고 그에게 말했다. 그들은 톨스토이를 진심으로 대하지 않았지만 사연은 애절했다. 그들의 이야기를 듣고 있자면 눈가에는 눈물이 고였다. 한 늙은 농부는 40년 동안 러시아로 돌아가지 못하고 거의 목석이 되어 있었다. "이거 보슈, 그저 나무때기가 다 됐죠. 그저 심장만 비둘기 새끼처럼 폴짝거리고 있습지요."[129]

치료를 위해서는 퍄티고르스크로 가야 했다. 그곳 사람들의 사는 모습도 보고 싶었다. 그곳은 여러 작가들에 의해 자주 묘사되던 곳이다. 톨스토이는 푸시킨과 레르몬토프의 글을 통해 그곳을 알고 있었다. 그곳에 가는 것은 마치 낯모르는 친지를 찾아가는 것만 같았다. 그는 중대장 알렉세예프에게서 돈을 빌려 부옘스키라는 젊은 장교와 함께 길을 떠났다. 그는 믿을만한 젊은이로서 톨스토이의 원고를 필사해 주기도 한 인물이다.

돈은 많지 않았다. 퍄티고르스크에서 카바르다인 거류지 마을에서 방 두 개짜리 하숙을 구해 자신과 바뉴시카 두 사람의 식사를 포함하여 2루블을 주었다. 톨스토이는 불카를 스타로글라드콥스카야에 남겨놓으려고 했지만 허사여서 이곳에 데리고 왔다.

모든 것이 톨스토이를 화나게 하는 이상한 일들뿐이었다. 이제 그렇게 힘들게 얻었던 군복 외투를 입고 있기에도 몸이 너무 아팠다. 군복 외투를 입은 청년 톨스토이가 걸어가고 검은색 불독이 그 뒤를 따른다. 지나가던 한 장교가 개를 한 대 걸어차지만 장교가 아닌 톨스토이 백작은 뭐라고 하지 못한다.

그는 매일 글쓰기를 계속했고 쓴 것을 가차 없이 삭제하곤 했다. 그리

128) 〔역주〕카스피 해는 내해(內海)로서 염분이 일반 바닷물의 절반 정도여서 그대로 마실 수 있다.
129) 1852년 4월 24일(46, 3).

고 알렉산드롭스카야 회관을 찾아가 장교들과 부인네들이 춤을 추는 모습과, 병원에서 근무하던 이발사 출신의 사시카가 연주하는 모습을 지켜보곤 했다.

퍄티고르스크에서는 모두들 서로 아는 사이였다. 그는 형 세르게이에게 이곳에 대해 장문의 편지를 썼다. 그대로 출판해도 될 만한 풍자적인 묘사였다. [130]

글을 쓰는 것은 힘든 일이었다, 특히 톨스토이에게는. 그는 이미 자신의 거대한 문학학교를 가지고 있었고 문학이라는 거대한 숲에서 큰길을 따라가기보다는 작은 오솔길을 굳이 선택해서 글쓰기를 하고 있었다. 그는 스턴과 뷰퐁을 알고 있었고 오래된 잡지들을 통독하며 러시아 고전을 읽고 있었다. 그는 투르게네프와 곤차로프, 파나예프 등과 같은 동시대 작가들과 자신을 비교해보곤 했다. 그리고 자신에겐 그들만큼의 재능이 없다고 생각했다.

그는 '일반화'의 방법에, 즉 모든 세부적인 묘사를 가장 주도적인 하나의 이념에 귀속시키는 방법에 천착하기도 했고, 또 '아주 사소한 것'에, 즉 세부묘사에 빠지기도 했다. 좀 중도적인 방법을 모색해야 할 필요가 있었다. 숲 속의 모든 나뭇잎들은 그저 나뭇잎이지만 똑같은 나뭇잎은 단 하나도 없지 않은가.

우리는 나뭇잎을 비교해보지 않고서도 그 다름을 확인할 수 있다. 사람도 그렇게 나뭇잎처럼 그려내야 한다. 참나무 잎, 이라고 말하는 것은 일반화이고, 또 그건 중요한 것이지만 사람에 대해 묘사할 때는 일반화하면서 동시에 개별화함으로써 바로 그 사람, 유일한 사람을 그려내야 한다. 톨스토이는 사람들 사이의 차이를 발견하려는 노력에 푹 빠졌고 하나의 표상에 서로 다른 특징들을 연결시킬 수 있는 능력을 키우고자 애를 썼다.

---

130) 1852년 6월 24일 편지(59, 182~185).

책이 한 권 씌어졌다. 바뉴시카가 병이 났다. 그리고 또 책을 다시 써 냈다. 그의 꿈은 원대한 것이었다. 삶 속으로 파고들어 가 그것을 바꿔 보고 싶었던 톨스토이는 러시아의 지주에 관한 장편소설 구상에 전력을 기울였다. 1852년 8월 3일, 아리스토텔레스를 읽은 뒤에 일기에 이렇 게 쓰고 있다.

> 내 소설에서 나는 러시아 사회의 지배체제의 악을 보여줄 것이다. 이 소설이 성공적이라고 판단되면 난 나머지 인생을 현재의 선거 제도에 토대를 둔 전제 체제와 연관된 선택받은 귀족사회의 지배 체제를 그려내는 데에 바칠 것이다. 그것이야말로 바람직한 삶의 목적이다.

제대로 된 서류가 갖추어지지 못한 사병과 마찬가지 신세였던 톨스토 이는 이 벽지 시골에서 길을 잃은 채, 제대로 된 정상적인 귀족들과 장 교들이 춤추며 노는 모습을 선망어린 시선으로 바라보았다. 그들은 옷 을 잘 입고 있었고 귀족적인 삶을 만들어 나가고자 꿈꾸고 있었다.

그렇다고 해서 우리가 놀랄 일은 아니겠다. 페트라셰프스키 역시 체 포되기 얼마 전까지만 해도 귀족들의 영지에 팔란스터[131]를 지어 수입 을 높이자는 계획을 귀족 의회에 촉구했었다.

마침내 첫 작품이 완성되고 투고했다. 이에 대해 톨스토이는 1852년 5월에 톨스토이는 퍄티고르스크에서 숙모에게 편지로 알리고 있다.

> 저의 문학 작업들에 조금 진척이 있습니다. 하지만 아직 출판하려 는 생각까지는 하고 있지 않습니다. 벌써 오래 전부터 쓰기 시작했 던 한 작품은 세 번이나 고쳐 썼는데 한 번 더 손질을 해야 괜찮아

---

131) 〔역주〕프랑스 공상적 사회주의자 푸리에가 이상적으로 설계한 공산 공동체의 건물.

질 것이라고 생각해요. 이런 일은 페넬로페의 일과도 같지요. 하지만 저는 괴로울 것이 없습니다. 내가 글 쓰는 것은 명성을 얻고자 하는 것이 아니라 취미로, 제가 좋아서 하는 것이니까요. 게다가 어쨌든 제가 뭔가 일을 하고 있다는 점에서도 유익하니까요.

톨스토이가 언급한 페넬로페는 그리스 신화에 나오는 오디세우스의 아내다. 그녀는 남편이 전쟁에 나가있는 오랜 동안 구애하는 자들을 물리치며 누구를 사랑하기 전에 오디세우스의 아버지 라에르테스의 수의를 짜야 한다고 말한다. 3년 동안 그러나 그녀는 낮에 짰던 직물을 매일 밤 다시 풀어냈다. 그러나 오디세우스에 대한 페넬로페의 사랑이 식어가면서 그녀의 작업은 조금씩 진전되었다. 숙모는 이런 점에 대해 이야기를 듣게 된다. 톨스토이는 자신의 시골 영지를 판매하려는 편지들 가운데에 이런 말을 끼워 넣고 있다.

근래에 오늘처럼 일에 파묻혀 지낸 적이 없습니다. 편지를 여덟 통이나 써 보냈지요. 오늘 페테르부르그로 소설을 보냈고, 신청서와 대리인 지정서를 보냈고요. 게다가 바로 오늘 철분 온천으로 가야만 합니다. [132]

하지만 타티야나 숙모는 이 편지에서 가장 중요한 점을 즉시 알아차리고 7월 26일 답장을 써 보냈다. "드디어, 내 사랑하는 레프가 페넬로페의 일을 마치게 되었구나. 너의 소설이 완성되어 페테르부르그로 보냈다고? 어떤 제목으로 나오는 거지? 또 어떤 언어로 씌어졌다는 거니?"
톨스토이의 가장 가까운 사람이, 그의 성공을 그토록 확신했던 사람이, 방금 끝낸 작품의 제목이 무엇이며 어디에서 출판되는지, 러시아어로 씌어졌는지 프랑스어로 씌어졌는지 모르고 있다는 것은 믿기 어려운

---

132) 1852년 7월 4일 편지(59, 196).

일이다.

시간은 더디게 흘러갔다. 7월 4일에 편집주간인 네크라소프에게 보내는 아주 간략하고 사무적인 형식의 편지와 함께 난삽하게 쓰인 원고가 그 시대 러시아 최고의 잡지였던 〈동시대인〉지에 발송되었다.

"저의 부탁이 귀하께 많은 번거로움을 드리지 않기를 바라며, 부디 이 원고를 검토해 주시기를 당부 드립니다. 검토해 보시고 만일 출판에 적절치 못하다면 제게 돌려보내 주시기 바랍니다."

그 뒤에는 원고를 임의로 나누지 말아 달라는 부탁과 더불어 의례적인 치하의 말이 따르고 있다. "경험이 많고 양심적인 편집자는, 특히 러시아에서 작가와 독자 사이의 항상적인 중개자라는 그 입장에 비추어 작품의 성공 여부나 대중의 반응 등에 대하여 미리 판단해 주시리라고 확신합니다."

이 편지를 쓰고 있는 사람은 비록 주저하고 있고 원고 반송용 돈을 봉투에 같이 넣어 보내고 있지만 자신의 가치를 잘 알고 있었다.

편지를 보내고 나서 톨스토이는 먼저 퍄티고르스크에 갔다가 스타로글라드콥스카야로 돌아왔다. 모든 것은 아직 불확실했다.

스타로글라드콥스카야에서는 병사들 사망률이 매우 높았다. 이에 따라 검열관이 지명되어 파견되었는데, 그는 바로 그렇게 오랫동안 톨스토이의 마음을 졸이게 했던, 그러나 병사가 된 톨스토이에 대해서는 아무런 배려도 하지 않았던 브림머 장군이었다.

장군의 훈시가 있었고 톨스토이는 당직근무를 섰다. 8월 17일 검열이 있었다. 톨스토이는 아주 피곤해져서 일기에 이런 말을 남긴다. "군기라는 것은 정복자에게나 필요한 것이다."

그는 정복자가 되고 싶지는 않았다. 그는 카자크가 되어 글을 쓰고 사냥을 다니고 싶었다.

8월 28일 기록. "내 나이 스물넷인데 이룬 것은 아무 것도 없다. 내가 나 자신의 의혹과 욕망과 싸워 온 지난 8년이 아무 의미가 없다고 생각

하지는 않는다. 하지만 내 존재의 의미는 무엇인가? 그건 미래가 보여
줄 것이다. 도요새 세 마리를 잡았다."

다음날 톨스토이는 네크라소프의 편지를 받았다. 편지는 아주 간단
했지만 가슴을 울렸다. 네크라소프는 원고에 대해 이렇게 말하고 있다.

> 원고는 아주 흥미롭고 저는 이것을 출판하고자 합니다. 속편을 읽
> 어보지 않아서 확언하기는 힘들지만 제가 보기에 이 원고의 저자는
> 재능이 있다고 생각합니다.

다음 말은 훨씬 단정적이다.

> 어쨌든 작가가 쓰고자 하는 주제, 그리고 내용의 담백함과 진정성
> 은 이 작품의 빼놓을 수 없는 덕목입니다. [133]

작가의 이름을 미처 알지 못했던 네크라소프는 이니셜로는 출판이 곤
란하니 본명을 사용하라고 충고한다.

톨스토이의 이 날의 기록. "니콜라이 형과 사냥을 나갔다. 꿩과 토끼
를 잡았다."

그리고 코스텐카 이슬라빈의 역겨운 편지를 받았다는 짧은 기록이 있
고, 그 다음, "멍해질 만큼 기분 좋은 편집자의 편지를 받았다. 돈에 대
해서는 한 마디도 없다. 내일은 네크라소프와 부옘스키에게 편지를 쓰
고 글을 써야 한다."

그러나 다음날인 8월 30일 톨스토이는 편지를 쓰지 않는다. 9월 5일
일기에 "네크라소프에게 편지를 썼다"고 언급되어 있지만 편지를 부친
것은 15일이었다.

---

133) N. 네크라소프, 전집, 제 10권, 국립문학출판사, 1952, 176쪽.

한편 네크라소프는 톨스토이의 답을 기다리지 않고 9월 5일 두 번째 편지를 보낸다. 원고는 이미 조판이 되어 〈동시대인〉 제 9호에 발표될 것이라는 아주 심각한 내용이었다. 그의 견해는 다음과 같았다.

> … 교정지를 주의 깊게 읽어보고, 원고상태에서도 읽지 못할 정도는 아니었지만, 이 작품이 제가 처음 보았던 것보다 훨씬 훌륭한 작품이라는 걸 알았습니다. 이 작가에게 재능이 있다고 긍정적으로 말할 수 있습니다. 처음 글을 쓰는 당신께 현재 이 점이 무엇보다 중요하리라고 생각합니다. [134]

뒤에는 잡지가 내일이면 출판될 것이라고 알리고 있다.

톨스토이는 네크라소프에게 자신의 이름을 통보하였다. 그는 이때까지 L. N. T. 라는 이니셜을 사용했었다. 그는 지금 무슨 일이 일어난 것인지 아직 알지 못했다. 다만 편집자가 돈에 대해 아무 말도 하지 않고 있다는 것에 화가 나 있을 뿐이었다. 돈이 다 떨어져 당장 너무나 필요한 상태였기 때문이다.

《어린시절》은 유례없이 신속하게 출판되었다. 물론 검열관의 간섭을 받지 않고 진행될 수는 없었다. 검열은 가벼운 소설류에서 종교 물품을 언급하는 것을 금지하고 있었다. 그래서 주인공 니콜라이의 침대 머리에 성상이 놓여있었다는 대목은 "나의 어머니의 초상화"로 바뀌었다. 나탈리야의 이야기(톨스토이 외조부에 의해 결혼이 금지되었던 하녀)는 검열에서 전부 삭제되고 말았다.

톨스토이는 네크라소프에게 대단히 거친 편지를 썼지만 부치지는 않았다. 톨스토이는 이 편지가 자신의 자존심을 보여 주는 것이라고 아주 소중히 여겼다. 그는 문학계에서 독립적인 지위를 지키고 싶었다. 네크라소프에게 보낼 예정이었던 편지는 공손한 편지로 대체되었고 톨스토

---

134) N. 네크라소프, 위의 책, 177쪽.

이의 독립심은 형에게 보낸 편지에 표현되었다.

군에서 톨스토이의 처지는 감내하기 힘든 것이었다. 그는 확실히 잘 못된 행동을 저지르기도 했다. 퇴역서를 제출하고 다시 찾아가고 한 것도 여러 번이었다. 진급을 기대하고 저지른 일들이었다. 어려운 처지에서 벗어날 출구는 야스나야 폴랴나에서, 그리고 고르차코프 가문과의 오랜 인연에서 찾아왔다.

톨스토이가 빛나는 문학적 명성을 얻기 시작하면서부터 그에 대한 주위의 태도가 바뀌었다. 형 세르게이의 편지 어조도 바뀌어서 동생에 대해 미안하다는 마음을 담고 있었다. 타티야나 숙모는 러시아 문학을 읽기 시작했다. 파나예프의 작품을 읽은 그녀는 톨스토이가 훨씬 더 잘 쓴다고 확신했다.

세르게이는 동생이 처음의 성공으로 오만해질 것을 염려하고 있다. "나까지도 사실은 무슨 이유에선지 네가 글을 쓴다는 것이 얼마나 자랑스러운지 모른다. 그러니 나는 네가 거만해지지 않기를 바란다."(59, 219)

그는 톨스토이에게 모두들 칭찬을 아끼지 않는다고 말하고, 자신도 두 번이나 작품을 읽고 아주 마음에 들었는데, 그건 자신이 "작품에 나오는 모든 사람을" 알고 있기 때문이라고 생각했지만 작품을 읽은 모든 사람들이 다들 훌륭한 작품이라고 칭찬하고 있다고 말했다.

형은 자신이 직접 카프카스로 가서 동생이 장교로 진급할 수 있도록 도와주든지, 아니면 사표를 내고 함께 모스크바든, 페테르부르그든, 오데사든, 아니면 상황이 허락된다면 외국이라도 나가서 함께 살면 어떻겠느냐고 제안한다. 그는 이제 모든 것이 변했다며 다만 한 가지, 아직도 도박을 하는지가 걱정이라고 말했다.

톨스토이는 형에게 오히려 자신이 형인 것 같은 어투로 자신은 이제 카드를 치지 않으며 처음보다 더 못한 작품을 쓸 일은 없을 것이다, 왜냐하면 더 이상 글을 쓰지 않을 것이기 때문이라고 대답한다.

네크라소프의 편지를 받은 후 문학적 성공에 고무된 톨스토이는 1853

년 7월에 바랴틴스키 공작에게 서두부터 무슨 결투라도 청하는 것 같은 거친 편지를 쓰지만 보내지는 않았다.

> 제가 직접 장군께 사적인 편지를 내는 것이 조금 이상하고 무례해 보일지 모르겠습니다. 그러나 제가 보기에, 장군께서도 그러하길 바랍니다만, 저는 장군이 저에게 공정함을 요구하듯이 저도 장군께 그것을 요구할 권리를 가지고 있고, 나아가 장군께서 제 말에 귀 기울여 주기를 청할 권리를 가지고 있다고 봅니다. 그 권리는 언젠 가 장군께서 제게 하사하셨던 그 너그러우신 배치명령에 근거한 그 런 권리가 아닙니다. 그것은 어쩌면 장군께서도 어쩔 수 없이 제게 저지를 수밖에 없었던 모욕적인 처사로 인한 권리인 것입니다.

계속해서 톨스토이는 "이제 몇 가지 구체적인 문제를 말씀드려야겠습 니다."라고 말하고는 비난조로 자신의 군 경력에 대해 간략하게 설명한 다. "1851년 장군께서는 제게 군대에 들어오라고 충고했지요."

톨스토이는 인간이 잘못된 충고를 했다고 누구든 다른 사람을 비난할 수는 없는 일이라고 전제하고는, 그러나 그에게 군에 들어와서 바랴틴 스키 휘하에 근무하라고 충고한 것은 다름 아닌 바로 바랴틴스키 장군 임을 환기시킨다.

톨스토이는 통산 16개월 동안 근무했고 두 번 원정대에 동원되었고 자신이 지휘하는 대포로 적들을 물리쳤다. 톨스토이가 지휘했던 소대 는 적들의 대포를 파괴하기도 했다. 그는 확실하게 복무했지만 십자 훈 장도, 계급장도 받은 적이 없다. 물론 두 번 표창이 상신되기는 했다. 톨스토이는 어쩔 수 없이 친지들에게 왜 사병으로 근무하고 있는지 설 명해야 했고, 친지들은 사병생활에 불만은 없는지를 물었다. "장군이 보시기에 이런 입장이 우스워보일지도 모르지만, 저로서는 이런 저의 처지를 생각하며 참으로 고통스러운 순간들을 견뎌왔다는 걸 알아두시 기 바랍니다."

톨스토이는 전역을 요구했다.

먼 오지 카프카스에서 예피판과 숲 속을 돌아다니던 톨스토이는 아직 자신이 누구인지 완전히 알지 못하고 있었다. 높은 곳에서 관찰하듯이 올레닌에 자신을 투사하고 자신을 인식하게 되기까지는 아직 10여 년이 더 흘러야 했다. 그리고 세바스토폴 시절을 더 겪어야 했고 황제의 군대가 패퇴하는 것을 목격해야 했다. 또한 〈동시대인〉의 네크라소프와 체르니솁스키와 사귀고 또 투르게네프와의 짧은 우정도 거쳐야 했다.

카프카스를 제대로 보기 위해서는 야스나야 폴랴나의 집으로 돌아와 모든 것을 다시 생각해보고 농부 아내와 사랑에 빠지고 아이들에게 글을 가르치고 삶을 변화시키고자 하는 꿈을 키워가야 했다. 그때서야 톨스토이는 올레닌을 살아있는 존재로, 사슴이나 모기처럼 살아있는 존재로 이해하게 될 것이다. 그는 올레닌에게서 생동하는 생명력을 보게될 것이고 숲을 지나치고 사슴을 지나쳐 멀리 돌아서 자신의 낡은 생각들, 즉 고르차코프 가문과 귀족출신이라는 생각을 떨쳐버릴 수 있게 될 것이다.

톨스토이는 수십 년 동안 자신과 자신의 환경에서 벗어나 민중에게로 나아갔다. 그리고 드디어 민중에게 도달하여 그 자신 농민의 한 사람이 되었던 것이다. 스물네 살의 톨스토이는 이제 겨우 그 길에 첫걸음을 내딛고 있을 뿐이다. 모든 것은 아직 그의 내부에 잠재해 있었고 지금 그는 단지 어린 시절에만 매달려 있었다.

톨스토이는 분명히 아버지 니콜라이보다 정부와 권력에 훨씬 가까이에 있었다. 아버지는 데카브리스트 봉기를 체험한 세대지만 톨스토이에게 그것은 이미 전설에 지나지 않았다.

아직은 1853년이 지나가고 있었다. 톨스토이는 진급에 대한 미련을 버리지 못하고 있었다. 그러나 이를 위해서는 페테르부르그로 가서 시험을 치러야 했다. 하지만 톨스토이는 즉시 진급하고 싶었다. 그는 세르게이 형에게 편지를 쓴다.

이 점에 대해 페테르부르그의 포병감 참모 중에 역량 있는 사람 누구에게라도 부탁을 해야만 되겠어. 분명 내 서류가 그곳에서 처리될 테니까 말이야. 고르차코프 가문을 통해서 형이 좀 그런 사람을 누구라도 알아봐 줄 수 없겠어?[135]

고르차코프 공작은 할머니 외가 쪽의 아저씨뻘이었다(《어린시절》에서 코르나코프 공작이라는 이름으로 묘사된다). 그의 아이들과는 어렸을 때 친하게 지냈었다. 어느 친척의 파티에서 고르차코프 아이들에게는 좋은 선물을 주고 톨스토이 가문의 아이들에게는 조악한 선물을 주는 비애를 맛보게 했던 아이들이었다. 형은 안드레이 고르차코프를 찾아갔다. 노인이 된 공작은 자신의 조카뻘 되는 아이가 그렇게 오랫동안 진급하지 못하고 있다는 말을 듣고 놀라고는 편지를 써주겠노라고 약속했다. 그러나 이때 톨스토이는 벌써 퇴역 신청서를 제출했다.

그의 퇴역은 터키와의 전쟁이 발발하면서 연기되었다.

황제 니콜라이 1세는 자신을 유럽의 독재자로 자처하며 헝가리 봉기로부터 오스트리아를 '구원'했고, 유럽의 구체제를 지켜내는 신성동맹을 주도하고 있었다. 또한 영국과 개인적인 관계를 유지하면서, 원조를 통해 힘이 성장한 이집트와 정면충돌하는 터키를 지원했다. 영국이 나폴레옹을 세인트 헬레나 섬에 죽을 때까지 가두었고 그리고 지금 프랑스 황제인 나폴레옹 3세는 나폴레옹의 조카라는 사실에서 영국과 프랑스가 영원히 적대적일 것이며, 프러시아와 오스트리아는 자신에게 의존적이라는 판단하에 니콜라이 황제는 불가리아와 세르비아, 루마니아를 보호한다는 명분을 내세워 터키와의 전쟁을 선포했다. 전쟁의 시작은 일단 성공적으로 보였다. 시노프에서 벌어진 첫 해전에서 터키 함대를 괴멸시켰던 것이다.

톨스토이는 도나휴 공국들을 점령하기 위한 군대의 지휘관이 보로지

135) 전집 제 59권, 231쪽.

노 전투에 참여했던 먼 친척인 미하일 고르차코프라는 것을 알게 됐다.

고르차코프 집안에서 톨스토이의 할머니 펠라게야는 매우 존경받는 분이었다. 톨스토이가 고르차코프 집안에서 가장 잘 아는 사람은 사령관의 동생인 세르게이였다. 그래서 그는 세르게이 공작에게 편지를 보내면서 미하일 장군에게 보내는 편지를 동봉하여 보냈다. 세르게이 공작은 매우 친절하게 답을 주었다(10월 17일).

> 친애하는 톨스토이 백작! 오늘 키즐랴르에서 보낸 그대의 편지를 받았고 현역으로 근무하고 싶다는 뜻이 담긴 서류도 잘 받았답니다. 미하일에게 보내는 나의 편지가 이미 작성되어 19일자로 그대의 서류와 함께 발송될 겁니다. 어떻게 될지는 모르겠으나 동생의 입장에서 썼으니 (…) 도대체 이해할 수 없는 한 가지는 어째서 그대는 사관생도를 거쳐 장교가 되지 않고 포병하사관이, 그것도 제 4급으로 근무하게 되었단 말입니까. (59, 252)

편지 끝에 세르게이 공작은 톨스토이의 인내와 행운을 빌어 주었다.

이제 상황이 달라지고 있으니 인내가 필요했다. 톨스토이에게는 작위국 서류가 없었다. 그러나 모든 일이 잘 풀렸고 톨스토이는 강력한 인맥 덕분에 고르차코프 장군의 도나휴 주둔군으로 전출되었고 소위보로 진급되었다.

제
2
부

《어린시절》

카프카스에 가기 전의 일기에는 《어린시절》에 대한 언급이 보이지 않는다. 이 작품을 구상하고 다각도로 집필을 시도한 것은 카프카스의 스타로글라드콥스카야 스타니차에서였다. 하지만 그 초고는 우리가 알고 있는 현재의 작품과는 전혀 다른 것이었다.

처음 원고는 가까운 친구에게 보내는 편지로 시작되는 것이었다. 불행한 작가가 자신을 변명하는 분위기였다. 그것은 서간체 소설의 도입부와도 같았다. 이 원고에는 'G. L. N.'이라고 서명이 되어 있었다. '그라프(백작) 레프 니콜라예비치'라고 쉽게 풀이될 수 있다. 성은 적지 않았다. 그것은 이 글이 자기 자신을 위해 쓴 것이기 때문에, 작위와 이름과 부칭을 다 알고 있을 뿐만 아니라 성은 두말할 필요가 없었기 때문이다.

> 당신은 약속한 글을 곧바로 보내지 않았다고 정말로 내게 화가 난 모양이군요. 당신은 이렇게 써 보냈지요. '내가 정말 그렇게 믿을 만한 사람이 못된단 말인가요?', '내 호기심이 당신을 화나게 만든 겁니까?'라고. 그리고 당신은 호기심에도 서로 다른 두 가지 호기심이 있는데, 즉 그 하나는 질투와 같은 것으로 남의 약한(어리석은) 면을 찾아내고자 하는 바람이고, 다른 하나는 사랑과 같은 것인데 좋은 면을 보고자 하는 바람이라고 했지요. 그리고 이 문제에 관해 당신은 다른 아주 섬세한 판단들을 많이 열거했지요. 그러나 불행하게도 당신의 호기심이 어떤 종류의 것이든지, 그리고 당신이 나의 글을 보여 주게 될 사람들이 어떤 호기심을 보이든지 내게는 아무 상관이 없습니다. 나는 변명도 하지 못하고, 그저 변명을 들어 주기만을 바라는 죄 없는 사형수 같은 처지라고 생각합니다. (1, 103)

그 시절 많은 사람들이 어린아이의 신선한 시선으로 자신의 인생을 돌아보는 글을 쓰는 것이 유행이었다. 하지만 톨스토이는 단순히 어린

254

시절을 묘사하는 것보다 더 넓게, 즉 인생의 네 단계에 걸친 발전을 그리고자 했다. 그는 20년이 넘는 인생의 모든 성장과정을 포괄하고자 했던 것이다.

톨스토이는 처음에 복잡한 사건들을 작품의 기저에 설정했지만 결국에는 아주 단순한 구성으로 전환한다.

보통 어린 시절에 대한 소설에는 주인공이 어떤 불행한 사건으로 인하여 집을 떠나게 되는 경우가 많다. 드물기는 하지만 모험을 찾아 떠나는 경우도 있다. 그러나 집을 떠나는 가장 대표적인 이유는 비합법적 출생으로 인해 집안에서 함께 살 수 없다는 것이다.

캉디드와 톰 존스, 올리버 트위스트136) 등은 모두 비합법적으로 출생한 아이들이다. 톨스토이의 《어린시절》의 최초의 구상에 나오는 주인공들 역시 비합법적 출생자였다. 톨스토이 이웃이었던 이슬라빈 가문의 아이들이 그 모델이다. 이들은 한 집안에 두 개의 성을 가지고 살아야 하는 운명이다. 주인공들의 어머니는 법적 결혼상대로부터 떠나 아이들 아버지에게로 왔는데, 아이들 외할머니는 자기의 딸이 불쌍하다고 생각한다. 이 가족에 대한 소문은 널리 퍼져 매우 불명예스럽게 살고 있었고 집안에서 그녀의 지위는 매우 불안하다.

톨스토이는 점차 이런 전통적 방법을 벗어난다. 비합법적 출생의 흔적은 독일인 가정교사 칼에게 남겨지고 아주 평범한 가족이 설정된다. 《어린시절》에서 한 가족의 평범한 며칠간의 일상, 그리고 그 어떤 법적 행위로도 막을 수 없는, 그러나 흔히 있을 수 있는 그런 불행한 일들

---

136) 〔역주〕 캉디드는 프랑스 계몽주의 철학자 볼테르의 소설(1759)의 주인공. 톰 존스는 잉글랜드 작가 필딩(1707~1754)의 소설(1749) 주인공. 필딩은 새뮤얼 리처드슨과 더불어 영국 소설 창시자로 평가된다. 올리버 트위스트는 영국 작가 디킨스의 장편소설(1838)의 주인공으로 런던 뒷골목에서 불우하게 살아가며 악당들과 대적한다. 《올리버 트위스트》는 당대 사회의 모순을 통렬하게 비판하는 사회소설이다.

이 묘사된다.

톨스토이는 한 주인공을 중심으로 글을 써가기로 했다. 그는 톨스토이 가족이, 네 형제와 여동생 한 명이, 모두 좋은 사람들인데도 도대체 왜 불행한지를 밝히고 싶었다. 아니 더 정확히 말하자면 밝혀야만 했다. 그것은 한 세대의 운명을 밝히는 문제이기도 했다. 이 운명을 이해하기 위해서는 자기 자신 속으로 천착해 들어가야 했고 엄청난 내적 시련을 통과해야만 했다.

카프카스에서 톨스토이의 생활은 유익했지만 혼란스러웠다. 그는 정식으로 임명받은 것도 아닌 사병과 같은 지위로 군복무를 했다. 하지만 그는 특권을 가진 사병이었다고 말할 수 있다. 장교들이 모두 친구였으며, 공식적인 작위증명이 아직 이루어지지 않았다고는 해도 사회적 지위로 보자면 톨스토이가 그들보다 더 높았다. 그리고 그는 장교들과 카드놀이를 하며 돈을 적지 않게 잃었고 또 그걸 갚는데 많은 힘을 들여야 했다. 그는 또 사령관인 바랴틴스키 공작에게 아는 사람처럼 접근할 수 있었지만, 다른 한편으로 사병에 불과한 처지였다.

이 기이하게 얽힌 처지는 톨스토이에게 어떤 자유스러움을 제공해 주었다. 그는 거의 훈련에 참여하지도 않고 마음대로 왔다갔다 했으며 수없이 스타로글라드콥스카야 스타니차로 돌아오곤 했다. 그리고 두 번이나 퍄티고르스크 여행을 다녀왔고 별 희망 없는 청원을 하느라 시간을 보내며 티플리스에 오랫동안 머물 수도 있었다.

이런 상황으로 인해 그의 삶은 이상할 정도로 일관성이 없었다. 그는 마치 떠돌이 방랑자처럼 마음잡을 곳을 찾아다녔고 이 혼란한 숲에서 정신을 잃고 헤매곤 했다. 하긴 그런 숲에서라면 누구라도 쉽게 정신을 잃어버리지 않을 수 없을 것이다.

그는 얼어붙은 강을 따라 대포를 끌고 가는 행군의 고통을 체험했고, 격렬한 전투를 치렀으며, 포로가 될 위험에 직면하기도 했다. 또한 늘 대책 없이 돈을 써버리고 이상한 궁핍의 상태에 빠져 있곤 했다. 이렇게 자기 주소를 잃어버린 사람, 카자크 마을로 스스로 추방된 사람으로서 그는 그 시기에 나무들이 제 키만큼 다 자라듯이 그렇게 성장해가고 있었다.

의심과 자기분석과 일기쓰기, 미래에 대한 지속적인 불안, 이 모든 것은 톨스토이가 주변의 모든 것을 떨치고 본격적으로 글을 쓰기 시작했을 때 모두 유용한 것들이었다.

이 시기 톨스토이가 수행한 작업은 이루 말할 수 없이 위대한 것이다. 1852년 〈동시대인〉 9월호에 《어린시절》이 발표되면서 그는 문학형식을 충분히 갖췄을 뿐만 아니라 시대를 새롭게 표현해 내는 작가로 등단한다.

문학이 세계를, 즉 현실을 반영한다는 것은 분명하다. 세계에는 세계 자체 외에는 다른 아무 것도 없다. 그 외의 뭔가 다른 것을 반영하고 묘사한다는 것은 작가가 자신만의 물리학과 생물학의 법칙을 가진 세계를 스스로 만들어 가진다면 가능할 것이다.

그러나 반영이란 대체 어떻게 일어나는 것인가? 작가는 지금 당장 그의 눈앞에 벌어지고 있는 것을 반영하는 것인가, 아니면 경험한 인상들을 축적하고 있다가 나중에 그 형식을 찾아 반영하는 것인가? 작가가 쓰고 있는 것이 바로 오늘이 아닌 다른 시기라면 어떻게 이해해야 할 것인가. 그 경우에 작가는 과연 글을 쓰는 오늘을 묘사하고 있는 것인가, 아니면 작품에 표현되는 그날로서의 오늘을 묘사하는 것인가, 혹은 예술 바깥의, 그 자신에게도 아직 확실치 않은 미래와 오늘을 분석하고 있는 것인가?

톨스토이의 전기에서 중요한 것은 그의 창작이다. 그가 어떻게 글을 쓰고 어떻게 성공을 거뒀으며 우리가 그에게서 무엇을 배울 것인가 등이 중요하다. 천재성은 학습되어지는 것이 아니지만 근면 성실하고 체계적인 작업, 스스로에 대한 정직함, 자기 자신의 극복 등은 배워야 한다. 어떤 사람이 자기 자신에 대해 글을 쓴다는 것은 그가 우리에 대해,

그리고 다른 모든 사람에 대해, 즉 그를 창조한 세계에 대해, 그리고 그가 자신의 작품으로 창조해내고 있는 바로 그 세계에 대해 쓰는 것이라고 이해할 수 있다.

예술의 세계가 현실의 세계를 재생산하는 방법은 아주 복잡하다. 예술의 법칙은 그 형식의 자유로움에도 불구하고 역사에 의해서 일정하게 규정되고, 역사를 표현하고 또 역사를 이해하도록 도움을, 즉 인류의 영혼의 역사를 해독해 낼 수 있도록 도움을 준다. 따라서 예술의 법칙은 작품을 써낸 사람뿐만 아니라 때로 사회적 시대까지를 재생시켜낸다. 그리고 또한 문명의 붕괴라든가 여러 대륙에서 인구의 변화, 그리고 아틀란티스의 몰락 등을 재생시켜내기도 한다.

시사적 주제를 다루는 것을 수준 낮은 것으로 취급하지는 말자. 오히려 위대한 예술은 절박한 시사문제들을 다루는 경우가 많다. 소포클레스는 비극을 보러온 수천 명의 관객에게 나라의 실태를 보여줌으로써 그들을 절망과 눈물로 몰아넣었다는 이유로 벌금을 물어야 했다.

호라티우스 역시 절박한 시사 문제를 다루었다.

단테의 《신곡》 역시 시사적인 것이어서, 꼭 신문 같다고 말할 수 있다. 만일 그 시대 신문이 있었다면 꼭 그와 같았을 것이다. 그는 세상에 아직 알려지지 않은 그런 격정을 겪은 연인들의 죽음에 대해 말해 주고, 아직은 살아있는 그의 적들이 내던져질 지옥의 불구덩이를 살펴본다. 푸시킨도 시사적인 문제를 다루었고 그로 인해 추방이라는 대가를 치러야 했다. 레르몬토프와 고골 역시 시사적인 주제를 다루었고 그 대가로 죽음을 맞이해야 했다.

《어린시절》과 《카자크 사람들》은 이 작품은 시사적이지 않다고 특별히 강조하는 것처럼 구성되어 있다.

《어린시절》의 작가는 자신이 늙었다고 짐짓 애도를 표하고 있지만 사실 그의 나이 겨우 스물네 살이었고 묘사되는 사건들 역시 겨우 10여 년 전의 일이다. 《카자크 사람들》은 스타로글라드콥스카야에서 돌아온

10년 뒤 야스나야 폴랴나에서 창작되었다.

사정이 이러한데 이 작품에 시사성이 있다고 말할 수 있을까?

하지만 여기에도 시사성은 존재한다.

작가가 어떻게 불가피하게 그런 주제를 선택할 수밖에 없었고, 그것을 변경할 수 없었는가를 설명하기 전에 우리는 문학적 글쓰기에 대해서, 작가가 어떻게 그걸 습득하며 어떻게 새롭게 변형시켜내고 있는가에 대해 좀 더 살펴볼 필요가 있다.

한 세대는 다음 세대에게 말하기를 가르친다. 어머니와 아버지, 동료, 그리고 길거리가 새 세대를 가르친다. 하지만 구세대는 젊은이들이 이전과는 다르게 말하는 것을 보고 놀라워한다. 새로운 개념을 표현하기 위해 말이 변형되었기 때문이다.

마찬가지로 한 세대는 다른 세대에게 예술을 가르친다. 예술의 선조들은 오랜 세월에 걸쳐 그 업적을 우리들에게 계승시키지만 그 계승 속에서 변형은 불가피하다.

어떤 작가가 정말로 완전하게 독창적이라고 말하는 것은 어떤 어린아이가 스스로 자신의 말을 창조하여 읽고 쓰고 한다는 것만큼이나 불가능한 일이다. 타잔이라면 그게 가능하겠지만 그는 말도 되지 않는 터무니없는 이야기의 주인공일 뿐이다.

톨스토이는 대단한 독서량을 가지고 있었다. 그리고 남의 말을 경청하는 편은 아니었지만 귀동냥으로 들어 둔 것도 대단했다. 후에 그는 자신이 배운 책의 목록을 작성하였는데 거기에는 성경과 아랍의 옛날이야기, 러시아의 영웅담, 그리고 거의 알려지지 않은 작가들의 이름들까지 열거되어 있다.

톨스토이는 18세기 문학에 대해 잘 알고 있었고 지금 우리가 잘 알지 못하는 잡지까지 읽고 있었다. 아버지가 좋아하는 시문들을 적어놓은 공책을 통해서 푸시킨 읽기를 배웠고 집시 노래를 통해 시를 감상하는 법도 배울 수 있었다. 그리고 어렸을 때 이미 루소를 읽은 바 있었다.

　루소와 스턴은 인간의 영혼을 드러내놓은 작가들이다. 비록 그 하나로 인류를 행복하게 만들어 줄 수는 없었지만. 톨스토이는 스타로글라드콥스카야 스타니차에서 영어공부를 위해 스턴의 책을 한 장, 한 장 꼼꼼히 번역하기도 했다.

　어떤 작가가 다른 작가를 공부한다는 것은 모방을 뜻하지는 않는다. 또한 전차가 지나가며 일으킨 방전이 주변 텔레비전 방송을 방해하듯이 한 작가가 다른 작가의 창작인생에 개입해 들어간다는 것을 뜻하지도 않는다.

　그러나 루소와 스턴은 하나의 시대적 징표였다. 그것은 사람들이 자신의 내적 삶에 관심을 가지게 된 시기, 즉 사람들이 가정에서의 대화나 상업적 이해타산, 유산상속, 부부싸움 등이 가장 중요한 문제라고 생각하기 시작한 시대의 징표였다. 그들은 인간의 감정을 발견했고, 그 감정은 국가와 낡은 중세적 교의, 봉건시대의 유풍에 대립되는 것이었다.

　스턴은 그 당시 사람들에게 그들이 어떤 생각으로 움직이며 그들의 생각이 얼마나 모순적인지를 보여 주었다. 그는 낡은 영국 소설의 형식을 뒤흔들고 비웃었으며, 수천 번도 더 그 규범을 어김으로써 그것을 파괴해 버렸다. 그럼으로써 그는 지식의 새로운 자리에 올랐던 것이다. 시대는 그의 아이러니를 통해 파괴된 모습으로 반영되었다. 그 파괴된 시대는 이미 스스로를 존엄하게 여기지 않았기 때문에 다가오는 혁명적 흐름은 전혀 나타나 있지 않다. 스턴은 그걸 믿지 않았던 것이다.

　그림 같은 스타로글라드콥스카야 오두막에서 겨울과 가을에 걸쳐 스턴을 번역하며 톨스토이는 자신의 시대를 파악해갔다.

　눈은 내리며 녹으며 갈대밭을 덮었고 산은 갈색으로 변해갔고, 테레크 강은 둑을 넘어 범람했다가 다시 가라앉았다. 톨스토이는 집에 대해서는 모든 것을 다 잊고 사랑에 빠졌다가 다시 정신이 들면 작위국 서류가 언제나 오려나, 혹시 소위보로 승진할 수 있지 않을까 하고 고대하다가 숲 속에 들어 가 눈밭을 밟으며 사냥을 했다.

260

톨스토이는 자신이 과거에 강력하게 매인 사람이라고 느끼고 있었다. 그가 쓴 책의 서문은 그래서 매우 구식이다.

> 선택된 나의 독자들에게 내가 바라는 것은 그리 많지 않습니다. 여러분들이 따뜻한 마음으로, 말하자면 앞으로 사랑하게 될 이 가공의 인물에 대해 가끔은 진심으로 안쓰러움을 느끼며 눈물 한 방울이라도 흘려줄 수 있기를, 진정으로 그에 대해 기뻐해 주기를, 그러나 그걸 부끄러워하지 말아 주기를, 그리하여 여러분이 여러분 자신의 추억을 사랑하게 되고 종교적인 사람이 되어 주기를, 여러분이 나의 소설을 읽으며 여러분이 비웃지 않고 여러분의 가슴을 울리는 그런 구절을 찾을 수 있기를, 여러분이 질투의 마음으로 팔자 좋은 신분이라고 경멸하지 않기를, 여러분이 거기에 속하지 않았다면 그저 조용히 냉담하게 지켜봐주기를 바랄 뿐입니다. 그러면 나는 여러분을 선택된 독자들로 받아들일 것입니다. (1, 208)

이건 어떤 귀족이 다소 깔보듯이 종교적이고 따뜻한 마음을 가진 평범한 계층의 사람들에게 무언가 베풀 듯이 초청하는 글이다. 같이 함께 세상의 탄복할 만한 모습을 감상하자는 투다.

서문의 초고는 모든 것을 잃은 사람이 아주 가까운 친구에게 자신이 왜 그런 사람이 되었는지를 설명하며 변명을 하는 고백처럼 씌어졌다.

> 나는 불행한 사람입니다. 내가 전적으로 죄가 없다고 할 수는 없겠지만, 그렇다 하더라도 나는 내 불행에 대해 다른 불행한 사람들보다 더 죄가 많이 있다고 할 수는 없겠지요.

톨스토이는 불평을 담은 글을 삭제하고 추억과 희망에 대한 부분은 남겨두었다. 하지만 전반적으로 《어린시절》의 음조는 자책이라기보다 환멸이다. 《소년시절》의 음조는 갈수록 더욱 가혹해졌고, 《청년시절》은 미처 완결되지 못했다. 그것은 톨스토이 자신이 주인공을 어떻게 비난하고, 그들의 어떤 점에 불만을 표해야 할 것인지를 미처 결정하지 못했기 때문이다.

그는 현재로부터 행복한 과거로 떠나가고자 했다. 《어린시절》에는 과거에 대한 자랑스러움이 묻어나는 부분이 있다. 물론 다른 사람의 말을 통해서이다. 제 18장 '이반 코르나코프 공작' 부분이 그것이다.

이반 코르나코프 공작은 외할머니계의 친척인 고르차코프 공작이 모델이며 아무런 비판적 어조 없이 특별한 존경심으로 묘사되고 있다.

> 이 분은 키가 큰 칠순의 노인이었는데, 커다란 견장이 달린 군복을 차려입고 있었고, 옷깃 밑으로는 흰색의 커다란 십자훈장이 보였으며, 얼굴에는 온화하면서도 너그러운 표정을 짓고 있었다. 그분의 동작 하나하나에서는 자유로움과 편안함이 묻어났는데 그건 내게 충격과도 같은 감동을 주었다.

공작은 머리가 뛰어난 사람은 아니고 지식도 피상적이었으며 현대문학에 대해서는 전혀 아는 바가 없었다. 다만 그런 주제가 나오면 침묵을 지키며 별 의미 없는 말로 벗어나는 요령은 가지고 있었다. 하지만 고르차코프 공작은 최고 상류계층의 사람이었다.

톨스토이의 부친이 고르차코프 가문의 어머니에 대해 어떻게 대했는지를 보자. 부친은 어머니에 대해 톨스토이가 '비굴한 다정함'이라고 표현할 수밖에 없었던 그런 태도를 보였다.

이반 고르차코프는 《어린시절》에서 그 이면적 성격에 대한 분석 없이 등장하는 유일한 인물이다. 그러나 《어린시절》에 등장하는 모든 다른 인물들은 그 모순성이 여지없이 드러난다. 그 누구도 오직 선하거나 오직 악하게 그려지는 법이 없다. 모두들 나름대로 선하기도 하고 악하기도 하다. 어쩌면 단 한 사람, 어머니만이 푸르스름한 안개에 싸인 아름다운 천사로 그려지고 있을 뿐이다.

주인공의 아버지의 모습은 매우 복잡한 성격으로 그려진다. 매력적인 인물이며 도박꾼에다 작곡가 A. (알랴비에프)의 친구인 아버지는 "과거의 사람으로서 그 시대 젊은이들에게 공통적이었던 기사도적 정신과 진취적인 기상, 거기다 대단한 자부심과 예의 바른 마음씨, 그리고 방탕함 등이 뒤섞인 뭐라고 한 마디로 꼬집어 말할 수 없는 성격을 지니고 있었다."

제3장과 제10장, 두 장은 전적으로 아버지의 성격을 분석한다. 제3장에 묘사된 아버지는 아주 상냥한 사람이고 비록 능력은 없지만 노력하는 지주다. 집사 일을 보는 하인은 하품을 감추며 겉으로 존경을 표하지만 실제로는 오히려 아버지를 제 뜻대로 조종한다. 그러나 제10장에서의 아버지는 다소 다른 모습이다.

> 아버지는 나이가 들면서 사물을 보는 일정한 안목과 확고한 원칙 같은 것이 형성되긴 했지만 그 유일한 근거는 실용성이었다. 아버지는 자신에게 행복이나 만족감을 주는 행동이나 생활방식을 좋은 것이라고 여겼으며, 또한 누구나 다 그렇게 행동해야 한다고 생각했다.

사람들, 심지어 풍경조차도 분석에 아주 깊은 관심을 가진 사람의 눈으로 그 움직임이 포착되고 있다.

《어린시절》에서 주인공은 서술자 니콜라이다. 그는 어머니를 사랑하며 하인들을 아끼고 따르는 착한 아이지만, 그러나 어머니의 관 앞에서 슬픔을 참지 못하면서도 자신이 남들 눈에 어떻게 보일지를 생각하기도 한다.

세계는 그 모순성과 더불어 처음에는 다소 가벼운 농담과 같은 어조로 제시된다. 어린 소년은 독일인 가정교사 칼 이바노비치가 그의 침대

위에서 설탕 봉지로 만든 파리채로 파리를 잡는 소리에 잠을 깬다. 소년은 처음에 화가 났지만 나중에는 이 노인의 다정함에 감동을 받고 눈물을 흘리기까지 하며 왜 우느냐는 질문에 꿈을 꾸었다고 둘러댄다. 어린 소년을 둘러싼 모든 세계는 모순 속에서, 아이러니한 모습을 드러낸다.

세계는 감동적일 뿐만 아니라 슬프게도 무의미한, 그리고 습관적으로 잔인한 모습이다. 독일인 가정교사는 기껏해야 두세 권의 책을 알고 있다. 《7년 전쟁사》와 《토지 시비(施肥) 법》, 그리고 액체역학 학습서가 그것이다. 그는 이 책들 외에는 기껏해야 〈북방의 꿀벌〉이란 신문만을 읽는다. 하지만 그럼에도 독서로 인해 시력이 몹시 쇠약해졌다.

주인공의 어머니를 시중들던 하녀는 사랑하는 사람과 이별해야 했다. 그들 둘은 무언가 커다란 죄책감을 느끼면서 헤어진 채 한 집안에서 늙어갔다.

사냥 장면은 아주 다채롭고 활기차다. 사냥을 이끄는 것은 은근히 주인을 깔보는 마부 투르카다. 할 일 없이 따분해하는 지주들은 세상을 만들고 꾸려가는 존재가 아니다.

어머니는 아버지로 인해 마음의 상처를 받았고 아마도 아버지는 주지사의 딸 마리야를 유혹하고 있는 것 같다.

이런 사람들을 동정할 수는 있어도 그들과 더불어 살고 싶지는 않을 것이다. 누구라도 이들을 다르게 바꿔버리고 싶을 것이다.

사람들은 먼 여행길의 동반자처럼 아주 조금씩 그 모습을 드러낸다. 하지만 그들은 그 모습을 드러내지만 변화되지는 않는다. 톨스토이는 무엇보다 사람이 스스로를 변화시키고 그럼으로써 정신적으로 성장하는 능력을 높이 평가한다. 이 때문에 그의 작품에서는 중심적 사건이나 주인공들의 삶의 변전이 본질적인 것이 아니다.

칼 이바노비치만이 격정적으로, 그리고 다소 희화적으로 과거의 역사와, 커다란 세계와 연관되어 있다. 즉 사생아였고 독일 삭소니아 출신이었던 그는 나폴레옹 휘하에서 전투에 참여했다가 도망을 쳐 집 없이 떠도는 운명에 처한 인물이었다. 하지만 이런 이야기도 분명 칼이 스스로 꾸며낸 것이었다.

톨스토이는 사람을 분석하기 위해 사람의 영혼의 비밀을 들여다볼 수 있는 일종의 현미경 기법을 사용한다. 어떤 사람의 아주 작은 부분을 들여다보면서 그는 세계를 새롭게 파악하고 새로운 변화의 길을 찾아가는 것이다.

한 귀족의 어린 시절과 소년 시절에 대한 책이 네크라소프의 잡지에 게재된 것은 결코 우연이라고 말할 수 없다. 137) 이 작품에서 톨스토이는 자신의 과거와 작별하고 세계에 대한 새로운 인식을 이끌어내고 있는 것과 같기 때문이다.

톨스토이에겐 스턴의 요란법석이나 간접적인 아이러니 같은 요소는 없다. 《감성여행》에서 스턴은 패러디하듯이 서술을 작은 장들로 나누어놓는다. 넉 장은 마차 헛간 문 옆에서 벌어지고 있다. 작가는 소설의 행위의 빈약함을 빠른 감정 변화의 속도와 대비하여 보여준다.

톨스토이는 자신의 최초의 작품에서 후에 영원히 자신의 것이 되었던 문학방법을 발견해 낸다. 즉 작품을 작은 장들로 나누고 각 장에는 새로운 행위장소에서 각각의 중요인물을 등장시켜 하나의 완결된 이야기가 전개되도록 한 것이다. '가정교사 칼 이바노비치' 장은 어린아이의 시선으로 늙은 가정교사를 그린다. 이 인물은 여기서 여러 상황 속에 여러 모습으로 그려지고 있다. 나오는 사람은 똑같지만 행위 장소는 침실과 공부방 두 곳이다.

제 2장인 '엄마'는 응접실에서 진행된다. 어머니와 니콜라이의 누이, 그리고 주지사의 딸 마리야가 나온다. 여기서 제 1장에서 꾸며냈던 니콜라이의 꿈은 어머니의 죽음에 대한 예언의 의미를 띠게 된다. 이 장의

---

137) 〔역주〕《어린시절》이 발표된 〈동시대인〉지는 네크라소프가 주도하던 잡지였고, 당시 진보적인 문인들의 거점이었다.

마지막 부분에서 여주인인 엄마는 "몇 사람의 고참 하인들 몫으로 각설탕 6개를 쟁반에 담았다." 이것은 하인들에 대한 주제로 넘어간다는 것을 암시한다.

제 3장 '아빠'는 아버지와 하인과의 대화를 묘사한다. 그들은 하나의 동일한 일에 대해 대화하고 있지만 이들 대화의 진정한 의미는 그들의 동작에 대한 분석을 통해서만 이해될 수 있다. 여기서 소년은 자신들이 모스크바로 가게 될 것임을 알게 된다. 이 장의 마지막에서 니콜라이는 아버지가 가장 좋아하는 보르조이 사냥개에게 입을 맞춘다.

"밀카!" 나는 개를 쓰다듬으며 콧잔등에 입을 맞추고 말했다. "우린 이제 떠나간다. 잘 있어! 다시는 더 못 만날 거야, 안녕."

이 넉 장은 인쇄된 분량으로 10여 페이지밖에 되지 않는다. 그런데 그 속에서 행위의 장소는 사냥개 밀카와 대화하는 테라스까지 포함하여 다섯 곳이나 된다. 게다가 공부방 창문에서 내다보이는 곳은 여섯 번째의 공간이라고 말할 수 있다. 이제 곧 이야기가 집에서 바깥의 정원과 숲으로 전개되어갈 것이기 때문이다.

세상의 현상은 처음에는 가볍게 언급되기만 했다가 나중에 자세하게 전개된다. 곁눈으로 슬쩍 보였던 세계는 후에 작가에 의해 주의 깊게 관찰되는 것이다. 그래서 모든 장들은 끝나면서 다른 장의 시작으로 연결되어 연쇄적인 고리를 만들어 낸다.

이런 방법은 톨스토이의 의식적인 노력의 결과이다. 톨스토이는 장별 크기와 그 완결성에 대해 일기에서 이렇게 쓰고 있다.

"처음에 내가 취했던 작은 장별로 글을 쓰는 양식은 아주 편리하다. 각 장은 단 하나의 생각과 단 하나의 감정을 묘사해야 한다." 그리고 그 밑에 굵은 글씨로 "공부. 문학법칙."(46, 217)이라고 써놓았다.

톨스토이는 1853년의 최초의 위대한 성공을 이렇게 요약해 냈다.

장별로 각각의 완결성을 지닌 노벨라로 만들면서 톨스토이는 자유롭게 자신의 분석을 담아낼 수 있었다. 물론 단어나 표현이 어린아이의 시각이라는 점과 긴밀히 연관되어 있다. 하지만 분명히 어린아이의 시야를 뛰어넘는 것이기도 하다.

작품의 어휘들에 대해 톨스토이는 서문을 통해 독자들에게 이렇게 말하고 있다.

> 내 생각에 저자(작가, 글 쓴 사람)의 개성은 반-시적(反-詩的)입니다. 나는 자전적인 형식으로 글을 쓰면서 여러분이 가능한 한 나의 주인공에 대해 더 많은 관심을 가져주기를, 그리고 작가 자신의 흔적은 나타나지 않기를 바라고 있습니다. 이 때문에 나는 작가가 나타날 수 있는 모든 흔적을, 현학적인 표현이라든가 복잡한 구문 등을 피하고자 했던 것입니다. (1, 208)

《어린시절》은 마치 모든 일이 3일 동안 일어난 것처럼 구성되어 있다. 첫째 날은 시골에서의 8월 2일인데 커다란 세계의 출현을 예비하는 날이고, 둘째 날은 모스크바에서의 하루, 셋째 날은 시골로 돌아와 어머니의 장례식에 참석한 날이다. 이 3일은 7개월 동안 있었던 3일이다.

인물 성격을 그리고 있는 '그리샤', '이반 고르차코프 공작', '아버지는 어떤 사람이었는가?' 등은 이런 평이한 연대기적 순서를 벗어난다. 하지만 이런 일탈은 서술의 흐름을 방해하지 않고 오히려 지나간 과거를 그려내면서 서술의 틀을 확대해준다.

《도망자》

도망자가 되어 스타로글라드콥스카야로 떠나던 톨스토이는 《또 다른 하루(볼가 강에서)》[138] 라는 수기를 쓰기 시작한다.

톨스토이는 이 여행을 귀중한 체험으로 생각했다. 그는 이때가 자신의 인생에서 가장 좋았던 날 중의 하루라고 생각하고 있었다. 여기서 말하는 '날'이라는 단어는 비유적으로 쓴 것이 분명하다. 1904년에 톨스토이는 마코비츠키에게 '이에 대해서는 책 한 권으로도 다 쓰기 힘들다'고 말한 바 있다.

그럼 왜 그는 그런 책을 쓰지 않았을까? 분명히 어떻게 쓸 것인지 결정을 내리지 못한 것이다. 《어제의 이야기》와 같은 종류의 작품을 쓸 것인가. 그렇다면 그건 한 인물에 대한 이야기가 될 것이다. 하지만 그는 위대한 강과 그 강이 지나고 있는 나라에 대한 글을 써야만 했다.

톨스토이는 아직 글 쓰는 방법을 충분히 익히지 못했다. 여행기는 배를 빌리는 과정에 대한 이야기에서 시작된다. 모든 글은 사건의 순서에 따라 씌어져야만 한다고 생각했다.

스타로글라드콥스카야에서 그는 새로운 소재에 빠져든다.

톨스토이는 카프카스에 대한 수기를 쓰려고 마음먹었다. 예피판 아저씨는 처음에는 글의 소재를 제공하는 사람이었다. 그는 거의 민속학적인 작품을 쓰고자 했다. 그러나 이미 《어린시절》을 써 나가면서 인물 성격들에 깊은 관심을 가지고 있었고, 그래서 예피판은 아주 특별한 성격을 가진 인물로 그 자체로 관심의 대상이 되었다.

1852년 10월 2일 일기에는 이렇게 씌어 있다. "늦은 점심을 먹은 뒤 잠을 한숨 자고 일어나 산책을 했고, 타티야나 숙모에게 편지를 쓰고 예피판에게 빠져 들었다."

그 뒤에는 간략한 기록이 있다. "예피판, 사파-길디, 노래를 부르고 총을 쏘아대는 카자크 군무, 들개, 찬란하게 별이 빛나는 밤, 모두 화려하다. 특징적인 성격. 10여 쪽을 썼다. 아주 잘 됐다."

하지만 이 모든 것은 뒤로 밀려난다. 비록 실현되지는 못했지만 러시아

---

138) 시작 부분만 씌어졌다(1, 294~295).

지주에 대해 규모가 큰 소설을 쓰는 것이 무엇보다 중요했기 때문이다.

10월 13일자 일기. "카프카스에 관한 수기를 쓰고 싶다, 연습 삼아, 돈도 벌고." 소설을 쓰는 일에 비하면 정말 별 의미 없는 일인 것처럼 말한다. "소설에 대한 생각만으로도 행복하다. 그건 어쩌면 완벽한 것은 아닐지 몰라도 아주 유익하고 좋은 책이 될 것이다. 그래서 중단 없이 계속해야만 한다."

수기는 정확한 사실을 전달해야만 한다.

톨스토이는 충실하게 현실을 전달하고 언어를 극복하고 싶었다.

> 언어는 결코 상상의 것을 전달할 수 없다. 하지만 언어로 현실을 표현하는 것은 훨씬 더 어렵다. 현실의 충실한 전달은 언어의 장애물이다. (3, 216)

그 시절 러시아의 수기문학은 이미 적지 않았다. 이를테면 투르게네프의 《사냥꾼의 수기》가 대표적이다. 당시 투르게네프는 톨스토이에게 커다란 의미를 가진 작가였다. 하지만 그는 다른, 좀 더 방대한 것을 원하고 있었다. 그는 분석을 통해 예술을 도덕과 지식의 높이로 끌어올리고 싶었다.

계급장이나 직책 없이 근무한 군대에서 톨스토이는 사병들과 같이 대열에 서 있다가 그들과 함께 둘러앉아 모닥불을 쬐어야 하는 신세였다.

카자크 사람들은 장교의 동생이지만 제대로 된 군복도 입지 못한 그에게 별다른 존경을 보이지 않았다. 그저 놀기 좋아하는 사람들이나 은퇴한 카자크 병사 예피판 정도가 가까이 지냈을 뿐이다. 톨스토이는 예피판에게서 문명의 허위에 물들지 않은 자유로운 인간의 모습을 보았다. 예피판은 많은 것을 알고 있고 수많은 정보의 원천이었다. 이야기꾼이었던 그의 이야기는 받아 적을 만한 것이 많았다. 그뿐만 아니라 그는 시대의 모순 한가운데 있는 인물이었다. 당시 카프카스는 체첸인들과의 전투가 격화되고 있었고 더불어 카자크 사회 자체가 붕괴되고 있었다.

톨스토이에게 예피판은 푸시킨에게 늙은 집시가 그랬던 것보다 더 큰 의미를 가지고 있다.

작가의 눈앞에는 멀리 보이는 높은 산들이 있고 그 산들은 그의 영혼에 평온과 불화를 동시에 안겨주었다. 평온을 준 이유는 그 산들이 마치 이전에 잃었던 도박 빚을, 이전의 오래된 죄를 다 씻어 주는 것만 같았기 때문이다. 그러나 동시에 또 다른 거대한 손실에 대한, 민중과의 불화에 대한 생각을 떠올리게 만들었다. 그리고 톨스토이가 자신의 수기에는 쓰지 않았던 사랑이야기는 저 거대한 산맥처럼 생생하게 실재하는 것이었다.

사랑, 예피판, 산맥, 카자크 사회 — 이 모든 것은 모순 속에 한데 응어리지며 인간 영혼을 움직여 톨스토이가 여행 수기를 쓰려던 계획과 러시아 지주의 의미와 의무를 확고하게 확립하려는 소설 계획을 포기하고 《카자크 사람들》이라는 소설을 쓰게 만든다.

이 소설은 사랑과 카프카스, 그리고 톨스토이 자신에 대한 것이었다. 소설이 진척될수록 주인공 올레닌은 톨스토이 자신이 되어갔다. 작가가 이 세계 속에서 자신의 모습을 이해하기 시작했기 때문이다.

톨스토이는 작품을 독특한 발라드로 시작한다. 그건 일정 부분 카자크 노래와 관련된 것이다. 그 속에는 마리야나라는 여주인공이 등장하고 칼에 베여 죽은 카자크인의 시체가 실린 수레가 도착하는 장면이 담겨있다.

첫 번째 초고의 시를 한번 보자. 이 시는 마지막에 "(역겹다) 1853년 4월 16일. 체르블렌나야" 라고 씌어있다. 체르블렌나야는 테레크 강 연안의 스타니차 중 하나이다.

헤이, 마리야나, 하던 일을 멈춰봐!

산 너머 저 총소리 들리지 않니?
분명히 우리 카자크 병사들이
원정에서 돌아오는 거야.
어서 저 다리 위로 나아가
빵과 소금을 들고 맞이해야지,
이제 너의 서방님이 오시면
밤새도록 너와 놀아주겠지.
붉은 비단 리본으로
아마 색 머리를 묶고,
예쁜 리본 달린 가죽신을 신으렴,
알록달록 무늬 있는 양말을 신고,
은 동전 목걸이와 구슬 목짓도
잊지 말고 걸치렴,
머리를 깨끗이 빗고
붉은 카프탄을 걸쳐 입으려무나.

아직 제 3의 주인공은 나타나지 않는다. 모든 것은 귀환한 전사들과 죽은 병사들의 주제에 집약되어 있다.

톨스토이는 시의 형식을 빌려 문체 훈련을 하고 있다고 말하지만 그가 갑자기 시 형식을 사용하는 것은 카자크 사람들의 삶이 그에게 하나의 노래처럼 보였기 때문일 것이다. 이전의 많은 수기작가들이 별로 뛰어나지도 시적이지도 못한 글을 통해 그레벤 카자크 여인들이 마치 무대에서 움직이는 오페라 배우들처럼 보였다고 묘사한 것도 결코 우연은 아니다.

아마도 이와 같은 낯설고도 화려한, 완전해 보이는 듯한 삶이 톨스토이에게 노래의 영감을 일깨우지 않았을까. 그러나 작가는 자신의 운명과 함께 그 속에 들어갔고 자신이 본 것을 이해하고 싶었다. 그는 원로들에게 다가가 묻기 시작한다. 작품 속의 예로시카(실제인물인 예피판을 모델로 한)는 이야기를 이끌어 가는, 작품을 불러주는 사람이 되었다.

구상할 때에는 주인공이 장교로 설정되었다. 초고에서 장교는 구브코프, 두브코프, 르잡스키 등 여러 성으로 거듭 바뀐다. 그는 다른 삶을, 그도 아니라면 색다른 풍경이라도 찾아 떠나온, 곱절이 되는 봉급과 아름다운 카자크 처녀들을 만날 수 있다는 기대를 안고 떠나온 많은 러시아 장교들 중 한 명이었다.

그러나 톨스토이는 '도망자 카자크'에 대한 소설을 쓰고 싶었다. 소설은 오랫동안 '도망자'라는 제목을 부여받고 있었다.

장교에게 상해를 입히고 산으로 도망간 루카시카(초고에서는 키르카)가 도망자였다. 하지만 모스크바를 떠나온 올레닌도 역시 도망자였다. 《하지 무라트》에서 하지 무라트는 샤밀의 폭정을 피해 산에서 도망친다. 반면 채찍으로 태형을 당한 늙은 병사 아브데예프는 러시아 황제 니콜라이 1세를 피해 산으로 도망치다가 유탄에 맞아 죽는다. 그러나 이 유탄은 결코 우연이 아니다. 그렇다고 그의 죽음에 체첸인들의 잘못이 있는 것도 아니다.

왼쪽 전선을 지휘하던 바랴틴스키 공작은 병사들의 사랑을 이끌어내지 못했다. 하지만 《하지 무라트》에서는 예술적 솜씨, 분석의 깊이에서뿐만 아니라 주인공에 대한 작가의 태도에 있어서도 많은 것이 변화되었다.

《하지 무라트》에서 병사들은 바랴틴스키 공작에게 우호적이지 않다. 이 젊은 장군은 지역 총독의 며느리 보론초바를 사랑하고 있었다. 그리하여 그는 체첸군의 장거리 사격이 천막에서 자고 있는 보론초바의 단잠을 방해하지 못하도록 척후병들을 앞으로 전진하도록 명령했다. 그로 인해 병사들과 장교들은 그 부인에게 말로 형언할 수 없는 욕설을 퍼부었다.

《카자크 사람들》에서 올레닌과 예로시카라는 두 주인공이 나오는데, 예로시카는 술주정뱅이 카자크로 구세대 카자크를 대표하는 인물이다.

새로운 스타니차에 그를 위한 자리는 없었다.

　한때 톨스토이는 예로시카를 좀 더 젊은 모습으로, 한 서른 살쯤 된 인물로 그려서 그를 장교의 맞수인 젊은 카자크 친구이자 동년배로 그리면 어떨까하고 생각했다.

　그러나 테레크 강이 흐르듯 시간은 결코 뒤로 흘러가지 못했다.

현역 청년장교와 황제 니콜라이 1세

　승진에 대한 무지갯빛 희망과 함께 톨스토이는 툴라로 돌아왔다.

　돈 강 주둔 부대가 있는 노보체르카스크 근처의 한 역참에서 역참지기가 눈보라를 걱정하며 밤길을 떠나지 말라고 충고했다.

　하늘은 하얀 초원 위로 낮고 시커멓게 내려와 앉아 있었다. 멀리 검은색으로 보이는 풍차가 묵직하게 날개를 돌리고 있었다. 말의 꼬리와 갈기가 바람에 날렸고 길도 뿌옇게 앞이 보이지 않았다. 하지만 톨스토이는 길을 나섰고 계속해서 달려갔다.

　마부 알렉세이는 돌아가자고 했다. 그러나 그때 세 개의 멋들어진 종을 이어 단 화려한 트로이카들을 만난다. 그 종소리가 너무 좋아서였는지, 혹은 새로 내린 흰 눈 위에 썰매마차가 지나온 새로운 자국들이 마음에 들었는지, 마부는 계속해서 나아가기로 동의했다. 화려한 트로이카는 석 대였다. 뒤의 마차들에는 마부들이 앉아서 담배를 피우며 이야기를 나누고 있었다.

　그런데 곧 이들은 모두 눈보라 속에서 오랫동안 길을 잃고 헤매게 된다. 톨스토이는 이때의 일을 후에 한 단편소설에서 그려낸다.

　젊은 나리는 자다 깨서 마차 대열을 바라보다가 다시 또 잠이 들었다가 꿈속에서 고향의 영지와 연못을 보기도 했다. 마부들은 눈보라 속에서 두꺼운 농민용 외투를 뒤집어쓰고 썰매마차에 납작 앉아 담배를 피우며 옛날이야기라도 나누고 있는 듯하다.

젊은 지주 나리는 《대위의 딸》에 나오는 푸시킨의 꿈을 보면서 그 언젠가 그리뇨프가 푸가쵸프의 손에 입을 맞추었듯이 농민의 손에 입을 맞추고 있다.

썰매마차는 완전히 눈에 덮여 버렸다. 말의 오른편은 흰색으로 물든 것 같았다. 예비로 옆에 맨 말도 달린다. "오르락내리락하는 움푹 들어간 배와 축 처진 귀를 보면 저 말이 얼마나 놀라고 있는지 알 수 있었다."

아침 무렵 하늘에 불그레하고 노란색 구름 띠가 나타났고 잠시 뒤에는 회청색 먹구름을 뚫고 지평선에 빨간 태양이 동그랗게 떠올랐다. 그러자 밝게 빛나면서도 어두운 감청색 하늘이 드러났고 얼마 후 톨스토이를 태운 썰매마차는 간이 선술집에 도착했다.

지주 나리는 여행 도중에 마부와 말싸움을 하지 않았다. 처음에 길을 돌아갈 것인지를 두고 벌였던 논쟁 외에는 얌전하게 마부가 길을 옳게 이끌어갈 것이라고 믿었다.

톨스토이는 인생을 살아가면서 그렇게 여러 번이나 길을 잃곤 했다. 하지만 젊은 나이의 그는 그 누구보다 농민이 길을 잘 알고 또 잘 안내해 주리라는 것을 확실하게 믿었다.

1854년 2월 톨스토이는 야스나야 폴랴나에 도착한다. 툴라에서는 소위보로의 승진소식이 그를 기다리고 있었다. 톨스토이는 이웃 지주들에게 인사를 다녔고 아르세니예프 가문의 수다코프 영지를 방문했다.

야스나야 폴랴나에 네 형제가 다 모였다. 모두들 많이 변해 있었다.

니콜라이는 몸이 아주 앙상하게 말랐다. 드미트리는 뺨 옆의 구레나룻과 콧수염이 많이 자랐고 아주 화려하게 차려 입었지만 괴팍해진 것 같았다. 세르게이는 언제나 마찬가지로 평온했다.

큰 집에서 형제들은 마루에 짚을 깔고 소박하게 밤을 보냈다. 그리고 나서 모두들 모스크바로 가서 함께 은판사진을 찍었다.

톨스토이는 다시 현역군인으로 근무하기 위해 쿠르스크를 경유하는 먼 길을 출발했다. 드미트리의 영지 세르바쳅카를 들르기 위해 폴타바, 발타, 키세네프를 거치는 우회로를 택했다.

헤르손 현까지는 멋진 썰매 길이었다. 게다가 조금씩 따뜻해졌다. 결국 썰매를 버리고 국경까지 1천여 킬로미터의 진창길을 역마차로 가야 했다. 톨스토이의 기분은 몹시 좋았다. 다만 돈을 너무 많이 쓴 것이 마음에 걸렸다. 이제야 뭔가 이야기가 제대로 되어 가는 것 같았다. 표트르 톨스토이의 자손, 콘스탄티노플의 7층 탑 감옥에 갇혀있던 러시아 대사의 자손으로 드디어 터키와 전투에 나서게 되었다. 카잔 대학에서 동양어를 배우던 학생, 샤밀과의 전투에 참가했던 포병 하사관이 러시아와 동양의 관계를 해결 짓기 위해 나선 것이다. 알다시피 터키는 항상 샤밀을 지원하고 있지 않았던가.

벌써 프랑스가 러시아에 적대적인 태도를 취하고 있다고들 말했다. 나폴레옹 1세와의 전투에 참여했던 군인의 아들이 이제 나폴레옹 3세를 대적하게 된 것이다.

모든 것이 잘 될 것이다. 톨스토이는 모계의 빛나는 친척, 고르차코프 공작의 휘하에서 근무하게 될 것이다. 사병복은 이미 벗었고 서두를 이유는 없었지만 전쟁의 승리에 지각하고 싶지 않았다.

3월 중순 경 톨스토이는 부하레스트에 도달했다. 이 도시에서 톨스토이는 프랑스 코미디와 이탈리아 오페라, 거리 음악회, 카페의 아이스크림에 입을 다물지 못했다. 톨스토이 자신의 말에 따르면 노공작 고르차코프는 그를 잘 맞아주었다. 하지만 그는 숙모에게 보내는 편지에서 약간의 단서를 달았다. "아시겠지만 그분은 너무나 바빠서 저에 대해 전혀 기억조차 하지 못했습니다." 톨스토이는 세르게이 고르차코프 공작의 아들들을 좋아했다. 그 중 가장 어린 아들에 대해서는 이렇게 쓰고 있다. "그는 그다지 영리하지는 않지만 아주 고상하고 진정으로 선량한 마음을 가지고 있습니다."[139]

군 작전은 잘 진행되고 있었다. 러시아군은 도나휴 강을 넘어 요새 네

곳을 점령했다.

　톨스토이는 정식 군복과 철모와 기병 군도를 주문했다. 모든 일에 아주 정성을 기울였다. 그는 아담 세르시푸톱스키 장군의 부관이 되었다. 그는 오시카라고 불리던 장군의 아들 오시프에게도 충성을 다했다. 오시카는 후에 화려한 출세의 길을 걷는다. 그는 친위대 소위로 잠시 근무하다가 시종 무관과 연대장을 거쳐 친위대 육군 소장으로 승진했다. 그는 화약으로 쏘아올린 가뿐한 로켓처럼 위로위로 솟아올랐던 것이다.

　그러나 톨스토이의 지위는 여전히 불확정적이고 미심쩍은 것이었다. 그는 다시 고르차코프 아이들이 받았던 그런 장난감을 선사받지 못한 기분이었다. 얼마 되지 않아 톨스토이는 이런 기록을 남긴다. "오늘 오시카가 타박상을 입었고 그 사실이 황제께도 보고되었다는 사실을 알고 불쾌했다. 질투 … 정말 내 마음은 얼마나 속물적이고 더러운가!" 1854년 7월 6일 일기다.

　다음날에는 자신의 성격을 이렇게 마무리한다. "난 너무 야심에 가득 차 있다. 그런 감정에 쌓인 내 모습을 보면 너무 우울하다. 심지어 나는 종종 명예와 덕 사이에 선택을 해야 할 때 전자를 선택하게 될까 두렵다." 그리고, "이른바 귀족들이란 자들이 내 마음에 질투를 불러일으킨다."140)

　그는 고르차코프 가문의 형제들과 지내기가 힘들었다. 그는 그들과 어렸을 때부터 친하게 지내면서 그들로부터 인정을 받으려고 애를 썼다. 하지만 D. 고르차코프에게는 아주 우호적인 말을 남겼다. "저녁에 D. 고르차코프가 방문했다. 그가 내게 보여준 우정은 심장이 멎을 듯 벅찼고 내게 진실한 감정을 불러일으켰다. 그런 감정을 느껴본 지 참 오래 되었다."(47, 14) 하지만 그는 식사 초대에는 응하지 않았다. 톨스토

139) 1854년 5월 24일 타티야나 숙모에게 보낸 편지에서(59, 265).
140) 1854년 7월 25일(47, 16).

이는 그와 의사를 만찬에 초대했지만 아무도 오지 않았던 것이다.

톨스토이는 고집스럽게 자기 나름의 생활을 유지했다. 이제 곧 명성을 얻으리라고 예감하면서 그는 언제나 즐겨 그랬듯이 자신의 생활규칙을 만들었다.

1. 내 모습 그대로, ⓐ 능력껏 문학가가 될 것, ⓑ 출신대로 귀족이 될 것. (47, 53)

톨스토이는 자신의 불확실한 지위에 대해 병적일 정도로 집착했다. 그것은 《세바스토폴 이야기》의 두 번째 판본에 잘 나타나게 된다.

그러나 이제 생각을 좀 달리 해야 했다. 톨스토이 가문에서는 니콜라이 1세를 별로 달갑지 않게 생각하고 있었지만 러시아가 군사력에 있어 최강대국이라고 믿고 있었다. 뇌물과 착복과 같은 부정이 횡행하고 있다는 것은 물론 알고 있었다. 그러나 톨스토이는 러시아라는 제국 전체가 강도나 다름없고 군사력도 낙후되어 강하기는커녕 허약하기 짝이 없다는 사실을 세바스토폴에 와서 곧 알게 된다. 톨스토이는 국제정치와 같은 거대 정치세계로부터의 소식을 신속하게 접할 수 없었기 때문에 러시아의 상황에 대해 상당히 오랫동안 낙관적으로 생각했었다.

부대는 도나휴 강 너머 실리스트라 요새를 공격할 준비를 하고 있었다. 성벽 밑에 굴을 파고 폭약을 설치하고 폭발과 동시에 공습을 개시할 것이다. 이 작전은 곧 빛나는 성공으로 끝날 것처럼 보였다.

톨스토이는 여기서 전쟁을 멀리서 관찰할 수 있었다. 그는 이 경험을 숙모에게 전한다.

눈앞에 펼쳐진 지역은 너무나 아름다웠을 뿐만 아니라 우리 모두에게 엄청나게 흥미로운 것이었습니다. 도나휴 강과 그 섬들, 한쪽은 우리가, 그리고 다른 한쪽은 터키가 차지한 그 강변들은 그만두고

라도 도시와 요새와 실리스트라 요새의 작은 보루 등이 마치 손바닥 위에 놓인 것처럼 보였던 것입니다. 사실을 말하자면, 사람들이 저 아래에서 서로서로 죽이는 모습을 바라보고 있자니 이상한 만족감 같은 것이 느껴지더군요. 저는 아침부터 저녁까지 내 마차에서 몇 시간이고 그 광경을 지켜보았습니다. 물론 혼자는 아니었지요. (59, 273)

그들은 폭발을 알리는 신호탄이 솟아오르기를 기다리고 있었다. 요새는 이제 곧 함락될 것이었다. 그러나 바로 이때 러시아군의 측면에 주둔하여 러시아군의 보급로를 차단할 수 있었던 오스트리아가 도나휴 공국에서 러시아가 물러날 것을 요구했다.

황제 니콜라이 1세는 이런 요구를 수용했고 불가리아의 운명을 방치한 채 퇴각했다. 터키군은 다시 도나휴 공국들을 차지했다. 7천 명의 불가리아 주민들은 터키인을 피해 탈출하고자 했다.

톨스토이는 이렇게 쓰고 있다. "우리가 불가리아인 주민들을 포기하자 터키인들이 나타나서 그들을 모두 학살하기 시작했고 젊은 여자들은 첩으로 만들어 버렸다. 나는 군영을 나와 우유와 과일을 구하기 위해 한 마을을 찾았는데 거기서도 그렇게 모든 주민이 도살되었다."(59, 275)

고르차코프 공작은 그 불행한 생존자들의 대표를 맞이하며 깊은 애도를 표했다. 그리고 그들 모두에게 빠짐없이 위로를 건넸다. 그리고 가축과 가재도구를 실은 마차가 모두 다리를 통과하도록 할 수는 없지만 자신의 사재를 털어 강을 건널 수 있도록 배를 주선하겠다고 약속했다.

러시아 황제의 외교적 실패의 대가로 불가리아인이 많은 피를 흘려야 했다. 러시아는 오스트리아와 프러시아의 적대적 중립 속에 터키뿐만 아니라 영국, 프랑스, 사르디니아와 맞서야 했다.

군대는 그 어디 한 지역에서도 철수할 수 없는 상황이었다. 모든 전선이 다 다급했다. 영국 함대는 러시아 국경을 따라 항해하며 쉴 새 없이 기회를 넘보고 있었다. 비록 효과는 없었지만 캄챠카 반도의 페트로파블롭스크를 공격하고 솔로베츠키 군도에 포격을 가하고 크론슈타트에 출몰했는가 하면 보트니체스키 만의 알란드 섬을 점령하고, 흑해로 들어와 옙파토리야 지역에 상륙을 시도하기도 했다.

적에 맞서기에는 철과 화약이 부족했다. 군대를 움직이는 인사들은 실제로는 별로 뛰어난 역할을 하지 못했다. 황제는 직접 전쟁에 참여하지 않았지만 열병식이나 기동훈련에 종종 모습을 나타내 군사들의 함성을 받곤 했다. 한번은 열병해 있는 병사들을 뚫고 들어가 긴 군도를 휘둘러 한 병사의 가죽 군모를 베어 버렸다. 이 불쌍한 병사는 목숨은 건졌지만 대경실색하고 말았다.

니콜라이 1세가 용감하지 못한 황제라고 말할 수는 없었다. 그는 당당하고 몽상적인 인물이었다. 그는 러시아의 외교적 실패에 마음이 불안하고 답답했다. 그는 보충된 병사들이 6개월 만에 절반으로 줄고 있다는 사실을 알고 있었고, 지휘관들의 무능력과 횡령 등에 대해서도 인지하고 있었다. 하지만 그 자신이 체제의 창시자일 뿐만 아니라 그 결과였기 때문에 그걸 조금도 개혁할 수가 없었다.

전쟁은 황제가 머무는 겨울궁전의 문턱까지 다가왔다.

러시아에 맞선 연합국들이라고 상황이 좋았던 것은 아니다. 그들은 러시아군의 공격뿐만 아니라 전염병으로 큰 타격을 입고 있었다. 영국의 인도 지배도 불안했다. 러시아군은 완강했지만 귀족 사령관들은 너무나 무능했다. 게다가 러시아의 국고는 다 새나가서 바닥이 났고 전쟁을 계속할 자원이 남아있지 못했다.

안넨코프는 회고록 《1849년 1월부터 1851년 8월 사이 현과 촌락에서의 두 번의 겨울》에서 다음과 같이 기록하고 있다. "통치 말기에 이르면 국고 횡령, 특히 병사들과 모든 군사 장비들에 대한 횡령은 로마제국기의 규모에 달했다."

안넨코프는 로마제국의 몰락기에 도둑질이 상류 계급의 특권이었다

고 말한다. 그는 러시아 군대에서 4천 루블짜리 말 40필을 훔쳐내고 175
루블짜리 말을 채워 넣는 믿을 수 없는 사실들을 열거한다. 그리고 이렇
게 주석이 달려 있다. "그러나 이런 눈부신 솜씨와 그와 유사한 짓들은
그 뒤 병기고나 군량 보급대, 병원이나 기타 온갖 관리부서들에서 벌어
지는 부정행위들과는 비교할 바도 못된다."141)

톨스토이는 이런 사실에 대한 기록은 상당히 자제하고 있다. 일기에
서 간략하게 "무의미한 훈련"이라고 말하거나 러시아군의 무기는 "무용
하다"(47, 31)고 기록을 남길 뿐이었다.

러시아군은 표트르 대제 시절의 화승총으로 무장하고 있었다. 표트
르 대제나 엘리자베타 여제, 예카테리나 여제 때, 그리고 나폴레옹 전
쟁 때 러시아나 외국군은 모두 무기가 똑같았다. 하지만 19세기 중반 니
콜라이 1세 통치 말기에 러시아군은 증기선 전함을 소유하지 못했고 장
거리 소총(강선소총)도 별로 없었으며 속사포는 전무했다.

1854년 11월 2일 기록을 보자.

> (…) 적은 6천정의 강선소총을 전진배치 했다. 3만에 맞선 6천이
> 다. 하지만 우리는 6천명의 용사를 잃고 후퇴했다. 우리 병사의 절
> 반은 대포를 끌고 도로를 통과할 수 없었기 때문에 후퇴하지 않을
> 수 없었다. 소총 지원이 되지 못하는데 어찌하겠는가. 참혹한 전사
> 자가 속출했다. 그것은 모두의 마음속에 각인되었을 것이다.

전투의 시작은 좋았지만 실패로 끝나고 말았다. 최고사령부의 작전
능력 부족과 지도에 대한 지식 부족, 군사장비 부족 등이 문제였다.

공금횡령은 거의 공식적인 일이 되다시피 했다. 세바스토폴에서 부
대 운영경비를 받기 위해 지휘관들은 총액의 8퍼센트를 경리관에게 뇌
물로 바쳐야 했다. 뇌물을 6퍼센트로 낮춰주면 대단한 호의로 여길 정

---

141) P. 안넨코프, 《문학적 회상》, 국립문학출판사, 1960, 536쪽.

도였다.

군대는 공금횡령으로 썩어 가고 영웅들은 전투에서 죽어갔다. 코르닐로프의 죽음을 자살로 여기는 사람들도 간혹 있다. 그가 죽은 바로 그날 그가 시계를 벗어 아들에게 건네주었다는 이유 때문이다.

바로 내일이라도 죽을지 모르는 사람들은 뇌물과 횡령에 대해서 대수롭지 않게들 말했다. 병참관이 먼저 횡령을 하면 그 뒤를 따라 그 밑의 모든 장교들이 횡령을 한다. 카프카스 군대에서는 약간의 예외가 있었다. 포병 병사들이 직접 군수물자를 관리하고 현금 상자만 고참 장교가 통제하고 있었기 때문이다.

톨스토이는 자신이 준비한 보고서(제목도 없고 분명히 제출되지는 않았다)에서 군대 내 상황에 대해 이렇게 말한다. "유럽의 군대 어디에서도 러시아 병사들보다 보급품이 부족한 곳은 없을 것이고 또 병사들에게 지급되어야 할 보급품의 절반 이상이 제멋대로 횡령되는 곳은 없을 것이다."(4, 288)

병사들은 조악한 품질의 천으로 만든 코트를 지급 받았고 가죽 코트는 구경조차 할 수 없었다. 세바스토폴에 가죽 코트가 도착할 때도 있지만 산더미처럼 쌓아놓은 그것들은 멀리서도 그 썩은 냄새가 진동할 정도로 조악한 것이었다.

모두들 아무런 통제도 받지 않고, 또 아무런 처벌도 받지 않고 도둑질을 했다. 북편 요새를 강화하기 위한 벽돌마저도 훔쳐가 버려서 허름한 짚단으로 요새를 막아놓을 정도였다.

곡괭이와 삽, 지렛대 등 참호를 파는 온갖 장비도 예외가 아니어서 한 번 사라지면 결코 찾을 수가 없었다. 토틀레벤이라는 기사가 세바스토폴 주변 보루를 강화하는 새로운 체계를 생각해 내서 이를 적용하고자 했지만, 나무 삽으로 돌바닥을 파낼 수는 없었다. 그래서 즉시 도구를 구하고자 오데사로 사람이 파견되었다. 그러나 철제 곡괭이를 파는 곳은 없었다. "상인들에게서 구할 수 있는 것은 4,236자루의 삽이 전부였다. "[142] 그래서 그것이라도 마차에 실어 세바스토폴로 운송했다.

톨스토이가 러시아군의 상태가 심각하다는 것을 처음부터 인식했던 것은 아니다.

9월 16일. "세바스토폴 근교 주둔군의 상태가 내 마음을 괴롭게 한다. 지나치게 자신에 차있지만 너무 유약하기 짝이 없다. 이것이 우리 군의 슬프지만 감출 수 없는 진실이다. 그것은 지나치게 거대하고 강력한 국가들의 군대가 지닌 보편적 특징이기도 하다."

이런 분석은 이제 장교가, 그것도 특권적인 장교가 된 입장에서 나온 것이다. 왜냐하면 일반 병사나 평범한 장교는 톨스토이가 이미 카프카스에서 익히 겪어본 바와 같이 조금도 유약하지 않았기 때문이다. 그리고 그의 분석에는 전제 군주의 러시아가 여전히 강대국이라는 확신이 묻어난다.

톨스토이와 일부 장교들은 병사들을 계몽하고 교육을 시킬 수 있는 모임을 만드는 것이 좋겠다고 뜻을 모았다. 9월 17일자에 "모임을 하나 조직하려는 계획에 푹 빠져있다"는 기록을 볼 수 있다. 모임을 만들고자 하는 계획은 즉시 병영잡지를 발행하자는 계획으로 발전했다. 잡지 제목은 처음에 《병영통보》로 했다가 나중에 좀 더 온건하게 《군사소식》으로 결정되었다. 잡지의 목적은 병사들 사이에 건전한 정신을 고무하는 것이었다. 초판을 위한 기사와 책의 장정이 만들어졌다. 톨스토이는 《러시아 병사들은 어떻게 죽어 가는가》와 《즈다노프 아저씨와 기병대원 체르노프》라는 두 편의, 그리 길지 않은 글을 썼다. 이 두 작품은 나중에 《삼림 벌채》라는 단편에 흔적을 남기고 있다.

하지만 출판 비용이 부족했다. 스톨리핀 대위와 톨스토이가 자금을 대기로 결정했다. 톨스토이는 이를 위해 야스나야 폴랴나에 있는 집을

---

142) E. 타를레, 《크림전쟁》, 선집 제 9권, M., 소련 과학아카데미, 1959, 129쪽.

팔기로 했다. 잡지출간은 허락을 받아야 했다. 우선 고르차코프 사령관의 승인을 받아 국방부 장관에게 제안서를 제출했다. 11월에 장관은 이 계획을 황제에게 보고하고 어떤 결정을 수령했으며(분명히 구두로 내린), 그것은 다시 고르차코프 사령관에게 전달되었다.

이 시기 러시아군 상황은 갈수록 악화되었고 니콜라이 1세가 어떻게 조금이라도 장교들의 창조적 지도력에 관심을 가져주기를 고대할 수 있을 뿐이었다. 그러나 황제에게 가장 중요한 것은 체제였다. 그 자신이 체제의 일부였고 체제와 함께 몰락할 수 있을 뿐 그것을 바꾸어 나갈 수는 없었다. 따라서 다음과 같은 결정이 내려질 수밖에 없었다.

> 황제 폐하께서는 상기 잡지를 발간하고자 하는 매우 충성스런 제안을 접하시고 그 목적을 충분히 감안하며, 우리 군의 모든 소식을 다루는 기사들이 우선 먼저 〈러시아 노병(老兵)〉지에 게재되고 난 연후에 다른 모든 정기 간행물들이 이로부터 기사를 인용하고 있음에 비추어 상기 잡지의 발간을 허용하기가 여의치 않음을 통보하셨다. 이와 함께 폐하께서는 충성스러운 폐하의 장교들이 쓴 기사를 〈러시아 노병〉지에 보내 게재될 수 있도록 친히 하명하시었다. 143)

〈러시아 노병〉지에 투고하는 것은 조금도 금지된 바 없었던 것은 사실이다.

어쨌든 톨스토이의 시도는 그렇게 깨끗이 거절되었다. 12월 19일 그는 네크라소프에게 편지를 보내 〈동시대인〉지에 《득점기록원의 수기》와 《소년시절》이 언제 출판되는지를 묻는다. 톨스토이는 이 작품들이 출판되는 것을 보고 잊어버리고 싶다고 말한다. 이제 새로운 소재들을 붙잡고 있기 때문이다.

---

143) N. 구세프, 《톨스토이 전기 자료집(1828~1855)》, 515쪽.

저는 많은 소재들을 쌓아놓고 있습니다. 그것은 현대적인 것들인데, 군대에 관련된 것이지요. 하지만 사실 귀하의 잡지에 보내기 위해 준비하는 것은 아니고 군사 소식지에 게재하기 위한 것입니다. 아마도 페테르부르그에서 귀하도 소식을 들었을 터이지만 러시아 남부지역 군대에서 발간될 것이지요. 잡지 출간계획에 대해 황제 폐하께서 우리 원고를 〈노병〉지에 보내도록 허용해 주었습니다!

네크라소프는 11월 2일에 이미 《소년시절》(편지는 아직 톨스토이에게 도착하지 않았다) 이 검열에서 여기저기 삭제된 상태지만 1854년 10월에 출판될 것이라고 소식을 전했다. 이 편지에서 네크라소프는 처음에는 《득점기록원의 수기》가 마음에 들지 않았지만 출판된 상태로 다시 읽어보니 참 좋은 작품이었다고 말했다. 그리고 투르게네프의 인사를 전하고 주소를 적어 주며 〈동시대인〉 편집부로 편지를 보낼 때는 투르게네프나 파나예프 이름으로 보내달라고 부탁한다.

톨스토이가 군대를 위해, 국방을 위해 직접 뭔가 해보고자 했던 시도는 쓸모없는 일이 되어 버렸고 러시아의 미래에 대한 걱정은 그들만의 것이 되었다. 정부는 당연하게도 그들의 선의를 의심하였던 것이다.

톨스토이는 혼란스러웠다. 어떻게 살아가야 할지, 누굴 위해 살아야 하는지 알 수가 없었다. 그는 러시아에서 자신이 설 자리를 찾아가기가 너무나 힘들었다. 어쩌면 그것은 그의 당시 생활의 방만한 무질서함이 그의 혼란을 가중시킨 것인지도 모른다.

톨스토이는 잡지 출간계획이 실패로 돌아간 것에, 그리고 보고 듣는 주위 모든 것에 커다란 실망을 느끼지 않을 수 없었다.

그는 네크라소프가 《소년시절》에 대해 칭찬을 보낸 편지를 받고 마음이 뿌듯하면서도 다른 한편 절망에 빠진 상태로 일기를 쓴다.

모든 진실은 역설적이다. 이성으로 내린 곧바른 결론은 잘못된 것이고, 경험으로 내린 어리석은 결론은 올바르다. (47, 23)

그는 구시대의 경험과 자신의 편견, 그리고 이성과 갈라서야 했다. 동방전쟁에서의 체험은 그가 알고 있던 모든 것과 모순을 일으키고 있었다. 그러나 그는 아직 여전히 군대 잡지의 발간을 완전히 포기하지 못하고 있었다.

10월 10일. "잡지 일은 더디게 진행되고 있다. 대신 좀 더 견실하게 만들어 가고 있다."

10월 21일. "세바스토폴에서의 일은 더욱 긴박하게 돌아가고 있다. 시험판이 오늘 나올 것이고 나는 다시 일을 진행하려고 꿈꾼다. 모든 돈을 카드에서 다 잃었다."

1854년 말 세바스토폴에서 전투가 시작되고 몇 달 뒤 톨스토이는 가장 위험한 제4능보에 배치되었다. 전투 중에 남긴 첫 기록들은 간략하면서도 감동적이다.

"어제 거리에서 망아지를 타고 가던 소년과 소녀 근처에 포탄이 떨어졌다. 둘은 함께 끌어안은 채 날아가 쓰러졌다."

그런 중에도 그는 글쓰기를 계속한다. 1855년 6월 24일 일기에 글을 쓰는 원칙을 세운다.

> 계획을 세우고 우선 초고 형태로 쓰고 각 시기를 구분하지 않고 편집할 것. 너 자신은 확실하게 믿을 만하게 판단하고 있지 못하다. 그래서 너무 자주 되읽으면 오히려 새로운 것에 대한 매력적 흥미, 의외성이 사라지고 지나친 반복으로 인해 좋은 것과 어리석은 것이 마구 뒤섞여 버리는 경우가 많다.

그리고 그 이틀 뒤. "《봄날 밤》을 끝냈다. 전과 마찬가지로 그렇게 좋아 보이지 않는다."

집필작업으로 정말 바쁜 나날들이었다. 톨스토이는 글쓰기는 말할 것도 없고 쓴 것을 확인하고 다시 고쳐 쓰는 일에 매진했다.

포병장교로서 그에게 맡겨진 일은 정해진 무기를 보급하는 것이었다. 그러나 톨스토이와 친구 스톨리핀은 마치 불필요해 보이는 절망적인 전투에 목숨을 걸고 있는 존재라고 느끼고 있었다.

톨스토이는 자신의 군복무가 성공적이지 못하다고 말한 후에 이렇게 말한다. "나는 마음이 약해져서 스톨리핀과 함께 습격작전에 나가게 해달라고 하지 못했다. 지금은 한편으로 그걸 기뻐하고 있고 다른 한편으로는 작전에 함께 나서지 않아 미안한 마음이다."(47, 38)

그 뒤에, "군에서 출세하는 건 내 일이 아니다. 조금이라도 빨리 일에서 벗어나 문학에 전념하는 것이 좋을 것이다."

1855년 3월, 톨스토이는 숙모에게 돈을 보내달라고 부탁한다. "아마 크림으로 처음 왔을 때 이미 편지로 말씀드렸던 것 같은데요. 대체로 저는 군 생활을 즐겁게 잘 보내고 있습니다. 일과도 바쁘고 전쟁에 관한 전반적인 관심도 깊게 가지고 있습니다. 잡지 발간은 실패하고 말았지요. 발간을 위한 돈을 받은 새해부터 저의 생활 모습은 흥청망청 제멋대로였습니다."

그러나 그러고 나서 톨스토이는 자신이 아직은 "카프카스로 떠나기 전 (…), 낙담했던 그런 지경까지" 이른 것은 아니라고 숙모를 위로한다. 그는 다시 일어설 것이며 빚을 다 갚을 뿐만 아니라 저당잡힌 영지를 다시 찾을 것이라고 말한다. 그리고 농노들에게 자유를 주고 싶다는 의사도 표명했다.

톨스토이에게 힘들었던 것은 도박에 진 것이라기보다 불가피하게 친지들에게 돈을 빌리고 뭔가 돈 되는 것을 팔아달라고 부탁하는 비굴한 처지였다. 그러기 위해서는 숙모의 걱정과 형제들의 비난을 들어야 했고 매부인 발레리얀에게 아쉬운 소리를 해야만 했던 것이다.

그리고 톨스토이는 작은 대포에 의지하여 노출된 위치에서 적들에 맞서야 하는 처지였다. 그는 쏟아지는 포탄 아래 살고 있었다. 그러나 톨스토이는 자신의 나태와 우둔을 탓하면서도 이 시기에 《청년시절》에 몰두했고 《삼림벌채》를 끝냈으며, 《세바스토폴 이야기》를 완성했다.

스타로글라드콥스카야 스타니차에서 온 소식

과거는 그저 잊혀지지 않는다. 고르차코프 집안사람들과 어깨를 나란히 하기를 바라면서, 동시에 예피판 아저씨를 친구로 둔 젊은 장교의 가슴에는 스타로글라드코프카야 스타니차의 추억이 살아있었다.

1854년 9월 16일 톨스토이에게 보낸 오골린의 편지[144]를 보자. 틀림없이 이 편지는 10월에 도착했을 것이다. 약간 축약된 형태로 살펴보자.

친애하는 톨스토이!

보내주신 편지에 너무 너무 감사드립니다. 그 편지는 당신이 옛 친구를 쉽게 잊지 않았다는 것을 확인해 주었습니다. 당신은 우리가 사는 모습을 자세히 알고 싶다고 하셨지요. 알렉세예프는 애들 방과 하녀들 방이 딸린 커다란 집을 짓고 있지요. 농담이 아니라 정말로 결혼할 작정인 모양입니다. 겨울에는 다시 모스크바로 돌아가려고 한다는데, 말로는 이런 여행을 어떻게든 반드시 끝장내야겠다고 하더군요.

저는 이제 스타로글라드콥스카야에 와서 아침부터 저녁까지 밭에 나가 포도나 축내고 있지요. 며칠 동안은 쿠린스코예 파견부대에 나가있어야 했지요. 여기 카프카스에서는 아무 것도 하는 게 없습니다. 우리는 이제 방어전만 치르고 어떤 공격적 행위도 금지되었습니다. 그루지야의 샤밀이 얼마나 교활하게 작전을 펼치는지는 당신도 이미 알고 있으리라 생각됩니다. 포로가 된 사람들만 해도 1,500명이 넘을 겁니다(일하러 나갔던 여자와 아이들이 대부분이지요). 셋이나 되는 공작 가족들도 끌려갔지만 아무런 벌도 받지 않고 우리 제20대대 있는 곳으로 돌려보냈습니다. 봐라, 우린 너희들과 다르다는 것이겠지요. 얼마 전에는 5천명의 체첸 군사들이 우스티-수 아울(우리가 1853년에 숲을 베어내고 만든 새 길 근처에

---

144) 모스크바 국립 톨스토이 박물관 산하 문서 보관실.

있는)을 습격했습니다. 대포 두 정을 가지고 말이지요. 산탄포 사격을 가하면서 아울에 접근해서 불을 질렀지요. 그나마 2천이 넘는 우리 기병대가 가축을 방목하던 평원으로 내달려 가축들을 메치크 너머로 몰고 가서 다행이었지요.

울리타 할머니는(내가 지금 편지를 쓰고 있는 동안 내 앞에 팔짱을 끼고 서서) 내 귀에 대고 '그분께 꼭 써요, 예, 어떻게나 사시고 있는지, 예, 안부를 꼭 전하시고'라며 거듭 다짐을 놓네요. 소볼카도 전과 다름없이 트릴리니움에 앉아서 비스듬히 우릴 바라보고 있습니다. 울리타 할머니는 정말 좋은 분이지요. 저는 그분 생각만 하면 기분이 좋아요. 저는 니키타와 함께 당신 이야기를 자주 합니다. 그는 벌써 당신이 승전보를 전하는 시종무관이 된 듯이 생각합니다. 이제 그만 작별해야겠습니다. 쓸데없는 이야기로 백작님을 성가시게 한 것을 용서해 주시길. 부디 백작님의 옛날 부하를 잊지 말아주시길 바라며.

A. 오골린

이 편지에 나오는 울리타는 《카자크 사람들》에 등장하는 이름이다.

울리타에게는 소볼카라는 딸이 있는데 톨스토이가 결코 잊을 수 없었던, 그리고 《카자크 사람들》에서 마리야나로 등장하는 여인과 뭔가 연관되어 있음에 틀림없다.

소볼카는 전쟁에 나가 싸우는 청년장교에 대한 이야기를 들으면서 아무 말도 하지 않고 그저 비스듬히 바라만보고 있다. 그러나 바로 그 시선에 대해 카프카스에 있는 톨스토이의 부하는 편지에 언급할 필요가 있다고 느낀다.

세바스토폴에 있는 산악포병대 소위는 자신의 일기에 부두에서 조용히 들려오는 음악과 날아드는 나팔소리들이 슬프다고 적어 넣는다.

해안 도로에는 골리친과 몇몇 사람들이 난간에 팔을 기대고 서 있다.

톨스토이는 젊디젊은 장교다. 실패한 사랑은 지나갔지만 완전히 떠나간 것은 아니다.

세바스토폴은 아름답고 슬픈 도시다. 태양은 영국군 너머로 지고 있다. 1854년 11월 26일. "티토프 중위가 두 정의 산악 대포를 가지고 나갔고 밤에 적들의 참호를 향해 발사했다. 참호에서 제 3, 제 5능보에서 들렸던 것 같은 그런 신음소리가 들렸다고들 한다. 나는 곧 파견대로 나갈 것 같다. 내가 그걸 바라는지 바라지 않는지 모르겠다."

톨스토이는 새로운 작품, 《세바스토폴 이야기》에 다가가고 있었다.

《12월의 세바스토폴》

생각 있는 포병 장교들과 군대잡지를 만들고자 했던 계획은 《세바스토폴 이야기》로 발전했다.

처음에 이 글은 병사들을 위해 쓰기 시작했지만 1855년 1월 초, 톨스토이는 네크라소프에게 〈동시대인〉지를 위해 매달 30에서 80쪽 정도에 해당하는 원고를 보내겠다며 저자를 밝히지 않은 채, '간호사들에 대한 편지', '실리스트라 포위공격에 대한 회상', '세바스토폴에서 온 한 병사의 편지' 등과 같은 몇몇 제목들을 적어 보냈다.

톨스토이는 〈동시대인〉 잡지 이름을 빌어 독자적으로 군대잡지를 만들자는 제안을 한다. 1855년 1월 27일 네크라소프가 답장을 보낸다.

군대 관련 기사를 싣자는 제안이 담긴 편지를 잘 받았습니다. 나는 〈동시대인〉의 모든 지면을 당신이 활용하는 것에 대해 기꺼이 받아들일 준비가 되어있음을 어서 빨리 알려드리고 싶군요. 나는 내 자신보다 당신의 재능과 취향을 신뢰하고 있습니다.

우리는 톨스토이의 일기를 통해 3월 27일 《세바스토폴의 낮과 밤》의 첫 부분이 다 써어졌음을 알 수 있다. 이 첫 부분이 《12월의 세바스토

폴》로 발전하고 두 번째 부분은 취소되고 《5월의 세바스토폴》의 토대
로 활용된다.

《12월의 세바스토폴》은 제목 자체가 주제의 모든 것을 보여준다. 무
엇보다도 저자는 군대의 실상을 보여 주고 싶어 한다. 이 작품은 방금
세바스토폴에 도착한, 그리고 이곳에 흥미를 가진 어떤 익명의 한 사람
이 도시를 돌아보는 것으로 구성되어 있다. 화자는 특별하게 그 성격과
특징이 묘사되지 않으며 말 그대로 이야기를 이끌어 가는 사람일 뿐이
다. 먼저 지역의 특별한 풍경이 사무적으로 묘사된다.

> 새벽노을이 지금 막 사푼 산 위 지평선을 물들이기 시작한다. 짙푸
> 르던 해면이 밤의 어스름을 벗어던지고 이제 곧 떠오를 첫 햇살을
> 기다리고 있다. 햇살이 비치면 바다 표면은 눈부신 반짝임을 펼칠
> 것이다. 만의 안쪽에서 추위와 안개가 실려 오고 있다. 눈이 없어
> 모든 것은 검은 빛이지만 새벽녘 혹한이 얼굴을 에일 듯하고 발밑
> 에선 서릿발이 버석거린다. 멀리서 끊임없이 울리는 바닷물결 소리
> 만이 세바스토폴 요새의 은은한 포성에 간간이 끊기면서 새벽의 정
> 적을 흔들고 있을 뿐이다. 군함들에서 당직 교대시간을 알리는 종
> 소리가 들려온다.

이런 풍경묘사는 작품의 말미에서 다른 시각으로 그려지는데 역시 손
에 잡힐 듯하다. 작품이 원환적인 풍경묘사로 구조화되어 있는 것은 이
도시가 포위되어 있다는 사실의 강조이기도 하다.

> 해가 저물어 가고 있다. 태양은 산 너머로 떨어지기 직전에 하늘을
> 뒤덮은 구름을 벗어나와 갑자기 그 붉은 빛으로 먹구름을 보랏빛으
> 로 물들였다. 크고 작은 선박이 가득한, 잔잔한 물결이 넓게 퍼져
> 나가는 초록빛 바다와 도시의 하얀 건축물들, 거리를 따라 분주하
> 게 움직이는 사람들도 노을빛에 물들고 있었다. 산책로에서 군악대

가 연주하는 어떤 예스러운 왈츠가 바닷물 위로 울려 퍼지고 능보의 총성소리들이 그 음악 사이로 기이하게 들려왔다.

　도시의 일상적인 삶과 군인들의 평화로운 생활, 아무 일 없다는 듯한 사람들의 일상적인 관심과 전쟁이라는 상황이 빚어내는 대비적인 풍경은 작품 전체를 아우르다가 마지막 부분에서 예술적으로 마무리된다.
　도시의 아침 활동은 평온하고 정확하게 그려진다.

　한쪽에서는 소총을 찰가닥거리며 보초 교대병들이 지나가고, 한쪽에서는 의사가 서둘러 병원으로 향하고 있다. 다른 한쪽에서는 어떤 사병 한 명이 토굴에서 기어 나와 얼음물로 햇볕에 그을린 얼굴을 씻고는 불그레하게 물든 동쪽을 향하여 얼른 성호를 그으며 기도를 올린다. 또 다른 한쪽에서는 키가 높고 천장이 달린 '마드자르'라고 불리는 낙타 마차가 삐거덕거리면서 피투성이 시체들을 거의 천장까지 가득 싣고 묘지를 향해 나아가고 있었다.

　톨스토이는 이 시대의 가장 비극적인 사건에 대해 말해 주고 있다. 그는 아무 감출 것 없이 그대로 보여 주기만 한다. 군대에서 벌어지는 모든 일들이 평범한 일상생활인 것만 같다. 이를테면 낙타가 끌고 있는 시체운반용 '마드자르'의 형태를 묘사하고 있는 부분을 읽다보면 눈앞의 끔찍함을 느끼기보다 죽음이 사무적이고 아무렇지도 않다는 듯한 느낌이 드는 것이다.
　서술자는 독자들에게 군대와 민간인이 뒤섞인 기묘한 생활, 아름다운 도시와 지저분한 숙영지가 뒤엉킨 기이한 모습에서 불쾌한 인상을 체험하게 될 것이라고 경고하고 있다.
　하지만 톨스토이는 철저하게 사실에 입각하고 세부묘사에 충실하면서 평범하지 않은 것을 평범한 것인 양 묘사한다. 그는 밤색 말 세 마리를 끌고 물을 먹이러 가는 병사가 어디 툴라나 사란스크쯤에나 있다는 듯이 그렇게 태연하고 무심하게 전쟁터를 돌아다니는 모습을 보여준다.

전쟁이 이렇게 아무런 공포의 감정도 없이 아무렇지도 않게 이야기된다. 거리를 걷는 한 장교의 아주 하얀 장갑과 담배를 피워 물고 있는 수병의 얼굴, 그리고 "장밋빛 원피스를 더럽힐까봐 깡충깡충 작은 돌을 디디며 거리를 건너가는" 소녀의 얼굴을 작가는 한 문장으로 묘사한다.

전쟁은 마치 일상처럼 그려지지만 우리는 곧 야전병원과 절단 수술, 수술을 마친 사람들, 두 다리가 무릎 위에서 잘린 한 여인을 보게 된다. 바로 그 뒤에 수술하기 위해 클로로포름에 마취되어 있는 한 부상병이 누워서 "헛소리를 하듯이, 아무 의미 없는, 그리고 때로는 간단하지만 폐부를 찌르는 말"을 내뱉는 장면, 뒤를 이어 장례식 장면이 간략하면서도 경쾌하게 그려진다. "어쩌면 당신은 붉은 관을 메고 성가를 부르며 군기를 휘날리면서 교회에서 나오는 어떤 장교의 장례행렬과 마주치게 될 지도 모른다." 그리고 바로 톨스토이는 "능보에서의 포격 소리"가 들려올지도 모른다고 언급함으로써 이런 묘사에서 받은 인상을 지워버리려는 것만 같다. 그러면 우리는 완전히 다른 세계로 인도된다. 작가는 다음과 같이 확신한다.

> 장례행렬은 이제 당신에게 용기를 보여 주는 아름다운 구경거리로 여겨질 것이며, 포성도 아주 아름답고 용감한 소리로 여겨질 것이다. 그리하여 당신은 이 같은 불만한 구경거리를 보고도, 또 이 같은 총소리를 듣고도 고통과 죽음이 자신에게도 찾아올 수 있다는, 방금 전 야전 응급 치료소에서 느꼈던 바와 같은 그런 생각을 할 수가 없을 것이다.

개인들이 겪어야 하는 고통은 세바스토폴 방어라는 명분에 가려진다. 서술자는 시내를 통과해 지나간다. 활기찬 사람들이 전쟁터 풍경과 교차된다. 그리고 다시 '오른쪽으로', '위쪽으로' 등과 같은 단어들과 함께 정확한 행로가 묘사된다.

또 하나의 바리케이드를 지나 문에서 오른쪽으로 빠져 큰길을 따라 위로 올라간다. 이 바리케이드 너머 한길 양쪽으로 늘어선 집들은 텅 비어있고 간판도 다 떨어져 나갔고 대문은 널빤지로 덧대어 폐쇄되어 있었다. 창문은 부서져 있고 어떤 곳은 벽 모서리가 무너져 있었으며 지붕에 구멍이 뻥 뚫린 집도 있었다. 온갖 슬픔과 궁핍을 겪은 노병처럼 보이는 건물들은 마치 오만하게, 어찌 보면 다소 경멸적으로 당신을 바라보고 있을 것이다. 당신은 도중에 여기저기 널려 있는 포탄에 발이 걸리기도 하고 돌 포장도로지만 포탄이 터져 생긴 물웅덩이에 빠지기도 할 것이다. 거리를 걸어가는 중에 병사들이나 카자크 척후병, 장교들과 마주치기도 하고 뒤따라 잡기도 할 것이다. 간혹 여자나 아이를 만나기도 하겠지만 여자는 부인모도 쓰지 않은 상태일 것이다. 하지만 수병 아내들은 낡은 여성용 모피외투에 군화를 신고 있다.

서술자는 바로 이곳이 최전선이라는 것을 의식하고 갑자기 자기방어의 감정이 일어나는 것을 느낀다.

산 위로 오르게 되는 그 순간 당신은 곧바로 멀지 않은 곳에서 들려오는 포탄 소리에 깜짝 놀라고 마음이 어두워질 것이다. 그러면 불현듯 당신은 그런 총성들이 방금 전 시내에서 듣던 바와는 전혀 다른 의미를 가진 것임을 깨닫게 될 것이다.

계속해서 서술자의 뒤를 따라가면서 독자들은 이제 실제 전선에 왔다고 생각하며 두려움을 느끼겠지만 그것은 잘못 생각이다.

당신은 아주 가까운 곳에서 폭탄이 터지는 소리가 들려올 것 같은 느낌이 들 것이다. 온 사방에서 윙윙 휙휙거리고, 악기의 현을 경쾌하게 튕기듯 핑핑거리는 소리가 들려올 것이다. 당신을 온통 전율케 하는 끔찍스런 발포음도 들을 수 있을 것이다.

　'그래, 바로 여기가 제 4능보구나. 과연 무시무시하구나, 정말로 끔찍스런 곳이야!' 당신은 속으로 이렇게 생각하며 약간은 자랑스러운 마음과 더불어 마음을 짓누르는 커다란 공포를 체험하게 되리라. 그러나 여기가 아직 제 4능보가 아니라는 사실에 실망할 지도 모른다. 이곳은 야조놉스키 다면 보루로 비교적 매우 안전하고 전혀 무서운 곳이 아니다. 제 4능보로 가기 위해서는 보병 한 사람이 허리를 굽히고 통과해야 하는 이 좁은 참호를 통해 오른쪽으로 더 올라가야 한다.

무시무시하다는 제 4능보 자체는 그렇게 무시무시하지도 않고 오히려 일상적인 생활을 하는 듯하다. 사람들은 담배 파이프를 주머니에 찔러 넣고 전투를 하고, 건빵을 씹어 가며 방금 죽거나 부상당해 들려나간 병사들의 빈자리를 채우러 포대로 들어간다.

세바스토폴을 그린 첫 번째 작품은 언론의 비상한 관심을 끌었고 한결같은 칭찬을 받았다. 그것은 브뤼셀의 신문 〈르 노르드〉에 실릴 수 있도록 불어로 번역되었고 전문은 아니지만 〈러시아 노병〉에 재수록된다.

사람들은 이제 세바스토폴 방어전을 새로운 시각으로 보게 되었다. 유례없는 영웅성에 대한 직접적인 언급은 거의 없지만 작품의 끝부분에서, 작품을 마무리하는 풍경묘사 직전에 톨스토이는 세바스토폴 요새를 묘사하지 않고 포위된 도시가 어떻게 유지되고 있는지를 말해준다.

　세바스토폴이 포위된 초기에는 요새도 없고 병력도 거의 없었으며 도시를 지킬 물질적 토대도 거의 없었지만 그럼에도 불구하고 도시가 적의 수중에 넘어가리라고는 조금도 상상할 수 없었다. 고대 그리스에나 있을 법한 영웅 코르닐로프가 병사들을 모아놓고, '제군들, 죽는 한이 있어도 세바스토폴을 넘겨주지 맙시다!'라고 말하면, 말솜씨 없는 우리 러시아 병사들은 '목숨을 바칩시다, 만세!'하고 응수했다. 바로 이 시기에 대한 이야기들은 전설 속의 역사가 아니라 진정한, 있는 그대로의 사실인 것이다.

《12월의 세바스토폴》의 저자는 감정 표현을 억제하고 문체 뒤에 숨은, 보이지 않는 투명한 저자다. 이 작품의 예술적 매력은 개념들을 대비시켜 보여 주는 데에 있다. 작가는 다른 사람들의 위대한 업적을 그저 보여 주는 역할을 하고 있을 뿐이다. 저자가 직접 체험한 것을 묘사하면서 이렇게 자신의 감정을 극도로 제한하는 서사는 매우 보기 드물다.

《5월의 세바스토폴》

세바스토폴에 대한 두 번째 단편은 포위 공격에 익숙해진 도시를 묘사하고 있다. 이 단편의 도입부는 아주 독창적이다. 첫 문단은 시대 분위기를 전달한다.

> 세바스토폴의 여러 능보에서 첫 번째 포탄이 바람을 가르고 날아 적의 작업장을 폭파한 때로부터 벌써 여섯 달이 지났다. 그 이후로 끊임없이 수천 발의 폭탄과 대포와 총탄이 능보에서 참호로, 참호에서 능보로 날아다녔고 죽음의 천사 또한 그들 위로 끊임없이 날개를 폈다.

두 번째 문단은 나란히 존재하고 있지만 의미에 있어서는 전혀 다른 자존심과 죽음의 개념에 대해 언급한다.

> 수천의 자존심이 상처를 입었고, 수천의 자존심은 뿌듯한 만족을 얻었으며, 수천의 자존심은 죽음의 품에서 안식을 찾았다. 얼마나 많은 성장(星章) 훈장이, 안나 십자훈장과 블라지미르 훈장이 붙었다 떨어지고, 장밋빛 관과 관을 덮은 천들은 또 얼마나 많았던가!

그리고 그 뒤를 이어 간결한 풍경묘사가 이어지는데, 세바스토폴은 프랑스인들의 시각에서, 그리고 적 진영은 세바스토폴 사람들의 시각에서 그려진다.

> 하지만 여전히 능보에는 포성이 울려 퍼지고 있다. 여전히 프랑스 군은, 어쩔 수 없는 전율과 미신적인 공포를 느끼며, 맑은 저녁 나절이면 자신들 진영에서 세바스토폴 능보의 시커먼 흙구덩이를 바라보며 우리 수병들의 움직이는 모습을 살피고 성난 듯이 툭 튀어나온 주철 대포의 포안(砲眼)을 세고 있다. 또한 여전히 우리의 하사관은 전신소 망루에 올라 망원경으로 알록달록한 프랑스 병들의 모습과 그들의 포대와 막사, 젤료나야 산을 따라 움직이는 군사행렬, 참호 속에 피어오르는 연기를 점검하고 있다. 그리고 세상 곳곳의 다양한 종족의 떼거리가 종족의 다양함보다 훨씬 더 다양한 욕망을 가지고 이 운명의 지역으로 달려드는 그 열기 역시 여전하다.

끔찍한 두려움, 용맹함, 그리고 이미 익숙해진 운명에 대해 이야기하는 어조는 평온하면서도 장중하다. 도입부는 전쟁의 무의미함을 증명하는 것으로 마무리된다. 전쟁을 벌이는 양 진영에서 한 사람의 병사만 남겨서 그들끼리 싸우게 하자는 제안은 전쟁의 무의미함을 드러내준다.

> 이런 생각은 일종의 역설로밖에 여겨지지 않겠지만 그것은 분명 옳은 말이다. 실제로 러시아군 한 명이 동맹군의 대표자 한 명을 상대로 싸우는 것과 8만 명이 8만 명을 상대로 싸우는 것이 무엇이 다른가? 13만 5천 명 대 13만 5천 명이 안 될 이유가 있는가? 20만 대 20만, 20명 대 20명이 안 될 이유가 또 무엇인가? 마찬가지로 1 대 1은 왜 안 되겠는가? 그 어느 쪽이 더 논리적이라고 말할 수 없다. 아니 오히려 1 대 1이 더 인간적이므로 훨씬 더 논리적이다.

이미 관습적으로 익숙해진 전통적 사고를 무너뜨리기 위해 이렇게 서술자의 판단을 도입하여 작품을 시작하는 톨스토이의 방법은 여기서 처음 나타난다. 작가는 일반적 사고의 틀 너머에 위치해 있다. 그 목적은 일종의 광기와도 같은 전쟁의 부당함을 보여 주기 위해서다.

한쪽 편이 압박하고 다른 편이 똑같이 대응하고, 인류가 광기에 빠져 무장해제를 원치 않는다는 것, 바로 그것이 인류가 수십만 명의 죽음을 두 사람의 대결로 대체하지 않는 이유이다.

톨스토이는 헝클어진 실 뭉치를 풀어내듯 편견을 분해하고 역사의 '건전한 의미'가 일종의 오류의 집적물에 지나지 않는다는 진실을 보여 준다. 작가는 마치 싸우기 좋아하는 어린애와 이야기하는 어른처럼 독자에게 이야기한다. 글을 쓰는 방식이 현격하게 변화한 것이다.

세바스토폴에 대한 첫 번째 작품에서 서술은 압축적이고 엄격하게 진행되었다. 그리고 인물은 서술의 파노라마에 가려져 있었다. 하지만 첫 번째와 두 번째 작품 사이에는 황제의 정책에 대한 깊은 환멸과 비판의식이 존재한다. 서술자 자신이 과거의 편견의 일부에서 벗어나 변모한 것이다.

작가가 자신을 위해 써놓은 일기나 특정한 사람에게 썼던 편지 등을 모든 사람을 위해 쓴 예술작품과 곧바로 연결해서는 안 될 것이다.

우리는 《세바스토폴 이야기》를 읽고 난 후 작품 속의 사람들이 서로 이야기하는 것이나 그들 자신에 대해 말하는 것이나 모두 진실이 아니라는 것, 그들은 단지 조화롭지 못한 구세계에서 말하고 있을 뿐임을 알게 된다. 그것은 톨스토이 자신도 알고 있는 사실이다. 사람들의 자신들에 대한 생각 역시 진실이 아니다. 여기서 죽음을 눈앞에 둔 사람들은 무의미한 귀족적 영예로움에 대해 생각하고 있고 살아남아 영광스럽게 십자훈장을 받게 되기를 바라고 있기 때문이다. 이 모든 것은 결국 배반당하고 말 것인데, 그것은 단지 그들이 죽기 때문만은 아니다. 톨스토이는 이 단편에서 수많은 사람들의 운명을 바라보며 자신에 대해서도 초월적인 시각을 획득한다.

이 단편의 진실은 익숙해진 것에 대한 거부, 그런 전쟁과 그런 체제에 대한 거부다. 이 단편에는 타성적이고 쓸데없이 끼어든 부분은 전혀 없다. 그런 의미에서의 풍경묘사도 없다고 말할 수 있다.

하늘에 대한 묘사는 여러 등장인물에게 서로 다른 의미를 띠지만 그러나 동시에 동일한 하나의 의미, 즉 이해할 수 없는 인간적인 것을 의미한다. 귀족출신 장교들은 창문을 통해 세바스토폴의 밤을 바라보며 무용담을 늘어놓는다. 그러다가 하늘과 전쟁에 대해 이야기한다.

> "하지만 적들은 우리 참호 주위를 폭격하기 시작했지. 아하! 이건 우리 거야. 아니 저놈들 거야? 저기 봐, 터졌어."
> 그들은 창문틀 위에 걸터앉아 공중에서 교차하는 포탄들의 불꽃이며, 한순간 검푸른 하늘을 비추는 작열하는 섬광이며, 하얀 화약 연기 등을 바라보며 점점 더 격렬하게 발사되는 포격소리에 귀를 기울이고 있었다.
> "정말 멋진 풍경 아닌가? 안 그래?"
> 칼루긴은 손님에게 정말 아름다운 볼거리를 좀 보라고 말했다.
> "이봐, 가끔은 저것들이 별인지 포탄인지 분간이 안 되더라고."
> "그래, 나는 지금 저게 별이라고 생각했는데, 저게 떨어져서 저렇게 터지잖아. 헌데 저 큰 별은 뭐라고 부르나, 꼭 불붙은 포탄 같지 않나?"

하늘은 포탄의 불꽃으로 환히 비치고 별과 포탄들은 함께 뒤섞인다. 프라스쿠힌이라는 인물은 결국 이 별과 같은 폭탄의 폭발에 의해 죽음을 맞이하고 전쟁과 사소한 진실에 대한 경박한 대화는 실제 현실에 의해 논박된다.

톨스토이의 일기에 들어 있는 내용이 작품에 들어 있기는 하지만 그것은 분석적 서술에 의해 반박되고 있다. 귀족주의에 대해, 그리고 어떤 사람이 귀족인가에 대해 일기에 쓰인 톨스토이의 생각은 작품에서는 전혀 중요하게 다루어지지 않는다. 귀족주의라는 말은 그 직접적인 의미를 상실하고 사소한 것으로 취급될 뿐이다.

전쟁 속에서도 일상적인 삶은 지속된다. 삶은 자신의 가치에 대해 허망하고도 시기어린 의혹을 품은 채 지속된다. 사람들은 이런 전쟁에서조차 귀족이라는 사실은 중요하게 여긴다.

체제에 의해 주입되어 습관이 되어 버린 허영심은 사람들을 맹목적으로 만든다. 세르뱌긴도 그런 허영심을 벗어나지 못하고 있다. "용맹을 떨쳐 이름을 날린, 어떻게든 '귀족'의 반열에 오르고 싶어 안달인 해군 장교 세르뱌긴 … 이 유명한 용사도 기꺼이 자신의 팔을, 프랑스 병을 수도 없이 때려잡았던 근육질의 팔을 프라스쿠힌의 팔에 걸었다. 프라스쿠힌이 그리 좋은 인물이 아니라는 점은 누구나 다, 세르뱌긴 자신도 잘 알고 있었다."

사회적 불평등이라는 악습은 그런 것 없이도 충분히 잘 살다 죽을 사람들까지 굴복시킨다. 이 두 사람, 자신들 처지가 불평등하다고 생각하던 프라스쿠힌과 미하일로프는 진지에서 걸어 나와 조금 안전해 보이는 곳으로 갔다. 그런데 그들은 초병의 외침을 듣게 된다.

"박격포다!"
(…) 미하일로프는 뒤돌아보았다. 포탄의 환한 불꽃이 한 정점에 멈춘 듯이 보였다. 그 순간에는 대체 저 포탄이 어디로 날아가는 것인지 그 방향을 확실히 알 수가 없었다. (…) 미하일로프는 앞으로 바짝 엎드렸다. 프라스쿠힌은 저도 모르게 땅바닥까지 허리를 숙이고 눈을 감았다. 어딘가 아주 가까운 곳의 딱딱한 땅바닥에 포탄이 떨어지는 소리가 들렸을 뿐이다. 1초가 꼭 한 시간처럼 여겨졌다. 하지만 폭탄은 터지지 않았다. 프라스쿠힌은 놀란 채 자신이 너무 겁을 먹었나 하고 생각했다. 어쩌면 포탄은 멀리 떨어진 곳에 떨어졌는데 자신만 바로 여기서 포탄이 쉭쉭거린다고 생각하는 것은 아닌가. 그는 눈을 떴다. 그리고 자신이 12루블 50코페이카를 빚지고 있던 미하일로프가 자기 발아래 쪽에 바짝 붙어서 꼼짝도

하지 않고 자기보다 훨씬 낮게 엎드려 있는 모습을 보고는 자존심의 만족을 느꼈다. 그러나 바로 그 순간 1미터도 채 안 되는 곳에서 빙빙 맴돌고 있던 포탄의 불붙은 도화선이 눈에 들어왔다.

싸늘한 공포가, 다른 어떤 생각도, 어떤 감정도 끼어들 여지없는 끔찍스런 공포감이 온 몸을 휘감았다. 그는 손으로 얼굴을 가리고 무릎을 꿇었다.

그리고 1초가량이 더 지났다. 그 1초 사이에 온갖 감정과 생각들, 희망과 추억들이 그의 상상 속에 명멸해갔다.

죽음이 바로 옆에 있었다.

12루블 50코페이카에 대해서는 이미 작품 속에서 언급된 바 있었다. 지금 땅에 바짝 엎드린 미하일로프는 앞에 서 있던 프라스쿠힌이 카드놀이에서 그에게 12루블 50코페이카를 빚지고 있다는 사실, 그리고 동시에 그가 자신을 그래도 귀족으로 여겨 주었다는 사실을 떠올렸다.

작품에는 고급스러운 것과 저급한 것이 철저하게 뒤섞여 있다. 심리 분석도 미하일로프와 프라스쿠힌 사이를 번갈아가며 반복된다. 시간은 공포에 가득 차 있고 한순간도 길게 연장된다. 미하일로프는 이렇게 생각했다.

"나는 실전에 참가하려고 보병으로 전과까지 했다. T시에 있던 경기병 연대에 남아서 나타샤와 함께 지내는 것이 더 낫지 않았을까… 아, 지금 이게 무슨 꼴인가!"

그리고 그는 만일 짝수에 포탄이 터지면 살 것이고, 홀수면 죽을 것이라고 점을 치면서 하나, 둘, 셋 하고 숫자를 세기 시작했다. "완전 끝장이다! 죽었다!"

포탄이 터졌을 때(그는 짝수에 터졌는지 홀수에 터졌는지 기억할 수 없었다) 그는 이렇게 생각했다. 그리고 그 순간 뭔가 머리에 부딪치는 느낌과 동시에 격심한 고통을 느꼈다.

"주여, 내 죄를 사하여 주소서!"

　　그는 깜짝 놀라며 두 손을 마주치며 이렇게 중얼거리고는 조금 몸을 일으켰다가 아무런 감각도 없이 뒤로 나자빠지고 말았다.

이미 죽은 것 같지만 죽음에 대한 감각은 계속 분석된다.

　　정신을 차렸을 때 맨 처음 느낀 감각은 콧등을 따라 흘러내리는 피와 훨씬 완화된 머리의 통증이었다.
　　"이건 영혼이 빠져나가는 것이다."
　　그는 이렇게 생각했다.
　　"저 세상엔 무엇이 있을까? 주여! 내 영혼을 평화로이 받아주소서. 그런데 한 가지 이상하다, 내가 죽어 가고 있는데도 병사들의 발걸음 소리와 총소리가 저렇게 또렷하게 들리다니 …"
　　누군가 그의 어깨를 잡았다. 그는 눈을 떠서 머리 위의 검푸른 하늘과 별 무리, 꼬리를 물고 날아가는 두 발의 포탄을 바라보았다. 그리고 이그나티예프, 들 것과 소총을 든 병사들, 참호의 흙벽도 눈에 들어왔다. 갑자기 그는 자신이 아직 저 세상에 가지 않았다고 확신했다.
　　그는 날아온 돌에 머리를 맞아 경상을 입었던 것이다.

　　프라스쿠힌 역시 포탄이 터지기 직전 1초 사이에 자신이 타박상을 당했다고 생각하고 온갖 생각에 빠져든다. 그것은 톨스토이 자신의 응축된 생각들을 다소 속되고 폭로적인 방식으로 말해 주는 것 같다. 프라스쿠힌은 페테르부르그에 갚아야 할 빚이 있다는 것, 집시와 부르던 노래, 사랑했던 여인, 5년 전 받은 모욕을 아직 갚지 못한 사람이 떠올랐다(분명 그렇게 사소한 일에 대한 분노를 잊지 못하는 인물형상은 톨스토이 자신의 기억과 관련이 있다). 죽어 가는 사람 앞에 자잘한 쓰레기처럼 자신의 인생이 스쳐지나간다. 무언가가 무시무시한 굉음과 함께 그를 밀쳤다. 그는 도망가다 무언가에 걸려 넘어지며 자신이 타박상을 당했다고 생각한다.

　그의 주변으로 병사들이 달려간다.　그는 병사들의 수를 헤아린다.
"하나, 둘, 셋.　아, 그리고 바짝 졸라맨 외투를 입은 장교 한 사람."

　죽어 가는 사람의 내적 독백이 너무나도 자세하다.　그래서 우리는 마치 죽음 직전의 마지막 1초 동안 삶의 환영을 직접 체험하는 듯하다.

　이윽고 그는 헤아리기를 놓친다.　육체의 감각이 생각을 밀어낸 것이다.　프라스쿠힌은 아직 살아 있다.

> (…) 있는 힘을 다해 '나를 좀 데려가게' 하고 외치고 싶었다.　그러나 그 소리 대신 그는 자신이 듣기에도 끔찍한 신음소리를 냈을 뿐이다.　뭔가 빨간 불꽃들이 눈앞에 어른거렸다.　병사들이 그의 몸 위에 돌을 쌓아올리는 것 같았다.　어른거리던 불꽃이 점차 잦아들었고, 몸 위의 돌은 점점 더 무겁게 짓눌렀다.　그는 돌을 치워내려고 애를 쓰며 몸을 움직여보려 했다.　하지만 이제 더 이상 아무것도 보이지 않았고, 아무것도 들리지 않았으며, 아무런 생각도, 아무런 느낌도 없었다.　그는 가슴 한가운데 파편을 맞고 그 자리에서 즉사했던 것이다.

　그렇게 하찮은 삶을 살아왔고 그렇게 억울하게 죽어 가야만 하는 사람의 운명 속에 함축된 진실은 과연 무엇인가?

　톨스토이는 누구도 답하지 못한 이 진실에 다가가고자 했다.　그는 작품의 진정한 주인공은 바로 진실이라고 생각했다.　작품은 진실에 대한 말로 마무리된다.

> 이것으로 내가 말하고 싶었던 것은 다 말했다.　그러나 나는 무거운 사념에 휩싸여 있다.　어쩌면 이런 이야기는 할 필요가 없었을 지도 모른다.　어쩌면 내가 술회한 것은 모든 사람의 영혼 속에 무의식적으로 녹아들어 있고 발설해서는 해로운 것으로서 결코 입 밖에 드

러내서는 안 되는 그런 사악한 진실 중의 하나인지 모른다. 포도주를 먹을 수 없게 만들려는 것이 아니라면 그 침전물을 흔들어 대서는 안 되는 것과 마찬가지로 말이다.

　이 소설 속에 피해야만 하는 악에 대한 묘사는 어디에 있는가? 그리고 따라해야 할 선에 대한 묘사는 또 어디에 있단 말인가? 누가 악인이고 누가 영웅인가? 모두 좋은 사람들이며, 또 모두가 다 어리석다.

　그 빛나는 귀족의 용맹과 모든 행동의 원동력으로서의 허영심을 가진 칼루긴도, 비록 '신앙과 황제와 조국을 위한 싸움'에서 목숨을 바치긴 했지만 머리가 텅 빈, 무해한 인간이었던 프라스쿠힌도, 소심하고 생각이 짧았던 미하일로프도, 굳건한 신념이나 나름의 원칙을 가지지 못했던 어린애에 불과한 페스트도 모두 이 작품의 악당일 수도 없고 주인공일 수도 없다.

　내 소설의 주인공, 내가 내 영혼을 모두 바쳐 사랑하는, 그리고 그 모든 아름다움을 다 바쳐 재현해 내고자 애를 썼던, 그리고 언제나 존재했고 존재하고 있으며, 앞으로도 멋지게 존재하게 될 참다운 주인공, 그는 바로 진실이다.

이것은 대체 어떤 진실인가. 톨스토이의 진실은 세바스토폴에서 싸웠던 다른 용맹한 장교들이 보고 있던 진실과 무엇이 다른가. 톨스토이는 어떻게 진실을 작품의 주인공으로 만들 수 있었던가.

　톨스토이가 선택한 방법은 분석, 그리고 모순적인 것들의 대비이다.

　전쟁의 허구성은 휴전기간에 분명하게 드러난다.

　아군의 능보에도 프랑스군의 참호에도 흰 기가 내걸렸고, 꽃이 흐드러지게 피어 있는 양 진영 사이의 골짜기에는 회색과 청색 군복의 시체들이 무더기로 쌓여 있었다. 시체는 이미 몹시 손상된 상태였고 장화는 벗겨져 없어졌다. 일꾼들이 시체를 마차에 실어 나르고 있었다. 끔찍스럽게 지독한 시체 썩는 냄새가 공기를 진동했다.

세바스토폴 시내에서, 그리고 프랑스군 진영에서도 수많은 사람들
이 몰려나와 열띤, 그러나 호의적인 호기심의 눈으로 앞을 다투며
구경하고 있었다.

진실은 전쟁이 아니라 평화, 그렇게 쉽게 찾아올 수 있는 평화였던 것
이다.

사람들은 서로 평화롭고 호의적으로 이야기를 하며 농담을 나누며 웃
고 있다. 프랑스인들과 러시아인들이 서로를 이해하려고 노력하고 있
는 것이다. 장교들은 타성에 젖은 몸짓으로 이야기를 나눈다. 기병대
귀족 장교들이 가진 생각이래야 그렇고 그런 것이었고, 톨스토이는 그
들의 말을 '프랑스 이발소에서나 지껄이는 말'이라고 불렀다.

그러나 휴전을 한 것은 단지 시체를 치우기 위해서였다.

부패한 국가의 타성이라는 다른 흉측한 힘은 전쟁을 계속해간다. 톨
스토이는 목소리를 높여 묻는다.

그렇다. 능보에도 참호에도 흰 기가 내걸려 있고 꽃이 흐드러진 계
곡에는 악취를 내뿜는 시체가 가득하다. 아름다운 석양은 청명한
하늘에서 푸른 바다로 지고 있고, 푸른 바다는 일렁이며 황금빛 태
양빛으로 빛난다. 수천 명의 사람들이 무리지어 구경하며 떠들고
웃고 있다. 바로 이 사람들이 사랑과 헌신을 유일한 법으로 믿고
사는 그리스도교도다. 이들은 자신들이 저지른 저 참담한 광경을
바라보면서 자신들에게 생명과 영혼을 불어넣어 준 자 앞에 불현듯
절망으로 무릎을 꿇지 않을 것인가, 죽음의 공포와 더불어 선과 아
름다움에 대한 사랑으로, 기쁨과 행복의 눈물을 흘리며 그들은 형
제처럼 서로 그러안지 않을 것인가? 그렇다, 그들은 그러지 않을
것이다!

그러나 전쟁에 대한 논박은 여기서 끝나지 않는다. 작품의 끝부분에
는 감정이 고조된, 충격적인 장면이 등장한다.

304

열 살짜리 소년이 시체 사이를 거닐며 이 숙명의 계곡에 지천으로 피어 있는 하늘빛 들꽃을 꺾어 모으고 있다. 얼굴을 덮을 만큼 커다란 꽃다발을 만든 소년은 시체 앞에서(작가는 시체에 대해 짧지만 정말로 끔찍스런 묘사를 한다) 잠시 걸음을 멈췄다가 발로 시체의 굳은 팔을 건드려 본다. "시체의 팔은 살짝 흔들거렸다가 다시 제자리로 돌아갔다. 소년은 외마디 비명을 지르고 꽃다발에 얼굴을 묻었다. 그리곤 정신없이 요새를 향해 도망쳤다."

톨스토이는 바로 이렇게 전쟁을 이겨낸다. 이제 그는 고르차코프 공작으로부터, 출세에 대한 몽상으로부터, 과거의 미망으로부터, 니콜라이 이르테니예프145)의 아름답지만 모호한 어린 시절의 목가적 분위기로부터 벗어나고 있는 것이다.

7년 뒤, 《전쟁과 평화》의 집필에 들어가기 직전에 젊은 아내 소피야와 최초의 다툼을 벌이고 나서 톨스토이는 자신을 둘러싼 하찮은 것들을 벗어던지고 스스로를 돌아본다. 1863년 6월 18일 밤 그는 쓰라리고 헛된 질투심에 젖어 있다. 모든 것을 덮을 만한 위대한 창조의 영감이 찾아들기 직전이다.

나는 어디에 있는가, 내 자신이 사랑하고 알고 있는 나, 가끔 겉으로 드러나는 모습으로서의 나, 내 자신을 기쁘게 하고 내 자신을 두렵게 만드는 나, 그것이 바로 나란 말인가?

창조의 영감에 싸인 인간은 전 인류의 관점으로 나아가 전 인류의 체험과 노동, 그 오류와 영감을 모두 이해하고자 한다. 톨스토이는 자기 자신을 넘어서며, 영예와 욕망을 넘어서며, 성공과 실패를 넘어서며 기

145)〔역주〕톨스토이의 자전적 3부작 《어린시절》의 주인공. 니콜라이(그 애칭은 니콜렌카)의 어린 시절은 톨스토이 자신의 어린 시절을 담고 있다.

뿜과 두려움을 느꼈다.

세바스토폴에서 톨스토이는 소위보에서 정식 소위가 되었고 동시에 위대한 작가가 되었다. 그가 직접 보고 느낀 것은 작가로서 많은 생각을 하도록, 생각에 생각을 거듭하도록, 그리하여 문학의 새로운 주인공, 진실을 발견하도록 만들었다.

간헐적인 세바스토폴 방어전 속에서, 연합군의 대포에 맞서 간간이 쏘아대는 러시아 대포 소리 속에서, 유성처럼 쏟아지는 포탄 속에서 새로운 예술방법이 태어난 것이다.

그것은 후에 그 진실함으로 세계를 사로잡는다.

《1855년 8월의 세바스토폴》

큰 키에 보드라운 피부, 여전히 아름다운 모습의 황제 니콜라이 1세가 살쪄가는 모습을 가리도록 외투 위에 망토를 걸친 채 수도인 상트 페테르부르그 강변을 고독하게 거닐고 있다. 어떻게 프랑스군을 막아낼 것인가? 어떻게 영국 증기선단의 포격을 막아낼 것인가?

어쩌면 바로 이곳 페테르부르그 인근으로 상륙작전을 감행할지도 모른다. 얼어붙은 핀란드만을 통해서? 그건 거의 불가능하다.

다른 사람의 생각을 멋대로 추정해서 소설을 쓰지는 말자. 다만 니콜라이 황제가 피로에 지쳐 있었고, 자신의 궁정생활을 어떻게 마감할 것인지 고뇌하고 있었던 것은 사실이다.

니콜라이 황제는 무슨 이유에선가 난방이 잘 되지 않은 궁전을 돌아다니다가 야전 침대 같은 곳에서 외투를 덮고 잠이 들었다. 잠이 들며 그는 자신의 모든 인생이 잘못되어 가고 있다고 생각했다. 그런 다음 그는 군대를 사열했고 승마장에 들렀다.

1855년 2월 18일 오후 3시 반경 겨울궁전146)에 검은 기가 게양되었다. 황제가 고통스러운 임종 끝에 서거했던 것이다. 어떤 사람들은 황제가 감기에 걸려 죽었다고들 했지만 대부분 사람들은 황제가 자신을 독살하도록 명령했다고 믿었다.

세브첸코가 '니콜라이 토르모스'라고 불렀고, 나중에 톨스토이는 '니콜라이 팔킨'이라고 불렀던 황제는 그렇게 죽었다. 147)

톨스토이는 니콜라이 1세의 무의미하고 냉혹한 잔인함을 결코 용서할 수 없었다. 그는 군대를 붕괴시켰고 세바스토폴 전투의 참패라는 치욕을 불러왔으며 러시아의 명예를 실추시켰다.

황제는 죽었지만 체제는 변하지 않았다. 뇌물은 다시 뇌물로 보상을 받았고 횡령은 용의주도하게 이루어졌다. 혹한 속에서 외투 없이 돌아다녀야 했던 아카키 아카키예비치148) 만이 횡령을 하지 않았을 것이다.

8월 25일 톨스토이는 이렇게 일기를 남긴다.

"하늘의 별들. 세바스토폴에 적의 폭격, 막사의 음악소리. 그 어떤 선한 일도 못했다. 반대로 코르사코프의 돈을 땄다."

이에 앞서 톨스토이는 일기에 하늘과 밤에 대해 몇 마디 써놓고는, "주여, 불쌍히 여기소서"라고 덧붙인다.

세바스토폴이 함락되는 것을 보며 톨스토이는 절망적인 시간을 보냈다. 9월 2일. "세바스토폴이 넘어갔다. 나는 바로 내 생일 날149) 그곳에

---

146) 〔역주〕겨울에 황제가 머물던 상트 페테르부르그의 궁전. 현재 에르미타시 박물관이다.

147) 〔역주〕'니콜라이 토르모스'는 '역사의 방해자 니콜라이', '니콜라이 팔킨'은 '폭군 니콜라이'의 의미.

148) 〔역주〕고골의 중편 《외투》의 주인공. 오직 맡은 바 직무인 문서 베끼는 일만 할 줄 아는 하급 관리였다. 어렵게 돈을 모아 새 외투를 하나 장만하였지만 페테르부르그 밤거리에서 강도를 만나 외투를 빼앗기고 외투를 찾기 위해 경찰서 및 온갖 곳에 청원을 하지만 그 누구의 관심도 받지 못한 채 죽고 만다. 그가 죽은 후 페테르부르그 밤거리에는 그의 유령이 나타나 외투를 빼앗아간다는 소문이 돈다.

149) 〔역주〕1855년 8월 27일 세바스토폴이 프랑스군에 넘어간다. 톨스토

있었다. 오늘은 묘사한 것들을 정리하느라 바빴다. 작업은 잘되었다. 로젠에게 3백 루블을 빚졌다. 그에게 거짓말을 했다."

그는 거대한 역사적 사건의 한 장이 넘어가는 것을 직접 체험했다. 그는 역사의 목격자이자 역사를 '구성하는' 참여자였다.

문학가로서 명성을 지니고 있던 그에게 연합군에 의한 마지막 폭격과 세바스토폴 함락에 대한 공식적 보고서를 작성하라는 임무가 부여되었다. 톨스토이는 모든 포병대에서 올라온 보고서에 기초하여 종합적인 보고서를 작성한다.

톨스토이는 '《전쟁과 평화》 창작 동기에 대하여'에서 이 보고서들에 대해 이렇게 말한다. "나는 이 보고서들을 복사할 수 없다는 것이 안타까웠다. 이 보고서들에 담긴 내용들은 눈에 뻔히 보이는, 그러나 어쩔 수 없는 군대의 기만성을 가장 잘 보여주는 자료다."

톨스토이는 많은 동료 장교들이 보고서를 작성하면서, "제대로 알 수도 없었던 일에 대해 상관의 명령에 따라 보고서를 써대는 자신들을 스스로도 어이없어 하며 웃음을 터뜨렸을 것"이라고 생각했다.

전쟁의 불합리함, 최고 수뇌부의 뜻대로 통제되지 않는 적들의 저항, 전쟁이라는 현실에 어울리지 않는 일상적인 병영생활 등은 톨스토이에게 하나의 충격이었다. "아군에서 전황을 보고하고 첩보를 올리는 것과 같은 직무는 대부분 러시아인이 아닌 다른 민족 출신들에 의해 이루어진다는 것은 누구나 다 알고 있었다."(16권, 12)

《전쟁과 평화》에 등장하는 발틱 연안 출신의 독일계 베르그 남작은 전쟁 중에 아무런 쓸모도 없는 행동들을 하지만 훈장수여 항목에는 딱 들어맞는 행동을 한다. 바로 이런 인물들이 그런 기만적인 보고서를 탁월하게 써냈던 것이다. 톨스토이는 1855년 12월 27일 페테르부르그에

이는 맨 마지막까지 참호를 지휘하다 철수한다. 톨스토이의 생일은 8월 28일이었다.

서 이런 보고서들을 반박하는 작품을 완성한다.

니콜라이 1세의 죽음, 그에 따른 새로운 개혁에의 기대, 데카브리스트의 귀환, 그리고 언론 검열의 완화 등을 바라보며 당시 페테르부르그 자유주의자 그룹들은 떠들썩하게 환호했다. 누가 보면 러시아가 전쟁에 패한 것이 아니라 승리라도 한 것 같았다. 사람들은 전쟁영웅들을 화려한 수사와 경의로서, 만찬을 베풀며 맞이했지만 이내 그들에 대해 잊어버렸다.

많은 사람들이 톨스토이에게 세바스토폴 함락을 다룬 기념비적인 작품을 고대하고 있었다. 톨스토이는 그러나 사람들이 고대하는 그런 작품을 쓰지 않았다. 세바스토폴의 패배는 그로 하여금 많은 것을 되새기게 만들었다. 그는 데카브리스트에 대해, 1812년과 1805년 전쟁에 대해 숙고하기 시작했다. 행동의 자유를 얻기 위해 그는 거꾸로 멀리까지 거슬러 올라갔던 것이다.

그런 대전쟁에서 지휘관들은 패배하는 경우 경계선을 고집하지 않았다. 경계선은 유동적일 수 있었던 것이다. 그들은 적들의 추격을 피해 멀찌감치 후퇴하여 군대를 재정비하고 후방 보급로를 점검하며 다시금 적에 맞서 싸울 준비를 하곤 했다.

《8월의 세바스토폴》은 깊은 슬픔과 동시에 차분함과 내적 고백 같은 분위기에서 씌어진다. 이 작품에서 톨스토이는 자기 자신의 어떤 문제를 풀어 보고자 했다. 그러나 그것은 그가 즉시 해결할 수 있는 문제가 아니었다. 그 문제의 해결은 좀 더 냉정을 되찾은 이후에 올바르게 해결하게 될 그런 문제였다.

귀족들이 세바스토폴 방어전의 운명을 해결해 낼 수 없었던 것은 그들이 나쁘거나 용감하지 못해서만은 아니었다. 방어전을 이끌었던 것은 귀족들과는 다른 계층, 중간 계층의 장교와 평범한 해군 장교들이었다. 엄정한 코르닐로프, 시골 우화작가의 아들로서 간단명료한 나히모프 같은 인물이 바로 그들이다.

세바스토폴 임시 요새에서 유럽 연합군은 11개월 동안 끊임없이 러시아군을 괴롭혔다. 그리고 마침내 77시간 동안 세바스토폴 시내에 집중 포격을 감행했고 8월 25일과 26일에는 집중 총격에 돌입했다. 세바스토폴은 포위되었지만 연합군 역시 힘이 다 소진되어 전쟁은 그들이 원하는 대로 쉽게 종결되지 못했다.

《8월의 세바스토폴》은 패배를 받아들일 수 없었던, 그리고 그 패배에 자신의 잘못을 인정할 수 없었던 사람의 작품이다. 이 작품은 《전쟁과 평화》의 예고편이라고 볼 수도 있다. 이 작품에 등장하는 인물들은 1812년 전쟁을 승리로 이끌었던 사람들과 유사하다. 《8월의 세바스토폴》은 사람들이 그렇게 행동할 수밖에 없었던 현실을 파헤치고 있지만 동시에 대항이 불가능한 가운데서도 자신의 임무를 수행해 내는 사람들을 예찬하고 있다. 부상을 당한 한 강건한 장교는 심페로폴 병원에서 세바스토폴로 돌아온다.

> 벌써 총소리가 들려오고 있었다. 특히 간간이 산에 가로막히지 않은 곳이나 바람이 이쪽으로 불어올 때면 훨씬 또렷하게 들려왔다. 이제 아주 가까워진 것이다. 저절로 몸이 오싹하고 오그라들 정도로 대기를 찢는 폭발음이 들려오는가 하면 그보다는 약하지만 북 두드리는 것 같은 소리들이 빠르게 잇달아 들려왔고 그 사이로 때때로 낮은 폭음이 가슴을 울렸다. 그런가하면 그 모든 소리들은 이제 막 폭우를 쏟아 부을 때의 뇌성벽력처럼 꽈르릉하며 굴러가는 굉음 속에 휩쓸려 들어갔다.

길을 서두르던 장교 코젤리초프는 세바스토폴로 군수품을 싣고 갔다가 이제는 부상병들을 태우고 되돌아가는 마차부대와 마주쳤다. 마차에는 회색 외투의 러시아 육군병사들과 검은 외투의 해병들, 붉은 터키식 원통 모자를 쓴 그리스 의용병들, 수염을 기른 비정규 국민 의용병들이 타고 있었다.

　장교는 뇌우가 치는 그곳으로 발길을 재촉하며 마주친 병사들을 "냉담하게 적대감 어린 눈으로" 바라본다.

　세바스토폴에서는 전혀 다른 풍경이 펼쳐진다. 한 주둔군 병사가 수박을 먹으며 세바스토폴로 들어가는 한 병사에게 말한다.

　"이보게나, 거긴 완전 지옥이야. 가지 않는 게 좋을 걸. 여기 어디 건초 더미나 파고 들어가 하루나 이틀 뒹굴라고. 상황이 좀 나아질 때까지 말이야."

　하지만 그 병사는 파이프 담배를 피워 물고 모자를 살짝 들어 인사하고는 세바스토폴로 향한다.

　"에헤, 좀 기다리는 게 나을 텐데!"

　수박을 파먹던 병사가 느릿느릿하게 타이르듯 말했다.

　"다 마찬가지야."

　길을 나선 병사는 몰려있는 마차의 바퀴 사이를 기어지나가며 중얼거렸다.

　"아무래도 수박이라도 사서 저녁을 때워야겠어. 저 사람들 무슨 말을 하고 있는 거야!"

　결론은 단순하다. 사람은 죽기 직전에도 먹어서 목숨을 유지해야 하고 또 그러면서 역시 죽음으로 나아가야 한다.

　미하일 코젤리초프는 역참에서 동생 볼로쟈를 만난다. 톨스토이는 이 동생을 느닷없이 장미꽃에, 그리고 그 형은 피었다 시든 들장미에 비유한다. 작가는 어린 동생의 얼굴과 행동을 마치 어머니의 눈으로 바라보듯 대단히 다정스럽게 묘사한다.

　볼로쟈는 여행 중에 도박에서 돈을 빚지고 있었는데 어렵사리 형에게 그걸 고백한다. 8루블이었다. 형은 동생을 꾸짖으며 돈을 내준다.

　코젤리초프 형제는 그렇게 만나서 함께 말없이 길을 간다. 볼로쟈는 형 앞에서 모욕을 당한 느낌이었고 화가 난 그는 몽상에 젖어든다. 젊은 장교의 몽상은 거의 어린 애들 같은 것이었다. 톨스토이는 현실을 드러내기 위해 종종 이런 방법을 사용한다. 있었으면 하는 희망, 꿈, 가정 같은 것을 현실과 비교하게끔 하는 것이다.

동생 볼로쟈 코젤리초프의 몽상을 보자.

나는 쏘고 또 쏜다. 무척 많은 수의 적을 무찌른다. 그러나 그들은 여전히 나에게 돌진해온다. 이젠 더 이상 쏠 수가 없다. 끝났다, 살아날 길이 없다. 그때 갑자기 형이 군도를 휘두르며 달려나온다. 나도 소총을 집어 들고 병사들과 함께 내닫는다. 프랑스 놈들이 형에게 달려든다. 내가 달려들어 한 놈을 죽이고 또 한 놈을 죽이고 형을 구한다. 그때 형이 내 옆에서 총탄에 맞고 쓰러진다. 나는 한 순간 멈춰 서서 형을 아주 슬프게 바라보다가 다시 몸을 일으켜 외친다. '나를 따르라, 복수다! 세상에서 가장 사랑하는 형을 잃었다. 복수다. 적들을 박살내자, 아니면 우리 모두 목숨을 던지자!' 모두들 몸을 던져 내 뒤를 따른다. 그러자 모든 프랑스 군대가 몰려나오고 펠리시에 프랑스 사령관도 직접 나온다. 우리는 모두를 격퇴시키지만 마침내 나는 또 한번, 그리고 또다시 부상을 당하여 쓰러져 죽어간다. 그러자 모두들 내게 달려온다. 고르차코프 장군도 다가와서 나에게 원하는 것이 무엇이냐고 묻는다. 나는 바라는 것은 아무 것도 없으며 다만 나를 형과 나란히 뉘어 달라, 나는 형과 함께 죽고 싶다고 말한다. 나는 피로 물든 형의 시체 옆에 나란히 눕힌다. 나는 몸을 조금 일으켜 이렇게 한마디 할 것이다. '당신들은 진정으로 조국을 사랑했던 두 사람들 알아보지 못했다. 이제 그 두 사람이 여기 쓰러졌다 …. 아, 당신들에게 신의 용서를!' 그리고 나는 죽어간다. 이러한 꿈들이 얼마나 실현될 지는 아무도 모른다!

톨스토이 작품에서 일반적으로 현실과 꿈은 전혀 일치하지 않는다. 하지만 이 작품에서 비극적으로 고양된 이 꿈은 그대로 현실이 된다.

코젤리초프 형제가 먼저 마주친 것은 범죄적인 세바스토폴, 공격을 앞두고 노획물을 나누고 있는 도둑들의 속물적인 계산이었다. 공격작전은 어딘가 멀리 있었고 그들은 고위장교들처럼 생활해 간다. 돈을 계산하며 살아가는 그들은 평범한 사람들과 하나도 다를 것이 없었다. 하지만 도둑들이 횡행하는 일상에 대한 많은 이야기가 전개된다.

형제들은 접이식 탁자 앞에 앉아 있는 장교를 발견했다. 탁자 위에는 담배꽁초가 떠있는 식은 찻잔 하나와 보드카며 말라빠진 생선 알, 빵 쪼가리 따위가 담긴 쟁반이 놓여 있었다. 장교는 누렇게 변색된 더러운 셔츠만 걸치고 엄청난 지폐뭉치를 쌓아놓고 커다란 주판으로 그걸 계산하고 있었다. 그러나 이 장교의 개성이나 말하는 태도에 대해 말하기 전에 그가 앉아 있는 이 가건물의 내부를 좀 더 자세하게 살펴보고 그가 살아가는 모습이라든지 일하는 모습을 조금이라도 알아둘 필요가 있다. 가건물은 새 것이었는데 내부가 아주 크고 튼실하고 편리하게 지어져 있었다. 작은 탁자들과 잔디 뿌리로 만든 긴 의자들도 배치되어 있었다. 이건 완전히 장군이나 연대장용쯤 되는 것 같았다. 벽과 천장에는 나뭇잎이 흩뿌리지 않도록[150] 아주 기형적이기는 하지만 분명히 값비싼 새 양탄자가 세 장 걸려 있었다. 여자 기사가 새겨진 가장 눈에 띄는 양탄자 밑에 놓인 철제침대 위에는 선홍색 털이 많은 담요와 누덕누덕하게 떨어진 더러운 가죽 베개, 가죽 외투가 얹혀 있었다. 탁자 위에는 은제 틀의 거울과 끔찍하게 더러운 은제 솔, 기름 발린 머리털이 잔뜩 달라붙어 있는 이가 부러진 뿔 빗, 은촛대, 금빛과 붉은 빛의 커다란 상표들이 붙어 있는 리큐르 병, 표트르 1세 초상이 그려진 금시계, 두 개의 금반지, 무슨 캡슐 같은 것이 든 작은 상자, 딱딱해진 빵 조각, 이리저리 흩어져 있는 낡은 카드들이 있었다. 침대 밑에는 흑맥주 빈 병과 새 병이 가득했다.

볼료쟈 코젤리초프는 즉각 포대에 배치된다. 그곳의 대포는 모두 파

---

150) 〔역주〕 떡갈나무로 짜 만든 가건물이라서 내부에 나뭇잎이 떨어지지 않도록 하기 위해서라는 의미.

괴된 상태였고 모든 상황이 군사학교에서 배운 것과는 달랐다. 그러나 나이 든 해군 포병은 젊은 장교에게 마치 채소밭이라도 구경시키듯이 포대를 안내하면서 거의 어떻게 해볼 도리가 없는 대포들을 내일 아침까지 다 정비해 놓겠다고 태평하게 말했다.

볼로쟈는 전투를 앞두고, "어린아이 같이 겁에 질리고 마음이 오그라들었다가 갑자기 정신이 맑게 밝아지며 넓고 환한 새로운 지평선을 바라보는 것 같았다."

톨스토이는 이어서 방공호 속의 아늑함에 대해 묘사한다.

방공호 위에서는 그리 크지 않은 총소리가 끊이지 않고 들려왔다. 그러나 방공호 바로 옆에 세워진 대포 쏘는 소리는 아주 강해서 지축을 뒤흔들었고 그 바람에 천장의 흙가루가 쏟아져 내리곤 했다. 그래도 방공호 안은 조용했다. 아직 신임 장교를 거북스러워하는 병사들이 서로 조금 비키라든지, 담뱃불을 좀 빌리자든지 간간이 한마디씩 주고받을 뿐이었다. 쥐 한 마리가 어딘가 돌 틈에서 갉죽거렸다. 아직 제 정신을 차리지 못한 블랑그는 깜짝 놀란 듯이 주위를 돌아보다가 갑자기 땅이 꺼질 듯이 한숨을 내쉬었다. 볼로쟈는 딱 한 자루의 촛불이 켜져 있는 구석에 있는 자기 침대에 누웠다. 그의 옆에도 사람들이 꽉 들어차 있었다. 어렸을 때 숨바꼭질하면서 장롱 속이나 어머니의 치마폭에 몸을 숨기고 숨을 죽이며 귀를 기울이고 있을 때 어둠이 두려우면서도 뭔가 달콤하게 느껴졌었다. 지금 바로 그런 아늑한 기분이 들었다. 그는 그렇게 조금 으스스하면서도 유쾌한 기분이었던 것이다.

톨스토이는 볼로쟈의 상태를 "맨 바닥에 뒹구는 지치고 굶주리고 이투성이의 병사들"의 상태와 대비시켜 묘사한다. 이 장면은 마치 기도하는 듯한 종교적 분위기에 싸여 있다.

형 코젤리초프는 전선에 도착하자 마치 집이라도 온 듯이 편안함을

느낀다. 병사들은 그를 가족처럼 맞이하고 그의 용맹함에 신뢰를 보낸
다. 그는 카드를 치러 자리를 잡고 이윽고 시끌벅적한 놀이판이 벌어지
고 술에 취해 싸움도 벌어진다. 그들은 모두 피곤에 절어 있었고 그들에
게 "유일한 즐거움은 망각, 즉 의식의 파괴뿐"이었다. 바로 여기서 톨스
토이는 다소 느닷없기는 하지만 작품의 주제가 될 법한 말을 주저 없이
드러낸다.

> 각자의 영혼의 밑바닥에는 그 자신을 영웅으로 만들어 줄 고결한
> 불꽃이 타오르고 있다. 그러나 이 불꽃은 계속해서 타오를 수는 없
> 었다. 운명의 순간이 닥치면 그때 이 불꽃은 활활 타올라 위대한
> 공훈을 환히 비추게 될 것이다.

　대공격이 가까워지고 있었다. 포대에서는 모두들 친절하게 볼로쟈를
대해 주었는데 단 한 사람, 귀족의 자의식이 넘쳐나고 어색할 정도로 애
국주의를 과시하는 장교 체르노비츠키만은 예외였다. 어린 사관생도인
블란그는 선량해 보이는 시선을 떼지 못하고 볼로쟈를 숭배하듯이 대한
다. 볼로쟈는 제비뽑기를 해서 말라호프 언덕으로 파견된다. 여기서 그
는 포탄이 쏟아지는 가운데에서도 침착하게 발로 흙을 다지고 있는 한
병사의 용기를 목격한다. 볼로쟈는 검은 외투를 입은 병사가 누구냐고
노병 멜리니코프에게 묻는다. 그러자 멜리니코프가 참호에서 벌떡 일
어나 나가서는 "검은 외투를 입은 병사에게 다가가 오랫동안 아무렇지
도 않은 듯이 움직이지도 않고 이야기를 나누며 그의 곁에 서 있었다."
그리고 돌아와서 대답했다. "화약고 보초랍니다, 소위님! 화약고가 폭
탄에 부서져서요, 그래서 보병들이 흙을 날라 오고 있답니다."
　멜리니코프에게 중요한 것은 병사의 이름이 아니라 그의 직책, 의무
였다. 그래서 그가 누구냐는 질문에 대해 그렇게 알아다 준 것이다.
　방공호에 앉아 있던 병사들 중 곱슬머리의 젊은 유대인 병사가 총알

을 하나 주위 납작하게 눌러 평평하게 만들더니 게오르기 십자훈장과
비슷하게 만들어 멜리니코프에게 주었다.

대체로 사람들 사이에 두려움 같은 건 없었다. 그저 "정확히 열두 시
가 되면 마할로프 언덕의 공습이 시작되었다."

짓다 만 교회, 기둥들, 해안가 산 위의 푸르른 가로수길 등 세바스토
폴의 풍경도 간략하게 묘사된다. 이 도시에는 시간이란 존재하지 않는
것 같았다. 기선 같은 데에서 뿜어 올라온 검은 연기가 길게 흘러가고
지평선 위에는 바람을 알리는 듯한 길고 하얀 구름이 떠간다. 하지만 요
새의 모든 전선에는 짙고 뿌연 연기가 뭉게뭉게 피어오른다. 드디어 대
공습이 시작되고 말라호프 언덕에도 프랑스군 깃발이 휘날린다.

미하일 코젤리초프는 그날 밤 카드에서 크게 돈을 잃었다. 대 공습이
시작되자 그의 소대원들은 크게 두려워한다. 그러자 그때까지 평범해
보이기만 했던 미하일에게 영웅적인 감정이 솟아오른다. 그는 마침내
평생 동안 꿈꾸었던 바와 같이 행동한다.

> 공포의 감정이 자기도 모르게 코젤리초프에게 전달되었다. 온몸에
> 섬뜩한 소름이 돋았다.
> "시바르츠가 점령당했어." 젊은 장교 한 명이 이빨을 덜덜 부딪치
> 며 말했다. "다 끝났어."
> "헛소리 말아!" 코젤리초프가 화를 냈다. 그는 과감한 몸짓으로
> 스스로를 북돋우며 작고 무딘 철제 군도를 움켜쥐고 외쳤다. "모두
> 들 전진 앞으로! 우라-아![151]"
> 쩌렁쩌렁 울리는 큰 목소리였다. 그 목소리는 코젤리초프 자신의
> 힘을 북돋는 것이었다. 그는 참호의 외벽을 따라 앞으로 달려갔다.
> 50여 명의 병사들이 함성과 함께 그의 뒤를 따랐다. 그들이 외벽을
> 지나 탁 트인 개활지로 나오자 총탄이 말 그대로 우박처럼 쏟아졌

---

151) 〔역주〕'우라'는 '만세'라는 러시아어로 용기를 북돋을 때, 혹은 환호할
　　 때 사용된다.

다. 그는 두 발의 총알을 맞았지만 도대체 어디서 어떻게 공격해오
는지, 자신이 총알에 맞았는지, 스치기만 했는지 돌아볼 겨를도 없
었다. 앞쪽의 연기 속에 벌써 푸른 코트와 붉은 바지들이 보였고
러시아어가 아닌 고함소리들이 들려왔다. 한 프랑스군이 흉벽(가슴
높이까지 쌓은 방벽) 위에 올라서서 모자를 흔들며 뭐라고 소리치
고 있었다. 코젤리초프는 이제 전사하게 될 것을 확신했다. 하지만
그런 확신이 오히려 그의 용기를 곧추세우게 했다. 그는 앞으로,
앞으로 달려 나갔다. 몇 명의 병사들은 그를 앞질렀다. 어딘가 옆
쪽에서 튀어나온 다른 병사들도 그를 따랐다. 푸른 군복들은 자신
들 참호 쪽으로 후퇴하며 거리를 유지했다. 그러나 그의 발밑에는
죽거나 부상당한 자들이 쓰러져갔다. 외곽 참호까지 달려갔을 때에
는 코젤리초프의 눈에 모든 것이 뒤죽박죽이었다. 그는 가슴에 통
증을 느끼며 사격용 발판에 주저앉았다. 그는 참호의 포안으로 푸
른 군복의 무리가 정신없이 자기들 참호 쪽으로 도주하는 것이며
온 들판에 붉은 바지와 푸른 코트의 전사자들이 쓰러져 있고 부상
자들이 꿈틀거리며 기어가는 것을 바라보고 큰 쾌감을 느꼈다.

말라호프 언덕의 볼로쟈는 포연 속에서 위험을 잊고 이 박격포, 저 박
격포로 뛰어다니며 명령을 내리고 산탄총을 쏘아댄다. 그러나 전투에
서 그는 죽고 만다.
여기서 톨스토이는 세바스토폴 방어전의 이야기를 끝내는 듯하다.
사람이 할 수 있는 일은 다 했고 심지어 상상조차 하기 힘든 일까지 다
했다. 그러나 그들은 패퇴했다. 그들의 무덤 앞에는 그 어떤 헌사보다
도 오직 민중의 사랑만이 필요할 것이다.
세바스토폴을 소개하라는 명령이 떨어지자 공포가 사람들을 휘어잡
았다. 공포감은 방어전이 전개되고 있을 때는 억제되어 있다가 이제야
있을 곳을 찾았다는 듯이 되살아났다.

제 2 부 / 317

이 명령에 대한 군인들의 두 번째 감정은 추격에 대한 공포였다. 사람들은 싸우는 데 익숙했던 장소를 떠나자마자 자신들이 무방비 상태라는 느낌을 받았다. 그들은 강풍에 흔들거리는 다리 입구의 어둠 속에 불안하게 모여들었다. 보병들이 몰려들어 서로 총검을 부딪치기도 하면서, 정규군과 마차부대, 국민의용군별로 밀고 당기며 무리를 지었다. 여러 가지 임무를 띤 기병장교들은 길을 헤치며 나아갔고 등짐을 챙겨 든 주민들과 종졸(從卒)들은 지나가게 해달라며 울고불고 애원했다. 퇴각을 서두르는 포병들은 포차의 바퀴소리를 요란하게 울리며 막무가내로 해안가로 뚫고 내려갔다. 모두들 갖가지 번거로운 일들에 사로잡혀 있었지만 그들 모두의 마음속에는 어서 빨리 이 무서운 죽음의 지역에서 벗어나고자 하는 자기보존의 감정이 가득했다.

영웅적인, 그러나 아무 쓸모없는 무덤들에 대해 무슨 말을 할 것이며 어떤 위로의 말이 필요하단 말인가? 톨스토이는 필요한 말을 찾고 있다.

다리를 건너자 모두들 모자를 벗고 성호를 그었다. 그러나 이런 감정 뒤에는 또 다른 무거운, 어쩌면 좀 더 본질적이고 훨씬 더 내밀한 감정이 자리하고 있었다. 그것은 이를테면 절망과 수치심과 증오와 유사한 감정이랄 수 있었다. 거의 모든 병사들은 떠나 온 세바스토폴을 북쪽에서 바라보면서 이루 말할 수 없는 슬픔의 한숨을 토하고 적들에게 저주를 퍼부었다.

하지만 이런 상태에 머물러 있을 수는 없었다. 톨스토이의 이런 감정 상태는 왠지 자신을 벗어나 있는 것 같다. 그는 다시 돌아와 일상의 길을 걸어야 했다. 아직 그는 저명한 작가가 되는 길을 가야 했고 성공도 거두고 독자들의 환멸도 겪어 보아야만 했다. 그는 다른 모든 사람들처럼, 아니 그 누구보다도 더 정직하게 살아가기 위해, 이 세상의 중재자가 되기 위해 더 노력해야 했다. 이후 그는 서유럽을 돌아보기도 하고,

개인적 행복을 모색하기도 한다. 그리고 그 모든 일을 체험한 뒤 자기부
정과 인간에 대한 이해에 도달하게 될 것이다. 그리고 자신들의 잘못도
아니면서 불타는 세바스토폴을 버리고 떠나야 했던 러시아 병사들의 마
음에 진정으로 다가가게 될 것이다.

폭격 이후

  친절함과 거침, 옳은 것과 그른 것 등은 사람의 삶에 실타래처럼 뒤섞
여 있어, 살아 있는 삶의 조직 체계를 훼손하지 않고 그중 어느 하나의
실만을 뽑아낼 수는 없는 법이다. 삶의 이런 특성을 스턴은 잘 알고 있
었고 레프 톨스토이도 스턴의 이런 생각을 좋아했다.
  특히 톨스토이의 삶에서 이런저런 실을 하나씩 뽑아낸다는 것은 매우
어려운 문제다. 우린 너무 문학적 유추를 좋아하는 것 같다. 이를테면
우리는 톨스토이나 다른 어떤 천재들을 이해하고자 할 때 우선 그들과
가까운 것에 비추어 보고 그러한 상호비교를 통해 그들을 이해하게 되
었다고 생각한다(하지만 대부분 그것은 우리의 생각일 뿐이다). 그게 식
상해지면 다음에는 더 먼 연관관계를 찾기 시작한다. 관계없는 것도 관
계가 있으며 심지어 직접적 관계보다 더 밀접하며 혹은 그렇게 보인다
는 식이다. 그리하여 우리는 톨스토이의 사상을 프루동의 사상과 비교
하고 나아가 리일, 우루소프, 폴 드 콕152)과 대비시켜 본다. 그럼 어떤

---

152) 〔역주〕 하인리히 릴(1823~1897). 독일 역사학자. 사회민속학 창시
  자. 문화사를 대상으로 한 단편소설로도 유명함. 《문화사적 소설》,
  《신소설집》 등의 저서. 폴 드 콕(1793~1871). 프랑스 작가. 파리
  배경의 성애소설이 있음. S. 우루소프(1827~1897). 러시아의 천재
  장기 선수. 세바스토폴 전투에 참여하여 톨스토이와도 친한 친구. 후
  에 톨스토이에게 마차를 선물하기도 한다.

결과가 나올 것인가?

톨스토이의 글쓰기는 다른 사람들과 비교하기 힘들다. 그는 고립된 독방에서, 비서도 없이 혼자 글을 썼기 때문이다. 하지만 그는 책과 언어를 통해 전 세계와 연관되어 있다. 그의 저작은 보편적인 것으로서 시대를 표현하고 있는 것이다. 그리하여 우리는 그의 저작을 통해 직간접적으로 게르첸에게, 그보다는 좀 어렵지만 프루동에게 이를 수 있으며 릴과 우루소프에게 다가갈 수도 있을 것이다. 톨스토이는 루소가 본 것보다 더 많은 것을 보기는 했지만 어쨌든 실제로 루소가 걸어간 길을 그대로 걸어가 보기도 한다.

하지만 나는 그의 작품세계로 잠수해 들어가 진주 하나를 발견하기보다는 그에 못지않은 수많은 바다 생물을 찾아내기 위해 노력할 것이다.

작품은 오늘날 사람들이 말하기 좋아하듯이 일정하게 구축된 하나의 구조다. 작품의 요소들은 바로 이 구조 속에서만 의미를 지니며 구조에 의해 새롭게 의미 부여된다. 따라서 개별적 요소가 어떻게 발생하고 어떻게 존재했는가, 그리고 어떻게 변화된 상태로 구조 속에 존재하는가를 살펴보는 것은 매우 중요한 일이다.

작품을 이해하는 핵심은 작가의 예술적 의도에 있다. 그것은 알다시피 꿀벌에 의해 만들어진 것이 아니라 인간에 의해 쓰인 것이기 때문이다. 그것은 목적의식적인 작품이며 작품을 움직이는 법칙은 무의식과 의식을 넘나든다. 결과적으로 작품은 의식적으로 구조화된 것으로 존재하지만, 그 진정한 의미를 끝까지 의식적으로 인식하기는 힘들다. 그것은 후에, 세계를 인식하기 위해 만들어진 또 다른 저작 속에서 해명되기도 한다.

톨스토이의 일기를 읽는 것은 쉬운 일이 아니다. 1825년 푸시킨이 미하일롭스코에 마을에서 뱌젬스키 공작[153]에게 이렇게 편지를 쓴 바 있다.

---

153) 〔역주〕 P. 뱌젬스키(1792~1878). 시인이자 비평가. 대귀족 가문 출

왜 당신은 바이런의 수기가 유실된 것을 그렇게 안타깝게 생각하시나요? 제기랄! 유실된 것이 천만다행이지요! 그의 시는 시적 무아경에서 읊은 고백입니다. 그는 냉담한 산문에서는 적들의 명예를 훼손시키며 미사여구로 진실을 가장하면서 거짓말을 늘어놓곤 하지요. 그런 점에서 그는 루소와 마찬가지로 비난받을 만합니다. 루소의 글에도 원한과 비방이 가득하지요. 호기심 따위는 대중에게 남겨두고 천재와 하나가 되세요. 무어의 행동은 그의 랄라-루크보다 낫지요(시적으로 말입니다). 154) 우리는 바이런을 아주 잘 알지요. 사람들은 그를 영광의 옥좌에 앉히거나, 고뇌하는 위대한 영혼으로 추앙하거나, 혹은 부활한 그리스 한가운데 관 속에 누운 그를 바라보곤 합니다. 하지만 당신은 변기에 앉은 그의 모습을 보고 싶습니까? 대중은 열심히 고백이나 수기 따위를 읽으려 하지요. 자신의 속물스러움 속에서 위대한 자를 비속하게 만들고 강한 자의 연약함에 기뻐하는 것이지요. 온갖 저급한 것을 끄집어내고 그들은 환호합니다. '봐라, 그도 역시 우리처럼 평범하고, 우리처럼 저속하지 않은가!' 그런 속물들의 말은 거짓이죠! 설사 그가 평범하고 저속하다할지라도 당신네들처럼 그렇게는 아닙니다! 전혀 달라요! 자신의 회상록을 쓰는 것은 매혹적이고 즐거운 일입니다. 자기 자신만큼 자신을 사랑하고 잘 아는 사람은 그 누구도 없는 법이니까요. 무궁무진한 쓸거리지요. 155)

나는 톨스토이의 생애를 할 수 있는 한 그의 편지와 일기와 작품을 통

신으로 자유주의 사상을 가졌었지만 후에 권력과 타협하여 고위 공직에 오름. 대단한 수준의 문학 활동을 보이지는 못했지만 저명한 문학가들과 많은 교우관계를 가짐. 다소간의 문학적 허영에 젖어 있던 인물로 낭만주의를 옹호하고 벨린스키를 비롯한 혁명적 민주주의 계열 문학론에 심한 거부감을 보였음.

154) 〔저자〕여기서는 시인 무어가 바이런의 회상록을 불태웠다는 소문에 대해 말하고 있다.

155) A. 푸시킨, 전집, 제10권, M. -L., 소련 과학아카데미, 1949, 190쪽.

해 구성하고 있다. 톨스토이 자신은 작가에 대해 더 잘 알려 주는 것은 일기가 아니라 작품이라고 말하곤 했다. 작품들은 인간의 목적을 밝혀 주기 때문이다.

그러나 전기적 사실 또한 필요하다. 전기적 사실은 한 인간의 개인적 측면에 대해 말하면서 동시에 그 개인적인 것 속에 들어 있는 보편적인 것을, 그 자신에 의해 체험된 보편적인 것을 말해준다. 그리하여 전기적 사실은 수기를 정확하게 해 주고 수기에 나오는 인물들의 관계를 알려주며 한 인간의 삶을 그 시대의 지도 위에서 파악할 수 있게 해준다.

이제 다시 소설 작품 속에 드러나는 우리의 주인공, 톨스토이에게로 돌아가자. 그는 11월 무렵, 전령의 임무를 띠고 전쟁으로 파괴된 도로를 따라 크림반도에서 상트 페테르부르그로 간다.

마부들은 젊은 장교가 높은 귀족처럼 시종을 데리고 있고, 게다가 말이 불쌍하다며 죽도록 내몰지도 않는 모습에 놀라워했다.

전령 마차는 도중에 더러운 붕대를 치감고 천천히 걸어가는 무리들과 형편없는 갖가지 작은 마차에 가득 타고 신음하는 부상자들을 수없이 지나쳐야 했다.

전쟁은 끝났지만 초원의 평화는 아직 찾아오지 않았다. 고함소리와 신음소리, 욕설과 요란하게 삐거덕거리는 마차바퀴 소리가 대지를 울리고 있었다.

페테르부르그로 가는 길에 톨스토이는 형 드미트리에게 들렀다. 그는 이미 오래 전부터 형만 보면 비판을 서슴지 않았다.

톨스토이 형제들은 서로 닮은 점이 많지 않았지만 때로는 서로 처한 상황이 다름에도 동일한 사람처럼 보인다. 어쩌면 톨스토이가 자신의 회상기에서 그렇게 묘사한 것인지도 모른다.

큰형인 니콜라이는 재능 있는 인물이었고 누구를 탓하는 법이 없고 자기 삶의 목적을 잘 드러내지 않았다. 둘째 형인 세르게이는 그 무엇에도 열심이지 않고 그저 안온하게 살아가는 인물이었다. 그리고 드미트리는 기질적으로 금욕주의자로서 가장 본질적인 방법으로 삶을 변화시키고 싶어 했다. 하지만 그는 성공하지 못했다. 그는 열정적이고 냉혹하고 오만한 인물로서 시대적 표상이라고 할 수 있었지만 이미 그의 진실과 그의 법칙은 낡은 것이었다.

형제들은 모두 제각각으로 '고결한 시골 귀족'이었다.

그들 주변에는 마샤와 발레리얀이 있었다. 마샤는 드미트리가 사창가에서 꺼내온 여자였고 정식 결혼한 사이는 아니었다. 그리고 발레리얀 백작은 톨스토이의 팔촌뻘이었는데 여동생 마리야의 남편이었다. 톨스토이는 이 백작을 별로 좋아하지 않았다. 그는 아주 평범한 인물로 욕심이 많지도, 성질이 나쁘지도 않았고 그저 정신이 산만한 사람이었다. 톨스토이는 그와 매우 자주 만났었는데 그때마다 마음을 몹시 상하곤 했다.

톨스토이가 형을 방문했을 때 발레리얀이 죽어 가던 형의 침대 맡을 지키며 힘들어하고 있었다. 톨스토이는 그를 대신해 자리를 지켰으나 형의 죽음을 지켜보는 것은 너무나 고통스러운 일이었다. 그는 곧 그곳을 떠나고 말았다.

임종을 맞아 드미트리는 숨을 몰아쉬며 고향을 그리워했다. 그는 의사와 사제에게 자신을 야스나야 폴랴나로 데려가 달라고 부탁했다. 그러나 의사는 무슨 약인가를 한 방울 먹였고 드미트리는 이내 안정을 찾아 장례라도 야스나야에서 지내달라고 부탁하고는 잠이 들었다. 그리고 더 이상 깨어나지 못했다.

톨스토이는 마샤를 마리야 니콜라예브나라고 격식을 갖춰 불렀고 《안나 카레니나》에서 협동조합을 통해 공산주의로 나아갈 수 있다고 꿈꾸는 니힐리스트가 된 레빈이 임종할 때 그의 침대 맡에 있던 모습으로 그녀를 재현하고 있다.

오룔을 거쳐 모스크바에 닿은 톨스토이는 아직 5주년이 채 안 된 주철 덩어리를 ― 톨스토이는 당시 기차를 이렇게 불렀다 ― 타고 페테르부르그로 갔다. 1855년에서 56년으로 넘어가는 겨울 동안 그는 페테르부르그에 머문다.

이 도시는 톨스토이가 처음 갔던 1849년부터 그 모습이 혁신되고 있었다. 이삭 성당은 예카테리나 여제 시절에 짓기 시작하여 파벨 황제를 거쳐 니콜라이 황제에 이르러 완성되고 있었다. 갓 입힌 황금빛 돔은 푸른 하늘을 배경으로 우뚝 그 모습을 드러냈다. 건축용 나무 비계 속의 그 모습은 유리잔 속의 달걀노른자처럼 보였다. 돌로 포장된 폰탄카 거리에는 마차 바퀴소리가 요란했지만 얼마 전에 나무로 포장된 넵스키 대로는 아주 조용했다.

톨스토이는 중편《데카브리스트》의 도입부에서 그 시절의 상트 페테르부르그의 화려한 모습을 아주 자세하고 냉소적으로 묘사한다. 이 중편의 도입부는 마치 개선문처럼 웅장하게 작품을 장식하고 있다. 이는 톨스토이가 전제왕조의 영광을 재검토하기 시작했음을 말해 주는 것이다.

톨스토이는 사람들이 아무런 희생도 치르지 않고 다만 니콜라이 1세의 폭압정치로부터 해방되었다는 사실만을 너무나 기뻐하는 모습을 냉소적으로 바라본다. 그것은 죽은 자가 아니라 살아 있는 전제군주에 대항하여 위대하게 봉기했던 데카브리스트의 위대한 행동과는 대조적이다. 더구나 그렇게 환호작약하고 있는 자유주의자들은 나폴레옹 3세에게 패배 당한 세대이지만 데카브리스트들은 나폴레옹 1세에게 승리를 거둔 세대가 아닌가.

이 작품의 도입부(17, 7~9)의 첫 부분만 좀 살펴보자.

　　이것은 문명화의 시대, 진보의 시대, '여러 문제들'의 시대, 러시아 부활의 시대, 기타 등등으로 불리는 지금의 알렉산드르 2세가 통치하는 우리 시대로부터 그리 오래지 않은 시대의 일이다. 그 시대는 불패의 러시아 대군이 적에게 세바스토폴을 넘겨주고 돌아온 시대였고, 전 러시아가 흑해함대의 궤멸을 환영하고 아름다운 대리석의 도시 모스크바가 이 행복한 사건을 축하하며 함대의 생존 승무원들을 맞이하여 보드카 잔을 높이 들었던 시대, 그 좋은 러시아의 관습대로 소금을 뿌린 빵을 바치며 그들에게 경배를 올렸던 시대였다.

점점 더 고양된 목소리로 영광의 시대가 찬양되고 동시에 똑같이 그런 고양된 목소리로 쓰라린 사실이 지적된다.

페테르부르그의 준엄한 황제의 특사들이 남쪽으로 달려 내려가 악독한 지역 전권대사들을 잡아 죄상을 밝히고 엄벌에 처했던 시대, 모든 도시에서 세바스토폴 영웅들을 맞이하여 환영사와 함께 만찬을 베풀어 주던 시대, 팔다리가 잘린 영웅들을 다리 위에서, 길가에서 맞이하며 동전을 던져주던156) 시대 …

갈수록 모든 것이 뒤섞이고 점점 더 시대에 대해 많은 말이 펼쳐진다. 당시 여러 연설과 기고를 통해 이름을 날리던 세무사 코코레프에 대해 언급하는 구절은 40여 행에 이른다. 여기서 당시 환영사에서 의례적으로 사용되던 단어들이 빈 마차가 덜컹거리듯이 울리고 있는 모습을 볼 수 있다. 도입부는 다음과 같이 종결된다.

그런 시대에 살았을 뿐만 아니라 그 시대의 적극적 참여자 중 한 사람이 이런 글을 쓰고 있다. 몇 주 동안 직접 세바스토폴의 참호에 가 보았다는 점은 차치하고라도 그는 크림전쟁에 대한 책을 써서 엄청난 명성을 얻은 사람이 아니던가. 그는 그 책에서 병사들이 능

---

156) 〔역주〕 먼 여행길을 떠나거나 돌아오는 사람들, 병사들에게 동전을 던지는 것은 그들을 환영하고 그들에게 축복이 내리기를 비는 러시아 풍습이다. 그리고 소금을 뿌린 빵을 대접하는 것 역시 마찬가지 풍습이다. 《부활》에서 한 농민이 재판받으러 가는 카튜샤에게 동전을 던져주며 성호를 긋는 장면도 마찬가지 의미를 지닌다.

보에서 소총을 쏘아대던 모습이며 야전병원에서 붕대를 칭칭 감고 있는 모습이며 또 공동묘지에 파묻히던 광경을 자세하고도 또렷하게 묘사하지 않았던가. 그런 큰 업적을 해내고서 그 자는 정부의 핵심부서에 들어앉아 자신의 업적에 대한 보상을 쥐어짜냈다. 그 자는 모스크바와 페테르부르그의, 그리고 전 민중의 열광어린 찬사를 받았고, 그리고 러시아 제국이 진실한 공훈에 대해 어떻게 보상하는지를 맛보았을 것이다. 그래서 이런 글을 쓴 자는 그 위대했던 시대, 잊을 수 없는 시대를 평가할 수 있나보다. 하지만 그 평가는 본질을 벗어났다.

전후의 환멸, 그 무엇도 제대로 이루어지지 않으리라는 느낌, 자기 자신에 대한 수치심, 위대한 민족의 아들로서의 쓰라린 긍지와 고통 등 이 모든 감정이 이 특이한 구절 속에 담겨있다. 개선문처럼 작품의 서두를 장식하는 이 도입부를 지나면 영광으로의 길이 아니라 씁쓸한 아이러니로의 길이 열리고 있다.

소설은 한 데카브리스트가 귀환하는 것으로 시작한다. 표트르라는 인물과 그의 아내 나타샤. 이들은 만일 《전쟁과 평화》의 주인공들이 수십 년의 유형생활을 겪는다면 그와 비슷해질 그런 주인공들이다. 이들을 맞이한 사람들은 아무 것도 겪지 못하고 그저 만찬을 즐기며 떠들고 즐기는 새로운 세대이다.

톨스토이가 사푼 산의 언덕에서 불타는 세바스토폴을 바라보았다면 이 주인공은 1812년의 불타는 모스크바를 목격했다.

톨스토이는 모든 것을 새롭게 다시 바라보고 싶었다. 그는 아직 젊은 27세였다.

처음에 페테르부르그에 도착한 톨스토이는 호텔에 머물렀고 다음날 아침 《산림벌채》를 헌정했던 투르게네프를 방문했다. 서로의 가치를 너무나 잘 알고 있던 두 작가가 드디어 진심어린 포옹을 하게 되었다.

"그분은 정말 좋은 사람이다."[157] 톨스토이는 동생 마리야에게 이렇게 편지를 썼다.

카프카스에서 거의 3년, 그 뒤에는 전쟁터에서 2년, 그리고 그 이전에는 시골에서만 살았던 이 젊은이를 상상해 보라. 6년 전 그는 페테르부르그에서 문학잡지를 뒤적이며 드루지닌의 《폴린카 삭스》, 그리고 로비치의 소설과 보트킨의 스페인으로부터의 편지들, 네크라소프의 시와 그리고 아마도 페트의 시 등을 읽으며 감탄하던 젊은이였다. 그런데 이제 이 모든 사람들이 갑자기 그의 친구이자 그에게 찬탄을 금치 못하는 동료작가가 된 것이다.

그는 쥐들이 들끓는 참호에서 살았고 참호 밖에서는 적들의 포화를 맞았으며 드디어는 참담한 패배를 맛보았다. 그런데 이제 이곳, 페테르부르그는 평화롭고 고요하기만 하다. 넵스키 대로의 나무 포장도로에는 마차들이 미끄러지듯 달려간다. 고골이 묘사했던 바로 그 넵스키 대로였다.

톨스토이는 이제 가난하다기보다 완전 파산상태였다. 그는 항상 돈이 궁한 상태였다. 그는 늘 형들에게 뭐든지 할 수 있는 대로 팔아서 돈을 보내달라는 편지를 쓰곤 했다. 페테르부르그에 도착하기 전에도 그는 도박에서 돈을 크게 잃었다. 하지만 그는 원고를 손에 들고 왔다. 네크라소프의 찬탄을 받은 중편 《눈보라》와 《러시아 지주에 대한 소설》의 앞부분을 가지고 왔던 것이다.

톨스토이는 왕성한 창작 의욕과 젊음을 느끼고 있었다. 그는 《소년시절》, 《삼림벌채》, 《8월의 세바스토폴》, 《눈보라》 등을 발표했고 《청년시절》을 집필하고 있었다.

톨스토이는 1875년에 이 작품들이 1년 사이에 쓰이고 출판되었다고 회고했다.

페테르부르그에 도착하여 드미트리 형의 사망 소식을 받았다. 하지

---

157) 1855년 11월 20일 편지. 전집 제61권, 369쪽.

만 그 소식은 당장 그를 그렇게 놀라게 하지 못했다. 이미 예상된 일이었고 그는 자신에게 쏟아지는 환대와 번거로운 일들에 휩싸여 있었기 때문이다. 다음 해 2월 2일 톨스토이는 이렇게 기록하고 있다. "드미트리 형이 죽었다. 오늘 이 소식을 접했다."

그러나 곧바로 자신의 일에 대해 말한다. "내일은 새 종이를 가져다가 펠라게야 고모와 촌장에게 편지를 쓰고 《눈보라》를 새로 정서하고, 장기클럽에서 점심을 먹고, 다시 《눈보라》를 계속 쓰다가 저녁에는 투르게네프에게 들르고 다시 아침에는 한 시간 가량 산책을 해야겠다."

톨스토이가 이렇게 서둘러 자기 일에 매달리는 모습을 비난할 수는 없겠다. 그는 사실 계속해서 마음이 괴로웠고 그래서 스스로를 일에다 몰아붙이고 있었다고 볼 수 있기 때문이다. 동시대 사람의 증언을 들어 보자. 톨스토이 아버지의 사촌, 그러니까 톨스토이의 숙모뻘인 알렉산드라 톨스타야 백작부인[158]은 새롭게 알게 된 사람이었는데 분명 화려한 명성에 대한 호기심을 가진 여자였다.

알렉산드라 톨스타야는 니콜라이 1세의 손녀들을 가르치는 가정교사였다. 그녀는 아니치코프 궁전에 살고 있었다. 톨스토이가 어릴 적 처음 이 도시에 와서 대학 졸업시험을 준비하고 있었을 때에는 그녀를 만나지 못했다. 그녀는 톨스토이가 명성을 얻었을 때에야 비로소 눈여겨 보기 시작했다. 그녀는 그렇게 늙은 편은 아니고 아주 영리하고 몹시 귀족적이었으며 톨스토이에게 상당한 관심을 표했다.

알렉산드라 백작부인은 톨스토이가 형의 사망 소식을 받은 날 저녁, 톨스토이를 저녁 모임에 초청했다고 한다. 그러나 톨스토이는 형이 사망해서 참석할 수 없다고 답변을 보내왔다.

---

158) 〔역주〕 알렉산드라 톨스타야(1817~1904). 톨스토이의 먼 친척. 궁정에서 황후를 모시던 신분으로 톨스토이와 매우 가까운 사이였다. 향후 톨스토이는 이 부인과 지속적으로 편지를 주고받는데 그들 사이에는 존경과 사랑의 미묘한 감정이 개재되어 있었다.

하지만 저녁에 그는 모임에 참석했다. "그리고 사람들이 당황해하며 어떻게 오게 되었느냐고 묻자, 그는 '제가 오늘 아침에 말한 것은 사실이 아닙니다. 보시다시피 저는 이렇게 왔지요, 따라서 올 수 있었다는 것이지요.'라고 대답했다."

게다가 저녁 모임 후에 톨스토이는 극장에도 갔다. 하지만 집으로 돌아왔을 때 "영혼은 완전히 지옥과도 같았다."

톨스토이는 다소 과장되기는 했지만 가차 없는 진실을 드러냈다. 그는 자신이 이미 목도한 것을 모른 체하는 거짓말을 할 수 없었다.

두 번째 페테르부르그 방문에서 톨스토이가 본 세계는 마치 안개 속에서 떠올라 점점 형체가 뚜렷해지는 것 같았다. 이 도시는 흥미롭고도 빼어나며 저명한 사람들로 가득 차 있었다. 그는 자신이 언젠가 부러워했던 그 사람들처럼 그렇게 살게 된 것이다.

이 시기는 장대한 도입부의 시기였다. 그는 《두 경기병》도 《데카브리스트》와 마찬가지로 장엄한 도입부로 시작하고 있다.

내일은 어떻게 될지 톨스토이는 알지 못했다. 어쩌면 앞일을 예감하고 있었지만 애써 외면하고 있었던 것인지도 모른다.

당시 권력층과의 관계는 썩 좋지 않았다. 8월 4일의 패배에 대해 그가 작곡한 노래[159]가 대공작에게 알려졌고 이로 인해 톨스토이는 상당히 눈 밖에 나 있었다. 병사들이 이 노래를 따라 부르게 되자 더욱 그럴 수밖에 없었다.

1857년 1월 1일 그는 안데르센의 동화를 번역하고 보트킨에게 보낸 편지에서 이 동화가 별로 마음에 들지 않았다고 말한다. 분명 이 동화는 《임금님은 벌거숭이》였을 것이다. 이후에도 톨스토이가 자주 언급한 동화는 이 작품뿐이었기 때문이다. 그는 그때마다 문학이란 임금님이 벌거숭이라는 것을 증명하는 것이어야 한다고 말했다.

---

159) 《1855년 8월 4일 쵸르나야 강의 패배에 대한 노래》(17, 307~308)

아직도 이삭 성당은 완전히 완성되지도 않았는데 새 황제가 바로 얼마 전 전쟁에 패배한 니콜라이 1세의 동상을 세우는 것이 톨스토이는 마음에 들지 않았다.

1856년 4월. "가능한 모든 양상으로 수 세기에 걸쳐 나타난 가장 나쁜 것 중 하나 ─ 그것은 지나간 것에 대한 믿음이다. 지질학적, 역사적 대변혁이 필요하다." 이를 위해 그가 해야 했던 것은 바로 미적 대변혁이었다. 그는 '그리스식 기둥을 가진 큰 집'을, 즉 정부 청사 건물과 이삭 성당의 대리석 기둥에 표현된 신고전주의를 거부했다.

그렇다면 그 시절의 톨스토이는 어떤 양식을 선호하였던가.

1857년 1월 2일 일기. "아침에 벨린스키를 읽었다. 그가 마음에 들기 시작한다."

1월 4일. "푸시킨에 대한 벨린스키 논문, 정말 대단해."

1월 6일. "벨린스키에 대해 바보 뱌젬에게 말했다."

톨스토이 기념전집에서는 '바보 뱌젬'을 '바보 뱌젬스카야'로 읽고 있지만 이건 '뱌젬스키'였다. 푸시킨은 편지들에서 스미르진을 '바보'라고 불렀는데, 남자에게 '바보'라는 말은 특히 어리석다는 것을 말한다. 레르몬토프를 부정하고 벨린스키를 증오했던 뱌젬스키, 바로 그는 톨스토이에게 완벽한 '바보'였던 것이다.

하지만 그 진실은 비록 꿈에서지만 예술에 대한 분석을 통해 그에게 다가온다. 1856년 10월 17일자 일기. "꿈에서 나는 사회사상은 그것을 끝까지 '푸시'할 때에만 정당하다는 것이 벨린스키의 견해의 핵심임을 밝혀낸다."

'푸시하다'는 밀어붙인다는 뜻이다. 톨스토이는 때로 꿈을 프랑스어로 꾸곤 했다. 이 단어는 그의 어린 시절에 즐겨 사용하던 것이다. 톨스토이는 나중에 노년에야 이런 점에 대해 말해준다.

그러나 자신의 사회사상을 끝까지 밀어붙여 정의롭게 실현시키는 것은 아직 시간이 더 필요했다. 톨스토이의 사회사상들은 그가 죽을 때쯤

에야, 페테르부르그에서, 도시 주변에서, 넵스키 대로에서 노동자 시위대가 불가능해 보이는 대결을 통해 비타협적으로 정의와 혁명을 향해 돌진해갈 때, 그때에야 끝까지 '푸시'되었던 것이다.

하지만 그는 아직 미래를 알지 못했다. 다만 농노를 해방시키지 않는다면 세 달도 못가서 봉기가, 혁명이 터져 나오리라는 것 정도만을 느끼고 있었다. 그는 러시아에 밀려오는 혁명적 상황을 이해하고 있던 많지 않은 사람 중의 하나였다. 지주로서, 귀족으로서 그는 혁명을 두려워하고 있었다. 혁명은 아무런 보상도 없이 토지를 빼앗아갈 것이라고 생각했다. 동시에 그는 역사 속으로 흘러간 것을 무의미하게 지키려는 사람들의 거대한 대리석 원주들에 대해서도 반대했다.

드루지닌에게는 부정적으로 받아들여졌던 벨린스키의 사상은 안넨코프와 보트킨, 투르게네프에게 수용되었고 곧바로 체르니셉스키로 이어진다. 하지만 체르니셉스키의 사상은 보다 새로운 것이었고 톨스토이는 그에 대해 동의하지 않았다.

체르니셉스키가 당시 문학계를 양분시키는 계기가 된 《러시아 문학의 고골 시대에 대한 개관》을 발표했을 때, 톨스토이는 그를 종종 만나면서도 그의 견해에 동의할 수 없었다. 그러나 오랫동안 톨스토이에 대한 가장 뛰어난 평론으로 꼽힌 것은 체르니셉스키의 '《어린시절》과 《소년시절》. 《전쟁소설》. 레프 톨스토이의 저작에 관하여'였다.

아직 톨스토이가 완전히 그 모습을 드러내지 않았지만 체르니셉스키는 톨스토이가 걸어갈 모든 길을 예측해 냈다.

톨스토이 백작의 관심은 무엇보다도 사람들에게서 어떤 감정과 사상이 어떻게 발생되어 나오는가 이다. 그가 흥미를 가지는 것은 어떤 상태나 어떤 인상에서 직접적으로 발생한 감정이 상상력에 의한 회상과 연상의 영향을 받아 어떻게 다른 감정으로 전이되고, 다시 원래의 그 지점으로 돌아왔다가 또다시 다른 회상들에 연결되어 이리저리 움직여 다니는가 이다. 또한 현실과 처음 감촉하여 발생한 어떤 생각이 어떻게 다른 생각으로 옮겨가고, 더 멀리 멀리로 빠져 들어가며, 또 다른 현실감촉에 대한 환영으로, 현재에 대한 반성을 담은 미래에의 몽상으로 섞여 들어가는가 하는 것이 톨스토이의 주요한 관심사다. 160)

체르니셉스키는 톨스토이 창작의 본질을 '영혼의 변증법'이라고 부름으로써 그의 작품세계에 대한 아주 정확한 개념을 기념비적으로 확립했다. 인간을 발전과 모순적 성격 속에서 이해하고자 하는 톨스토이의 시도는 가까운 주변 사람들과 갈등을 일으키게 만든다. 그는 가까운 사람들에게는 타인이었고, 타인들에게는 오히려 그들의 사람이었다. 그는 체르니셉스키를 싫어했지만 그의 말에 귀를 기울였고 수십 년이 지난 뒤에도 그의 말을 떠올리곤 했다.

톨스토이 생애의 여러 단계들에 대해 개별적으로 책을 한 권씩 쓸 수도 있을 것이지만 특히 이 시기는 더욱 그렇다. 톨스토이는 이 시기에 《카자크 사람들》을 다시 쓰기 시작했고, 《눈보라》와 《두 경기병》, 《8월의 세바스토폴》, 《청년시절》을 마무리했다.

그는 세계 문학사의 새로운 시대를 열었지만 그 자신은 소외되고 불행한 사람이라는 느낌을 지울 수 없었다. 그는 마음에 맞는 사람을 찾을 수 없었다. 그는 〈동시대인〉지에 드나드는 잡계급161) 지식인들에게

160) N. 체르니셉스키, 15권 전집. 제 3권, 422쪽.
161) 〔역주〕잡계급: 1830년대와 40년대 사회의 다양한 계층 출신들이 교육을 통해 러시아의 새로운 주도적 인텔리겐챠로 떠오른다. 이들은 귀족이 독점했던 문화계에 활발히 진출함으로써 러시아 문화의 민주주의에 기여했을 뿐만 아니라 전제주의와 농노제에 저항하는 저항사상을 확대 심화시켰다. 이들이 사회의 다양한 계층 출신이며 아직 어떤 특정 계급을 형성하고 있지 않다는 점에서 잡계급(다양한 계급)이라는 명칭이 통용된다.

도, 예술을 위한 예술을 주창하는 사람들에게도 마음을 붙이지 못했던 것이다.

　여동생을 포함하여 톨스토이 형제들 모두 잘 살아가지 못했다. 하지만 드미트리의 죽음으로 인해 형제들은 좀 더 가까워진 느낌이었다. 톨스토이는 3월에 세르게이 형에게 '전쟁소설들'과 '어린 시절과 소년 시절'을 출판해서 1천 루블 가량 받았다고 말한다. 일을 더 해서 외국에 나가보고 싶다고도 말한다. 이에 대해서는 벌써 니콜라이 형에게도 말한 바 있었다. "만일 우리 모두 함께 떠날 수 있다면 정말 좋을 텐데."

　톨스토이는 삶의 커다란 한 시기를 지났다고 느꼈다. 이제 모든 것을 다시 생각해야 했다. 많은 성공을 거뒀으면서도 그는 만족하지 않고 형에게 이렇게 묻는다. "《눈보라》는 어땠어? 나는 별로 마음에 안 들어, 정말로. 요즘 많은 것을 쓰고 싶은데, 이 저주받을 페테르부르그에서는 결코 불가능할 거야." 그리고 장난스럽기는 하지만 마치 서류에 쓰듯이 서명했다.

　"당신의 동생, G. L. 톨스토이." 즉 '당신의 동생 레프 톨스토이 백작'이라고.

루소를 찾아서

　어떻게 톨스토이는 외국으로 나가게 되었던가.

　톨스토이는 시작하기 전에 항상 오래 생각했다. 《카자크 사람들》을 쓰면서 마음속에는 아주 많은 내용을 포괄하는 새로운 책을 구상하고 있었다. 그것은 후에 《부활》로 구현된다.

　이 점에 대해서는 이 책의 맨 뒷부분에서 다룰 것이지만 우선 《부활》의 테마가 처음 구상될 때에는 매춘부가 된 한 여성의 타락이 아니었다는 점을 말해두고 싶다. 네흘류도프의 세계는 그가 부활하기 전까지 저속한 매춘의 세계였다. 그리고 카튜샤만이 그 저속한 세계로부터의 출구를 찾아내는 인물이었다.

루소와 톨스토이는 모두 그들이 살고 있는 세계가 훌륭하지 못하고 존엄하지도 못하다는 것을 직시할 수 있었다.

야스나야 폴랴나의 세계가 바로 그렇다는 것은 아니다. 시골인 야스나야 폴랴나는 톨스토이에게 소중한, 그러나 파괴되어 버린 세계였다. 그에게 있어 올레닌이 예로시카 아저씨와 이야기를 나누던 스타니차야말로 진정한 인간관계가 살아 있는 영원한 세계였다.

《카자크 사람들》을 쓸 때 톨스토이는 자신이 내리게 될 미래의 결정을 어떤 점에서는 알고 있었고 어떤 점에서는 모르고 있었다고 말할 수 있다.

톨스토이를 연구하는 사람들은 그에게 다양한 영향을 준 수많은 자료들을 접하면서 당황할 수도 있을 것이다.

1856년 말 톨스토이는 흥분과 주저 속에 있었다. 그는 발레리야의 사랑에서, 주로 편지를 통한 것이지만, 혼란에 빠졌고 드디어 결별하게 된다. 다음 해 1월 14일 보낸 편지에서 그는 냉담하고 예기치 않은 말들을 던진다. "사랑하는 발레리야, 내 자신에게, 그리고 당신에게 내가 참으로 끔찍하게 죄를 지었습니다. 내 죄는 정말 의심의 여지가 없어요." 그리고 편지의 끝에는, "나는 곧 파리로 떠날 겁니다. 러시아에 언제 돌아올지는 모릅니다."

톨스토이는 모든 것이 뒤죽박죽이고 아직 자리를 잡지 못한 러시아를 떠났다. 그러나 분명한 것은 야스나야 폴랴나의 모든 농민 중에서 자신들의 지주로서, 주인으로서 그를 신뢰하고 있던 사람은 단 한 명도 없었다는 점이다. 그는 문학계의 곤란함으로부터도 벗어났다.

톨스토이는 보트킨과 드루지닌, 안넨코프 등과 긴밀하게 우정을 나누고 있었다. 이 이론가들은 '예술을 위한 예술'을 내걸고 있었는데 그것은 체르니셉스키의 입장과 대립되는 것이었다. 그들은 아주 달변가

였다. 1856년 12월자 톨스토이의 비망록을 보면 이런 이론에 대해 한편
으로는 마음이 끌리기도 하고 한편으로는 확고한 거부감을 가지고 있었
음을 알 수 있다.

> 우리는 예술을 위한 예술에서 구원을 찾고 있다. 이것은 일종의 내
> 밀한 성례, 종교의 성례와 같은 것 아니겠는가. 비록 우리는 피로
> 에 지쳐 그 근원을 찾으려는 노력을 잠시 멈추고 있기는 하지만.

그의 결론은 모순적이다. 톨스토이는 보트킨과 안넨코프 등과 편지
를 주고받았다. 하지만 떠나기 직전인 1월 11일 일기에는 체르니셉스키
에 대해 이렇게 써놓았다. "체르니셉스키가 왔다 (…) 똑똑하고 격정적
이다."

톨스토이는 프랑스어와 독일어를 잘 하면서도 영어를 배우고 이탈리
아어 공부도 시작했다. 그는 여행할 준비가 다 되어 있었다. 사실 그 당
시 해외여행은 아주 일상적인 것이었다. 주변 사람들은 대부분 외국을
다녀왔고 아직 한 번도 외국에 가보지 않은 것은 주변에서 그뿐이었다.
외국여행은 누구나 다녀와야 하는 것쯤으로 여겨지고 있었던 것이다.

톨스토이는 다만 자신이 언제 어떻게 돌아올 것인지를 확신하지 못했
다. 그는 바르샤바를 거쳐 파리에 갔고, 파리에서 보트킨에게 편지를
보낸다. 이 편지에서 그는 그 당시 서로 거리가 소원해졌던 두 사람을
한 문장 속에서 언급한다.

> 친애하는 보트킨 씨, 나는 어제 파리에 도착했습니다. 여기서 투르
> 게네프와 네크라소프와 마주쳤지요. 그들은 둘 다 왠지 어둠 속을
> 방황하는 것처럼 인생에 대해 슬퍼하고 불평을 하더군요. 둘 다 지
> 루해하고, 내가 보기에, 서로의 따분한 관계에 대해 못 견뎌하는
> 것 같았지요. 162)

외국으로 떠나면서 톨스토이는 당시 자신이 가장 중요하게 생각하는 것은 음악가 키제베터에 대한 단편일 것이라고 생각했다. 이는 나중에 《알버트》라는 작품으로 구현되었다. 그는 이 주제에 대한 생각의 끈을 놓지 않았고 나중에는 이 음악가의 형상이 "여행 중에 계속 발전하여 이제 어찌할 수 없게 되었다"(60, 159)고 말한다.

파리는 그 경쾌 발랄함과 미친 듯한 무도회, "기사도 정신을 믿게 만든"(47, 116) 박물관, 그리고 수많은 화랑 등으로 톨스토이를 놀라게 했다. 그는 파리가 마음에 들었다. 그리하여 "이곳의 삶을 구성하는 중요한 매력이며, 체험하지 않고는 말할 수 없는 사회적 자유의 감정에 영향을 받지 않을"(60, 166) 사람은 세상에 아무도 없을 것이라고 말한다.

처음에 톨스토이는 여전히 글쓰기에 매달렸고 독서와 극장, 이탈리아어 학습 등에 바빴다. 그러나 이내 의혹에 젖어 주춤거렸다. 톨스토이는 나폴레옹에 대한 숭배를 보고 끔찍해했다. 전몰장병 기념관을 방문한 뒤 그는 이렇게 기록한다. "악인에 대한 숭배, 끔찍하다. 군인들은 모든 사람을 물어뜯을 듯이 훈련된 짐승들이다."(47, 118) 그는 나폴레옹 3세의 연설이 너무나 저속하다는 사실에도 끔찍해 했다.

열정적으로 글쓰기에 임하면서도 그는 몸이 아픈 투르게네프와 함께 디종 지역을 다녀오기도 했다. 투르게네프는 톨스토이의 글쓰기에 대해 이렇게 기록한다. "그는 난로 가에 앉아 있는 것이 아니라 아예 난로 속에 들어가 불꽃 한가운데 들어앉아 열심히 글을 쓴다. 원고지가 쌓이고 또 수북이 쌓여간다."[163] 톨스토이가 글을 쓰는 모습은 그 엄청난 열정과 더불어 그 부단함으로 항상 사람들을 놀라게 했다.

톨스토이는 지칠 줄 모르고 새로운 생활에 몸을 던졌다. 4월 6일에는 날씨가 좋지 않았는데도 딱히 뭘 해야겠다는 생각 없이 단두대를 보러

---

162) 1857년 2월 10일 편지(60, 158).

163) 1857년 2월 26일. I. 투르게네프가 P. 안넨코프에게 보낸 편지(투르게네프 전집 제 3권, M. -L., 소련 과학 아카데미 출판부, 1961, 98쪽.).

갔다. 그는 별 생각 없이 구경을 갔지만 아주 비극적인 인상을 받고 돌아온다.

> 나는 카프카스에서나 전쟁터에서 끔찍한 광경을 수없이 목격했다. 하지만 그것은 한순간에 멀쩡하게 살아 있는 사람의 목을 잘라내는 인위적이고, 게다가 우아하기까지 한 이 기계만큼 그렇게 몸서리치게 혐오스럽지는 않았을 것이다. 혐오스런 군중들, 게다가 이 기계가 얼마나 잘 작동하는지 따위를 딸에게 가르치는 아버지도 있었다. 인간의 법이라는 건 참으로 터무니없다! 국가란 착취하기 위해 존재할 뿐만 아니라 더욱 중요한 것은 시민들을 타락시키기 위한 것이라는 말은 진실이다…내가 보기에 그것은 혐오스런 허위일 뿐이다. 나는 거기서 오직 역겨움과 악덕을 볼 뿐이다. 어디에 좀 더 많고 어디에 좀 더 적은가 따위를 밝히고 싶지는 않다. (60, 167~168)

4월 6일 일기에도 이에 대해 짧게 언급한다. "통통하고 하얀, 건강한 목과 가슴. 성서에 입을 맞추고, 그리고 죽는다. 너무나도 터무니없다!"

단두대는 사회적 자유와 서구의 이성에 대한 톨스토이의 믿음을 한번에 날려버렸다. 4월 7일 일기에는 또 이렇게 적혀있다. "갑자기 간단하고 분명한 생각이 떠올랐다. 파리를 떠나는 것."

톨스토이는 투르게네프와 작별하고 그를 떠나오면서 무엇 때문인지 울고 말았다. 그 당시 그는 투르게네프를 사랑하고 있었던 것이다. 그는 투르게네프에 대해 후에 이렇게 말한다. "그는 나로부터 다른 사람을 이끌어냈고 이끌어내고 있다."

톨스토이는 루소가 사랑했던 도시로 출발했다. 그곳에서 파리에서 겪었던 끔찍함으로부터 벗어나고 싶었다. 우선 아직 익숙하지 않은 철도를 이용하여 제네바로 향했다. 그리고 철도가 끝난 곳에서 역마차로 갈아탔다. 거기서 투르게네프에게 편지를 쓴다.

어제 저녁 8시에 더러운 철도여행을 마치고 역마차로 갈아탔을 때
활짝 열린 공간 속에서 저는 달이 빛나는 밤하늘과 길게 이어진 길
을 보았습니다. 길에서 들려오는 모든 소리와 냄새들은 저의 모든
아픔과 우수를 한순간에 치료해 주었지요. 아니 고요하고도 가슴 떨
리는 기쁨으로 바꾸어 주었습니다. 당신도 잘 아시겠지요. 그 '소
돔'164)을 벗어난 것이 얼마나 다행인지요. 어디든 여행을 떠나신다
면 철도만은 피하시기 바랍니다. 철도로 여행한다는 것은 사랑을 찾
아 매춘굴에 가는 것과 다름없을 겁니다. 편리하겠지만 그러나 비인
간적이고 기계적이며 죽을 만큼 단조롭습니다. (60, 169~170)

제네바 강변에 위치한 클라렌스는 톨스토이가 어린 시절부터 책으로
읽어왔던 장소였다. 클라렌스에 대한 풍경묘사는 암송하고 있을 정도
였다. 그는 카프카스의 스타로글라드콥스카야 스타니차에서 숙모에게
《신 엘로이즈》를 보내달라고 부탁했고, 책을 받아 자신이 암기하고 있
던 것을 확인시켜 줌으로써 동료들을 놀라게 한 적도 있었다. 바로 그
장소를 방문하게 된 것이다.

투르게네프는 이 당시 안넨코프에게 편지를 보내 톨스토이의 성격에
대해 이렇게 말했다.

정말로 파리는 그의 정신적 취향에는 어울리지 않습니다. 좀 기이
한 인물로 나는 그런 사람을 이제까지 만나본 적이 없어요, 전혀
이해할 수도 없습니다. 시인이랄까, 캘빈 교도에다 광신도랄까, 지
주집 도련님이랄까, 아니 이 모든 점이 다 섞여 있어요. 어딘지 루
소를 연상시키지만 루소보다 정직하다고 해야겠지요. 루소는 아주
도덕적인 인물이었지만 정말 호감가지 않는 존재였지요. 그는 제네
바 호숫가에 오래 머물 작정이랍니다. 하지만 한 달 뒤 런던에서

164)〔역주〕성서에 나오는 사해 근처의 옛 도시. 주민의 타락한 죄악으로
인해 하늘에서 불이 내려 멸망했다는 도시.

보게 될 것 같아요. 난 신력 5월165) 1일에 런던으로 갈 건데 아마 그도 그곳으로 오겠지요.

황금 액자틀이 오히려 멋진 그림을 망치듯이 호수 주변은 형태가 바뀌고 일그러졌지만 제네바 호반의 풍경은 여전히 아름다웠다. 톨스토이는 새로이 목소리를 가다듬어 호수를 묘사한다. 그는 호수를 바라보며 루소가 다녔던 장소들을 걸어 보고 싶었다. 일기는 이미 여행기로 바뀌어 가고 있었다.

맑고 밝은 푸르른 레만호, 하얀 색, 검은 색 돛단배와 나룻배들이 점점이 떠있고 내 주변의 거의 삼면을 에워싸며 빛나고 있다. 맑은 날 호수 멀리 제네바 근교에는 후끈한 열기로 아지랑이가 피어오르고 어둑해져가고 있었다. 맞은 편 호반에는 초록의 사보얀 산이 발밑에 작고 하얀 집들을 거느리고 있고, 옛날 옷을 차려입은 듯한 흰색의 거대한 바위 협곡들이 가파르게 솟아 있다. 왼편에는 불그레한 포도밭과 그 위쪽에 진초록의 과수원이 있고 그 한가운데 산비탈면에 매달린 교회가 있는 몽트레, 바로 그 호반에, 기울어 가는 햇빛에 밝게 빛나는 철 지붕 집들이 있는 빌리누브, 산들이 겹겹이 쌓인 곳의 신비로운 발레 협곡, 물 위에 있는 차가울 정도로 하얀 실론, 이 모든 것이 손에 잡힐 듯 또렷하게 보였다. 그리고 그 유명한 작은 섬이 꼭 꾸며낸 것처럼, 그러나 너무나 아름답게 빌리누브를 배경으로 솟아올라 있었다. 호수는 미동도 없고 푸르른 수면에 태양은 위에서 곧바로 내리 떨어진다. 호수에 떠다니는 돛단배도 거의 움직임 없이 붙박인 듯하다.

내가 두 달이나 클라렌스에 머물고 있다니 놀라운 일이다. 그러나 아침이나 특히 식사를 하고 난 뒤 해가 저물 무렵에 덧창을 활짝

165) 〔역주〕 러시아의 구력은 신력에 비해 12일이 늦다. 대부분 편지와 문서는 구력으로 표기하지만, 이렇게 러시아와 외국의 생활이 겹치는 경우 본문에서 구력과 신력을 밝혀서 표기하거나 병기한다.

열고 어둠이 내리고 있는 호수와 멀리 보이는 푸르고 파란 산들이 호수에 비친 모습을 바라볼 때마다 난 그 아름다움에 순간적으로 아연해진다. 풍경의 아름다움은 내 마음에 상상조차 하기 힘든 깊은 힘을 남긴다. 바로 그 순간 나는 사랑하고 싶어진다. 심지어 나는 내 자신에 대한 사랑을 느끼며 과거에 대해 안타까워하고 미래에 대해 꿈을 꾸고, 앞으로도 오래오래 살고 싶어진다. 죽음에 대한 생각은 어린애와 같은 몽상적인 전율이 된다. 때로 심지어 혼자 테니스 코트에 앉아 내내 호반을 바라보고 또 바라보고 있으면 마치 이 호수의 아름다움이 눈을 통해 내 영혼 속으로 흘러들어오는 것 같은, 정말 실제로 그런 것 같은 인상이 든다. (5, 193~194)

이 부분에서 제네바 호수가 레만이라는 과거의 라틴어적 명칭으로 불리고 있다는 것은 아주 놀라운 일이다. 톨스토이는 익숙하지 않은 풍경을 묘사하느라 멋들어진 문학적 회상기를 쓰듯이, '아름다움'이라든가 '몽상적인 전율'이라든가 하는 단어들을 동원하고 있다.

톨스토이는 성스러운 마음으로 두 달 이상을 이곳에서 보냈다. 그는 클라렌스에서 5월 6(18)일에 숙모에게 편지를 보낸다.

방금 숙모님의 편지를 받았습니다. 사랑하는 숙모님! 제가 보낸 마지막 편지에서 제가 제네바 시외 지역과 클라렌스, 그리고 루소가 살았던 바로 그 마을을 둘러보았다는 말씀을 드렸지요. 이곳 풍경의 아름다움에 대해 말로 표현할 수가 없습니다. 특히 나뭇잎이 온통 푸르고 꽃이 만발한 이 시기는 더욱 그렇지요. 그저 저는 한시도 이 호수에서, 호숫가에서 눈을 뗄 수가 없을 뿐입니다. 저는 이 아름다움에 취해서 그저 걷거나 그저 창밖으로 풍광을 바라보며 대부분의 시간을 보내고 있답니다.

톨스토이는 마차를 타거나 걸어서 제네바 호수 주변 지역을 돌아보았다. 뤼체른에서 6월 27일(7월 9일) 보트킨에게 보낸 편지는 루소의 참회록에 대한 공명으로 가득 차 있다. 톨스토이는 스위스 사람들의 이미 사라져가는 소박한 삶의 양식을 좋아했다. 그는 보트킨에게 "혼자 맛보는 기쁨의 고통"에 대해 말한다. 그리고 친밀한 마음의 독자들을 향해 편지를 쓴다.

그러한 마음속 구상을 통해 고백적인 소설이 준비되고 있었으며 그 일부가 《뤼체른》이라는 단편으로 구체화된다. 이 소설은 처음에는 보트킨에게 보내는 긴 편지로 모습을 드러내기 시작했다. 처음에는 지나치게 풍경묘사가 많았는데 나중에 모두 삭제된다. 이 단편의 갈등은 티롤 출신의 떠돌이 가수가 부른 노래와 문명사회 사이에 벌어진다. 사람들은 그의 노래를 듣지만 돈을 내지는 않는다.

톨스토이는 이 장면에 개입해 들어간다. 그는 그 가수를 불러다 곁에 앉으려는 하인은 내보내고 자신과 나란히 앉힌다. 톨스토이는 문명사회의 야만성에 대해 분노를 표현하고 있는 것이다.

《뤼체른》의 테마는 키제베터에 관한 소설을 잠시 밀어낸다. 키제베터 테마는 오래 전에 씌어졌던 도스토옙스키의 《네토츠카 네즈바노바》와 유사하고 동일한 점이 있다. 물론 그것은 우연의 소산이 아니라 두 작품 다 시대에 대한 의혹으로 촉발된 것이다.

위대한 예술가는 진흙탕 속에서 모멸 속에 죽어 가지만 세상에서 가장 훌륭하고 가장 위대하며 가장 순결하다. 이때 톨스토이는 작품의 재판정에서 예술가를 변호한다. 재판정에서 나머지 모든 등장인물들이 나름대로 한 마디씩 하면서 변명한다. 예술가는 추위에 죽어 가면서 몽롱한 상태에서 그들을 바라본다. 그는 예술의 제단 앞에 불타버리지만 다른 사람들은 그렇지 않다. 그는 고귀한 바이올린을 품에 꼭 껴안은 채 연주한다.

키제베터의 음악은 톨스토이에게 특별한 의미가 있었다. 그것은 언젠가 야스나야 폴랴나의 낡은 온실 앞에서 연주된 적 있었을 것이고 그의 귀에도 익숙한 것이었다. 그 자신도 가끔씩 절망적인 느낌에 빠지기도 했지만 그렇다고 형들처럼 집시 노래로 위로받을 수는 없었다. 그러나 톨스토이는 키제베터와 같은 길을 가지는 않는다.

그는 루소의 형상에 깊이 매료되었다. 몇 달 동안 그는 순례자처럼 제네바 호숫가를 거닐었다. 그러나 그는 루소와는 달랐다.

톨스토이는 혼자 다니지 않았다. 그는 항상 어린 소년을 데리고 다녔는데 짐 하나 들릴 수도 없는 어린애였다. 톨스토이는 알프스 산자락을 거닐기 이전에 이미 예피판 노인과 함께 카프카스 산기슭을 체험했기 때문에 자연에 대해 감상적으로 열광하지 않았다. 그는 마치 루소의 감성을 검증이라도 하려는 것 같았다. 분명 그의 손에는 루소의 책이 들려 있었을 것이다.

나는 톨스토이의 독자들이 그의 저명한 작품들을 읽기를 바란다. 그러나 그뿐만 아니라 톨스토이와 함께 삶을 여행하기 바란다. 그의 스위스 여행기들(5, 192~213)은 하나의 멋진 산문 작품이다. 작가 자신도 잊어버린 듯이 방치한 이 작품은 단순한 풍경묘사가 아니라 그것을 바라보는 사람의 심리를 빼어나게 표현하고 있다.

갑자기 우리는 특이한, 행복하고 하얀 봄의 냄새에 깜짝 놀랐다. 사샤가 숲으로 달려가 벚꽃을 꺾어왔지만 거기서는 거의 아무런 향기가 나지 않았다. 양쪽 편에 초록의 나무들과 꽃이 없는 관목 숲이 보였다. 하지만 정신을 몽롱하게 만들 정도의 달콤한 향기는 계속해서 더욱 진하게 풍겨왔다. 백여 걸음 더 걸어가자 오른편 관목 숲이 벌어지며 비스듬한 경사면을 따라 흰색과 초록이 어우러진 넓은 분지가 펼쳐졌다. 거기에 작은 집들이 몇 채 여기저기 흩어져 있었다.

사샤는 분지의 초원으로 달려 내려가 하얀 수선화를 양팔에 가득 꺾어 숨쉬기도 힘들 정도로 짙은 향기를 뿜어내는 커다란 꽃다발을 만들어왔다. 앞뒤 가리지 않고 과욕을 부리는 어린애답게 사샤는 또다시 달려가더니 정말 아름답게 갓 피어난 꽃들을 한 아름 꺾어

왔다. 그것이 몹시 마음에 드는 모양이었다.

이 글은 아주 슬프게 마무리된다. "들판에 수선화가 피어 있는 부분은 이제 그리 넓지 않았다. 가축들의 먹이로 적당하지 않았기 때문이다."
톨스토이는 외출할 때 돌봐줘야 할 약한 사람을 데리고 다녔는데 그 것은 가능하면 자신에 대한 생각에만 빠지지 않으려는 것이었다.

나는 사람에게는 도덕적일 뿐만 아니라 육체적으로도 무한한 힘이 부여되어 있다고 확신한다. 하지만 동시에 이런 힘에 더하여 끔찍할 정도의 자기애, 혹은 자신에 대한 기억이라는 끔찍할 정도의 장애물이 있어 사람을 무력하게 만든다. 이런 장애물에서 벗어날 수만 있다면 사람은 그 즉시 전지전능한 힘을 가지게 될 것이다. 나는 이러한 자기애에서 벗어날 수 있는 가장 좋은 방법은 다른 사람에 대한 사랑일 것이라고 생각한다. 하지만 불행하게도 그건 정당한 방법이 아닐 것이다. 전능함이란 일종의 무의식과 같고 무력함이란 자신에 대한 기억과 같은 것이다. 자신에 대한 기억에서 벗어나는 방법으로는 다른 사람에 대한 사랑이나 꿈, 혹은 음주나 노동, 기타 등등이 있을 것이다. 하지만 사람의 인생이란 평생 동안이런 망각을 찾아가는 것에 다름 아니다. 명료한 투시력을 가진 사람, 몽유병자, 광인, 혹은 욕정에 사로잡힌 사람들, 혹은 자식을 보호하려는 어머니와 암컷들의 힘은 어디서 오는 것일까? 왜 단어를 올바르게 발음하려고 열심히 생각하게 되면 오히려 올바르게 발음하기 어려워지는 것일까? 왜 사람들이 생각해낸 가장 끔찍한 징벌이 영구 유폐일까? 그것은 사람에게 자신에 대해 잊을 수 있게하는 모든 것을 박탈하고 영원히 자신에 대한 기억에 머물도록 만드는 것이다.

상당히 심오한 철학적 내용이 들어 있는 이 부분에서 우리는 톨스토이가 루소와는 많은 점에서 다르다는 것을 알 수 있다. 루소는 항상 자기 자신에 대해 생각하고 자신에 대한 긍지가 높았으며 심지어 자신의 결점들까지도 자랑스러워했다. 그는 자신을 사람들을 가르치는 교사로 생각하고 사람들에게 삶의 법칙을 설교하려 했지만 정작 자신이 저 혼자 고립되어 있다는 생각을 하지 못했다. 자신은 몰랐지만 불행히도 자기 자신 속에 영원히 유폐되어 있었던 것이다. 그에 대해 많은 것을 말할 수 있고, 또 그를 추앙할 수 있는 많은 것이 있지만 그 역시 현대의 많은 위대한 작가들이 그러했듯이 자기 자신 속에 갇힌 포로였다고 말할 수 있다. 이러한 자기 유폐를 철학적으로 체계화한 사람이 프로이드 아니던가.

루소는 젊었을 때, 후에 톨스토이가 따라 걷게 되는 알프스의 여러 지역을 떠돌아 다녔다. 그 길에서 루소는 자신의 젊음을 즐겼고, 자신이 혼자서 알프스를 넘는다는 사실에 만족해 했다.

만일 알프스를 정말로 넘었다면 우리는 지금이라도 그에게 놀라움을 금치 못했을 것이다. 하지만 넘었든 넘지 못했든 루소는 자신을 그리되, 사람들 눈에 멀리 외로이 홀로 떠도는 사람으로 비치도록 만드는 그런 생각으로 자신을 그려냈다. 그는 고독이라는 달콤한 고통을 즐기는 사람이었던 것이다.

톨스토이는 약한 동행인을 데리고 의식적으로 루소가 다닌 동일한 지역을 돌아다녔다. 그것은 약자에 대한 동정이나 어떤 외적 필요에 의해서가 아니라 스스로를 더 강하게 만들기 위해서였다.

톨스토이는 사회성이 아주 강한 사람이었다. 시골에서의 어린 시절과 자원입대, 야영지에서 모닥불을 둘러싸고 병사들과 함께 보낸 밤들, 모두 힘을 합쳐 산악대포를 끌었던 경험은 그에게 공동체 사회에 대한 몹시 예민한 감각을 길러주었다. 카프카스 숲에서 사냥할 때도 톨스토이는 혼자가 아니라 니콜라이 형과 예피판과 함께였다. 그런 모든 일을 경험할 당시 그는 아직 아주 젊고 예민한 나이였던 것이다.

톨스토이는 사샤와 함께 2주일 동안이나 돌아다녔다. 여행길은 까다롭고 힘들었다. 배를 타기도 하고 바위를 기어오르기도 했으며 지치면 산양처럼 물을 마시기도 했다. 하지만 참으로 많은 것을 돌아볼 수 있었다. 이 당시 톨스토이의 일기나 수첩에는 그가 본 풍경들이 빼곡하게 묘사되어 있는데 아주 선명하고 정확했다. 어떤 지역에 대한 묘사를 보자.

> 5월 17(29)일. 제스네에서 인터라켄으로. 5월 29일. 매끈한 침대. 장교들이 문을 두드리다. 관리가 안심시켰다. 샤르 드 코트로 갔다. 비스부르크를 향해. 여러 번 물을 건넜다. 음울하면서도 매혹적이다. 사샤는 풍경이 비슷하지 않다고 성이 아름답지 못하다고 말한다. 가난한 어부들은 빔미스에서 스피츠까지 걸어 다닌다. 카를라가 사샤를 감동시켰다. 네우하우스까지 뱃길에는 매혹적인 폭포와 동굴, 저택들이 있다.

내 생각에 백 년 전 루소가 시적으로 묘사한 산악풍경과 톨스토이가 보았던 풍경은 '비슷하지 않다'고 생각한다. 어떻게 사샤가 루소의 풍경 묘사를 기억하고 있는지는 모른다. 하지만 아마도 그런 묘사가 담겨있는 루소의 《신 엘로이즈》가 클라렌스 집에 있을 때 책상 위에 놓여 있었거나, 아니면 톨스토이가 그 책을 가지고 다니면서 사샤에게 보여 주었거나 했을 것이다.

톨스토이는 루소의 흔적을 따라 다녔지만 다른 한편 자신의 위대한 선각자와 길을 달리하기도 했다.

제네바 호반에서부터 톨스토이는 고향마을인 야스나야 폴랴나와 자신의 농민들에 대한 새로운 태도를 가지기 시작했다. 이제 그가 원하는 것은 농민 아이들에게 글쓰기와 읽기를 가르치는 것뿐만이 아니었다. 그는 그들에 대해 생각하며 그들과 함께 시대의 산을 넘고, 그리하여 자신에 대해서는 잊어버리고 행복하고 전능해지기를 바라고 있었다.

제네바 호수에서 받은 영감은 특히 고결한 것이었다. 톨스토이는 카자크 공동체와 학교에 대한 문제들을 새롭게 생각했다. 그리고 동시에 이제까지 우리가 알고 있던 톨스토이의 모습 역시 지속된다. 그는 주변의 모든 사람들에 대해, 알렉산드라 톨스토야와의 반쯤은 자식 같고 반쯤은 연인 같은 관계에 대해, 예술의 의미에 대해, 그리고 서구문명이 단순히 러시아에 받아들여질 수 없다는 것에 대해 거듭 다시 생각해 보고 있었다.

과거 또한 변함없이 머물러 있을 수는 없는 법이다.

알렉산드라와의 관계는 영원히 이해하기 힘든 문제다. 그건 알렉산드라 쪽에서도 마찬가지였다. 사람들은 서로 말싸움을 벌이지 않기 위해 끝까지 다 말을 하지 않으려고 한다. 누이동생 마리야와의 관계 역시 이해하기 힘든 것 중 하나였다.

신력 8월 1일 그는 세르게이 형으로부터 편지를 받고 일기에 이렇게 쓴다. "마리야가 발레리안과 헤어졌다. 이 소식에 숨이 막혔다."

톨스토이가 사랑하는 동생 마리야는 매력적이었지만 별로 아름답지는 않았다고 한다. 이 여동생이 남편과 헤어진 것이다. 남편은 그녀 외에도 여러 첩을 거느리고 싶어 했던 것이다. 마리야는 아주 재능이 있었지만 운명이 그리 평범하지 못했다. 남편은 말은 부드럽게 했지만 노골적으로 증오심을 드러내곤 했다.

투르게네프는 한때 마리야와 사랑에 빠졌었다. 그가 중편 《파우스트》를 그녀에게 헌정했다는 소문도 있다. 하지만 《파우스트》는 누구에게도 헌정된 바 없었다. 대체로 마리야와 투르게네프 사이의 관계는 밝혀진 바 없었고 밝혀질 수도 없었다. 투르게네프는 당시 프랑스에서 여러 문제들에 얽혀 몹시 곤혹스러운 처지였기 때문이다. 어쨌든 마리야가 이혼했다는 소식은 톨스토이를 힘들게 했다. 하지만 그는 일에 바빴다. 8월 4일 여행길에서 이렇게 쓴다. "더위와 먼지. 난 혼자다. 미래의 모든 것은 나를 보고 미소 짓는다. 서두르지 말고 자만하지 말자. 입으로 떠들지도 말자."

힘이 솟고 당당한 느낌으로, 많은 걸 경험한 톨스토이는 집으로 돌아가기로 결심했다. 귀국길에 그는 드레스덴을 방문했다. 여기서 시스틴 성모상이 그를 "단번에 강렬하게 감동시켰다." 톨스토이는 상점을 돌면서 악보와 책을 고르다가 인적이 드문 화랑으로 거듭 되돌아가 그림을 감상했다. 하지만 성모상 외의 다른 그림에서는 아무런 감동을 받지 못했다.

톨스토이는 베를린을 거쳐 귀국길을 잡았는데 베를린 거리의 문란함에 놀라움을 금치 못했다. 슈테틴에서 여객선을 타려고 하는데 1 탈레르166) 가 부족했다. 하지만 우연히 만난 푸신의 도움으로 곤경을 벗어날 수 있었다.

슈테틴에서 상트 페테르부르그까지 배로 3일이 걸렸다. 많이 흔들리기는 했지만 잠은 잘 왔다. 8월 11일 페테르부르그에 다가가면서 높이 솟은, 여전히 건축용 나무 비계에 쌓인 이삭 성당의 둥근 돔 지붕이 먼저 모습을 드러냈다.

아침 무렵. 안개에 쌓인, 파르스름하고, 이슬에 젖은 자작나무들이 몹시 수려한 품격을 자랑하고 있었다.

톨스토이는 우선 네크라소프 집에 여장을 풀고 거기서 파나예프를 보게 되었다. 그는 파나예프와 네크라소프에게 연민을 느꼈고 네크라소프의 평온을 빌었으며 살트이코프167) 의 작품들을 읽었다. 그리고 고향 집으로 향한다. "빈곤한 사람들이며 가축들의 수난은 끔찍하기 이를 데가 없다."168) 톨스토이는 누이동생의 영지인 피로고보에서 이렇게 써놓았다.

톨스토이는 야스나야 폴랴나의 가난하고 불신에 찬 농민들에게 돌아

---

166) 〔역주〕 약 3마르크에 해당하는 독일의 옛날 은화.

167) 〔역주〕 살트이코프 세드린(1826~1889). 소설가. 〈동시대인〉지가 폐간된 후 네크라소프와 함께 〈조국의 기록〉지 운영. 사회에 대한 날카로운 풍자. 대표작 《골로블료프 가의 사람들》.

168) 1857년 8월 9(21) 일(47, 151).

와서 죽음에 대해 생각했다. "난 여전히 내가 곧 죽을 것이라고 생각한 다. 자세하게 기록하기에는 게으르지만 난 모든 것을 불 보듯 명확하게 그려내고 싶다."[169]

톨스토이는 《일리아드》를 읽고 있었다. 그러면서 혼자 투르게네프 를 방문하러 스파스코에-루토비노보 영지를 방문하곤 하는 누이동생에 대해 걱정했다. 몹시 마음이 무거웠다.

당시 톨스토이는 《카자크 사람들》의 집필을 계속하고 있었다.

톨스토이는 유럽에서 좀 더 성숙해진 모습으로 돌아왔다. 호머에 대 해 찬탄하였고 《일리아드》를 통해 카프카스에서 본 것을 이해하고자 했다. 가부장제 삶과 관련하여 호머는 톨스토이에게 두 번 연관된다. 《카자크 사람들》을 쓸 때 《일리아드》를 읽고 있었고, 또 바시키르 초 원에 있을 때 톨스토이는 호머와 헤로도투스[170]를 떠올렸던 것이다.

톨스토이에게 농민의 삶이나 반야만적인 바시키르의 삶은 다같이 하 나의 시였다면 서유럽의 일상적인 삶은 반(反)시적이었고, 비도덕적이 었다. 그는 농촌이 과거에서 변한 것이 없음을 알고 농촌으로 돌아왔 다. 그는 농촌을 이상화하며 시적 과거로 돌아가듯 농촌으로 돌아온 것 이다. 톨스토이는 구세계가 붕괴하는 순간에, 농민개혁의 전야에 러시 아로 돌아왔다. 레닌은 《톨스토이와 현대 노동운동》이라는 논설에서 이렇게 말한다.

---

169) 1857년 8월 16(28)일 (47, 151) ·

170) 〔역주〕 헤로도투스(BC 484? ~BC 430?). 그리스 역사가. 페르시아 전쟁사로 알려진 《역사》(전 9권)로 유명함. 호머와 마찬가지로 이야 기체 역사 서술을 통해 페르시아 전쟁의 배경, 페르시아 제국의 성장 과 조직, 지리와 사회 구조 및 역사를 상세히 기록하고 있다. 역사를 찾아서 그는 매우 많은 여행을 했고 흑해 연안을 따라 돈 강 유역, 바 시키르 초원 등지까지도 탐험했다고 한다. 여기서 페르시아가 그리스 에 승리를 거두게 된 이유 중의 하나를 자유로운 초원의 유목민족에게 서 찾고 있다.

이 낡은 가부장적 러시아는 1861년 이후 세계 자본주의의 영향 아래 급속하게 붕괴되기 시작했다. 농민들은 전례 없이 굶주리거나 죽어가거나 몰락했고 땅을 버리고 도시로 도망갔다. 몰락한 농민들의 '값싼 노동력' 덕분에 철도와 공장의 건설이 몹시 가속화되었다. 러시아에서 대금융자본과 대규모 상공업이 발달해 갔다.

구 러시아의 모든 낡은 '기반들'이 신속하고 날카롭게, 고통스럽게 무너져 내리는 것은 예술가-톨스토이의 작품 속에, 그리고 사상가-톨스토이의 견해 속에 반영되어 있다.

톨스토이는 농촌 러시아에 대해, 지주와 농민의 습성에 대해 탁월하게 알고 있었다. 그는 자신의 예술작품에서 이러한 습성을 잘 묘사함으로써 세계문학의 최고수준에 올랐다. 농촌 러시아의 모든 '낡은 기반들'의 격렬한 붕괴는 그의 날카로운 관심을 불러 일으켰고 주변에서 일어나는 일에 깊은 관심을 가지게 하였으며 그의 전 세계관이 급격하게 변화하도록 만들었던 것이다. 171)

가정의 행복을 찾아

서른 살이 가까워오자 톨스토이로서도 결혼을 생각하지 않을 수 없었다. 그는 항상 그랬던 것은 아니지만 어쨌든 사랑하는 사람을 열심히 찾았다. 그러나 아직까지는 누구와도 사랑을 나눌 수 없었다.

자신의 할 일에 대해서도 그랬지만 결혼에 대한 톨스토이의 생각 역시 몹시 다양했다. 젊어서 그는 카드 도박에서 돈을 따겠다는 망상도 가지고 있었지만 부유한 여자와 결혼하여 상류사회로 진입하겠다는 소망도 가지고 있었다. 톨스토이가 그랬다니 분명 이상하게 들리겠지만 그런 꿈은 훌륭하고 정숙한 여인이었던 타티야나 숙모도 가지고 있었다.

---

171) V. 레닌, 전집, 제 20권, 제 39쪽.

세월이 지나고 톨스토이는 강건하게 성숙하자 이제 사랑이 필요했다. 자신이 원하는 사랑을 함께 나누고 자신의 계획대로 만들어갈 사랑을 원했던 것이다.

발레리야와의 사랑은 다른 어떤 경우보다 오랫동안 지속되었다. 까만 머리에 젊은 그녀는 음악을 사랑하는 교양 있는 여인이었다. 그녀는 일찍 부모를 여의고 야스나야 폴랴나에 이웃한 수다코프에서 살고 있었다. 살 만은 했지만 부자는 아니었다.

발레리야에게 보낸 톨스토이의 편지들은 교훈적이며 비극적이다. 발레리야는 열여섯 통의 편지를 보관하고 있었는데 이 편지는 도덕주의적 문구들로 가득 차 있다. 그녀는 그걸 별로 좋아하지 않았다.

발레리야는 솔직한 사람이었다. 그녀는 톨스토이에게 많은 것을 이야기했다. 톨스토이는 그 모든 것을 후에 아내 소피야에게 다 말해 주었고 당시 쓴 일기까지 보여 주었다.

우리는 발레리야의 편지 내용을 전부 알 수는 없지만 그녀가 톨스토이에 대해 여러모로 친근한 관심을 가지고 있었다는 것은 분명하다. 톨스토이는 자신과 결혼할 여자를 자기 식으로 바꾸고 싶어 했지만 그 일이 얼마나 힘든 것인지는 잘 알지 못했다.

톨스토이는 그녀에게 보내는 편지에서 자신의 이름을 흐라포비츠키[172]라고 표기했다. 그리고 실제로 편지 속에서 톨스토이는 자신을 다소 몽상적이고 자기만족적인 보통의 지주 정도로 그리고 있다.

톨스토이의 편지에 도덕적인 교훈이 가득 차 있었던 것은 발레리야에게 베르가니라는 절친한 친구가 있었기 때문인지도 모른다. 때로 톨스토이는 편지를 이 두 사람에게 동시에 보내기도 했던 것이다. 그리고 다른 편지들도 발레리야는 분명히 친구에게 보여 주었을 것이다. 톨스토

---

172) 〔역주〕 '흐라프'는 러시아어로 '코고는 소리'라는 뜻으로 이 필명은 '코고는 소리를 내는 사람'이라는 뜻을 지니고 있다.

이는 자신이 생각하는 자유주의적인 가정을 꾸리기 위한 문제들을 발레리야에게 써 보내곤 했는데 발레리야는 그런 문제들에 대해 친구인 베르가니의 의견을 구하곤 했다.

톨스토이는 발레리야와의 관계를 상당히 진척시켰었다. 숙모와 형, 친구들에게 인사를 시키기도 했고, 열여섯 통의 편지를 썼으며 그녀에 대한 소설을 쓰기도 했지만 결국 결혼하지는 못했다. 여러 가지를 따지고 고려하며 주저하기만 했을 뿐이다.

톨스토이의 어떤 편지들은 희곡처럼 '어리석은 사람'과 '훌륭한 사람'의 대화로 구성되어 있다. 그는 사랑의 편지를 쓰고 있었던 것이 아니다.

> 세상에 노력 없이 주어지는 것은 없지요, 가장 아름답고 자연스러운 사랑이라는 감정도 마찬가지 입니다.
> (…) 우리에게도 엄청난 노력이 필요합니다. 서로를 이해하고 서로에게 사랑과 존경을 지니기 위해서. (60, 96)

톨스토이는 세상에는 "가장 강렬하고 다정하게 영원히 사랑을 해줄 사람이 존재한다"는 것을 그녀에게, 그리고 자기 자신에게 확신시키고 있다. 말하기 거북해서인지 이 구절의 첫 부분은 프랑스어로 썼다.

톨스토이는 자신이 결혼할 사람에게 자신을 이해하고 자신과 같은 생각을 해줄 것을 요구한다. 그들은 농촌에 살면서 농민들을 행복하게 만들어 주어야 한다는 것이다. 그는 결혼생활에서도 노동과 희생이 필요함을 강조한다. 향후 그의 결혼생활은 흐라포비츠키의 이름으로 다음과 묘사된다.

> 흐라포비츠키 씨는 농민들을 행복하게 해 주려는 오래전부터의 자신의 계획을 실행하게 될 것입니다. 물론 부인도 분명 그것을 지지하고 있지요. 그는 글쓰고 독서하며 부인을 가르칠 겁니다. 부인은

피아노치고 독서에 전념하면서 남편의 계획을 이해하고 적극적으로 도와주지요. 그녀는 농민들을 보살피는 신입니다. 검은 머리의 그녀는 얇은 포플린 원피스를 입고 매일 농가를 방문하고 선한 일을 행했다는 생각을 하며 귀가합니다. 그리고 밤이면 하루의 삶에 만족하며 어서 빨리 날이 밝아 다시 또 하루를 살면서 선한 일을 행할 수 있기를 고대하지요. 흐라포비츠키 씨는 매일매일 더욱 더, 영원히 아내를 사랑하고 존경할 것입니다. (60, 97~98)

톨스토이는 매일 밤을 새워가며 이런 글을 썼다. 그것은 어딘가 고골이 말년에 꿈꾸었던 전원생활을 떠올리게 한다. 그리고 루소의 《신 엘로이즈》에 등장하는 선량한 지주 부인을 연상시킨다. 루소의 소설은 당시로서는 백여 년 전의 것이었다. 하지만 그 속에 담긴 농민생활과 선량한 지주 부인의 형상은 여전히 유토피아에 가까웠다. 더구나 그 유토피아 정신은 갈수록 비현실적인 것으로 여겨졌다.

톨스토이는 루소보다 더욱 엄격했다. 루소의 소설에 나오는 줄리아는 감성이 풍부하고 용기가 있었다. 그녀는 자신과 다른 계층의 사람을 사랑했고 일상의 규범을 깨뜨리려고 했다.

톨스토이가 구상하는 새로운 소설 속의 발레리야는 더욱 확고한 믿음을 가진 여자여야 했다. 톨스토이는 그녀가 과거에 한 음악가와 사랑에 빠졌다는 사실에 대해 몹시 분노를 표한다. 하지만 바람직하고 긍정적인 향후의 계획은 루소의 소설과 일치한다.

《신 엘로이즈》에서 줄리아는 아이들을 진심으로 돌보면서 농민들이 마을에 남아 살도록 잘 설득한다. 클라렌스에서, 그리고 에탕제에서 줄리아를 비롯한 주인공들은 주민들의 삶을 가능한 행복하게 만들려고 노력하지만 그러나 결코 그들의 계층적 처지를 벗어나도록 해 주는 것은 아니었다. 줄리아 부인은 자유국가의 가장 행복한 계층으로 농민계층이 그 수가 감소하지 않도록 하는 것이 필수적이라고 생각했다. 그것은 곧 다른 계층의 이익이 될 것이기 때문이다.

톨스토이는 사랑하는 여인에게 그들이 결혼 후에 어떻게 살 것인지 자세하게 이야기해준다. 그들은 주로 농촌에서 살아갈 것이고 때로 그리 화려하지 않은 소도시에서도 살 것이다, 돈을 절약하여 때때로 견문을 넓히기 위해 외국여행을 가기도 할 것이다 등등. 그는 젊은 아내가 사야할 모든 종류의 모자도 이미 염두에 두고 있었다. 상황에 맞게 모자를 써야 하기 때문에 어떤 것은 살 수 없다고 설명하기도 했다. 황제 시종무관이 하는 일이 무엇인지를 설명하면서 그들이 얼마나 바보인지에 대해서도 얘기해 주었다. 톨스토이는 친구 디야코프와 함께 발레리야 집을 방문하기도 했다. 그리고 모르티에에게 질투를 느꼈다.

1856년 11월 8일 편지에서 모르티에라는 이름이 의외의 맥락에서 갑자기 튀어나온다. 처음에는 "나는 당신이 결코 모르티에와 사랑에 빠지지 않았다는 것을 아직 잘 믿지 못하겠습니다"라고 말을 꺼냈다. 이 말을 하기 전에 먼저 톨스토이는 발레리야가 어떤 음악가를 사랑하여 그와 편지까지 주고받았다는 사실을 들은 바 있다고 말한다. 그리고 이어서 그녀가 모르티에와 사랑에 빠져서 편지를 보냈다는 점을 상기시키고, 그녀가 모르티에에게 잘해 주었다, 자신은 그가 기분 나쁘다, 또 왜 그와 《젊은 베르테르의 슬픔》을 함께 읽었느냐는 이야기를 한다. 그리고 심지어 그녀가 지금도 모르티에를 사랑하는지, 그가 그녀의 손에 입맞춤을 했었는지를 묻고 자신은 그들이 입맞춤 하는 꿈을 꾸었다고 말한다. 모르티에라는 이름은 열네 번이나 언급된다. 그 뒤의 편지들에서도 마찬가지다.

그러나 이점에서 톨스토이는 옳지 않았다. 2년 뒤인 1858년 1월 7일 일기에서 그는 자신의 잘못을 남의 탓으로 돌리며 후회한다. "모르티에, 그 더러운 자식이 편지 얘기를 다 만들어냈다."

이런 언급들을 보면 발레리야에 대한 마음이 여전히 남아 있었던 것 같다. 그러나 그는 결혼식 날짜까지 잡았다가 느닷없이, 거의 도망치듯 모든 것을 포기하고 만다.

톨스토이의 기이한 사랑과 변심은 타티야나 숙모를 매우 마음 아프게 했다. 나름대로 뭔가 변명이 필요했다. 그는 외국에 나갔을 때 먼저 숙모에게 그녀와 그 여자 친구가 어떻게 지내는지, '이 말도 못할 범죄자를 용서했는지'를 묻는다. 그리고 발레리야에게 편지를 보낸다.

이 직후에 톨스토이는 《가정의 행복》173) 이라는 짧은 소설을 한 편 쓴다. 이 소설은 한 여인을 사랑하여 결혼한 남자가 그녀를 바꾸어 놓지 못하고 결국 둘 다 불행해진다는 이야기다. 톨스토이 자신의 심정을 엿볼 수 있는 소설인 셈이다.

보트킨은 이 소설이 마음에 든다고 했지만 나머지 대부분의 사람들은 냉소적으로 받아들였다. 문학소녀 취향이라는 것이다.

톨스토이 자신도 이 작품에 대해 몹시 불만이었다.

사랑에 대한 회의

1.

사랑에 빠졌던 경험을 되돌아보며 톨스토이는 1851년에 이렇게 일기를 쓴다.

> 나는 결코 여성과 사랑에 빠지지 않았다. 사랑 비슷한 어떤 강렬한 감정은 내가 열셋 인가 열네 살 때 오직 한 번 느껴봤을 뿐이다.

톨스토이는 이어서, "하지만 나는 이것이 사랑이었다고 믿고 싶다."고 말한다. 기념전집 제 46권 237쪽에서 편집자는 이 부분을 "사랑이 아니었다고"라고 괄호 속에 정정해 놓았다.

---

173) 1859년 〈러시아 통보〉지에 게재.

그러나 분명 '이것은 사랑이었다'가 맞다. 그는 그 대상이 뚱뚱한 하녀 (아주 예쁜 얼굴이었다는 것은 사실이다) 였다는 점에 스스로도 놀라워한다. 그럼에도 그가 '나는 믿고 싶다'라고 말한 이유는 그 자신에게도 사랑의 능력이 있음을 말하고 싶었던 것이다.

사랑의 대상은 톨스토이가 《어린시절》에서 묘사했던 하녀 마샤였다. 나중에 톨스토이는 이 부분에서 에로틱한 요소들을 완화하거나 삭제하여 "마샤를 좀더 품격 있게 그려야 한다"는 생각을 일기에 적어놓았다. 그러나 결국 '마샤'라는 장 전체를 빼버리고 만다.

마샤에 대한 사랑은 《소년시절》의 주인공이 (그리고 어쩌면 실제로 톨스토이가) 그녀를 그녀가 사랑하는 시종 바실리와 결혼하도록 주선하는 것으로 끝이 난다. 마샤에 대한 시적인 회상은 시골 교회의 부활절 예배와 교차된다. 후에 마샤는 그 외적 특징을 간직한 채 《부활》의 카튜샤 마슬로바로 형상화된다. 톨스토이는 1856년 일기에 이렇게 고백한다.

> 나는 종종 내가 자연과 노동 속에서 영원히 농민의 삶을 살아가는 꿈을 꾸곤 한다. 그러나 왠지 이런 꿈들에는 항상 거친 욕망이 끼어들어 있었다. 꺼칠꺼칠한 손과 거대한 가슴, 그리고 맨발의 한 뚱뚱한 농부 여인이 내 앞에서 일을 하고 있는 모습이 바로 그것이다. (47, 185)

여기서의 욕망은 에로틱한 것이 아니라 일과 생활에 관한 것임은 물론이다.

톨스토이가 농촌에서 하고자 했던 것은 올레닌이 스타니차에서 하고자 했던 것과 같다. 즉 자신이 속한 계층을 떠나가는 것이다.

만일 올레닌이 마리야나와 결혼할 수 없다면 그는 스타니차로부터 떠나야 한다. 하지만 만일 그가 그녀와 결혼할 수 있다면 그는 스타로글라드콥스카야 스타니차에 남아 살아야 한다. 그리고 루카시카는 자신의 여인을 빼앗기고 복수를 해야 한다. 하지만 루카시카가 마리야나를 빼앗기고 산으로 도망치는 이야기는 쓰이지 않았다. 왜냐하면 올레닌에게 새로운 삶이 시작되었기 때문이다.

미리 말해두자면 《카자크 사람들》은 계획대로 쓰이지 못했다. 스타니차에서의 올레닌의 새로운 삶을 그려낼 능력이 없었기 때문이다. 마리야나가 올레닌의 아내가 되고 루카시카는 산으로 도망을 쳐 버린다는 판본도 있었지만 톨스토이는 이 부분의 내용을 바꿔버린다. "산으로의 도주는 일어나지 않는다."(1858년 4월 12일). "산으로의 도주 부분에서 잘못 되었다. 그래서 많이 쓰지를 못했다."(4월 13일)

소설의 제 2부는 쓰이지 못했고 올레닌은 여전히 마리야나를 사랑하지만 결국 그녀와 결혼하지 못하는 것으로 종결된다.

2.

톨스토이가 겪은 또 하나의 중요한 사랑은 카프카스에서 돌아온 뒤에 일어났다. 그는 악시냐와 사랑에 빠졌다. 이때 그는 《카자크 사람들》을 쓰고 있었고 이 작품에 새로운 사랑에 대한 체험을 투영한다.

예프레모프는 《카자크 사람들》의 언어에 나타난 민중적 요소를 분석하면서[174] 그레벤 카자크의 민중언어가 창작과정에서 부분적으로 전형적인 툴라의 언어로 바뀌고 있다는 점을 밝혀냈다.

톨스토이는 한 농부 여자와 사랑에 빠졌는데 바로 이 이유로 인해 발레리야와 결혼할 수가 없었던 것이다. 그에 대한 기록이 계속해서 일기에 나온다.

1858년 1월 14일. "알렉산드라 톨스타야는 나이가 들었다. 더 이상 내게 여자가 아니다."

---

174) A. 예프레모프, 《톨스토이의 〈카자크 사람들〉의 언어에 나타난 민중적 요소》, 사라토프 대학 학술지 제 3호, 1938, 83쪽.

1월 19일. "튜체바가 내 마음을 온통 사로잡고 있다. 화가 난다. 하지만 그게 사랑이 아니고 매력을 느끼는 것도 아니라는 사실에 더욱 화가 난다."

1월 26일. 튜체바에 대해. "차갑고 치졸하며 귀족처럼 거드름을 핀다." 그리고, "치체리나는 사랑스럽다."

2월 9일. "발레리야의 집에서 저녁. 그녀는 나쁘지 않다."

그리고 여기에 악시냐에 대한 말이 나온다.

> 멋진 성림강림절이다. 노동으로 거칠어진 손에 들린 시든 벚꽃 (…) 언뜻 악시냐를 보았다. 너무 아름다웠다. 요 며칠 동안 나는 헛되게 기다리고 있다. 오늘은 오래된 큰 숲에서 그녀의 시누이를 보았다, 난 바보다 (…) 난 이제까지완 전혀 다르게 사랑에 빠졌다. 다른 생각은 하나도 들지 않는다. 괴롭다. 내일은 있는 힘을 다 내야겠다. (48, 18)

그는 악시냐를 떠나고 싶었다.

톨스토이 나이 서른이었다. 그는 튜체바에 대해 생각해 보았다. "난 사랑 없이 아무렇지 않게 그녀와 결혼할 준비가 되어 있다. 하지만 그녀는 일부러 냉담하게 대한다."(48, 17)

베르스의 집에서 9월 17일 식사를 같이 하고 톨스토이는 "정말 사랑스러운 처녀들이다!"라고 써놓았다.

그해 겨울이 다가오고 있었다. 톨스토이는 곰 사냥에 나서 12월 21일 수곰 한 마리를 잡는다. 그리고 22일 상처입은 암곰에게 공격당해 얼굴에 평생 지워지지 않는 상처를 입는다. 이에 대해 일기에 두 줄이 기록되어 있다.

1859년 1월 1일 톨스토이는 "올해에는 결혼해야 한다, 아니면 결코 못할 것이다"라고 쓴다. 그러나 결혼하고 싶지만 사랑이 찾아오지 않았다.

2월 16일 톨스토이는 꿈에 대해 기록한다. "꿈을 꾸었다. 딸기, 가로

수길, 그녀, 한 번도 본적이 없지만 즉시 알아볼 수 있었던, 그리고 마른가지나 마른 잎은 하나도 없고 온통 신선한 잎이 무성한 참나무 숲."

5월 9일. "《가정의 행복》을 받았다. 치욕적인 작품이다. 나는 모든 것에 대해 혐오스럽게 냉담하다. 악시냐에 대해 혐오감 외에는 기억할 게 없다."

10월 9일. "아무도 없는 데서 악시냐를 계속 만나고 있다." "리보프 집에 들렀다. 이 방문을 돌아보며 나는 울부짖었다. 난 이것이 결혼하려는 나의 마지막 시도라고 결심했다. 하지만 그건 어린애 같은 짓이었다."

톨스토이가 찾으려는 여성은 그의 주변에서 결코 찾을 수 없었다. 이런 헛된 시도와 그에 대한 절망은 당시 집필하고 있던 《카자크 사람들》에 투영되지 않을 수 없었다. 그는 올레닌과 자신의 운명의 해답을 동시에 찾고 있었던 것이다.

1859년 10월 13일. "악시냐가 왔었다."

1860년 5월 26일. "어디에도 그녀가 없어 찾아다녔다. 이미 암컷을 쫓는 수사슴이 아니라 아내를 찾아다니는 남편과 같은 기분. 이상하다, 이전의 만족감을 다시 가져보려고 노력하지만 그럴 수 없다."

《목가》와 《티혼과 말라니야》라는 작품은 악시냐와의 사랑과 관계가 있다. 악시냐와의 관계에 대해서는 이어지는 일기에도 계속해서 나온다.

《티혼과 말라니야》에서 사랑의 갈등은 인간적으로 간단하게 해결된다. 모든 생활이 엉망이 되어간다고 느낀 톨스토이는 사람들 사는 모습과 아이들 교육방법에 대해 살펴보고자 외국여행을 떠난다. 그러나 여러 가지 꿈들은 여전히 그의 뒤를 따라간다.

1860년 8월 23일. "꿈속에서 농민복을 입고 있었는데 어머니는 나를 알아보지 못했다."

톨스토이는 세계를 바꾸지 않고 단지 자신만을 바꿈으로써 삶을 바꾸고자 했다. 하지만 이제 그는 삶을 개조하지 않은 채 세계의 기초를 바꾸기로 결심했다.

외국으로

유럽까지의 길은 멀었지만 느낌으로는 가까웠다.

톨스토이는 때로 꿈을 프랑스어로 꾸기도 했고, 독일에서는 독일인으로 오해받기도 할 정도였다. 그는 유럽문학과 유럽에 대해 잘 알고 있었다. 게다가 세바스토폴 전투에서 유럽군인을 살펴볼 기회도 있었다.

톨스토이가 유럽에 가려는 목적은 배우기 위해서였다. 그러나 만일 동의하기 어려운 것이 있다면 기꺼이 논쟁도 불사할 자세였다.

톨스토이의 삶에 등장하는 거의 모든 사건들은 쉽게 이해되지 않는다. 그러나 해명할 수 없다기보다 여러 이유를 가지고 있다고 말하는 게 옳을 것이다. 톨스토이는 생각을 오래 하다가 언뜻 보기에 아무런 동기가 없는 것처럼 느닷없이 갑자기 결정을 내리곤 했기 때문이다.

당시 러시아에서는 학교 개혁이 진행중이었다. 피로고프 박사는 독일 학교제도를 도입하고자 했다. 그러나 톨스토이는 좀 다른 방식의 학교를 꿈꾸었다. 그가 꿈꾸는 학교는 농민이 스스로를 만들어나가는 학교, 농민들이 그 가부장적 생활을 파괴하지 않도록 가르치는 학교, 동시에 톨스토이 자신도 의식하지 못하고 있었지만 학생들에게 시적인 정신을 함양하는 그런 학교였다. 톨스토이는 실제로 학교를 만들고 직접 많은 것을 가르치고 있었다. 역사에 대해 가르쳤고 성서의 신화들에 대해서도 가르쳤다. 그러나 종교로서가 아니라 순수하게 인간적인 의미로서 그것을 가르쳤다.

그는 이름 모를 수천 년 전의 고대의 예술가들에게서 형제들에게 배신당한 요셉의 이야기를 어떻게 읽어야 하는지를 배웠다. 요셉은 형제들을 사랑하고 그들의 배신을 용서한다. 그리고 그들을 어려운 상황에 빠트려 가장 나이 어린 동생 벤야민을 이집트에 인질로 잡히게 한다. 그렇게 해서 형제들이 또다시 배신행위를 반복하도록 만든다. 그리고 그 자신은 옆방으로 가서 눈물을 흘리는 것이다.

현대의 위대한 작가 토마스 만은 요셉에 관한 이런 이야기에 현대적 요소를 가미하여 《요셉과 그의 형제들》(1933~43)을 창조했다. 이 작품은 고대사적 사실을 정확하게 재현해내면서 환멸에 빠진 독일인들의 심리를 미묘하게 담아낸다. 토마스 만은 고대의 단순한 이야기를 자신의 체험과 아이러니를 담아 복잡다단한 이야기로 만들어냈던 것이다.

톨스토이는 유럽으로 배우러 떠나면서도 내심으로는 가장 올바른 삶은 야스나야 폴랴나의 들판과 오두막에 존재한다고 확신했다. 그가 유럽에 가려는 목적 중의 하나는 당시 상당한 인물로 평가되던 알렉산드르 게르첸을 만나는 것이었다. 게르첸은 수십 년 동안 유럽에 살고 있었고 러시아 정부와 유럽, 그리고 러시아를 그 미래가 아니라 지나온 역사에 의해 규정하려는 슬라브주의에 맞서 논쟁을 벌이고 있었다.

외국으로 나가는 그의 머릿속에는 많은 질문과 문제의식이 들어 있었다. 어떻게 하면 민중 속으로 돌아갈 수 있을 것인가, 어떻게 하면 민중의 마음속까지 이해할 수 있는가를 배우고 싶었다. 그는 다가올 미래의 어둠을 어떻게 피할 수 있을까, 어떻게 하면 러시아가 온갖 기계문명과 어린이 노동, 부의 독점과 식민 경제로 점철된 영국을 따라가지 않을 수 있을까를 배우고자 했다. 그는 뒤로 돌아가고자 열망하는 유토피아주의자라고 할 수 있었다. 하지만 그런 길은 전혀 불가능한 일이다. 시간은 오직 앞으로만 갈 뿐이기 때문이다.

톨스토이가 머물러 있던 가부장적 사회는 더 이상 존재하지 않았다. 목전에 닥친 '농노해방'은 해방이라기보다 또 하나의 약탈이었다. 농민들은 과대계산된 가격으로 토지를 사야했고 가장 생산력이 높고 필수적인 토지는 빼앗겨야 했다. 니콜라이 1세 치하에서 발전하기 시작한 자본주의는 이제 전면적으로 착취경제로 나아가기 시작했다. 비록 농노해방 직후에는 귀족들이 상당량의 토지 판매대금을 획득할 수 있었지만 지주 귀족사회의 신속한 붕괴는 피할 수 없었다. 토지는 농민들이 상상할 수도 없는 가격으로 판매되었다. 농민계층의 급격한 몰락도 피할 수 없었다.

시인 페트는 《나의 회상》 제 2부에서 문학기금에 반대하여 투르게네프와 논쟁을 벌이면서 이렇게 쓰고 있다. 이 글은 1872년 쓰인 것이다.

> 설립자들 중 중요 인사들은 문학이 때로 오락거리가 될 수도 있고 독이 될 수도 있으며 또 어떤 경우에는 실제 먹는 빵의 일부가 될 수도 있지만, 그러나 대부분의 경우 순수한 문학노동은 농민들의 토지 분여지와 마찬가지로 한 개인을 먹여 살리는 역할을 하지 못한다는 사실을 분명히 알아야만 한다. [175)]

페트는 농민의 노동을 착취할 수 있고, 어디로도 갈 곳이 없는 농민들을 쥐어짜는 계층에 있었다. 농민들은 자신의 분여지에 묶여 있었다. 페트는 농민들이 자신의 토지에 근거해서 먹고 살 수 없는 현실을 당연한 것으로 여기던 사람이었다. 이런 사람의 위와 같은 증언은 그것이 더욱 사실에 가깝다는 것을 말해준다. 페트는 말하는 중에 우연히 진실을 드러내고 있는 것이다.

지주들은 새로운 상황에 적응하기가 몹시 힘들었다. 톨스토이 가족은 구세계의 경제체제에 속해 있었다. 형 세르게이는 방대한 사냥터를 보유하고 종마장을 운영했다. 자유분방하고 지혜로웠던 그는 나름대로 독립성을 유지하며 옛날식 지주로서 생활을 유지할 수 있었다. 톨스토이는 형의 이런 점을 늘 부러워했다. 하지만 여동생인 마리야는 항상 돈에 궁핍했다.

톨스토이 가족들은 대체로 행복하지 못했다. 마리야는 이혼하고 투

---

175) A. 페트, 나의 회상, 제 2부, M., 1890, 247쪽.

르게네프와 사랑에 빠졌다. 누이의 사랑과 투르게네프의 우유부단함, 이기주의, 사랑에 대한 무능력은 톨스토이의 분노를 자아냈었다. 지금 마리야는 어떻게 살아가야 할지를 모르고 있었다.

함께 볼가 강을 따라 항해를 하며 카프카스로 갔고, 다소 두서가 없긴 했지만 그를 후원하고 옆에서 글 쓰는 것을 지켜보며 예피판을 알게 해주고 사냥하는 법과 독립적이고 자유롭게 살아가는 법을 가르쳐주었던 사랑하는 큰형 니콜라이는 여전히 누구에게나 사랑을 받고 있었지만 지금은 결핵에 걸려 생사를 넘나들고 있었다.

드미트리 형은 이미 결핵에 걸려 사망했다. 그는 종교에서 엄격한 금욕주의로, 금욕주의에서 다시 한 여성(사창가로부터 구해낸)에 대한 사랑으로 고통스러운 삶을 전전하며 마침내는 궁핍 속에서 세상을 떠났던 것이다.

톨스토이는 니콜라이 형을 마치 아버지처럼 따르고 사랑했다.

의사들은 니콜라이를 치료차 외국으로 이송했다. 환자 혼자 있을 수가 없었기 때문에 마리야가 그를 돌보러 가기로 했다. 사실 그녀 혼자만 남아 있을 이유도 없었다. 톨스토이도 형과 함께 지낼 시간을 가지고 싶었다. 니콜라이는 병을 치료하기 위해서, 마리야는 딱히 혼자 남아 할 일이 없었고 막연하게나마 투르게네프와 만날 희망을 가지고, 그리고 톨스토이는 오랫동안 알고 싶었던 것을 보기 위해서, 이렇게 세 형제는 서로 다른 이유로 함께 해외에 나가게 되었다.

톨스토이는 당시의 예술에 대해 우호적이지 않았다. 그가 보기에 투르게네프는 범속한 면이 많았다. 톨스토이는 이른바 진보라는 걸 신뢰하지 않았다. 독일 작가 아우어바흐[176]의 독일 농민들의 삶을 다룬 단편들과 괴테의 《여우 라이네케》를 읽고 일기에 이렇게 써 놓았다.

---

176) 〔역주〕 아우어바흐(1812~1882). 독일 소설가. 시골생활에 대한 철학적 견해와 낭만주의적 묘사로 인기를 얻음. 《슈바르츠발트 숲 속 마을 이야기》(1843), 《에델바이스》(1861) 등의 소설이 있음.

이상한 꿈과 같은 생각들이다. 나의, 우리 시대의 종교는 진보라는 이상한 것이다. 하지만 진보는 좋은 것이라고 누가 말했던가? 그것은 신앙의 결핍을 말하는 것이며 신앙의 외피를 입은 의식적 활동이 필요함을 말해 주는 것일 뿐이다. 인간에게 필요한 것은 충동이다 ….

그러나 어디로의 충동인지는 알 수 없다. 어쩌면 단순한 충동, 충동으로 나아가는 정신적 능력을 말하는 것이리라.

톨스토이와 동생 마리야와 그의 아이들은 마차를 타고 야스나야 폴랴나를 떠나 툴라를 거쳐 모스크바로, 그리고 페테르부르그로 갔다. 페테르부르그에서 아는 사람들을 찾아다니지는 않았다. 때는 여름이었고 모두들 도시를 떠나 있었기 때문이다. 톨스토이는 조카들에게 최근 완성된 이삭 성당을 보여 주었다. 금빛의 돔 지붕은 아직 거무스름했다. 건축 비계가 완전히 제거되지 않았지만 이미 예배가 시작되고 있었다.

화강암과 대리석으로 웅장하게 건축된 성당은 화려하지만 차가워보였다. 이삭 성당 뒤편의 니콜라이 1세 동상도 둘러보았다. 아름다운 남성미가 돋보이는 황제는 우아한 청동의 말 위에 앉아 있었다. 이 말은 탁월한 동물 화가였던 클롯트 남작이 그린 것을 모델로 한 것이다. 청동으로 빚은 황제는 러시아를 강력히 장악하고 거대한 사원을 뒤로한 채 넓은 광장을 향해 말을 몰아 달려갈 듯 했다. 사후에도 그는 승리 대신 퍼레이드를 벌이고 있었다.

톨스토이는 페테르부르그에서 외국으로 떠나기 몇 시간 전에 숙모에게 편지를 쓴다. "거대한 도시와 새로운 모습들, 익숙한 사람들 모두 지루할 뿐입니다. 육손이 티혼 아저씨와 함께 건초를 베러가는 것보다 나은 삶은 어디에도 없습니다."(60, 345)

1860년 7월 2일, 톨스토이는 페테르부르그에서 '프러시아의 독수리' 호를 타고 슈테틴으로 향했다. 여름철의 발틱 해는 희뿌연 했다. 태양은 지평선 위에 오랫동안 머물러 있었다. 파도는 회청색이었다. 해안이 점점 멀어지고 페테르부르그의 모습이 가물가물해졌다. 회청색의 바다 속으로 이삭 성당의 금빛 지붕이 마지막으로 가라앉았다. 어두운 색의 해안이 사라지고 이제 평평한 회색의 바다만 보이기 시작했다. 갈매기들이 선미에 걸린 황색과 검은 색의 프러시아 깃발을 따라오며 끼룩거렸다.

커다란 베를린에서 톨스토이는 열흘을 구경하며 보낸다. 당시 베를린은 아직 제국의 수도는 아니었다. 톨스토이는 장인(匠人) 클럽을 방문했는데 거기서 '질문상자'라는 재미있는 제도를 보게 되었다. 어떤 사람이 질문을 쪽지에 써서 상자에 넣으면 이것을 모아 그에 대답하는 형식으로 강의를 진행하는 것이었다. 질문에 대한 독일인들의 답변은 아주 정밀한 것이었다. 톨스토이는 이 클럽을 두 번 방문했었고 이 클럽의 제도를 야스나야 폴랴나에 도입하였다. 그리고 이 질문상자에서 쪽지 몇 장도 가지고 왔다.

톨스토이는 독일에서 교육학자를 비롯한 학자들을 방문했는데 그들은 러시아에서 온 이 백작을 학자로 대접해 주었다. 톨스토이는 참으로 방대한 그들의 지식에 대해 놀라움을 금치 못했다. 그는 농업에 관심이 많았고 독일 농민이 많은 점에서 러시아 농민과 유사하다는 것을 발견했다.

8월 12일에 그는 키싱겐으로 형을 찾아갔다. 이에 대해 일기에 기록이 있다. "니콜라이 형의 병세가 아주 심각하다. 하지만 정신은 놀랄 만큼 또렷하고 분명하다. 살고 싶은 욕망도 강하다. 하지만 이미 생명력이 쇠진했다."

형과 마리야는 프랑스 남쪽으로 출발했다. 톨스토이는 혼자 남아 여행을 계속하기로 했다. 그는 농장들을 방문하고 그곳의 일용노동자가 거의 러시아의 농노와 같은 상태인 것을 보고 경악했다. 8월 29일 일기에는 환멸이 기록되어 있다. "더 이상 삶의 놀라운 선물을 기대할 수 없다. 이제 스스로 삶을 만들어 가야 한다." 그러나 어떻게 만들어간단 말인가?

　톨스토이는 히에레에서 형과 다시 만났다. 이 도시는 툴롱에서 그리 멀지 않은 프랑스 남부 해안에 있었다. 형제들은 하숙집을 구해서 머물렀는데 창밖으로 알록달록한 해수욕장과 푸른 파도, 그리고 멀리 섬이 내다보이는 집이었다. 마리야는 다른 숙소에 머물렀다. 여기서 그는 타티야나 숙모에게 편지를 보낸다.

　　이곳의 날씨는 참 멋집니다. 레몬과 오렌지 나무, 월계수, 종려나무 등이 겨울에도 무성한 잎과 꽃, 열매를 자랑하고 있지요. 니콜라이의 건강은 여전히 마찬가지입니다. 하지만 여기에 와서 나아지리라는 희망이 생겼습니다. 177)

　기후가 좋았기 때문에 병세가 호전되리라는 희망이 보였던 것이다. 게다가 그들은 거기서 많은 러시아 환자들이 하루하루, 또 몇 해씩 생명을 유지하며 살아가는 모습을 볼 수 있었다.

　마지막 순간까지 니콜라이는 희망을 잃지 않았다. 그리고 모든 것을 직접 하고자 했다. 그는 무엇이든 열심히 몰두하여 글을 쓰기도 하고 동생의 계획에 대해 물어 보기도 했으며 동생의 작품을 읽어달라고 해서 그걸 듣고는 충고도 해 주었다. 하지만 그 모든 것이 톨스토이가 보기에는 정말 하고 싶어서가 아니라 어쩔 수 없이 그러는 것만 같았다. 무너지고 싶지 않았던 것이다.

　어느 날 니콜라이는 침실을 지나다가 힘없이 문가의 침대에 쓰러졌다. 니콜라이는 눈에 눈물을 가득 담고 톨스토이에게 말했다. "이제 단 한 시간이라도 얼마나 소중한지 모르겠다." 그는 천천히 평온하게, 조용히, 그러나 고통스럽게 죽어 가고 있었다. 톨스토이는 "죽은 자들로 저희 죽은 자를 장사하게 하시옵고"178), "다 흙으로 말미암았으므로 다

---

177)　1860년 8월 28일 (9월 9일) 편지 (60, 351).

흙으로 돌아가나니"[179] 라는 성서의 한 구절을 수천 번도 더 되뇌었다. 그리고 계속하여 이렇게 말했다.

> 떨어지는 돌을 보고 위로 올라가라고 할 수 없는 법이지요. 지겨워진 농담에 웃을 수도 없으며 먹고 싶지 않은 데 먹을 수는 없는 법입니다. 게다가 내일이면 그 더럽고 구역질나는, 거짓과 자기기만으로 가득 찬 죽음의 고통이 찾아와 모든 것을 무로 만들어 버린다면 그 무엇이 소용이 있을까요. 정말로 우스운 일입니다. 살아 있는 동안 유익하라, 선하라, 행복하라, 이렇게 사람들은, 그래요, 우리는 그렇게 수없이 이야기하곤 합니다, 하지만 내가 서른두 해의 인생에서 얻은 진실은, 만일 누군가 우리를 이런 상황으로 내몬 것이라면 그것은 우리가 (우리, 자유주의자들이) 말로 표현할 수 없는 정말로 끔찍한 기만이며 악독한 행위라는 것입니다. 사람이라면 다른 사람을 그런 상황으로 내몰 수가 없을 겁니다. [180]

그러나 톨스토이는 사실 이런 말을 믿고 있지는 않았다. 그는 이렇게 편지를 맺는다. "삶을 있는 그대로 믿어라, 바로 그겁니다! 나는 삶을 있는 그대로, 그 속되고 혐오스럽고 위선적 상태 그대로 받아들입니다."

죽음을 앞둔 니콜라이는 잠시 정신이 들어 조용히 말한다. "왜, 왜 이렇게 된 거지?" 그는 죽음을 차분하게 받아들이는 모습으로, 죽음 앞에서의 공포로 동생을 두렵게 만들었다. 톨스토이는 모든 것을 무(無)로 삼켜버리는 죽음을 보았다. 죽음의 공포를 이겨내는 법을 알고 싶었지만 죽음의 승리와 죽은 형을 보았을 뿐이다.

톨스토이는 푸르른 바닷가에 홀로 남아 죽어가는 사람들 속에서 거리

178) 〔역주〕 마태복음 8:22.
179) 〔역주〕 전도서 3:20.
180) A. 페트에게 보낸 1860년 10월 17(29)일 톨스토이의 편지 중에서 (60, 357~358).

를 거닐었다. 그는 집에 불이 난 농민들에게 집을 새로 지을 수 있도록 나무를 베어도 좋다고 허락하는 편지를 보내기도 했다. 하지만 톨스토이의 심중에는 죽음의 문제가 가득 차 있었다.

톨스토이는 형의 얼굴에서 석고상을 떴고 흉상을 주문했다. 그리고 산 사람들은 살아야 했다. 산다는 것은, 어쩌면 자기 자신을 망각하지 않는다는 것이었다.

마리야는 아이들과 함께 떠났다. 그녀에겐 그녀의 인생이 있었다. 톨스토이는 그녀의 미래가 어떻게 될지 알 수 없었지만 그녀를 보내야 했다. 그리고 자신은 글을 쓰기 위해 책상 앞에 앉았다. 그리고 《카자크 사람들》과 《데카브리스트》의 집필을 계속했다. 그는 시대와 논쟁을 하며 예로시카에 대해, 그리고 형과 함께 했던 사냥과 숲에 대해, 그리고 1854년 마지막 소식을 접했던 카자크 처녀에 대한 부분을 써냈다. 그는 여자의 눈을 들여다볼 줄 알고 사냥하는 법을 알았기 때문에 오래 살 수 있었던 마음이 평정한 한 노인에 대해 회상하면서 죽음의 그림자에서 벗어날 수 있었다.

예로시카 노인은 마치 거대한 노목이 쓰러지듯 죽음을 맞이했다. 그러나 그 숲은 여전히 남아 있을 것이다.

런던에서 게르첸과의 만남

톨스토이는 디킨스의 초기 강의[181] 중 하나에 참석한 적이 있었다.

찰스 디킨스는 짙은 콧수염에 머리를 뒤로 빗어 넘기고 알록달록한

---

181) 〔역주〕찰스 디킨스(1812~1870). 영국 소설가. 영국 최고의 소설가로 평가되며 당대 사회의 부조리에 대한 날카로운 묘사와 풍자를 통해 리얼리즘 문학과 자연주의 문학의 정상을 보여줌. 《올리버 트위스트》, 《두 도시 이야기》, 《크리스마스 캐럴》, 《돔비와 아들》, 《데이비드 카퍼필드》등 수많은 대표작이 있다.

옷을 입고 있었다. 그를 잘 알고 있던 체스터톤은 그 모습이 모형으로
만든 사람 같다고 했다. 하지만 톨스토이는 디킨스를 강력한 힘을 가진
사람으로 이야기하곤 했다. 그는 그를 거대한 인물로 평생 기억했다.

톨스토이는 디킨스의 눈으로 런던을 바라보았다. 디킨스는 세세한
면들을 관찰하고 중요한 것을 뽑아내는 법을 가르쳐 주었다. 디킨스는
우리에게 영국 가정에서 귀뚜라미 우는 소리나 찻주전자 끓이는 소리가
무슨 의미를 지니는지를 보여 주었다. 그리고 미코베르가 분위기에 따
라 찻잔의 설탕을 다르게 젓는 모습, 그리고 레몬을 씻는 미코베르의 습
관과 픽윅 씨의 각반 등에 대해서도 자세하게 보여준다.

우리는 그 당시 런던의 모습을 상상하기 쉽지 않다.

한가하고 분방하게 삶을 받아들였던 이반 곤차로프는 《전함 팔라
다》[182] 에서 19세기 중반의 런던을 이렇게 묘사하고 있다.

> 저녁나절 (…) 도착한 여행자의 눈에 펼쳐진, 가스 불꽃 속에 타오
> 르는 거대한 도시의 풍경을 (…) 난 잊을 수 없다. 증기기관차가 이
> 불꽃의 대양 속으로 뛰어들어 집들의 지붕을 따라, 우아한 심연 위
> 를 질주해간다. 거기엔 만화경처럼 화려한 불꽃과 색채로 넘쳐나는
> 거리 사이로 개미처럼 사람들이 움직이고 있다. [183]

도시는 노란 가스 불빛으로 빛나고 검은 심연처럼 보였을 것이다. 도
시는 조용했다. 곤차로프의 묘사는 이어진다.

> 말이나 바퀴 소리 같은 어쩔 수 없는 소리를 빼고는 거의 어떤 소리

---

182) 〔역주〕I. 곤차로프(1812~1891). 작가. 게으르기 짝이 없는 한 지주
　　를 풍자한 《오블로모프》로 유명함. 러시아 전함에 동승하여 전 세계를
　　항해했고 조선의 동해를 탐방하여 기록을 남기기도 했음.
183) I. 곤차로프, 《전함 팔라다》8권 선집, 제 2권, 국립문학출판사, M.,
　　1952, 45쪽.

도 들리지 않는다. 도시는 마치 살아 있는 생물체가 숨과 맥박을 자제하고 있는 것 같다. 쓸데없는 외침이나 불필요한 동작, 노랫소리나 뜀박질이 없는 것은 물론이고 심지어 아이들 장난치는 소리조차 거의 들리지 않았다. 모든 것은 잘 계산되고 조정되어 있었다. 마치 목소리나 몸짓에도, 창밖으로 나오는 소리나 바퀴 소리에 세금을 물리기라도 하는 것 같았다. 마차들은 빠른 속도로 달려갔지만 마부들은 고함을 지르지 않았다. 물론 행인들도 길을 막아서는 법이 결코 없었다 … 모두들 바삐 움직이며 뛰어다녔다. 태평하고 한가한 모습은 우리를 빼고는 아무도 없었다. 184)

노란 가스등 불빛의 도시, 낮에도 태양이 연기 필터를 통해 푸른 풀밭에 내려쬐는 도시, 나무숲으로 둘러싸인 가운데 반짝이는 템즈 강의 흙탕물, 디킨스는 바로 이 도시에 살고 있었다. 화려한 옷차림에 큰 목소리, 어둠 속에서 세세한 것들을 선명하게 묘사해내고 사람들 성격을 과장하여 표현하며 마구 웃고 우는 작가, 디킨스는 말없이 달려가는 이 도시의 목소리였다.

게르첸은 런던 교외의 푸트니라는 곳에 살고 있었다.

톨스토이는 자그마한 정원 한가운데 있는 2층집에 도착했다. 집 뒤편에는 겨우 눈에 보일만큼 희미하게 봄의 신록을 띤 나무들이 솟아 있었다. 3월이었다. 이제 빼곡하게 발아하기 시작한 초록색 잔디 사이의 돌 발판을 밟으며 톨스토이는 그 집으로 다가가 벨을 눌렀다. 문을 연 시종에게 명함을 건네주었다. 약간의 시간이 지난 뒤 빠른 발걸음 소리가 들려왔다. 계단을 따라 게르첸이 뛰어내려왔다. 그는 작은 키에 뚱뚱했지만 행동이 빠르고 활력에 넘쳤다.

게르첸은 평평한 모자를 손에 쥐고 방문객을 맞았다. 톨스토이는 유행하는 긴 외투와 새 실크 모자를 들고 있었다.

---

184) 위의 책, 53~54쪽.

그들은 함께 런던을 함께 거닐며 근처의 작은 술집을 찾기도 했다.

"나는 이제껏 그런 사람을 만나본 적이 없었다." 톨스토이는 게르첸에 대해 이렇게 회상한다. "오가료프도 다정하고 참 좋은 사람이지만 그에 비할 수조차 없다. 투르게네프 역시 다정하고 매력적인 사람이지만 게르첸은 그와 다른 또 다른 면이 있었다."

톨스토이는 게르첸에 대해 말하면서 한 달 반 동안 거의 매일 만나서 만남의 횟수가 45회나 된다고 회상하곤 했다. 그러나 톨스토이가 런던에 머물렀던 것은 16일이었다. 즉 이것은 50여년이 지나는 동안 톨스토이가 이 만남들을 거듭 생각하고 또 생각하면서 그 의미를 중요하게 간직하였고 그 과정에서 만남의 횟수가 자연스럽게 과장되게 각인되어 버린 것이라고 해석할 수 있을 것이다.

그는 게르첸의 다음과 같은 말도 그대로 기억하고 있었다.

> 만일 사람들이 세계를 구원하는 것이 아니라 자신을 구원하기를 원했다면, 인류를 해방시키는 것이 아니라 자신을 해방시키기를 원했다면, 그렇다면 사람들은 세계의 구원과 인류의 해방을 위해 더욱 많은 일을 해낼 수 있었을 것이다. [185]

사람들의 회상은 항상 일정한 양식을 가진다. 사람들이 회상하는 것은 무엇보다 자기 자신과 그에 관련된 것이다. 이를테면 게르첸의 딸들은 톨스토이에 대해 단지 그가 아버지와 닭싸움에 대해 이야기했고, 그리고 세바스토폴과 군가에 대한 어떤 대화가 오고갔다는 것만을 회상한다. [186]

---

185) A. 게르첸, 30권 전집, 제6권, 119쪽.
186) 게르첸은 톨스토이에 대해 P. 비류코프에게 이야기했다(비류코프가 이에 대해 톨스토이에게 알려준 1904년 4월 9일 편지가 톨스토이 박물관에 보존되어 있다).

  게르첸은 오래 전부터 톨스토이를 알고 있었다. 톨스토이는 첫 번째 외국 여행길에 이미 그를 찾아갈 생각이 있었다. 투르게네프는 파리에서 1857년 2월 16일에 게르첸에게 이렇게 편지를 보냈다. "톨스토이도 영국에 갈 것입니다. 당신도 그를 좋아하게 될 겁니다. 그도 당신을 좋아하게 될 거구요."

  톨스토이가 보기에 게르첸은 늙었지만 아주 정력적이었고 자기 나름의 생각을 가진 사람이었다. 반면 톨스토이는 게르첸에게 매우 공격적인 사람으로 비쳤다. 그들은 서로를 인정하고 이해했으며 존중했지만 서로 영원히 기억하되 타협하지는 않았다.

  그러나 톨스토이는 정신적인 강박 상태에 있었던 오가료프보다는 게르첸에게 더 가까웠고 배울 점도 더 많다고 생각했다. 오가료프와 톨스토이는 함께 잘 아는 사람이 있었는데 페테르부르그의 루돌프 키제베터라는 음악가였다. 톨스토이는 이 사람을 1849년에 야스나야 폴랴나에 초대한 적도 있었다. 루돌프가 톨스토이 외조부의 옛날 밴드를 불러 모아서 당시의 새로운 음악을 가르쳐주었던 점을 상기하자.

  오가료프는 톨스토이에게 헌정한 《루돌프의 현무암》을 쓰며 루돌프에 대한 회상을 남기고 있다.

  음악가 루돌프(톨스토이의 단편에서는 알버트라는 이름으로 그려진다)와 뤼체른에서 영국 관광객들의 웃음거리가 되었던 티롤[187]의 무명가수는 톨스토이 자신의 삶의 한 측면을 보여 주는 것 같은 인물들이다. 그래서 톨스토이는 그들을 아주 열정적으로 대했고 단편 《알버트》(처음에 이 작품은 《상처 입은 자》로 명명되었다.) 집필에 많은 시간을 들였던 것이다. 톨스토이에게 예술에 적대적인 자본주의 사회 속에서 이들의 운명은 공통적이다. 즉 그런 사회에서 인간의 재능은 질식하고 만다는 것이다.

---

187) 〔역주〕오스트리아 서부와 이탈리아 북부의 알프스 산맥 지방.

시대는 점점 더 야수처럼 변해가고 예술가는 변절하거나 파멸의 길을 걸을 수밖에 없다.

톨스토이는 예술가를 옹호하였다. 헛소리를 하며 죽어 가는 알버트는 예술가의 명예와 의의, 존엄한 권리에 대한 논쟁을 듣게 된다.

이후 곧 톨스토이는 이 주제에서 벗어난다. 세계와 예술가의 불화는 '예술을 위한 예술'의 논지로 이어졌기 때문이다. 하지만 톨스토이는, 예술가는 세계가 자신의 예술을 받아들이지 않음으로써 세계로부터 행복하게 고립될 수 있다고 말하는 그런 류의 결론을 받아들일 수 없었다.

톨스토이는 예술과 세계의 관계를 중시했다.

톨스토이가 추구한 보다 넓은 주제, 그의 천재성의 새로운 단계는 사회가 예술가뿐만 아니라 인간성 자체와 모순을 일으키고 있다는 것을 파헤치는 것이었다.

톨스토이는 이 점을 첫 외국여행에서 돌아와서 러시아의 고통스런 상태를 목격했을 때 이미 느끼고 있었다. 톨스토이는 숙모에게 보내는 편지에서 러시아의 고통을 '사람과 짐승의 고통'이라고 슬프게 말했다. 바로 인간성의 상실을 목도한 것이다. 그런데도 이제 사람들은, 저 다양한 사람들은 무엇에 대해 말을 하고 있단 말인가?

톨스토이는 농노해방령이 선포되는 바로 그날 런던을 출발했다. 그는 브뤼셀에서 잠시 지체하며 게르첸에게서 무엇인가가 동봉된 편지가 오기를 기다렸다. 게르첸의 권유로 프루동을 방문하기로 했던 것이다.

프루동은 당시 《전쟁의 권리에 대하여》를 집필하고 있었다. 그러나 이것이 톨스토이의 《전쟁과 평화》의 창작 동기가 되었다고 생각할 수는 없다. 게르첸은 《전쟁과 평화》라는 방대한 논문을 쓴 바 있었는데, 그것은 마침 톨스토이가 게르첸과 런던을 거닐고 있던 바로 그때 재출판되었다. 이 논문은 황제의 전제주의와 미래의 전쟁에 대해, 그리고 이른바 영도자들과 민중에 대해, 그리고 역사를 규정하는 공통된 의식에 대해 논하고 있었다. 바로 말하자면 게르첸의 이런 사상이 톨스토이의 《전쟁과 평화》의 집필 동기나 원천이었다고 말할 수 있다.

톨스토이가 브뤼셀에서 보낸 편지에서 우리는 그가 게르첸과 무슨 이야기를 나누었는지 알 수 있다. 톨스토이는 게르첸과 함께 러시아와 그 미래에 대해, 데카브리스트 정신에 대해 함께 논의했다. 그들은 신앙에 대해, 미래의 사회구조에 대해, 그리고 게르첸의 논문 《로버트 오웬》에 대해 서로의 견해를 나누었다. 《로버트 오웬》에 대해 톨스토이는 자신의 생각과 "아하! 너무나, 너무나 가깝다"고 말했다. 브뤼셀에서 게르첸에게 보낸 편지를 보자.

사실, 그럼에도 불구하고, 당신의 생각은 토성에서 지구로 날아온 사람이나 아니면 러시아인에게나 가능할 것입니다. 많은 사람들이, 러시아인의 99퍼센트가 귀하의 사상이 너무나 두려운 것이어서 믿을 수가 없을 것입니다(하지만 당신의 논문의 어조는 너무나 밝아서 그들에게 몹시 편안함을 느끼게 해 줄 것이라는 점은 말씀드려야겠습니다. 당신은 아주 지혜로운 사람이나 용감한 사람들에게만 관심을 가진 듯합니다). 하지만 지혜롭지도 용감하지도 못한 사람들은 그런 결론들에 봉착하게 될 때, 즉 다시 말씀드리자면, 길이 잘못되었다는 것을 보여주는 그런 결론에 도달하게 되면 차라리 침묵하는 것이 최선이라고 말할 것입니다. 그리고 당신은 사람들이 그런 말을 하도록 초래한 책임이 없지 않습니다. 즉 당신은 우상이 무너진 자리에 삶을, 방종을, 삶의 무늬를 ─ 당신이 말한 대로 ─ 세웠지요. 불멸이라는 거대한 희망의 자리에, 그리고 영원한 완성이나 역사적 법칙들이 있어야할 자리에 이러한 무늬는 아무것도 아닙니다. 거대 신의 자리에 단추 하나를 대신 가져다 놓은 것이지요. 사람들에게 그런 권리를 부여하지 말았어야 합니다. 아무것도 남은 것이 없지요. 거대 신을 무너뜨리는 그런 힘을 제외하고는 아무것도 없습니다.

게다가 겁 많은 이 사람들은 발밑의 얼음이 금이 가고 깨지고 있다는 것을 이해할 수 없습니다. 인간은 어쩔 수 없이 걸어가야 하고 얼음 속에 빠지지 않기 위해서는 멈추지 않고 걸어갈 수밖에 없다는 것을 모릅니다.

당신은 제가 러시아를 모른다고 말씀하셨지요. 아닙니다, 저도 제 나름대로 러시아를 알고 있습니다. 제 주관이라는 프리즘을 통해서 보고 있지요. 당신은 역사의 비눗방울이 터졌다고 생각하시겠지만, 저로서는 바로 그것은 우리가 우리들 자신도 보지 못하는 새로운 비눗방울을 불고 있다는 뜻일 뿐입니다. 그리고 이 새 비눗방울이 저에겐 러시아에 대한 견고하고 명료한 지식입니다. 그것은 어쩌면 25년에 르일레예프[188]가 가지고 있던 러시아에 대한 지식과도 같이 명료한 것입니다. 우리, 실용적인 사람들은 그것 없이는 살 수가 없는 것이지요.

농노해방령은 마음에 드셨습니까? 나는 오늘 그걸 러시아어로 읽었는데 그것이 누구를 위해 만들어진 것인지 이해하지 못하고 있습니다. 농민들은 한 마디도 이해하지 못할 것이고 우리는 한 마디도 믿지 못할 것입니다. 저는 또 민중에게 대단한 시혜라도 베푸는 듯한 농노해방령의 어조가 마음에 들지 않습니다. 조금이라도 배운 농노라면 거기에 담긴 것은 약속 외에는 아무 것도 없다는 것을 알 겁니다.

우리의 공동의 관심사 외에 제가 〈북극성〉지에 실린 데카브리스트에 대한 정보에 얼마나 관심이 있는지 모르실 겁니다. 저는 네 달 전부터 귀환한 데카브리스트를 주인공으로 하는 소설을 구상하고 있습니다. 저는 당신과 이 점에 대해 얘기를 나누고 싶었지만 하지 못했지요. 제 주인공으로 설정된 데카브리스트는 열정적인 사람이고 신비주의자이며 그리스도교도인데 56년에 러시아로 돌아오게 됩니다. 아내와 아들, 딸과 함께 말이죠. 그는 자신의 엄격하고 다소 이상적인 견해를 새로운 러시아에 적용해 보려고 합니다. 이

---

188) 〔역주〕 K. 르일레예프(1795~1926). 데카브리스트 시인. 베스투제프와 함께 〈북극성〉 창간. 데카브리스트 봉기의 이념적 지도자였고 봉기에 대한 책임으로 처형됨.

런 주제가 말이 좀 되기라도 하는 것인지, 시의성이 있는지 당신의 견해를 듣고 싶습니다. 첫 부분을 투르게네프에게 읽어 주었더니 마음에 들어 하긴 했습니다. [189]

이 작품의 주인공 표트르와 아내 나타샤는 크림전쟁 후 시베리아에서 돌아오지만 여러 가지 점에서 실망을 금치 못한다. 데카브리스트 정신, 귀족 혁명사상, 고귀한 헌신성 등은 이제 자유주의자들과 조우하게 된 것이다.

톨스토이는 민중과 괴리되었던 데카브리스트들을 어떻게 하면 민중과 결합시킬 수 있을까를 평생 고뇌했다. 귀족 혁명가, 혹은 선량한 귀족이 농민들 속에서 함께 살아가고 끝내는 상호 이해에 도달하게 된다는 주제를 탐구했던 것이다.

톨스토이는 그 방법 외에 다른 것은 몰랐다. 그는 다시 야스나야 폴랴나로 돌아와 농민 아이들을 돌보고 가르치고자 했다. 무르지크도 가르치고 모로조프도 가르쳐야 했던 것이다. 톨스토이는 수십, 수천 명의 운명을 바꿈으로써 세계를 바꾸려고 했다.

톨스토이는 삶을 개조할 것을 제안했다. 《민중교육의 의미에 대해》라는 논문 초고에서 그는 이렇게 말한다. "바늘귀에 실을 꿰려면 있는 실이 뭉툭할수록 들어가지 않는다. 실을 잘 꿰기 위해서는 실 끝을 가지런히 가늘게 꼬아야만 되는 법이다."(8, 405)

톨스토이는 프루동에 대해서도 이렇게 말한다.

"멀리서 관찰한 바로는 러시아 사회는 이제 민중교육이 없이는 그 어떤 국가 체제도 견고하게 유지될 수 없다는 생각입니다." 프루동은 벌떡 일어나서 방안을 거닐었다. 그리고 뭔가 부럽기라도 하다는 듯이 내게 말했다. "만일 그것이 사실이라면, 당신들 러시아인

---

189) 1861년 3월 14(26)일 편지(60, 373~375).

들에게는 미래가 있다는 것을 뜻합니다."(8, 405)

러시아인들이 실을 가지런히 가늘게 꼬아서 바늘귀에 완전히 꿸 수 있다면 러시아에 미래가 있는 것이다. 한 사람의 운명이 아니라 모든 사람들의 운명을, 사회 전체를 가지런히 해서 바늘귀에 꿰어낼 수 있다면 세계를 새롭게 바느질할 수도 있는 것이다.

게르첸은 소설의 주제에 대해 무언가 충고해 주었을 것이다. 우리는 게르첸과 톨스토이가 이 시기에 러시아 대학과 젊은이들에 대해 토론했을 것이라고 생각할 수 있다. 불안한 시대였다. 정부는 학생들을 두려워해서 대학 입학금 제도와 시험성적에 따른 성적부 제도를 도입하였다. 학생들은 성적부 도입을 반대하고 그것을 찢어 버렸다. 학생 '소요'가 일었다. '푸른 학생모자'들이 들고 일어난 것이다. 페테르부르그와 지방에서 소요가 계속되었고 모스크바에서만 다소 덜했다.

게르첸은 〈종〉지에 실린 《지방의 대학들》이라는 논문에서 이렇게 말한다. "젊은이들이 스스로 깨우치고 스스로 학습하도록 하라. 그 외의 쓸데없는 학습에 대해서는 '감사해하지 않을 위대한 권리'를 가지고 있다. 그들은 페테르부르그 시에 감사해할 이유가 아무 것도 없다. 그들은 자신과 젊은 과학 노동자들에게 빚지고 있을 뿐이다. 젊은이들은 먼지를 털고 일어나 우리의 우정 어린 충고를 받아들이기를 바란다. 어떤 장애물도 넘어서 앞으로 전진하기 위해!"

그리고 게르첸은 단서를 단다. "한 가지 지방 대학의 젊은 학생들에게 권고하고자 한다. 모두들 자신의 지역에, 고향에 남아 있어야 한다는 것이다. 졸업하자마자 페테르부르그나 모스크바로 떠나지 말라는 것이다. 어쩌면 그것은 자신에게 이익이 되지 않을 것이다. 그러나 지금 문제는 각 가정의 경제적 이익의 문제가 아니다."190)

---

190) A. 게르첸, 30권 전집, 제 15권, 24쪽.

군대와 경찰이 동요하는 학생들을 포위하고 있지만 학생들은 체포된 학생들과 함께 하기를 원했고 기꺼이 그들과 같은 길을 가고자 했다.

바로 이런 시기에 톨스토이는 런던에서 귀국했다. 그리고 그는 학생 성적부를 거부했다는 이유로 대학에서 쫓겨난 모스크바의 학생들을 야스나야 폴랴나의 교사로 초빙하였다.

야스나야 폴랴나의 학교

톨스토이가 학교일을 처음 시작한 것은 1849년이었다. 《민중학교 개설을 위한 일반 계획안》이라는 논문에서 그가 그렇게 밝히고 있다. 그가 만든 학교는 전혀 공식적인 틀을 갖춘 학교가 아니라 한 젊은 지주가 자기 농노들의 자식들과 함께 공부하는 정도를 의미했다. 이 일을 도와준 것은 톨스토이의 늙은 하인 포카였다.

그러다가 톨스토이는 카프카스로 떠났다가, 다시 세바스토폴 전투에 참여했고, 또 그 뒤에는 페테르부르그에 머물렀다. 그리고 또 외국여행을 했다.

톨스토이는 새로운 교육체계에 대해 꿈을 꾸면서 루소가 살던 곳을 방문했다. 이 여행이 끝날 무렵에 톨스토이는 민중교육에 대해 다시 생각하기 시작한다. 이런 생각들이 미래의 러시아 정치체제에 대한 것들과 더불어 일기와 비망록에 반복해서 등장한다. 또한 털어 버릴 수 없었던 주제들, 즉 《카자크 사람들》, 《카프카스 이야기》와 마리야나, 키르카(나중에 루카시카가 되는) 등에 대한 주제도 끊임없이 함께 따라다녔다. 몇 가지 예를 보자.

1857년 7월 23일(신력) 톨스토이는 슈트트가르트에서 박물관을 방문하고 돌아와 잠자리에 들면서 두 권의 책에 대해 생각한다. 《카자크 사람들》과 이와 관련된 두 번째 구상으로 《사냥터》(그러나 이 작품은 미처 실현되지 못했다)에 대해서였다. "책을 읽으면서 좋은 생각이 떠오른다. 전혀 다른 카자크인, 성서의 전설에 나옴직한 야성적이고 신선한 인물, 그리고 사냥터, 아주 활기찬 웃음과 아주 뚜렷한 인물들."

인용을 계속하기 전에 몇 가지 언급해 둘 것이 있다. 이 당시 《카자크 사람들》은 고고한 서정적 테마로 구상되었다가 나중에는 《일리아드》와 성서 이야기와 연결된다. 반면 《사냥터》는 세태적인 테마로서 이를테면 디킨스적인 작품이었다.

계속 톨스토이의 말을 따라가 보자. "오른쪽으로 기울어진 멋들어진 초승달을 보았다. 아주 중요한, 강하고 또렷한 생각이 머릿속에 떠올랐다. 고향 마을에 학교를 세우고 이 일에 전념하는 것. 가장 중요한 것은 영원한 활동."

이제 그의 비망록을 살펴보자. 7월 20일 톨스토이는 《신 엘로이즈》를 다 읽고 나서 — 분명히 그것을 다 읽은 것은 처음이 아니었다 — 《사냥터》에 대해 언급한 뒤에 남긴 기록이다. 이것은 슈투트가르트에서 작성된 것으로 《카자크 사람들》에 대해서, "그는 부끄러울 것이 없다, 아니 야성적이다"라는 일기 기록과 시간적으로 일치한다. "사회주의는 선명하고 논리적이다. 한때 증기기관이 그랬듯이 불가능해 보인다. 그러나 장애물을 만나면 힘을 더 가해야만 한다. 뒤로 가는 법이란 없다."

학교에 대한 생각은 카자크 공동체에서 살면서 그 사회를 개조하려는 생각을 가진 젊은이에 대한 소설 구상과 같은 범주에서 발생했다.

학교를 개설하는 것은 별로 힘든 일이 아니었고 금지된 일도 아니었다. 선량한 지주들이, 특히 여지주들이 농촌의 아이들에게 글을 가르치는 일은 종종 있는 일이었다. 그러나 톨스토이에게는 평범한 일이 아니었다. 톨스토이에게 그것은 자신의 현재와 미래의 가장 중요하고 가장 근본적인 문제들을 품고 있는 것이었다.

톨스토이는 자신의 주인공들에 대해, 마리야나의 얼굴색과 눈빛에 대해 생각하며 동시에 학교에 대해 생각하고 있었다. 그는 예술의 문제에 대해, 고전 유럽의 모든 유산과 러시아의 관계에 대해 생각하면서, 동시에 학교에 대해 생각하고 있었다.

그는 평범하지 않은 것을 평범한 것으로 풀어내고 있었다.

톨스토이의 삶은 똑똑하고 아주 높은 교육을 받은 자유주의자 친구들의 눈에는 너무 단순해 보였다. 그리고 톨스토이 자신도 자신의 삶을 아주 단순하게 말하곤 했다.

1860년 2월 그는 시인 페트에게 야스나야 폴랴나 근처의 작은 영지를 구매하여 시골에 살기를 권했다. 동시에 그는 투르게네프의 《전날 밤》을 읽었다며 이렇게 말한다. "내 의견은 이렇습니다. 소설을 쓴다는 것은 대체로 허망한 짓입니다. 특히 인생을 우울하게 사는 사람들이나 인생에서 무엇을 기대해야 하는지 잘 모르는 사람들에겐 더욱 그렇습니다."

그리고 문학에 대한 긴 이야기가 ─ 여기에 다 인용할 수는 없지만 ─ 이어진다. 그러나 톨스토이 스스로 결론을 도출해내고 있다. "이제 다른 것이 필요합니다. 우리가 배워야 하는 것이 아니라 우리가 알고 있는 것을 조금이라도 마르푸트카와 타라스카가 배우도록 해야 한다는 것입니다."

일주일 뒤 톨스토이는 대단히 학식이 높았던 B. 치체린으로부터 편지를 받았다. 학문의 대가가 젊은이에게 혼자 집에서 칩거하지 말고 학문을 탐구하고 고전으로부터 배울 것을 충고하는 편지였다. 톨스토이는 답장을 보냈는데 자신을 매우 우호적으로 생각하는 사람과의 관계를 불사르기에 충분한 것이었다.

만일 당신의 편지가 내게 답장하도록 자극하려는 것이었다면 그것은 성공적이었습니다. 나는 심지어 당신의 편지에 분노하기까지 했습니다. 당신은 친절하지만 함부로 제게 충고하셨지요. 예술가는 어떻게 발전해야 하는가, 이탈리아는 얼마나 좋은 본보기인가, 그 기념비들이며 하늘이며 등등, 모두 진부한 말들이지요. 시골에서 헐렁한 실내 옷이나 입고 빈둥거리는 것이 얼마나 해로운가, 어서 결혼하고 보기 좋은 소설들을 써야 한다 등등. 당신의 활동이 내게 얼마나 비소하고 위선적인 것인가에 대해 저는 충고하고 싶지 않습니다. 나는 인간이 (즉 자유롭게 살아가는 존재가) 모든 사물에서, 모든 생각에서, 그 누구에게도 보이지 않는 자신만의 독특한 것을 볼 수 있다고 믿습니다. 바로 이것이야말로 인간을 어떤 일에 대해 희생적으로 헌신하도록 만드는 것이라고 생각합니다. (60, 327)

편지 전체를 다 여기에 옮겨놓을 수 없음이 안타깝다. 전체적으로 톨스토이는 행복이란, 고통으로 여겨지는 것, 즉 노동과 일을 삶의 유일한 본질이라고 느끼게 될 때 얻어지는 것이라고 말하고 있다. 편지는 이렇게 끝맺는다. "내가 대체 무엇을 하고 있느냐고 물으셨지요? 특별히 별다른 것은 아무 것도 없습니다. 나는 숨 쉬는 것과 같이 내게 자연스럽게 여겨지는 것을 하고 있을 뿐이지요. 그리고 고백하건대, 당신과 같은 사람들에 대해 범죄적일 정도의 당당함을 느끼게 되는 그런 수준의 일을 하고 있습니다." 그리고 마지막 문구에는 야스나야 폴랴나의 풍경에 대한 언급과 약간의 애정이 담겨 있다. "나의 숙모는 끔찍하게 당신을 좋아합니다. 니콜라이 형도 곰 사냥을 하러 떠났지요. 그럼, 안녕히 계십시오. 조속한 답변을 기다리며."

톨스토이는 독자적이고 급진적인 생각들을 가지고 외국으로부터 돌아왔다. 그는 민중의 삶과 자신의 삶을 개조하고 싶었다. 그는 그것을 실질적인 일과 설교를 통해 실현하려고 했다. 톨스토이가 생각한 해법의 토대에는 당시 점차 러시아를 장악해가고 있던 그런 사회구조에 대한 완벽한 거부가 담겨 있었다. 그는 부르주아적 진보라는 개념을 거부했고 그것도 철저하고 일관되게 거부했다.

1862년 저명한 교육학자인 마르코프[191]에 대한 답으로 톨스토이는

---

191) 〔역주〕 툴라의 학교 교사. 톨스토이 학교의 교사도 역임한 바 있음.

《교육의 정의와 진보》라는 글을 발표한다. 논쟁을 벌이려는 마음으로 톨스토이는 마르코프가 서구를 토대로 한 분석을 거부한다. "사실을 말하자면 나는 유럽에 관한 것은 건드리고 싶지 않다. 내가 잘 알고 있는 러시아에 관해 말하고 싶다."(8, 337) 그는 자신이 귀족과 상인 계층, 관료의 진보를 믿고 있다고 확언한다. 그가 보기에 진보주의자란 독점 판매권을 지닌 상인, 귀족-작가, 대학생, 임명되지 못한 관리와 고용되지 못한 수공업 노동자들이었다. 농민과 지주, 보직을 받은 관리들과 고용된 수공업 노동자들은 진보주의자가 아니었다. 톨스토이는 자신은 고용된 사람이라면서 진보주의자가 아니라고 말했다. 그는 전신전화에도 반대했고 출판업에 대해서도 반대했다. 비록 학교에서 글을 가르쳤지만 그는 읽고 쓰는 능력이 결국은 사람들을 타락시킬 것이라는 달리[192]의 말에 깊이 공감하며 인용한다. 그는 읽고 쓰는 능력이 예외적인 능력이기 때문에 해롭다거나, 이에 따라 그 능력이 보편화되면 그 해독이 사라질 것이라는 입장에도 반대했다. "이런 가정은 아주 날카로운 것이기는 하지만 가정에 불과할 뿐이다."(8, 341)

《교육의 정의와 진보》라는 이 논문은 일차적으로, 일반적인 자유주의적 입장에서 진보에 대한 믿음과 인류의 전성기가 도래했다는 믿음을 가지고 톨스토이에 대해 반대를 표명한 마르코프라는 교육학자에 대한 답변이다. 그러나 톨스토이는 이 논문에서 보다 광범위한 문제들을 제기하고 있다.

톨스토이는 논쟁을 전개하면서 영국 역사학자인 매컬리[193]의 《영국사》를 끌어들인다. 이 책은 당시 서구문명의 개화에 빠져있었던 러시아의 보수주의적 자유주의 지식인들 사이에서 대단한 인기를 누리던 것이

---

192) V. 달리, 편집자 A. 코쉘레프에게 보내는 편지, (〈러시아의 대화〉, 1856, 제 3호).

193) 〔역주〕 T. 매컬리(1800~1859). 영국 휘그당 정치가, 역사가. 저명한 《영국사》(5권. 1849~1861)는 보수적인 정치적 해석을 보여준다.

었다.

톨스토이는 《영국사》의 1부 3장의 내용을 정확하지만 일방적인 측면
만 요약한다. "의미 있는 사실들은 다음과 같다. ① 인구 증가. 맬서스
이론이 필요할 만큼. ② 군대는 없었다. 지금은 거대한 군대. 함대도 마
찬가지. ③ 소지주 감소. ④ 도시인구 대폭 감소. ⑤ 산림면적 감소. ⑥
임금 2배 증대. 물가 상승. 편의시설 감소. ⑦ 빈곤층 지원 10배 증대.
신문 발행 증가. 길거리 정화. 아동 및 여성 구타 감소. 귀부인의 철자
법 오류 감소."(8, 335~336)

톨스토이는 영국 귀부인들의 글쓰기 능력에 대해서는 별 관심이 없었
고 툴라 현 야스나야 폴랴나 농민의 입장에서 매컬리에 대해 응답하고
있다.

톨스토이는 전신전화라는 발명품에도 별 관심이 없었다. 그것은 교
육받은 계층에게만 유용하다고 생각했다. 민중들은 전선줄이 윙윙거리
는 소리를 들을 뿐이며 전신전화 시설을 훼손하는 것을 금하는 부당할
정도로 엄격한 법률에 겁을 낼 뿐이다. 전신줄을 타고 오는 전보래야,
"여기, 플로렌스에 있으면서 다행히 신경쇠약이 많이 나아졌음. 사랑하
는 당신께 지급으로 4만 프랑을 보내주시기 바람"(8, 338) 따위의 내용
이 오고갈 뿐이다.

그리고 더욱 심한 반대논리가 펼쳐진다.

톨스토이는 한때 농민들이 자유로울 권리를 가지고 있지만 여전히 토
지는 자신에게 속한 것이라고 생각했다. 그러나 이 귀족다운 견해가 과
거의 것이 된 지금 톨스토이는 이렇게 말한다.

> 나는 묻고 싶다. 농노해방의 과정이 왜 2월 19일 법령에서 멈춰 있
> 는가? 그 법령은 농민들에게서 목장과 교외지, 산림의 이용권을 박
> 탈하고, 충분히 수행할 여력이 없는 새로운 의무들을 부과하였기
> 때문에 과연 그것이 농민들의 생활을 향상시킬지 악화시킬지 아직

382

알 수 없는 상태다. 나는 또한 묻고 싶다. 왜 도서출판의 진보가 2월 19일의 법령에 멈춰 있는가? 누구나 알다시피 도시주민들에게도 토지의 균등분여는 의심의 여지없이 좋은 일이다. 그런데 왜 미친 사람 취급을 당하는 몇몇 사람들을 제외하고 그 누구도 그와 같은 토지분할에 대해 공개적으로 말하지 않는가? (8, 341~342)

톨스토이는 철도에 대해서도, 공장에 대해서도 반대였다. 그는 철저히 가부장적 농민사회의 관점에 서 있었다.

나는 민중의 편에 서야 한다. 그 근거는, 첫째, 민중이 사회보다 더 크고, 따라서 진실의 더 큰 몫이 민중의 편에 있다고 보아야 하기 때문이다. 둘째, 중요한 것은 민중이 진보주의자들의 사회 없이도 살아갈 수 있고 자신들의 인간적 필요를 만족시킬 수 있다는 것, 즉 노동하고 즐거워하고 사랑하고 생각하고 예술작품을 창조해나갈 수 있다는 것이다(일리아드, 러시아 노래들). 그러나 진보주의자들은 민중 없이는 존재할 수조차 없다. (8, 346)

톨스토이의 비판은 진지하고 근본적인 것이었다. 그러나 톨스토이가 도시는 유한계급의 집합일 뿐이라고 생각하는 것은 그의 논리의 약점이다. 그는 가정 단위의 노동을 통해 모든 생활의 필요를 충족시킬 수 있는 농촌의 결합을 유토피아적인 세계로 고집하고 있다. 하지만 톨스토이의 이러한 이상은 이미 150년도 더 이전의 농민사회의 모습이라고 말할 수 있다.

그러나 농민들이 지불해야 하는 토지 구매대금과 분여지 문제, 가축 방목장 이용금지 등은 아주 예민한 문제였다. 헌병대는 이 문제를 놓치지 않고 야스나야 폴랴나를 급습하였다. 하지만 그들은 두 가지 점에서 실수를 했다. 첫째, 그들은 무슨 선언문 같은 것을 찾으려고 했지만 톨스토이의 생각들은 선언문에 담긴 것이 아니라 교육이라는 명분으로 출판된 정치논문들이었다. 둘째, 그들은 사상을 체포하고 싶었지만 사상은 체포될 수 없는 것이었다.

수색하는 사람들은 철도를 이용해 반입된 선언문 같은 것을 찾았다. 그러나 톨스토이의 생각들은 어떤 선언문 같은 것에서 얻어진 것이 아니고 그 어디에서도 차용해온 것이 아니다. 철도 부설에 톨스토이가 반대했던 이유는 농민들이 어디든 급히 가야할 곳이 없다는 것, 산림을 훼손시킨다는 것, 일할 사람들을 빼앗아간다는 것, 말 사육장을 망칠 것이라는 것 등이었다.

톨스토이는 일관되게 가부장적 농민계층의 견해를 지지했다. 그는 자신의 입장이 가장 견고하고 자연스러운 것이라고 믿었다. 그는 그 어떤 변화도 바라지 않았고 원하는 사람이 없다면 변화는 일어나지 않을 것이라고 생각했다. 톨스토이의 이상은 시대에 뒤떨어진 것이었지만 그의 세계는 불변하는 것으로 여겨졌다. 의식적으로 삶을 변화시키고자 하는 것은 해로운 일이다. 인류의 자연스러운 상태는 영원한 것이기 때문이다.

그렇다면 톨스토이는 무엇을 가장 중요하다고 생각하고, 무엇을 하고자 하는 것인가?

그는 낡아서 허물어져가는 큰 집 곁채에 학교를 열었다. 주변 농촌의 아이들이 이 학교를 다니기 시작했다. 톨스토이는 11명의 대학생 교사를 고용했다. 이 시기에 그는 농민과 지주 사이의 분쟁 조정자로 선출되었다. 그의 노력에 의해 지역 여러 곳에 학교가 세워졌지만 그에게 가장 중요한 것은 야스나야 폴랴나의 학교였다. 그는 이 학교에 대한 기록문을 쓰는데 그 제목들은 꼭 세바스토폴 이야기의 속편들처럼 보였다. 사실 이 기록문은 신성한 농촌의 이름으로 허구적인 진보에 — 그의 견해에 따르면 — 맞선 전쟁기라고 말해도 과언이 아니다. 이 기록들은 《11월과 12월의 야스나야 폴랴나 학교》로 불린다.

세바스토폴 이야기도 이렇게 월과 지역명이 붙어 있었다. 톨스토이가 굳이 이렇게 교육에 관련된 글의 제목을 전쟁소설들과 비슷하게 붙인 것은 이 분야에의 전투가 가장 중요한 것임을 강조하기 위함이었다.

학교에 대한 기록은 아주 짧지만 정확한 풍경묘사로 시작된다.

> 현관 처마 밑에 조그만 종이 걸려 있고 종의 방울에 줄이 이어져 있다. 현관으로 들어와서 아래층에는 평행봉과 철봉이 세워져 있고 위층에는 작업대가 설치되어 있다. 계단과 현관은 눈과 진흙이 가득하다. 거기에 시간표도 붙어 있다. (8, 30)

분명히 학교에 대한 그 어떤 묘사에서도 더럽혀진 계단을 자랑하는 경우는 없을 것이다. 하지만 톨스토이에게 그것은 학교가 공식적이지 않다는 것, 벌을 주지 않는다는 것을 강조하는 것이었다.

> 농촌에서는 아직 어두울 때 사람들이 일어난다. 그리고 그보다 훨씬 더 일찍 학교의 창문에 불이 켜지고, 학교 종소리가 울린 뒤 30분 뒤면 안개 속에, 혹은 빗속을 뚫고, 혹은 가을아침의 비스듬한 햇살을 받으며 어둑어둑한 얼굴들이 하나둘씩 언덕바지를 넘어 학교에 나타난다(마을과 학교 사이에는 작은 골짜기가 하나 있다). (8, 43)

아이들은 스스로 학교에 와서 스스로 공부하고 스스로 주제를 선택한다. 톨스토이는 학생들의 모습을 묘사하고 그들이 싸우는 모습도 그려낸다. 톨스토이 생각에 따르면 아이들의 싸움 속에는 정의의 개념이 담겨 있다.

학교 수업에 대한 묘사는 항상 예술적인 기록작품으로 발전한다. 처음에는 예비적인 풍경묘사를 하다가 이윽고 풍경 자체가 묘사의 대상이 된다. 이를테면 고골의 《비이》194)를 교실에서 학생들이 읽는 모습을

---

194) 〔역주〕 마녀와 땅의 요괴가 등장하는 그로테스크 소설. '비이'는 민중

보자. "마지막 장면이 아이들의 상상력을 아주 강하게 자극하자 모두들 전율을 금치 못했다. 몇몇 아이들은 마법사의 표정을 지어 보였다."(8권, 44) 무시무시한 이야기를 들은 후 아이들은 선생님과 함께 숲으로 갔다. 그들 중에 열 살 먹은 페디카라는 "아주 순하고 감수성이 풍부하며 시적이고 용감한"(8, 45) 아이였다. 이런 묘사 속에서 톨스토이는 제2의 어린 시절을 체험하고 있었다.

숲으로 간 아이들은 숲 속으로 들어가려 하지 않았다. 너무 무서웠고 마을의 불빛도 벌써 보이지 않을 만큼 멀리 나왔기 때문이다. 톨스토이는 아이들에게 아브렉이라는 용맹한 카프카스의 용사들과 카자크 용사들, 하지 무라트에 대해 이야기해 주었다. 아이들은 그의 주변에 몰려들어 손을 꼭 잡았다. 야스나야 폴랴나 학교에서 톨스토이는 1812년의 전쟁에 대해서도 자세하게 이야기해 주어 아이들을 흥분시키기도 했다. 이 당시 그가 이야기해 주었던 하지 무라트라는 인물은 40여 년이 흐른 뒤에 《하지 무라트》라는 중편소설로 형상화된다.

이런 이야기들을 통해 톨스토이는 진정 예술에서 필요한 것과 버려야 할 것 등을 생각하면서 스스로 학습해 갔다. 그는 아이들에게 스스로 이야기를 써보도록 권하기도 했다. 페디카와 셈카라는 학생은 '마음에는 칼을 품고 겉으로는 미소를 짓는다'는 속담을 주제로 단편을 쓰기도 했다. 단편의 주제로 속담을 선택하는 것은 이전 학교에서 오래 전부터 사용하던 기법이었다. 톨스토이가 묘사하는 두 아이 중 셈카는 합리주의자로 사실에 대해 충실하고자 하며 이야기를 명쾌하게 보여 주고자 했다. 페디카는 자신이 분명하게 본 것을 세부묘사로 그려낼 줄 아는 순수한 예술가였다. 톨스토이는 《누가 누구에게서 글쓰기를 배우는가, 농민 아이들이 우리에게서 인가, 아니면 우리가 농민 아이들에게서 인가?》라는 기록문에서 이런 사실들을 이야기한다.

의 상상력이 낳은 땅 속의 괴물.

페디카는 예가 될 만한 이야깃거리를 금세 골라내곤 했다. 이를테면 '티모페이 아저씨 집으로 거지를 초청한 한 농민'과 같은 것이다. 셈카는 이야기를 정확한 세부묘사로 채우려고 애를 썼다. 톨스토이는 이렇게 언급한다. "유일한 결점이라면 그런 세부묘사가 작품의 전체적 분위기와 관계없이 오직 눈앞에 보이는 것에만 머물러 있다는 점이다."(8, 304) 셈카는 이를테면 자연주의자, 하지만 아주 높은 수준의 자연주의자였던 셈이다. 페디카는 주인공 성격의 특징을 묘사하는 그런 세부묘사만을 취했다. 그가 찢어진 외투나 셔츠를 묘사하는 경우는 "눈에 젖은 허름한 노인"을 묘사하는 때였을 뿐이다. 페디카는 마치 엄격한 작가처럼 자기 글의 단어를 교정하는 걸 허락하지 않을 만큼 철저하게 자신의 글을 다루었다. 페디카는 아주 우연히 지나치는 경우에도 아주 예민한 세부묘사 솜씨를 보여 주곤 했다. 이를테면 한 이웃 남자가 들어오는 장면을 묘사하면서 페디카는 그 남자가 여자용 짧은 외투를 입고 있다고 말한다. 이걸 보고 톨스토이가 "왜 하필 여자 외투를 입고 있지?"라고 물었다. 그러면 페디카는 "그게 그럴 것 같아요"라고 대답했다. 톨스토이가 다시 물었다. "혹시 남자용 가죽 외투를 입었다고 할 수 있지 않을까?" 하지만 페디카는 "아니요, 여자용이 더 나아요"(8, 307) 라고 고집했다.

농민들의 빈한한 농가에서는 외적인 치장이 정상적인 경우가 별로 없었다. "그 누구도 분명히 자신의 것이라고 말할 수 있는 의복이 없었고, 그 어떤 물건도 꼭 제자리에 있는 법이 없었다."(8, 322) 그래서 가슴이 좁은 한 농부가 입고 있는 여자 외투는 우연히 그런 것이 아니라 예술적으로 반드시 요구되는 요소였던 것이다.

톨스토이는 아이들의 작품에 대한 이야기를 이렇게 끝맺는다. "나는 어렴풋이, 내가 유리로 된 벌통 속에서 꿀벌들이 일하는 모습을 몰래 엿보는 듯한 죄책감을 받았다. 그것은 죽은 자의 눈으로는 볼 수 없는 것이었다. 나는 내가 농민 아이들의 순수하고 시원적인 영혼을 망가뜨리

고 있다는 느낌이었다."(8, 305~306)

나아가 그는 확신한다. "인간은 완성된 상태로 태어난다. 루소가 말했던 이 말은 위대한 말이다. 바위처럼 굳건한 진실이다. 갓 태어난 인간은 그 자체로 조화와 진실, 미와 선의 전범이다."(8, 310)

톨스토이는 루소를 아주 폭넓게 잘 알고 있었고, 이 위대한 통찰력을 지닌 인물이 꿈꾸었던 것이 얼마나 실현되기 힘든 것이었는지도 잘 알고 있었다. 루소는 《신 엘로이즈》에서 에두아르드 씨에게 보내는 두 번째 편지에서 이렇게 말한다.

> 인간은 (…) 그저 다른 사람들을 위한 도구가 되기에는 너무나 고결한 존재로서, 어떤 일을 위해, 즉 그 일이 그에게 적절한지 아닌지를 묻지 않고 이용되어서는 안 된다. 인간은 그 어떤 자리를 위해 창조된 것이 아니라 자리가 인간을 위해 창조된 것이다. 어떤 인간에게 마땅한 몫을 만들어 주기 위해서는 그 무엇보다 잘 해낼 수 있는 그런 일을 부가하도록 조심해야만 한다. 그러나 그뿐만 아니라 어떤 일이 그에게 가장 적합하며 그를 명예롭고 행복하게 해줄 수 있는가도 생각해야만 한다. 그 누구도 다른 사람들의 이익을 위해 그 영혼을 파괴할 권리는 없다. 그 누구도 어떤 사람을 지위 높은 사람의 종복으로 부리기 위해 저급한 자로 만들 권리는 없다.[195]

인간은 다른 사람의 노예나 하인일 수 없다는 점에 대해서는 톨스토이도 확신하고 있었던 바이다.

아이들의 의식을 새롭게 만들려고 하기 전에 우리는 먼저 우리 자신의 의식이 과연 조화롭고 모범적이고 귀중한 것인지를 돌아보아야 한다.

> 대부분의 교육자들은 아이들이 조화의 원형이라는 사실을 종종 잊어버린다. 그리고 아이들의 발전이란 별 생각 없이 어떤 불변의 법

---

195) J. 루소, 선집, 제 2권, 465~466쪽.

칙에 따라가는 것이라고 생각하고 그것을 궁극의 목적으로 받아들
이곤 한다.

인간을 강제적으로 변화시켜서는 안 된다. 인간을 도시로 이주시켜
서 하인이나 목욕탕 일꾼이나 마부로 만들어서는 안 된다. 톨스토이가
체험한 아이들은 이미 조화롭고 재능 있는 존재들이었다. 그래서 톨스
토이는 "아이들이 조화의 원형"이라고 말할 수 있었던 것이다.

톨스토이는 자신의 성공에 스스로 놀랐고 심지어 새로운 발견을 어
떻게 해야 할지 몰라 두렵기조차 했다.

> 나는 진기한 보물을 찾아다니는 사람이 양치식물의 놀라운 꽃을 보
> 았을 때처럼 두렵고도 기뻤다. 기뻤던 것은 갑자기, 전혀 예상치
> 못하게 내가 지난 2년 동안 헛되이 찾아 헤맸던 바로 그 철학적 토
> 대가, 즉 어떻게 아이들이 자신들의 생각을 표현하도록 가르칠 것
> 인가에 대한 답이 내 앞에 열렸기 때문이다. 그리고 두려움을 느낀
> 것은 이러한 해답은 새로운 요구를, 새로운 욕망을 불러일으켰는데
> 그것은 학생들이 살고 있는 환경에는 부합하지 않는 ─ 내가 처음
> 보았을 때에는 ─ 것이었기 때문이다.

개별적인 사람들과의 작업과 거기에서의 성공은 즉각 "부합하지 않는
환경"에 대해 생각하게 만든다. 이런 환경에서 페디카는 파멸해 버릴 수
도 있고 결과적으로는 파멸해 버린 꼴이 된다. 보물은 동화에서처럼 땅
속으로 떠나 버렸던 것이다. 톨스토이에게는 세상의 사회구조를 변화
시킬 수단이, 그런 주문이 없었기 때문이다. 페디카로부터 남은 것은
톨스토이의 기록문에 실린 그의 글과 그에 대한 묘사, 그리고 그의 영감
의 순간뿐이었다.

페디카는 검은 가죽을 입힌 흰색 새 외투를 입고 안락의자에 깊숙

이 앉아 발을 꼬고 한 손으로는 덥수룩한 머리를 받치고 다른 한 손
으로는 가위를 가지고 장난했다. 커다란 검은 두 눈은 비상하게 빛
났지만 진지하고 성숙한 눈빛으로 어딘가 먼 곳을 응시하고 있었
다. 휘파람이라도 불려는 듯이 일그러진 입술은 머릿속에 떠오른
어떤 단어를 머금고 있어 무언가 말하고 싶은 표정이었다.

헝클어진 머리의 셈카는 하얀 양가죽을 덧댄 외투를 등에 걸치고
(바로 얼마 전에 재봉사가 마을을 찾아왔었다) 책상 앞에 서서 계
속해서 펜에 잉크를 찍어 가며 구불구불하게 글줄을 써나가고 있었
다. 나는 셈카의 머리칼을 흔들어서 놀라게 했다. 셈카가 영문을
모르고 놀란 눈으로 나를 바라보았을 때 통통하고 광대뼈가 툭 튀
어나온 얼굴에 흐트러진 머리가 너무나 우습게 보여 나는 웃음을
터트렸다. 하지만 아이들은 웃지 않았다.

페디카는 얼굴 표정을 바꾸지 않고 셈카의 옷소매를 잡아당기며
하던 걸 계속하라고 말했다. 그리고 내게 말했다. "건드리지 말고
그냥 둬요."(페디카는 무슨 일에 빠져 있을 때나 흥분했을 때는 내
게 아주 친구처럼 말했다.) 그리고 그는 셈카에게 몇 문장인가 더
받아쓰기를 시켰다.

톨스토이는 예술에서는 삶의 조화로움을 맛보았지만 그 자신은 그 조
화로운 세계로 돌아갈 수 없었다. 삶은 되돌릴 수가 없기 때문이다.

동시에 톨스토이는 사교계의 처녀와 결혼하는 것은 바로 죽음을 의미
한다고 말하곤 했다. 그러나 1년 뒤 그는 소피야 안드레예브나와 결혼
했다. 그리고 그 결혼으로 인해 위대한 작품을 창작할 수 있었다.

야스나야 폴랴나 학교에서, 붉고 푸른 작은 방들에서 톨스토이가 생
각했던 것이 모두 옳았다고 볼 수는 없지만 행복했던 것은 사실이다. 그
는 남아 있을 수 없는 것을 억지로 붙잡으려하지 않았다. 그는 그럴 수
없었고 또 그런 일은 그에게 허락되지 않았다.

톨스토이는 자신의 학교에서 아이들과 러시아의 옛 영광에 대해 이야
기를 나누곤 했다. 그는 1812년에 어떻게 외국 군대를 물리쳤는지를 말

해 주고 아이들의 반응을 기록했다. "크림전쟁에 대한 기억만은 우리 모두의 기분을 망쳐놓았다. '두고 봐요, 내가 크면 다 갚아주겠어요!' 크림전쟁 이야기를 듣고 페디카는 주먹을 흔들며 이렇게 말했다."(8, 102)

이것은 아이들 수준에서 순수한 애국주의였고 톨스토이 자신에게도 《전쟁과 평화》의 집필로 나아가게 했던 애국주의였다.

톨스토이는 당분간 야스나야 폴랴나 안에서 나머지 다른 러시아와 담을 쌓고 살 수 있다고 생각했다. 그는 러시아 역사를 가르치고 지역 사제로 하여금 성서를 가르치도록 했다. 그리고 열한 명의 학생들을 모아 그의 지도하에 여러 과목들을 가르치도록 했다.

톨스토이는 갈아엎은 들판에 쓰러져 있는, 그러나 여전히 꽃을 피우고 있는 엉겅퀴(톨스토이가 살던 곳에서는 보통 타타르 풀이라고들 한다)를 보고 하지 무라트에 관한 주제를 생각해 냈다고 말한 바 있으며, 이에 따라 보통 다들 그렇게 생각하고 있다. 마차 바퀴에 갈리고 온통 뒤엎어진 엉겅퀴가 여전해 생명을 유지하고 있던 모습이 하지 무라트의 억센 생명력을 연상시켰던 것이다.

그러나 그 이전부터 이 주제는 톨스토이의 머릿속을 떠난 적이 없었다. 그는 야스나야 폴랴나 학교에서 가르치던 시절을 인생의 가장 밝은 시기였다고 생각했다. 어느 겨울 저녁 톨스토이와 세 명의 아이들이 함께 숲으로 나갔다. '열두 살짜리' 셈카, 튼튼한 그는 "앞장 서 나가며 내내 소리치고 이상하게 높은 목소리로 고함을 질러댔다." 그리고 프론카라는 "병색이 있고 온순하며 아주 재능이 많은 소년"이 뒤를 따랐다. 아주 가난한 집안의 아이로서, 톨스토이 말에 따르면, 그의 병은 "아마도 무엇보다 먹을 것을 제대로 못 먹어서 생긴 것이었다." 또 한 명은 작가가 되기에 충분한 너무나 재능이 넘쳐나는 페디카였다.

눈이 많이 쌓여 있어서 길이 거의 보이지 않았고 마을의 불빛도 보이지 않았다. 아이들은 무서운 늑대나 도적 등의 얘기를 하면서 장난쳤다. 바로 여기서 톨스토이는 이미 여러 번 얘기했던 하지 무라트에 대해 다시 이야기하기 시작했다.

　　셈카가 튼튼한 등짝을 규칙적으로 흔들면서 커다란 장화를 신고 큰 걸음으로 앞서 나갔다. 프론카는 내 옆을 놓치지 않으려고 애를 썼지만 페디카가 그를 자꾸 길옆으로 밀쳤다. 프론카는 분명 가난함으로 인해 모든 사람들에게 복종적이었다. 그는 아주 재미있는 곳에서만 옆으로 뛰어다니다가 무릎까지 눈에 파묻히곤 했다.

　아이들은 무의식적으로 톨스토이의 손을 잡고 다녔다. 그들의 일상에서 그런 다정함이란 보기 힘든 것이었다. 그들은 이 길 저 길을 오랫동안 걸어 다녔다. "우리는 다니기 힘들 정도로 망가진 길에 푹푹 빠지기도 했다. 어둠에 쌓인 하얀 눈이 우리들 눈앞에서 일렁이는 것만 같았다."
　톨스토이는 하지 무라트의 죽음에 대해 이야기하면서 적들에 둘러싸인 그가 노래부르던 모습을 말해 주었다.

　　나뭇잎이 다 진 사시나무 꼭대기에 바람이 스산하게 지나갔다. 하지만 우리가 있던 숲 속은 고요하기만 했다. 나는 포위된 카프카스 용사가 노래를 부르다가 스스로 자신의 단검으로 자결하는 장면으로 이야기를 끝맺었다. 모두들 말이 없었다.
　　"포위되었는데 왜 노래를 불렀어요?" 셈카가 이렇게 물었다. "말했잖아, 죽으려고 그런다고!" 페디카가 슬픈 목소리로 대신 대답했다. "내 생각에 그 노래는 기도였을 거야!" 프론카가 덧붙였다. 모두들 그 말에 고개를 끄덕였다.

　무서운 것에 대한 이야기가 계속되었다.

　　페디카가 갑자기 걸음을 멈추더니 물었다. "그런데요, 선생님 친척 아주머니가 칼에 찔려 돌아가셨다고 했잖아요?" 아마도 아직 공포심이 채워지지 않은 모양이었다.

   톨스토이의 친척 표도르의 아내였던, 투가예프 출신 아브도티아는 1861년에, 즉 이 숲 속의 대화가 있기 1년 전 농노 요리사에 의해 칼에 찔려 죽었다.

   그들은 계속 걸어갔다. 나뭇가지에서 모자로 서리가 내려와 앉았다.

   "톨스토이 선생님!" 페디카가 말을 꺼냈다(나는 이 아이가 또 죽은 나의 친척에 대해 말하려는 줄 알았다). "근데 노래는 왜 배우죠? 전 정말 왜 노래하는지를 모르겠어요."

   톨스토이는 다른 아이들도 말없이 이 질문에 대해 수긍하고 있다는 것을 알았다. 하지 무라트도 죽어갈 때 노래를 불렀다. 페디카는 아주 빼어난 목소리를 가지고 있었고 음악에 대단한 재능이 있었기 때문에 노래를 아주 좋아했다. 그리하여 이야기는 예술이 왜 존재하는가에 대한 문제로 옮겨갔다.

   어쩌면 톨스토이는 바로 이 시기에 《하지 무라트》를 집필하기 시작했는지도 모른다. 이들의 대화에서 이 작품의 단서가 나온 것이라고 볼 수 있기 때문이다. 갈아엎은 지주의 들판에, 농노들이 개간한 흑토 속에 홀로 피어 자라고 있는, 저 혼자만이 생명을 유지하고 있는 엉겅퀴 꽃, 바로 이것이 죽은 친척에 대한 기억, 무섭고 이해할 수 없는 일들, 민중에 대한 부당한 태도에 대한 문제들과 멀리 공명하면서 하나의 주제로 떠올랐을 것이다.

   톨스토이 자신은 정치에 거부감을 가지고 있었지만 정치를 벗어나 있을 수는 없었다. 그는 학교에서 쫓겨난 모스크바 대학생들이 신학생들보다 훨씬 재미있게 잘 가르친다는 것을 알고 있었다. 그래서 그는 일부러 그런 학생들을 교사로 선발하곤 했다. 그러나 그것은 매우 위험한 정치적 의미를 담고 있는 것이었다.

   페테르부르그 대학 '소요사태' 이후 3백여 명의 학생들이 페트로파블

롭스키 요새 감옥과 크론쉬타트 요새 감옥에 투옥되었고 대학은 폐쇄되
었다. 모스크바와 카잔, 키예프 등지에서도 대학생들이 술렁거렸다.
일부 학생들은 유형에 처해졌고 일부는 제적되었다. 대학 폐쇄 사태에
대해 1861년 11월 1일 발행된 〈종〉지 110호는 이렇게 논평하였다.

> 학문으로부터 단절된 젊은이들이여, 그대들은 어디로 갈 것인가?
> 그대들에게 어디로 가라고 말할 것인가? 귀 기울여 들으라, 어둠
> 속에서도 들을 수는 있으리니, 돈 강과 우랄, 볼가 강과 드네프르
> 강에 이르기까지, 우리의 대 조국 방방곡곡에서 점점 더 크게 들려
> 오는 신음과 불만의 소리들을. 이것은 폭풍 전야의 숨 막힐 듯 끔
> 찍한 고요, 끓어오르는 대양의 거센 파도의 전주곡이다. **민중 속으**
> **로! 민중에게로!** 그곳이 바로 학문으로부터 추방된 그대들의 자리
> 로다. 196)

학생들을 조사하고 감시하던 제 3국, 즉 정치 경찰국의 삼엄한 눈길
은 야스나야 폴랴나를 결코 지나치지 않았다.

투르게네프와의 불화

톨스토이를 투르게네프에게 소개한 사람은 누이동생 마리야 니콜라
예브나였다. 그러나 투르게네프와 인사를 나누기 전에 톨스토이는 그
에게 《삼림벌채》라는 작품을 헌정한 바 있다. 그 보답으로 투르게네프
는 1855년 10월 9일 젊은 작가에게 첫 번째 편지를 보낸다. 이 편지에서
그는 톨스토이에게 어서 전장에서 돌아와 만나볼 수 있기를, 그들의 개

---

196) 게르첸의 논문 《거인 깨어나다!》 중에서. A. 게르첸, 30권 전집, 제
    15권, 175쪽.

인적 만남은 양쪽 모두에게 도움이 될 것이라는 뜻을 표명했다.

그러나 투르게네프와 톨스토이의 첫 만남은 말싸움으로 시작되었다.

1856년 12월 8일 투르게네프가 보낸 편지는 화해의 뜻이 담겨 있다. "벌써 오래 전에 눈에 띄지도 않을만한 틈새가 되어 버린 우리 사이의 '협곡'을 건너 당신의 손을 잡고자 합니다. 이제 더 이상 그 일에 대해서는 언급할 가치조차 없겠지요."[197]

그 전에, 그해 9월에 보낸 편지에서 투르게네프는 톨스토이에게 이렇게 말한 바 있다. "이른바 문학적 관심사를 제외하면 우리에겐 이렇다 할 공통점을 찾을 수 없지요. 그건 분명합니다. 당신의 모든 삶은 미래를 향해 달려가고 나의 모든 삶은 과거에 구축되어 있지요. 내가 당신을 따르는 것은 불가능하고 당신이 나를 따르는 것 역시 있을 수 없는 일이겠지요."[198]

그 당시 투르게네프는 톨스토이와는 비할 바 없이 저명한 인사인데다가 그 명성은 전 유럽에 걸쳐 있었다. 그는 톨스토이의 성장을 눈여겨보면서 언제나 격려를 아끼지 않았다. 그러나 편지에서 보듯이 그에게 톨스토이는 힘들고 달갑지 않은 인물이었다. 톨스토이 역시 투르게네프를 마치 외국에서 끌어온 물로 뿜어 올리는 분수 같아서 언제 말라버릴지 항상 걱정되는 사람이라고 회고했다.

톨스토이는 별로 인내심이 많지 않은 사람이었다. 그는 늘 미래를 바라보며 과거를 거듭 되돌아보고 끊임없이 변화하는 사람이었다. 그는 투르게네프가 뭔가 저답지 않은, 말하자면 외국인 같다고 생각했다. 톨스토이는 투르게네프의 풍경묘사에 언제나 감탄을 금치 못했고 자신은 그걸 흉내 내지도 못할 거라고 생각했지만 동시에 바로 그 점에 대해 늘 화를 내곤 했다. 톨스토이가 수십 년 뒤 부닌의 풍경묘사를 읽으면서 멋

---

197) I. 투르게네프, 전집. 작품과 편지, 제3권, 53쪽.
198) 위의 책. 제3권, 13쪽.

지기는 하지만 도대체 뭘 위해서 그런 작품을 쓰느냐고 힐난하는 것을 들으면 꼭 투르게네프에 대한 비난처럼 들린다.

그러나 이들 사이에는 이런 깊은 문학적 대립 외에도 개인적 갈등요인이 있었다. 투르게네프와 마리야의 로맨스가 바로 그것이다. 마리야가 이혼한 것은 물론 투르게네프와 결혼하기 위한 것은 아니었다. 하지만 어쨌든 이제 자유로워진 그녀가 투르게네프와 결혼하는 것은 오빠의 입장에서 보면 바람직하고 의심할 여지가 없는 일로 여겨졌다. 투르게네프는 그녀에게 사랑한다고 말했고, 아마도 톨스토이에게도 그렇게 말했을 것이다. 하지만 톨스토이의 말에 따르면 투르게네프는 사랑한 것이 아니라 사랑하는 것을 사랑했을 뿐이다. 그리고 지금은 프랑스 여가수 비아르도와 염문을 뿌리고 있다. 비아르도는 투르게네프를 사랑한 것은 아니지만 자신의 집에 살도록 허락해 주었다. 그리고 이 집과 비아르도의 생활비, 게다가 비아르도 남편의 생활비까지 투르게네프가 대주고 있었다.

투르게네프에게는 사생아 딸이 하나 있었다. 그는 이 딸을 잘 키우려고 노력했지만 별로 성공적이지 못했다. 그는 딸을 프랑스 귀족과 결혼시키면서 재산도 떼어 주었지만 남편이란 자가 그 재산을 모두 탕진해버리는 불행한 모습을 지켜봐야만 했다.

투르게네프의 이런 행동을 보면서, 비록 그런 모습이 러시아 귀족들에게 일상적일 뿐만 아니라 당연한 일이기는 했지만 톨스토이는 매우 불쾌한 기분을 감출 수 없었다. 투르게네프는 훌륭하고 선량한 지주로서 자신의 농노들을 파산시키지 않고 정말 넉넉한 조건으로 해방시켜주었다. 톨스토이는 나중에 큰 기근이 들었을 때 영지를 돌아보다가 과거 투르게네프 농노들이 다른 지역 농노들보다 더 잘 사는 모습을 보면서 투르게네프에 대해 다시 생각하게 된다. 그러나 그건 아주 먼 훗날의 얘기다. 지금 톨스토이는 말로 표현하지는 않았지만 투르게네프에 대한 분노를 삭이고 있는 중이었다.

그런 중에 1861년 시인 페트의 영지인 스테파놉카에서 톨스토이와 투르게네프가 만난다. 이 만남에 대해 페트는 이렇게 들려준다.

보통 우리가 아침을 먹곤 하는 8시에 손님들이 식당으로 들어섰다. 식탁의 한쪽 끝에는 아내가 사모바르 옆에 앉아 있었고 나는 커피를 기다리며 식탁의 다른 쪽 끝에 자리 잡고 있었다. 투르게네프가 아내의 오른쪽에 자리를 잡았고 톨스토이는 왼편에 앉았다. 당시 투르게네프의 중대 관심사가 딸의 양육에 대한 것임을 알고 있던 나의 아내가 투르게네프에게 영국인 여자 가정교사가 마음에 드는지 어떤지 물어 보았다. 투르게네프는 입이 마르게 영국인 가정교사를 칭찬하면서, 그 여교사가 예의 영국인다운 규율을 강조하며 딸이 자선목적으로 사용할 수 있는 돈의 액수를 정해달라고 하더라는 말을 했다.

"이제 그 영국 여자는 내 딸에게 극빈자들의 조악한 옷을 가져다가 직접 손으로 수선해서 가져다주도록 요구하고 있다네."

투르게네프가 이렇게 말했다.

"그게 좋은 일이라고 생각하시는 겁니까?"

톨스토이가 물었다.

"물론. 진정 필요한 일을 하는 자선사업가에 가깝지 않은가."

"하지만 저는 잘 차려입은 한 아가씨가 무릎에 더럽고 악취 나는 누더기를 올려놓고 거짓으로 연기한다는 생각이 듭니다."

"그렇게 말하지 말게!"

투르게네프가 볼멘소리로 외쳤다.

"제가 믿는 바대로 말한 것인데 왜 말을 못하게 하시죠?"

톨스토이가 응수했다.

나는 투르게네프에게 그만하라고 제지할 틈이 없었다. 그는 분노로 창백해져서 톨스토이에게 말했다.

"그렇다면 한번 당해봐야 입을 닥치겠는가!"

이 말과 함께 투르게네프는 벌떡 튕겨 일어나서 손으로 머리를 감싸 쥐며 흥분한 채 다른 방으로 뛰어나갔다. 그리고 바로 다시 돌아와 나의 아내에게 사과했다.

"부디 제 무례를 용서해 주시길 바랍니다. 깊이 뉘우치고 있습니다."
이렇게 말하고 그는 떠났다. 199)

톨스토이도 자리를 떴다. 톨스토이는 역에 도착하여 니콜스코예 읍
내로 하인을 보내 결투용 권총과 총알을 구매하도록 하고 투르게네프에
게 편지를 보냈다.

당신도 이미 양심의 가책을 느끼고 있으리라 기대합니다만, 당신
이, 특히 페트와 그분의 아내가 보고 있는 앞에서 제게 그렇게 행
동한 것은 옳지 못했습니다. 따라서 내가 페트 부부에게 보내는 사
과 편지와 같은 그런 편지를 내게 보내시길 바랍니다. 만일 나의
이런 요구가 정당하지 못하다고 생각하신다면 제게 통보하십시오.
보구슬라브에서 기다리고 있겠습니다. – 레프 톨스토이. 200)

이후 톨스토이는 투르게네프에게 결투를 통보하는 두 번째 편지를 보
낸다. 목숨을 건 결투를 해야겠으니 총을 가지고 숲 근처로 오라는 것이
었다. 정말로 총을 쏠 의사가 있었던 것이다. 그러자 투르게네프가 사
과했다. 나중에 톨스토이는 분노의 편지를 페트에게 보내며 그것을 "제
가 투르게네프에 대해 언급하지 말아달라고 여러 차례 부탁했음에도 불
구하고 당신이 그의 고상한 말들을 내게 전달했듯이 그렇게 정확하
게"(60, 228) 201) 투르게네프에게 전해달라고 부탁했다.

여기서 편지는 중단되었다. 톨스토이가 자신의 편지의 복사본을 누
군가에게 보여준 것 같다는 말이 나중에 누군가를 통해 투르게네프의

---

199) A. 페트, 《나의 회상》, 제 1 부, 370~371쪽.

200) 1861년 5월 27일 편지(60, 391).

201) 이 편지는 1861년 11월 무렵의 것을 말한다. 이에 대해서는 N. 구세
프, 《톨스토이 전기 자료집(1828~1855)》, 454쪽 참조.

귀에 들어갔다. 투르게네프로부터 그런 내용의 편지를 받게 된 톨스토이는 화가 나서 아주 이상한 편지를 써 보낸다.

> 귀하께서 편지에 내 행동이 '명예롭지 못하다'고 하셨지요. 게다가 귀하께서는 개인적으로 내게 '낯짝을 한 대 갈겨주겠다'고 말하기도 했지요. 하지만 전 당신의 용서를 청합니다. 제가 잘못했다고 인정하고 결투 신청을 취소합니다. 1861년 10월 8일. ─ 야스나야 폴랴나에서.

이 편지는 얼마 전 안넨코프의 서류 더미 속에서 발견되었다. 투르게네프는 이 편지를 없앴다고 대답했다. 하지만 소심했던 그는 이 편지를 보관해두고 있었던 것이다.

이런 싸움에 대한 톨스토이의 태도는 격분에 찬 것이었고, 또 다른 한편으로는 냉소적인 것이었다. 언젠가 톨스토이는 타티야나 숙모가 야스나야 폴랴나 여자들 중 한 사람과 이야기하는 것을 듣게 되었다. 달이 환하게 비치는 밤이었다.

여자가 물었다.

"달나라에서는 지금 뭘 하고 있을까요?"

숙모가 근엄하게 대답했다.

"분명히 춤을 추고들 있겠지. 그곳은 추울 테니까."

톨스토이는 이 이야기를 일기에 적어놓고 있다.

"이 말을 듣고 나는 나와 투르게네프가 참으로 바보 같은 짓을 저질렀다는 생각이 들었다."

즉 그는 결투를 벌이려던 모든 짓들이 달나라 사람들이 춤을 추고 논다는 이야기만큼이나 어리석은 행동이라고 여기게 된 것이다.

1878년 톨스토이는 투르게네프에게 더 이상 그에게 아무런 적대감을 가지고 있지 않다고 편지를 쓴다.

당신께서도 역시 마찬가지라면 참으로 다행이겠습니다. 솔직히 말씀드리자면 당신은 좋은 분이십니다. 저는 저에 대한 당신의 적대감이 저보다 먼저 이미 사라졌다는 것을 거의 확신하고 있습니다. 만일 그러시다면 이젠 제발 서로 악수를 나누지요. 그리고 제가 당신께 저지른 모든 잘못을 영원히 용서해 주시기 바랍니다. 당신은 저에게 항상 잘 대해 주셨기 때문에 저로선 당신에 대해 오직 좋은 것만을 기억하는 것이 당연합니다. (62, 406)

그들은 이렇게 화해하고 투르게네프가 야스나야 폴랴나를 방문하기도 했다. 톨스토이의 아내 소피야는 그들의 이런 화해가 아주 감동적이었다고 회상했다.

투르게네프는 완전 백발이었고 아주 겸손했다. 우리는 모두 아주 평범하면서 동시에 고아한 대상들을 그림 그리듯 묘사하는 그의 멋진 말솜씨에 매료되었다. 그분은 안토콜리스키의 그리스도 조각상[202]에 대해 그렇게 우리에게 말해 주었고 우리는 마치 그걸 직접 눈앞에 보는 듯했다. 그리고는 역시 마찬가지 솜씨로 자신이 사랑하는 페가수스라는 개에 대해 이야기해 주었다. 투르게네프의 허약해진 모습은 눈에 띌 정도였다. 거의 어린애처럼 여리고 허약했다.[203]

---

202) 〔역주〕 M. 안토콜리스키 (1843~1902). 조각가. 황제를 비롯하여 저명한 역사적 인물상을 많이 조각했고 '민중들 앞의 그리스도', '소크라테스의 죽음' 등과 같은 조각품이 있음.

203) S. 톨스타야, 《소피야의 일기》, 제 1 부, 모스크바, 사바쉬니코프 형제 출판사, 1928, 47쪽. 이 책은 1928년에서 1936년에 걸쳐 4부로 출판되었다. 제 1 부는 1860년에서 1891년까지, 제 2 부는 1891년에서 1897년까지, 제 3 부는 1897년에서 1909년까지, 제 4 부는 1910년의 일기를 담고 있다.

그러나 진정한 화해가 이루어진 것은 아니었다. 이 두 작가는 서로를 몹시 존중하고 사랑했지만 사는 방식은 서로 달랐다. 혹은 투르게네프가 톨스토이에게 보낸 마지막 편지들 중 하나에서 조금 거친 표현으로 말했듯이 코를 푸는 방법이 달랐던 것이다. "잘 아시겠지만, 사람들은 저마다 코를 푸는 방법이 다르지요. 그리고 나 역시, 말하자면 내 식으로 코 푸는 걸 좋아하지요."

아주 예의 바르고 전통적인 사고방식에 젖어 있던 투르게네프로서는 톨스토이와의 그런 관계가 힘들었을 것이다. 톨스토이는 상대방의 약점을 매우 날카롭게 파악하고 아주 노골적으로 드러내서 격분하게 만드는 성품을 가지고 있었다. 또한 이 두 작가는 모두 귀족이었고 비교적 가까운 지역의 이웃이었으며 생활환경도 유사해서 문학에서 경쟁적이었을 뿐만 아니라 각자의 영지와 정원 따위를 비교하기 좋아했다. 물론 둘 다 아주 멋진 영지를 가지고 있었음에도 불구하고 말이다. 그들은 같은 계층의 사람이었지만 이데올로기에서 확연히 갈라섰고 문학적 태도에서도 서로 끔찍해할 만큼 서로 달랐다.

하지만 투르게네프는 갈수록 작가로서의 톨스토이를 더욱 사랑했고 더욱 높이 평가했으며 그의 명성을 높이는 일에 더욱 열심이었다. 하지만 톨스토이는 투르게네프의 장점을 인정하면서도 그에 대해 부당하리만큼 냉소적으로 대했다.

1862년 여름

1. 사마라 여행

연구자들은 종종 어떤 작가가 이러저러한 책을 읽고 그 결과 이렇게 생각이 바뀌게 되었다고 증명하려고 애를 쓴다. 어떤 사람의 전기를 쓸 때, 그 사람이 평생 복도를 따라 걸어가며 벽에 비친 그림자를 통해 자신만을 바라보고 살았다는 듯이 쓰는 경우도 간혹 있다. 또 때로는 조금 넓게, 자기 집안에서만 살아가며 자기 친지들만을 바라보며 살아갔다는 듯이 쓰기도 한다.

한 사람이 살아가는 세계에는 그 사람이 읽지 않은 책들도 많다. 그리고 그런 책들이 가끔 경탄할만한 하고 불가피하게 다른 사람의 생각과 일치하는 경우도 있는 법이다.

저급한 시중 저널리스트가 고골의 중편 《초상화》에 나오는 화가에 대해 쓴 기사는 불가린[204] 이 자랸코에 대해 쓴 기사와 비슷하다. 게다가 고골이, 화려한 명성에 비해 작품은 별 것 아닌 화가 자랸코와 그의 운명에 대해 불가린을 통해 알게 되었다고 생각할 수도 있을 것이다. 그러나 불가린의 논문은 《초상화》가 나온 이후에 출판된 것이다. 그것은 오히려 고골에 의해 예견된 것만 같다. 발자크가 자기 작품의 주인공들에게서 나폴레옹 3세 치하의 모험적 행동을 즐기는 인물들을 예견했다는 마르크스의 견해(라파르그가 전해준 바에 따르면) 는 잘 알려진 바이다.

1861년 8월부터 톨스토이는 열심히 크라피브나 군의 분쟁조정자로서 아주 열심히 일했다. 농민들의 저항에 부닥치곤 하는, 그리고 지주들의 훨씬 심한 저항을 감당해야 하는 어려운 일이었다.

농민들은 분여받은 토지에 대해 막대한 금액을 지불해야 하고 앞으로도 2년 동안은 지주에게 의무노역을 바쳐야 했다. 그뿐 아니라 그들은 숲과 목축지, 저수지 등을 포함하지 않는 토지를 부여받았기 때문에 흡사 덫에라도 걸린 처지가 되었다. 그런 모든 것들은 지주 소유로 분할되었다. 농민들은 다음 수확 때까지 먹고 살고 가축을 키우기 위해 어쩔

204) 〔역주〕 F. 불가린(1789∼1859). 언론인. 작가. 반동적 신문 〈북방의 꿀벌〉지를 창간했고 〈조국의 아들〉 잡지도 발간했음. 세태묘사적인 소설 《이반 비지긴》(1829) 을 남겼고 푸시킨, 고골, 벨린스키 등의 리얼리즘 경향에 반대하며 이들을 '자연파'라고 경멸적으로 이름 붙임. 전제정치와 정교에 순응하는 '관제 민중성'을 주창함.

수 없이 지주의 숲과 목축지, 저수지 등을 돈을 내고 이용해야 했다. 과거의 부역노동이 이제 임차노동이 된 것이다.

토지분할은 농민들을 지주에게 강하게 귀속되게 만들었다. 귀족 지주들은 농민들에게 토지를 분할해 주되 농민들이 새로운 가혹한 조건 속에 꼼짝할 수 없도록 만들어야 했던 것이다. 오랜 세월이 지난 뒤 톨스토이는 '농민들은 닭 한 마리도 놓아먹일 곳이 없었다'고 말했다.

농민들의 저항은 매우 격렬할 수밖에 없었고 군대가 출동하여 '해방령'을 집행해야 하는 경우도 종종 일어났다. 러시아는 혁명적 상황을 겪고 있었고 그런 상황은 귀족들의 분위기에도 반영되었다.

후에 레닌은 이 시기에 대해 이렇게 정리한다.

"가장 강고하고 가장 높은 교육을 받았으며 정치권력에 가장 익숙한 계급인 귀족계급은 의회제도를 활용하여 어떻게든 전제권력을 제한하려는 의지를 드러냈다."[205]

1861년 12월 트베르 현 분쟁 조정자 회의, 그리고 1862년 특별 귀족회의는 알렉산드르 2세에게 청원서를 제출한다. 이 청원서에는 '각 계층의 토지권 평등화 원칙'과 '정부 정책을 통해' 농민 분여지의 조속한 재구매를 요청하는 내용이 담겨있었다. 또한 '계층 차별 없이 전 민중에 의해 선출된 회의체'에 대한 언급도 들어 있었다.

트베르 현의 13인 분쟁 조정자들은 체포되어 페트로파블롭스키 요새 감옥에 투옥되었고 5개월간의 구금 끝에 2년형을 선고 받고 '황후폐하의 성 명명일'에 사면되었다.

톨스토이는 1862년 2월 저항에 부닥쳐 더 이상 맡은 바 임무를 수행하기가 불가능하다며 분쟁 조정자 역을 사임한다고 밝혔다. 톨스토이의 임무는 나이 든 노인에게 인계되었다. 그의 공식적 사임 이유는 '질병으로 인한 사임'이었다.

---

205) V. 레닌, 전집, 제5권, 29쪽.

5월 12일 톨스토이는 학생 페디카와 예고르, 그리고 세바스토폴에서도 데리고 다녔던 늙은 하인 알렉세이 등과 함께 모스크바로 출발했다.

모스크바에 도착한 톨스토이 일행은 크레믈린에 있던 베르스의 좁은 집에서 하룻밤을 묵는다. 예고르와 페디카는 응접실 마루에서 칸막이용 조각상 뒤에서 잠을 잤다. 베르스의 어린 딸 소피야는 '민중'에게 친숙한 톨스토이와 시골아이들에게 질시어린 눈길을 보냈다. 그리고 그들은 모스크바에서 '완행열차 3등실'에 앉아 트베르로 출발했다.

톨스토이 자신도 아직 자신이 어디를 향하고 있는지 몰랐다. 목적지는 사마르 현의 소도시 부구루슬란일 수도 있었고, 아니면 좀 더 멀리 아스트라한의 염전 호수가 있는 엘톤일 수도 있었다. 이 여행의 주요 목적, 혹은 구실이라면 초원지대에서 쿠미스[206] 치료를 받는다는 것이었다. 톨스토이는 결핵을 두려워했다. 형 니콜라이가 프랑스 남부 지역에서 결핵으로 사망하는 모습을 지켜보았기 때문이다. 게다가 그에 앞서 드미트리 형도 바로 결핵으로 숨졌던 것이다.

또한 톨스토이는 볼가 강의 상류와 중류 풍경을 보고 싶었던 것이 분명하다. 사라토프에서 아스트라한까지 볼가 강 하류는 11년 전에, 1851년 5월 말에 니콜라이 형과 함께 카프카스로 가는 여행 중에 이미 본 적이 있었다.

트베르에서는 뒤죽박죽이었지만 어쨌든 증기선 표를 구할 수 있었다. 톨스토이는 5월 20일 일기에 이렇게 쓴다.

증기선을 탔다. 마치 새롭게 태어난 느낌이다. 나는 모스크바에서부터 줄곧 한 가지를 생각하고 있다. 진보의 어리석음에 대한 생각이다. 똑똑한 사람이든 아둔한 사람이든, 노인이든 어린애든 나는 오직 이에 대해서만 이야기를 나누고 있다. 아이들은 아주 뛰어나

---

206) 〔역주〕쿠미스: 말이나 낙타 젖으로 만든 술의 일종. 결핵의 치료에 효험이 있다고 알려져 있다.

다. 페디카는 매혹적이고 예고르는 그보다 좀 못하다. 베르스 집에서는 아주 편안했다. 그들은 잠시나마 날 자유롭게 해 주었다.

그러나 그것은 잠시 동안뿐이었다. 그에게 자유란 더 이상 존재하지 않았다.

볼가 강은 범람하고 있었다. 갈수기에 초원으로 덮여 있던 곳이 강물에 뒤덮여 왼쪽 강변의 마을 끝에까지 물이 찼고 오른쪽 강변 구릉 위의 마을들은 섬이 되어 버렸다. 언젠가 볼콘스키 대공가문이 통치했었을, 그러나 지금은 인적이 끊긴 볼호프 숲의 거대한 이끼에서 힘을 얻은 볼가 강은 발다이의 눈을 모두 쓸어 모으며 카스피 해로 힘차게 굽이치고 있었다. 트베르에서 야로슬라블까지 강물은 진흙과 자갈로 층층이 쌓인 절벽들을 만날 때까지 뻗어나갔다. 유리예프-포볼스크 지역 너머까지 수위는 높아져 있었다. 코스트로마까지는 숲이 전혀 없었고 그곳을 지나서는 마카리예프까지, 스비야그까지 광대한 보리수나무 숲이 펼쳐졌다. 포킨에는 그 유명한 사과밭에 꽃이 만발했고 수라를 지나자 물푸레나무숲이 시작되었다. 강물은 톨스토이와 아이들을 남으로, 남으로 빠르게 실어 가고 아래로 내려갈수록 봄은 더욱 완연해졌다. 해군성 소유의 늙은 참나무 숲이 보이면서 강물은 점점 더 폭이 넓어졌다.

밤에는 풍경이 너무나 아름다워 갑판을 떠날 수가 없었다. 넓은 강물은 마치 총총히 별들에 붙박인 것 같았고 수면에 비친 별들 사이로, 그 모양을 건드리지 않으며 거품을 품은 물결이 달려가고 있었다.

아침이면 강변은 푸른빛에 적자색이 감돌았다.

증기선은 씩씩거리며 남으로 봄을 향해 속도를 높였다. 갑판 위에는 노동자와 떠돌이, 수도사, 자루를 짊어진 농민들, 타타르 인들, 그리고 대 볼가 강 유역의 모든 민족 사람들이 계속해서 타고 내렸다.

갈수록 강은 더욱 폭이 넓어졌다.

카잔에 잠시 정박했을 때 톨스토이는 유시코프 대령을 방문했다. 그는 이제 콧수염을 기르고 있었다. 그리고 다시 사마라로 출발했다. 카랄릭으로 가고자 했던 것이다. 카랄릭에서 그는 쿠미스를 마시기 시작했다. 전에 회교 사원이었던 커다란 유르트[207] 에서 모두 함께 기거했다. 그들은 바시키르인들의 경마를 구경했고 밤에 수영하는 법도 배웠다. 그들은 초원지대의 하늘에서 지상에까지 이어져 내리는 별 밭을 보며 경탄을 금치 못했다.

톨스토이에게 그것은 《일리아드》의 세계에 다름 아니었다.

한 달 동안 톨스토이는 집과 연락을 주고받지 못했다. 무엇보다 편지를 쓰고 싶은 마음이 들지 않아서였다. 그러다가 그는 대학생 교사들이 어떻게 하고 있는지 궁금해서 편지를 썼다.

주변은 온통 초원이었다. 헤로도투스가 묘사하던 바로 그 모습이었다. 가축 떼가 어슬렁거리며 돌아다니고 풀밭은 전혀 손을 타지 않은 모습 그대로였다. 초원은 개발되기 전 마지막 모습을 보여 주고 있었다.

톨스토이는 마음이 평온해졌다.

2. 바시키르의 초원

살라바트 율라예프[208] 가 푸가쵸프 반란군에 참여하여 예카테리나 여제에 맞서 싸운 뒤, 그 대가로 바시키르인들은 카랄릭으로 내쫓겼다. 이미 오래 전 일이다. 반란은 노래 속에 남아 있을 뿐이었다. 50여 년 전에는 활과 화살로 무장한 바시키르 기병대가 러시아군과 함께 나폴레옹의 프랑스군에 맞서 싸웠다. 활 잘 쏘는 그들을 프랑스 군인들은 큐피트라 불렀다. 이 역시 오래 전 일이었고 노래 속의 전설로 남아 있었다.

바시키르 부대는 해산되고 바시키르인들의 토지도 사방으로 분할되

---

207) 〔역주〕 유목민들이 거주하는 천막형 집.
208) 〔역주〕 살라바트 율라예프(1752~1800). 바시키르 시인. 바시키르 봉기를 주도했고 푸가쵸프 반란에 가담했다가 체포되어 유형지에서 죽음을 맞이함.

었다. 위대한 러시아 작가인 악사코프[209]의 할아버지도 바시키르 노인들의 토지를 구매했었다. 그러나 초원은 여전히 드넓었다.

　바시키르 초원은 평탄치 않고 구릉이 파도치듯 이어지는 지형에 골짜기에는 강물을 끼고 있었다. 초원을 가로지르는 강줄기는 멀리서 보면 녹색 실 목걸이나 푸르른 구슬 목걸이처럼 보였다. 녹색 목걸이처럼 보이는 것은 주변에 관목이 무성히 자란 좁은 강이었고 푸르른 구슬 목걸이처럼 보이는 것은 범람하여 이루어진 수많은 웅덩이였다. 백여 년 전에는 주변 수백 킬로미터까지 온통 회색 나리새 풀밭이었다고 했다. 지금도 그 뿌리가 여전히 남아 있었다. 그것은 아마도 수천 년 동안 자랐던 것이리라. 초원의 봄은 참으로 아름다웠다. 특히 강이나 호숫가는 말할 나위가 없었다. 날씨가 좋은 해에는 이 초원의 건초들이 범람지대 초지보다 훨씬 풍부하고 품질도 좋았다. 구릉의 경사면들에는 회청색 샐비어와 낮은 키의 회색 쑥 종류들, 박하 나무와 백리향 나무들이 자라고 있었다.

　공기는 부드럽고 가슴까지 맑게 틔워주는 것 같았다. 봄이 되면 바시키르인들은 겨우내 여윈 말과 양을 이끌고 초원으로 나갔다. 초원은 갈기가 축 처진 말과 더러워진 양떼를 반갑게 맞이하여 여름이 끝날 때면 가축들을 전혀 다른 모습으로 바꿔주었다.

　나리새 풀이 높다랗게 자라있고 개복숭아 꽃, 야생 아카시아 꽃이 만발해 있었다. 곧 여름 무렵이면 산딸기도 익을 것이고 야생 버찌가 익어갈 것이다. 봄에 하얀 꽃을 피운 버찌는 하얀 호수처럼 보였다. 그러면 그 위로 벌떼가 잉잉대며 모여들었다. 벌들은 부지런히 날아다녔지만 결코 서로 부딪치는 법이 없었다. 노란 금빛의 벌들이 장밋빛 은빛의 벗

---

209)〔역주〕S. 악사코프(1791~1859). 소설가. 《가족 연대기》, 《회상》 등의 작품을 통해 문학적 회상과 사실적인 이야기를 환상적으로 교직하여 새로운 장르를 개척한 것으로 평가. 고골에 대한 깊은 애정과 회상을 남겼고 사냥, 낚시, 나비수집 등에 대한 저술도 있다.

나무에 앉아 있는 풍경은 여름이 되면 거무스름하게 변모한다. 그리고 나리새도 연보랏빛으로 변해간다. 이런 풍경에 낯선 사람은 끝없이 일렁이는 나리새 숲의 파도에 머리가 빙빙 도는 느낌을 받을 것이다.

봄이 되면 바시키르인들은 야영지로 나와 둥글고 평평한 천막을 설치하고 초원에 양떼를 풀어놓았고 암양들은 풀숲에 새끼들을 낳았다. 방목된 말떼는 아주 멀리까지 이어졌고 말들은 무리를 지어 다니며 울어댔다. 저 멀리로는 검은 점처럼 움직이는 바시키르인들의 뾰족한 모자가 언뜻언뜻 보이기도 했다. 무리들은 때때로 서로 가까이 붙었고 그러면 보조를 맞춰 걸어가는 건강한 말 위에 단단하게 올라앉은 기수들의 모습이 나타났다. 기수들은 백여 킬로미터 떨어져 있기도 한 이웃 야영지를 방문하여 함께 양고기를 먹고 쿠미스를 마시곤 했다. 야영지는 더러운 법이 결코 없었다. 만일 풀이 좀 짓밟혀졌다 싶으면 곧바로 새로운 곳으로 이동했기 때문이다. 야영한 자리의 풀밭은 둥글게 눌려 있었지만 금세 다시 푸르러져 전과 다름없이 생생한 활력을 되찾았다.

지평선 저쪽에는 종마가 암말 무리를 이끌고 이쪽저쪽 초지를 옮겨 다니고 있었다. 종마는 직접 물 있는 곳으로 무리를 인도하기도 하고 밤을 지낼 장소를 찾기도 했다.

야영지에는 자유로움이 넘쳐나고 쿠미스 냄새가 진동했다. 자기 가축이 없는 늙은 노동자들도 꿈이 있었다. 지금은 먹을 것이 풍부했고 늦은 가을에 살찐 암말을 끌고 집으로 돌아가 잡으면 겨울을 지낼 고기로 충분했기 때문이다.

술이 달린 끈으로 긴 셔츠의 허리를 묶은 곱슬머리에 구레나룻을 기른 톨스토이는 마치 카자크 사람처럼 보였다. 그는 명랑한 두 소년을 데리고 돌아다니거나 말을 타고 사냥을 하곤 했다. 이곳에 철새가 찾아올 때면 한 시간에 스무 마리의 새도 잡을 수 있었다. 이곳에선 시간이란 존재하지 않고 오직 색의 변화만 있는 것 같았다. 녹색의 시간이나 노란 시간, 혹은 하얀 시간으로 그것은 반복되기만 할 뿐 흘러가지 않는 것이

408

었다.

톨스토이는 이곳에서 식사 양을 줄이고 쿠미스를 많이 마셨다. 마음이 평온하고 밝아지면서 기침도 멈추고 드미트리와 니콜라이 형의 목숨을 앗아갔던 결핵에 대한 두려움도 사라져 갔다. 겨울에만 야스나야 폴랴나에서 지내고 영원히 이곳에 머무르고 싶을 정도였다.

톨스토이는 이곳을 떠나면서 곧 돌아오고 싶었지만 10년이 지나서야 다시 방문할 수 있었다. 그리고 그때는 이미 모든 것이 변하여 토지도 공간도 훨씬 좁아지고 먹을 것도 풍족하지 못했으며 야영지도 사라지고 방목하는 양떼도 그 수가 훨씬 줄어든 상태였다.

그는 평온함을 추구했지만 그 자신이 평온함을 깨는 거대한 변화에 참여하고 있었다. 그리고 그 변화는 이 아름다운 대지의 별밤을 더 이상 지켜주지 못하는 것이었다.

하지만 어쨌든 지금은 행복했다. 쫓기며 해야 할 일도 없었다. 그는 페디카에게 말타기와 사냥, 그리고 차가운 급류에서 수영하는 법을 가르쳐 주었다. 이런 생활 속에서 자신의 누구인지조차 잊어버린 것만 같은 느낌이었다. 그러나 가을이 가까워지면서 새들도 무리를 지어 이동하기 시작했다. 하늘 높이 날아가는 두루미 울음소리가 들려왔다.

학교의 붕괴

1.

당시 러시아에서는 무슨 일이 벌어지고 있었던가? 1862년 5월 페테르부르그에 커다란 화재가 발생한 뒤 온통 불안한 분위기였다. 대체로 목재로 지어진 러시아 도시들은 큰 화재를 겪는 경우가 많았다. 모스크바 거리 중 하나는 1812년의 대화재 이후에 지금까지도 팔리하(불꽃)로 불리고 있다.

　톨스토이는 후에 《전쟁과 평화》에서 나폴레옹에 의해 점령된 모스크바가 왜 화재에 휩싸였는지를 설명하면서, 누군가 방화했다는 설을 부정하고 목재로 만들어진 도시가 소개되면서 화재가 발생하지 않을 수 없었다고 말한다.

　건조한 여름이 계속되면서 5월 16일 페테르부르그에 처음 발생한 화재는 22일, 23일에는 오흐타 지역과 얌스카야 거리를 휩쓸었다. 5월 말에는 아프락신 궁이 소실되었다. 체르니셰프와 아프락신 골목 사이에 커다란 불이 났던 것이다. 때가 때이니만큼 흉흉한 소문도 나돌았다. 소문은 아주 다양했다. 이를테면 어떤 이상한 장군이 나타나 거리의 울타리에 등을 부비고 다니며 불을 낸다는 따위의 소문도 있었다. 그러나 무엇보다 학생들이 불을 내고 다닌다는 소문이 많이 돌았다.

　담벼락에 불을 내고 다닌다는 장군에 대한 소문은 오래지 않아 잦아들었지만 학생들에 대한 이야기는 점점 더 집요하게 떠돌았다. 〈북방의 꿀벌〉지 157호에서는 화재가 분명 최근의 농노해방령과 관련이 있다는 노골적인 기사가 실리기도 했다. 화재 사건에 대한 군사재판이 열려 〈동시대인〉지와 〈러시아의 말〉이 폐간조치 되고, 슬라브주의자들의 잡지 중에서도 악사코프가 주도하던 〈하루〉가 폐간되었다. 그와 함께 학생들을 지원해 주던 문학재단도 폐쇄되고 말았다. 심지어 체스 클럽마저도 폐쇄되었다. 화재가 발생하기 훨씬 전인 5월 12일에 황제의 재가를 받은 것이긴 하지만 어쨌든 인쇄와 출판에 관한 임시조치법도 시행되고 있었다.

　불안이 점점 고조되었다. 여름 궁전에서는 어떤 도둑이 '불이야'하고 소리를 질러 대 난리를 일으키고 그 혼란을 틈타 부인네들의 귀고리를 훔쳐가는 사건도 일어났다.

　포고딘[210]은 폴란드인과 학생들이 방화에 책임이 있다는 비난기사를

---

210) 〔역주〕 M. 포고딘(1800~1875). 역사가이자 작가. 페테르부르그 학

썼다. 그는 논문을 쓰면서 처음에는 크라옙스키, 그리고 나중에는 코코
레프와 상의했다. 하지만 이 두 사람 모두 조사위원회는 방화에 관한 어
떤 사실 근거도 밝혀낸 바 없다고 답장을 써 보냈다. 단지 어떤 아낙네
가 이웃에 대한 개인적 증오심으로 작은 상점에 불을 지른 사실은 있었
다. 그리고 한 가지 더 있다면, 빅토로프라는 교사가 술에 취한 상태에
서 루가에 있는 학교에 불을 낸 사실을 자백한 것도 있었다. 코코레프는
포고딘에게 방화는 단지 꾸며낸 이야기일 뿐이라고 그의 아내를 통해
편지를 전했다.

이런 사실들에 대해서는 판텔레예프의 《회상록》211) 중 '1860년대의
회상 중에서' 부분에 자세하게 기록되어 있다.

레닌은 《젬스트보의 압제자들과 자유주의의 한니발들》이라는 기사
에서 판텔레예프의 회상에 대해 이렇게 평한다.

조사위원회는 이 화재에서 어떤 정치적 맥락도 밝혀내지 못했다. 위
원회 위원이었던 스톨봅스키는 판텔레예프 씨에게 "단순한 경찰 끄
나풀에 불과했던 몇몇 증인들을 위원회에 속한 자신이 어떻게 밝혀
낼 수 있었는지"를 말해주고 있다. 즉 이는 바로 '경찰이 학생들을
방화범이라고 소문낸 장본인'이라는 매우 심대한 근거가 아닐 수 없
다. '위대한 개혁의 시대'가 절정에 이르렀을 때 몽매한 민중을 이용
하여 가장 저열하게 혁명가들과 저항자들을 중상 모략한 것이다. 212)

술원 회원. 농노 출신으로 모스크바 대학을 졸업하고 교수가 되었으며
〈모스크바 통보〉 등의 잡지도 발간. 고대 러시아와 슬라브 역사를 연
구하고 다양한 역사서를 남김. 정부 고위직을 역임하는 등 전제주의
옹호론자였음.

211) 〔저자〕 L. 판텔레예프, 《회상록》(리프린트), S. 레이세르 서문 및 주
석, 국립문학출판사, 1958.
212) V. 레닌, 전집, 제 5권, 29쪽.

온갖 유언비어와 공황상태 조장, 선동 등은 정치투쟁의 무기였지만, 동시에 정권이 위기를 감지하고 있다는 증거였다. 모두들 혁명적 상황을 느끼고 있었다. 권력자들은 이러한 선동을 통해 혁명의 목적을 무화시키고 그들을 체포할 명분을 찾으려고 했다.

톨스토이는 증기선을 타고 사마라의 초원으로 가서 휴식을 취하며 바시키르 사람들과 막대기 잡아당기기 경기를 하며, 이 넓은 초원에서 자신과 대적할 사람이 아무도 없다고 즐거워했다. 그러는 동안 야스나야 폴랴나에는 헌병대 수사관들이 들이닥쳐 학교를 폐쇄했다.

오랜 옛날부터 사람들이 다니면서 저절로 만들어진 길은 강물을 건너기 위해 물이 갈라지는 분수령을 지나가는 법이다. 사람의 운명도 큰 길로 나아가기 위해 그런 분수령을 겪기 마련이다.

톨스토이 역시 정치를 벗어나고자 했지만 늘 정치의 중심에 있었다. 그는 야스나야 폴랴나 학교의 붕괴와 술 취한 헌병들의 난동 소식을 듣고 격렬한 분노를 느꼈다.

2.

그 당시 톨스토이가 부재하던 야스나야 폴랴나에서는 어떤 일이 벌어졌던가?

톨스토이 학교와 거기서 발행하던 잡지는 항상 감시의 대상이었다. 1906년에 《황제폐하 직속 제 3서기국 레프 톨스토이 백작 관련 건(1862년, 제 1부 230호). 경찰 문서보관소(상트 페테르부르그) 원본 재출간》이라는 책이 출판되었는데 이는 〈세계의 소식〉 제 6월호를 개별적으로 재출간한 것이었다. 이 출판물에 담긴 내용들은 이고리 일린스키의 《1862년 야스나야 폴랴나에 대한 헌병대 수색》[213] 이라는 논문에서 정확하게 수정된다. 이 논문은 앞서의 문서에 대한 분석까지 포함하고 있

---

213) 〈즈베니야〉, 제 1권, M. -L. Academia, 1932.

기 때문에 이 논문을 활용하여 구체적인 사실을 이해해 보자.

논문은 이렇게 시작된다. "마코비츠키의 미출간 수기. 누구든 러시아 정치인들의 전기를 쓰려는 사람은 제3국 문서보관소의 문서들을 열람할 필요가 있다. 여기 실린 것은 게르첸과 오가료프에 대한 대화중에 나오는 톨스토이의 말로써 1906년 11월 6일 마코비츠키에 의해 기록된 것이다."

기본적으로 이 사건은 외형적으로는 돌고루코프 공작의 시종 출신인 미하일 시포프라는 '소매치기 담당형사'의 첩보에 기초하고 있다. 하지만 이 형사의 보고가 있기 전에 제3국은 이미 톨스토이 백작에 관한 자료를 가지고 있었다. 툴라에 온 수상한 학생 소콜로프가 이미 감시대상이었던 것이다. 헌병대 무라토프 대령은 기병대 장군 페르필레프로부터 이 학생의 활동을 감시해야 한다는 정보를 입수하고 있었다. 동시에 보예이코프라는 모스크바 현의 헌병으로부터도 조금 모호하지만 아주 심각한 우려를 담은 첩보도 입수한 상태였다.

> 퇴역 기병장교 톨스토이, 아주 영리한 사람이고 아마 모스크바 대학에서 교육받았고 자유주의적 경향으로 아주 유명함. 현재 농민들의 문맹을 깨우치는 일에 매우 열심이고 이를 위해 영지에 학교를 세우고 대학생 교사들을 불러들임. 특히 무슨 이유에선지 대학을 그만 둔 자들을 초빙함. 그들 중 이곳 출신 대학생인 소콜로프는 금지된 반종교적 서적류의 출판과 보급에 연루되어 감시받던 자임.

사건 자체는 별 것 아닌 것처럼 보이지만 당시 사정을 잘 보여 주고 있다. 톨스토이는 지뢰밭을 걷고 있었던 셈이다.

학생 소요사태 이후 대학에서 제적된 학생들이 교사로 있었던 것은 사실이었다. 후에 톨스토이는 게르첸과의 관계로 인해 기소되게 되는데, 그가 게르첸의 집을 방문하고 서신왕래를 했으며 집에 그의 사진까지 걸어두었던 것은 사실이다.

톨스토이는 무정부주의에 반대하고 있었고 게르첸과 자신의 활동에 아무런 연관이 없다고 생각했지만 헌병대 눈으로는, 분쟁 조정자였던 그가 지역 귀족들과 불화를 일으키고 일을 그만둔 것이며 학교를 만들어 수상한 일을 벌이는 모습이 영락없이 무정부주의자였다.

형사 시포프는 은밀하게 톨스토이 학교와 집 주위를 맴돌면서 집안에 아치형의 천정이 있는 방이 있고 뭔가 비밀스러운 지하실이 있다고 보고했다. 해체되어 팔아치운 옛날 집에 사실 그런 지하실이 있기는 있었다. 이런 보고에 의거 야스나야 폴랴나로 몇 대의 트로이카를 타고 헌병들이 들이닥쳤고 7월 6, 7일 양일간 수색이 시작되었다.

툴라의 중학교 교사였던 마르코프는 이 수색에 대해 다음과 같은 증언을 남기고 있다. 그는 톨스토이가 논문을 통해 교육에 대한 논쟁을 벌였던 인물이다. 야스나야 폴랴나에 살던 마르코프는 톨스토이의 여동생 마리야의 급한 부름을 받고 달려와 수색을 목격하게 되었던 것이다.

> 우리는 집 앞 마당으로 마차를 몰고 달려 들어갔다 (…) 완전히 대공습작전을 보는 것 같았다. 종을 단 우편마차들과 보통 일반 짐마차들, 시골 경찰서장과 시내에서 온 경찰서장 및 각종 직급의 경찰들과 입회인들, 그리고 이 모든 것을 주도하는 헌병들이 마당에 가득했다. 이런 위협적인 대부대를 이끌고 온 헌병대 대령은 요란한 소리를 내며 평화로운 톨스토이의 집으로 들이닥쳤고 놀란 동네 사람들은 입을 다물지 못했다. 우리는 간신히 집으로 들어가도록 허락받았다. 부인네들은 거의 기절하다시피 했다. 집 구석구석에 경비병들이 세워졌고 온통 파헤치고 뜯기고 뒤집어져 있었다(책상 서랍, 책장, 장롱, 여행가방, 귀중품함 등). 마구간 마룻바닥도 지렛대로 뜯겨졌다. 그들은 범죄에 사용된 인쇄기를 찾는다고 영지의 호수에 그물을 던져 죄 없는 붕어와 새우들만 건져 올렸다. 사정이 이러하니 학교가 얼마나 철저하게 붕괴되었는지는 말할 필요도 없다. 214)

대학생 교사들은 곁채에 격리되어 감시받았다. 헌병들이 몇 조로 나뉘어 벽까지 뜯어 볼 정도로 철저하게 온 집안을 조사했다. 하지만 집안에 의심을 살만한 것은 아무 것도 없었다.

집에 돌아온 톨스토이는 흥분과 분노에 휩싸여 심지어 외국으로 이민 갈 생각까지 했다. 그 시절에 정치적 망명을 생각하는 작가라면 당연히 게르첸과 같은 입장을 가진다는 것을 의미했다. 하지만 톨스토이는 그와 다른 입장을 가지고 있었다.

톨스토이는 우연히 헌병들과 직접적인 충돌을 피할 수 있었다. 마차를 타고 도적 떼처럼 몰려들어 야스나야 폴랴나를 습격했다는 것이며, 술에 취해 난동을 부리고 일기와 편지를 다 들춰내 읽어 보았다는 것이며 이 모든 일을 그는 직접 목격하지 못하고 전해 들었을 뿐이다.

톨스토이는 이 습격에 대해 알렉산드라 톨스토야 부인에게 몇 장의 편지를 썼다. 1862년 8월 7일 편지에서 그는 망명계획에 대해, '국적 이탈'에 대해 언급하고 있다. "나는 게르첸에게 가지는 않을 것입니다. 게르첸은 게르첸이고 나는 나일뿐입니다." 그러나 그는 마치 〈종〉지에 투고하는 글처럼 쓰고 있었다.

나는 어디로도 숨지 않을 것입니다. 나는 러시아를 떠나기 위해 영지를 팔 것입니다. 여기 러시아에 산다면 나는 내 자신과 여동생, 내 아내와 어머니가 차꼬에 채이고 채찍질 당하지 않으리라고 단 한순간도 확신할 수가 없습니다. 나는 떠날 것입니다.

여기서 그의 말은 말 그대로 그의 가족에 대한 것만은 아니다. 이 당시 모스크바 길거리에서 경찰이 함부로 사람들을 구타하는 것은 다반사였기 때문에 톨스토이는 바로 이 점을 지적하고 있는 것이다. 즉 그에게 일어났던 일은 그 시절에 일어날 수 있는 전형적인 사건이었다.

214) 〈즈베니야〉, 제1권, 1932, 401쪽.

1861년 10월 12일 백주대낮인 12시에 모스크바 거리에서 모스크바 대학생들이 구타 당했고 트베르스카야 광장에서는 경찰과 헌병들이 채찍을 휘두르며 대학생들을 해산시켰다.

톨스토이는 황제에게도 편지를 썼지만 답장을 받지는 못했다.

알렉산드라 부인에게 보낸 편지에는 게르첸의 이름이 여러 차례 등장하고 대학생 교사들에 대한 설명도 들어 있다.

> 모두들 가방에는 게르첸의 책들을 가지고 왔고 머릿속에는 혁명적인 생각들을 가득했지요. 하지만 예외 없이 그들 모두 1주일만 지나면 책자를 불태우고 머릿속에서 혁명에 대한 생각을 지워버렸습니다. 그리고 농민 아이들에게 성서의 이야기와 기도하는 법을 가르쳤지요. 집안에는 성경 읽는 소리가 가득했습니다. 열한 명의 대학생 교사들 모두, 예외 없이 그렇게 했습니다, 게다가 누구의 지시도 아닌 자신의 신념에 따라 그렇게 한 것입니다. 저는 1862년 지금 러시아에 그런 대학생은 여기 열한 명을 제외하고 다른 어디서 단 한명도 찾을 수 없을 거라고 목을 걸고 맹세할 수 있습니다.

그가 열한 명의 대학생 교사들을 설득하여 새로운 사람으로 만들었고 그와 같은 대학생은 러시아에서 더 이상 보기 힘들 것이라고 말한 것은 사실 옳았다. 하지만 동시에 그 자신이 게르첸에게 다녀왔고 하녀인 두냐샤가 게르첸의 편지와 서명이 있는 사진들이 들어 있던 작은 가방을 풀숲에 내던져 버렸다는 사실은 언급하지 않았다는 점에서 그의 말이 전적으로 옳은 것만은 아니다. 어떤 관련서류들이 수사 중에 발견되긴 했지만 역시 그 하녀가 헌병들의 서류철에서 그걸 빼내버리기도 했다.

물론 그렇다고 해서 그것이 톨스토이와 게르첸이 당시 같은 생각을 하고 있었다는 뜻은 아니다. 다만 이 사건은 톨스토이와 그의 학교가 게르첸과 마찬가지로 체제에 대해 적대적이었다는 점을 분명히 말해준다. 톨스토이는 분쟁 조정자로서 양심적으로 맡은 바 소임에 충실했고 농민들을 보호하려고 노력했다. 그러나 그 일은 아주 미묘하고 어려웠다. 농민들을 그를 속이려고 했고 이웃인 지주 귀족들은 그를 증오했기 때문이다.

5년 뒤 톨스토이는 숙모에게 보내는 편지에서 사악한 사람들 속에서 선량한 사람 혼자 살아가기가 얼마나 힘든 일인지 말한다.

> 저는 제가 행복하고 정직한 세계를 만들어 그 속에서 평온하고 아무런 잘못도 후회도, 혼란도 없이 고요하게 살아가고, 어떤 일도 서두를 것 없이 그저 모든 것을 훌륭하고 올바르게 처리해 나갈 수 있다고 그렇게 생각하고 있었지요. 숙모님은 아직도 그렇게 생각하고 계시겠지만 저는 지금 한때나마 제가 그런 생각을 했다는 사실이 우습기조차 합니다. 정말 우스운 일이지요! 그건 불가능합니다, 숙모님. 아무 것도 하지 않고, 산책조차 하지 않으면서 건강하게 산다는 것이 불가능한 것과 같은 이치지요. 정직하게 살기 위해서는 몸부림치고 뒤엉키고 싸우고 못된 짓을 하고 그래야만 하지요. 모든 걸 거듭 내던지고 또 내던지고 영원히 싸우며 모든 걸 잃어버려야 되는 겁니다. 평온함이란 바로 영혼이 속물처럼 되는 것입니다. (60, 231)

하지만 말 그대로 그렇게 할 수는 없었다. 그렇다면 이렇게 몹시 힘들어했던 톨스토이가 할 수 있었던 것은 무엇일까? 그는 자신이 처한 처지를 잘 이해하고 있었고 알렉산드라 부인에게 이렇게 편지를 쓴다. "결국 수많은 포타포프, 돌고루코프[215], 아락체예프 같은 사람들 모두, 그리고 나라를 지키는 모든 반월형 보루들이 모두 다 당신의 친구들입니다."(60, 428)

---

215) 〔역주〕A. 포타포프(1818~1886). 헌병대 보안부서를 이끌었던 인물. V. 돌고루코프(1810~1891). 모스크바 주지사 겸 기병대 장군. 황제 측근으로 다양한 정치적 개혁안을 주도하기도 했음.

그리고 그는 헌병들이 자신의 집에서 게르첸의 선언문을 찾으려고 했다는 사실을 언급한다. "그 선언문이라는 것을 저는 경멸하고 있었고 따분해서 도저히 끝까지 읽을 수가 없었지요. 사실 저는 그 멋지다는 선언문과 〈종〉지를 1주일 정도 가지고 있었던 적이 있었는데, 가지고 있다가 읽지도 않고 돌려보냈습니다."(60, 429)

사람들은 때로 수신자뿐만 아니라 우체국에서 개봉하여 누군가 읽어볼 것이라고 생각하며 편지를 쓰는 법이다. 톨스토이도 자신의 세계, 자신의 전원세계, 즉 야스나야 폴랴나의 영지에 누구의 손도 닿지 않는 농민들의 세상을 만들고자 했지만 대실패를 겪으며 이렇게 자신을 변호하는 듯한 편지를 쓰고 있는 것이다.

톨스토이는 자신이 농민 처녀와 결혼할 것이라고 학생들에게 말하곤 했다. 그래서 수업이 끝나면 아이들은 어떤 처녀가 어울리는지를 고르며 농민에게 관심을 쏟으며 함부로 살아가는 백작을 사람들이 비웃을 것인지 아닌지 토론을 벌이곤 했다.

아이들은 아주 어렸고 자기 결혼에 대해 아이들과 이야기를 나누는 톨스토이 역시 애들처럼 순진하기 짝이 없었다. 알렉산드르 2세 황제에게 편지를 보내면서 황제가 자신에게 사과할 것이라고 기대하던 톨스토이의 모습도 영락없이 어린애였다. 그는 심지어 그런 사과를 받지 못했다는 사실을 숨겼다. 그래서 타티야나 쿠즈민스카야(톨스토이 아내 소피야의 동생)는 회고록에서 황제가 "자신의 부관을 통해 톨스토이에게 사과를 했다"[216]고 확신하기까지 했다.

톨스토이는 알렉산드라 톨스타야 부인에게 편지를 쓰며 자신의 불만을 황제에게 전달해달라고 부탁하고 자신도 개인적으로 편지를 황제에게 전달하려고 노력했다. 1862년 8월 23일 톨스토이는 일기에 "폐하에

216) T. 쿠즈민스카야, 《나의 가정과 야스나야 폴랴나에서의 나의 삶》, 제 4판, 툴라, 1964, 106쪽.

게 편지를 전했다"는 기록을 남긴다.

　일린스키의 논문에는 황제가 7월 23일에 이미 야스나야 폴랴나 수색
에 관한 두르노보의 보고를 받았다는 사실과 함께 다음과 같이 기록되
어 있다.

　　제3국의 서류철에는 1862년 8월 31일자 '조서'가 있다. 이 조서에
　는 톨스토이 사건정황에 대한 간략한 설명과 함께 '금일 톨스토이
　백작으로부터 수령한 그의 집과 주변, 거주인들에 대한 수색과 관
　련된 매우 정중한 청원'에 관한 제3국 '의견'이 담겨 있었다. 돌고
　루코프 공작은 톨스토이의 청원과 관련해서 분명 이 조서를 황제
　알렉산드르 2세에게 보고했음에 틀림없다. 이 청원에 대한 제3국
　'의견'은 툴라 현 지사를 통해 구두로 톨스토이 백작에게 '해명'하는
　방법이 '가능할 것'이라고 제시되었다. 즉 이번 수색은 '당국의 감시
　를 받는' 젊은이들에 대한 조사였으며, 젊은이들 중 일부가 적절한
　허가 없이 거주하고 있었고, 백작이 이들과 밀접한 관계를 맺으며
　'영지 내에 근거를 알 수 없는' 학교를 개설한 것 등과 관련되어 있
　다는 것을 통보하자는 것이었다. 제3국 의견에는 톨스토이와 관련
　된 "현재 이 모든 정황들은 매우 심각하여 주목하지 않을 수 없다"
　고 기록되어 있었다. 217)

　이런 사실로 미루어 톨스토이의 청원에 대해 제3국은 어떤 형식으로
든 해명한 것으로 짐작된다. 돌고루코프 공작의 정중한 보고가 황제에
게 어떻게 받아들여졌는지는 알려져 있지 않지만 그가 툴라 주지사에게
보낸 1862년 11월 7일 자 서한으로 판단해 보건대, '황제폐하의 뜻'은,
비록 톨스토이 집에 거주하는 자들이 '합법적인 거주권'을 지니지 않았
고 그 중 한 명은 금서를 소지하고 있었음에도 불구하고, 톨스토이에겐
향후 그 어떤 책임도 묻지 않겠다는 것이었다.

---

217) 〈즈베니야〉 제1권, 411~412쪽.

'그와 같은 황제 폐하의 뜻'을 툴라 주지사에게 통보하면서, 제 3국 헌병대장은 '톨스토이 백작을 개인적으로 만나 구두로 그런 사실을 통보하도록' 요구했다. 그리고 만일 톨스토이 백작이 "수색에 직접 임석했었다면, 분명 헌병대 장교들이 힘들기 짝이 없는 맡은 바 임무에도 불구하고 그들 직책의 필수조건이라 할 수 있는 그런 신중함으로 임무를 수행했다는 사실을 충분히 납득할 수 있었을 것"이라는 자신의 말을 전해달라고 부탁한다. 이 "달갑지 않은 사건"은 "황제폐하에 의해" 그렇게 평가되었던 것이다.

하지만 편지가 황제의 부관인 세레메티예프를 통해 전달되었음에도 불구하고 톨스토이는 그 어떤 만족스런 사과도 받지 못한 꼴이 되었다. 제 3국 비밀경찰 총수였던 돌고루코프 공작의 행위들은 황제에 의해 승인된 것이기 때문이다.

이렇게 톨스토이의 학교는 무너졌고 재건되지 못했다. 톨스토이가 선택한 길은 봉쇄되어 버렸다. 이 또한 물론 우연이 아니다. 야스나야 폴랴나에 대한 당국의 수색은 당시 러시아의 일반적 정세에 비추어 보면 그 의미를 이해할 수 있다.

톨스토이는 만족할 만한 해명을 요구하며 황제에게 편지를 보냈지만 답장을 받지는 못했다. 유일한 보답이라면 잘못된 정보를 제공한 시포프 형사가 체포되고 이후 경찰서류에 그 이름이 더 이상 등장하지 않는다는 것이다. 하지만 톨스토이는 그 사실을 알지 못했다.

분쟁 조정자로서 톨스토이 백작의 일처리에 화가 나 있던 이웃 지주들은 톨스토이가 겪는 일을 보고 불온분자들은 처벌받아야 한다고 생각하며 만족해했다.

이후 얼마 되지 않아 톨스토이는 결혼하게 되고 스스로의 결심으로, 또 젊은 아내의 설득을 받아 학교를 폐쇄한다. 대학생 교사들이 행복한 신혼생활을 질시어린 눈으로 바라본다는 생각이 들었던 것이다.

그럼 톨스토이의 학생들은 어떻게 되었을까?

페디카라는 이름으로 기술되었던 바실리 모로조프는 툴라에 나가 마부 일을 하려고 했다. 그는 이런 글을 남기고 있다.

> 도시에서의 처음 몇 년은 아주 힘들었다. 할 일을 찾지 못해 나는 부랑자로 떠돌았다. 춥고 배를 곯는 경우도 많았고 아무 곳에서나 잠을 잤다. 나는 마침내 막다른 골목에 이르렀다. 누군가 나를 도둑질로 내몰았다. 하지만 나는 결심했다, 차라리 굶어 죽는 편이 낫겠다고. 218)

바실리는 자살을 생각하고 강물에 몸을 던졌지만 기적처럼 목숨을 건졌다. 아주 오랜 후에 그는 야스나야 폴랴나로 스승을 방문하게 된다. 이미 노인이 다 된 톨스토이는 자신의 학생이었던 바실리를 알아보고 다정하게 대해 주었다. 그리고 당시 에디슨이 보내주었던 축음기에 함께 목소리를 녹음했다.

1884년 12월 야스나야 폴랴나에 한 병사가 일거리를 찾으러 찾아왔는데 처음에 톨스토이는 냉정하게 거절했다. 그러나 후에 아내에게 이런 편지를 보낸다.

> 하지만 그는 자신이 전에 내가 처음 학교를 열었을 때의 학생이었다고 말했지요. 셈카라고, 아주 훌륭한 소년 중의 하나였지요. 지금은 아주 훌륭하게 자란 것 같았지요. 나는 이 병사의 얼굴에서 아주 영리했던 소년의 주근깨 가득한 통통한 얼굴과 선한 미소를 알아볼 수 있었답니다. 나는 아주 오랫동안 그와 이야기를 나누었지요. (83, 455)

---

218) V. 모로조프, 《나의 고백 중에서》, 《국제 톨스토이 문예작품집》, M., 1909, 127~128쪽. 1917년에 모로조프의 회상은 〈중개인〉에서 독립적으로 출판된다.

톨스토이는 그를 사마라 영지 관리인으로 삼았다. 그와의 추억이 아주 소중했던 것이다. 이에 대해 소피야는 이렇게 답장을 보냈다.

> 농촌 아이들과 농민들의 생활에 대한 당신의 말씀, 그리고 다른 기타 모든 것은 야스나야 폴랴나 학교가 있었을 때와 하나도 변하지 않고 그대로군요. 하지만 안타깝게도 당신은 당신 자식들은 별로 사랑하지 않는군요. 만일 당신의 자식들이 농촌 아낙의 자식들이었다면 문제는 달랐겠지요. (83, 458)

아내 소피야는 '농민의 자식들'이라고 하지 않고 '농촌 아낙네의 자식들'이라고 말하고 있다. 그녀는 농촌을 질투했어야 했을 것을 여자를 질투하고 있었던 것이다.

나머지 학생들은 모두 뿔뿔이 흩어졌다. 그들 중 하나, 포카노프는 노인이 될 때까지 야스나야 폴랴나에 일꾼으로 남았다. 그는 톨스토이의 장례를 치를 때 직접 무덤을 팠던 인물이다. 그는 나중에는 묘지를 지키는 경비원이 되었다.

야스나야 폴랴나에 기적을 만들려는 톨스토이의 시도는 무산되었다. 그는 민중들이 놀랄만한 재능과 엄청난 창조적 가능성을 지니고 있다는 것을 알게 되었다. 그리고 그가 하고 있는 일이 민중에게 이해될 수 있다는 것도 알게 되었다. 그러나 또한 국가의 근본 자체를 바꾸지 않고서는 민중을 위해 아무 것도 할 수 없다는 것도 알게 되었다. 우연히 발생한 것 같은 경찰과 헌병대의 급습과 수색은 톨스토이가 몸담고 있던 제국의 삶의 양식이었던 것이다.

톨스토이는 물러났다. 그는 반 무의식적으로 물러나 작가로 돌아가 '아치형 천장의 방'에 틀어박혔다. 오랫동안 그곳에 물러앉아 있었지만 톨스토이는 논쟁을 멈출 수는 없었다. 삶은 그를 통해 항상 논쟁하고 있었기 때문이다.

그해 9월 7일, 즉 그 사건이 있은 지 1, 2주일 뒤에 톨스토이는 '친애하는 친구 알렉산드라 부인'에게 이렇게 편지를 보냈다. "내게 당신과 같은 친구가 있다는 것은 얼마나 행복한 일인지 모릅니다. 당신의 편지에 난 참으로 기뻤고 위로를 받았습니다." 그리고 이어서 헌병대와 검열 등에 대한 이야기를 하고는, "그리고 세 번째, 이게 과연 행복인지 불행인지 모르겠지만, 당신이 알아서 판단하세요, 내가, 이빨 빠진 바보 늙은이 같은 내가 사랑에 빠졌다는 겁니다."

그렇다. 그는 사랑에 빠졌고 마침내 사랑을 고백할 사람을, 얼마 전 헌병들에 의해 검열을 받았던 일기를 보여줄 수 있는 사람을 찾은 것이다.

톨스토이가 사랑에 빠진 사람은 열여덟 살의 소피야 베르스였다. 그녀와 결혼하면서 톨스토이는 일상으로 물러났다. 그리고 어쩌면 그것은 필요한 일이기도 했다. 정말로 현실에 대적하거나 아니면 물러날 수밖에 없었던 상황에서, 글을 쓰기 위해서라도 자신을 보전해야 했던 것이다. 이리하여 결국 젊은 아내의 집요한 설득으로 학교의 폐쇄는 더욱 가속되었다.

소피야의 질투는 톨스토이가 사랑했던 농촌 아낙에 대해서뿐만 아니라 모든 것을 향해 있었다. 1862년 12월 16일, 소피야는 이렇게 기록한다. "내가 만일 그를 죽이고 다시 전과 똑같이 만들 수만 있다면 난 기꺼이 그렇게 하고 말 것이다."

그러나 그녀가 만들고 싶었던 새로운 톨스토이는 '전과 똑같은' 모습이 아니라 자신을 닮은, 베르스 가문의 사람들을 닮은 평범한 톨스토이였다. 베르스 가문은 톨스토이가 남들과 같은 평범한 지주이기를 원했다. 그는 남들과 같이 영지를 관리하고 영지를 넓히기 위해 노력했지만 1965년 8월 13일 자 일기에는 이렇게 적혀 있다.

러시아의 전 세계적 민중적 과제는 토지사유권이 없는 사회체제에 대한 이념을 이 세계에 가져다주는 것이다.

《카자크 사람들》

카프카스 이야기 연작에 대한 구상은 10여 년 동안 계속 톨스토이의 머릿속을 떠나지 않았다. 톨스토이는 여러 가지 일을 하면서도 여러 가지 이유로 이 구상으로 거듭 되돌아오곤 했다.

1857년 신력 4월 14일 제네바에서 그는 "모든 걸 다시 고쳐야겠다. 인물들 사이 연관성이 떨어진다"고 일기를 쓴다.

그리고 4월 15일. "기본 구성을 가장 간략한 형태로 해야겠다. 지금은 너무나도 비도덕적인 것이 되고 있다."

4월 17일. "도망자에 대한 구상이 모두 완전히 마무리된 것 같다."

4월 18일. "도망자는 완전히 준비된 것 같다. 내일은 착수할 수 있을 것이다."

8월에 야스나야 폴랴나에서 그의 주된 관심사는 영지경영 문제와 동생 마리야와 투르게네프와의 관계에 대한 것이었다. "난 그들 둘 다 걱정이다"라는 일기가 보인다. 하지만 '카자크 사람'이 머릿속을 떠난 것은 아니다. 그는 호머의 작품과 같은 것을 찾고 있었고 전과 마찬가지로 그것을 카자크 노래에서 발견한 것이다.

8월 15일. "하루 종일 아무 것도 하지 못하고 일리아드를 읽었다. 바로 이것이다! 이건 정말 기적과도 같은 작품이다!"

8월 16일. "일리아드. 훌륭하다, 하지만 그 이상은 없다." 그리고 조금 공간을 띄운 다음, "세세하게 묘사한다는 것은 지루한 일이다. 불타는 듯한 필치로 쓰고 싶다."

8월 17일. "일리아드만 읽으며 틈틈이 일을 했을 뿐이다 (…) 일리아드는 도망자에 대한 내 생각을 완전히 새롭게 만들고 있다."

8월 18일. "이럴 수가! 다시 엉망이 된 것을 모르다니. 일리아드를 읽었다 (…) 카프카스 이야기는 전혀 마음에 들지 않는다. 생각 없이 쓸 수는 없다. 하지만 선은 어디에서나 선이라는 생각, 욕망 역시 어디에나 있다는 생각, 원시적 상태는 좋은 것이라는 생각, 그것으론 부족하다."

그리고 푸시킨의 《집시》의 마지막 구절을 요약하며 그에 대해 논박한다.

8월 말 일기에도 '일리아드'에 대한 기록은 이어진다. 톨스토이의 회의는 오래된 것이었고 '일리아드'는 그걸 보다 확고하게 만들어 주었던 것이다.

톨스토이의 형 니콜라이는 《카프카스에서의 사냥》이라는 멋진 수기를 써냈지만 톨스토이는 위대한 작품을 구상하고 있었다.

《카자크 사람들》에서 올레닌과 예로시카의 만남은 푸시킨의 《집시》에서 알레코와 늙은 집시의 만남과도 같다. 그들은 정의를 추구하고 있고, 만일 그것을 찾지 못한다 해도 그들은 여전히 불의를 거부할 것이다. 주인공들은 숲을 돌아다닐 뿐만 아니라 삶 자체를 떠돌아다니며 삶의 모순들을 드러내고 있다.

톨스토이도 보통의 지주처럼 민중의 삶을 개조할 수 없다고 여기는 것 같다. 그리고 자기완성의 종교 역시 삶을 개조하는 것이 아니라 삶을 이해하도록 해 주는 것이라는 늙은 예로시카의 말에 귀를 기울이고 있는 듯하다.

저속해 보이는 카자크 노인 예로시카는 정교를 믿지도 않고 다른 어떤 신앙도 가지고 있지 않았다. 그가 순박하게 믿는 것은 오직 사랑뿐이다. 그러나 그의 사랑은 이기적이기는 하지만 맹목적이지는 않다. 예로시카는 여성을, 수많은 아내를 가진 산악민들의 가정을, 사랑하는 이에 대해 모든 걸 바치는 여성의 사랑을 믿고 있다. 죄라는 것을 이 노인은 믿지 않는다.

죄라고? 대체 죄가 뭐요? 예쁜 처녀를 쳐다보는 것도 죄요? 처녀와 좀 즐긴다고 죄가 되나? 아님, 사랑하면 죄가 돼? 당신네들은 그래요? 아이고, 아니요, 그런 건 죄가 아니라 구원이요. 당신도, 처녀

도 다 하느님이 만드신 거요. 모두 다 하느님이 만드신 거란 말이
요. 그러니 처녀를 바라본다고 해서 죄가 되는 건 아니지. 처녀는
사랑하라고 만들어진 게고 그녀에게서 기쁨을 얻으라고 만들어진
게지. 나는 그렇게 생각한다오, 젊은 나리.

노인은 신을 두려워하지 않는다.

"나는 모든 게 다 위선이라고 생각해."
　그는 잠시 말을 멈췄다가 덧붙였다.
"뭐가 위선이라고요?"
　올레닌이 물었다.
"그게 다 법 따위를 만드는 사람들 얘기지. 숨이 넘어가면 무덤
에 풀이 자라기 마련이고, 그게 다 아니요."

톨스토이에게 예로시카는 카자크 공동체 사회의 비밀을 푸는 열쇠와
같은 존재였다. 그 시기 톨스토이에게 카자크 공동체 사회는 러시아 역
사상 매우 중요한 현상이었다. 그러나 예로시카는 마을의 조롱거리였
고 아이들마저 그를 놀려댄다. 거기서 그는 과거의 사람이었던 것이다.
　톨스토이는 카자크 스타니차에서 사라져가는 것을 사랑했다. 비록
눈앞의 스타니차에서는 부유한 카자크들이 나가이족219)의 노동을 착취
하며 살아가고 친지의 과수원을 뺏으려고 소송을 벌이고 있었지만.
　예로시카의 시대, 그의 영광의 시대는 지나갔다.
　숲에서 올레닌은 예로시카의 생각을 발전시켜 그것을 자신이 속한 문
명사회의 사람들이 생각하는 것, 즉 욕망과 죄악이란 조화롭지 못한 체
제에 의해 왜곡된 인간성이라는 생각과 연결시킨다.
　유토피아주의자들은 인간의 새로운 조화를 찾고자 한다. 《카자크 사

---

219) 〔역주〕카프카스 지역 타타르계 소수민족의 하나.

람들》의 젊은 주인공 드미트리 올레닌도 바로 그런 사람들처럼 나름대
로 철학자가 되어 말한다. 작품의 제 20장 거의 전부에는 행복이란 인간
이 자신을 완전히 자연의 일부로 느끼게 될 때 가능하다는 생각이 담겨
있다.

올레닌은 숲에서 "여기서 나에겐 행복을 위한 그 무엇도 필요하지 않
다!"고 생각한다. 그러자 갑자기 그에게 새로운 빛이 비치는 것만 같다.

'행복이란 그런 것이다.' 그는 혼자 생각했다. '행복이란 남을 위해
사는 것이다. 이건 명약관화하다. 인간에겐 행복에 대한 욕구가 내
재해 있다. 그래서 그것은 합당하다. 그런데 그런 욕구를 이기적으
로 충족시키려고 한다면, 즉 자기 한 몸을 위해 부와 명예와 생활
의 편의와 사랑을 구하고자 한다면, 오히려 그런 욕망을 충족하지
못하는 상황이 만들어질 수 있다. 그렇게 되면 결과적으로 이런 욕
망은 합당치 못한 것이 된다. 행복에 대한 욕구가 합당치 못한 것
이 아님에도 불구하고.'

이런 논리는 참 이해하기 힘들고 복잡하다. 그 당시 톨스토이에게는
조화로움이라고 말할 수 있는 것이 필요했고, 행복의 무모순성이 필요
했다. 그의 주변 세계는 분명 행복하지 않다. 따라서 새로운 조화, 행복
의 정당성을 만들어내야 했던 것이다.

행복에 대한 이런 개념에 따르면 사회개혁은 필연적인 것이다. 그저
살아가는 대로 살아서는 안 되고 뭔가 다르게 살아야 한다. 올레닌이 모
스크바에서 도망친 것은 빚 때문이 아니다(빚이 있기는 했지만). 그는
허구적인 문명으로부터 탈출하고자 했던 것이다. 비록 그의 가방 속에
는 프랑스인 양복쟁이에게 미처 값을 다 치르지 못한 유행하는 양복이
한 벌 들어 있기는 했지만.

하지만 그는 도망자는 아니다. 다만 있던 곳에 더 이상 머물러 있을
수가 없었을 뿐이다.

톨스토이는 《카자크 사람들》에 대한 구상에서 올레닌에 대해 이렇게 기록하고 있다. "모스크바를 벗어남. 사교계에서의 지위. 니콜라이 1세 치하에서의 기이한 성장. 거부하기 힘들지만 수긍할 수도 없음. 삶에 대한 의지."(6, 258)

그러나 아직 삶을 개조할 여지는 있다. 과연 톨스토이는 게르첸이나 페트라솁스키 그룹처럼 삶을 개조하려고 시도할 수 있을 것인가?

올레닌이 톨스토이와 매우 가까운 인물이라는 것은 숨길 수 없다. 일인칭 시점으로 진행되는 장들을 보면 이러한 일치는 특히 놀랄만하다.

톨스토이 기념전집에, 이본(異本) 제 23번 《마리야나》라고 이름 붙은 한 단편(斷片)이 실려 있다. 여기에는 톨스토이의 군대 직급과 키즐랴르를 경유해 간 여정이 들어 있는데 이런 사실들은 모두 올레닌에게 그대로 투사되어 있다.

> 1850년 2월 28일 맡은 바 임무에 따라 T. 시의 시의회 14등관 문관 드미트리 올레닌은 모스크바에서 스타브로폴 현의 키즐랴르 시까지 역마차 이용권이 주어졌다. (6, 254)

그 뒤에 올레닌이 모스크바의 세발리에 호텔 문 앞에서 바뉴시카와 함께 길을 떠나는 장면이 짤막하게 그려진다. T. 시는 당연히 툴라를 가리키는 것이다. 주인공의 성은 여러 번 바뀌다가 마침내 올레닌으로 결정된다. 그러면서 톨스토이의 이력이 그대로 투사된다. 올레닌은 사관생도로 설정되고 톨스토이는 문관 신분증을 가지고 있었다는 차이가 있지만 그들은 똑같이 자원병으로 전쟁에 참여하기 위해 여행길에 오른다. 그의 여행은 키즐랴르에서 끝나지 않고, 톨스토이처럼 더 먼 곳으로 새로운 역마로 갈아타고 떠난다.

스타로글라드콥스카야는 그를 변화시켰다.

아름답고 건강한 마리야나에 대한 사랑은 갈등의 기본 구조를 형성하는 테마이다. 처음에 톨스토이는 사랑을, 행복한 사랑이 아니라면 적어도 완벽한 사랑을 그리고자 했다. 한 장교가 카자크 여인을 아내로 맞이한다, 아내에게 집을 사주고 아내의 구교를 인정하거나 아내가 자신의 정교를 받아들이기를 기다린다, 하지만 그녀의 전 남편이 돌아와 그 장교를 죽이고 만다는 것으로 계획했던 것이다.

이야기는 아주 매력적으로 진행된다. 톨스토이는 집필계획을 수없이 바꿔가며 다양하게 구상해본다. 이때 계획된 것은 후에 출판된 작품보다 훨씬 밀도 있고 극적이며 박진감 있었다.

그러나 배는 바다 위에 떠 있고 바다는 그 배의 철벽에 압력을 가하는 법이다.

카자크 스타니차의 젊은 여자의 이름은 마리야나, 지나, 혹은 소볼카야로 불리곤 하는데, 그 외에는 별로 자세히 그려지지 않는다. 그러나 이 여인이 바로 톨스토이가 사랑했던 여인이라는 점은 분명하다. 톨스토이는 사랑에 대한 분석을 깊이 해갈수록 점점 더 자신의 얘기로 나아갔고 소설은 점점 자전적 내용으로 채워졌다.

올레닌은 영리한 인물로서 책도 많이 읽고 정의를 꿈꾸며 러시아 문학에 대해서도 잘 알고 있다. 그는 작가와는 다른 독자적인 이력과 세상에 대한 나름의 태도를 가지고 있지만 스타니차 마을은 그런 사람을 받아들이지 않는다. 잘 생긴 젊은 지주 벨레츠키는 카자크 사회에 잘 동화되어 카자크 처녀와 사랑을 나누지만 금방 자신에게로 되돌아간다. 산과 위대한 사랑, 새로운 삶을 꿈꾸는 올레닌은 예로시카에게 연민을 불러일으킨다. 하지만 올레닌은 마라야나의 사랑을 받지 못하고 마을 사람들로부터도 소외되어 있다.

예로시카는 과거의 추억에 머물러 살아간다. 하지만 올레닌은 미래를 염원하고 있다. 한 사람은 사랑이 끝나 버렸고 다른 한 사람은 사랑을 받지 못하는 것이다.

이제 톨스토이로서는 가장 쓰라린 점을 말해야 할 때다.

　톨스토이는 지나이다를 거의 사랑하지 않았고 집시여인 카탸도 믿지 못했다. 게다가 자신의 힘과 재능을 믿기는 했지만 자신을 별로 사랑하지도 않았다. 이미 이 당시 톨스토이는 농민의 아이가 귀족의 아이보다 더 독립적이며 더 생명력이 있다는 것을 알고 있었다.

　그는 후에 아내 소피야가 말한 바와 같이 '농민 아낙네의 아이들'을 좋아했다.

　톨스토이는 스타니차에서 사랑에 빠졌고 행복을 느끼며 그곳에 영원히 머무르고 싶었다. 10년 동안 계속해서 그는 그곳에서 느꼈던 낙원과도 같은 행복에 대해 소설을 쓰고 항상 애정을 가지고 그때를 회상하곤 했다.

　그는 마리야나에 대한 자신의 꿈을 올레닌에게 투영했다. 톨스토이는 이 카자크 여인을 부유한 여자로 해야 할지 가난한 여자로 해야 할지 망설였다. 하지만 올레닌에게 경쟁자를 설정하는 문제는 쉽게 결정했다. 종교의 문제는 마리야나가 정교를 받아들이는 것으로 하거나 아니면 올레닌이 구교를 받아들이는 것으로 설정하려고 했다. 하지만 이 모든 것은 실현되지 못한다.

　소설이 쓰이기 시작한 것은 사실이다. 소설은 3부로 구성되었고 톨스토이가 티플리스에서 머물 때 보았던 사건을 끌어들이고 있다. 올레닌은 이 도시에서 톨스토이가 직접 겪었던 것보다는 운이 좋은 인물로 그려진다. 높은 사람들과 줄이 닿는 것으로 설정되었다. 톨스토이는 높은 귀족사회와의 인맥에 대한 자신의 소망을 올레닌에게 담아냈다.

　소설은 톨스토이의 삶과 나란히 발전되어갔다.

　올레닌의 경쟁자인 키르카는 체첸으로 도망을 가서 아브렉(전사)이 되어 스타니차로 돌아와 살인을 저지르고 처형된다. 마리야나는 아무런 죄가 없는 올레닌을 죽이고 마리야나를 사랑했던 한 병사는 스스로 그 죄를 덮어쓰려고 한다.

　그러나 이 소설은 미처 완성되지 못했다. 톨스토이는 리얼리스트였고 이 소설의 구도는 세상 어디에서도 실현되기 힘든 것이기 때문이다. 그의 소설 구상은 너무나 우연에 좌우되는 것이었다. 유토피아적인 결말로 끝낼 수 없는 것과 마찬가지로 살인과 죽음으로 소설을 끝내는 것도 그에겐 있을 수 없는 일이었다.

소설의 제목도 '도망자', '탈주한 카자크', '카자크 사람들'로 자꾸 변경되었다.

톨스토이의 장인이며 호색가에다 세상 경험이 풍부했던 궁정의사 안드레이 베르스는 《카자크 사람들》을 별로 좋아하지 않았다. 그는 딸에게 보내는 편지에서 사위인 톨스토이에게 그와 같은 뜻을 전했다. 그는 톨스토이가 현실을 잘 알지 못한다고 생각했던 것이다.

> 그가 스타니차에 오래 있을 시간이 없어서 마리야나 같은 여자가 어떤 여자인지 잘 살펴볼 시간이 부족했던 것 같다. 하긴 도덕적 측면에서 그런 여자를 오래 살펴볼 필요가 과연 있기나 한지 모르겠지만 말이다. 내 생각에 그런 여자들은 다 똑 같다. 그런 여자들의 신경체계는 완전히 그 신경근육에 따라 움직일 뿐이지. 그래서 그들이 사는 산과 마찬가지로 고상하고 다정한 감정 따위는 전혀 닿을 여지가 없는 것이다. [220]

이런 편지는 딸에게 상당히 의미 있는 것으로 받아들여졌다. 쿠즈민스카야는 이 편지를 회고록 《나의 가정과 야스나야 폴랴나에서의 나의 삶》에 '아버지의 편지'라는 제목으로 싣고 있다.

농민 여자에 대한 사랑을 얘기하고 있는 《카자크 사람들》이 베르스 가문의 사람들에게 낯설고도 악마적인 이야기로 비친 것은 당연하다.

이 책은 결국 소피야의 질투를 자극했다. 소피야의 질투는 선택적이었다. 그녀는 분명 무엇을 질투해야 하는지를 잘 알고 있었다. 그녀는

---

220) T. 쿠즈민스카야, 169쪽.

발레리야에 대해서는 질투하지 않았다. 그녀의 편지를 보자.

> V. 에게 보낸 그의 편지를 몇 번이나 읽어 보았다. 젊었을 때 일이
> 고, 사실 그는 그녀를 사랑하지 않았다. 다만 가족과 같은 그런 사
> 랑을 느꼈을 뿐이다. 그리고 그의 편지들을 보면 난 조금도 질투가
> 생겨나지 않았다. 그의 편지 같지도 않았고, 그 속의 여자가 V. 라
> 고 여겨지지도 않았다. 오히려 난 그가 사랑해야할 여자는 V. 가 아
> 니라 바로 나라는 생각이 들었을 뿐이다. 221)

 황후를 모시던 고관이었던 알렉산드라 톨스토야 백작부인과 톨스토
이 사이에 뭔가 연정 같은 것이 있다고 생각하기는 했지만, 소피야는 그
녀에 대해서도 질투를 느끼지 않았다. 그녀에 대한 질투는 좀 더 나중
에, 남편이 없을 때 그의 서류를 들춰보던 중에 알렉산드라의 편지와 남
편의 답장들을 대조해가며 읽어 보면서 느끼게 된다. 하지만 그것도 다
분히 존경심 같은 것이 섞인 질투였다. 소피야는 백작부인이 자신보다
훨씬 높은 궁정 귀족이라는 사실을 인정하는 것 같았다.
 1863년 10월 17일 소피야는 이렇게 기록한다.

> 나는 그의 모든 것을 차지하고 그를 모두 다 이해하고 싶다. 그가
> 알렉산드라 부인과 함께 있을 때처럼 그렇게 되고 싶다. 하지만 난
> 그것이 불가능하다는 것을 알고 있다. 그렇다고 모욕을 느끼지는
> 않는다. 내가 그러기에는 아직 젊고 머리도 모자라고 그렇게 시적
> 이지도 못하다는 사실을 받아들일 뿐이다. 타고난 점들은 빼고 알
> 렉산드라 같은 그런 부인이 되기 위해서는 나이도 더 들어야 하고
> 아이도 없어야 할 것이며 남편도 없어야 될 것이다. 나는 그들이
> 전과 같이 편지를 주고받는다 해도 신경쓰지 않을 것이다. 다만 그
> 녀가 톨스토이의 아내를 아이들이나 키우고 평범한 일상적인 문제

---

221) 1863년 4월 10일.

들을 제외하고는 아무 것도 할 줄 모르는 그런 여자로 생각하게 된다면 그것이 슬플 뿐이다. 난 내가 얼마나 질투심이 많은 여자이고 그의 영혼에 대해 얼마나 질투를 느끼고 있는지 알고 있다. 하지만 알렉산드라 부인을 그의 삶에서 지워낼 수 없고 그래서도 안 된다는 것을 알고 있다. 그녀는 내가 할 수 없는 그런 좋은 역할을 해줄 것이다. 나는 오히려 그녀와 좀 더 가까이 지내고 싶다는 생각까지 든다. 과연 그녀는 내가 그에게 어울리는 사람이라고 생각하고 있을까?

이 편지에 다른 설명을 덧붙일 필요는 없을 것이다. 다만 이런 감정은 마리야나와 악시냐에 대한 감정과는 전혀 다른 것이었다는 점에 주목할 뿐이다.

1865년 3월 20일 소피야는 또 이렇게 말한다.

오늘 《카자크 사람들》에 대한 평론을 읽으면서 또 다시, 난 모든 게 끝난 여자다, 그의 삶과 사랑과 젊음, 그 모든 것은 카자크 여자나 다른 여자들을 위한 것이었다는 생각에 사로잡혔다.

악시냐에 대한 태도 역시 자살이나 살인을 생각할 정도로 증오심에 가득 찬 질투였다.

1862년 12월 16일 기록에는 1858년 5월 10일에서 13일에 걸친 톨스토이의 일기를 다시 읽어 보면서 느낀 감정이 담겨 있다.

이제까지 이렇게 질투심에 사로잡힌 적이 없었던 것 같다. '결코 이런 사랑을 해본 적이 없다!'니. 그저 뚱뚱하고 허여멀건한 아낙네에게, 끔찍하다. 단도와 소총을 바라보며 마음이 끓어올랐다. 한 방이면 끝이다, 아이들만 아니라면 간단한 일이다.

그런 일은 일어나지 않았다.

1863년 1월 14일 모스크바에서 쓴 일기를 보자.

> 오늘 아주 불쾌한 꿈을 꾸었다. 우리 야스나야 폴랴나 마을 처녀들
> 과 아낙네들이 모두 귀족처럼 차려입고 어떤 커다란 영지에 머무는
> 우리를 찾아왔다. 그들이 어디선가 하나 둘씩 나타나더니 마지막에
> 검은 비단 원피스를 입은 악시냐가 들어왔다. 난 맹렬한 적대감에
> 싸여 어디선가 그녀의 아이를 데려다가 갈기갈기 찢어 버렸다. 다
> 리와 머리할 것 없이 찢어발기며 나는 끔찍한 광기에 휩싸였다. 톨
> 스토이가 들어왔을 때 나는 날 시베리아로 유형보내라고 말했다.
> 그는 찢어 팽개쳐진 다리와 손과 모든 부분을 집어 들면서, 괜찮
> 다, 이건 인형이라고 말했다. 그가 들고 있는 것을 살펴보았더니
> 정말로 인형이었다. 실제 사람 몸이 아니라 솜과 가죽 따위였다.
> 정말로 끔찍스러운 일이었다.

이런 기록은 우연한 것은 아니었다. 실제로 소피야의 제어할 수 없는
그런 맹렬한 질투심은 꿈에만 있었던 것은 아니기 때문이다.

결 혼

명의로 소문난 궁정의사 안드레이 베르스는 수도가 페테르부르그로
옮겨진 뒤 모스크바에 남아 크레믈린 궁전 한쪽에 살고 있었다. 다각형
의 궁정 정원에는 잡초가 무성했지만 돌 포장도로만은 여전히 훌륭했
다. 이 도로를 통해 규정을 위반하여 영창에 갇힌 장교들이 지나다니곤
했다.

셋째 딸 쿠즈민스카야의 회고를 읽다보면 크레믈린 내의 베르스 가족
의 집은 아주 안락하고 손님들을 초대하여 연극도 상연하고 파티도 열
고 했다는 인상을 받을 수 있다. 하지만 그런 기억은 사실이 아니다.

사실적이고 정확한 기록은 둘째 딸 소피야의 회고에서 엿볼 수 있다. "한번은 저녁때 나는 살금살금 칸막이 너머 어머니의 침실로 들어갔다."[222]

톨스토이는 언젠가 자식들의 선생님이었던 이바킨과 이야기를 나누면서 19세기 말 당시 사람들이 이미 당연한 것으로 생각하던 사치에 대해 비판적으로 언급한 바 있다. 그러면서 옛날에 대해 이렇게 회상했다.

> 전에는, 이를테면 베르스 가족들도 아주 평범한 관료의 가정처럼 살았지요. 지금이야 평범한 관료의 가정도 그렇게 살지 않지만 말이요. 하나의 복도가 집 전체인 셈이었어요. 계단에서 이어지는 문을 열면 곧바로 식당이고 의사의 집무실은 몸 하나 돌리기 어려운 작은 공간이었고 딸들은 먼지 쌓인 낡은 소파에서 잤지요. 오늘날 영국식의 W. C. 는 당시 여전히 러시아식 변소였지요. 이제 그런 것은 다 생각도 할 수 없는 일이 됐어요. 환자들이 위태로운 계단을 올라가 의사를 만나러가다 나무 계단이 부러져 쓰러지는 일을 생각이나 할 수 있겠습니까. 방의 천장도 아주 낮아서 중키의 사람도 지나가다가 샹들리에에 머리를 부딪칠 정도였으니, 계단을 오르다 넘어지지 않았다 해도 다음엔 샹들리에에 머리가 깨지지 않도록 조심해야 했지요. 이런 일들은 요즘 생각도 할 수 없는 일이지만 당시로서는 그것도 바로 사치였던 겁니다. [223]

푸른 눈을 가진 엄격하고 완고한 의사 베르스는 그 작고 낮은 집무실에 검은 벨벳 가운을 입고 앉아 환자를 받았다. 늙어서는 목의 수술 자국을 가리려고 턱수염을 길게 기르고 있었다. 그는 아주 잘 생기고 세상

---

222) S. 톨스타야, '레프 톨스토이와의 결혼', 《소피야의 일기》, 제 1부, 20쪽.
223) 'I. 이바킨의 기록', 《문학유산》 제 69권 제 2부, 모스크바, 소련과학아카데미 출판부, 1961, 72쪽.

사에 밝은 사람이었다. 안드레이 베르스, 그는 1806년 생으로 모스크바 궁정의 경호대 영창, 즉 잘못을 저지른 장교들을 가둬놓는 곳에서 의사로 근무했다.

막내딸 쿠즈민스카야는 증조부인 이반 베르스가 오스트리아 육군 기병 대위였고 교관으로 페테르부르그로 파견되었다고 말한다. 이반 베르스는 몇 년 동안 근무하다가 초른도르프 전투에서 사망했다. 그의 아내의 성은 전해지지 않는다. 그의 아들 옙스타피는 어머니로부터 재산을 상속했고 부유하고 가문 좋은 귀족인 불페르트 부인과 결혼했다고 한다.

옙스타피는 원래 약제사였다. 1812년 모스크바 화재 시에 재산을 잃고 포로가 되었다가 러시아군으로 귀환되어 재산손실에 대한 보상으로 3천 루블을 받았다. 여기서부터 베르스 가문의 가족사는 분명하게 드러나기 시작한다.

약제사 옙스타피는 두 아들을 모스크바 대학 의대에 진학시킨다. 아들 안드레이 베르스는 대학을 마치고 작가 투르게네프의 어머니와 함께 외국으로 가서 파리에 2년을 체류했다. 그는 외모가 뛰어난 의사였던 것이다. 그 결과 둘 사이에 딸이 태어났고 성은 보그다노비치-루토비노바[224] 라고 지어졌다.

안드레이 베르스는 의술이 매우 뛰어나고 '호방한 사람'이라는 명성이 높아 수많은 고관대작의 집을 자유롭게 들락거릴 수 있는 인물이었다. 그는 1845년 8등 문관 직위를 수여받음으로써 귀족이 되었고 모스크바 극장 수석의사 자리에도 올랐다.

그러나 집은 아주 소박하고 일반 관료들의 집과 마찬가지로 애국적 분위기에 휩싸여 있었다. 세바스토폴 전투 기간 동안 베르스의 딸들은

---

224) 〔저자〕베르스 가문에 전해져오는 이야기인데 V. 미쿨리치의 회고록에서도 확인되고 있다. 〈즈베니야〉, 제 1집, 1932, 501쪽.

군복 천으로 만들고 군용 단추를 단 외투를 입고 다녔다. 이런 외투는 소피야의 회고록 속에서 '애국 외투'라고 소개되고 있다. 그것은 이 반(半) 독일계 가족이 조국의 제단에 바치는 희생양이었던 셈이다.

소피야와 타티야나는 아버지에 대해 존경심을 가지고 회상하고 있지만 짧고 다소 빈약하다. 반면 어머니 쪽 가계에 대해서는 길고 상세하다. 타티야나 쿠즈민스카야는 《나의 가정과 야스나야 폴랴나에서의 나의 삶》에서 어머니에 대해 두 장을 바쳐 묘사하면서 황제와 백작들에 대한 언급을 잔뜩 늘어놓는다. 심지어 두 번째 장의 제목은 '나의 외증조부 P. 자바돕스키 백작'이다.

이 장은 이렇게 시작된다. "나의 어머니는 고대로부터 귀족 가문이었다. 어머니는 자바돕스카야 백작부인 소생의 코즐롭스카야 공작부인과 알렉산드르 이슬레니예프 사이에 태어났다." 공작부인 코즐롭스카야는 남편과 헤어져 이슬레니예프와 살았던 것이다. 그래서 어머니를 비롯하여 그 자식들은 사생아가 되고 말았다.

이런 가족사는 톨스토이의 《어린시절》 초판본에 약간 활용되고 있다. 잘못된 가족사는 이미 오래 전 일이었다. 1842년 류보피는 안드레이 베르스와 결혼해서 20년 동안 가정을 꾸린다. 그들 가정 내의 불평등한 관계는 예정된 일일 수밖에 없었다. 지체 높은 친척들에 대한 기억을 가지고 있으면서도 딸들은 열등감을 지니고 있었다.

후에 톨스토이의 아들 세르게이는 자신의 어머니에 대해 이렇게 쓰고 있다. "나의 어머니의 조혼, 그리고 어머니의 반-귀족적인 신분은 우리 가족의 모든 삶에 영향을 미쳤다." 세르게이는 《과거에 대한 기록》에서 어머니 소피야가 처음에는 아버지 톨스토이의 뜻에 철저하게 순종했지만 나중에 톨스토이의 세계관이 변화했을 때는 그를 따를 수 없었다고 말한다. "자신의 반-귀족적인 출생으로 인해 어머니는 특히 고위 사교계에 대한 선망을 지우지 못했다."[225]

톨스토이 집안은 오래전부터 이슬레니예프 가문과 관계가 있었다.

아버지 때부터 이웃 영지에 살았을 뿐만 아니라 이슬레니예프 가문은 톨스토이 집안과 관계를 가지며 신분적 만족을 얻었던 것이다.

집안에서는 심지어 어린 소년이었던 톨스토이가 소피야의 어머니 류보피 (이슬레니예프의 딸이고 당시 열 살이었던) 를 사랑하여 질투했다는 이야기까지 전해오고 있었다. 구세프는 이런 전해오는 이야기가 그야말로 전설일 뿐이라고 확실하게 증명한다. 하지만 베르스 가문과 톨스토이 가문이 모스크바에서도 서로 통하는 집안이었고 기꺼이 환대를 베풀고 배려해 주는 사이였다는 것, 그리고 베르스가 귀족 작위를 가진 톨스토이를 환영해마지 않았다는 것은 분명한 사실이다.

이러한 베르스에게 세 딸이 있었는데 모두 시집가야할 나이였다.

소피야에게 약제사의 아들이 구혼한 바 있지만 신분이 미약하다는 이유로 거절당했다. 그녀는 글 솜씨도 있었고 직접 시를 짓기도 했다. 그녀를 가르쳤던 사람은 바실리 보그다노프로서 '고향에서 수많은 노랫소리가 들려오네 …'라고 시작하는 유명한 '두비누쉬카'라는 노래를 작곡한 사람이었다. 그는 소피야에게 사랑의 시를 지어 주고 손에 입맞춤을 하였다. 하지만 그녀는 수건으로 손을 닦아내고 어머니에게 그 불만을 털어놓았다.

소피야에게는 폴리바노프라는 약혼자가 있었다. 그는 스무 살의 나이로 부모를 여읜 청년이었지만 좋은 가문이었다. 둘은 약혼은 했지만 아직 나이가 어리다는 이유로 결혼식은 미루고 있는 상태였다.

부모들은 톨스토이에게는 큰 언니 엘리자베타가 좋은 배필이라고 생각했다. 공부도 잘했던 영리한 여자였던 엘리자베타는 이미 〈야스나야 폴랴나〉라는 잡지에 "마호메트"와 "류테르"라는 짧은 글을 발표하기도 했었다. 엘리자베타는 결국은 불행한 사랑과 결혼생활을 겪고 경제적

225) S. 톨스토이, 《과거에 대한 기록》, 제2판, 모스크바, 국립문학출판사, 1965, 11~12쪽.

438

인 이유에서 글을 쓰는 사람이 된다.

베르스 집안 모두는 톨스토이의 방문을 반기면서 한편으로는 긴장했다. 이 시기 톨스토이의 일기에는 베르스 가정에 대한 언급이 자주 등장한다.

5월 6일. "베르스의 집에서 시간가는 줄 모르고 유쾌하게 하루를 보냈다. 하지만 엘리자베타와는 **결혼할 수 없다.**"

9월 22일. "그녀는 날 유혹하고 있다. 그러나 그렇게 될 수는 없다. 결혼은 사랑의 감정이 없이 계산만으로는 안 된다."

엘리자베타는 교육을 잘 받은 처녀였다. 자매들 사이에 경쟁심이 생겨났다. 소피야는 동생 타티야나에게 자신이 소설을 쓰고 있다고 말했다. "어떤 소설이지? 하고 나는 생각했다. 분명 언니는 항상 글을 잘 썼다. 그리고 난 언니 소설에 아주 흥미 있어 했다."

소피야의 작품을 이해하기 위해서는 베르스 집안에서 톨스토이의 약혼자가 엘리자베타일 거라고 생각했다는 사실을 알아야 한다.

이 작품은 분명히 가족소설적 성격을 지니고 있었다. 여기에는 두 주인공이 나오는데 두블리츠키와 스미로노프이다. 두블리츠키는 중년의 나이였다. 타티야나는 그가 "매력 없는 외모"를 가지고 있었다고 말한다. 그러나 톨스토이가 직접 본 이 소설에는 "보기 드물게 매력 없는 외모"라고 되어 있었다. 어쨌든 이 주인공은 정력적이고 지혜로우며, "인생관이 가변적인" 인물이었다. 스미르노프는 스물세 살 가량의 젊은이로 높은 이상을 지녔으며 긍정적이고 침착한 성격이었다. 그는 믿음직하고 사회경력도 이미 훌륭했다.

그리고 세 명의 자매가 나온다. 지나이다와 엘레나, 그리고 가녀리고 날렵한 막내 나타샤. 두블리츠키는 지나이다가 아니라 크고 검은 눈동자의 엘레나를 사랑한다. 너그러운 마음씨의 엘레나는 바로 소피야 자신이다. 그녀는 두블리츠키와 스미르노프를 비교해 본다. 그녀는 스미르노프를 더 좋아한다. 하지만 동시에 그녀는 두블리츠키와도 사랑에 빠지게 되어 심각한 내면의 갈등을 겪은 뒤 거의 수도원에 들어가 수녀가 되려고 마음먹는다. 이런 결말은 투르게네프의 《귀족의 둥지》(이 작품은 1859년에 출판되었다)를 떠올리게 한다.

이 소설은 엘레나가 지나이다와 두블리츠키의 결혼을 주선하고 얼마 뒤에 자신은 스미르노프에게 시집가는 것으로 끝이 난다.

타티야나는 회고록의 '소녀의 소설'이라는 장을 이렇게 끝맺는다. "둘째 언니가 자기 소설을 불태워 버린 것은 참으로 안타까운 일이다. 이 작품에는 《전쟁과 평화》의 로스토프 가족, 즉 어머니와 베라, 나타샤 등의 맹아(萌芽)가 들어 있었기 때문이다."

타티야나는 여기서도 과장을 하고 있다.

좋은 게 좋은 것이지만 순서는 지켜야 한다고 부모들은 생각했다. 그러나 톨스토이는 소피야를 선택했다. 그는 1862년 8월 23일 일기에 아무런 맥락 없이 흥분한 감정을 토로한다. "나는 이게 사랑이 아니고 단지 사랑의 욕망일지도 몰라 두렵다. 그녀의 약점만을 보려고 노력하지만 되지 않는다. 난 어린애다! 그 비슷한 꼴이다."

소피야는 톨스토이에게 자신의 소설을 건네주었다.

8월 26일 톨스토이의 일기.

베르스 집안을 방문하고(여름용 별장이 있는 포크롭스코예 마을로 ― 저자) 왔다. 편안한 마음으로 걸어서 기분 좋게 다녀왔다. 소녀들의 웃음소리가 아직도 남아 있다. 소피야는 저급하고 별로 좋지 않게 굴었지만 재미있었다. 그녀가 내게 소설을 한편 읽어 보라고 주었다. 진실과 담백함을 지향하는 열정 같은 것이 있었다. 하지만 명료함이 없다. 읽어 보면서 갑갑함이나 질투나 선망 같은 것을 느끼지는 않았지만 '보기 드물게 매력 없는 외모'와 '판단력이 가변적'이라는 표현이 아프게 마음에 걸렸다. 하지만 마음을 고쳐먹고 진정했다. 그건 내 이야기가 아니다. 그냥 작품일 뿐이고 재밌게 하기 위해 그랬을 뿐이다.

그리고 8월 28일. "내 나이 서른넷이다. 우울한 기분으로 아침을 맞는 것이 습관이 되었나 보다. 글을 조금 쓰다가 공연히 소피야의 이름을 끼적거렸다."

여기서 '공연히'라는 단어가 중요한 의미를 가진다. 이 일기는 뒤이어 하루의 낮과 저녁을 어떻게 보냈는지 자세하게 쓰고 있다. 하지만 마지막은 이렇게 끝난다. "못생긴 낯짝. 결혼은 생각지 말자. 네 할 일은 따로 있다. 거기서 많은 것을 얻지 않았는가."

서로 사랑하는 사람들이 첫 글자들만을 가지고 나누는 긴 대화는 《안나 카레니나》에 잘 그려져 있다.

소피야는 자신의 일기에서 그와 유사한 장면을 들려준다.

톨스토이가 나를 소리쳐 불렀을 때 난 이미 문가에 있었다.
"소피야, 잠깐만!"
"왜요?"
"내가 쓰는 걸 읽어 보세요."
"좋아요!"
나는 이렇게 동의했다.
"그런데 나는 첫 글자만 쓸 겁니다. 그럼 이 글자들이 무슨 단어인지 추측해서 맞혀 보세요."
"그걸 어떻게 해요? 불가능해요! 하여튼 써보세요."
톨스토이는 칠판에 적혀 있던 카드놀이 점수들을 깨끗이 지우고 분필을 들었다. 우리는 모두 아주 진지해졌고 바짝 긴장했다. 나는 그의 커다란 붉은 손을 주시했다. 나의 모든 최선의 힘과 능력, 모든 관심이 온통 이 분필과 그것을 쥐고 있는 그의 손에 힘차게 몰입해 들어가는 느낌이었다. 우리 둘 다 잠시 말이 없었다. 'V. m. i. p. s. s. z. n. m. m. s. i. n. s.' 톨스토이는 이렇게 썼다.
"당신의 젊음과 행복의 욕구는 너무나 생생하여 그걸 보면 나는 늙고 행복할 가능성이 없다는 생각이 듭니다."
나는 이렇게 읽었다. 그러자 나의 심장은 쿵쿵 거렸고 정수리를 무언가로 맞은 듯했으며 얼굴이 달아올랐다. 시간과 의식이 그대로 멎어 버린 것만 같았다. 나는 이 순간에 내가 무엇이든 할 수 있고 모든 것을 이해할 수 있으며 무한한 모든 것을 감싸 안을 수 있을 듯한 느낌이었다.

"그럼, 다시요."

톨스토이는 이렇게 말하고 다시 쓰기 시작했다.

'V. v. s. s. l. v. n. m. i. b. c. L. Z. m. v. s. v. s. T.'

"당신 가족들에게는 나와 당신의 언니에 대한 잘못된 생각이 존재합니다. 당신은 동생 타티야나와 함께 나를 지켜주세요."

나는 첫 글자들만 가지고 주저 없이 읽어냈다. 하지만 왠지 톨스토이는 놀라지도 않았다. 226)

이것은 야스나야 폴랴나에서 50킬로미터쯤 떨어져 있는 툴라 현의 이슬레니예프의 영지 이비츠키에서 있었던 일이다. 모두 함께 여기 모였던 것이다. 타티야나도 이 '대화'를 목격했다고 말한다.

하지만 1862년 9월 9일 소피야에게 쓴, 그러나 부치지 않은 톨스토이의 편지를 보면 이야기가 다르다. 톨스토이가 첫 글자만을 쓴 것은 사실이지만 그들은 전혀 해독하지 못했다는 것이다.

이 편지는 '첫 글자로 알아 맞추기' 놀이가 있은 뒤 열하루가 지난 뒤에 쓴 것인데 그 답이 적혀 있었다. 처음에는 톨스토이가 언니를 사랑하지 않는다는 것이었고 다음에는 소피야의 소설에 대한 것이었다. 그리고 말한다.

다시 말하자면, 내가 이비츠키에서 썼던 것은 대략 다음과 같습니다. 뜻만 말하자면, 나는 바로 당신을 보면, 당신의 젊음을 보면 나는 내 나이에 이제 내가 행복을 찾기는 힘들다는 생각이 확연히 떠오른다는 겁니다. 그렇게 쓸 때는 소설을 읽기 전이지요. 당신

226) 《소피야의 일기》, 제 1부, 14∼15쪽.

소설에서 나는 그 시적으로 '남다른' 젊음의 욕구를 보고, 그리고 두블리츠키 형상에서 나 자신을 보면서 정신이 번쩍 들었지요. 물론 나는 당신의 소설과 당신을 떠올리며 그 어떤 유감도, 행여 P에 대한 조금치의 질투심도 느끼지 않았고, 그리고 앞으로 당신이 사랑하게 될 그 어떤 사람에 대해서도 질투심을 느끼지 않을 겁니다. 그저 사랑하는 아이들을 바라보는 것처럼 기쁘고 편안할 뿐입니다. 한 가지 슬픈 일은 내가 당신의 집안을 엉망으로 만들었고 나 자신도 엉망이 되었다는 것이지요. 그래서 나는 내가 이제까지 느껴보지 못했던 가장 행복한 일, 즉 당신의 가정과 함께하는 일을 더 이상 계속할 수 없습니다.

이 편지는 전혀 예상치 못한 결론으로 나아간다. "나는 내가 사랑할 수 있는 것만큼 나를 사랑해 주기를 요청합니다. 하지만 그건 불가능하겠지요. 레프 톨스토이." 그리고, "나는 당신의 집을 더 이상 방문하지 않겠습니다. 당신과 타티야나가 나를 지켜주세요."

그러나 톨스토이는 이해되지 못한 글자 놀이와 이런 편지를 쓰고 나서도 베르스 집을 계속해서 방문한다.

소피야는 톨스토이가 쓴 첫 글자들을 보고 뜻을 알아내기 위해 애를 썼지만 그러기에는 사랑의 영감이 부족했다. 톨스토이는 이와는 달리 사랑의 영감을 통해 말이 없이도 서로를 충분히 이해하는 장면을 《안나 카레니나》에서 그려내고 있다. 소피야의 《과거의 기록》은 1893년에 《안나 카레니나》에 관련해서 쓰인 것이다. 그녀는 《안나 카레니나》를 읽으면서 자신의 기억을 떠올리고, 톨스토이의 일기나 소설을 통해 그 당시에는 이해하지 못했던 것을 알게 된 것이다.

톨스토이의 기록과 소피야와 타티야나의 기록들에 차이가 나는 이유는 무엇인가.

톨스토이의 기록은 1862년에 씌어졌다. 반면 이 사실을 기록하고 있는 《소피야의 일기 (1860~1891)》제 1권 《톨스토이의 결혼》은 1912년에 씌어져 1928년에 출판된 것이다. 그리고 그것은 1893년 2월 8일 일기의 두 번째 판이었다.

이것은 타티야나의 《나의 가정과 야스나야 폴랴나에서의 나의 삶》도 마찬가지다. 이 책은 1904~1916년에 씌어진 것으로, 그녀의 말에 따르면 불타버린 일기와 몇몇 편지들에 기초하고 있다.

소피야의 일기는 타티야나의 회고와 마찬가지로 이중적이었던 셈이다. 타티야나는 자신이 결혼해서 쿠즈민스카야라고 새로운 성을 갖게 된 후에 알게 된 사실을 말하고 있다. 톨스토이가 《전쟁과 평화》의 나타샤에 대한 형상을 머릿속에 그리고 있었던 것은 이미 《데카브리스트》를 집필할 때부터였다. 이 작품은 늙은 데카브리스트와 함께 귀환한 나이든 한 여인에 대한 이야기를 담고 있는데 바로 이 여인이 《전쟁과 평화》의 에필로그에 나타나는 나타샤의 모습과 같다.

타티야나의 몇 가지 특징이 젊었을 때의 나타샤의 모습에 투영된 것은 사실이다. 소설 삽화를 그리기 위해 톨스토이는 화가 바실로프에게 그녀의 모습을 예로 제시하기도 했다. 그러나 그렇다고 해서 타티야나가 나타샤의 토대가 되었다고 말할 수는 없을 것이다. 톨스토이는 베르스 가문과 깊은 연관이 없었을 때부터 한 소녀에게서 데카브리스트의 아내를 보았고 60세의 나타샤를 염두에 두고 있었기 때문이다.

일기에 기초하여 다시 쓰인 일기는 믿을만한 자료가 되지 못한다. 이런 자료는 앞뒤 정황을 고려하여 읽어야만 한다.

톨스토이는 소피야를 사랑했고 이후 아내가 된 그녀를 역시 사랑했다. 하지만 거의 1년이 지난 뒤 1863년 6월 18일 그는 이렇게 일기를 쓴다. "그녀가 읽게 되리라는 생각에서 그녀를 위해 써야만 한다. 있지도 않은 사실을 쓰는 것은 아니지만, 나만을 위해서라면 결코 쓰지 않을 것을 많이 덧붙여야 한다."

잘 검증된 예술의 진실과 가까운 사람에게 말하는 개인적인 진실 사이에는 차이가 있다. 한 사람의 인생이 예술 속에 이미 잘 반영된 경우

444

에도 그 사람은 그러나 계속 살아가며 예술 속에 그려진 자신의 모습을 선망하면서 그려진 모습처럼 멋지고 심오한 사람이 되고자 한다. 그리고 그는 자신의 기록이나 행위에서 이미 작품에서 말해진 것을 반복하는 것이다.

이야기가 본론에서 조금 벗어났다. 다시 크레믈린의 베르스 집안으로 돌아가 보자. 세 딸은 둘로 나뉘어졌다. 소피야와 타티야나가 엘리자베타와 대립했던 것이다. 어머니는 톨스토이에게 이의를 제기하지 않고 오직 그의 선택에 동의할 것처럼 보였다. 아버지 베르스는 톨스토이가 뭘 훔쳐가기라도 한다는 듯이 자기 집무실에 틀어박혀 나오지 않았다. 아직 아무 것도 분명한 것은 없었다.

"엘리자베타는 평온하게 나를 제어하고 있다. 맙소사! 그녀가 나의 아내가 된다면, 저 아름다운 여자가 얼마나 불행해질 것인가." 톨스토이는 이렇게 쓰고 있다.

9월 17일 약혼자가 밝혀졌고 샴페인이 터졌다. 엘리자베타는 소피야의 언니로서 톨스토이에게 키스해 주었다. 다음날 식사에 초대된 톨스토이는 아버지에게 공식적으로 청혼을 알렸고 베르스 부부는 비공식적이긴 했지만 소피야와 결혼하기로 되어 있던 젊은 폴리바노프에게 사정을 이야기했다.

결혼하기 전에 톨스토이는 젊은 신부 소피야에게 자신의 일기를 보여 주었다. 톨스토이에게도 그것은 거의 잔인한 일이었다. 이미 약혼자로 선언된 소피야는 백작을 거절할 수 없는 상황이었다. 그녀는 비록 일기의 내용을 오랫동안 잘 기억하게 되지만 당시로서는 그 일기의 의미를 이해하기에 너무 어려웠다. 일기를 읽어 본 소피야는 톨스토이의 과거를 비난하며 질투심을 드러내기 시작했다. 톨스토이는 그녀에게 너무나 무거운 짐을 지워주었던 것이다.

하지만 결혼 준비는 중단되지 않았다. 베르스 부부는 큰 딸의 결혼이 아니라서 실망했지만 어쨌든 딸들 중 하나가 시집간다는 점에서 기뻐했다. 소피야는 결혼에 확신을 가지지 못했다. 그녀는 이미 폴리바노프의 약혼자로 생각하고 있었기 때문이다. 하지만 그런 생각은 아주 빠르게 사라져 갔다. 옛 사랑에 대한 추억은 남편에게 커다란 불만을 느낄 때 일기에 간간이 나타날 뿐이다.

아버지는 톨스토이가 엘리자베타와 결혼하지 않은 것에 대해 아주 현실적인 방법으로, 즉 소피야에게 유산을 물려주지 않는 방법으로 불만을 토로했다. 어머니는 어렵사리 3백 루블을 구해서 소피야에게 전해주었다. 소피야는 그걸로 결혼 초기에 야스나야 폴랴나의 하인들에게 선물을 해줄 수 있었다.

톨스토이의 고집스런 주장에 따라 결혼식은 9월 24일에, 즉 약혼 발표 이후 1주일 만에 서둘러 치러졌다. 소피야의 어머니는 응접실이라고 불리던 작은 공간에 칸막이를 쳐서 만든 구석방 침실에서 눈물을 흘렸다.

톨스토이는 이 날 심정을 이렇게 말한다. "결혼식 날, 두려움과 의혹, 도망가고 싶다는 생각뿐. 성대한 의식이었다."

소피야는 이렇게 기록한다. "아버지는 건강이 좋지 않았다. 내가 아버지 집무실로 가서 작별인사를 하자 아버지는 다소 누그러져서 헤어짐을 아쉬워했다."

교회는 화려하게 조명이 밝혀졌고 궁정 성가대원들이 노래를 불러주었다. 결혼식이 끝나고 베르스 집으로 몇 명이 초대되었다. 여섯 마리의 파발마가 톨스토이가 새로 산 커다란 여행마차에 연결되었다. 이 마차를 구입하기 위해 톨스토이는 스텔롭스키라는 인물에게 돈을 빌었다. 그는 훌륭한 작가들의 출판권을 싼 값으로 사들여 큰 판형의 책에 양쪽으로 빽빽하게 인쇄하던 출판업자였다. [227]

---

[227] F. 스텔롭스키는 이후 1894년에 《L. 톨스토이 백작의 작품집》 두 권을 출판하였다.

마차를 끄는 여섯 마리의 말 중 맨 앞의 두 마리 중 하나에는 마부가 타고 앉았다. 소피야는 이 장면을 이렇게 묘사한다.

가을비가 그치지 않고 쏟아 부었다. 희미한 가로등 불빛과 방금 불을 피운 마차의 등불이 물웅덩이에 반사되고 있었다.

톨스토이가 마차 문을 소리 나게 닫았다.

말들이 조급하게 발을 굴렀고 맨 앞의 마부는 줄을 당겨 말들을 끌어당기고 있었다. 드디어 말들이 물웅덩이를 철벅거리는 소리가 들렸다. 우리가 출발한 것이다. 구석에 웅크리고 피로와 슬픔에 지친 나는 끊임없이 눈물을 흘렸다. 레프 톨스토이는 매우 놀란 눈치였고 이유를 알 수 없다는 듯 불만스러워 했다.

카멘니 다리를 지나갔다. 가로등이 점점 줄어들었고 나지막한 집들이 나타났다. 모스크바를 벗어나자 주위는 깜깜하고 조용하고 황량했다. 시내를 벗어나 가로등이 없다는 사실은 소피야에게 새로운 충격을 주었다. 비 내리는 전나무 숲을 지날 때는 더욱 어두웠다.
소피야는 여전히 흐느끼고 있었다. 마차를 끄는 말들은 낯설고 두려운 어둠 한가운데로 그들을 이끌어갔다.
비륨레보 역까지 신혼부부는 거의 한 마디도 나누지 않았다.
톨스토이는 이렇게 쓴다. "울고만 있는 그녀. 마차 속. 모든 것을 알고 있다, 그래서 그럴 뿐. 비륨레보 역에서."
비륨레보는 세르푸호프로 가는 길에 있는 우편 역참이었다.
젊은 백작 부부에게는 붉은 우단으로 만든 가구들이 들어찬 화려하고 큰 방이 배정되었다. 그리고 차를 가져다주었다. 젊은 백작부인은 그제야 다소 안정을 찾는 것 같았다. 하지만 그녀는 여전히 낯선 세계의 농촌을 향해 떠나는 불안을 떨치기 어려웠다. 그녀가 가는 곳은 별장이 아니었다. 그녀는 이전에 야스나야 폴랴나를 본 적이 있었지만 그곳에서 의 생활은 전혀 상상할 수조차 없었다.

다음 날 저녁 무렵, 거울처럼 빛나는 이름 모를 강둑너머에, 낙엽 진 나무들 사이로 낡고 볼품없는, 덩치는 커다란 야스나야 폴랴나의 집이 눈에 들어왔다. 황혼 빛에 둥근 탑머리들이 하얗게 반사되고 있었다.

활짝 열린 집 앞에는 사람들이 등불을 들고 서 있었다. 흐릿한 노란 가로등 불빛도 있었다. 하얀 자작나무들과 굵고 거칠거칠한 느릅나무 들 사이로 드문드문 보이는 집들의 창문에는 노란 불빛이 가물거렸다.

대문 앞에는 구레나룻을 기른, 아직은 젊은 세르게이 형이 우아하게 차려입고 소금을 친 빵을 접시에 들고 있었으며, 그 뒤에는 타티야나 숙 모가 성모상이 그려진 짙은 금빛 액자를 들고 서 있었다.

소피야는 두 손으로 치마를 잡고 살짝 무릎을 구부리며 성상 앞에 예 배하고 입을 맞추었다. 노란 눈의 멋진 개들이 새로 온 사람을 조용히 바라보고 있었다.

거대한 밭은 노랗게, 그리고 관목 숲은 붉게 물들어 가고 있었다. 길 을 따라 낙엽이 수북이 쌓였지만 아직 말라서 부스럭거리지는 않았다.

집안은 더울 정도로 난방이 되어 있었고 창문은 다 열려 있었다. 톨스 토이는 그런 것을 좋아했다.

이때의 톨스토이의 일기를 보자. "밤에 괴로운 꿈. 그녀는 아니다."

9월 25일. "야스나야에서의 아침. 커피. 어색하다. 대학생들은 당황 해하는 모습이다. 그녀와 세르게이와 함께 산책했다. 점심. 그녀는 지 나치게 크게 웃곤 했다. 점심 후에 나는 잠을 좀 잤고 그녀는 글을 썼다. 믿을 수 없는 행복이다. 그녀는 지금 내 곁에서 또 글을 쓰고 있다."

9월 26일에서 30일까지의 일기. "난 여전히 더없이 그녀를 사랑하고 있다. 일은 할 수가 없다. 오늘 한 장면이 있었다. 우리의 모든 것이 다 른 사람들의 그것과 같다는 점이 슬펐다."

소피야는 이후 평생을 야스나야 폴랴나에서 보냈다. 그녀는 여기에 둥지를 틀고 그 속에서 톨스토이의 천재성을 지켜냈다. 톨스토이는 자신에게 필요한 운명을 선택했고 그에게 필요했던 여인은 바로 소피야였던 것이다. 젊은 안주인이 늙어서야 남편의 일기에 나오는 '그녀는 아니다'의 의미를 이해하게 되었다는 것은 차라리 잘된 일이다.

톨스토이는 삶에 적응하기 위해서는 삶을 변화시키려고 하기보다는 삶을 좀 더 부드럽게 매만져야 한다고 말하곤 했다. 그래서 그는 타협의 방도를 모색했지만 그럴 능력은 없었다.

소피야는 위대한 천재의 아내가 된 후 그를 위해 평범한 삶을 구축해주었지만 자신은 평범한 행복을 느낄 수가 없었다.

톨스토이는 위대한 작품들을 창조했지만 동시에 자신이 삶과 대결하여 그것을 개조해내지 못한다는 사실에 늘 불만이었다. 그는 농민들이 수확의 실패를 겸허하게 받아들이며 순응하듯이 삶에 순응하였다. 진실은 20년이 지난 뒤, 가장 위대한 성공의 시기에 불타올랐다. 그때서야 그는 자신이 올바른 삶을 살고 있지 못하다는 것을 깨달았던 것이다. 하지만 삶을 개조하기에는 너무 늦었다. 그가 보기에 모든 개조는 자신의 영혼에서부터, 자신의 삶에서부터 시작되어야 하는 것이었다. 그러나 그의 삶은 거대한 가족들에 꼭 매어져 있었던 것이다.

악 마

N. 굿지는 《중편 〈악마〉의 집필과 출판사》라는 논문에서 "1880년대 말과 1890년대 초 톨스토이가 예술작품의 창작과 특히 성적인 주제를 다룬 논문들에 심혈을 기울이고 있었다."(27, 713~723) 고 밝힌 바 있다. 《크로이체르 소나타》와 이 작품 후기, 《세르기 신부》, 《프레데릭스의 이야기》(1889), 논문 《남녀 관계에 대하여》 등이 이 시기에 해당하는 작품들이다. 그리고 또한 《코니의 이야기》(후에 《부활》로 완성)

에 대한 집필이 시작된 시기도 이쯤이다.

예술작품에서 그려지는 일련의 사건과 세계에 대한 작가의 태도를 구별하는 것은 매우 중요하다. 세계에 대한 작가의 태도는 예술작품의 토대이면서 문체와 구성의 기법을 통해 사건의 시간적 순서를 재구성하는 원리가 된다. 따라서 나는 시간적 순서를 무시하고 작가의 태도에 대해 살펴볼 것이다. 독자들은 톨스토이의 결혼초기 생활이 어떠했는지에 대해 분명 큰 관심을 가지고 있을 터인데, 톨스토이는 그것을 《전쟁과 평화》나 《안나 카레니나》에서보다 후기의 작품들에서 보다 예술적으로 표현하고 있기 때문이다.

예술에서 과거가 표현되는 것은 인간의식의 다른 현상들과는 좀 다르다. 고고학자들은 이탄(泥炭) 속에 남아 있는 꽃가루를 통해 고대인의 삶의 연대를 측정한다. 그것은 분해되지 않고 사라져간 민족과 나무들, 변화된 숲들과 초원화 과정을 기억하고 있는 것이다. 사람의 고통과 실수, 성취 역시 원고의 행간에 보존되면 불멸의 것이 된다.

처음에 이 중편의 제목에 나오는 프레데릭스는 실존인물인 툴라의 재판 조사관이었다. 이 조사관은 툴라에 마부 일을 하러 나온 농민의 아내 스테파니다와 가까이 지내다가 나중에는 지식인 집안의 처녀와 결혼한다. 아내가 된 그 처녀는 남편과 스테파니다의 관계를 질투했다. 결혼한 지 3개월 지난 뒤에 프레데릭스는 타작하는 마당에서 권총으로 스테파니다의 배를 쏘아 죽인다. 그는 재판을 받았지만 정상이 아니라는 판결을 받았다. 하지만 그 얼마 후 그는 툴라에서 멀지 않은 철로에서 두 동강 난 채로 발견되었다. 프레데릭스는 근시였는데 당시 툴라에 혹한이 몰아닥쳐 두건을 둘러쓰고 가다가 미처 달려오는 기차를 보지도 못하고 소리를 듣지도 못했다는 것이다.

실제 사건의 개요는 그러하고 거기에 별다른 의혹은 없어 보였다.

소설에서는 주인공이 탈곡하는 곳으로 찾아가 스테파니다를 죽이는 것으로 되어 있다. 그러나 다른 한 판본에는 주인공이 자살하는 것으로 되어 있다. 소설의 주인공은 이르테네프라는 성을 가지고 있다. 즉《어린시절》의 이르테니예프를 연상시키는 성이다.

이르테니예프, 올레닌, 네흘류도프, 레빈, 이르테네프 등은 모두 톨스토이의 전기와 연관된 성들이다. 이르테네프라는 성은 이런 연관 고리를 마무리하는 것만 같다.

톨스토이가《악마》의 원고를 집에 보관하지 않았다는 사실은 놀라운 일이다. 이 원고는 체르트코프의 손을 통해 아주 비밀리에 보관되었던 것이다. 톨스토이의 집에는 이 원고에 관한 아무 것도 남아 있지 않았다. 체르트코프 역시 자기 집이 아니라 페테르부르그의 어머니 집에 원고를 보관했다.

원고의 복사본을 만들 때에도 철저하게 비밀원칙이 준수되었다. 톨스토이는 원고 복사본을 받아 서재에 있는 낡은 안락의자 밑바닥 가죽을 뜯고 그 속에 보관했다. 집안에서 비밀리에 보관할 곳은 그곳 외에 아무 데도 없었던 것이다.

1909년 봄 소피야는 이 원고를 발견했고 그 결과 끔찍한 장면이 연출된다. 톨스토이는 이때의 소피야에 대해 이렇게 말한다. "그 오래된 질투가 그녀에게 다시 끓어올랐다. 참으로 견디기 힘들다. 밖으로 나갔다. 내가 죽은 뒤에 넘겨주겠다고 그녀에게 편지를 쓰기 시작했지만 다 쓰지 못하고 내던져 버렸다."

톨스토이가 젊었을 때 아내와의 싸움은, 그 자신이 말한 바와 같이 키스로 덮어 버릴 수 있었다. 그것은 그야말로 임시 봉합이었을 뿐이다. 그러나 이제 노인이 된 그는 눈물을 흘렸고 아내도 울었다. "그러는 것이 둘 다에게 좋았다."

이 원고는 톨스토이가 죽은 뒤에야 출판되었다. 톨스토이는 마지막 교정 과정에서 작품 제목을《악마》로 고쳤다.

소피야는 프레데릭스 사건에 대해서는 전혀 흥분하지 않았다. 그녀가 흥분한 것은 원고의 행간에 숨어 있는 빛바랜 꽃가루 때문이었다. 거기에는 한 여성과의 사랑에 대한 추억과 가정생활에 대한 환멸이 깃들어 있었던 것이다. 바로 그 점이 40여 년이 지난 뒤에까지 소피야를 슬프게 만들었던 것이다.

톨스토이가 그토록 힘들게 청산하고 싶어 했던 악시냐의 사랑에 대해서는 이미 언급한 바 있다. 중편 《티혼과 말라니야》를 통해 우리는 그녀가 입고 다니는 옷매무새며 시골길을 걸어가는 모습, 누구보다 생명력과 욕망이 넘쳐나는 모습을 볼 수 있다.

톨스토이는 《악마》의 주인공 이르테네프가 스테파니다를 사랑하듯 악시냐를 사랑했다. 이르테네프는 이렇게 말한다.

> 나는 내가 그녀를 붙잡고 있다고 생각했지만 사실은 그녀가 나를 잡고 있었다. 그녀는 나를 잡고 놓아주지 않았다 … 나는 결혼할 때 내 자신을 기만했다 … 내가 그녀와 가까이 지내게 되었을 때부터 나는 새로운 감정을 느꼈다. 그것은 진정으로 한 여자의 남편이 되었다는 느낌이었다.

우리는 이 표현, "이미 암컷을 쫓는 수사슴이 아니라 아내를 찾아다니는 남편과 같은 기분"이라는 표현을 1860년 5월 26일 일기에서 이미 본 적이 있다.

소피야는 결혼 이후에 톨스토이와 악시냐의 사랑에 대해 알게 된다. 아직 어리고 예뻤던 신부 소피야는 사람 손길이 많이 가지 않은 이 영지에 도착해서 곧바로 마루를 닦으라고 지시했다. 그리하여 마을에서 농사꾼 아낙네들이 불려왔고 그중 어떤 여자들이 마루를 닦고 있는 악시냐를 가리키며 젊은 여주인에게 저 여자는 '나리의 정부'라고 악의적으로 일러바쳤다. 이 말을 들은 소피야의 아픈 마음은 여덟 권으로 된 《나의 인생》 원고에 들어 있다.

이 사실은 그녀의 머릿속을 떠나지 않았다. 앞서 인용했던 1862년 12

월 16일 일기를 다시 보면 이런 말로 끝나고 있다. "미쳐버릴 것만 같다. 말을 타고 나갔다. 금방이라도 그녀와 마주칠 것만 같았다. 그렇게 그녀를 사랑했었다니. 그의 일기와 그의 과거 모든 것을 불태워 버리고만 싶다."

1909년 6월 13일 톨스토이의 수첩에는 이렇게 적혀있다. "벗은 발을 바라보며 악시냐를 떠올렸다. 그녀가 살아 있다는 것, 예르밀이 내 아들이라고들 한다는 것. 난 그녀에게 용서를 빌지 않았고 후회도 하지 않았으며 지금도 후회하지 않는다. 그러면서 감히 다른 사람들을 비판하려 하다니."

이 점은 톨스토이 기억이 잘못된 것이다. 예르밀은 분명 악시냐 남편의 이름이었고 그 아들은 티모페이였다. 톨스토이를 몹시 닮은 이 아이는 나중에 톨스토이 집안의 마부가 되었고 톨스토이의 자식들은 귀족다운 아량으로 그를 마치 형제처럼 대해 주었다.

이름도 틀리는 등 이제 그의 기록은 정확하지 않다. 늙은 것이다. 하지만 기억은 매우 구체적이다. 자신의 맨발을 보면서 사랑하는 여인과 그녀의 벗은 발을 떠올리고 있지 않은가.

그가 잊어버리고 싶고 어떻게든 입에 올리고 싶지 않은 사건도 영원히 그의 기억 속에 살아남아 있었다.

자신의 젊은 시절에 대해 톨스토이는 서로 다르게 말하기도 한다.

비류코프는 톨스토이의 전기를 쓰면서 N. 자고스킨의 논문《레프 톨스토이 백작과 그의 대학생 시절》[228]에서 "폴리나 숙모를 비롯해서 그의 주변 사람들은 체계적으로 어린 톨스토이를 망가뜨렸다. 타고난 좋은 품성을 비뚤어지게 했으며 그의 지성과 그의 영혼, 그의 심성을 훼손시켰다"라는 말을 인용한 바 있다. 톨스토이는 전기를 검토하면서 바로 이 대목을 이렇게 정정한다. "그 반대. 난 젊은 시절 초기에 힘에 부치

---

228) 이 논문은 〈역사 통보〉지, 1894년 제1호에 게재되었다.

는 문제들에 사로잡히지 않고 젊은이답게 살 수 있었던 운명에 몹시 감사해한다. 내 삶은 비록 방만하고 사치스러웠지만 사악한 것은 아니었다."(34, 397)

구세프는 《톨스토이 전기 자료집(1828~1855)》에서 이렇게 말한다. "톨스토이의 이런 말은 학생들의 정치투쟁에 대한 반감을 표현하려는 것이었다. 그것은 유시코프 집안이나 그 주변 사회에 대한 그의 견해를 담은 것이 결코 아니다."[229]

구세프의 지적은 매우 단정적이다. 분명히 그는 유시코프 집안에서의 삶에 대해 톨스토이가 반감을 가지고 있었다고 간주한다. 하지만 앞서 언급한 곳에서 톨스토이는 또 이렇게 써놓고 있다. "그 어떤 반감도 느끼지 않았다. 항상 아주 훌륭한 사회라고 생각했던 카잔에서 유쾌하게 노는 걸 좋아했다."(34, 397) 그는 '춤추고 놀았다'는 단어를 썼다가 줄을 긋고 '유쾌하게 놀았다'는 단어로 고쳤다.

정치투쟁에 가담하는 학생사회에 대해서도 톨스토이는 대체로 공감 어린 태도를 보였다.

1862년 초 톨스토이는 모스크바 루뱐카에 있는 한 호텔에서 학생 성적부 도입으로 인해 촉발된 대학생 소요사태에 대해 대학생들과 대담을 나눈 적이 있다. 이미 소요사태는 정치적 문제로 옮겨간 상태였다. 여기서 톨스토이가 학생들에게 이 소요사태가 무익한 것임을 지적한 것은 사실이다. 하지만 그는 바로 그 학생들을 자기 학교의 교사로 초빙하였다. 이런 대학생들을 톨스토이는 여러 편지에서 신학교 학생들과 비교하며 훨씬 훌륭하다고 말했다.

어찌됐든 우리는 톨스토이가 1860년대나, 혹은 그 훨씬 뒤에도 혁명적인 학생운동에 대해 특히 부정적인 생각을 품고 있었다고 단정적으로 말할 수는 없을 것이다.

---

229) N. 구세프, 《전기 자료집(1828~1855)》, 170쪽.

톨스토이가 자신의 과거 기억들을 지워버리거나 전체적으로 그걸 거부했다고 생각해서는 안 된다. 그것들은 이미 예술작품의 뼈와 살이 되어 있었고 거듭 새롭게 되살아나 자신과 논쟁을 벌였으며 그 과정에서 톨스토이는 자신의 추종자들에 맞서 자신의 과거를 지키고자 논쟁을 벌였던 것이다.

톨스토이는 자신이 탐닉했던 것, 단순히 말하자면 사랑에의 탐닉을 잊지 않고 있었다. 소피야도 이걸 잘 알고 있었다. 그녀는 꿈에서조차 그런 모습을 잊을 수 없었고 남의 아기를 조각조각 찢어 버리는 꿈을 꾸기까지 했다. 물론 그것은 진짜 아기가 아니라 인형이었다. 그녀는 이와 같은 범죄적인 행동이 꿈이었다는 것을 다행으로 생각했지만 복수를 다하지 못했다는 점에 대해서는 여전히 아쉬워했다.

그러나 소피야의 이런 마음의 상처는 톨스토이가 《악마》에서 자신의 결혼에 대해 이야기하는 것을 읽었을 때에 비하면 가벼운 것이었다. 그는 《안나 카레니나》와는 전혀 다른 방식으로 결혼생활과 그 허구성에 대해 가차 없는 분석을 하고 있었던 것이다.

《악마》는 결혼의 위선성에 대한 이야기다. 톨스토이는 집안 경영의 문제를 잘 해결하고자 하는 젊은이를 등장시키면서 소설을 시작한다. 그는 도시로 나가 일하는 한 농민의 아내와 관계를 가지기 시작한다. 그들은 원두막이나 온실(이런 온실은 거대한 영지에 주로 있었고 야스나야 폴랴나에도 커다란 집 옆에 붙어 있었다)에서 밀회를 한다. 예브게니 이르테니예프는 훌륭하고 선량하며 영지운영도 잘 하는 사람이다. 게다가 그는 톨스토이처럼 심한 근시다. 그는 자신이 스테파니다를 사랑한다는 사실을 깨닫지 못했다. 그런 중에 그는 리자라는 여자와 결혼한다. "예브게니가 왜 리자를 선택했는지 이유는 설명할 수 없다. 남자들이 한 여자를 선택할 때 왜 다른 여자가 아니라 바로 그 여자인지 결코 설명할 수 없는 것과 마찬가지였다."

왜 리자가 예브게니를 사랑하게 되었는지 역시 설명할 수 없다. 다만 예브게니에게 리자의 눈이 마음에 들었다는 것은 분명하다.

　　이 눈의 의미는 이런 것이었다. 열다섯 살 때 여학교 시절부터 리
자는 항상 모든 매력적인 남자들을 보면 사랑에 빠졌고 사랑에 빠
진 동안에는 아연 활력이 솟고 행복해 했다 (…) 그렇게 사랑하고
있을 때 그녀의 두 눈은 예브게니를 사로잡은 바로 그 독특한 표정
을 보이고 있었다. 이번 겨울에도 그는 동시에 두 젊은이에게 사랑
에 빠져서 그들이 방에 들어서기만 해도, 또 그 이름을 듣기만 해
도 얼굴이 빨개지고 흥분했다. 하지만 어머니가 예브게니는 아마도
정말로 그녀를 염두에 두고 있는 것 같다고 암시하자, 그녀는 예브
게니를 더욱 깊이 사랑하게 되었고, 이전의 두 젊은이에 대해서는
거의 무관심해졌다.

　　결국 예브게니가 청혼하고, "그녀는 그를 자랑스러워하며, 그에 대해
서, 그녀 자신에 대해서, 그리고 자신의 사랑에 대해서 행복해 했다. 그
리고 그에 대한 사랑으로 정신이 아득해지고 온 몸이 녹아버릴 것만 같
았다."

　　스테파니다에 대한 예브게니의 사랑은 전혀 다른 감정의 사랑이었
다. 그는 풀밭에서 그녀의 발자국을 찾곤 했다. 바로 이것도 그의 사랑
이었던 셈이다.

　　톨스토이는 비록 자기 학교의 학생과 선생들에게 "상류층 아가씨와의
결혼은 문명의 독을 마시는 것"이라고 말하곤 했지만 정작 그는 《악
마》의 주인공처럼 '상류층 아가씨' 소피야와 결혼했다. 그녀가 아니었
더라도 그는 그런 계층의 다른 여자와 결혼했을 것이다. 그 자신과 그녀
의 불행은 예정된 것이었지만 이 위대한 인간도 그것을 바로잡을 수는
없었다.

　　그는 잘 적응해 보려고 했다. 그는 젊었고 그녀도 젊지 않았던가. 하
지만 몇 주, 몇 년을 잘 지낸다하더라도 그는 이미 변해 버린 삶을 다시

돌려놓을 수는 없었다. '악마'와 함께 살아갈 수는 없었던 것이다.

과거에 대한 기억은 회한과 꿈으로 남았다. 그러나 그 외에도 그것은 톨스토이가 경험한 특별한 여정이기도 했다. 즉 그런 기억은 농민, 민중에게로 다가가는 복잡다단하고 고통스러운 여정 속에 남아 있었다. 물론 여기서의 민중은 그의 과거와 현재 속에서 이해된 민중이고 미래에 새롭게 이해된 민중은 아니다.

전원시

비류코프는 환멸의 순간에 대해서도 분명히 언급하고 있지만 젊은 톨스토이 부부의 야스나야 폴랴나 생활을 '야스나야 폴랴나 전원시'라고 불렀다.

소피야와 톨스토이의 이 시기 일기와 기록들을 너무 곧이곧대로 믿을 필요는 없을 것이다. 그런 기록들은 그들이 싸우고 힘들어할 때 주로 씌어진 것들이기 때문이다. 이미 고인이 된 두 사람의 지나간 논쟁의 시비를 가릴 필요는 없을 것이다. 다만 우리는 그 진실을 알기 위해 아주 조심스럽게 회상이나 일기에 접근해야 한다.

기념전집에 실린 톨스토이 일기들은 그 주석을 합쳐 열세 권에 이른다. 이 자료들을 결코 무시해서는 안 되겠지만 그것을 활용할 때에는 그것 역시 책이라는 사실을 분명히 염두에 두어야 한다. 책이란 작가의 목적이 담긴 것이고 그런 점에서 일기 역시 고백이지만 작가의 목적이 담겨 있는 것이다. 게다가 이 일기는 때로 누군가가 읽어 주기를 바라고 쓰인 경우가 많다. 푸시킨도 루소의 일기가 지나치게 솔직하다는 점에 대해 지적하면서 그런 말을 한 적이 있다.

아내 소피야는 톨스토이의 일기를 읽었고 톨스토이는 아내의 일기를 읽었다. 그것은 이를테면 서로를 이해하지 못하는 두 사람의 독특한 대화였던 셈이다. 그러나 이런 대화는 그들을 절망으로 이끌어갔다. 결과적으로 1865년 3월 26일, 소피야는 일기에 이렇게 적어 놓았다.

> 톨스토이는 시적으로 사는 걸 좋아하고 혼자 인생을 즐기고 싶어한다. 어쩌면 그것은 그의 영혼 속에 너무 훌륭한 시가 너무 많아서, 그리고 시를 높이 평가하고 있기 때문일 것이다. 그로 인해 나도 내 영혼의 작은 고독한 삶을 사는 법을 배웠다. 그가 무엇인가를 쓰면 나는 그걸 들을 수 있다. 그의 일기도 읽을 수 있다. 하지만 나는 이미 거의 일기를 읽지 않는다. 서로의 일기를 읽는다면 진실하게 일기를 쓰지 않을 테니까.

이는 톨스토이의 일기가, 특히 결혼 이후의 일기가 자기 혼자만의 기록이 아니라는 것을 말한다.

야스나야 폴랴나에서의 생활은 옹색하지는 않았지만 불편하고 삭막했다. 소피야는 점차로 본채에 곁채를 이어붙이며 집을 확장해갔다. 원래의 큰 집에서 지금도 남아 있는 이 곁채는 생활의 편의를 가져왔지만 집의 균형을 깨뜨렸다.

우리는 보통 러시아 귀족들의 생활문화를 과대평가하는 경향이 있다. 귀족들은 예카테리나 여제 시대부터 군역을 면제받고 큰 저택에 거주해왔지만 1860년대에 이르러서는 이런 저택에서 사는 것을 포기하기 시작한다. 귀족들의 저택은 오늘날 박물관이 되어 거기서 나온 아주 귀한 예술품들을 보관 전시하고 있는 경우가 많다. 하지만 모든 귀족들의 저택이 그렇게 호사스러운 가구와 예술품으로 가득 차 있었던 것은 아니다. 톨스토이의 집도 평범한 집에 불과했고 조립식 가구와 아버지 때부터 우연히 남아 있던 빛바랜 거울 따위들이 있을 뿐이다.

톨스토이 자신은 생활이 호사스럽다고 늘 자책했지만 그것은 거의 무의식적으로 농민적인 생활수준을 지향했기 때문이었다. 집에는 방도 사람도 많았고 영지도 거대한 편이었지만 집 자체는 평범하고 마루가 깔린 방도 두 개뿐이었다. 오늘날 관점에서 집안을 돌아보면 야스나야 폴랴나는 매우 빈약한 저택이었던 것이다. 집은 따뜻하고 2층의 천정은 아주 높았다. 하지만 대체로 모든 것은 대충대충 건사되어 불편하고 투박했다.

톨스토이 자신이 투박하게 살아가는 습관을 가진 사람이었다. 그는 가죽 쿠션을 베고 잠을 자곤 했다. 소피야는 집안에 침구류와 베개를 들여왔고 하인들에게 잠잘 곳을 지정해 주었다. 그때까지 그들은 아무데서나 두툼한 펠트 천을 깔고 잠을 잤다.

집은 이렇게 투박했지만 주변의 영지는 아름답기 그지없었다. 톨스토이는 항상 걷거나 말을 타고 주위를 돌아다녔다. 그는 갓 시집 온 아내를 데리고 15킬로미터나 되는 거리를 산책했고, 짐마차를 타고 형의 집을 방문하기도 했다. 고급 여행마차가 있기는 했지만 시골에서 그런 마차를 타고 다닐 수 있다는 생각 자체가 떠오르지 않았던 것이다. 게다가 고급 여행마차를 끌기에 적합한 말도 마구도 없었다.

그러나 문제는 물론 거기에 있지 않았다. 톨스토이는 주저하다가 전격적으로 결혼을 단행했다. 야스나야 폴랴나에서는 톨스토이가 이미 이웃 영지의 발레리야와 결혼하기로 되어 있고 결혼하자마자 도망갈 것이다, 즉 야스나야 폴랴나로 돌아오지 않을 것이라는 소문이 돌았었다. 이건 페테르손이라는 선생의 기록에 나오는 얘기다.

톨스토이는 결혼식을 서둘렀지만 정작 결혼식장에는 늦게 나타났다. 풀을 먹인 셔츠가 늦게 준비되었기 때문이었다. 나중에 그는 《안나 카레니나》에서 그와 유사한 장면을 그려냈다.

바로 이런 그다지 크지도 않고 조명도 좋지 않은 집에서 소피야는 외롭게 집안살림을 배우며 질투심을 키워나갔다. 질투와 그리움 속에서 그녀는 피아노 치는 법과 독서하는 법을 배웠고 오이 절이는 방법을 익혀나갔다.

남편은 그녀와는 다른 책을 읽으며 뭔가를 구상하고, 더 이상 생각만

하지 말고 어서 빨리 집필에 들어가야 하는 것 같은데도 주저하고만 있었다. 그는 민중들에 대한 이야기를 많이 했고 어린 아이들과 즐겨 이야기를 나누곤 했다. 그는 바로 이 지역 시골사람인 것 같았다. 그는 도시의 가로등을 전혀 그리워하지 않았다. 그에겐 해와 달이 그걸 대신하는 것 같았다.

소피야는 1862년 11월 23일 일기에 다음과 같이 쓰고 있다. 이것은 일부러 꾸민 이야기도, 나중에 덧붙여 써놓은 것도 아닌 진짜 그녀의 일기였다.

> 민중들과 그 사람, 내겐 역겹기만 하다. 나는 내가, 이 집안의 안주인인 내가 정말 안주인인지, 아니면 L이 그토록 열렬하게 사랑하는 민중들이 주인인지 모르겠다. 이건 이기주의다. 그냥 두자. 난 그를 위해 살고, 그에 의해 살며, 그를 원하지만 이곳은 비좁고 숨이 막힌다. 모두가, 모든 것이 역겹기만 해서 나는 오늘 도망쳤다. 숙모님도 대학생들도 N. P. 도, 집안의 벽과 집안생활도 모두 다. 난 조용히 혼자 집에서 도망치며 기뻐서 깔깔거리며 웃을 뻔 했다. L은 역겹지 않았지만 난 갑자기 그와 내가 서로 다른 편에 서 있다는 느낌이 들었다. 즉 그의 민중은 그를 사로잡고 있는 것만큼 나의 **전부를** 차지하지 못하고, 그가 나를 사로잡고 있는 것처럼 나는 **전적으로** 그를 사로잡고 있지 못하다는 느낌이다. 분명하다. 하지만 내가 만일 그를 사로잡고 있지 못하다면, 내가 인형일 뿐이고 내가 그에게 **한 인간**이 아니라 그저 단순히 **아내**에 불과하다면, 그렇다면 난 그렇게는 살 수 없다, 그러고 싶은 마음도 없다. 물론 나는 할 일이 없는 여자다. 하지만 난 천성적으로 게으른 여자가 아니라 무슨 일을 어디서 어떻게 해야 할 것인지를 확실하게 모르고 있을 뿐이다.

'인형'이라는 말은 야스나야 폴랴나에서 살아가는 동안 수없이, 아마 수백 번도 더 하게 되는 말이다. 다음 해 3월 23일 톨스토이는 아내의

동생 타티야나에게 언니가 도자기 인형이 되었다고 편지를 보낸다. 그
녀의 다리도 도자기 같고, 녹색 안료를 입힌 도자기 타일 위에 서 있으
며, 도자기 같은 셔츠를 입고 있고, 입도 벌리지 않고 말한다는 것이다.
이렇게 그녀의 모든 것이 비슷비슷하고 모든 것이 도자기를 닮아 있었
다. 그녀는 서랍에서 나온 도자기 인형으로 너무나 작고도 작아서 톨스
토이의 넥타이 뒤에 숨을 수도 있었다. 톨스토이는 계속해서 이렇게 말
한다.

> 어제 언니는 혼자 있었지요. 내가 방에 들어갔을 때 난 도라(우리
> 집 작은 개)가 그녀를 구석으로 끌고 가서 장난치는 모습을 보았지
> 요. 개가 그녀를 깨뜨려 버릴 것만 같았답니다. 난 개를 내쫓고 소
> 피야를 내 조끼 주머니에 넣어 서재로 데리고 갔지요. 오늘 난 툴
> 라에서 주문한 나무 상자를 받았답니다. 겉에는 모로코 가죽을 입
> 히고, 안에는 검붉은 빌로드를 깐 상자인데 그녀를 위해 만든 장소
> 지요. 거기에서 그녀는 팔과 머리와 등을 편하게 뉘일 수 있고 깨
> 질 염려도 전혀 없을 겁니다. 게다가 나는 위에다 새미 가죽을 덮
> 어 놓을 겁니다.

이 편지를 같이 읽어 본 노의사 베르스는 놀라움을 금치 못하고는 호
프만230)과 인형으로 변한 사람들, 그리고 수많은 그런 변신 이야기를
쓴 오비디우스231)를 떠올렸다.

---

230) 〔역주〕 에른스트 테오도르 아마데우스 호프만(1776~1822). 독일의
   작가, 작곡가, 화가. 초자연적이며 불길한 인물들이 환상적인 공간에
   서 인간 본성의 괴기스러운 측면을 보여 주는 이야기들로 유명. 《칼로
   트 풍으로 쓴 환상의 이야기》(1814~1815), 《호프만의 이야기》 등이
   있으며 차이콥스키의 《호두까기 인형》은 호프만의 이야기를 바탕으로
   씌어진 것으로 유명.
231) 〔역주〕 오비디우스 나소(BC 43~AD 17). 로마의 시인. 《사랑의 기
   술》, 《변형담》, 서사시 《아이네이스》 등으로 유명. 《변형담》은 신화

나는 도라라는 개가 이 사건을 이해하는 단서가 될 수 있다고 생각한다. 레뮤엘 걸리버라는 의사는 선장이 되어 릴리펏으로 여행을 떠났다가 브루딩넷이라는 거인국에 떨어진다. 이 섬에서 그는 꿀벌들과 싸우고 달팽이들에 걸려 넘어지기도 한다. "정원사 중 한 명의 소유인 작고 하얀 애완용 개 한 마리가 우연히 정원으로 기어들어와 내가(걸리버 ─ 저자) 누워 있는 곳에서 멀지 않은 곳을 달려가다가 냄새를 맡고 내게 달려들었다. 그 개는 나를 입에 덥석 물어 주인에게 달려가 꼬리를 흔들며 조심스럽게 나를 땅에 내려놓았다."

애완용 개가 물어온 인형, 그것은 톨스토이 집에서의 릴리펏 주민, 난장이이다. 그녀는 톨스토이와 비교해서 그럴 뿐만 아니라 시골의 다른 사람들과 비교해서도 난장이었다. 남편은 아내를 주머니에, 그것도 외투 주머니가 아니라 조끼 주머니에 넣고 다닌다. 그러나 도시의 장롱 서랍에서 온 불쌍한 도자기 인형은 고통을 겪으며 넘어져 깨지곤 했다.

톨스토이는 편지에 이렇게 부기한다. "집사 알렉세이는 달걀 흰자위와 흰색 안료를 섞어서 깨진 곳을 메울 수 있다고 말합니다."

가엾은 인형, 그녀도 인간이었고 너무나 마음이 아파서 톨스토이의 일기를 들여다보기 시작한다. 소피야는 사랑하는 남편이 집을 나가면 좋아했다. 하지만 톨스토이는 1863년 6월 18일 일기에 이렇게 적어 놓았다.

나는 어디에 있는가. 내 자신이 사랑하고 알고 있는 나, 가끔씩 완전히 드러나서 나를 기쁘게도 하고 두렵게도 하는 그 나는 어디에 있는가. 나는 작고 보잘 것 없는 사람이다. 사랑하는 여자와 결혼한 이후에는 난 그런 사람이 되었다. 여기 쓰인 모든 것은 거의 모두 거짓이다, 사실이 아니다. 그녀가 어깨 너머로 읽어 보고 있다는 생각이 나의 진실을 가로막고 있다.

나 전설 중에서 변신의 모티프가 담긴 이야기들을 집대성한 것임.

462

하지만 바로 그 해 7월 31일, 스스로 이에 대해 답하고 있다. 아니 스스로 감탄하고 있다는 편이 더 옳다. "그의 영혼 속에는 '내가 왜 결혼을 했는가?'라는 질문이 가득하다. 그리고 '나의 모습, 나의 이전의 모습은 어디에 있는가?'라고 수도 없이 속삭였다."

그러나 시간은 상처를 치료하는 법이다. 아니, 시간이 지나면 상처가 흉터가 되어 남는다는 편이 더 옳을 것이다. 시간은 소피야에게 아이들을 안겨 주었고 아이들로 인해 남편과 아내의 관계는 한결 완화되었다. 그들은 완벽하게는 아니지만 조금씩 서로를 이해해갔다. 우리는 이들의 사랑의 끝을 잘 알고 있다.

톨스토이는 책을 집필하고 소피야는 그에게 편안함을 가져다주었다. 그는 일에 매달렸고 젊은 부인은 이렇게 쓰고 있다. "그는 냉담하지만 거의 평온한 마음으로 맹렬하게 일에 매진하고 있다. 하지만 일이 즐거워보이지는 않는다. 나는 절망과 증오에 싸여 있다."[232]

톨스토이는 책을 쓰고 아내는 남편을 읽으며 질투했다. 그녀는 1865년 3월 20일 이렇게 말한다. "톨스토이 앞에서 난 페스트에 걸린 한 마리 개와 같다. 하지만 나는 그를 방해하지 않는다. 그도 내게 아무런 관심을 보이지 않기 때문이다. 난 고통스럽다. 난 그에게 지워진 존재다. 내 모든 것은 늙어 버렸지만 난 여전히 그를 뜨겁게 사랑하고 질투한다. 난 응석받이가 되어 버렸다."

위대한 작가는 계속하여 성장해서 떠나가고 있다.

영감의 달빛은 내려 비치며 톨스토이를 위로 끌어올리고 있었다. 그는 이렇게 일기를 쓴다. "오늘은 달이 나를 위로 들어올렸다. 하지만 어떻게 그렇게 될 수 있는지 아무도 알지 못한다."[233]

그는 자신이 소피야를 위해 모든 것을 포기했다고 생각하고 있었다.

232) 1863년 10월 23일 기록.
233) 1863년 6월 18일 기록.

그는 질책하듯이 말하곤 했다.

> 모든 것을 포기한다는 것, 그것은 결혼한 다른 모든 사람들이 그렇듯
> 이, 합창단 소녀들과 방탕한 생활을 즐기는 듀소[234]의 독신생활을
> 포기한다는 것을 의미하지 않는다. 그것은 사랑과 사상, 민중적 활
> 동으로 충만한 시를 가정생활의 시로, 그리고 자기 가정에 관한 것
> 외에는 그 무엇에도 무관심한 이기주의의 시로 대체한다는 것이다.
> 대신 그 자리에 여인숙 주인 같은 걱정들, 아이들 분가루, 잼 만들
> 기, 끝없는 불평이 자리하게 된다. 사랑도 없이, 고요하고 가슴 벅찬
> 행복도 없이, 가정생활을 밝게 비추어 주는 그 무엇도 없이.[235]

그러나 그는 가족들을 위해 모든 것을 포기한 것은 아니었다. 어쩌면
그는 창작을 통해 가족을 넘어 모든 사람들에게 자신을 넘겨줄 수 있는
그런 특별함을 가진 사람이었다.

그는 원형 천정이 있는 방, 격자창 옆을 좋아했다. 이 방안에는 쇠사
슬을 만들 때 쓸 법한 묵직한 쇠고리들이 천장에 박혀있다. 언젠가 과거
에는 이 쇠고리들에 햄을 만들기 위한 고기 덩어리들이 걸려 있었을 것
이다. 그가 글쓰는 이 방은 창고로 쓰이던 방이었다. 지금은 나지막한
탁자와 탁자에 맞춰 다리를 자른 의자가 하나 놓여 있다. 근시였지만 안
경을 쓰지 않았던 톨스토이가 앉아서 일하기에는 적합했다.

톨스토이는 야스나야 폴랴나에서의 행복한 생활에 대해 알렉산드라
부인에게 이렇게 편지를 쓴다.

> 언젠가 제가 말씀드린 적이 있지요. 사람들은 아무런 노력도, 기만

---

234) 〔역주〕 듀소. 1850년대 상트 페테르부르그 레스토랑 주인. 수많은 문
     인들과 예술인들이 이 레스토랑을 드나들었고 화려한 파티로 유명했음.
235) 1863년 8월 5일 기록.

464

도, 슬픔도 없고 모든 것이 순조롭고 행복하게 흘러가는 그런 행복을 고대하는 어리석음을 범하고 있다고요. 그때 제가 틀렸습니다. 그런 행복은 존재합니다. 제가 바로 그런 행복 속에 3년째 살고 있지요. 게다가 그런 행복은 하루하루 더욱 순조롭게 깊어져만 가고 있답니다. 그런데 이런 행복을 만들어내는 재료들이란 썩 아름답지만은 않지요. 항상 더럽히고 (미안한 마음이 드는군요) 소리치는 아이들, 하나에게 젖을 물리고 다른 또 한 애 손을 잡고 데리고 다니며, 애들이 죽을 뻔했다고 왜 애들을 잘 보지 못했느냐며 언제나 날 질책하는 아내, 그리고 결코 세상에 존재하지 않았던 사람들의 감정과 사건들을 그릴 수 있는 도구인 종이와 잉크. 며칠 있으면 장편 《1805년》 제 1부의 절반이 완성될 겁니다. 236)

그러나 바로 그날 톨스토이는 시인 페트에게 보내는 편지에서 자신을 바위에 묶인 프로메테우스와 포로가 된 삼손에 비유하고 있다. 편지는 거의 나팔 소리처럼 끝맺음 된다. 톨스토이는 자신이 점점 더 커지고 있고 앞으로 더욱 더 커질 것이라고 말한다.

하지만 더 커진다면 그건 대재앙이요!!! 당신이 잘 아는 여러 모임에서 사람들이 뭐라고들 말하는지, 특히 대중독자들에 대해서 제게 알려 주시기 바랍니다. 분명 별다르게 주목하지 않겠지요. 그러기를 간절히 바랍니다. 단지 비난이나 하지 않기를 바랄 뿐이지요. 알다시피 비난은 우리 같은 산문가들이 빽빽하게 채워서 쥐어짜내는 기다란 소시지 같은 작품의 진행을 마구 헝클어놓기 마련이지요. (61, 72)

그는 자신의 장편소설에 대해 공연히 하찮은 듯이 말하고 있다. 하지만 그것은 승리자로서의 여유 같은 것이다. 이제 야스나야 폴랴나에 그를 결박했던 쇠사슬은 이제 그에게 쇠가 아니라 황금의 사슬로 여겨졌다.

236) 1865년 1월 18일에서 23일 사이의 편지 (61, 70).

홀스토메르

　오늘날 도시에서든 농촌에서든 아이들은 태어나 말을 배우기 시작하면서부터 이건 '볼가'고, 이건 '모스크비치'고, 그리고 이건 민스크 공장에서 생산된 새로운 모델의 트럭이라고 자동차 이름부터 배운다. 그리고 말을 배우기 훨씬 전에 장난감 자동차를 가지고 논다. 하지만 자동차는 뒷마당에서 태어나 그들과 같이 자라는 그런 것이 아니다.

　톨스토이 아이들이 말을 타고 놀았던 그 시절에는 말이 집에서 태어나 그들 것이 되었다. 그래서 그들은 우리가 지금 자동차에 대해 아는 것처럼 말에 대해 잘 알고 있었다.

　톨스토이는 자신이 말 안장에 앉아서 보낸 세월이 전부 합하면 대략 7년이 될 것이라고 계산한 적이 있었다. 사마르 현에 있을 때는 야생마를 개량해서 새로운 혈통의 말을 만들려고 까지 했다. 톨스토이 형제들은 편지를 주고 받으며 자신들이 벌써 말에서 떨어졌다는 것을 서로 자랑하곤 했다. 말에서 떨어진다는 것은 바로 어른이 되었다는 것을 의미했다.

　톨스토이는 카프카스로의 긴 여행길에, 그리고 다시 돌아오는 길에, 셀 수 없이 많았던 모스크바로의 여행길에 얼마나 많은 말들을 보았던가! 말과 마차, 마구에 달린 종과 그 소리, 이 모든 것들은 그에게는 얼마나 친숙한 것인가. 그것은 마치 오늘날 사람들이 수없이 타고 다닐 뿐만 아니라 수없이 분해하고 들여다 보는 자동차에 친숙한 것과 마찬가지였다.

　이러니 톨스토이에게 사람의 인생을 말의 생애와 비교하는 것은 너무나 익숙하고 자연스러운 일이었다. 노동의 의무에 대해 알렉산드라 부인에게 편지를 보내면서 톨스토이는 그것을 말의 멍에라고 비유한다. 문학 또한 멍에였다. 학교에서 공부하는 것도 멍에였다. 그는 결혼이 '다섯 번째 멍에'일 수 있기 때문에 결혼하지 않으려고 했다. 이처럼 말과 너무나 가까웠기 때문에 《홀스토메르》의 주제는 적어도 톨스토이에게 현학적인 주제가 아니었다.

당시에 말이 책의 소재가 되었던 것만은 아니다. 또한 서커스 무대에서만 등장한 것도 아니다. 그리고 화려한 역사적 기념비에 활용되었던 것만도 아니다.

보리스 에이헨바움은 《레프 톨스토이》에서 1860년대 말에 대한 주제가 갖는 의미를 많은 자료를 통해 보여 주고 있다. 이 책에서는 《홀스토메르》의 초기 창작사를 23쪽에 걸쳐 다루고 있다. 이 작품의 창작에 대해서는 《두 경기병》을 끝낸 후 1856년 5월 31일 일기에 처음 언급된다. "말의 역사를 쓰고 싶다." 이어서 에이헨바움은 이렇게 분석한다. "톨스토이에게 이런 구상이 떠오른 것은 분명 스타호비치의 영향이다. 이 사람은 오룔 현에 거대한 종마장을 운영하고 페테르부르그 경마장을 창립한 인물이었다."[237]

A. 스타호비치의 형제 중 M. 스타호비치[238] 라는 작가가 있었다. 그는 1800년대 초 모스크바에서 2백 미터를 20초에 주파한 것으로 명성을 날린 오룔산(産) 경주마에 대한 단편소설을 쓰려고 했다. 이 말은 얼룩무늬였는데 얼룩무늬는 오룔 혈통의 '셔츠'[239] 가 아니었다. 오룔 혈통은 사과만한 회색 반점이 있어야 했다. 결국 이 경주마는 그 뛰어난 능력에도 불구하고 거세되어야만 했다.

A. 스타호비치는 이렇게 쓰고 있다(에이헨바움의 책에서 인용한다).

이 놀라운 말의 운명을 보고 고인이 된 나의 형은 《얼룩 거세마의 편력》이라는 이야기를 쓰고자 했다. 형은 내게 그 구상에 대해 말

237) B. 에이헨바움, 《레프 톨스토이》, 제 2권(1860년대), 모스크바, 국립예술문학출판사, 1931, 154쪽.
238) 〔역주〕 M. 스타호비치(1819~1858). 민중생활 묘사에 능했던 작가. 시와 번역 일부 있음.
239) 〔역주〕 말의 색깔과 무늬에 대한 은유적 표현.

해주곤 했다. 형의 이야기에 따르면, 흐레노프 경매장에서 모스크바의 거상이 홀스토메르를 사들인다(이렇게 설정해야 준족의 오룔 거세마를 사들이기 위해 '수천 루블이라는 엄청난 돈을 지불하는' 초창기 애호가들의 행태를 묘사할 수 있는 넓은 배경이 확보된다), 그 얼룩말은 그 다음에 알렉산드르 황제 근위대의 기세등등한 기병 장교에게 넘어갔고, 다시 그에 못지않게 유명했던 집시 합창대장 일리야에게 선물로 넘겨졌다. 홀스토메르는 푸시킨 시를 노래로 불러 찬탄을 받던 젊은 집시여인 타티야나를 태우고 다니다가 용감무쌍한 젊은 도적의 손에 들어간다. 그러다가 늙어서 생명이 다해갈 무렵에 시골 사제에게 갔다가 다시 한 농민의 손에 들어가 써레를 끌다가 목동의 발밑에서 죽음을 맞이한다 (…) 1859년인가 60년에 나는 톨스토이와 우편 역마를 타고 모스크바에서 야스나야 폴랴나에 함께 간 적이 있었다. 여행 중에 나는 고인이 된 나의 형이 미처 다 쓰지 못했던 《얼룩 거세마의 편력》에 대해 말해 주었고 백작은 그 이야기에 흥미를 보였다.

그렇다고 여기서 작품의 발상이 나왔다고 말할 수만은 없다. 스타호비치가 톨스토이와 역마를 타고 모스크바에서 야스나야 폴랴나에 가면서 이야기를 나눈 것은 '1859년인가 60년'이었다. 하지만 톨스토이가 "말의 역사에 대해 쓰고 싶다"고 쓴 일기는 56년의 것이다.

게다가 톨스토이가 늙은 얼룩말을 보고 투르게네프에게 이 말의 역사에 대해 이야기하자, 투르게네프는 웃으며, "아니, 당신은 전생에 말이었던 모양이군요"라고 말했다는 기록도 존재한다. 이처럼 이 주제 자체는 스타호비치의 이야기를 듣기 전에 이미 톨스토이의 머릿속에 들어 있었다. 물론 스타호비치가 말의 계보에 대한 정확한 지식을 톨스토이에게 제공한 것은 사실이다. 초고에서 이 말은 홀스토메르가 아니라 홀리스토메르라고 불렸다가, 나중에 1885년에 교정되었다. 그것은 톨스토이가 25년 뒤에 만나게 된 스타호비치의 아들의 충고에 따른 것이었다.

문제는 소피야가 이 작품의 초기 본을 필사하다가 '1861년 환상적인 종류의 경험'이라고 부제를 붙임으로써 더욱 복잡해진다. 하지만 톨스토이는 이런 문구를 별로 좋지 않게 생각해서 지워버리고 '스타호비치에게 바치는 헌사'로 대체하고 다음과 같이 각주를 달았다. "이 작품의 주제는 《야간감시》의 작가 M. 스타호비치의 머리에서 나온 것이다. 그것은 그의 동생 스타호비치에 의해 저자에게 전해졌다."240)

다시 반복해서 말하자면, '말의 삶'과 사람의 삶을 대조하고 비유하는 것은 1860년대 톨스토이에게 전형적인 기법이었다. 그는 처제인 타티야나의 열일곱 살 생일에 맞춰 편지를 보냈는데, 거기에서 그는 그녀를 '나의 마부'라고 부르고 있다. 그녀가 자기와 나란히 말을 타고 다녔기 때문이다. 그러나 톨스토이가 무엇 때문에 말의 이미지를 거듭 사용해야했던가를 이해할 필요가 있다.

1885년 아들 스타호비치는 백부인 작가 스타호비치에 대한 아버지의 회상록을 새롭게 정리하면서 톨스토이에게 말에 관한 부분을 전달해 주었다. 하지만 톨스토이에게 그것이 필요했다면 훨씬 전에 다른 작품을 위해서였다. 그의 말 이야기는 말과 사람들이 시대를 같이 하면서 영광을 함께한다는 그런 것이 아니다. 《홀스토메르》 초고에는 영국식 유행에 대한 이야기가 나온다. 세르푸홉스코이는 "기이한 신발을 신고, 밑창이 손가락 두께만큼 얇은 신발을 신고 돌아다니는데 그것은 런던 다리 위를 걸어 다닐 때는 편리하겠지만 낙엽이 수북이 덮인 러시아 농촌 길을 걷기에는 매우 불편한 것이었다."

여기에 런던에서 보냈던 경험이 담겨 있는 것은 당연하다.

---

240) 〔저자〕 소피야 안드레예브나가 부제를 달면서 1861년이라는 표현을 넣은 것은, 톨스토이가 1881년 이후 창작물에 대해 저작권을 포기하자 이 작품의 저작권이 거기에 해당되지 않고 여전히 가족들에게 속해 있다는 것을 말하고자 하는 의도였다. 하지만 이 작품의 새로운 교정판은 1885년에 출간되었다.

1861년 3월 브뤼셀에서 톨스토이는 게르첸에게 〈북극성〉이 탁월한 책이라고 언급하면서 그것은 누구나 다 그렇게 생각한다고 말한다. 그리고 이렇게 말한다.

> 당신은 항상 이렇게 말하지요. '자, 논쟁을 해봅시다.' 무슨 논쟁을 말입니까? 오웬에 대한 당신의 논문은 너무나, 너무나 나의 생각과 같습니다(슬프게도!). 사실 우리 시대에 그런 삶은 이 지구로 날아온 토성인에게, 아니면 러시아인에게나 가능한 것이겠지요.

토성인이라니, 무슨 말인가? 그것은 볼테르의 철학소설 《미크로메가》[241]의 주인공 중 한 명이다. 시리우스 별에서 지구로 날아온 주인공은 토성인과 함께 불신과 경멸의 마음으로 지구를 돌아본다. 이 우주 여행자들은 거인이어서 그들 눈에 지구는 볼 것이 별로 없었던 것이다.

평범한 것을 평범하지 않은 눈으로 바라보는 볼테르의 작품들은 하나 둘이 아니다. '순진한 녀석'이라고 불리는 고돈[242]도 그와 같은 시선으로 혁명 전 프랑스의 생활을 보여 주고 있다. 그는 용맹하고 선량하지만 이 세계의 삶이 상대적인 것임을 알지 못하는 인물이다.

톨스토이는 여기서 한 걸음 더 나아간다.

그가 게르첸에게 말하는 러시아인은 우주에서 날아온 사람처럼 모든 것을 이해한다는 식의 대단한 만능의 비평가를 말하는 것일 수 있다. 이 당시 러시아인은 지구에 새로 나타난 존재, 역사와 사회학을 처음으로 목격한 존재였다.

톨스토이가 말에 대한 이야기를 쓴 것은 말의 운명에 대해 애도의 눈

---

241) 〔역주〕《미크로메가》: 1752년 작. 달이나 다른 행성으로 날아가는 상상 속의 여행과 우주여행을 묘사한 선구적인 공상과학소설.

242) 〔역주〕볼테르의 중편소설 《순진한 녀석》의 주인공. 애정 사건에 휘말려 전 유럽을 떠도는 주인공이며 날카로운 현실 풍자와 도덕문제에 대한 진지한 고뇌를 보여 주는 작품.

물을 흘리기 위해서가 아니라 1861년 당시 세계를 낯선 시선으로, 의혹에 찬 커다란 말의 눈으로 바라보기 위해서였다. 말의 눈에 무엇보다 의심스러운 것은 소유제도였다. 1861년의 농노제도는 말을 놀라게 하기에 충분하지 않았겠는가. 얼룩말은 주변에 몰려든 말들을 보고 이렇게 말한다.

> 다른 사람들을 자기 것이라고 말하는 사람들이 있어. 더 힘도 세고 건강하고 똑똑한 사람들을 그렇지 못한 사람들이 자기 것이라고 한단 말이야. 또 사람들은 주로 무슨 물건이든지 '내 꺼'라고 부를 수 있는 독점적 권리를 가지게 되면 행복해하지.

1885년 판본에는 좀 더 교훈적인 이야기가 덧붙여진다.

> 그리고 사람들은 그들이 훌륭하다고 생각하는 그런 일을 하려고 하지 않고 어떻게든 물건들을 '내 꺼'라고 부르려고 평생 애들을 쓰는 거야.

홀스토메르는 특별한 혈통을 받고 태어난 말이지만 농사짓는 가축의 처지였다. 하지만 그는 이런 처지에 순응하고 있다. 얼룩말은 자기를 돌보는 농부가 안장을 항상 비스듬하게 얹고 타서 등이 몹시 아프지만 그래도 그를 진심으로 동정한다. 게다가 이 노인이 마구 담배를 피워 대서 더욱 고통스럽지만 넓은 아량으로 용서한다.

> 괜찮아, 내버려 둬. 다른 존재의 기쁨을 위해 내가 고통받는 것쯤이야 뭐 어제오늘 일도 아니잖아. 난 오히려 이제 내 자신의 기쁨을 찾고 있어. 저 불쌍한 사람, 그저 잘난 체하게 내버려 둬. 저 혼자서만 저렇게 뽐낼 뿐이지, 아무도 알아주지 않잖아. 맘대로 삐딱하게 타라고 내버려 두자.

얼룩말은 자신이 늙은 것에 대해 긍지와 더불어 회한을 안고 있다. 그에게는 여전히 훌륭한 혈통이 흐르고 있고, "아름다움과 힘에 대한 흔들리지 않는 자기 확신의 분위기"라는 위대함을 가지고 있었기 때문이다.

다른 말들은 홀스토메르에게 적대적이다. 그들도 나름대로 혈통이 있었지만 최고의 혈통은 아니었다. 그들은 홀스토메르를 몰라보고 그저 늙은 말로 경시하며 괴롭힌다. 홀스토메르는 추방당한 왕과 같은 처지로 동족들에게 인정받지 못하고 있는 것이다.

우울한 카프카스 시절, 귀족 작위에 대한 청원, 오랫동안의 실패와 좌절에 대한 체험, 자신의 힘에 대한 긍지, 야스나야 폴랴나에서의 고독한 생활, 농민의 편에 선 괴짜 백작 취급하는 이웃 지주들과의 논쟁 등 이 모든 것들이 《홀스토메르》에 배어 있다.

톨스토이는 좋은 가문에서 태어난 천재적인 사람이었지만 그는 평생 삶에서나 문학에서나 얼룩말과도 같은 운명이었다. 그의 독특한 얼룩, 그가 속한 세계 속에서의 독특한 입장, 홀로 고립되어 살아가는 성격으로 인해 사람들의 인정을 받지 못했던 것이다. 그것은 톨스토이가 다소간 우울한 분위기의 이 소설을 그토록 아끼는 이유이기도 하다.

최초의 판본에서, 더 정확히 말하자면 최초의 구성에서는 말의 첫 번째 소유자가 노귀족 세르푸홉스코이였다. 그가 말을 타고 방문하는 친구들은 모두 친절하고 다정했다. 구세계 귀족사회의 예법이 남아 있었던 것이다. 세르푸홉스코이는 용감한 경기병 출신으로 도박으로 가산을 탕진했지만 여전히 옷은 잘 입고 다녔다. 그가 찾아간 사람들은 다소간 모호한 성격의 사람들이었다. 톨스토이는 안주인을 호의적인 아이러니로 묘사한다.

머리에는 어딘가 특이하게 생긴 금빛의 커다란 머리핀을 꽂고 있었는데, 짙은 아마색의 머리는 전부 자기 것이 아니긴 해도 어쨌든 멋지긴 멋져 보였다. 손에는 너무 많은 팔찌와 너무 많은 반지를 끼고 있었다. 하지만 그 모든 것도 다 멋졌다.

이 집에서는 개도 영국식의 특이한 이름을 가지고 있었는데 정작 여주인은 영어를 할 줄 몰랐기 때문에 개를 부르는 소리가 이상하게 들렸다. 이 집주인 부부의 조잡한 오만함, 늙고 추한 모습, 장화도 벗지 않고 침대에 누워 자면서 꿈을 꾸는 모습, 불룩 튀어나온 커다란 배는 나중에 1885년에 톨스토이가 자신의 이전의 삶과 자기 주변 사람들의 모든 삶을 총 결산하면서 고쳐 넣은 부분이다.

세르푸홉스코이의 청결하지 못한 몸은 역겹게 묘사된다. 톨스토이는 네 귀퉁이에 술이 달린 상자 속에 이 더러운 몸이 뉘어져 특별한 장소로 옮겨지는 모습을 보여줄 것이다. 거기서 사람들은 썩은 뼈들을 파내고 "부패하여 벌레들이 득실거리는 몸에 새 정복을 입히고 광이 나는 부츠를 신겨 그를 눕힌다."

홀스토메르의 죽음은 장엄하다. 그는 마지막까지 쓸모 있는 일을 한다. 톨스토이는 말이 죽은 뒤에, 처음에는 개가 고기를 뜯어먹는 것으로 그리려고 했지만 결국 암컷 늑대가 물고 가서 사랑하는 새끼들에게 먹이는 것으로 정정했다.

홀스토메르는 마지막까지 유용한 생을 살았다. 관대한 마음과 생각하는 마음으로 살았던 것이다. 그는 20년이 지난 뒤에도 주인을 알아보고 반갑게 울어 주었다. 하지만 주인은 뽐내기나 할 뿐 늙은 말의 독특한 반점과 튼튼한 골격을 알아보지 못한다.

소설의 초고에서 말의 특징을 나타내는 기호들은 동족의 무리로부터 소외되는 슬픔과 경멸을 나타내는 것일 뿐이었다. 그러나 두 번째 교정본에서 이미 다른 시대를 살고 있던 톨스토이는 그 기호에서 비소한 생물들의 무의미하고 헛된 존재, 부에 대한 오만함과 거짓된 사랑에의 탐닉을 보고 있다. 두 번째 판본의 《홀스토메르》는 그의 주인이 이미 병들어 지쳐버린 낡은 집을 떠나는 것으로 되어 있다.

늙은 말은 상류사회의 삶에 대해 모든 것이 다 거짓이며 말에게서 새로운 진실을 볼 수 있다고 말하는 카프카스의 예로시카와도 같다.

톨스토이는 그동안 마음에 품고 있던 말을 한다. 작품을 구성하는 것도 이미 마음에 품고 있던 것이었다. 하지만 새로운 방식으로 그것을 우리에게 보여줌으로써 새로운 생각을 품도록 해준다.

《홀스토메르》 초고가 씌어질 때는 《전쟁과 평화》를 집필하던 시기와 일치한다. 이 위대한 대서사시를 집필하면서 톨스토이는 《홀스토메르》를 완벽하게 마무리할 여유가 없었던 듯하다. 결과적으로 《홀스토메르》 초고에서 해결되지 못한 문제는 《전쟁과 평화》에서도 여전히 미해결로 남아 있다.

톨스토이는 여전히 《흘르이스토메르》라는 제목이 붙어 있는 이 작품 초고를 유명한 여행기 《타란타스》의 저자인 솔로굽 백작[243]에게 보냈다. 그는 당대에는 꽤 유명했지만 이제는 거의 기억되지 않는 작가다.

1863년 5월 톨스토이는 페트에게, "이제 나는 거세된 얼룩말에 대한 이야기를 쓰고 있는데, 가을쯤이면 출판할 수 있을 것이라고 생각합니다"라고 편지를 쓴다. 하지만 이 작품을 교정하고 출판한 것은 20여 년이 지나서였다.

솔로굽은 이 작품을 낭독하는 작은 모임에 참석했다. 처제 타티야나도 이 자리에 있었다. 독서 후에 그녀는 가볍게 자신의 견해를 표명했는데, 비록 개인적인 의견이긴 하지만 다소 부정적인 것이었다. 이 말에 기초하여 솔로굽은 톨스토이에게 도덕적인 훈계를 담은 다정한 편지를 써 보낸다.

친애하는 백작님, 당신의 사랑스러운 처제의 말이 옳습니다. 그녀

243) 〔역주〕 V. 솔로굽(1814~1882). 백작. 작가. 카프카스에서 근무한 바 있음. 뛰어난 단편 작가로 이름을 얻음. 《두 대학생》, 《두 덧신 이야기》, 《곰》 등의 단편과 《타란타스》 등의 저작이 있음.

474

는 자신이 이해하지 못하는 것은 말하지 못했지만 여성적 본능으로, 부끄러움을 자극하고 부드러운 미적 감정을 훼손하는 모든 것에 대해서는 꺼림칙해 하는 것입니다. 거세마라는 단어 자체가 벌써 그리 유쾌하지가 못하지요. 내시라든가, 고자라든가 하는 단어와 마찬가지로 말입니다. 그런 단어들은 거세된 부분을 직접적으로 암시하기 때문이지요. 젖꼭지, 젖먹이 새끼, 거세 장면, 특히 종마와 암말들의 교미 등과 같은 단어들은 말 키우는 사람들에게야 별거 아닐 수 있겠지만 잘 모르는 일반 사람들은 인상을 찌푸릴 수밖에 없는 것입니다 … 당신의 재능은 섬세한 분석과 세밀한 멋진 묘사에 있습니다 … 당신의 작품을 만일 피셈스키[244]가 썼다면 그는 단 한 명의 여성도 읽어낼 수 없을 정도로, 그리고 인쇄소의 여성 노동자가 식자를 하지 못할 정도로 그렇게 썼을 겁니다. 하지만 그래도 그에게서는 저속하면서도 우아한, 그리고 어느 정도 예술적인 물건이 나왔겠지요. 당신 작품은 이것도 저것도 아닙니다.[245]

솔로굽은 작업반장처럼 일련의 충고를 늘어놓고 있다. 그 절반은 받아들여졌다. "제목을 거세마를 암시하는 단어 대신에 얼룩말이라고 하고, 소설이 아니라 우화라고 하시지요. 우리 산문 문학에서 그런 건 좀 새로운 것이 될 겁니다." 하지만 이런 충고 외에 이어지는 지적들은 톨스토이에게 별로 쓸모가 없었다.

마구간지기에 대한 묘사, 들판에서의 밤, 여름 풍경, 여러 말들의 다양한 생김새 등, 다소 보충할 필요가 있을 겁니다. 이를테면 모닥불 옆에서 마구간지기가 코를 골고 있고 두세 마리 말들이 잠을

---

244) 〔역주〕A. 피셈스키(1820~1881). 세태 묘사와 풍자, 농노해방 이전의 농촌 상태에 대한 생동감 있는 묘사로 유명했던 작가. 《게으른 자》, 《광란의 바다》, 《천명의 농노》, 《40년대 사람들》 등이 있음.
245) V. 솔로굽이 톨스토이에게 보낸 1863년 3월 20일 편지. 에이헨바움, 위의 책, 173~175쪽에서 재인용.

이루지 못하고 있다, 이렇게 시작할 수 있겠지요.

   (… 소설에는) 얼룩무늬 때문에 거세당한 말의 불행에 대해서는 언뜻 지나가듯 암시되고 있지요. (… 소설에는) 다양한 지주들의 모습들이 나오고 끝납니다. 주인공 말의 이야기를 듣고 있는 다른 말들의 생김새. 새벽이 밝아오지요. 마구간지기가 잠을 깨고 파이프 담배를 피워 물고 욕설을 퍼붓기 시작합니다. 제 생각에 이렇게 하면 소설은 네 부분으로 구성되지요. 도입, 발단, 이야기, 결론, 이렇게 말입니다. 뭐라고 말해도 수사학은 여전히 의미가 있습니다. 균형의 법칙은 어디서나 여전히 반복되어 사용되고 있으니까요. 결국 그것이 바로 미의 법칙인 것입니다.

   사실 말하자면 수사학은 이제 더 이상 존재하지 않는 얼어붙은 화석들을 기록하고 있을 뿐이기 때문에, 그래서 결국 얻을 것이 하나도 없기 때문에 그것을 따를 이유가 없는 것이다.

   톨스토이는 이야기를 이끌어 가기 위해 이리저리 짜 맞출 필요가 없는 작가였다. 불필요한 것을 쥐어 짜내거나 마무리로 무인칭의 풍경묘사를 하는 것은 어쩌면 젊은 투르게네프, 혹은 아직 재능을 다 발현하지 못하고 나름의 새로운 길을 설정하지 못했을 때의 투르게네프가 사용할 법한 방법일 뿐이다.

   톨스토이는 오히려 다른 방법을 더 높게 보고 있었다. 그는 채찍에 맞은 마부의 '눈물 맛'을 아는 사람이었다. 톨스토이는 바로 이 점에서 이 작품 초고가 그에게 중요한 성공이었다고 생각했다.

   하지만 어쨌든 이 작품의 완성은 당분간 뒤로 미루어졌다.

   야스나야 폴랴나는 고요하게 가라앉았다. 주변의 대로를 통해 수많은 사람들이 야스나야 폴랴나를 지나쳐갔지만 톨스토이의 집으로 들어가는 모든 길에는 무성한 풀이 자라만 갔다. 그는 거대한 작업 속으로 침잠해 들어갔던 것이다.

   그 길에서는 그 자신만이 유일한 자신의 마부였고 그 자신만이 유일한 자신의 동맹자였다.

빅토르 쉬클롭스키(Victor Shklovsky 1893~1984)

1893년 상트 페테르부르그에서 태어나 상트 페테르부르그 대학 인문학부와 쉐르부드 예술학교에서 수학했다. 1913년 예술인 카페 〈떠돌이 개〉에서 《언어의 역사에서 미래주의의 의미》를 발표하면서 떠들썩한 논쟁을 불러일으키며 문단에 등단했다. 《시와 초이성의 언어》와 《기법으로서의 예술》을 통해 '낯설게하기'라는 러시아 형식주의 문학운동의 가장 대표적인 개념을 체계화하여 쉬클롭스키라는 이름을 세계 문학이론사에 깊게 아로새겼다.

특히 쉬클롭스키는 톨스토이에 대한 연구를 자신의 다양한 활동의 원동력으로 삼고 있다. 《산문이론에 대하여》, 《레프 톨스토이의 〈전쟁과 평화〉의 재료와 문체》, 《톨스토이에 대한 이야기》, 《러시아 고전 작가들의 산문에 대하여》, 《예술 산문》 등 많은 저작에는 톨스토이에 대한 각별한 지식과 애정이 깊게 배어 있다. 톨스토이에 대한 이런 연구들은 최종적으로 《레프 톨스토이》로 수렴된다.

이밖에도 쉬클롭스키는 《센티멘털 여행》, 《동물원. 사랑에 대해서가 아닌 편지들, 혹은 제3의 엘로이즈》, 《막심 고리키의 성공과 실패》, 《함부르크식 결산》, 회고록 《그렇게 살며 존재했었다》, 《산문에 대한 소설》, 대중적 명성을 높인 문학 비평집 《현(絃). 유사한 것의 비유사함에 대하여》 등 많은 저서와 평론, 창작 산문을 남겼다.

이강은

고려대학교와 동대학원에서 노문학을 전공하고 막심 고리키의 《클림 삼긴의 생애》에 관한 논문으로 박사학위를 받았다. 막심 고리키를 비롯하여 러시아 소설과 소설이론, 러시아 혁명기 문학과 문학이론에 큰 관심을 가지고 연구하고 있다. 1990년부터 경북대학교 노문학과 교수로 재직하고 있다.

《혁명의 문학 문학의 혁명 ─ 막심 고리키》를 저술하였고 《청년 고리키》, 《세상속으로》, 《이탈리아 이야기》, 《톨스토이와 동양》(공역) 등을 번역하였다. 《러시아 장편소설의 형식적 불안정과 화자》, 《소설언어의 가치적 일원성과 다원성》, 《왜 반성과 지향인가: 문화예술의 새로운 해석적 패러다임 모색》 등 소설이론과 문화예술론에 관한 여러 논문이 있다.

니콜라이 고골
Nikolai Vasil'evich Gogol'

친구와의
서신교환선

Vybrannye mesta iz perepiski s druz'iami

니콜라이 고골 (Nikolai Vasilievich Gogol) 지음
석영중 (고려대 노어노문학과) 옮김

19세기 러시아의 대문호 고골이 죽음의 문턱에서 회생
한 후 영적 체험을 알리기 위해 저술한 작품이다. 지인과
의 서신들에 문학평론과 사회평론을 덧붙여 출간한 이
책은 광신적 메시지, 가학적일 만큼 긴 문장, 황당무계
한 비유 등으로 러시아 문학사상 "최악의 책"으로 혹평
받다가, 20세기 초엽에 종교·윤리·예술이 결합된 독
창적 작품으로 재평가받았다. 예술가로서의 고골을 이
해하는 데 중요할 뿐 아니라, 도스토예프스키, 톨스토
이, 솔제니친 등 향후 러시아의 위대한 작가들이 걸어갈
길을 예고하고 있는 작품이란 점에서도 중요하다.

· 양장본 · 392면 · 20,000원

나남
nanam

Tel 031)955-4600
www.nanam.net